陈兴良作品集

篆刻：魏琨岳

陈兴良作品集 8

书外说书

陈兴良 著

北京大学出版社
PEKING UNIVERSITY PRESS

图书在版编目(CIP)数据

书外说书 / 陈兴良著. —北京：北京大学出版社，2020.4
ISBN 978-7-301-31124-0

Ⅰ.①书… Ⅱ.①陈… Ⅲ.①序跋—作品集—中国—当代 Ⅳ.①I267

中国版本图书馆 CIP 数据核字(2020)第 008299 号

书　　　名	书外说书 SHU WAI SHUO SHU
著作责任者	陈兴良　著
责任编辑	杨玉洁　靳振国
标准书号	ISBN 978-7-301-31124-0
出版发行	北京大学出版社
地　　　址	北京市海淀区成府路 205 号　100871
网　　　址	http://www.pup.cn　http://www.yandayuanzhao.com
电子信箱	yandayuanzhao@163.com
新浪微博	@北京大学出版社　@北大出版社燕大元照法律图书
电　　　话	邮购部 010-62752015　发行部 010-62750672　编辑部 010-62117788
印　刷　者	北京宏伟双华印刷有限公司
经　销　者	新华书店
	880 毫米×1230 毫米　A5　17.125 印张　527 千字 2020 年 4 月第 1 版　2020 年 4 月第 1 次印刷
定　　　价	56.00 元

未经许可，不得以任何方式复制或抄袭本书之部分或全部内容。
版权所有，侵权必究
举报电话：010-62752024　电子信箱：fd@pup.pku.edu.cn
图书如有印装质量问题，请与出版部联系，电话：010-62756370

目 录

"陈兴良作品集"总序 ································· 001
前　　言 ····································· 001
第一版前言 ··································· 001

一、主编序

1. 《经济犯罪学》前言 ························· 003
2. 《经济刑法学(总论)》前言 ··················· 005
3. 《经济犯罪疑案探究》前言 ··················· 007
4. 《刑法各论的一般理论》前言 ················· 009
5. 《中国法学著作大词典》前言 ················· 012
6. 《刑种通论》前言 ··························· 015
7. 《经济活动中罪与非罪的界限》前言 ··········· 018
8. 《经营人员法律责任手册》前言 ··············· 020
9. 《中国刑事司法案例汇纂》前言 ··············· 021
10. 《刑法新罪评释全书》前言 ·················· 024
11. 《刑事司法研究——情节·判例·解释·裁量》前言 ··· 026
12. 《职务犯罪认定处理实务全书》前言 ·········· 028
13. 《刑法全书》前言 ·························· 030
14. 《刑事审判实务研究》前言 ·················· 034
15. "刑事法学研究丛书"代总序
　　学术功底·问题意识·研究方法 ············· 036
16. 《刑事诉讼中的公诉人》导言 ················ 043
17. 《刑法疑难案例评释》导言 ·················· 046
18. "刑事法文库"总序 ························· 048
19. 《罪名指南》前言 ·························· 050

20. 《刑事司法研究——情节·判例·解释·裁量》(修订版)
说明 ··· 052
21. 《刑事法总论》前言 ··· 053
22. 《法治的使命》卷首语 ·· 058
23. 《刑法疑案研究》序 ··· 061
24. 《理性与秩序——中国劳动教养制度研究》序 ············· 063
25. 《刑法案例教程》序 ··· 067
26. 《中国死刑检讨——以"枪下留人案"为视角》前言 ······· 069
27. 《中国刑事司法解释检讨——以奸淫幼女司法解释为视角》前言 ··· 071
28. 《法治的界面》卷首语 ·· 075
29. 《刑法学》序 ··· 077
30. 《中国刑事政策检讨——以"严打"刑事政策为视角》前言 ··· 081
31. 《刑事疑案评析》序 ··· 084
32. 《法治的言说》卷首语 ·· 086
33. "北大刑法博士文丛"总序 ······································· 089
34. 《犯罪论体系研究》前言 ··· 091
35. 《犯罪论体系研究》代序
　　犯罪构成:法与理之间的对应与紧张关系 ············· 093
36. 《刑法方法论研究》前言 ··· 097
37. 《宽严相济刑事政策研究》出版说明 ·························· 101
38. 《刑法各论的一般理论》(第二版)出版说明 ················ 104
39. 《刑种通论》(第二版)出版说明 ······························· 108
40. 《刑法学关键问题》序 ·· 111
41. "中青年刑法文库"总序 ·· 115
42. 《刑法案例优秀作业选》序 ······································ 118
43. 《刑事疑案研究》(修订版)未刊序 ···························· 120
44. 《经济犯罪研究》未刊序 ··· 125
45. 《刑事司法研究》(第三版)出版说明 ·························· 130
46. 《罪名指南》(第二版)出版说明 ······························· 132
47. 《刑法知识论研究》前言 ··· 135

48.《刑法总论精释》序 …………………………………… 137
49.《刑法总论精释》(第二版)序 ………………………… 141
50.《人民法院刑事指导案例裁判要旨通纂》前言 ……… 148
51.《判例刑法教程》序 …………………………………… 161
52.《判例刑法教程》未刊序 ……………………………… 165
53.《刑法各论精释》序 …………………………………… 170
54.《人民法院刑事指导案例裁判要旨通纂》
　　(上下卷·第二版)序 ………………………………… 175
55.《案列刑法研究(总论)》主编序 ……………………… 183

二、《刑事法评论》主编絮语

1.《刑事法评论》(第1卷)卷首语 ……………………… 191
2.《刑事法评论》(第2卷)主编絮语 …………………… 194
3.《刑事法评论》(第3卷)主编絮语 …………………… 198
4.《刑事法评论》(第4卷)主编絮语 …………………… 205
5.《刑事法评论》(第5卷)主编絮语 …………………… 214
6.《刑事法评论》(第6卷)主编絮语 …………………… 220
7.《刑事法评论》(第7卷)主编絮语 …………………… 225
8.《刑事法评论》(第8卷)主编絮语 …………………… 229
9.《刑事法评论》(第9卷)主编絮语 …………………… 236
10.《刑事法评论》(第10卷)主编絮语 ………………… 241
11.《刑事法评论》(第11卷)主编絮语 ………………… 245
12.《刑事法评论》(第12卷)主编絮语 ………………… 249
13.《刑事法评论》(第13卷)主编絮语 ………………… 254
14.《刑事法评论》(第14卷)主编絮语 ………………… 259
15.《刑事法评论》(第15卷)主编絮语 ………………… 267
16.《刑事法评论》(第16卷)主编絮语 ………………… 273
17.《刑事法评论》(第17卷)主编絮语 ………………… 281
18.《刑事法评论》(第18卷)主编絮语 ………………… 288
19.《刑事法评论》(第19卷)主编絮语 ………………… 293

20.《刑事法评论》(第 20 卷)主编絮语 …………………………………… 299
21.《刑事法评论》(第 21 卷)主编絮语 …………………………………… 305
22.《刑事法评论》(第 22 卷)主编絮语 …………………………………… 311
23.《刑事法评论》(第 23 卷)主编絮语 …………………………………… 316
24.《刑事法评论》(第 24 卷)主编絮语 …………………………………… 321
25.《刑事法评论》(第 25 卷)主编絮语 …………………………………… 326
26.《刑事法评论》(第 26 卷)主编絮语 …………………………………… 333
27.《刑事法评论》(第 27 卷)主编絮语 …………………………………… 339
28.《刑事法评论》(第 28 卷)主编絮语 …………………………………… 345
29.《刑事法评论》(第 29 卷)主编絮语 …………………………………… 352
30.《刑事法评论》(第 30 卷)主编絮语 …………………………………… 358
31.《刑事法评论》(第 31 卷)主编絮语 …………………………………… 364
32.《刑事法评论》(第 32 卷)主编絮语 …………………………………… 370
33.《刑事法评论》(第 33 卷)主编絮语 …………………………………… 379
34.《刑事法评论》(第 34 卷)主编絮语 …………………………………… 386
35.《刑事法评论》(第 35 卷)主编絮语 …………………………………… 393
36.《刑事法评论》(第 36 卷)主编絮语 …………………………………… 400
37.《刑事法评论》(第 37 卷)主编絮语 …………………………………… 407
38.《刑事法评论》(第 38 卷)主编絮语 …………………………………… 414
39.《刑事法评论》(第 39 卷)主编絮语 …………………………………… 420
40.《刑事法评论》(第 40 卷)主编絮语 …………………………………… 428

三、《刑事法判解》卷首语

1.《刑事法判解》(第 1 卷)卷首语 ……………………………………… 447
2.《刑事法判解》(第 2 卷)卷首语 ……………………………………… 453
3.《刑事法判解》(第 3 卷)卷首语 ……………………………………… 458
4.《刑事法判解》(第 4 卷)卷首语 ……………………………………… 464
5.《刑事法判解》(第 5 卷)卷首语 ……………………………………… 469
6.《刑事法判解》(第 6 卷)卷首语 ……………………………………… 473
7.《刑事法判解》(第 7 卷)卷首语 ……………………………………… 477

8.《刑事法判解》(第8卷)卷首语 ················· 484
9.《刑事法判解》(第9卷)卷首语 ················· 490

四、著作主编跋

1.《经济犯罪疑案探究》代跋
　　从案例分析到判例研究 ····················· 497
2.《新旧刑法比较研究——废·改·立》后记 ············· 506
3.《公法》(第5卷)编后小记:撰而优则编 ·············· 508
4.《宽严相济刑事政策研究》代跋
　　宽严相济的刑事政策:一个学者的解读 ············· 511
5.《刑事法判解》(第10卷)后语 ··················· 522

> # "陈兴良作品集"总序

"陈兴良作品集"是我继在中国人民大学出版社出版"陈兴良刑法学"以后,在北京大学出版社出版的一套文集。如果说,"陈兴良刑法学"是我个人刑法专著的集大成;那么,"陈兴良作品集"就是我个人专著以外的其他作品的汇集。收入"陈兴良作品集"的作品有以下十部:

1. 自选集:《走向哲学的刑法学》
2. 自选集:《走向规范的刑法学》
3. 自选集:《走向教义的刑法学》
4. 随笔集:《刑法的启蒙》
5. 讲演集:《刑法的格物》
6. 讲演集:《刑法的致知》
7. 序跋集:《法外说法》
8. 序跋集:《书外说书》
9. 序跋集:《道外说道》
10. 备忘录:《立此存照——高尚挪用资金案侧记》

以上"陈兴良作品集",可以分为五类十种:

第一,自选集。自1984年发表第一篇学术论文以来,我陆续在各种刊物发表了数百篇论文。这些论文是我研究成果的基本载体,具有不同于专著的特征。1999年和2008年我在法律出版社出版了两本论文集,这次经过充实和调整,将自选集编为三卷:第一卷是《走向哲学的刑法学》,第二卷是《走向规范的刑法学》,第三卷是《走向教义的刑法学》。这三卷自选集的书名正好标示了我在刑法学研究过程中所走过的三个阶段,因而具有纪念意义。

第二,随笔集。1997年我在法律出版社出版了《刑法的启蒙》一书,这是一部叙述西方刑法学演变历史的随笔集。该书以刑法人物为单元,以这些刑法人物的刑法思想为线索,勾画出近代刑法思想和学术学派的发展历史,对于宏观地把握整个刑法理论的形成和演变具有参考价值。该书采用了随笔的手法,不似高头讲章那么难懂,而是娓娓道来亲近读者,具有相当的可读性。

第三,讲演集。讲演活动是授课活动的补充,也是学术活动的一部分。在授课之余,我亦在其他院校和司法机关举办了各种讲演活动。这些讲演内容虽然具有即逝性,但文字整理稿却可以长久地保存。2008年我在法律出版社出版了讲演集《刑法的格致》,这次增补了内容,将讲演集编为两卷:第一卷是《刑法的格物》,第二卷是《刑法的致知》。其中,第一卷《刑法的格物》的内容集中在刑法理念和制度,侧重于刑法的实践;第二卷《刑法的致知》的内容则聚焦在刑法学术和学说,侧重于刑法的理论。

第四,序跋集。序跋是写作的副产品,当然,为他人著述所写的序跋则无疑是一种意外的收获。2004年我在法律出版社出版了两卷序跋集,即《法外说法》和《书外说书》。现在,这两卷已经容纳不下所有序跋的文字,因而这次将序跋集编为三卷:第一卷是《法外说法》,主要是本人著作的序跋集;第二卷是《书外说书》,主要是主编著作的序跋集;第三卷是《道外说道》,主要是他人著作的序跋集。序跋集累积下来,居然达到了一百多万字,成为我个人作品中颇具特色的内容。

第五,备忘录。2014年我在北京大学出版社出版了《立此存照——高尚挪用资金案侧记》一书,这是一部以个案为内容的记叙性的作品,具有备忘录的性质。该书出版以后,高尚挪用资金案进入再审,又有了进展。这次收入"陈兴良作品集"增补了有关内容,使该书以一种更为完整的面貌存世,以备不忘。可以说,该书具有十分独特的意义,对此我敝帚自珍。

"陈兴良作品集"的出版得到北京大学出版社蒋浩副总编的大力支持,收入作品集的大多数著作都是蒋浩先生在法律出版社任职期间策划出版的,现在又以作品集的形式出版,对蒋浩先生付出的辛勤劳动深表谢意。同时,我还要对北京大学出版社各位编辑的负责认真的工作态度表示感谢。

是为序。

陈兴良
2017年12月20日
谨识于北京海淀锦秋知春寓所

前　言

2004年我在法律出版社出版了两部序跋集,这就是《法外说法》和《书外说书》。其中,《法外说法》分为自序、他序和自跋三部分,《书外说书》收录的则是我主编著作的序。转眼之间,十多年过去了,序跋又写了不少,尤其是为他人著作所写的序跋数量超过为自己著作写的序跋。当然,这也正常。因为自己的著作总是有限的,而为他人写序的机会更多。为此,着手续编序跋集。经过初步整理归拢,这些序跋的总字数居然达到一百二十多万,这个数字也吓了我自己一大跳。这些序跋大多数是近十年来写的,日积月累,字数可观,将这些序跋加以编纂,形成目前三卷本的规模,成为我的著述中最具特色的作品。

序跋集的第一卷《法外说法》,保留了自序和自跋的内容,将他序分离出去单独成书。自序和自跋是为本人著作所写的序跋,之所以能够单独成书,主要是因为某些著作经常再版或者重印。因此,一部著作往往会有多篇不同的序跋。对于我来说,序跋是著作不可分割的组成部分,我对此十分重视,同时也有较大的写作兴趣。如果说,著作的正文是"内";那么,序跋就是"外"。因此,在写序跋的时候,可以跳出著作的框架,兴之所至,随心所欲,表达一些自己的感想。因此,正文的写作和序跋的写作是两种完全不同的心情和风格。在自序中,自己较为满意的是《刑法哲学》(再版)前言,这是一篇短序,其中一段话表达了当时我的心情:"钱钟书先生曾言:'大抵学问是荒江野老屋中,二三素心人商量培养之事。'如此说来,做学问难免要坐冷板凳,不甘寂寞难以成就大学问。在当前世俗社会里,学问显得不合时宜,甚至成为一种奢侈。尽管如此,潜心向学仍是我的不渝之志。"这篇前言写于1996年年初,当时的学术气氛比较压抑,个人也有际遇窒碍之感,这才有利用《刑法哲学》一书重印写序的机会,略抒胸臆。在自跋中,自己较为满意的是《刑法的价值构造》的后记,其中有段话是为我所孜孜以求的形式美所作的辩护:"在本书中,我一如既往地追求体系结构的形式美,但愿它不致对思想内容的阐述与表达造成太大的妨害。其实,书和人一样,都是有一定风格的,一般来说是文如其人,思想风格应当与文章风格求得契合与一致。在我看来,正如存在工笔与写意这两种风格迥异的绘画形式,在学术著作中也存在这种风格上的差异。以往,我们一般在艺术中讲究流派与风格,例如诗的豪放与婉约等;而在学术理论中则注重思想内容的科学性,忽视表现形式的完美性,这不能不说是一种遗憾。把时间往回推移到18世纪,康德与黑格尔的著作尽管语言晦涩令人无法卒读(也许是翻译上的原因),思想深刻使人难以理解(也许是水平上的问题);但对于读懂读通的人来说,其阅读快感又岂能用语言来表达!这种阅读快感来自他们对真理的无限信仰与崇敬,以及惊叹于其思想体系的高度完美性。毫无疑问,还有其语言表达的精辟性。当头顶的灿烂星空与心中的道德律令引起康德敬畏之情的时候,我们能不为这种敬畏而敬畏么?当黑格尔预言密涅瓦的猫头鹰要等待黄昏到来才会起飞的时候,我们能不为这种等待而等待么?而在当今的学术理论中,风格形式上的无个性化与八股文化绝不比思想内容上的陈旧性与呆板性的程度更轻一些。因此,我们在呼唤观点上的突破的同时,也应当为形式上的创新而呐喊。"这些文字虽然都是随意之笔,但确实也表达了我的某些对于学术著述的美学追求。除了这些文字以外,还有些序跋其实可以视为著作的一部分,这就是以代序或者代跋的形式创作的序跋,这些序跋本身就是一篇可以单独成文的文章或者论文。例如,《法外说法》中收录的《刑法疏议》一书的代跋,这篇代跋有个副标题,这就是:"法的解释与解释的法"。这篇代跋全文共计一万五千字,相当于一篇论文。《刑法疏议》是1997年《刑法》颁布之后,我对刑法的逐编、逐章、逐节、逐条、逐款、逐项的解释。当然,这是一部速朽的著作。在我所有的著作中,只有这部著作至今没有修订再版,因为刑法立法和司法解释发展太快,已经完全没有修订再版的必要。因此,该书唯一留下值得珍惜的也就是这篇代跋。应该说,这篇代跋并不是先有论文然后充当代跋,而确实是在正文完成以后专门撰写,一气呵成,未作修改。代跋完成以后我对其中内容略加整理,成为一篇论文,以《法的解释与解释的法》为题发表在《法律科学》1997年第4期。这篇代跋是我从刑法的形而上的哲学研究向刑法的解释学,也就是现在所说的教义学转向的标志,可以说,在我的刑法学术生涯中具有"节点"的性质。这篇代跋留下了撰写时间:1997年3月21日,这也正是我四十周岁的生日。1997年《刑法》是1997年3月14日通过颁布的,而我在此时点之前已经根据刑法修订草案完成了《刑法疏议》一书的写作，《刑法》颁布以后，根据正式文本对书稿进行修改。因此，《刑法》颁布一周以后，《刑法疏议》一书就定稿了，这才有3月21日代跋的写作。现在翻阅这些文字，重新回顾这段经历，令人感慨万分。除此以外，我为《刑法的启蒙》一书撰写的代跋——"缅怀片面"，也是较有特色并引起了反响的。《刑法的启蒙》同样写作于1997年，只不过完成于盛夏。这部著作是蒋浩的约稿，以学术随笔的名义来写的，介绍了十位西方刑法思想史上的刑法人物。当这部书完成的时候，我对西方刑法思想史有了一个概括的认知，归纳为四个字，这就是"缅怀片面"。虽然这只是简短的议论，但也给人留下较深的印象。

序跋集的第二卷《书外说书》，收录的是我主编著作的序跋，是在第一版的基础上增添内容而成的，也可以说是一种续编。在我的学术生涯中，主编占了较大的精力和较多的时间。学术著作的主编，也许是具有中国特色的一种学术活动。主编不限于教科书，还包括各种大型著作。应该说，诸如法律评注或者法律词典之类的鸿篇巨制，个人力量难以企及，采取主编制，集众人之力量，采众人之智慧，具有合理性。但一般的论著也采取主编的方法，确实不太合乎学术研究的规律。因为，文科不同于理工科，学术研究具有个体性，写作更应当是个人的智力活动。不过，在中国学术恢复重建的特殊历史时期，主编制的写作方法还是盛行一时。我亦未能免俗，主编了一些著作。这些著作应一时之需，还是能够发挥一些作用的。其实，主编本身也是一件难活，要把不同知识程度、不同背景的作者组织起来，按时完成写作任务，并且统稿成书，都是十分麻烦的。在我主编的著作中，印象比较深刻的是两套丛书：第一套是中国检察出版社出版的三本系列著作，这就是《中国死刑检讨——以"枪下留人案"为视角》《中国刑事司法解释检讨——以奸淫幼女司法解释为视角》和《中国刑事政策检讨——以"严打"刑事政策为视角》；第二套是法律出版社出版的三本系列著作，这就是《法治的使命》《法治的界面》和《法治的言说》。这些著作都是讲座或者讲演等学术活动的副产品，参与人数众多，讨论热点问题，因此具有较大的社会影响力。当然，这些著作也同样具有一定的时效性。值得说明的是，这些著作虽然是我主编的，但我的学生都有深度参与，成为这些著作的重要创作者。在《书外说书》中，《刑事法评论》的主编絮语和《刑事法判解》的卷首语占据了较大篇幅。《刑事法评论》从

1997年创刊,到2017年,正好20周年,总共出版了40卷。从第一卷开始,每一卷我都撰写主编絮语,对各卷收录的论文逐篇进行介绍,由此形成惯例。《刑事法判解》是1999年创刊的,编辑宗旨不同于《刑事法评论》,它更注重司法的实务性。《刑事法判解》的出版虽然命运多舛,但至今仍然正常出版。担任这两个连续出版物的主编,是我从事刑法学术活动的一个主要组成部分,它为年轻学者发表论文提供了园地,而且也确实发表了大量年轻作者的优秀作品。在主编絮语和卷首语中,对此作了介绍,也成为推出年轻学者的重要举措。现在,这些文字编入《书外说书》,对我来说是一种留念和纪念。

序跋集的第三卷《道外说道》,收录的是为他人著作撰写的序跋,因为这部分内容较多,所以从《法外说法》中独立出来单独成书。道外说道的"道",是道理的"道",也是作为法之理的"道"。我之为他人写序,这里的他人,绝大多数是青年学者,写序同时亦有推荐之意。事实上,当我自己刚进入学术圈的时候,出版著作也往往需要老一辈学者写序,唯有如此,出版社才能接受出版。据我所知,某些书序是求序人所自撰,作序人只是进行个别文字修改。这些名为他序实为自序,其内容是枯燥的,没有趣味的。当然,这种现象现在已经减少了。就我而言,只要答应作序,都要先阅读书稿然后动笔写序。现在网络发达,书稿的电子版很容易发送,这也为写序前阅稿带来极大的便利。收入《道外说道》一书的他序分为四个部分:第一部分是为他人著作写的序,这部分序涉及的著作达到100多部,其中博士论文居多。著作是作者对本学科某些重要专题的深入研究的学术成果,因此也称为专著。对于学者来说,专著是其学术成果的最重要载体,因而受到高度重视。一位学者在其一生中可以发表数量较多的论文,但出版著作的数量则是有限的。现在,真正有水平的著作往往都是博士论文,教授撰写的著作反而较为少见了。因此,为这些著作写序对于我来说也是一件幸事。我是抱着认真的态度写这些序的。在序中,除了对著作的评价性文字以外,还包括本人对相关论题的见解等,可以直抒胸臆。在这些序中,我为邱兴隆写的代序值得一提。基于对邱兴隆的了解与理解,从知人论世的古训出发,对邱兴隆的传奇一生作了描述,结果写成了一篇人物传记。当然我对大多数求序人并没有像对邱兴隆这样了解,有些求序人甚至并不认识。有些求序人不仅写序前不认识,即使在写完序以后也没有见过面。写完序以后，出版遥遥无期的也有，有的人书出版了以后甚至没有想到给我寄一本。对此，我都能够淡然面对。第二部分是丛书序，这是为他人主编或者出版社编辑的各类丛书所写的序，但不包括我本人主编的丛书。第三部分是中译本序。近些年来，随着我国对外开放，越来越多其他国家的优秀著作被翻译介绍进来。这些译者中，有相当一部分是我的学生。为此，我有机会为这些中译本写序。在这些国外作者中，不乏世界著名的刑法学家。例如，德国的罗克辛教授，日本的西田典之教授、山口厚教授等。其中，尤其要提到西田典之教授，为中日刑事法交流作出了重要的贡献，也与我结下了深厚的友情。为了我的《刑法的知识转型（学术史）》一书的日译本能够顺利在日本出版，西田典之教授竭力向出版社推荐，并承诺支付出版费用等，使我十分感动。当我获悉我的学生江溯和李世阳共同翻译西田典之教授的代表作《共犯理论的展开》的时候，感到十分高兴，并受邀于2012年10月22日完成了序的写作。然而，翻译和出版的过程十分漫长。在此期间，西田典之教授不幸于2013年6月14日因病去世，因而在生前未能见到该书中译本的出版，这是令人遗憾的。为此，我主编的《刑事法评论》（第33卷）专门开辟了悼念西田典之教授的专栏，同时也发表了我为西田典之教授上述著作撰写的序，以此作为纪念。及至2017年西田典之教授的著作才在中国法制出版社正式出版，成为对西田典之教授的在天之灵最好的慰藉。第四部分是其他序跋，这是最有特色的内容，是为非刑法著作撰写的序跋，其中包括散文、诗词、摄影集等类别。这些作者大都是我的至交故友，为之写序义不容辞。其中，为高中同学李建平的摄影集撰写的序，回忆了我与李建平交集的一段学习、工作和生活的经历，如同撰写自己的回忆录，令人难忘。

在某种意义上，我是把序当作一种写作题材对待的，尤其是为他人写序，虽然是为他人作嫁衣裳，但借此平台，述说自己的感想与情怀，也不失为一种言说的方式。现在这些序跋能够结集出版，我最想感谢的是蒋浩先生。2004年蒋浩先生在法律出版社任职，约我出版了两卷本的序跋集。现在，蒋浩先生又大力支持我将序跋集编成三卷本，对此深表谢意。

序是一部著作的开篇，而跋是一部著作的完结。人生正如一部书，也会有开端与终结，我们都在人生的征途中艰难跋涉。阅读一部著作，也是阅读作者的人生。因此，反过来说，书也如同人生。人与书的这种相似性,使得我们在书写著作的同时,也是在书写人生的篇章。在这个意义上说,序跋集也是我的人生传记。从序跋集中不仅可以看到他人的人生,也可以看到自己的人生。

是为前言。

陈兴良
谨识于北京海淀锦秋知春寓所
2019 年 11 月 3 日

第一版前言

本书是《法外说法》一书的姊妹篇,原先按照我的设想是一同收入《法外说法》。法律出版社的蒋浩先生向我提议分拆两本为好。思索许久,接受了蒋浩的建言,遂有本书,命名为《书外说书》,以便与《法外说法》之书名对应也。

收入本书的主编序,是我所作的序中的重要内容。要说起来,主编序既不好归入自序,又难以归入他序。自序是为自己的著作所作之序,他序是为他人的著作所作之序,主编序两者皆非也。这里主要涉及主编之著作在学术成果中的定位。大概古代是没有主编著作这种形式的,"文章千古事,得失寸心知",在这种文章关乎其心的情形下,重文如命,惜字如金,文章必是一人之所写。当然,古代也有总编纂之类的官职,清乾隆年间的纪晓岚不就是四库全书的总编纂么?当然,四库全书的编纂已经不是为文,而是罗织文网的一种工作,因而总编纂是一种官衔,也是十分正常的了。著作的合著,大约是近现代兴起的风气——一种贬褒不一的文风。当然,正经八百的合作是受法律保护的。我国《著作权法》第13条专门规定了合作作品的著作权,该条第1款规定:"两人以上合作创作的作品,著作权由合作作者共同享有。没有参加创作的人,不能成为合作作者。"因此,法律是认同合作作品这一著作形式的。当然,可合作的文章一定是不会关乎其心的。因为"心同此理,理同此文"实在太难。心之彼此之分,如同山之南北之隔也。在这种情况下,两个人甚至两人以上,要如同一个人思考那样创作成文,若无"心有灵犀一点通"的奇迹,确乎其难。我记得一位知名作家说过,他从来不买合著的书,更何况主编之书。在贺卫方教授主持下的《中外法学》据说有一条不成文的选稿原则:通常不发表二人以上的合作论文。如此说来,在学术创作领域,是重独而轻合的。独者,独立创作也;合者,合作创作也。不过,合作创作在当今学术活动中毕竟还是存在的,不论你对它是一种什么态度。在时不我待、精力不济的情况下,众人拾柴火焰高,合作还是能及时地出成果,并且出大成果的。现在学术活动中不是都以工程命名,提倡造"大船"么?以一人之力大概只能刳木为舟,造大船非有众力加工不可。因此,在这种学术风气之下,我虽然自己也不怎么买合著或者主编的书,至少买时要掂量掂量,但是自己还是主编了一些书。在这些主编的书中,有些是自愿为之,投入精力不少;也有的是受出版社之请,勉力为之。我是从来不把这些主编的著作当作自己主要学术成果的,因为我深知,没有一本传世的经典之作是主编、甚至合著出来的,它不能成为一个学者的代表作。当然,既挂主编之名,多多少少总是要尽一份心的,因而为主编的书写序,就成为主编的义不容辞的职责,也是为那些"乌合"之书打上主编的个性化印记的唯一可能。

收入本书的主编序,尽管是担任主编的职务行为,但我还是尽量地利用职务上的便利表达一些个人的想法。因此,对于我来说,为主编的书写序,已经不纯粹是一种不得已的差事,而是一个学术表达的渠道。出于此心,尽量不把主编序写成官样文章,而是思想的流露。正因为如此,对主编序我还是有偏爱之心。尽管主编的书也许没有太大的学术价值,或者会在历史长河中灭失,但序总是自己的,对之是爱惜的,毕竟它反映了我在某一时期从事的学术活动,是我之学术史的组成部分,甚或反映了我的某一学术观点。例如,我为"刑事法学研究丛书"所作之代总序《学术功底·问题意识·研究方法》,就是一篇引用率颇高的序。一篇序有一定的引用率,这不也正好说明序有一定的学术功能么?这是我引以为自豪的。

本书分为三个部分,在此依次加以介绍。

第一部分是主编著作序、跋。其中,除"刑事法学研究丛书"代总序、"刑事法文库"总序和"北大刑法博士文丛"总序、"中青年刑法文库"总序是为丛书所作之序以外,其余都是我所主编著作之序、跋。这些著作都是我与学友或学生合作的产物,大多是刑法领域的著作。不过,有一本书在此不能不提,这就是《中国法学著作大词典》,已经忘记编撰该书的"犯意"是如何发起的,我想应该是中国政法大学出版社主动提议的,否则,在20世纪90年代之初,我个人不敢有编此大词典的想法。该书270万字,收录中华法学著作三千余种,可谓工程浩大。正如高铭暄教授在该书的序中所言:"《中国法学著作大词典》收录的著作绵延数千年,横跨海峡两岸,充分显示了中华法学研究的历史与现状。本词典收录的法学著作,上起先秦,下迄当今,为中华法学研究勾勒了一条清晰的历史发展轨迹,对于研究中华法律文化史具有重大意义。"现在回想起来也真是后怕,编词典是最苦的差事,当时的我初生牛犊不怕虎,组织数十人,查阅数千种书,编出这么一本词典。我记得那时曲新久还住在中国政法大学校内四号楼三层窗户朝北、楼道厕所对过的一间单身宿舍,副主编方华生住在对面。稿子收齐以后,我们在曲新久的房间里,没日没夜地统稿,当时的辛苦现在全忘了,只留下这么一本现在看来并没有太大用处的书成为历史见证。很难想象,我现在还会有主编这样一本大书的勇气。不过,正是主编这本书使我积累了一些主编的知识与经验,为此后主编各种著作奠定了基础。

主编跋只有两篇,似乎不太成比例。但《经济犯罪疑案探究》的主编跋还是具有纪念意义的。大约是在1999年,我主编了经济犯罪与经济刑法系列研究书系,共计四本,书系之一是《经济犯罪学》,之二是《经济刑法学(总论)》,之三是《经济刑法学(各论)》,之四是《经济犯罪疑案探究》,上述书系约一百万言,由中国社会科学出版社出版,是我国对经济犯罪与经济刑法早期研究成果。这四本书的出版,花费了我大量心血,先组稿后统稿,历时长达一年多。这四本书都有前言,但前言都是纯事务性交代,未收入序跋集。但在《经济犯罪疑案探究》中有一篇跋,是关于判例研究的,却具有重要学术价值,也是我在刑法判例研究上初始的想法,因而收入本书,也是一种留念。我正在进行刑法判例研究,相信从文本刑法学到判例刑法学,将是我国刑法学研究的一个走向。

第二部分是《刑事法评论》主编絮语。《刑事法评论》创刊于1997年,是想为刑事法研究提供一个学术平台,当时与法律出版社失之交臂,与中国政法大学出版社一拍即合,至今已经出版到第14卷,蔚为可观。在《刑事法评论》(第1卷)的卷首语中,我对刑事法的概念作了界定,并倡导建构一种以现实社会关心与终极人文关怀为底蕴的、以促进学科建设与学术成长为目标的、一体化的刑事法学研究模式。如今,这一学术号召已经得到响应,刑事一体化正在成为我国刑事法知识整合的内在动因。我想,《刑事法评论》还会持之以恒地办下去,将会有更好的刑事法学术成果问世,因而我的主编絮语也还将写下去。

第三部分是《刑事法判解》卷首语及后记。《刑事法判解》是我主编的面向司法实践的连续出版物,至今已经出版到第6卷。尽管《刑事法判解》的学术影响不如《刑事法评论》,但令我感到欣慰的是,它在司法实务中正在产生影响。某一律师曾经告诉我,他到某地法院办一个案件,该院刑庭庭长就拿出一本《刑事法判解》,按照该书中刊载的一篇论文的观点与其讨论正在处理的案件。由此使我深切地感到,我们不仅需要形而上的刑事法理论,而且需要形而下的刑事法理论,两者产生影响的领域是不同的,因而更要善待《刑事法判解》,使之在司法实践中发挥更大的作用。

本书名曰《书外说书》,此"说书"非彼"说书"。它只是关于书的一些说法,而不是一种艺术形式。这些主编序、跋,虽在书内又在书外,对于理解所序所跋之书,亦或有所裨益。是为说书。

陈兴良
谨识于北京锦秋知春寓所
2004 年 2 月 4 日

一、

主编序

1.《经济犯罪学》[①]前言

自从1982年3月8日全国人大常委会《关于严惩严重破坏经济的罪犯的决定》颁布以来,经济犯罪与经济刑法越来越受到人们的重视。随着对经济犯罪与经济刑法研究的日趋深入,形成了经济犯罪学和经济刑法学等一系列新学科。这些新学科的产生,极大地丰富与繁荣了我国刑法理论,也适应了打击经济犯罪的客观需要。

但是,经济犯罪与经济刑法的研究远不尽如人意。应该说,无论是在学科的框架上还是在内容上,经济犯罪学与经济刑法学都是幼稚的,两门学科都还处于草创阶段。为此,我们一群不甘寂寞的年轻学子集结在一起,对经济犯罪与经济刑法进行了系列研究。在中国社会科学出版社的大力支持下,今天我们把研究成果奉献给读者,这就是摆在读者面前的四本书:《经济犯罪学》《经济刑法学(总论)》《经济刑法学(各论)》《经济犯罪疑案探究》。

《经济犯罪学》是经济犯罪与经济刑法系列研究之一。全书分为三篇。第一篇是形态篇,本篇对经济犯罪的概念加以界说,在此基础上对一般经济犯罪的特征、法人经济犯罪的特征和共同经济犯罪的特征进行了科学的描述。第二篇是原因篇,本篇在对经济犯罪一般原因的揭示的基础上,从宏观(社会)与微观(个体)两个角度,对经济犯罪的原因进行了深入的探讨。第三篇是对策篇,本篇在对经济犯罪发展趋势的科学预测的基础上,提出了经济犯罪的社会—法律对策体系,并对经济犯罪的社会对策、立法对策和司法对策进行了系统论述。

《经济犯罪学》一书由法学博士陈兴良担任主编,赵国强、蔡彬担任副主编。本书先由正副主编确定体系与大纲,然后由各位作者分工撰写,最后由正副主编统改定稿。应该指出,本书是我们共同合作写成的,各章的行文风格不尽一致,敬希读者谅解。本书特邀胡笑梅女士担任责任编辑,

---

① 陈兴良主编:《经济犯罪学》,中国社会科学出版社1990年版。

胡笑梅女士为本书的出版付出了辛勤的劳动,在此表示我们的衷心谢意。

编写《经济犯罪学》一书,是我们对经济犯罪与经济刑法进行深入、系统研究的一种尝试。由于我们的学术水平有限,加上时间较为匆忙,书中若有不妥之处,敬请读者批评指正。

作　者

1988年12月于北京

2.《经济刑法学(总论)》[①]前言

自从1982年3月8日全国人大常委会《关于严惩严重破坏经济的罪犯的决定》颁布以来,经济犯罪与经济刑法越来越受到人们的重视。随着对经济犯罪与经济刑法研究的日趋深入,形成了经济犯罪学和经济刑法学等新学科。这些新学科的应运而生,极大地丰富与繁荣了我国刑法理论,也适应了打击经济犯罪的客观需要。

但是,经济犯罪与经济刑法的研究远不尽如人意。应该说,无论是在学科的框架上还是在内容上,经济犯罪学与经济刑法学都是幼稚的,这两门学科都还处于草创阶段。为此,我们一群不甘寂寞的年轻学子集结在一起,对经济犯罪与经济刑法进行了系列研究。在中国社会科学出版社的大力支持下,今天我们把研究成果奉献给读者,这就是摆在读者面前的四本书:《经济犯罪学》《经济刑法学(总论)》《经济刑法学(各论)》《经济犯罪疑案探究》。

《经济刑法学(总论)》是经济犯罪与经济刑法系列研究之二,本书分为上下两篇。上篇是经济刑事立法,借鉴外国经济刑事的立法例,结合我国的实际情况,对经济刑事立法原则、经济刑事立法方式、经济刑事立法内容和经济刑事立法技术等问题进行了探讨,对我国今后的经济刑事立法提出了建设性的意见。下篇是经济刑事司法,立足于我国的经济刑事司法实践,对经济犯罪的定罪、经济犯罪的量刑、法人经济犯罪与定罪量刑、共同经济犯罪与定罪量刑、经济犯罪数额与定罪量刑、经济刑事诉讼等问题进行了探讨,对我国经济刑事司法的发展完善具有一定的意义。

《经济刑法学(总论)》一书由法学博士陈兴良担任主编,赵国强、蔡彬担任副主编。本书先由正副主编确定体系与大纲,然后由各位作者分工撰写,最后由正副主编统改定稿。应该指出,本书是我们共同合作写成的,各章的行文风格不尽一致,敬希读者谅解。本书特邀胡笑梅女士担任

[①] 陈兴良主编:《经济刑法学(总论)》,中国社会科学出版社1990年版。

责任编辑,胡笑梅女士为本书的出版付出了辛勤的劳动,在此表示我们的衷心谢意。

编写《经济刑法学(总论)》一书,是我们对经济犯罪与经济刑法进行深入、系统研究的一种尝试。由于我们的学术水平有限,加上时间较为匆忙,书中若有不妥之处,敬请读者批评指正。

作　者

1988年12月于北京

3.《经济犯罪疑案探究》[①]前言

自从1982年3月8日全国人大常委会《关于严惩严重破坏经济的罪犯的决定》颁布以来,经济犯罪与经济刑法越来越受到人们的重视。随着对经济犯罪与经济刑法研究的日趋深入,形成了经济犯罪学和经济刑法学等新学科。这些新学科的应运而生,极大地丰富与繁荣了我国刑法理论,也适应了打击经济犯罪的客观需要。

但是,经济犯罪与经济刑法的研究远不尽如人意。应该说,无论是在学科的框架上还是在内容上,经济犯罪学与经济刑法学都是幼稚的,这两门学科都还处于草创阶段。为此,我们一群不甘寂寞的年轻学子集结在一起,对经济犯罪与经济刑法进行了系列研究。在中国社会科学出版社的大力支持下,今天我们把研究成果奉献给读者,这就是摆在读者面前的四本书:《经济犯罪学》《经济刑法学(总论)》《经济刑法学(各论)》《经济犯罪疑案探究》。

《经济犯罪疑案探究》是经济犯罪与经济刑法系列研究之四。本书分为三编:第一编是罪与非罪的疑案探究;第二编是此罪与彼罪的疑案探究;第三编是罪与非罪和此罪与彼罪交叉的疑案探究,本编对既涉及罪与非罪的划分又关系到此罪与彼罪的区分的疑难案例作了探讨。除上述正文外,本书还有绪论和跋,在绪论中对经济犯罪疑案的产生进行了反思,并提出了解决经济犯罪疑案的立法与司法对策。在跋中论述了从案例分析向判例研究过渡的必要性和可能性。全书在体例编排上独具特色,对于司法实践中疑难案例的分析、判断具有一定的意义。

《经济犯罪疑案探究》一书由法学博士陈兴良担任主编,赵国强、蔡彬担任副主编。本书在搜集案例的过程中得到了各级司法机关的大力协助,游伟同志提供了部分案例,在此表示感谢。为了编写方便,我们在叙述案情时,除少数在报纸杂志上公开发表的案例以外,都对人名、地名等

[①] 陈兴良主编:《经济犯罪疑案探究》,中国社会科学出版社1990年版。

作了技术处理,特此加以说明。

编写《经济犯罪疑案探究》一书,是我们对经济犯罪与经济刑法进行深入、系统研究的一种尝试。由于我们的学术水平有限,加上时间紧,书中若有不妥之处,敬请读者批评指正。

作　者
1988年12月于北京

4.《刑法各论的一般理论》[①]前言

《刑法各论的一般理论》一书终于完成。在如释重负之际,不禁有几分感叹。

自从1981年考上中国人民大学法律系刑法专业硕士研究生,师从我国著名刑法学家高铭暄教授和王作富教授,我一直醉心于刑法理论的研究。从个人兴趣来说,偏爱刑法总论的理论严谨与逻辑清晰,因此,无论是硕士论文《正当防卫论》(中国人民大学出版社1987年版)还是博士论文《共同犯罪论》(中国社会科学出版社1992年版),其选题都属于刑法总论的范畴。对于刑法各论的拘泥于个罪与局限于法条的研究现状,我一直颇有微词,但我始终没有停止对刑法各论问题的理论思考。大约在1985年至1986年,我先后对犯罪情节与法条竞合这两个问题作了研究,撰写了《我国刑法中的情节加重犯》(载《法学研究》1985年第4期)和《我国刑法中的法条竞合及适用》(载《法学杂志》1986年第6期)两篇论文,由此形成对刑法各论的如下认识:如果说法条竞合主要是从法条的横向联系上解决罪与罪之间的关系问题,那么,犯罪情节就是从法条的纵向联系上解决一个犯罪内部的重罪与轻罪之间的关系问题。法条竞合和犯罪情节纵横交叉,形成一个坐标体系,对于我们从宏观和微观两个角度把握我国刑法分则的条文体系具有重大意义。[②]因此,我认为:法条竞合与犯罪情节应该构成刑法各论的一般理论。为此,在高铭暄主编、本人参加撰写的《新中国刑法学研究综述(1949—1985)》(河南人民出版社1986年版)一书中,我将法条竞合中的问题综述列在罪刑各论之中。这一做法引起一些刑法学家的异议。例如马克昌教授在题为《刑法学界的一笔精神财富——评〈新中国刑法学研究综述〉》(载《法学评论》1987年第4

[①] 陈兴良主编:《刑法各论的一般理论》,内蒙古大学出版社1992年版。
[②] 参见高铭暄、王作富主编、本人参加撰写的《新中国刑法的理论与实践》,河北人民出版社1988年版,第385页。

期)的书评中,在充分肯定《新中国刑法学研究综述(1949—1985)》一书的价值的基础上提出了该书的一些不足之处,认为将法条竞合中的问题列入"罪刑各论"部分,在编排上就不恰当,因为它毕竟属于刑法总则中的问题。参照教科书通常将法条竞合放在数罪论中讲述的情况,将它置于"一罪与数罪问题"之后为宜。及至1988年出版的《新中国刑法的理论与实践》一书,将我所撰写的法条竞合归入犯罪总论,情节减轻犯与情节加重犯归入刑罚总论,虽然在书中我阐述了对刑法各论的总体构想,但在编排体例上没有体现我的这一思想。

博士研究生毕业留校任教以后,法条竞合与犯罪情节的坐标体系深深地烙在我的脑海里。这一思想与我早些时候的对建立(刑)法条学的观念逐渐融合。及至1990年,一本偶尔翻到的书勾起了我对语言逻辑哲学的兴趣,继而产生了至今看来仍然是天真的建立语言逻辑法学的思想火花。由此,我形成这样一个看法:对法的研究,刨根究底式的形而上的本体探讨是必要的;但在另一方面,对法的实证分析也是有意义的。从形式上来说,法无非是一种语言逻辑现象,它是抽象的国家意志的外化。当我们谈到法的时候,首先映入脑海的就是一个个法律条文。如果把国家意志即统治阶级的意志视为"意";那么,法条就是"言",这里有个"意"与"言"的关系问题,通过"言"而领会"意"是法学研究的一个重要手段。由于立法技术的拙劣,"言不达意"的现象时有发生。因此,语言逻辑法学的研究,可以揭示"意"(国家意志)与"言"(法律条文)之间的转换机制,并为立法者提供一种较为科学的转换模式。在这一思想的指导下,我认为应当把刑法各论研究中对刑法分则条文的研究与这些条文的司法适用的研究加以区别,而以往则将两者混为一谈。并且,应当加强以刑法分则条文作为对象的科学研究。刑法的法条体系不是法条的随意堆积和简单相加,而是一个具有内在规律的科学体系,这既应当是一种信念,也应该是一个追求的目标。

在以上数年探究与酝酿的基础上,形成了刑法各论一般理论的体系,其内容包括:犯罪分类、刑法分则条文、罪名、罪状、法定刑、犯罪情节、犯罪数额、法条竞合、单行刑法分则规范、附属刑法分则规范。这些内容都是以往的刑法总则理论未能涉及而分则理论又点到为止、缺乏深入研究的问题,是刑法分则中一些带有共性的问题,对这些问题的研究有助于深化刑法理论。由于这些问题除个别的以外，差不多都可以独立写成一本专著，本书限于篇幅不可能过于展开与深拓，但愿后来诸君有志于从事对这些问题的专门研究，写出更为精深博大的专著。

本书的撰著者与我通力合作，没有他们的努力，本书的出版是不可能的。尤其是曲君新久，在经常的切磋之中给我以启迪，在此一并表示感谢。最后，我还要衷心感谢王作富教授，作为刑法各论研究的专家，他除了在思想上给我们以启蒙与指导之外，还在百忙中拨冗为本书作序，使本书因之增色。

在本书行将付梓之际，略缀以上数语，是为前言。

陈兴良
谨识于北京西郊红楼陋室
1991 年 1 月 10 日

5.《中国法学著作大词典》[①]前言

中华民族历来有编纂类书的习惯,它使中华文明得以光大,使中华文化得以积累。在某种意义上说,《中国法学著作大词典》也是一部类书,它从时间与空间两个方面展示了中华法律文化的博大精深、源远流长。从时间上来说,上下数千年,从先秦著名法家人物商鞅,到清末著名法学家沈家本,其人其书都在本词典中占有一席之地。从空间上来说,跨越海峡两岸,内地(大陆)与港台法学著作都荟萃于本词典。因此,本词典具有信息量大、内容丰富的特点,对于弘扬中华法学文化具有一定的意义。

由于我们是第一次编纂如此规模的词典,疏漏与舛误在所难免。作为主编,我有责任将编纂中的有关技术性问题加以说明:

第一,关于法学著作的收录范围。

中国法律书籍汗牛充栋,浩如烟海,本词典不能全部收录。既然是法学著作词典,我们只能收录那些具有一定学术价值的法律书籍。因此,凡是法律汇编之类的书籍不在本词典的收录范围之内,尽管这些书籍对于法学研究具有重大的参考价值。至于中国古代的法律著作,收录范围除学术性论著以外,还包括有关法律文献与法律典籍,这些书籍作为中国法律文化遗产,具有较大的历史价值,因而尽可能地予以收录。同时,本词典既然名为《中国法学著作大词典》,我们只收录中国作者撰著的各种法学著作,翻译介绍的外国法学著作不在本词典的收录范围之内,尽管这些译作对于法学研究具有重大的参考价值。最后,我们收录的法学著作,除古代、民国时期以及港台的作品以外,只收录我国正式出版(以书号为准)的各类法学著作,内部印行的法学著作不在本词典的收录范围之内。之所以不收录内部印行的法学著作,主要是出于以下两方面的考虑:一是内部印行的法学著作不易搜罗,遗漏必多;二是内部印行的法学著作,大多数后来又公开出版了。由于现在图书出版方式与发行渠道的多元化,致

[①] 陈兴良主编:《中国法学著作大词典》,中国政法大学出版社1992年版。

使有些法学著作应当收录而没有收录，对此只能表示遗憾，并在将来重版修订时再作补救。

第二，关于法学著作的收录原则。

在我们所确定的收录范围内的法学著作数量很大，本词典只能收录其中一部分。为此，我们确定了三主三辅的收录原则：一是以法学专著、论文集为主，法律教科书、普及读物、案例和其他法律书籍为辅。二是以新中国，尤其是中共十一届三中全会以来的法学著作为主，民国时期以及港台的法学著作为辅。三是以现代法学著作为主，古代法学著作为辅。为主的法学著作竭尽全力搜集，为辅的法学著作适当收录。尤其是普及读物数量庞大，只能收录其中一部分。至于港台及民国时期的法学著作，由于地理阻隔和年代久远，也只能收录其中一部分。对此，特作以上说明。

第三，关于本词典正文的体系排列。

本词典分为十个部分：第一编法学理论，第二编宪法学，第三编行政法学，第四编刑法学，第五编民法学，第六编经济法学，第七编诉讼法学，第八编国际法学，第九编法律史学，第十编古代法学。这十个部分是参考我国法律体系与法学体系，并根据本词典编纂的需要设计的。每一编下面，有的又分为若干层次，例如，第四编刑法学，又分为刑法学、犯罪学、劳改法学。第二层次基本上都是一些亚学科，具有相对独立性。在内容方面，又分为专著、论文集、词典、教科书、普及读物、案例、民国时期及港台著作等类别，在这些类别中，除论文集、词典、案例、民国时期及港台著作较为确定以外，专著、教科书、普及读物之间的界限往往难以确定，有些我们归入教科书或普及读物的，作者本人可能认为应当属于专著。对此，我们申明，这种归类只是我们为了编纂词典需要而确定的，是我们的一家之识，并非对某一著作的学术价值的定性，不存在任何贬褒因素。如有不当，敬请法学著作的作者谅解。最后，有些著作，例如法律心理学、军事法学、青少年法学等没有单独划为一类，根据内容分别归入其他类。例如，关于法律心理学一般理论的著作归入法学理论；犯罪心理学著作归入犯罪学；劳改心理学归入劳改法学；侦查心理学归入刑事侦查学；证人心理学、审判心理学归入诉讼法学，如此等等。凡某一著作内容涉及三个以上部门的，归入法学理论中的综合类；凡某一著作内容涉及两个以上部门的,归入较为适宜的一类。本词典的法学著作按照出版时间排列。同年同月出版的,不分先后;只有年份没有月份的,排在该年年末。出版时间一般是第一版的时间,个别修订再版的,按照第二版的时间排列。

第四,关于本词典的辞目内容。

本词典采取一书一词条的形式,其内容在凡例中有详细说明。为了重点突出专著,我们一般以比较大的篇幅予以介绍;对于其他法学著作,则以适当的篇幅予以简介。至于具体篇幅,由各个编纂者自行掌握。因此,难免出现详略不一的状况。尤其是用数百或上千字介绍一本数十万甚至上百万字的著作,概括不全或评价偏颇也难免发生,敬请法学著作的作者谅解。

《中国法学著作大词典》的编纂,得到编委会主任蔡诚司法部长、编委会副主任(以姓氏笔画为序)江平教授、巫昌祯教授、张晋藩教授、陈光中教授、高铭暄教授、陶髦教授的大力支持与鼓励。尤其是我的恩师、中国法学会副会长高铭暄教授在百忙之中拨冗为本词典欣然作序,使本词典因之增色,对此深表崇高的敬意。本词典的编纂还得到了中国政法大学出版社领导的支持,尤其是作为本词典责任编辑的中国政法大学出版社编辑室主任张荣民同志,从词典的构思到出版,付出了辛勤的劳动。本词典的编委和撰稿人,来自中国人民大学、中国政法大学和中国社会科学院。副主编方华生同志,与我通力合作,在较短的时间内编纂完成了这一规模宏大的词典。本词典的编纂得到了各位作者的支持,当编纂本词典的消息见报以后,不少作者纷纷向我们寄来自荐材料。最后,本词典的编纂,还得到了首都图书馆、中国人民大学图书馆、中国政法大学图书馆以及中国人民大学法律系资料室的大力支持,使我们能够通览法学著作,为本词典的编纂提供了各种便利。在此,我们深表谢意。

在本词典即将付梓之际,略作以上说明,是为前言。

陈兴良

谨识于中国人民大学红楼陋室

1991 年 8 月 10 日

6.《刑种通论》①前言

犯罪与刑罚是刑法的一对基本范畴,二者共同构成刑法学的研究对象。但是,在我国刑法学界,犯罪与刑罚这对孪生儿似乎并未得到一视同仁的礼遇:犯罪研究备受青睐,而刑罚研究颇受冷落。一部五六十万字的刑法学鸿篇巨制,有关刑罚的内容却只有寥寥数章,与刑罚在刑法学理论体系中的地位极不相称。诚然,造成这种现象的原因是复杂的,但有一点却是明显的,这就是刑罚研究较之犯罪研究,更受法条的拘束。易言之,在刑罚研究中,注释法学的色彩更浓,从而严重地阻碍了刑罚研究的深化。在犯罪研究中,犯罪构成理论以其严谨的逻辑体系自成一格。犯罪构成的要件虽然具有法定性,但犯罪构成的一般理论却是建立在对刑法具体规定的高度抽象与概括的基础之上的,因而不同于对法条的简单注疏。犯罪构成理论一经建立,具有强大的逻辑穿透力,并且统率犯罪中的一切理论问题。例如未完成罪、共同犯罪、单复数罪,都是犯罪构成的具体运用。同时,从犯罪构成理论还生发出定罪理论、刑事责任理论。定罪理论是对犯罪构成的动态研究,即论述犯罪构成具体运用的一般理论问题。刑事责任,根据我国刑法学界较为流行的观点,被认为是介于犯罪和刑罚之间,而对犯罪和刑罚的关系起调节作用的一个范畴,但更大程度上,刑事责任是在犯罪理论中受到重视与强调的。例如,刑事责任理论的核心——刑事责任根据问题,就主要与犯罪构成有关。因此,犯罪理论的研究,在一定程度上超越法条,具有较为浓厚的理论色彩。相比较之下,刑罚研究显得苍白而又贫乏。从刑法教科书的体系来看,除刑罚的概念与目的以外,余下的刑罚的体系和种类、量刑、数罪并罚、缓刑、减刑、假释、时效,都是对法条的注释,未能建立起一般的理论体系。我在1988年发表于《法学研究》第5期的《刑法学体系的反思与重构》一文中曾经指出,行刑论应当在刑法学体系中占有一席之地。在现存的刑法学体系中,

---

① 陈兴良主编:《刑种通论》,人民法院出版社1993年版。

刑之本体与刑之执行是混合的,这是由注释刑法学的特点所决定的,因为刑法条文把这两者规定在一起了。我认为,法条的这种规定是理所当然的,是由立法技术与法条表达的要求所决定的。但在刑法理论上,应该把刑之本体问题与刑之执行问题分开,这是由理论阐述的要求所决定的。刑之本体问题是指对各种刑罚方法的本质、意义、利弊等的考察,而刑之执行问题是指各种刑罚方法的具体执行。两者混合的结果,就是没有深刻地揭示各种刑罚方法的本质,没有达到刑罚哲学的应有高度,而是局限于对法条所规定的各种刑罚方法的执行问题。所以,我认为应在行刑论中研究各种刑罚方法的执行,这更合乎刑法学体系的内在逻辑。应该说,当时的这些思考还是不够成熟的,但它至少表明了我对刑罚研究的这样一种信念:对法条的更大程度的超越,破除注释法学的樊篱,应该是刑罚理论发展的突破口之一。

我国刑法学界对刑罚研究的薄弱,不仅表明刑罚理论的幼稚,也是整个刑法理论肤浅的标志之一。实际上,刑罚是一个最富哲理思辨色彩、内容最为深刻的问题。像刑罚权及其限度,就是一个需要深入研究的问题,对这个问题的研究,已经远远超越了法条的内容,而涉及民主与专制、国家与个人、自由与平等这样一些更为广泛的内容。孟德斯鸠曾经指出:刑罚凡是不必要的,就是专制的。这就提出了刑罚的必要性,实际上也是合理性问题。刑罚权并非具有天然的合理性,刑罚同样需要为自己的存在辩护。对于这些问题,我国刑法学界基本上没有涉及。这是一种悲哀。在我看来,只有这些问题得到圆满的回答,刑罚理论才算达到了一个较高的水准。

刑法理论研究与一个国家的刑事法制建设是密切相关的。因此,我国当前重犯罪论、轻刑罚论的状态也可以在法制建设的事实中找到原因。在《刑法》颁行之初,刑事司法活动更为关注的是罪与非罪的界限问题,保证刑事案件处理上的定性准确。因而,刑法理论也对犯罪问题予以了充分的重视,努力为司法实践提供理论指导。犯罪构成理论应该说起到了很大的作用,一经传播,深入人心,对于司法人员处理犯罪案件具有直接的功效。随着法制水平的提高,刑罚问题,包括量刑、行刑,必将逐渐引起人们的重视,因为定罪的归宿点是量刑,而量刑又为行刑提供法律根据,正是通过行刑活动达到刑法的最终目的。因此,从长远来看,刑罚理论必将引起人们的兴趣。而刑罚理论的发达程度又在很大程度上代表了一个国家刑法理论的研究水平。

本书的写作是我们对刑罚理论研究的开端,也是一次十分有益的尝试。由于刑罚是一个十分广泛的研究领域,我们选择刑种作为一个突破口。刑种,即刑罚种类,是指各种具体的刑罚方法,刑法关于刑罚的整个规定都是围绕刑种而展开的。因此,刑罚理论的深化,必然始于对刑种的研究。为了在更大程度上展开理论思辨,我们没有简单地局限于法条的规定,而是将刑种概括为生命刑、自由刑、财产刑与资格刑四种;在每一刑种中,按照历史沿革、概念界定、理论争论、各国比较、我国立法、裁量、执行和发展完善这样一条线索展开深入系统的理论研究。在本书的写作过程中,我们坚持理论联系实际的学风,立足于中国关于刑种的立法与司法,并兼采比较研究的方法,借鉴历史上与外国的立法例,力图使本书达到一定的理论高度,从而为刑罚理论的发展做出我们的努力。

本书的撰著者与我共同努力,使本书得以完成并出版。尤其是王晨先生,对刑罚理论一直怀有浓厚的兴趣,并以此作为自己学术研究的主攻方向。在我们最初相识的时候,经过一场关于刑法理论研究的大侃,决定共同撰写一部刑罚理论的专著,以表示我们对现在的刑罚研究现状的不满与我们在刑罚研究上的进取心。经过数年的潜心研究,我们终于完成了这本书,并且将它呈现给读者。我还要感谢史有勇先生,作为一名法官,以他长期从事司法实践的经验为本书增色不少。

在本书即将出版之际,略抒胸臆,是为前言。

陈兴良
谨识于北京塔院迎春园寓所
1992 年 9 月 28 日

7.《经济活动中罪与非罪的界限》[①]前言

随着从计划经济体制向市场经济体制的转轨,我国的经济发展出现了前所未有的高速腾飞;与此同时,经济领域的无序化日益加剧。在这种情况下,经济活动中的犯罪亦呈增长趋势。而且,由于经济成分的多元化、经济主体的复杂化与经济形式的多样化,经济活动中罪与非罪的界限也更加难以划分。因此,研究经济活动中罪与非罪的界限不仅具有重大的理论意义,而且具有重大的实践价值。《经济活动中罪与非罪的界限》一书就是我们对这一课题进行深入研究而取得的学术成果。

本书分为绪论、正文与附录三部分。在绪论中,我们从宏观的角度对经济领域中的失范行为的概念、成因及其法律抗制进行了探讨。经济犯罪是这种失范行为的主要内容之一,因而对经济活动中失范行为的理论探究对于我们更加深刻地把握经济犯罪的性质无疑具有帮助作用。正文除第一章是经济犯罪概论以外,其余各章是对经济犯罪的十多种主要类型的罪与非罪界限的具体论述。在经济犯罪概论一章中,我们主要论述了经济犯罪的特点、概念、分类、构成、数额、情节、认定等一般理论问题,这些问题对于经济活动中罪与非罪界限的正确划分具有普遍意义。作为本书的主体内容,我们选择了走私罪、投机倒把罪、妨害税收罪、假冒注册商标罪、假冒专利罪、诈骗罪、贪污罪、挪用公款罪、受贿罪、行贿罪和介绍贿赂罪等的罪与非罪界限问题,从理论与实践的结合上,作了深入、细致的论述。为了使我们对经济活动中的罪与非罪界限有一个全面的掌握,本书还设立专章对经济活动中过失犯罪的罪与非罪的界限作了论述。应当指出,过失犯罪虽然不属于经济犯罪的范畴,但经济活动中大量的过失犯罪的存在是一个客观事实,为此有必要对其罪与非罪的界限进行研究。最后,本书的附录摘录、编纂了有关经济犯罪的政策法规,为读者查找与适用提供了极大的便利。应

[①] 王作富主编,陈兴良、胡云腾副主编:《经济活动中罪与非罪的界限》,中国政法大学出版社1993年版。

该指出,本书是我们共同合作完成的,每章的行文风格与编写体例不尽统一,敬希读者谅解。

由于我们的学术水平有限,加上时间较为匆忙,书中若有不妥之处,敬请读者批评指正。

作　者

1993年3月21日于北京

8.《经营人员法律责任手册》[1]前言

随着市场经济的发展,经济活动市场化,经营活动正成为全民关注的一个热点问题。经营活动不仅要求参与者具备经营知识,而且由于市场经济是一种法制经济,因而要求经营人员必须具备一定的法律知识。本书就是专门为从事经营活动人员编写的一部有关经营活动法律责任的书籍。本书分为20个专题,以问答的形式对经营活动中的有关法律责任问题作了通俗易懂、深入浅出的介绍,内容涉及对外贸易活动、外汇管理活动、经营管理活动、物价管理活动、产品质量管理活动、出版活动、合同管理活动、广告管理活动、税收管理活动、商标管理活动、专利管理活动、保险管理活动、经济秘密管理活动、自然资源保护、环境保护、科技管理活动、文物管理活动、药品管理活动、财务管理活动、经济往来活动等经营活动。在每一专题中,先介绍有关基本知识,在此基础上对合法行为与违法行为、罪与非罪、此罪与彼罪加以区分。本书一册在手,经营人员可以通晓各种经营活动中的政策与法律界限,从而起到自我防范的作用,以解缠讼之忧,更可免入罪之虞。

由于我们水平有限,加上时间较为匆忙,书中若有不妥之处,敬请读者批评指正。

作　者
1993年6月13日于北京

---

[1] 陈兴良主编:《经营人员法律责任手册》,中国政法大学出版社1994年版。

9.《中国刑事司法案例汇纂》[①]前言

经过将近一年时间的征集、筛选、编写与厘定,终于完成了这本《中国刑事司法案例汇纂》。在本书前言中,仅就案例一词略加引申、考证、辨析与探究。

案,本义是几桌,类似于现在的办公桌,后引申为官府处理公事的文书、成例及狱讼判定结论。由此可见,在法律领域,案至少存在以下三种含义:一是指诉讼事件,例如案件;二是指诉讼材料,例如案卷;三是指诉讼结论,例如定案。应该说,在案的上述三种含义中,第一种含义是最基本的。在这个意义上,案可以说是司法工作的对象,因而司法工作的主要内容就是办案。

例,其义有二:一为类比,例如照例;二为准则,例如条例。因此,例可以指某种准据,按照这种准据可以对其他事物起到一种参照作用。

案例两字合用,其含义是指以某个案件的处理结论作为审理同类案件的前例。在案例一词中,案是具体的诉讼案件,而例则是指从某一具体讼案中抽象出来的可以用作审理同类案件的成例。因此,案件可以说是具体与抽象的统一。准确地说,是从具体事物中抽象出一般之法理。就此而言,案是普遍存在、司法实务中触手可及的。而例,则并非存在于任何一个讼案之中,只有那些具有典型意义的案才能上升为例。因此,案例不能等同于案件,案件随处可见,案例却需要搜寻并加以提炼。

这里有必要论及判例及其与成文法的关系。英美法被称为判例法,判例是法律的主要渊源。应该说,判例与案例存在一定的差别,但两者的联系又是十分紧密的。在我国不存在严格意义上的判例,而案例却明文载于《最高人民法院公报》,对于司法实践起着一定的指导作用,在某种意义上说是一种准判例。在成文法国家,判例(或者说案例)的作用与判例法体系存在很大差别。法国著名比较法学家勒内·达维德指出,在成文

[①] 陈兴良主编:《中国刑事司法案例汇纂》,中国政法大学出版社1995年版。

法国家,正常情况下,只要求判例起次要作用。查士丁尼法典宣称:"判决不是根据例子,而是根据法律"(non exemplis sed legibus judicandum est)。判决当然可以有一定的权威,但除了一些例外场合,这些判决并不被看成是确定法律规范的。其实也无须如此,除这些判决外,我们已有足够应用的法律体系。在英国情况就不一样,普通法是由威斯敏斯特各皇家法院创立的,它是一种判例法。英国判例的作用不仅仅是"实施",而恰恰是"总结"出法律规范。在这种情况下,英国判例被赋予了不同于欧洲大陆判例的权威是理所当然的。法院判决提出来的规定应该得到遵守,否则就要破坏普通法的确实性,影响它的存在本身。①

中国是一个成文法国家,因而中国还没有严格意义上的判例。作为案例,即使由最高人民法院公布,也只是对各级法院的审判工作具有指导意义,而没有法律拘束力。尽管如此,案例在法律适用中仍然具有重要意义。因为成文法总是抽象概括的,而案例却具体可供参照类比。当然,在我国,不得以例破法,也就是说,案例必须在立法者依法确立的框架之内活动。即使是类推的案例,也不具有法律拘束力,今后遇到同类案件,仍须上报核准。总之,案例只有个别的法律效力,而不具有法的一般效力。从法制发展的趋势来看,我认为应当进一步扩大案例的作用,建立成文法体系框架之内的判例制度。

案例不仅对于法律的实施具有重大意义,对于法学研究也同样重要。案例之于法学研究,正如医案之于医学研究。因为任何法理都来自具体案件的处理,同时又必须回过头去指导具体案件的处理。只有通过个案研究,处理才能明确化、具体化,变得具有可适用性与可操作性。

应该说,案例编纂是一项吃力不讨好的工作。所谓吃力,是指案例的搜集整理耗时费劲,需要投入较大的精力。所谓不讨好,是指案例书籍难登法学研究之大雅之堂。但我深信,没有大量的丰富的案例,就不会有真正的、深入的法学研究。因此,虽然我更钟情于理论刑法学的探究,但从来都对案例研究感兴趣。我在1990年主编并由中国社会科学出版社出版了《经济犯罪疑案探究》一书,主要研究经济犯罪疑案。此后,我给刑法专业硕士研究生开设了"刑事案例分析"课程,并于1992年主编并由中国

---

① 参见〔法〕勒内·达维德:《当代主要法律体系》,漆竹生译,上海译文出版社1984年版,第354页。

检察出版社出版了《刑事疑案研究》一书,从理论上对刑事疑案作了一些研究。现在这本《中国刑事司法案例汇纂》是这种努力的继续与深入。

《中国刑事司法案例汇纂》一书的编写得到了各位作者的大力支持。本书的作者大多数是各级司法机关的法官和检察官,还有的是刑法专业研究生。收入本书的大部分案例都是真实的,为了编写方便,我们对某些案情作了技术处理,并且全部隐去真实人名。每个案例分为案情简介、分歧意见与作者评释三部分,有些案例增加了处理结果。通过这些内容反映一个案例的完整面貌,并表明作者的观点。当然,由于我们的学术水平有限,作者评释的意见也并不见得完全正确。黄朝华和莫开勤两位同志协助我做了大量的工作,在此特表深切的谢意。

陈兴良

谨识于北京塔院迎春园寓所

1993 年 4 月 12 日

10.《刑法新罪评释全书》①前言

自从 1980 年 1 月 1 日《刑法》施行以来,已经过去了将近 15 年。在这期间,我国进行了经济体制改革,推行市场经济,社会面貌发生了重大改变。随着社会发展,犯罪形态也随之变化。为了适应惩治犯罪的客观需要,全国人大及其常委会通过制定单行刑法和附属刑法,极大地丰富了我国刑法的内容,尤其是增补了一系列新罪,在总数上已经超出刑法典规定的罪名②,成为我国刑法的重要组成部分。

随着刑事立法的发展,我国刑法理论也不断繁荣,其中对刑法新罪的研究成为我国刑法学理论研究的一个重大课题,已经出版了一系列的专著,对于司法实践正确地适用刑法新罪都具有一定的指导意义。但是,这些关于刑法新罪的著作由于篇幅所限,尚不能对所有的刑法新罪进行系统、全面的研究。为此,我们组织编撰了《刑法新罪评释全书》。本书立足于我国刑事立法,对自《刑法》颁行以来的所有新罪都作了较为深入的研究。在写作之初,我们就确定了本书所要达到的四个目标:一是最全,即尽可能地将除《刑法》以外在单行刑法和附属刑法中规定的新罪都纳入本书的研究视野。单行刑法的新罪不难确定,但附属刑法的新罪则不易确定。我们确定附属刑法新罪的原则是:凡用"比照"的,即认为规定了新罪;否则,就不认为是新罪。当然,如果后来又被单行刑法所取代的,则不再单独论述。二是最大,即篇幅最大,以往关于刑法新罪的著作,篇幅一般都在 20 万字左右,个别的达到 40 万字左右,而本书正文部分将达到 220 万字左右。由于篇幅大,可以容纳更多的内容。三是最深,即在理论研究上达到一定的深度。为此,我们将刑法新罪分成 21 个类型,每个类型单独成编,基本上按照《刑法》分则八章的顺序排列。在每一编中,除对

---

① 陈兴良主编:《刑法新罪评释全书》,中国民主法制出版社 1995 年版。
② 根据有关统计,1979 年《刑法》规定的罪名为 151 个,而单行刑法和附属刑法增补的罪名已达 230 个左右。

新罪的具体论述以外,我们还从整体上对这一类犯罪的概念、沿革、比较、成因、对策加以研究,并论述了立法完善问题。每编还有案例评释,选择有关新罪的疑难案例加以探析。这样,使我们能够从理论与实践的结合上,把握新罪的特征。四是最新,即反映最新的刑事立法进程和刑事司法动态,从而使本书具有一定的新颖性。例如,在本书出版过程中,1995年6月30日,全国人大常委会颁布了《关于惩治破坏金融秩序犯罪的决定》;1995年10月30日,全国人大常委会颁布了《关于惩治虚开、伪造和非法出售增值税专用发票犯罪的决定》,为了反映这一最新立法动向,我们及时增补了这两个决定规定的新罪的内容。因此,本书的资料截止到1995年10月30日。以上是我们编撰本书的目标,在撰写过程中,我们尽量争取接近这个目标。但到底效果如何,还有待于广大读者的评判。

《刑法新罪评释全书》的编写,得到了编委会主任、中国人民大学法学院高铭暄教授和王作富教授、最高人民法院副院长祝铭山、最高人民检察院副检察长梁国庆的关心与指导,得到了本书编委的支持。本书由姜兴道先生策划发起,由我担任主编。本书的撰稿人来自中国人民大学、北京大学、中国社会科学院法学研究所、北京政法管理干部学院、最高人民法院、最高人民检察院等有关教学科研部门与司法实务部门。应当指出,由于作者的水平有限,书中某些观点是作者的一家之说,未必完全正确,敬希读者批评指正。

陈兴良

谨识于北京塔院迎春园寓所

1995年11月10日

11.《刑事司法研究——情节·判例·解释·裁量》[①]前言

刑法学是一门实用学科,实践性始终是刑法学保持其理论活力与学术魅力的根本之所在。但是,刑法学的实践性绝不应当成为理论的浅露性的遁词,这是我在《刑法哲学》一书的后记中所说的话,至今我仍坚持这一观点与信念。我还认为,在刑法学中应当区分理论层次:刑法学既要有刑法哲学这样的深层次理论,也要有案例研究这样的浅层次理论。同样,我们更需要有一种联结理论与实践的中层次理论。这种中层次理论,面向刑事司法中的热点问题与疑难问题,以解决司法实务问题为己任;但又不是头痛医头、脚痛医脚式的解决,而是对司法实践中的问题加以概括与提炼,力图从一定的理论高度解决这些实际问题。

我钟情于深层次的刑法哲学的理论研究,因为它能极大地满足我的理论兴趣,如同一种精神体操,锻炼着我的理论头脑。我所从事的深层次理论研究,主要反映在已经出版的《刑法哲学》《刑法的人性基础》等著作,并且以后还准备继续从事这方面的研究。同时,我也有志于浅层次的刑法学理论研究,它虽然难登法学研究的大雅之堂,使人有吃力不讨好之叹,但它对于具体案件的处理有着直接的指导意义,因而其功效更为直接与明显。为此,我主编了《经济犯罪疑案探究》《中国刑事司法案例汇纂》等案例分析书籍。深层次刑法理论虽阳春白雪,但曲高和寡,浅层次刑法理论虽附和者众,但下里巴人。前者之雅使人孤独,后者之俗令人不屑。为此,更需要的是中层次理论,我所从事的大量的也是这一层次的理论研究。例如,我曾经主编了《刑事疑案研究》一书,从刑事理论上研究刑事疑案问题。这本《刑事司法研究——情节·判例·解释·裁量》是刑法实务系列研究的又一成果,它的出版使我更加坚定了继续从事这一研究的信心。

[①] 陈兴良主编:《刑事司法研究——情节·判例·解释·裁量》,中国方正出版社1996年版。

应当指出,本书主要是在我的指导下由硕士生完成的。其中,黄朝华、莫开勤、蔡富超、付正权分别是我带的 1992 级和 1993 级研究生。在设计硕士论文的选题时,分别选定定罪情节、量刑情节、刑事判例与刑法解释这四个互相关联的题目。写作过程中,我虽然给予了一定的指导,但主要还是由他们各自独立完成的,并且基本上实现了我的意图。现在,他们中除莫开勤在校继续攻读博士学位以外,黄朝华在北京市司法局工作、蔡富超在郑州市中级人民法院工作、付正权在深圳市人民检察院工作。我相信,他们在从事司法实务过程中,必能将其在校之所学应用于本职工作,并从司法实践中提出问题,从理论上加以解决。这里尤其需要说明的是,作为本书撰稿人的夏成福同志,现任四川省高级人民法院研究室主任,是四川联合大学法学院 1993 级刑法专业在职硕士生,他的导师是四川联合大学法学院院长赵炳寿教授。我有幸于 1993 年 5 月受聘担任四川联合大学法学院 1993 级刑法专业硕士生的授课教师,主讲刑法各论,由此开始与夏成福同志的交往。他题为"裁判公正:理论与模式——法官刑事自由裁量权的法哲学研究"的硕士论文写出后,送我评阅。我看后十分欣喜,为夏成福同志写出如此高水平的硕士论文而高兴,这同时也要归功于赵炳寿教授的悉心指导。由于夏成福同志的论文与本书内容正好相吻合,征得他同意一并收入本书,从而使本书的内容更为丰富、体系更为完整。

　　生有涯,知无涯。这是古人对于人生之短暂而知识之无限的感叹。诚然,人不能以有涯之生而穷尽无涯之知;但无限的知识寓于各个具体的知识之中,具体知识的积累勾勒出无限知识的轮廓。明白了这一道理,我们就不必再作古人之叹。理论未有穷期,道路始于足下,刑法学的发展不也正是如此么?以此与读者共勉。

陈兴良
谨识于北京塔院迎春园寓所
1995 年 8 月 21 日

12.《职务犯罪认定处理实务全书》[①]前言

当前,惩腐倡廉正成为全国人民关注的热点问题之一。惩治腐败,主要就是通过法律手段,与职务犯罪作斗争。为此,有必要从刑法理论上加强对职务犯罪的研究。我们组织编写的《职务犯罪认定处理实务全书》就是在惩腐倡廉这一时代呼声的感召下,立足于我国关于职务犯罪的刑事立法与刑事司法,对惩治职务犯罪这一社会主题进行深入研究的一种努力。

职务犯罪,有狭义与广义之分。狭义上的职务犯罪,应当是指公务员犯罪,在我国当前是指国家工作人员犯罪。而广义上的职务犯罪,除公务员犯罪以外,还包括其他一些行使一定职权的工作人员的犯罪。由于我国的公务员制度正在建立过程中,因而职务犯罪的范围被限制得过于狭窄,不符合我国惩治职务犯罪的实际需要。因此,本书对职务犯罪持广义说,尽可能地把各种职务犯罪都纳入本书的研究视野之内。本书为写作上的便利,将全书内容分为五卷:第一卷是职务犯罪总论编。这一卷主要是对职务犯罪的概念、特征、成因、对象、认定与处罚等一系列关于职务犯罪的定罪量刑的一般原理的论述。第二卷是职务犯罪各论编。这一卷是对各种具体职务犯罪的研究,又根据实际情况,将各种犯罪依照主体身份分为四篇:第一篇是国家工作人员职务犯罪;第二篇是企业工作人员职务犯罪;第三篇是军职工作人员职务犯罪;第四篇是其他工作人员职务犯罪,包括司法工作人员职务犯罪、邮电工作人员职务犯罪、金融工作人员职务犯罪、专利工作人员职务犯罪等。以上对各种具体职务犯罪的研究,都以概述、特征、认定、处罚为理论线索,有的还有立法完善与案例评释的内容。在写作上,坚持实事求是原则,有些大罪内容较多,尽可能地详细论述,因而篇幅达十多万字甚至二十多万字;有些小罪内容较少,只能一

[①] 陈兴良主编:《职务犯罪认定处理实务全书》,中国方正出版社1996年版。

带而过，可能只有几千字。在篇幅上不强求一致，而是依实际情况确定，从而使本书对各罪的研究既有广度又有深度，充分反映了我国刑法学界对职务犯罪的研究水平。第三卷是职务犯罪诉讼程序编。本编以较大的篇幅对职务犯罪的诉讼问题进行了全面、深入的研究。从而使本书既有对职务犯罪实体问题的深入论述，又有对职务犯罪程序问题的系统阐述。第四卷是国外境外廉洁从政及职务监察法规编。分类编辑了外国及我国港台地区有关公务人员廉洁从政及对之进行监察的法律法规，供我国立法及理论研究借鉴参考。第五卷是惩治职务犯罪法律法规政策编。收录了我国当前惩治职务犯罪的主要法律、法规以及其他规范性文件，以便于实际工作中查找适用。由于本书对职务犯罪进行了全方位的系统研究，涉及面较广，我们尽可能地反映最新的立法与司法动向，反映最新的理论成果，从而使本书既具有相当的理论水平，又有直接的实用价值，为惩腐倡廉贡献我们的微薄之力。

《职务犯罪认定处理实务全书》的编写，得到了监察部部长曹庆泽同志、最高人民检察院检察长张思卿同志的关心与指导，并在百忙之中拨冗为本书作序或题词，在此深表谢意。本书是在中国方正出版社的支持下，由我担任主编组织撰写的。本书的撰稿人来自中国人民大学、北京大学、中央政法管理干部学院、北京市政法管理干部学院、最高人民法院、河南省人民检察院、广东省深圳市人民检察院、浙江省温州市人民检察院等有关教学科研部门与司法实务部门。应当指出，由于作者的水平有限，书中某些观点是作者的一家之说，未必完全正确，敬请读者批评指正。

陈兴良
谨识于北京海淀塔院迎春园寓所
1996 年 1 月 30 日

13.《刑法全书》[①]前言

1997年3月14日,是令人难忘的一天。这一天,第八届全国人民代表大会第五次会议正式通过了修订后《中华人民共和国刑法》,宣告《刑法》修订工作胜利完成。经过修订,使《刑法》具有创新意义,这种创新意义体现在以下几个方面:

(1)观念新。《刑法》是在市场经济的氛围下修订的,它反映了市场经济所要求的民主与法治及平等的新观念,较之1979年《刑法》有了一个历史性的进步。这主要反映在修订后的《刑法》废除了1979年《刑法》第79条规定的类推制度,在第3条明文规定了罪刑法定原则,即"法律明文规定为犯罪行为的,依照法律定罪处刑;法律没有明文规定为犯罪行为的,不得定罪处刑"。这一原则体现了刑法对公民个人的自由与权利的保障,符合法制文明的发展潮流,足以与修正后的《刑事诉讼法》所确立的无罪推定原则相媲美。此外,修订后的《刑法》还在第4条与第5条分别确定了罪刑平等原则和罪刑均衡原则,从而形成了刑法的基本原则体系。从1979年《刑法》的类推制度到1997年《刑法》的罪刑法定及罪刑平等、罪刑均衡三大刑法基本原则的确定,明显地勾勒出我国《刑法》向民主与法治发展的历史轨迹。

(2)内容新。修订后的《刑法》在总结1979年《刑法》及此后颁布的单行刑法与附属刑法的基础上,吸纳其中经司法实践证明成功的内容,并根据犯罪发展态势进一步补充了有关内容,从而使《刑法》的内容大为充实。仅从条文数量上看,从1979年《刑法》的192条到修订后的1997年《刑法》的452条,增加了近2/3的条文,几乎成为我国现行法律中篇幅最大、条文最多的法典之一。这个条文数量,在世界范围内比较,当然不能算是多的,但与1979年《刑法》相比,确实有了长足的进步。当然,条文数量只是反映内容的一个方面,更为重要的是,《刑法》增补的许多内容都反

[①] 陈兴良主编:《刑法全书》,中国人民公安大学出版社1997年版。

映了这部《刑法》在贴近社会、反映现实以及与国际接轨方面所做的不懈努力。例如,修订后的《刑法》在总则部分增补了普遍管辖原则、单位犯罪、立功制度以及分则部分增设了国际犯罪、黑社会犯罪、电脑犯罪、军事犯罪(危害国防利益罪与军人违反职责罪)等,都使得这部《刑法》达到了一个较高的立法水平。

(3)罪名新。《刑法》修订的用力之处在于对 1979 年《刑法》分则的修改与补充,这主要体现在新罪的增补上。因而,与 1979 年《刑法》相比,新罪的大量增加是给人最深的印象。1979 年《刑法》的分则条文是 103 条,规定的罪名据不完全统计是 151 个。此后,单行刑法和附属刑法增补的罪名已达到 230 个左右。现在,修订后的《刑法》分则条文达到 350 条,罪名达 400 个左右。修订后《刑法》中的罪名分为以下三种情形:一是 1979 年《刑法》中的罪名,有的完全没有修改,例如故意杀人罪;有的作了适当修改,例如强奸罪。二是对 1979 年《刑法》进行修改、补充的单行刑法与附属刑法(主要是有关决定、补充规定)所设立的新罪,现在大多被吸纳到《刑法》中,有的又根据实际情况作了修订。这些罪名,对于 1979 年《刑法》来说是新罪,但在修订后的《刑法》中却不能说是新罪,因为它们在《刑法》修订之前已然存在。三是 1997 年《刑法》增设的罪名,这是名副其实的新罪,大约有近百个之多,最为典型的有:修订后的《刑法》第 120 条规定的组织、领导、参加恐怖组织罪;第 123 条规定的暴力危及飞行安全罪,第 125 条规定的非法买卖、运输核材料罪;第 180 条、第 181 条、第 182 条规定的内幕交易罪以及其他证券犯罪;第 191 条规定的洗钱罪;第 221 条、第 222 条、第 223 条规定的损害商业信誉、商品声誉罪,虚假广告罪以及串通投标罪;第 237 条规定的强制猥亵、侮辱妇女罪,猥亵儿童罪;第 239 条规定的绑架罪;第 268 条规定的聚众哄抢罪;第 285 条、第 286 条规定的非法侵入计算机信息系统罪、破坏计算机信息系统罪;第 294 条规定的组织、领导、参加黑社会性质组织罪;第 302 条规定的盗窃、侮辱尸体罪;第 315 条规定的破坏监管秩序罪;第 333 条规定的非法组织卖血罪、强迫卖血罪;第 335 条规定的医疗事故罪;第 336 条规定的非法行医罪;第 388 条规定的受贿罪;第 396 条规定的私分国有资产罪;第 397 条规定的滥用职权罪、玩忽职守罪以及《刑法》分则第七章危害国防利益罪中的大部分犯罪和第十章军人违反职责罪中的少部分犯罪。上述新罪的增设,使我国刑法中的罪名体系更为完整,也为司法机关惩治犯罪提供了法律根据。

(4)体例新。由于《刑法》条文数量大量增加,势必引起体例上的相应改变。这种体例改变,主要反映在《刑法》分则的体例的变化上。在《刑法》修订中,对于《刑法》分则的体例有大章制与小章制之争。应该说,小章制是更加理想的体例。立法机关从刑法体例的延续性考虑,承袭了 1979 年《刑法》分则的大章制,对于内容较为庞杂、罪名与条文俱多的《刑法》分则第三章破坏社会主义市场经济秩序罪与第六章妨害社会管理秩序罪采取章下设节的办法加以解决。修订后的《刑法》除章下设节以外,增加了危害国防利益罪与军人违反职责罪两章,并对原有的章作了以下修改:将反革命罪改为危害国家安全罪;将妨害婚姻、家庭罪并入侵犯公民人身权利、民主权利罪;在 1988 年全国人大常委会通过的《关于惩治贪污罪贿赂罪的补充规定》的基础上,专设一章贪污贿赂罪。由此形成《刑法》分则以下十章的新体例:第一章危害国家安全罪;第二章危害公共安全罪;第三章破坏社会主义市场经济秩序罪;第四章侵犯公民人身权利、民主权利罪;第五章侵犯财产罪;第六章妨害社会管理秩序罪;第七章危害国防利益罪;第八章贪污贿赂罪;第九章渎职罪;第十章军人违反职责罪。此外,刑法在体例上还有一个重要变化,就是在总则与分则两编之外,另加附则一编。附则是刑法整体中作为总则和分则的辅助性内容而存在的一个组成部分。附则在我国刑法中首次出现,是我国刑法体例上的一个突破。

修订后的《刑法》虽然存在上述四个方面的创新,较之 1979 年《刑法》具有历史性的进步意义。但由于立法时间较为仓促、立法时机不甚理想、立法理论准备不足,所以也还是留下了许多遗憾之处。例如,对于死刑未能进行必要的削减,有些应当修改的条文没有进行必要的修改等。但瑕不掩瑜,总的说来,修订后的《刑法》是一部进步的刑法,它的诞生标志着我国刑事立法进入了一个历史发展的新阶段。

随着《刑法》的修订,必将掀起一个学习刑法、研究刑法的高潮,从而推动我国刑法理论的更新与发展。为了更好地掌握刑法的内容,为刑法的适用提供理论根据,我们组织编撰了这本《刑法全书》,以此作为"'97 刑法丛书"的一种。此前,作为主编,我曾经先后主持编撰了《中国惩治经济犯罪全书》(250万字,中国政法大学出版社1995年版)、《当前经济领域违法违纪界限及认定处理实务全书》(340万字,中国人事出版社1995年版)、《刑法新罪评释全书》(220万字,中国民主法制出版社1995年版)、《职务犯罪认定处理实务全书》(270万字,中国方正出版社1996年版)。上述著作坚持理论联系实践,立足于我国的刑事立法与刑事司法,阐述法理、探求法理,对司法实践都起到了一定的理论指导作用,受到好评。尤其是《刑法新罪评释全书》,对《刑法》修订以前通过的单行刑法与附属刑法中规定的所有新罪进行了有深度、有力度的理论研究。现在,这些新罪基本上为1997年《刑法》所吸纳,从而为这本《刑法全书》的写作奠定了良好的基础。在本书中,我们对修订后的《刑法》进行了全面、深入、系统的阐释。全书共为五卷63章:卷一是刑法绪论,对刑法的概念、创制、任务、基本原则、效力等作了论述。卷二是犯罪总论,对犯罪概念、犯罪构成、未完成罪、共同犯罪、单位犯罪、一罪数罪作了论述。卷三是刑罚总论,对刑罚的概念、种类、量刑及其制度作了论述。卷四是罪刑各论,按照《刑法》分则的体系,逐章逐节逐条逐罪地对刑法个罪按照概念、特征、认定与处罚四个问题作了论述,尤其是对修订后的《刑法》设立的新罪以及重点、常发、疑难犯罪作了较为深入的探讨。卷五是刑法附论,论述了《刑法》的生效与失效问题。

《刑法全书》的编写,得到了编委会各位主任、副主任及编委的支持;王汉斌副委员长为"'97刑法丛书"出版题词,这些都是对我们的莫大鼓励。尤其应当感谢的是,全国人大常委会秘书长曹志同志,百忙之中为"'97刑法丛书"作序,使本书增色添彩。本书由姜兴道先生策划发起,由我担任主编。本书的撰稿人分别来自中国人民大学、北京大学、最高人民法院、最高人民检察院等有关教学科研部门与司法实务部门。应当指出,由于作者水平有限,成书时间仓促,书中对刑法的解说只是作者的一家之言,未必完全正确,我们诚恳地接受读者的批评指正,以便将来有机会增补内容,使之更趋完善。

陈兴良

谨识于北京塔院迎春园寓所

1997年3月21日

14.《刑事审判实务研究》[①]前言

刑法学是一门应用学科,因而与司法实践具有密切的联系。刑法学的应用性,往往给人造成一种误解,似乎可以不要理论。其实,刑法学的应用性并不排斥理论性。只不过,司法实践要求的是一种应用性的理论。因此,刑法学的理论可以分为不同层次。除刑法哲学作为刑法的理念层次存在以外,更主要的,刑法学还是以应用性的理论存在。摆在读者面前的这本《刑事审判实务研究》,是就读于中国人民大学法学院(1995年9月至1996年7月)的高级法官培训班刑事法专业第5期部分学员的研究成果,可以把这本书定位于应用性刑法理论这样一个范畴。我认为,本书的最大特点可以概括为以下八个字:源于实践,高于实践。

源于实践,是指本书的作者是各级法院的法官,他们长期从事刑事审判工作,有的同志还担任一定的领导工作,因而具有丰富的司法实践经验。不仅作者来自司法实践第一线,本书的素材也来源于司法实践。在刑事审判工作中,经常会遇到一些疑难问题或者复杂案例,这些问题或者案例曾经困扰着法官们。经过一年时间的理论学习,高级法官培训班学员们力图用书本上所学的刑法理论解决或者解剖这些疑难问题或者复杂案例。因而,本书内容与司法实践有着直接的联系。书中涉及的这些专题,都具有现实意义。

高于实践,是指本书是高级法官培训班学员们经过一年的理论学习的心得,从本书可以看到他们理论水平的提高。在校期间,高级法官培训班学员们经受了正规的刑法理论的训练。对刑法问题由过去的感性认识上升为理性认识,从过去的经验上升为理论,并且运用刑法理论去研究与分析司法实践中的问题。从本书的内容来看,高级法官培训班学员们已经较为熟练地掌握了刑法理论的分析方法,得出的结论对于司法实践都具有一定的指导意义。

[①] 陈兴良主编:《刑事审判实务研究》,中国方正出版社1997年版。

本书是选编学员的毕业论文而成，由于篇幅有限，还有一些优秀论文没有入选本书，这是十分遗憾的。指导收入本书论文的是中国人民大学法学院的王作富教授、阴家宝教授、陈兴良教授、姜伟教授、韩玉胜副教授、黄京平副教授、冯军副教授。根据本书的题目与体例，在我国著名刑法学家高铭暄教授、王作富教授的指导下，由我对论文作了加工编辑形成本书。本书的出版，还得到了最高人民法院高级法官培训中心领导的支持与关心，在此一并表示感谢。

陈兴良
谨识于北京塔院迎春园寓所
1996 年 7 月 17 日

15. "刑事法学研究丛书"①代总序
学术功底·问题意识·研究方法

"刑事法学研究丛书"是北京大学刑事法理论研究所组织编写的一套丛书,由我担任主编。在"刑事法学研究丛书"的策划过程中,如何把握这套丛书的学术价值追求,始终是我所思考的一个问题。这套丛书以刑事法理论作为研究范围,表明我们对实现刑事一体化的研究模式的不懈努力。由于刑事法各学科研究进展上的不平衡性,刑法必然成为研究的重点。当然,我们也将兼顾刑事诉讼法、监狱法、刑事侦查学、犯罪学以及其他刑事法学科,尤其注重刑事法理学的研究。尽管刑事法各学科处于不同的发展水平上,很难采用同一的尺度来衡量,但是,我们还是可以从专业槽这一视角出发,作为考量刑事法各学科发展程度的一个标尺。可以说,凡是建立了严密的专业槽的学科,由于形成了一套学术规范与专业话语,因而达到了一定的学术成熟程度。而那些没有建立起严密的专业槽的学科,或者各人自说自话,缺乏学术上的沟通;或者任人置喙,缺乏严谨的学术规范,因而处于一种相对幼稚的程度。在这种情况下,建构并完善刑事法的专业槽就成为提升刑事法理论水平、推进刑事法理论研究的一个关键问题。

建构刑法学的专业槽,这是我一直呼吁并反复强调的一个命题,它关系到一个学科的生存与发展。这个命题同样适用于刑事法学各学科,乃至于适用于法学各学科。专业槽如何得以生存?或许在我以往的论述中都语焉不详。我愿借为"刑事法学研究丛书"作序之机,对这一问题加以细致阐述,我们这套丛书的学术价值追求也正蕴涵其中。在我看来,专业槽的建构与学术功底、问题意识、研究方法休戚相关。倘若这三个问题不能得到彻底解决,专业槽的建构只能是一种奢望。

---

① 陈兴良主编的"刑事法学研究丛书"由中国政法大学出版社自1997年起陆续出版。

一、学术功底:专业槽建构之基础

建构专业槽的意蕴乃在于研究各学科的专门性问题,而研究专门学术问题则要求研究者要有基本的学术功底,使本人所从事的专业成为为之奋斗终生的事业。

学术功底一词,非三言两语所能说清。但刑事法研究所需要的学术功底涵括以下内容当无可置疑:对刑事法规范及其适用的熟悉、对刑事法基本原理的掌握以及对影响刑事法演变的人文背景知识的关怀。

刑事法的学术功底其实与学者的使命观紧密相连。学者的使命观不同,则其所应奠定的学术功底的重点亦有所不同。以注释法典、关注法典在实践中的命运为己任的学者,应当具有深厚的刑事法基本理论的功底;以关心刑事法的价值蕴涵、研究刑事法的形而上的问题为趣旨的学者,则应当对近现代以来中、西方的人文主义思潮了然于胸;对哲学、伦理学、社会学、心理学、政治学、人类学乃至生物学等人文社会科学的广泛涉猎和细致梳理,便是其学术功底的题中之义。唯其如此,才能思考近现代以来,西方法治国的刑事法观念何以无法在中国扎根;中国当前在很大程度上借用西方刑事法话语所搭建的刑事法大厦(刑事法规范和刑事法理论)之功能发挥应当克服哪些障碍等关乎刑事法理论生存基础与发展趋势的宏观问题。

可见,无论学者的趣旨存在多大的差异(我们应当以极为宽容的态度承认并允许这种差异的存在),但有一点是共同的,那就是都需要深厚的学术功底。而这种学术功底,正是学者们借以解决刑事法在司法适用和理论成长方面所遇到的各种难题的唯一资源。没有深厚的学术功底,便没有刑事法研究,更没有刑事法理论的独立品格。如此,学者便沦为立法(刑事法条文)的奴隶,刑事法理论便傍依于刑事法规范而无自立的根基。培育深厚的学术功底,为刑事法专业槽的形成设置了一道栅栏。正是在这个意义上,我强调:学术功底是刑事法专业槽建构的基础。

二、问题意识:专业槽建构之关键

问题意识是指学者发现问题、思考问题、质疑问题、把握问题、解决问题的敏锐感和自觉性。

建构刑事法理论的专业槽,需要研究者有一定的学术功底,但仅此显然是不够的。不善于发现问题与思考问题,研究者所积累的知识就成了一堆没有生命的东西,至多会成为一个收藏丰富的书库。面对发现的问题去思考,并寻求解决问题的路径,刑事法理论才可能呈现动态的发展态势。

问题意识的主旨在于强调直面问题又超越问题。直面问题是指对刑事法在司法适用中显露出来的疑难问题,学者都应当尽量提供一套可供操作的方案。超越问题是指学者们应当在解决司法实践问题的过程中阐释刑法精义,促进刑事法理论的更新,而不致困囿于一时一事。直面问题是重要的,否则刑事法研究就可能是闭门造车、纸上谈兵。超越问题更是丝毫都不能忽略,否则刑事法理论只能停留在低水平重复的层面上,数十年如一日地一筹莫展。在我国近些年的刑事法研究中,学者们始终没有回避司法实践中的问题,各种各样的刑事法著作也都把重点放在解决这些问题上,这是值得充分肯定的。但是我们在超越问题上做得明显不够。翻开数十本刑事法著作,内容重复甚至绝对雷同者十之八九,创新(内容与形式上)之作寥若晨星。在刑事法著作充斥书肆这种虚假的繁荣背后,隐藏着的是理论的苍白与学术的贫乏。而这种现象的出现,一方面是由于学术上的惯性或惰性使然;另一方面是由于我们力之所不逮,其中问题意识的缺乏当占极大成分。

如果说学术功底的形成主要靠学习和培养,那么问题意识的形成则主要仰赖于思考和追问。没有一种刨根究底式的学术追问精神,问题意识的形成绝对无从谈起。而追问精神又与激烈的、规范化的学术论争有着天然的亲和性。我不能不承认,我国刑事法理论研究中并不缺乏学术论争。但是,在我看来这种论争的层次性是有限的:我们习惯于自塑一套概念以瓦解别人的理论范式(表现最充分的是刑法因果关系原理),由于出发点不同结论自然不同,最终结果是谁也无法说服谁。我们习惯于简单地在赞成与反对之间加以选择并进行表决,而缺乏系统的批判和说明。我们更多地愿意选择私下里或课堂上的"口诛",而不推崇见诸文字的"笔伐"。这些学术论争偏好都在一定程度上销蚀着追问精神,使问题意识难以普遍形成。因此,提倡并强调一种公开、公平、公正的刑事法学术论争是重要的,并且迫在眉睫。只有在激烈的但又是规范的论争氛围中,学者的反思性见解才能形成,问题意识才能越来越强。

因此,我所提倡的有助于问题意识生成的学术论争是一种反思性或者说是追问式的论争,而不是低水平重复式循环着的无谓的概念之争,也不是人们耳熟能详的观点的简单对比式论争。反思性学术论争主张所有的理论问题都应当在一个大多数人可以接受的前提下,在公开的场合以公开(诉诸文字)的方式进行讨论。这种讨论丝毫不意味着人们要顺从通行的见解,也不去强制人们接受别人的观点,而是要求人们反思和追问刑事法存在的根基和其他任何一个或大或小的、人们业已作为常识或公理加以接受的理论观点。然后,在这种共识的不断瓦解中,重新形成刑事法的理论范畴,以实现刑事法理论共识的批判性重塑。

问题意识,恰恰生成于反思性学术论争的过程中又推动着这种论争。因此,它与健康的学术论争之间呈现出一种功能互现的关系。

三、研究方法:专业槽建构之保证

长期以来,我们没有摆正学术研究中方法论建设的地位,这也许是我国刑事法理论因袭有余、创新不足,因而处于一种低水平重复与徘徊的境况的重要原因之一。

刑事法研究的方法绝非单一,更非唯一,有数种方法论上的方案可供我们选择。而且各种方法用好之后,均可殊途同归。但是,长期以来我们最擅长并津津乐道于注释方法。注释方法如果将规范放到广阔的人文背景和社会环境中去观照,去发现并揭示深藏于法条中的微言大义,当是一种大可褒扬的方法。但倘将注释方法庸俗化,将对法条的注疏与字典对词条的解释等而视之,实在是刑事法研究中的自戕行为。而且,注释方法形成的是一种概念法学。在这种概念法学的范式之中,结论的得出过多地依赖逻辑推演。无疑,逻辑推演有助于一气呵成,使分析更有条理,思路更为清晰。但以逻辑推演为主要特征的注释方法的单一化使用,则有使研究方法千篇一律之虞,给刑事法著作带来呆板的貌状。由此顺理成章的是:在绝大多数刑事法著作中,其结构大抵是概念、特征、意义、历史等,再辅之以适当的分析。照搬这种分析框架写起刑事法著作来自然简单方便。但是,一方面,它使刑事法著作教科书化,使人难以判断我国刑事法理论到底是否已经从教科书时代脱身出来;另一方面,这种研究方法极大地压抑了人的原创能力和精神活力。更为重要的是,注释方法使刑事法研究流于纸上谈兵,与社会现实生活相隔绝,从而窒息了刑事法理论的学术生命。

因此,我呼吁刑事法研究方法的更新和多元。当然,首先应当声明,我丝毫没有否认注释方法的绩效的意思,反而主张对注释方法创造性地运用,引入哲学解释学的理论,使注释方法现代化。而且,在此基础上,我认为应当探索其他研究方法,尤其是法社会学方法。在刑事法思想史上,刑事实证学派的出现自然是理念上的推陈出新,但同时也是方法论上的变革。因为刑事古典学派在方法论上的局限性是显而易见的,其所运用的逻辑推演方法与我们目前广泛采用的方法何其相似! 而刑事实证学派则力主方法论的更新。撇开刑事古典学派与刑事实证学派在基本理念上的孰是孰非不论,刑事实证学派在方法论改革上所做的尝试和努力显然是值得肯定和记取的。

方法论的更新与多元,尤其是法社会学方法的运用,意味着将改变或者减少从理论上的这个概念到那个概念的推导,而将关注的目光更多地投向司法实践,投向现实生活,投向受到刑罚处罚的被告人和受到犯罪侵害的被害人,关注具有普遍意义的个人(案),使刑法成为关涉人的学问、关涉社会的学问,而不是纯粹的逻辑演绎与理论思辨。因此,方法论的变革意味着一定的丧失:有着牢固的注释方法思维定势的人对于这种方法论的更新,可能会有一个适应的过程。在此过程中,学术著作的数量会有所减少,学术繁荣的程度会有所降低。但是,在我看来,这种丧失是必要的,也是暂时的。以必要的、暂时的丧失为代价,换取的是刑事法理论的新生。

在《刑法哲学》一书的题记中,我曾经说我们这个时代是一个反思的时代。当时我主要是从价值观这个角度考虑的。今天,我仍然要说,这是一个反思的时代,我主要从方法论这个角度强调这种反思性。因为随着刑事法理论的不断发展,研究方法如果一如其旧不进行革新,刑事法理论难有质的突破与飞跃,这个问题已经日渐彰显。

有必要在这里指出,只要学者们在学术功底、问题意识、研究方法这三个方面多下工夫,取得一些实质性进展,刑事法专业槽的建构是可能的。但与此相关的一个问题是:专业槽的建构过程及其结果是否意味着一个话语霸权的形成与扩张?建构专业槽的确隐藏着剥夺他人研究刑事法的自由的危险。但是,我们应当换一个视角来认识这个问题,即专业槽不是一个封闭的桎梏,而是一个开放的系统。刑事法专业槽的建成意味着我们承认、欢迎并接纳那些具有深厚的学术功底、敏锐的问题意识而又追求方法论变革的学者(包括非刑事法的人文学者)所提出的所有观点,就如世界各国的刑事法学者都没有任何理由矢口否认作为非刑事法学者的福柯的刑罚史研究的价值一样。至于那些没有达到上述刑事法专业槽要求的人对于刑事法理论圣殿可能会不得其门而入。但只要经过努力,达到了刑事法理论研究的最低限度的学识要求,当然可以登堂入室。就此而言,只能说是刑事法理论的门槛高了,但其大门始终是向一切热心于刑事法研究的人敞开的,难道不是如此吗?

本丛书的编辑出版,正是基于建构刑事法专业槽的上述考虑,同时也是建构刑事法专业槽的努力之一。中国政法大学出版社副社长李传敢、总编室主任丁小宣独具法眼,积极促成、推动了这套"刑事法学研究丛书"的出版。中国人民大学法学院刑法专业博士研究生周光权参与丛书的策划并承担了大量出版联络工作,其意殊为可喜。这套丛书以小题大做为特色,追求纯正的、精致的学术品格。著述大抵有以下几种情形:小题小做、大题大做、大题小做、小题大做。小题小做,似乎过于促狭,作文可以,出书不宜。大题大做,乃大家手笔,我辈凡人可望不可及。大题小做,最不足道,容易流于肤浅。小题大做,选取刑事法理论中的一个概念、范畴、命题,并且要尽可能小的基于概念、范畴、命题,进行深入的挖掘,使之成为本问题的前沿性成果。虽然每本书的篇幅不超过 10 万字(5 万字以上),与现今动辄数十万字乃至上百万字的著作而言,篇幅小得可怜。但这种篇幅与选题相比较,又确是一种大做,是一种足够大的篇幅。例如,一本教科书中只用几百字解说的范畴,在丛书中作为一个专题,将用 5 万字至 10 万字的篇幅去展开细论,是为小题大做。正是这种小题大做,最需作者的学术功底。同时,这种小题大做式著作的积累,对刑事法理论中的基本概念、范畴与命题的逐个梳理,必将从整体上改变刑事法理论研究的范式与框架,推动刑事法专业槽的建立。"刑事法学研究丛书"向全国刑事法研究者开放,将以每年 10 本的进度推出。凡是符合丛书的学术规范与编辑宗旨的著作均可入选,尤其欢迎刑事法各专业的硕士生、博士生将本人的论文选题与丛书挂钩。凡达到标准者,我们将优先出版。

最后,我想说明的是,我上面所提出的建构专业槽的一系列标准是近乎苛刻的。我想自我检讨的是,我本人所从事的研究也远远没有达到这些标准,尽管对此孜孜以求。但我认为,取法乎上,仅得其中,我国的刑事法研究应当悬置更高的要求。收入"刑事法学研究丛书"的各书如果严格地用前述标准衡量,完全合格者寥寥。但是,选择这些书出版,是因为它们确都各有特色,每本书都从小题做起,以小见大,凸显了作者在一定程度上所具有的问题意识,体现了研究方法上的某些创新,反映了作者各自较为厚实的学术功底。同时,这些论著的出版,表明我们鼓励踏踏实实的研究、提倡方法论的探索、促进问题意识的形成的切切之情。

是为序。

陈兴良

谨识于北京塔院迎春园寓所

1997 年 12 月 1 日

16.《刑事诉讼中的公诉人》[①]导言

刑事诉讼是刑事追究的实际运作过程。从侦查阶段的犯罪嫌疑人,到审查起诉与审判阶段的被告人,一直到经法院的有罪判决确认为罪犯或者宣告无罪,此间经历了公、检、法三机关以及其内部机构的多重关卡,凝聚着司法工作人员的大量心血。在这个意义上说,刑事诉讼活动既是追究犯罪、惩治犯罪的过程,又是使无罪的公民不受非法追诉的过程,它具有保护社会、保障人权之双重蕴涵。尤其是1996年对《刑事诉讼法》进行的修改强化了《刑事诉讼法》的人权保障功能,并对刑事诉讼的庭审方式作了重大改革。在这种情况下,公诉人如何迎接《刑事诉讼法》的修改所带来的挑战?本书试图在一定意义与一定程度上回答这个问题,展示公诉人的理论风采与理论思考。

公诉人,又称国家公诉人,是代表国家依法出庭支持公诉的检察官。我国刑事诉讼中的公诉人,担负着指控犯罪的神圣使命。他们的一言一行,都代表国家、代表法律,关系到对一个公民的生杀予夺,因而责任重大,来不得半点的疏忽。公诉人的工作性质决定,不仅要求他们有强烈的责任感,而且还要成为刑事诉讼的专家,精通刑法与刑事诉讼法。唯有如此,才能完成国家与法律赋予的职责。

在刑事诉讼活动中,检察机关居于一个承前启后的十分重要的诉讼地位。承前是指承接公安机关侦查终结的刑事案件,启后是指提起公诉启动法庭审理。修正后的《刑事诉讼法》的实施,对刑事案件的庭审方式进行了改革,法庭审理由过去只具形式意义改变为更具实质内容。在这种情况下,对检察机关而言,可以说是机遇与挑战并存。我认为,在这里有一个观念转变的问题,过去注重庭前准备,现在应当更加注重法庭审理。过去往往把出庭简单地看作公诉权之行使,对法官具有较强的依赖性。现在,说理的成分增加了,不仅要指控犯罪,而且更须论证犯罪。只

[①] 陈兴良主编:《刑事诉讼中的公诉人》,中国人民公安大学出版社1998年版。

有这样，在激烈的法庭控辩对抗中才能立于不败之地。因而应当建立诉讼风险观念，以法庭上的出色表现完成法律赋予检察机关的神圣职责。

检察机关不仅是公诉机关，也是法律监督机关，因而如何加强检察机关的建设是一个十分重要的问题。检察机关的建设是一个大题目，我在这里只想说一个问题，即如何在开放中加强检察机关的建设。我认为，检察机关不应自我封闭，而应当全方位地开放，在开放中求得生存与发展。这里的开放，是指与相关机关及其人员的交流与协调。首先应当加强与公安机关的交流与协调。公安机关与检察机关同处控方的地位，公安机关的侦查活动为公诉提供了基础，因而应当通过协调，使公安机关办案结果符合公诉要求。其次应当加强与法院的交流与协调。法院作为审判机关，掌握着对刑事案件的最终处理权，公诉活动的结果最终要获得法院的认可，应当从如何有利于法官确认犯罪的角度来规范与要求公诉活动。最后还要注重与律师的交流与协调。公诉人与律师作为控辩两方，在法庭上是天然对立的，但在依法履行职责、保障司法公正这一点上可以获得某种统一。随着修改后的《刑事诉讼法》的实施，律师提前介入检察机关的工作。对于这种介入，检察机关应当欢迎，而不是排斥。事实上，律师提前介入，可以从另一个角度帮助我们正确地处理案件，因此，律师介入不是不利于而恰恰是有利于检察机关的工作。只有持这样一种开放心态，检察机关才能适应法律的变动，获得发展的动力。

在公诉活动中，出庭支持公诉，也就是参加庭审活动是重心。《刑事诉讼法》修改以前，庭审活动以法官为中心，公诉人在法庭上可以说是无所作为。《刑事诉讼法》修改以后，庭审制度进行了改革，强化了控辩双方对抗的力度。在这种情况下，为公诉人展现风采提供了广阔的舞台。应该指出，庭审方式的改革既使公诉人面临挑战，又给公诉人带来机遇，它为公诉人在庭审活动中有所作为提供了法律条件。当然，我们的公诉人面对这种庭审方式的改变，还有不适应之处。在此，关键是要提高公诉人的综合素质。

本书的写作就是我院起诉部门为提高公诉人的理论素质而作出的努力之一。本书内容分为两个部分：上篇是刑事诉讼的专题研究，共分12个专题，内容涉及程序、证据、公诉技巧等诸多与公诉业务相关的理论与实践问题。这些专题的研讨，大多能够结合公诉业务活动进行理论分析，贴近实践,因而具有一定的价值。下篇是公诉报告,这是我们独创的一种写作样式。公诉报告是反映检察机关公诉活动全过程的一种形式。通过公诉报告,力求将审查起诉、出庭支持公诉过程中刑事法律(包括刑事实体法与刑事程序法)运作的各个环节生动地描述出来,从中可以看出公诉人在此间的工作内容、性质及其价值。

应该说,本书是本院起诉部门的检察官学习与运用修正后的《刑事诉讼法》的经验总结与理论概括,反映了公诉人的实际工作情形,相信对于了解公诉工作应有一定的帮助,也能为进一步的刑事诉讼理论研究提供原汁原味的实际素材。同时,还为各级检察机关的刑检部门提供了一些参考性意见。上述目的若能达到,编写本书的心愿也就实现了。当然,由于修改后的《刑事诉讼法》实施时间不长,有关司法解释尚在修订之中,因而本书的观点也难免有失当之处,敬祈读者指正。

最后应当说明,本书中收录的公诉报告有些是在修订后的《刑法》生效前审理的案件,因而适用的是1979年《刑法》。文中无法一一注明,敬请阅读时注意分辨。

陈兴良
谨识于北京市海淀区人民检察院
1998年3月9日

17.《刑法疑难案例评释》[①]导言

刑法的适用是一个从刑法规定之一般到具体案件之个别的演绎过程。个案以及由此形成的案例乃至于判例,就是这种司法适用活动的结果。在司法实践中,大部分案件是简单的,能够对号入座,因而能够得到快速与便捷的处理。但也有少数案件是疑难复杂的,在罪与非罪的界限和此罪与彼罪的界限上都存在争议,这就是刑法上的疑案。疑案在整个刑事案件中所占的比重虽然不大,但由于其复杂性,容易在适用法律上发生错误,因而成为司法工作中的难点问题之一。由于修订后的《刑法》施行时间不长,司法人员对于其中的规定还不太熟悉,在适用上还存在一个适应的过程。在此期间,刑法疑案的出现就更是势所必然。因此,加强对刑法疑案的研究,就成为一个重要的课题。在这种情况下,我们组织编写了《刑法疑难案例评释》一书,作为"刑事司法实务丛书"的第三本,也是最后一本。

收入本书的案例,少数是我院办理的,大多数是从各种报纸杂志上收集的,有的经过作者的改写。可以肯定,这些案件都是在司法实践中真实发生的,因而具有一定的典型性。在编写中,每个案例分为三个部分:一是基本案情,将每个案件的事实情况交代清楚,为进一步探讨提供扎实的事实根据。二是争议观点,展示案例的疑难性。这些争议观点大多数是在司法机关处理过程中形成的,对之从理论上作了必要的概括。争议观点明确了疑难案例的争议之所在,从而提出了问题。三是评释意见,这是作者对该案例的分析意见。由于案件的复杂疑难性,虽然作者从刑法理论上作了评释,但这只是一家之言,未必完全正确,主要是为了进行学理上的探讨,并且也是为了就正于学术界与实务界同仁。

本书的作者除了本院刑事检察官以外,还吸收了中国人民大学法学院的刑法硕士研究生和博士研究生加入,这对他们也是一个难得的锻炼

[①] 陈兴良主编:《刑法疑难案例评释》,中国人民公安大学出版社1998年版。

机会。我们相信,随着我国刑法理论的发展,司法工作者业务素质的提高,刑法上的疑难案件必然会越来越少。

陈兴良
谨识于北京市海淀区人民检察院
1998年5月

18. "刑事法文库"[①]总序

随着刑事法治的发展,我国刑事法理论如何适应法治建设的现实需要、提升刑事法的学术水准,成为刑事法学界面临的一个重大课题。在这种情况下,"刑事法文库"怀着强烈的使命感正式问世。"刑事法文库"由北京大学刑事法理论研究所主办,并由我担任主编。

"刑事法文库"由陆续推出的一系列著作构成,力图成为一个展示刑事法理论前沿性研究成果的窗口。收入"刑事法文库"的著作包括刑事法各学科,即刑法、刑事诉讼法、犯罪学、监狱法等,我们期望这些著作是代表刑事法某个领域的思想性与学术性兼备的专著。前些年,我国刑事法理论研究取得了重要的进展,尤其是刑法和刑事诉讼法这两个刑事法的基础学科出版了一系列令人瞩目的论著。当然,以往的刑事法理论研究也还存在某些不尽如人意之处。在我看来,刑事法理论研究需要从以下三个方面加以突破:一是思想性。刑事法理论,无论是规范刑事法学还是理论刑事法学,都应当进一步强调思想性。这里的思想性,是指刑事法理论不仅要关注法条及其适用,关注理论及其论证,更应当关注刑事法理论的社会人文关怀,反映现实社会的法治要求,以推进我国刑事法治建设为使命。二是学术性。刑事法理论应当建构基石范畴与核心命题,并形成基本原理。只有这样,刑事法理论才能自命为一种学术,而不至于沦为对法条的机械诠释。三是规范性。对于刑事法理论的发展来说,规范性至关重要。以往的刑事法理论虽然聚讼纷纭,表面繁荣,但积淀的观点与达成的共识并不多,因而过眼云烟式的论著为数不少。在此,关键是要在刑事法理论研究中引入学术规范,形成规范刑事法学与理论刑事法学各自的语境。只有在此基础上,才能使刑事法研究摆脱无谓的论争,一步步地推进。"刑事法文库"试图在上述三个方面有所建树,将思想性、学术性与规范性作为价值追求。

---

① 陈兴良主编的"刑事法文库"由中国方正出版社自2000年起陆续出版。

"刑事法文库"是一个开放性的书系,不仅出版我国学者在刑事法领域的力作,而且收入关于刑事法的译著以及进行比较研究的专著,以每年3~4本的出书进度逐渐推出。写作虽然是一种个体化的行为,学术却是一项共同的事业。只有形成一个学术共同体,理论才能发展。刑事法理论的繁荣,同样需要这样一个学术共同体。"刑事法文库"将为这一学术共同体的建构竭尽全力。

陈兴良
谨识于北京海淀稻香园寓所
2000年3月24日

19.《罪名指南》[①]前言

罪名,是刑法中的一个基本问题,尤其是《刑法》分则,是以罪名为单位构成的。离开了罪名,也就不存在《刑法》分则的内容。因此,无论是在刑法理论上,还是在司法实践中,罪名都具有十分重要的意义。

在我国1979年《刑法》中,只有150多个罪名。此后,随着单行刑法与附属刑法的修改补充,逐渐增加了一些罪名。在1997年《刑法》修订中,改动最大的就是《刑法》分则。主要表现在对有关罪名作了重要修订,并增设了一些罪名。经过修订以后,我国《刑法》中的罪名达到413个(根据最高人民法院《关于执行〈中华人民共和国刑法〉确定罪名的规定》计算)。随着修订后的《刑法》的实施,如何理解刑法罪名,就成为刑法理论和司法实践中的一个热点问题。在这种情况下,我们组织编写了《罪名指南》一书。该书的特点是以《刑法》分则规定的罪名为基本线索,对罪名进行逐个解释,内容包括各个罪名的概念、沿革、特征、认定(包括罪与非罪的界限和此罪与彼罪的界限)、形态(未完成形态、共犯形态、罪数形态)和处罚。这些内容基本上涵括了定罪与量刑两个方面,从而成为对罪名的科学解释。在写作过程中,我们注重对新旧《刑法》进行比较研究,注重对罪名的学理解释,尤其是将最新司法解释贯串到对罪名的阐述之中,从而使对罪名的理解具有法律根据。我们的设想是:通过此书的出版,来指导和推进刑事司法实务活动。所以,我们将书名冠以"指南"字样。在美国有一部权威的法律文件名曰"量刑指南",它是法官适用法定刑的依据。我们这本书显然无法达到这种权威效果,但是我们希望它能起到参考、引导的作用,能有助于中国刑事司法的完善。

刑法是一门应用学科,其内容与司法实践息息相关。尽管刑法需要形而上的研究,需要刑法哲学的探讨,但它同样也需要形而下的研究,需要从司法实践中汲取理论养分。正是本着这一愿望,我们编写了本书,以

[①] 陈兴良主编:《罪名指南》,中国政法大学出版社2000年版。

使刑法理论在司法实践中发挥更大的作用。应该指出,就本人而言,虽然对刑法哲学饶有兴趣,但对司法实践同样十分关注。尤其是在司法机关兼职的一年多时间里,使我能够以一个"内部人"的身份直面司法活动,从而在思想感情上更加贴近司法实践,进而能够从司法实践中提炼问题,自觉地从刑法理论上解决问题。在《刑法》修订之前,我主编过《刑法新罪评释全书》(中国民主法制出版社1995年版);在《刑法》修订之后,又主编过《刑法全书》(中国人民公安大学出版社1997年版)。这两部著作都对刑法罪名进行了较为充分、详尽的解说。但时过境迁,随着司法实践的不断发展,刑法理论也需要及时更新。因此,本书可以说是在以往这些关于刑法罪名的理论著作基础上的进一步充实与发展,代表了当前我们对刑法罪名研究的最新成果。

《罪名指南》一书的编写,得到了中国政法大学出版社的全力支持,在此,谨致谢忱。应当指出,由于作者的水平有限,书中某些观点是作者的一家之言,未必完全正确,凡与法律、司法解释相抵牾的,均以后者为准。书中若有不当之处,敬希读者批评指正。

陈兴良
谨识于北京海淀稻香园寓所
1999年11月

20.《刑事司法研究——情节·判例·解释·裁量》(修订版)[①]说明

《刑事司法研究——情节·判例·解释·裁量》一书是1996年出版的,至今已经过去四年了。在此期间,我国《刑法》在1997年进行了修订。尤其是在建设法治国家的治国方略提出以后,对于刑事法治的关注,使得刑事司法的研究更为重要。在这种情况下,对本书进行修订再次出版,确有必要。

本次修订,未作大的改动,主要是根据修订后的《刑法》对书中的法条作了一些调整。本书虽然引用了一些法条,但通观全书,还是以对情节、判例、解释、裁量等刑事司法中的基本问题进行理论研究为主。因而,本书所涉及的基本原理并不因为《刑法》修订而作废,这是值得欣慰的。随着司法改革的推进,如何协调成文法与判例的关系,如何科学地进行司法解释,在什么限度内赋予司法机关自由裁量权,这些问题都会重新引起我们的思考。本书对这些问题作了一些初步研究。我想,它对于这些问题的深入研究是会具有一定的启发意义的。

本次修订,周光权博士提供了帮助,这是需要感谢的。尤其应当指出的是,本书作者现大多都在司法实践部门工作。他们没有时间对本书亲自作修订,但他们会将理论研究成果应用于司法实践,这比什么都重要。

陈兴良
谨识于北京大学法学院
2000年3月28日

---

① 陈兴良主编:《刑事司法研究——情节·判例·解释·裁量》(修订版),中国方正出版社2000年版。此次修订版,实际上是重印,特此说明。

21.《刑事法总论》[1]前言

正如我在《刑事法评论》(第1卷)的卷首语中指出的:刑事法这个概念,目前在我国法学界尚不甚通用。[2] 随着刑事一体化研究模式的确立,刑事法的概念逐渐被学界认同。本书以《刑事法总论》为名,也正是在推进刑事一体化研究方面所作的努力之一。

刑事法,是以犯罪为起点,围绕对犯罪的法律处置而形成的一个法律部门,其中,刑法占据着核心的地位。日本学者指出:关于刑罚方面的国家法规,在现代法制上,大体上由以下三种法组成:一是刑法,规定什么行为属于犯罪,对该犯罪应处以什么刑罚;二是刑事诉讼法,规定在具体情况下将该刑法付诸实践的程序;三是行刑法,就是将刑罚权付诸执行的法律。这三项法律既保持其各自的特殊性,又有着内在的联系,这样国家刑罚制度才可以圆满实施。有人把这三种法总称为"刑事法",在这种情况下,刑法也就成为刑事法的一个部门法了。[3]由此可见,刑事法这个概念在大陆法系是通行的。这里的"刑事",是指"与刑罚相关"的意思。因而,刑事法是指所有与刑罚相关的法律。与刑事法相关联的是所谓全体刑法学的概念。全体刑法学之所谓全体刑法,具有与刑事法异曲同工之妙。根据全体刑法学的观点,在广义上使用刑法这一概念。例如,法国学者认为,从广义上理解(刑法是研究什么是犯罪以及国家对哪些给社会造成混乱的行为进行处罚的法律分支),刑法包含几个不同的部分。刑法除包括总则、分则以外,还包括刑事诉讼程序与惩戒科学或刑罚学。在实行的犯罪与宣告的刑罚之间,有一个进行追诉的全过程。这是刑法的另一分支——刑事诉讼程序法的研究对象。刑事诉讼程序法告诉我们不同法院的组织情况,它们的管辖权限以及运作规则。惩戒科学或刑罚学是研究

---

① 陈兴良主编:《刑事法总论》,群众出版社2000年版。
② 陈兴良主编:《刑事法评论》(第1卷),中国政法大学出版社1997年版。
③ 参见〔日〕福田平、大塚仁编:《日本刑法总论讲义》,李乔、文石、周世铮译,辽宁人民出版社1986年版,第2页。

刑罚最终确定以后,执行刑罚所提出的各种问题。惩戒学或刑罚学所研究并实施的主要内容是,如何运用刑罚与保安处分。这是刑法中特别"活"的部分。法国学者指出:在这里,有必要强调刑法不同分支在精神深层的统一性。这种统一性应当对广义上的刑法的不同分支起到支配作用。我们已经说过,刑法不过是刑事政策的一个分支,它必须与其他分支联结起来,组成一个统一的整体。① 显然,这里的广义上的刑法,实际上就是指刑事法。尤其是法国学者强调刑事法的内在统一性,对我们颇有启迪。

在一个国家的法律体系中,刑事法具有重要的地位,是不可或缺的重要组成部分。在罗马法的历史上,存在公法与私法之分。以刑法为主体的刑事法是否属于公法的范畴,英美法系国家在理论上不无否认的观点,但至少认为刑事法与公法的联系是紧密的。例如《牛津法律大辞典》指出:刑法和刑事诉讼法有时也被包括在公法之中,至少它们与公法的联系较私法更紧密一些,但有时也独立于公法、私法之外。② 而在大陆法系国家,刑事法属于公法是没有疑问的。例如日本学者指出:当我们把整个国家法律体系划分为公法与私法时,不言而喻,今天的刑法,并非以调整私人之间的利益为目的,而是规定作为刑罚权主体的国家与作为刑罚权客体的犯人之间的关系,所以它当然属于公法。③ 我国台湾地区学者韩忠谟以平均的正义与分配的正义分别界定私法与公法之主旨,指出:刑法以规定国家对犯罪之刑罚权为内容,其所涉者,乃国家与人民间之法律关系,并具权力服从性质,故属于公法范畴,又因国家刑罚权系直接以社会伦理价值观念为运用之准据,故刑法在公法体系中最富伦理性格,国家赖此始可彰是非之公,匡正人民生活而维正义。夫正义云者即公平之谓也,法律所蕲求实现之正义,得个人相互间及团体与个人间之两面观之,前者在使个人间价值利益之交换维持均衡,以免互相侵夺而冀其平,是为平

---

① 参见〔法〕卡斯东·斯特法尼等:《法国刑法总论精义》,罗结珍译,中国政法大学出版社1998年版,第40—45页。
② 参见〔英〕戴维·M.沃克:《牛津法律大辞典》,北京社会与科技发展研究所组织翻译,光明日报出版社1988年版,第733页。
③ 参见〔日〕福田平、大塚仁编:《日本刑法总论讲义》,李乔、文石、周世铮译,辽宁人民出版社1986年版,第2—3页。

均的正义(Corrective justice),乃私法之指导原则。后者则在使团体能按个人对共同生活实际贡献之高下,定利益分配之多寡,借以申明赏罚,而资激劝,是为分配的正义(Distributive justice),乃公法之指导原则。其所以有此原则,盖因个人之立身处世,贤愚各异,贤者贡献其智能,有益于社会,而愚暗不屑之所为,常使社会蒙其不利,国家本于公平之旨,自须赏善罚恶,对于个人各以其所值者归之,刑法之处罚犯罪,即以实现此分配的正义为主旨者也。① 以平均正义与分配正义来界定私法与公法,无疑是一个视角。但从实质上来说,私法与公法的区分更在于权利与权力之区分。私法领域通行的是权利,公民在权利面前是具有平等的主体地位的。而公法领域则涉及权力以及权力与权利的关系。正是在这个意义上,公法被称为一种强行法,而与作为(意思)自治化的私法在性质上有别。随着市场经济的发展,私法越来越受到社会的重视,尤其是与市场经济直接相关的法律制度成为法治建设中的重中之重。私法文化也同时被倡导,被视为法治文化的应有内容。但对于公法,尤其是刑事法,在市场经济条件下应当如何定位,人们的认识并不是很清楚。

中国古代法律,刑事法格外发达,这是一个不争的事实。由于中国古代并不存在私法与公法的划分,因而还很难说中国古代的刑事法是一种公法。由于刑事法以强制性为特征,表现为国家刑罚权之行使,其内容包括对公民个人的自由与权利的剥夺,因而人们对于刑事法有着一种天然的畏惧,至少是敬而远之的心态。在市场经济条件下,自由、平等这样一些价值逐渐成为社会主流的意识形态;刑事法在这样一种以市场经济为主导的市民社会的法律建构中,其存在的根据都受到质疑。我们认为,刑事法作为一种公法如欲适应以市场经济为基础的市民社会,面临着自己性质上的转型,因而我们需要建设一种适应市民社会的公法文化,包括刑事法文化。法律体系是一个整体,公法与私法都是法律体系的重要组成部分,两者只有齐头并进地和谐发展,才能真正建成法治国家。在这样一个社会历史背景下,我们认为应当从建设市民社会的公法文化这样一个视角提出刑事法的发展问题。唯其如此,我们应当注重刑事法的一体化。

在《刑事法评论》(第2卷)的主编絮语中,我对刑事法的一体化问题

---

① 参见韩忠谟:《刑法原理》(增订第14版),台湾大学1981年印行,第7页。

作了说明。① 根据我的研究,刑事法存在一个合—分—合的演变过程。刑法作为一门学科的正式诞生,是以意大利著名刑法学家贝卡里亚于1764年出版的《论犯罪与刑罚》一书为标志的。在贝卡里亚的这本名著中,包含着丰富的刑法思想与刑事诉讼法思想,可以说,在《论犯罪与刑罚》一书中,刑法思想与刑事诉讼法思想是合为一体的。但在刑事古典学派总的思想框架下,对于犯罪的研究局限在法律的视野之内,刑事古典学派这种法律教条主义的研究方法,使刑事法研究各自为政,大大地遮蔽了研究视界。为此,刑事实证学派对之进行了尖锐的抨击。刑事实证学派将刑法理论从狭隘的法律概念中解放出来,把犯罪视为一种自然的和社会的现象,从而开拓了刑法研究的广阔视野。尤其是意大利著名刑法学家龙勃罗梭引入实证主义研究方法,创立了犯罪学,使刑事法的研究领域大为扩张。在这种情况下,德国著名刑法学家李斯特率先提出了全体刑法学的概念,把刑事关系的各个部分综合成为全体刑法学,意即真正的整体的刑法学,其内容包括刑事政策、犯罪学、刑罚学、行刑学等。全体刑法学观念的确立,使刑法学这门学科得以充实与扩张,从而促进了刑法理论的发展。

在我国,储槐植教授首先提出刑事一体化思想,他指出:刑事一体化的内涵是刑法和刑法运行处于内外协调状态才能实现最佳社会效益。实现刑法最佳社会效益是刑事一体化的目的;刑事一体化的内涵是刑法和刑法运行内外协调,即刑法内部结构合理(横向协调)与刑法运行前后制约(纵向协调)。② 这种刑事一体化的思想对刑法研究作时间(前后)与空间(左右)的拓展,突破了注释刑法学的狭隘学术藩篱,从而使刑法学在更大程度上成为一门社会科学。刑事一体化思想主张一种大刑法的观念,倡导在刑法之上研究刑法,在刑法之外研究刑法,提升刑法研究的学术品格和思想蕴涵。不仅如此,我们还要在刑事法的名目下,将与刑事相关的学科纳入刑事法的研究视野,从而再现大刑事法的理论风采。这是我们所期待的,也是中国刑事法研究的必然走向。如果说,在贝卡里亚那里,刑事法思想是合为一体的,那么,随着学科的发展,刑事法各学科会独立

---

① 参见陈兴良主编:《刑事法评论》(第2卷),中国政法大学出版社1998年版。
② 参见储槐植:《刑事一体化与关系刑法论》,北京大学出版社1997年版,第294页。

出来，形成各自的研究领域。但随着刑事法研究的深入，这种合的趋势又进一步表现出来。在刑事法理论上，我们更应当注重刑事法的内在统一性与整体性，在此基础上，建构刑事法的理论框架。

《刑事法总论》一书是"中国刑事法学研究丛书"的一本，最初的书名是"刑事学总论"，后来一度我想改为"刑事法理学"，斟酌再三，定为现在的书名。刑事法较之刑事学更为通俗，而且也符合法律学科的特点。至于刑事法理学，作为法理学的一个分支，理论性较强，对体系性要求亦高。本书主要是以专题研究形式呈现的，在理论水平上尚未达到刑事法理学的程度，用之不恭，因而，本书以《刑事法总论》名之。由于将刑事法作为一个整体来研究，本书尚是一种尝试，因而其内容颇费思量。经过研究，我们选择以下10个问题，这就是：刑事法学派、刑事法律关系、刑事法原则、刑事法价值、刑事法功能、刑事法律规范、刑事责任、刑事法创制、刑事法适用、刑事法解释。这10个问题属于刑事法的基本问题，涉及各刑事法学派，当然主要还是以刑法为主。对这些问题的综合研究，有助于实现刑事一体化。

本书是在我的主持下，由北京大学法学院、中国人民大学法学院的博士研究生完成的。各专题之间有分工又有联系，个别内容上的重复在所难免。此外，在写作上虽然尽量从刑事法整体上来把握，但某些专题重点涉及刑事法的某个学科，尤其是刑法，因而难免有所偏重，在此特别说明。书中观点若有不正之处，敬请读者批评指正。我们期望，经过刑事法学者的共同努力，建构一种一体化的刑事法理论是可能的。

陈兴良
谨识于北京海淀稻香园寓所
1998年11月23日

22.《法治的使命》[①]卷首语

我们是怀着一种使命感来举办"刑事法论坛"活动的。当这些论坛活动的发言从口语转化为文字的时候,我仍然能够从这些文字中读出思想碰撞的火花。本书收录的是"刑事法论坛"第1—12次活动的内容,这些活动讨论的问题虽然各不相同,但主题只有一个,这就是法治,确切地说,是刑事法治。"刑事法论坛"是刑事法治的启蒙,也是对刑事法治的呼唤与呐喊。

"刑事法论坛"的内容是十分丰富的,思想是十分深刻的,因为这是一种集体的努力,它区别于个人的思考。"刑事法论坛"采取的是一种主讲加评论的形式。之所以需要主讲,是因为一次活动总要有个主题发言,这个主题发言是主讲人所擅长的研究领域,并做了精心准备。评论是对主讲内容的评议、商榷和进一步的发挥。除了主讲与评论以外,还有听众提问与嘉宾的答辩。通过这样一种讨论的形式,使得一个主题能够不断补充与深化,不仅使听众从中获益,而且也使主讲人与评论人从中获益。现在,我们把论坛的发言根据录音整理成文,使瞬间化为永恒,凭借文字的传播,使更多的读者参与到我们的"刑事法论坛"中来,使"刑事法论坛"的影响超越北大法学楼的"模拟法庭",岂不快哉!

"刑事法论坛"是以北京大学刑事法理论研究所的名义主办的。我于1998年回到母校任教,有感于北大的讲座风气,20年前我在北大学习的时候就深受其益。现在我在北大任教,总是想为学生提供一个课堂以外获得思想与知识的场所。经过思考,采取了这种论坛的形式,现在看来还是比较成功的,"刑事法论坛"吸引了一批听众。

应当指出,"刑事法论坛"是我和陈瑞华教授、白建军教授、梁根林副教授共同努力的结果,作为主讲人、主持人和评论人,我们几乎参加了每次论坛活动。通过"刑事法论坛",使我们形成了一个松散的学术群体,互

[①] 陈兴良主编:《法治的使命》,法律出版社2001年版。

相启迪、互相借鉴;承传北大法学院刑事法的学术传统并将之发扬光大,是我们这一代学人义不容辞的历史使命。"刑事法论坛"还有幸邀请到国内知名学者,他们或者主讲,或者担任评论人,使"刑事法论坛"大为增色。同时,我们还荣幸地邀请了一批在立法机关、司法机关、行政机关担任领导职务的专家,他们的实践经验丰富了"刑事法论坛"。上述学者、专家的精彩言谈,在本书中都有充分展现。他们的名字在此不再一一列举,我要对他们表示由衷的感谢。在此还要说明,本书是根据录音整理的,成稿以后,未经发言者一一审阅,由我对个别词句作了技术性处理,基本上保持了口语的表达习惯,以便使读者能够获得在北大听讲座的现场感。

"刑事法论坛"是在没有任何财力的情况下举办起来的。在极为困难的情况下,北大法学院吴志攀院长拨款1万元,使我们能够支付最低限度的学生整理录音稿的费用。校外主讲人和评论人是不计报酬地前来参加论坛活动,为此我始终抱有歉意。从第12次开始,得到德恒律师事务所的赞助,我们的"刑事法论坛"成为"德恒论坛"的一部分,也可以称为"北大德恒刑事法论坛"。德恒律师事务所主任王丽博士、副主任李贵方博士一直关注我国法治建设,关心学术活动。据我所知,德恒律师事务所在北大、清华、人大三校的法学院都设立了"德恒论坛"。在德恒律师事务所的赞助下,"刑事法论坛"活动的物质条件有所改善,也能够向校外嘉宾支付微薄的费用。在此,我要向吴志攀教授、王丽博士、李贵方博士表示衷心的感谢。

"刑事法论坛"能够长期地举办下去,是和听众的厚爱分不开的。在热心的听众中,既有北大本校的学生,又有外校的学生,他们的参与使"刑事法论坛"获得了生命力。在本书中,读者可以看到他们尖锐的发问和精辟的评论。由于技术上的原因,不能将他们的名字一一记录在案。他们的发问与评论成为本书的重要组成部分,给人留下深刻的印象。我要向这些没有留下名字的思想者致以崇高的敬意。

"刑事法论坛"的举办,得到了我的博士生和硕士生的大力协助,是他们不辞辛劳地对论坛活动全程录音,然后根据录音整理成文,完成了从声音到文字的转换。在此,我要列出他们的名字:邓子滨、卢宇蓉、林维、许永安、劳东燕、方鹏,对他们的辛勤劳动表示感谢。在本书的出版过程中,邓子滨帮助我精心整理录音稿,在此尤需感谢。

"刑事法论坛"是继刑事法评论、刑事法判解之后,我所主持的又一项刑事法学术活动。本卷"刑事法论坛"内容的文字版,我命名为《法治的使命》,表明本书的主题。刑事法论坛还将举办下去,法治之路曲折且遥远,我们愿为之努力。

陈兴良
谨识于北京海淀蓝旗营寓所
2001年6月12日

23.《刑法疑案研究》[1]序

案例研究,尤其是疑难案例研究,无论对于司法实务还是对于理论研究都是十分重要的。因为司法活动就是将抽象的法律适用于个别案件的过程。对于案例是应当予以充分重视的。应当指出的是,本书的案例是从北京市海淀区人民检察院这些年来办理的刑事案件,尤其是1997年《刑法》修订以后办理的刑事案件中筛选出来的,这些案例具有真实性。除案情真实以外,除极少数案件还在处理过程当中,还将司法机关的处理结果列出,这对于刑法理论研究来说是提供了丰富的司法素材,极为难得。本书的案例不仅具有真实性,更为重要的是具有疑难性。这种具有疑难性的案件,可以称为疑案。疑案有两种:一种是法律适用上的疑案;二是证据上的疑案。本书是刑法上的疑案,其疑难在于法律适用上的疑难性。正因为具有这种疑难性,公、检、法三机关对于一个案件会产生在法律适用上的意见分歧。本书中,主要围绕着这些争议问题进行讨论。

本书的作者都是从事检察实务工作的检察官,他们既具有司法实践经验,又具有刑法理论知识。在本书中,作者们从刑法理论的高度对从疑难案件中引申出的争议问题进行了深入而细致的理论探讨,这是十分可喜的。在专家点评中,我对每个案件的争议问题都发表了个人见解,不一定都是正确的,主要反映我对这些问题的意见。作为一家之说,以供理论研究之用。这里尤其需要强调,在本书的评析意见和专家点评中,都对司法机关的处理结果,包括此罪与彼罪、罪与非罪问题提出了一些评论性的意见,但这只是一种学理探讨,绝不能影响司法机关处理结果的权威性。正因为这些案例的疑难性,才会有各种不同的分歧意见,但最终应以司法机关的处理结果为准。

中国是一个大陆法系国家,实行成文法。近年来,关于建立中国判例制度的呼声不绝于耳。案例与判例是有所不同的。在案例研究中,我们

---

[1] 陈兴良主编:《刑法疑案研究》,法律出版社2002年版。

每一个人都在充当法官,发表个人对于这个案件应当如何处理的意见。在判例研究中,我们研究的不是案件本身,而是法官对案件的判决理由,从这些判决理由中引申出一般原则与规则,因而是在充当法官之上的法官。因此,只有这种判例研究才具有更为重要的学术价值。正因为我国实行成文法,因而在大学的法学教育中,也是以理论讲授为主。现在,法学教育越来越注重案例教学,将来在条件具备的情况下,再发展到判例教学。我承担了教育部案例教学法研究项目,也就是要探讨在法学教育中如何引入案例教学的问题。案例教学,首先要有大量案例,尤其是疑难案例。本书中的疑难案例,可以为案例教学提供生动的素材,因此,也是案例教学法研究项目的一个阶段性成果,它的出版为案例教学法的研究奠定了基础。

最后应当指出,本书的编撰是在北京市海淀区人民检察院的组织下进行的。北京市海淀区人民检察院历来注重理论研究工作。我在北京市海淀区人民检察院挂职担任副检察长期间,曾经出版过刑事司法实务丛书,本书是这种理论研究的继续,希望这种研究风气将来进一步发扬光大。

陈兴良
谨识于北京海淀蓝旗营寓所
2001 年 9 月 16 日

24.《理性与秩序——中国劳动教养制度研究》[①]序

劳动教养制度是一个极具中国特色的话题,以往在政治话语的掩盖下默默地存活了将近五十年,并未引起人们的足够关注。在我国刑事法领域逐渐确立罪刑法定原则与无罪推定原则,进而推进刑事法治建设的历史背景下,劳动教养制度的正当性进入我国学者的研究视野。本书所收集的论文,反映了我国目前在劳动教养制度研究方面的最新成果,它既是北京大学刑事法理论研究所劳动教养立法研究课题组的阶段性成果,也是法学界对劳动教养制度共同研究成果的展示。在本序中,我想就劳动教养制度研究方法问题略抒己见。在这里,我之所以强调劳动教养制度的研究方法,是因为正是研究方法的变化使我们获得了对劳动教养制度的全新认识。只要对劳动教养制度研究的现状稍有了解的人就可以看到,以往我国学者对劳动教养制度的研究基本上采用一种注释的方法,为其歌功颂德,最多有个别立法完善的套话。只是从最近几年开始,才有对劳动教养制度反思性的研究,从而使我们对劳动教养制度研究的深度与广度大为提高。从本书的内容以及我国近期对劳动教养制度研究的状况来看,我认为从方法论角度来说,具有以下三个特点:

一、历史反思

任何一种制度都是历史形成的,劳动教养制度也不例外。因此,需要对其进行历史的分析。这种历史分析必然不能脱离一定的历史条件,并且随历史的发展而变化。劳动教养制度在我国正式确定于1957年,此后历经"反右"斗争、"文化大革命"等政治运动,一直到经济体制改革以后,长达数十年存活在我国社会生活当中,其性质与功能也经过多次重大变

[①] 储槐植、陈兴良、张绍彦主编:《理性与秩序——中国劳动教养制度研究》,法律出版社2002年版。

迁。因此，如果不从历史角度对劳动教养制度进行描述，并加以反思，就难以深刻地把握劳动教养制度的实质内容。在本书中，有的论文专门对劳动教养制度进行了历史考察与反思。这里有一个"存在"与"合理"的关系问题。从黑格尔的名言"凡是存在的就是合理的"广泛传播以来，它就成为对现行制度辩护的一种逻辑。当然，说存在直接等同合理是不妥当的；毋宁说，凡是存在的，必然是有其原因的，我们需要对这一原因进行分析。正如陈瑞华教授指出，劳动教养制度创建以来累计教育改造了300万有各种违法犯罪行为的人这一事实，并不能说明劳动教养制度在法治性和正义性方面不存在问题。如果仅仅站在所谓社会功效和社会需要的立场看待劳动教养制度，以劳动教养制度的存在和运作本身表明其有存在的价值合理性，那么，"反右派"运动曾经将55万知识分子划为"右派"分子，"文化大革命"更是制造了一系列的人间悲剧……这些曾经是当时的"社会需要"并具有一定"社会功效"的行为，不都是有正当性和合理性了？事实上，所谓的"凡是存在的就是合理的"这一名言，如果这样理解就不至于发生那么多的误解了："凡是存在的都有其存在的理由和背景。"这显然是从实然层面上对事物所作的解释，而不是从应然层面上作出的价值评价。① 显然，对于劳动教养制度的历史反思是十分重要的，通过这种历史反思，我们应当努力理解劳动教养制度存在的社会政治原因。在我看来，劳动教养制度的历史是一个在当时政治话语下具有其存在的正当性到这种正当性随着社会发展而逐渐丧失的过程。我们甚至可以以劳动教养制度的演变为线索，写一部中国社会发展史，从中可以看出国家与个人之间的关系是如何变化的。劳动教养制度研究中历史视角的把握是十分重要的。唯有从历史实际切入，我们才能深刻地认识劳动教养制度存在的深刻原因，并为劳动教养制度的改革奠定基础。

二、现实考察

劳动教养制度在我国目前仍然是活生生的存在，而不是历史博物

---

① 参见陈瑞华：《劳动教养的历史考察与反思》，载储槐植、陈兴良、张绍彦主编：《理性与秩序——中国劳动教养制度研究》，法律出版社2002年版，第1页。

馆里的陈列品。在这种情况下,对劳动教养制度的研究必须立足于现实,这也是我国学者的共识。在本书中,有的学者从宪制的角度对劳动教养制度作了分析,有的学者从法治的角度对劳动教养制度作了论述。凡此种种,都深化了对现实存在的劳动教养制度的认识。我在对某市出台的一个关于劳动教养规定的文本分析中,着重描述了劳动教养制度的实际运作状态。从这个文本可以看出,中国现在的劳动教养的对象、范围比我们想象的要宽泛得多。它对维护社会治安,尤其是对维护大中城市的社会治安发挥了较大的作用,由此导致公安机关对于劳动教养的倚重与依赖。因此,劳动教养制度的改革可以说是迫在眉睫。在劳动教养制度改革中,最引人注目的是劳动教养的立法问题。我认为,劳动教养的立法是以对其改革为前提的。立法并非简单地将现存的劳动教养制度以法律的形式确认下来。否则,就会使不合理的制度合法化,其后果不堪设想。因此,劳动教养制度的司法化是劳动教养制度立法的中心。劳动教养制度的改革,是我国刑事法治建设的重要内容,因而更值得重视。

三、世界视角

劳动教养制度虽然是一种十分中国化的制度,但在世界范围来说并非没有任何可比性,其中保安处分制度就可以对应于我国的劳动教养制度。在我看来,目前被劳动教养的行为,在世界各国大多数都是要受到法律制裁的,有些甚至是犯罪行为。由于我国刑法中的犯罪圈较小,而且犯罪概念中存在数量因素,因而对于那些不构成犯罪但又不能放任不管的行为就被纳入劳动教养的范围。但由于劳动教养制度缺乏规范化,因而亟待加以改革。在这一改革中,我认为世界各国的保安处分制度是值得借鉴的。在本书中,有的学者对从刑事法视角构架保安处分制度的可行性进行了分析,认为用保安处分模式统一规制我国制度性教养活动,是由社会转型期的严峻治安形势决定的。前者是决策者预防犯罪的积极选择,后者则是在设定前者的特殊语境。它的出发点是尊重我国长期形成的执法传统,坚持法治的基本精神,通过制度调整,摆脱现行法制运作的困境。① 尽管在如何实现从劳动教养向保安处分的制度转换上还存在不同意见,但这种通过世界视角审视劳动教养制度并为其设计生路的思路是值得充分肯定的。随着全球化进程的加速和我国加入世界贸易组织,中国正在逐渐融入世界大家庭,这里存在一个与国际接轨的问题。在这样一个背景下考虑劳动教养制度的改革,使得我们具有一种紧迫性,并且把它放到一个世界范围去考虑。

　　本书是我们正在进行的劳动教养制度研究的一个阶段性成果。应该说,劳动教养制度的改革是一项复杂的系统工程,它涉及立法与司法、实体法与程序法、刑事法与行政法等各个方面的问题,并且涉及行政权与司法权的重新界定。这些问题,都不是一朝一夕能够解决的,需要从整个国家的司法体制改革出发,逐渐地加以解决。本书是劳动教养制度研究成果的汇集,内容是以论文形式呈现的,各篇论文中作者对许多问题的见解是不尽一致的。正是通过这种学术上的探究,可以达成共识。尤其是本书收录的三次讨论会的发言综述,读者可以从中获得更为丰富的关于劳动教养制度研究的信息。但愿我们的这种努力,能够对我国劳动教养制度的改革产生一些作用。劳动教养制度虽然是一项十分具体的惩罚制度,但它是一个标本,折射出我国法治生成与发展的艰难历程。我们应当充分关注劳动教养制度,推动劳动教养制度的改革。

陈兴良

---

① 参见王利荣:《制度性教养的走向与立法选择——兼谈在刑事法视角下构架保安处分的可行性》,载储槐植、陈兴良、张绍彦主编:《理性与秩序——中国劳动教养制度研究》,法律出版社2002年版,第192页。

25.《刑法案例教程》[1]序

法条是立法的产物,而案例是司法的客体。法条通过司法活动适用于具体案例,这就是司法活动的特点。在实行成文法的大陆法系国家,法条当然是重要的,它也是法学的依归。与此同时,案例也是重要的,因为法条毕竟只有适用于案例才能对社会生活产生实际效果。因此,在法学教育中,不仅应当强调法理讲授,同样也应当重视案例教学。在大陆法系国家,法学教育通行的主要是法教义学,这是由成文法的体系特征所决定的,但法教义学囿于对法的理解,它是有局限性的,必须以案例教学为补充。因为法条是抽象的与一般的,而案例是特殊的与个别的。在法条适用于案例过程中,会出现一些特殊问题,需要从理论上加以研究。

目前,我国出版的案例研究类书籍已经为数不少,大体上可以分为三种类型:一是以案说法,通过案例阐明法理,具有普法性质。二是以法说案,通过法理说明案例,这往往是疑难案例研究,对于司法实践具有较大的意义。三是教学案例,它介于上述两类之间,案例有一定的难度,但又并非以解决疑难案例为使命,主要是服务于教学,因而具有体系性。我以前曾经编写过疑难案例研究的书籍,新近出版的是《刑法疑案研究》(法律出版社2002年版),同时也编写过教学案例研究的书籍,那就是我和曲新久、顾永中合著的《案例刑法教程》(上下卷,中国政法大学出版社1994年版)。这些书在司法实务部门和政法院校都产生了一定的影响,这表明案例研究同样是法学研究的重要组成部分。《案例刑法教程》一书出版于1994年,在1997年《刑法》修订以后,相当一部分内容都已经过时,亟待修订或者重写。但由于学术精力有限,一直没有顾得上。这次,我主编的《刑法案例教程》在一定程度上弥补了上述缺憾。《刑法案例教程》是教学案例类型的书籍,按照刑法体系编写,尽量考虑到刑法理论中的重要问题,从而对刑法教学起到了一定的辅助作用。本书虽然是一本教学案例

---

[1] 陈兴良主编:《刑法案例教程》,中国法制出版社2003年版。

类型的书籍,但选择的还是一些存在争议问题的案例,通过对这些争议问题的解决,阐明刑法理论。由于这些案例存在一定争议,因而在解说上难免因观点不同而结论各异。从这个意义上说,教学案例是帮助读者更为直观、深入地理解法条及其法理的,不应拘泥于案例分析的结论。本书是我和周光权副教授、房清侠副教授共同主编的,撰稿人主要是长期从事刑法教学工作的教授、副教授和北大、清华、人大的刑法专业博士生。他们在写作过程中,筛选案例,并根据刑法理论对这些案例进行了较为深入的分析,言之成理,因而对于初学刑法者具有一定的帮助。当然,各个作者对案例的分析结论未必完全与主编的观点一致,这是应当予以说明的。

我于2000年承担了教育部案例教学法研究项目,这一项目除包括对案例教学法的理论探讨以外,也包括编写案例教学的教材。因此,本书也是案例教学法研究项目的一个阶段性成果,在此特作说明。

陈兴良
谨识于北京海淀蓝旗营寓所
2003 年 2 月 22 日

26.《中国死刑检讨——以"枪下留人案"为视角》[①]前言

　　死刑正成为我国引人注目的一个问题,关注死刑,成为我们这一代学者的神圣使命。本书的写作源于发生在陕西延安的一个死刑案件,这个案件被称为"枪下留人案"。最终,人没有被留住,但它却引起了整个社会的瞩目。本书由绪论和正文两部分组成,绪论称为"死刑存废之议",反映了我在死刑问题上的总体判断;其中我指出,我是应然上的死刑废除论者,实然上的死刑限制论者。本书的正文部分分为专题论坛、学术论文、专家视点、网友议论和司法文书五个部分。专题论坛是围绕"枪下留人案"在北京大学法学院进行的一次讨论,其广泛的参与性和开放式的互动讨论更能引人深思。学术论文是围绕"枪下留人案"而对我国死刑制度的深入反思,几篇论文基本上是从对于案件的法律文本的对比追问,到对于这一案件的司法困境与心理倾向的分析,到由这一案件折射出来的死刑观念的剖析,再到对这一案件中反映的诉讼程序问题的考察。不同文章沿着不同进路展开探讨,反映了我国年轻学者对于死刑制度的认识水平。专家视点中收录了我和北京正平律师事务所张万臣律师与搜狐网网友的交流实录。网友议论收录了人民网等网站上发表的网友对"枪下留人案"的各种观点,这些观点是在无拘束的情况下自由发表的,从中也可以看出网友对于"枪下留人案"的议论——这些议论较为真实地反映了民众对于死刑问题的认识和对于这一案件的兴趣所在,将之与学者们的观点相比较,或许更具启迪意义。[②] 正文的最后部分收录了有关这一案件的一些真实的司法文书,这些司法文书不仅有利于读者更加深入系统地了解本书《地狱的通途和天堂的方向——"枪下留人案"的文本追问》一文所展示

---

　　① 陈兴良主编:《中国死刑检讨——以"枪下留人案"为视角》,中国检察出版社2003年版。
　　② 顺便指出,由于网络的虚拟性和网友范围的广泛性,在将相关的"网友议论"收入本书之时,未能一一征得网友本人的事先同意。在此向涉及的网友表示敬意与感谢,并希望相应网友能及时与我们联系,我们的邮箱是 goneforever@etang.com。

的学术以及学术之外的相关信息,对于关注这一个案件的读者来说,相关司法文书本身也具有重要的学术资料价值。①

本书取名为《中国死刑检讨——以"枪下留人案"为视角》,是对中国死刑制度进行的理性思考。概括说来,尽管中国目前尚不具备死刑废除的条件,但是我们仍应进行死刑废止论的启蒙,这就是我主编本书的宗旨所在。

陈兴良

2003 年 3 月 7 日

---

① 同样需要说明的是,收入本书的所有司法文书都尊重其原始文本,明显的错误将由本书编者随文注出。

27.《中国刑事司法解释检讨——以奸淫幼女司法解释为视角》[①]前言

司法解释在我国司法活动中起着十分重要的作用,无异于是一种准法源。因此,每一个司法解释的颁行,都会对司法工作产生一定的影响,这是毫无疑问的。但是,2003年1月17日最高人民法院颁布的《关于行为人不明知是不满十四周岁的幼女双方自愿发生性关系是否构成强奸罪问题的批复》,不仅在司法界而且在整个社会引起广泛的反响。该司法解释颁行以后,在我国法学界也引起争议,北京大学法学院苏力教授撰写了《一个不公正的司法解释》一文,并发表到北大法律信息网上,可谓"一石激起千层浪",引起刑法学者的辩驳。为此,北京大学刑事法理论研究所还专门组织了一场刑事法论坛,唇枪舌剑,从论坛实录中可见一斑。

本书围绕奸淫幼女司法解释对中国刑事司法解释进行检讨。全书由绪论和正文两部分组成,绪论题曰"司法解释功过之议",反映了我对司法解释的总体判断,即司法解释曾经在我国司法活动中发挥过重要的作用,但在将来的法治建设中司法解释体制需要改革,司法解释的功能将会逐渐地被判例制度所替代。当然,这个过程是漫长的,我的这一观点也只能说是一种大胆的预测,在司法解释大行其道的当下,也许是不合时宜的。

本书的正文部分分为专题论坛、学术论文、学术争鸣、媒体聚焦和网友议论五个部分。专题论坛是2003年3月5日在北京大学法学院模拟法庭举行的刑事法论坛的实录。这次论坛的主题是"奸淫幼女构成犯罪是否要求'明知'——一个司法解释的辩驳"。论坛的主讲人是苏力教授,其他嘉宾对苏力的观点进行了辩驳。德国马普外国刑法与国际刑法研究所东亚项目官员托马斯·李希特先生正好在北京访问,我邀请他参加了这次论坛。由于语言的原因,他在论坛中未作口头发言,但回德国以后专

[①] 陈兴良主编:《中国刑事司法解释检讨——以奸淫幼女司法解释为视角》,中国检察出版社2003年版。

门寄来书面发言稿。对此,我作了技术处理,将其书面发言融入论坛中去,转换成口头发言,以增加阅读的通畅。这次论坛中争论之激烈是前所未有的。苏力教授几乎是舌战群儒,其观点遭到在场刑法学者的群起而攻。当然,这里存在学科的界限问题。无论如何,引起争论总是好事,真理正从争论中来。

学术论文部分收录的论文除对刑事司法解释的一般性评论以外,大多与奸淫幼女的司法解释有关。刘艳红的《观念误区与适用障碍——新刑法施行以来司法解释总置评》一文,对司法解释体制进行了宏观评述,颇见作者学术功力;我写作的题为《奸淫幼女构成犯罪应以明知为前提——为一个司法解释辩护》一文,对这一司法解释表示了肯定,并从对案件请示报告制度的质疑、罪过责任与严格责任的区分、司法解释体制向判例制度的转换等多个视角阐述了我的观点;李韧夫的《论英美刑法中的严格责任犯罪——我国刑法中的奸淫幼女犯罪是否属于严格责任犯罪辨析》一文,重点对英美法系刑法中的严格责任作了评价,引用了一些第一手资料,使我们对严格责任这一英美法系刑法所特有的制度有了更加真实的了解;沈海平的《公正与功利的博弈——奸淫幼女司法解释评析,兼及严格责任的正当性》一文,从公正与功利之间的价值选择这样一个独特的视角切入,表明了作者对奸淫幼女司法解释的观点,提出了如何找到公正与功利两者之间最佳的契合点这样一个重大的问题;王琪的《刑事司法解释的限度——以奸淫幼女司法解释为视角》一文,认为从罪刑法定原则出发,刑事司法解释是有限度的,并得出奸淫幼女司法解释是一个越权的司法解释的结论;孙运梁的《相对罪刑法定主义视野中的刑事司法解释——从奸淫幼女司法解释谈起》一文,也同样从罪刑法定原则出发,却得出与上文相反的结论,认为这个司法解释不是"不公正",而是完全"不必要";刘琳琳的《严格责任还是罪过责任——也谈奸淫幼女罪之归责原则》一文,从严格责任出发,对奸淫幼女罪的归责原则进行了论述。

学术争鸣部分是本书的看点,包括苏力的论文《司法解释、公共政策和最高法院——从最高法院有关奸淫幼女的司法解释切入》,以及与其商榷的论文。在这些论文中,观点交锋之激烈,文字挥洒之激扬,令人难以忘怀。苏力从有关幼女的"自愿"问题切入,论述了立法事实与司法事实的分立、规则与标准的界定、上级法院及上诉法院与审判法院的区分,并介绍了预先排除权等法理学意义上的但是对大多数刑法学者而言还较为陌生的术语。苏力认为这一司法解释违背法理,违背保护14周岁以下幼女这一相对弱势群体的基本公共政策;从实践上看,这一解释有利于某些特殊群体的违法犯罪行为;并且认为这一司法解释损害了其他应当保护的利益,有越权违法的嫌疑。

尽管对于苏力教授的论文我们可能会从各个角度提出商榷意见,但是他的研究进路包括研究结论是有巨大启发意义的。论文兼有贬及我国通行的刑法理论,批评之勇气甚是可嘉,对刑法学界有当头棒喝之功效。当然,正如托马斯·李希特先生所言,当他看到刑法学者纷纷反驳苏力的观点时,不禁松了一口气。张文、梁根林的《第三只眼睛看法定强奸——关于年龄认识错误与严格责任的辩驳》一文,正面回应了苏力的观点。该文没有意气之争,而是在严格和规范的学术意义上,从严格责任作为一种政策选择的必要性和正当性、其他法域法定强奸罪是严格责任立法、我国现行《刑法》法定强奸立法的适用解释等方面,进行了严肃的学术探讨。付立庆的《超越与缺憾——苏力〈一个不公正的司法解释〉总置评》一文,指出了苏力文章的美与不足,也发表了付立庆个人对奸淫幼女司法解释的见解。在付立庆看来,这一司法解释本身同样也存在着美与不足。罗翔的《为罪过原则辩护——评奸淫幼女司法解释兼与苏力教授商榷》一文,同样是在严格责任与罪过责任的对立之间展开其观点的。刘仁文的《奸淫幼女要否负严格责任——兼与苏力先生商榷》一文,是他在英国牛津大学访学期间寄来的。在他出国前我曾向他约稿,还以为他出国一忙就把这事给忘了,没想到刘仁文还真守约,在本书行将付梓前他的论文如期而至。刘仁文曾经著有《严格责任论》一书,本文也主要是从严格责任角度进行论述的,并对苏力的观点进行了辩驳。

应该指出,针对苏力的文章的争鸣与商榷的文章,其所依据的文本是苏力在网上发表的《一个不公正的司法解释》一文,而不是收入本书的苏力的这篇文章。本书中所收录的文章是苏力在网上发表的文章的基础上,参照一些相应评论重新整合而成的,较之网上发表的文章显得更为严整与大气。由于文本的原因,这组学术争鸣中的文章多少有点"影子拳击"的意味,但是考虑到《一个不公正的司法解释》一文毕竟是苏力现在这篇文章的主体部分,该文中的论点大致涵盖了苏力针对最高人民法院奸淫幼女司法解释的总体判断和核心主张,也考虑到学术争鸣在中国刑法学界的缺乏,我们原样收录了苏力的最新文章和相应的针对旧文但是同样说明问题的商榷文章。

媒体聚焦部分收录了有关报刊上关于奸淫幼女司法解释的一些评论性文章,这些作者大多不是刑法学者,而是记者、律师或者社会学家,他们的观点对于我们评论奸淫幼女司法解释一定会有所裨益。

网友议论部分是来自社会公众的声音,表明社会对奸淫幼女司法解释的普遍关注。这些议论也颇有水平,且语言犀利,具有可读性,为本书增色不少,对此我表示衷心的感谢。由于网民大多匿名,实名的网民由于没有通讯地址也一时联系不上,希望这些网民见书以后及时与我们联系。

本书名曰《中国刑事司法解释检讨——以奸淫幼女司法解释为视角》,既包括对我国当下刑事司法解释体制的宏观考察,更为主要的是对奸淫幼女司法解释进行了全方位的、有争议的理论思考。从内容上来看,既有严肃的学术论点,又有网民议论,符合这套丛书学术性与公众性相结合的编辑初衷。但愿这些文字对于我国刑事司法解释的发展完善有所裨益,若此,则善莫大焉!

陈兴良

2003 年 6 月 30 日

28.《法治的界面》[①]卷首语

本书是继《法治的使命》之后,结集出版的第二部"刑事法论坛"实录性著作,名曰《法治的界面》。本书收录的是"刑事法论坛"第13—24次活动的内容。从论题中可以看出,随着"刑事法论坛"活动的不断举办,我们开始深入讨论一些涉及刑事法治的重大问题,这些问题的讨论就如同电脑中的一个个界面,反映出我们对刑事法治的进一步思考。

随着《法治的使命》一书的出版,这种论坛形式,尤其是实录以后形成口述式著作所具有的新颖性与活泼性,引起了学界同仁的关注。当然,论坛的内容更是人们所关注的。受到这种鼓励,从2001年4月到2002年6月,我们又继续举办了12次"刑事法论坛"活动,现在结集出版,把它献给更多的读者,在某种意义上说也是时空相隔的听众。

记得贺卫方教授将他的一本书命名为《具体法治》。确实,法治不应当是或者说不仅仅是宏大叙事,而且应当是具体的,有着润物细无声的那种细腻。收入本书的"刑事法论坛"活动的内容,就讨论了一些具体的法律制度,诸如沉默权、劳动教养制度、"严打"、口供等。正是在对这些问题的讨论中,引发了我们对刑事法治的关切。通过这些讨论使我们认识到,法治,包括刑事法治虽然是一个巨大的社会工程,但它又必须从一些细微处着手,通过一些具体制度的设置,使人们感觉到法治就在我们身边。是的,法治不再是一种热盼,一种期许,一种遥不可及的梦想,我们需要的是一种实实在在的、触手可及的具体法治。本书就给读者展示了具体法治的某些界面,我相信它对法治建设是有裨益的。

本书的出版同样要感谢许多人。首先需要感谢的是各次论坛的主讲人,他们贡献了自己的思想;还要感谢评论人,他们精当的点评和精彩的叙说,使"刑事法论坛"因之增色;还要感谢与我共同主持"刑事法论坛"的陈瑞华教授、白建军教授、梁根林副教授,是我们的共同努力使"刑事法

[①] 陈兴良主编:《法治的界面》,法律出版社2003年版。

论坛"活动得以续办;还要感谢北京德恒律师事务所主任王丽博士和李贵方博士,他们不仅慷慨资助"刑事法论坛",而且还多次担任"刑事法论坛"的评论嘉宾,既出钱又出力,令人感动。最后,我还要感谢"刑事法论坛"的学术秘书付立庆同学,他每次事前为"刑事法论坛"的举办张罗,事后又组织人员将录音整理成文字,作出了重要的贡献。许永安、方鹏、周折、王亚凯等同学参与了本书内容的录音整理工作,对他们的辛勤劳动表示感谢。

"刑事法论坛"活动到现在已经持续三年,我还想办下去,争取再出一本书,书名就叫《法治的言说》,由此形成法治三部曲。我坚信,这一目标是可以达到的。

陈兴良
谨识于北京海淀蓝旗营寓所
2002 年 7 月 12 日

29.《刑法学》[1]序

目前,我国刑法学教科书已经为数不少,再增加一本似乎也仅仅只有充实书架的功效。因此,在受复旦大学出版社的盛情邀请主编这本刑法教科书之初,心里有几分忐忑不安,唯恐这是徒劳无功之事。在编写本书过程中,我们反复研究了中外各种类型的刑法教科书的特色,总想在体例与内容上有所创新。经本书主编、副主编反复商讨,并在本书诸位作者的共同配合下,最终形成本书的写作体例,使得本教科书至少在形式上有所突破,别具一格。至于这种刑法教科书编写方式上的尝试是否成功,尚需在教学过程中加以检验。下面,就本书涉及的三个重大问题略作交待。

第一,犯罪论体系问题。

犯罪论体系,也就是我国刑法理论中的犯罪构成,它是整个犯罪论的核心。目前,我国刑法教科书通行的是来自苏联的、以闭合式四大要件(犯罪客体、犯罪客观方面、犯罪主体、犯罪主观方面)为内容的犯罪构成体系。这种犯罪构成体系自有其简便易懂的优点,但是也存在内在逻辑上的某些缺陷,受到刑法理论界越来越多的批评和质疑。随着大陆法系递进式犯罪成立理论体系和英美法系双层次的犯罪构成体系引入我国,在犯罪构成理论上的研究日益深入。尤其是大陆法系递进式犯罪成立理论体系,反映了定罪的逻辑过程,也使得被告人获得了较多的辩解机会,具有理论上的优越性。在这种情况下,我们在刑法学教科书中首次直接采用了大陆法系的递进式犯罪成立理论。

应该说,我国刑法关于犯罪成立条件的规定,与大陆法系国家刑法的规定之间并无多大差别,而在犯罪构成理论体系上却存在天壤之别。由此可见,犯罪论体系完全是一个理论建构的问题。因此,在现行《刑法》的框架下,直接采用大陆法系的递进式犯罪成立理论体系,不存在法律制度上的障碍。我们还应该注意到,在20世纪三四十年代的中国,刑法学关

---

[1] 陈兴良主编:《刑法学》,复旦大学出版社2003年版。

于犯罪成立的理论,完全是以大陆法系的递进式结构为模型建立的,刑法学教授和初学刑法的人对于接受这样的理论,都并不存在思维上的障碍。所以,由于中国法律总体上可以被归到大陆法系的范畴,或者说我们与大陆法系的理念和制度具有某种亲缘性,以大陆法系的犯罪论体系为基础,建构中国刑法学中的犯罪成立理论,并非没有可能。当然,将大陆法系的犯罪论体系引入刑法教科书,不是简单地照搬德、日刑法理论,还有一个融合、考虑中国实际的问题。出于这方面的考虑,我们在本书的编写过程中作了一些努力,尽可能地保持内容上的前后协同和逻辑上的相互统一。

当然,刑法学教科书可以有多种写法,犯罪构成体系也可以进行多种尝试性的建构,而不能将某一种模式视为金科玉律。即使是在递进式犯罪成立理论占主流地位的德、日等大陆法系国家,刑法教科书中对犯罪论体系的写法也不尽相同,例如有学者按照行为论、构成要件该当性、违法性、有责性的次序处理犯罪论问题,有学者则按照不法、责任的两重结构讨论犯罪成立条件,多种模式并行不悖。刑法学教科书在犯罪论体系上的多元化探索,既有助于刑法学教学改革的推进,也对促进刑法学理论的繁荣和发展、刑事司法的民主和公正,具有积极意义。

第二,刑法各论的体系问题。

刑法各论是对《刑法》分则的研究,因此,我国目前的刑法学教科书都是以《刑法》分则体系建构刑法各论体系的。这种以法为本的体系建构,本身并不存在问题。但是,从教学的角度看,却存在不大便利之处。《刑法》分则涉及十章四百多个罪名,这些罪名在知识上的重要性并不能等量齐观。而如果根据《刑法》分则的章节体例安排教学时间,往往出现跳跃式讲授的情形,即刑法各论的中间几章必须忽略不计,只讲重要章节的罪名。我认为,《刑法》分则中的十章罪名,最重要的是侵犯公民人身权利、民主权利罪和侵犯财产罪两章,它们都属于侵犯个人法益的犯罪,与每一个人的生存状态、生存条件都直接相关,也是实践中发案率最高的犯罪。司法实务中处理的案件,90%左右的犯罪都是盗窃、抢劫、诈骗、抢夺、故意杀人、故意伤害、强奸等,它们全部规定在侵犯公民人身权利、民主权利罪和侵犯财产罪两章。所以,将这些罪名讲清楚,才是刑法各论教学的根本。

基于这种考虑,本书在刑法各论部分将《刑法》分则的章节顺序作了适度调整,按照下列次序编排:对个人法益的犯罪(包括侵犯公民人身权利、民主权利罪和侵犯财产罪)、对社会法益的犯罪(包括危害公共安全罪、破坏社会主义市场经济秩序罪、妨害社会管理秩序罪)、对国家法益的犯罪(包括贪污贿赂罪、渎职罪等侵犯国家作用的犯罪,以及危害国家安全罪、危害国防利益罪和军人违反职责罪等侵犯国家存立的犯罪)。这种刑法各论体系从表面上看,与严格按照分则章节排列的传统体例不同,但是其自身逻辑上的内在一致性是不可否认的,也符合现代国家对个人权利优先保护的法制原则。

第三,理论深度问题。

本书作为一本刑法学教科书,主要是供本科生学习之用。因此,把握适当的理论深度是十分重要的。但是,要掌握一个很好的分寸,也是比较困难的。过于浅显,就难以显示刑法理论博大精深的魅力,不能唤起学生对刑法理论的学习兴趣;过于艰深,则无法被学生所接受,徒增理解上的困难,使学生在高深的刑法理论殿堂门口望而却步。

从我国目前的刑法学教科书来看,我们认为通病还是在于内容过于浅显,完全是法条注释式的,带有较为明显的注释刑法学痕迹,有的教科书甚至难以使自己与市面上流行的普法读物区别开来,这实在是一件令人遗憾的事情。反观近年来翻译出版的大陆法系刑法学教科书,无论是日本刑法学者野村稔的《刑法总论》(全理其、何力译,法律出版社2001年版)、意大利刑法学者杜里奥·帕多瓦尼的《意大利刑法学原理》(陈忠林译,法律出版社1998年版),还是德国刑法学者李斯特的《德国刑法教科书》(徐久生译,法律出版社2000年版),在理论深度上都大大超过我国的刑法教科书。更不用说德国汉斯·海因里希·耶赛克、托马斯·魏根特的《德国刑法教科书(总论)》(徐久生译,中国法制出版社2001年版),该书仅总论部分就洋洋89万言,其理论之艰深远远超过我们的想象,也远远超过我国本科生所能够理解和接受的程度,甚至将其作为研究生教材也仍然存在比较艰涩的问题。即使是俄罗斯库兹涅佐娃、佳日科娃主编的《俄罗斯刑法教程(总论)》(黄道秀译,中国法制出版社2002年版)也达72万字,虽然对其内容我们总有似曾相识之感,但其也还是有一定的篇幅和理论深度的。对比之下,我国刑法学教科书一般在七八十万字左右,囊括总论与各论的内容,其中各论的内容占据大半篇幅,总论不仅篇幅不多，而且内容浅显。应当说，教科书是某一学科理论发达程度的标志，中外刑法教科书的上述差距，也正好较为客观地反映了中外刑法学理论上存在的差距，在这一点上，我们没有必要讳莫如深。作为一名刑法学人，在推进我国刑法学理论发展的同时，还应当大力推进刑法学教科书的编写，充实内容，完善体例，使刑法学教科书真正能够敏捷地反映刑法理论研究的前沿性成果，而不至于成为陈腐材料的代名词。本书由于篇幅所限，考虑到我国刑法学本科教育的实际状况，虽然在刑法总论的理论上有所加深，不是完全地注释法条，但还是存在很多值得商榷之处。在刑法各论部分，则尽可能地以法条为依归，吸收司法解释的内容，使之于法有据，言之成理。

刑法学教科书是对刑法基本原理的体系性叙述，是在一定逻辑框架、编写规范的约束下对刑法知识的妥善安排，在内容上与刑法专著有所不同，也有别于刑法注释。当然，在教科书写作上适度创新，也是有可能的，在我国就有一种专著型刑法学教科书的说法。因此，刑法学教科书的多层次性、探索性是十分重要的。本书只是多种刑法学教科书中可供选择的一种，虽然在体例与内容上有所调整，试图推陈出新，但仍存在不尽如人意之处。以后，我们还将在刑法学教科书的编写方面继续努力，以期引起一场刑法学教科书编写的革命。

陈兴良
谨识于北京海淀蓝旗营寓所
2003 年 5 月 8 日

30.《中国刑事政策检讨——以"严打"刑事政策为视角》[①] 前言

刑事政策是刑事立法与刑事司法的灵魂,在一个法治社会里,如何处理好刑事政策与刑事法治的关系是一个重要课题。李斯特曾言:"罪刑法定是刑事政策不可逾越的藩篱。"这是我们应当时刻铭记的。在我国刑事政策的讨论中,"严打"是一个绕不过去的话题,也是我们必须正视的。我国实行"严打"已经20年,现在已经是对此进行审视与反思的时候了。本书以"严打"刑事政策为视角,对我国刑事政策进行整体性检讨。

本书由绪论和正文两部分组成。绪论题曰"严打利弊之议",是我对"严打"刑事政策的一个总体评价。不可否认,"严打"在特定的历史条件下对于震慑犯罪、保持社会稳定曾经发生过一定的作用,但"严打"也存在局限性和不足之处,在当时法治的话语中如何获得其正当性,是一个值得我们思考的问题。

本书的正文部分分为专题论坛、刑事政策本论、"严打"专论、媒体聚焦和网友议论五个部分。

专题论坛是2001年11月30日晚举行的"刑事法论坛",主题是"严打的刑事政策分析"。此次论坛,由中国政法大学曲新久教授主讲,曲新久的博士论文是《刑事政策的权力分析》,文中也涉及"严打"刑事政策。论坛中,曲新久对"严打"发表了自己的看法,讨论嘉宾中,储槐植教授、白建军教授、刘仁文博士对"严打"都是素有研究,作了精彩的评论。这次论坛至今虽然已经三年多过去了,但内容并未过时,收入本书是适合的。

刑事政策本论部分,收录四篇论文,都是对刑事政策的一般考察。梁根林博士的《刑事政策解读》一文,是对刑事政策的一般性论述,尤其对刑事政策的概念作了理论上的分析。由于我国目前对刑事政策的研究还不

[①] 陈兴良主编:《中国刑事政策检讨——以"严打"刑事政策为视角》,中国检察出版社2004年版。

够深入,并且对刑事政策的理解也是五花八门,梁根林的论文有助于澄清刑事政策的基本原理,对于我们考察"严打"刑事政策是有帮助的。曲新久的《论刑事政策——作为权力知识的公共政策》一文,采用权力分析的方法,基于公共政策的视角,对刑事政策进行了较为深入的研究。我的《刑事法治视野中的刑事政策》一文,从刑事法治切入,对刑事政策的基本问题进行了梳理,其中论及我国刑事政策的意识形态化、国家化与策略化等特征,并对法治对刑事政策的限制作了阐述,是我在刑事政策问题上的最新研究成果。蔡道通的《中国刑事政策的理性定位》一文,对刑事政策进行了理性反思,提出了"抓大放小"这一刑事政策的基本要求。

"严打"专论部分,收录八篇论文。汪明亮的《现实基础与理性思辩:评严打刑事政策》一文,从现实与理论两个角度,对严打刑事政策进行了全面的审视。严励的《严打的理性审读》一文,也对刑事政策进行了系统考察,并发表了个人见解。游伟、谢锡美的《严打政策与犯罪的刑事控制》一文,对"严打"政策在对犯罪控制中的作用作了论述。周长军的《博弈、成本与制度安排——严打的制度经济学分析》一文,采用制度经济学的分析方法,对"严打"刑事政策进行考察,颇具方法上的新意。王平的《严打的刑事政策学分析》一文,在强调对犯罪综合治理的同时,赞同有节制的"严打"。栾莉的《严打的启示——中国刑事政策失衡论》一文,认为中国刑事政策存在失衡现象。这里的失衡,包括外部失衡即刑事政策与刑事政治的失衡与内部失衡即治本政策与治标政策的失衡、政策的决策与实施的失衡。本文对失衡的原因作了分析,并给出了实现平衡的出路。刘仁文的《两年严打:回顾与反思》一文,对2001年开始的第三次"严打"作了回顾与反思,文中有一些数据与材料,是能够反映"严打"实际状况的,具有一定的学术价值。王亚凯、付立庆的《美国特色的严打法——加州三次打击法初论》一文,对美国加州的严打法作了介绍,作为一种对比与借鉴,使我们加深对中国"严打"刑事政策的理解。

媒体聚焦与网友议论部分,是本套丛书颇具特色的内容,以示大众化色彩。在读完上述颇为专业的学术论文以后,听听大众的议论,不失为一种转换脑筋的方法,也能使本书增色。这两部分内容,均是丛书学术秘书付立庆收集的,应当感谢他,当然更应当感谢这些显名或者隐名的作者。

本书名之曰《中国刑事政策检讨——以"严打"刑事政策为视角》,可以说是对"严打"进到全方位的理性反思的一部著作。我在1983年9月"严打"风暴骤起时,以中国人民大学法律系刑法专业研究生的身份到北京市海淀区人民法院实习,因"严打"人手不足,遂被委任为助理审判员,直接参加了"严打"斗争,对当时的"严打"是有切身体会的。实习结束,又以辩护律师的身份参加了"严打"中刑事案件的辩护,从另外一个方面感悟了"严打"斗争。记得我担任辩护人的一个盗窃案,收到判决书,第一被告被判处15年有期徒刑,我所辩护的第二被告被判处10年有期徒刑。又过两天,"严打"一来,我在法院门口赫然见到布告,第一被告已被判处死刑立即执行,我所辩护的第二被告被判处死缓。也就是说,我收到的这份刑事判决书一夜之间失效了,但有效的那份刑事判决书我再也没有收到过,只是从布告上看到判决结果。至今,布告上那个猩红的大×仍然留在我的脑海里。20年过去了,我们已经具备了对"严打"进行反思的条件。本书的学术论文都是以一种严谨的学术态度进行的卓有成效的探讨,各篇论文中都包含了一些闪光的思想,我在编辑过程中先睹为快,亦欣欣然有几分亢奋,我感到了思想的力量。

"中国法治检讨丛书"(第一辑)三本已经陆续推出,这是一种将学术推向社会、将思想普及大众的尝试。也许不会再有第二辑,但伴随着中国法治进程,这种学术的检讨将会继续下去,这是我的心愿。

是为前言。

陈兴良
谨识于北京锦秋知春寓所
2004年3月4日

31.《刑事疑案评析》[①]序

上海市浦东新区人民检察院组织编写了一本《刑事疑案评析》,因我曾经为北京市海淀区人民检察院主编过《刑事疑案研究》(法律出版社2002年版)一书,他们通过海淀区人民检察院的黄晓文同志找到我,希望我对案件进行点评,并担任主编。我翻阅了《刑事疑案评析》一书的稿子,感到本书具有较大的实践意义与理论意义,遂同意参与本书的编写。

浦东新区是随着上海浦东的改革开放形成的一个经济特区,也是一个具有标本意义的司法区域。浦东新区开放程度高,经济发达,犯罪也有其特殊性。浦东新区人民检察院在办案过程中,积累了大量案件,这些案件具有典型性与疑难性,都是真实的案例。这些案例虽然本身是具体的与个别的,但它具有参照性。我对案例研究一直抱有浓厚的兴趣,目前我也正在从事判例刑法学的研究。我始终认为,案例或者判例是在刑法理论与司法实践之间架设的一座桥梁。我国虽然实行成文法,但由于刑法的抽象性与犯罪的个别性之间存在一种紧张的对立关系,刑法规定无论如何也无法或者不能穷尽现实生活中的犯罪现象。因而司法机关在将抽象的法律规定适用于个别案件的时候,如何弥合两者之间的缝隙,就成为建立在法律解释一般原理之上的一种司法技术。从纷繁复杂的案件中抽象与总结出一些处理疑难案件的司法规则,不仅对于司法实践具有比照作用,而且对于立法完善具有参考价值,对于刑法理论研究也具有示范意义。因此,浦东新区人民检察院对本院所办的刑事疑案进行总结研究,我认为是十分难能可贵的,表明浦东新区人民检察院注重理论研究,已经具备了学习型甚至研究型检察院的素质与品格。

这里尤其需要指出的是本书中的案件的评析者,他/她们是工作在检察业务第一线的检察官。本书中的案件大部分都是他/她们经手办理的,在办理这些案件过程中,他/她们都对这些案件中涉及的相关理论问题有

[①] 陈兴良主编:《刑事疑案评析》,中国检察出版社2004年版。

过思考。现在有这么一个集体性的写作机会,他/她们以极高的热忱投入到案例的撰写工作中去,这些案例评析都凝聚着他/她们的智慧。可以想见,他/她们都是一些近年来从各政法院校毕业的年轻学子,怀着崇高的理想来到检察院工作,经过一段时间的检察业务工作,已经积累了一定的司法经验,并致力于将刑法理论适用于个案。从案例评析中,可以看出他/她们对理论的兴趣以及这些理论在实践中适用的艰难。从案例评析中,我发现他/她们对一些刑法理论问题的独立思考,并且能够大胆地发表个人意见的那种率真,尽管这种意见与已有的裁决结论不一致。这是一种难能可贵的探索精神,是值得提倡并发扬光大的。当然,评析意见也不见得一定是正确的,某些理论的运用也还显得有些未臻熟练,观点也不见得一定正确,但对此是无可指摘的。正是在这些年轻人身上,寄托着中国未来司法的希望。

最后我还想说一说我对每个案件的点评。这些点评很难称得上是专家点评,只不过是我读了这些案件的评析意见以后的一点感想或者感悟,都是只言片语式的。在点评中,有些意见与判决结论或者评析意见可能是不一致的,也不见得我的点评一定是正确的。有些案件确实是十分疑难的,我也拿不准自己的意见是否正确,但还是勉为其难地表达了我的倾向性观点。我感到,我的点评是与案件评析者的一种非当面的交流,甚或是争执。这种交流是平等的,因而点评虽然要求简短精练,但决不应是居高临下的。这样一种姿态,是我力求做到的,也许做得还不够。通过参与本书的编写,我学到了许多在书本上学不到的东西。我总是感到,刑法是一门应用性很强的学科,理论来自于实践,只有司法实践才是常青的,而理论本身总是灰色的。如果我们仅知道一些教条,仅熟知一些法条,对司法实践情形一无所知,那是不可能成为一名称职的刑法学家的。因此,我虽然主张对刑法作形而上的研究,但更主张对刑法作形而下的研究,两者都是刑法理论不可偏废的组成部分。本书的编著,加深了我的这一信念。

是为序。

陈兴良
谨识于北京海淀锦秋知春寓所
2004 年 8 月 21 日

32.《法治的言说》①卷首语

"刑事法论坛"自1999年9月27日开坛,已经过去了四年半的时间,共举行了36次讲座。前24次讲座已经分两册结集出版,本书是第25—36次讲座的内容。

本书的书名是《法治的言说》,正好与前两本书《法治的使命》与《法治的界面》相对应,形成法治三部曲。可以说,"刑事法论坛"举办的这四年多时间,正是我国法治发展的一个关键时刻,"刑事法论坛"见证了我国法治的发展,并成为具有亲历性的历史记录。可以说,每一个"刑事法论坛"的参与者,都是我国法治进程的亲历者与思考者。我们举办或参加"刑事法论坛",就是在参与历史的创造,此非虚言也。以本书的主题而言,最牵动人心的也许就是董伟案与刘涌案。董伟是陕西的一个27岁青年,因故意杀人罪被延安市中级人民法院和陕西省高级人民法院判处死刑。在即将执行死刑之际,董伟的辩护律师朱占平进京到最高人民法院,获得最高人民法院下达的死刑暂缓执行令,由此上演了枪下留人的一幕。此案经媒体披露以后,引起民众对董伟命运的广泛关注,但最终董伟还是被执行了死刑。在董伟案中,死刑制度第一次作为一种反思的客体进入主流媒体的视野。在董伟案平息以后,刘涌案又开始吸引公众的眼球,并且引起群情激愤。刘涌是沈阳的一个黑社会性质组织的主犯,一审被判处死刑,辽宁省高级人民法院以刑讯逼供为由二审改判死缓。这一改判触动了社会的神经,为什么一个黑社会老大由死而生?这种质疑背后是对司法的严重不信任。因此,刘涌案引发的是一场司法信任的危机。在2003年9月12日举办"刘涌案改判的法律思考"第31次讲座的时候,正是刘涌案的改判引起民愤的第一波。同年12月,最高人民法院再审再次改判刘涌死刑立即执行,意在平息民愤。"不杀不足以平民愤"这一判处死刑的非法定的理由在刘涌案中得到了经典的证明。在董伟案中,我只

---

① 陈兴良主编:《法治的言说》,法律出版社2004年版。

是一个旁观者;但在刘涌案中,我却不经意间成为一个当事人,被群起而攻。其实,无论是董伟案还是刘涌案,我都是一个冷静的、理性的观察者。不能说我对董伟和刘涌这两个人的命运毫不关心,但我更关心的是制度的命运;在董伟案中关心的是死刑制度的命运,遂有从"枪下留人"到"法下留人"之说;在刘涌案中我关心的是非法证据排除规则的命运,关心程序正义的命运。毫无疑问,两案的结局都是令人遗憾的。在董伟案中,当我们为最高人民法院下达死刑暂缓执行令而称道的时候,最终还是以董伟被执行死刑而收场,死刑制度逃过一劫。而在刘涌案中,当我们为辽宁省高级人民法院的改判而叫好的时候,最终还是以最高人民法院的改判而告终,非法证据排除规则受到致命一击,程序正义在实体正义面前败下阵来。冯军教授曾经采用"法治乱象"一词来形容刘涌案引发的群情激昂,生动地反映了我国法治向前发展过程中的艰难,可谓步履蹒跚。我们唯一可以自豪的是,面对法治进程中的这些峰回路转、云诡波谲的事件或者案件,我们没有沉默,尽管不足道,还是发表了我们的言说。即使为当今的社会所不理解,我们还是应当言说。

"刑事法论坛"已经成为北大法学院众多讲座中的一个品牌,它不仅吸引了众多的听众,而且吸引了北大内外的各位名家,他(她)们共同成就了北大刑事法论坛。而我以及我们这些组织者,只不过是在做一些牵针引线的工作。就我自己而言,几乎是每次论坛的参与者,在长达四年半的时间里,投身这么一项学术活动,还是要有一点毅力的。现在感到有一些倦意,因此,在本书出版以后,"刑事法论坛"是继续办还是不办,这是一个问题。无论如何,我应当为已经举办的这些论坛活动感谢许多人:德恒律师事务所王丽主任、李贵方副主任一如既往地支持"刑事法论坛",使论坛活动得以顺利举办。北大法学院苏力院长对"刑事法论坛"给予了大力支持,尤其是亲身参与有关奸淫幼女司法解释的主讲,为"刑事法论坛"增色。我还要感谢"刑事法论坛"的各位主讲人与评论人,他们的精彩讲演和点评成为"刑事法论坛"的学术亮点。尤其值得一提的是,中国青年政治学院副院长、北大法学院博士生导师周振想教授,早在1999年12月25日就参加了第4次"刑事法论坛"活动,2003年9月2日又参加了第31次"刑事法论坛"活动,可以说是"刑事法论坛"的积极参与者。周振想教授不幸于2004年3月2日英年早逝了,令人痛心。振想教授在"刑事法论坛"上发表评论的声容形貌犹在我们的心中,本书也作了忠实的记录。今天正值清明节,本书的出版也是对周振想教授在天之灵的一种告慰。"刑事法论坛"学术秘书付立庆同学,为论坛做了大量工作,尤其是每期富有煽动性的广告都出自其手,记得第36次论坛有如下广告语:

> 本次论坛可能成为德恒刑事法论坛的收山之作。至此,论坛历经四年半的时间,已经整整举办了36次,继《法治的使命》和《法治的界面》之后,"法治三部曲"之三《法治的言说》也将定型。36无疑是一个吉利和圆满的数字,急流勇退或许是一个明智的选择。
>
> 然而,学者们检讨法治的"使命"还在,并且随着大中国法治进程的推进而愈发浓烈;然而,学子们"言说"法治的激情还在,并且伴随着"刑事法论坛"这一品牌的影响而愈发真诚。诚然如此,德恒刑事法论坛这样一个平台,这样一种检讨和反思中国刑事法治进程的"界面",是否应该伴随着第36次论坛活动的落幕而"走为上"?
>
> 这是一个问题。
>
> 但是,无论如何,这次,应该来吧?!

这些颇具诱惑力的广告语为"刑事法论坛"吸引了更多的听众。还要感谢周折、王亚凯、吉丽娅、葛向伟等同学参与录音、整理文稿,使"刑事法论坛"实录从声音转换为文字。

"刑事法论坛"先以声音形式面世,后以文字形式出版,正合乎言说之意。因此,《法治的言说》是一种纪实:即是论坛活动的纪实,更是法治现状的纪实。已经举办的36次"刑事法论坛",必将成为中国刑事法1994年至2004年进程的编年史!

陈兴良
谨识于北京锦秋知春寓所
2004年4月4日

33. "北大刑法博士文丛"①总序

"北大刑法博士文丛"即将由中国人民公安大学出版社陆续出版。作为主编,我感到十分高兴。随着法学教育的发展,每年毕业的博士生人数越来越多,博士论文作为获得博士学位的前提,成为一种学术成果的重要载体,受到学界的高度重视。博士论文的水平,也成为衡量一个博士点的质量高低的重要指数。在这种情况下,在已经答辩通过的博士论文中,择其优者经过修订予以出版,也是对学术界的一种贡献。北京大学刑法学博士点是我国培养刑法学专业博士生的一个重要基地,自 1990 年建点以来,已经培养了数十名博士生,并曾经系统地出版过博士论文集。这次在中国人民公安大学出版社出版的"北大刑法博士文丛"是这一出版活动的延续。我在主编本文丛的时候,择优选入博士论文,主要基于以下三个标准:

一是选题新。刑法学是一门发展较为成熟的部门法学科,到目前为止博士论文已有数百篇,已经出现一些选题重复的现象。因此,在选题上如何出新,就是一个值得研究的问题。入选本文丛的博士论文,我要求选题一定要新。这里的新,既指没有相同的选题的博士论文,更指开启新的学术领域。陈旧的选题是很难在内容上出新的。因此,选题新就成为入选的一个基本前提。

二是观点新。博士论文虽然力求通过,但仍然给学术创新留下了一定的空间。如果在观点上都是一些陈词滥调,没有任何独创之处,就不可能成为一篇好的博士论文。因此,观点新是对博士论文的一个基本要求。这里的观点新,就是指论文在内容上具有一定的原创性,而不是资料堆砌或者文献综述。应该说,这是一个较高的要求。当然,观点新也并非是标新立异,而是要在承接前人研究成果基础之上的推陈出新,这就要求作者

---

① 陈兴良主编的"北大刑法博士文丛"由中国人民公安大学出版社自 2004 年起陆续出版。

具有扎实的学术基础。

三是表述新。表述虽然只是一个形式问题,但我以为是必须引起我们充分重视的。长期以来,我们在刑法理论研究中已经形成了某种固定的程式,按照这种程式写出来的论文在表述方法上是十分陈旧的,给人一种似曾相识之感,缺乏新意。我一直倡导一种新的表述方法,能够给人以别开生面之感觉。表述是一种文字功夫,虽然只是学术的载体和外表,但好的表述会使你的观点更引人入胜,更具有吸引力。

达到以上三个标准的博士论文,才是优秀的博士论文,这是我对本文丛入选标准的一点看法。我期待有更多的优秀博士论文能够入选。当然,由于出版资源有限,我们每年只能出版三至五本,这些博士论文应该是北京大学刑法学博士论文中的佼佼者。本着宁缺毋滥的原则,我将严格把关,力争使本文丛的博士论文在质量上达到较高的学术水平。尤其是在论文的选题上,我将更侧重于前沿性的理论问题。博士论文的出版,对于培养学术新人来说,是一项功德无量的工作。对于那些立志将来献身学术研究的博士生来说,博士论文将是他/她的第一本个人专著;对于那些投身司法实践工作的博士生来说,博士论文也许是他/她的最后一本甚至是唯一的一本个人专著。因此,包含个人心血的博士论文能够出版,这是一件幸事。对此,我是深有体会的。想到十多年前,我出版本人博士论文时的艰难,更为自己能够为学生们的博士论文的出版助一臂之力而感到快慰。不是么!

最后,我还要感谢中国人民公安大学出版社对本文丛出版所给予的大力支持。中国人民公安大学出版社在刑事法学术著作出版方面成绩卓著,已经成为刑事法学术著作出版的"重镇",本文丛的出版就是一个明证。

是为序。

陈兴良
谨识于北京锦秋知春寓所
2004年6月20日

34.《犯罪论体系研究》[①]前言

犯罪论体系,也就是我国所称的犯罪构成理论,正在成为我国刑法学界学术研究的一个热点问题。我对于犯罪构成理论的思考,从1992年出版《刑法哲学》就已经开始,当时以反思为主。及至2001年,我出版了《本体刑法学》一书,建构了罪体—罪责的犯罪构成体系,2003年我又出版了《陈兴良刑法学教科书之规范刑法学》一书,将罪体—罪责的犯罪构成体系发展为罪体—罪责—罪量的体系;同时又主编了《刑法学》一书,直接引入大陆法系的该当性—违法性—有责性的体系,对犯罪构成体系由反思而进入重构。当然,犯罪构成体系的重构不是个别人的能力所能及的,需要我们这一代刑法学人的共同努力。本书就是这种努力的一部分,是对犯罪构成理论的前沿性思考。

2003年11月24日,我给北京大学法学院2003级刑法专业博士生进行刑法专题讲授,在录音整理稿的基础上修订增补完成了《犯罪论体系:比较、阐述与讨论》一文。为使这种探讨进一步深入,我又布置2003级刑法专业博士生就犯罪论体系问题进行专题性研究,并多次组织共同讨论。经过同学们的共同努力,终于完成了本书。从本书内容可以看出,同学们既有从方法论角度对犯罪构成体系的考察,包括思维与逻辑的探讨,又有对犯罪构成各要件的深入分析;各个专题都在不同程度上推进了理论思考的深度与广度,这是令人高兴的。

我向来提倡学习与研究相结合,读书与写作相结合。唯有如此,才能形成学与思之间的良性互动。因此,在博士生甚至硕士生学习期间,在读书学习到一定程度,在有所知与有所思的基础上,应当及时进行写作。写作是学习与思考的继续,并且可以将学习与思考的结果付诸文字,公之于世,从而使个人的"自思"成为大家的"共思"。从本书的内容来看,虽然是命题作文,但同学们在对某一专题深入研究的基础上形成的论文,无论

[①] 陈兴良主编:《犯罪论体系研究》,清华大学出版社2005年版。

是在思考的视野上还是在表达的方法上,都达到了相当高的学术水平,能够代表北大法学院刑法博士点的整体学术水平。

学术是一个积累的过程,正如荀子所言:"不积跬步,无以至千里;不积小流,无以成江海。"因此,只有持之以恒,才能攀上学术的高峰。

以此共勉。

陈兴良
谨识于北京海淀锦秋知春寓所
2004 年 11 月 16 日

35.《犯罪论体系研究》[①]代序
犯罪构成：法与理之间的对应与紧张关系

犯罪构成理论被认为是刑法理论王冠上的宝石，是刑法理论水平的重要标志。我国学者对目前通行的犯罪构成理论的不满由来已久，但在犯罪构成理论上始终难有突破。个中原因当然是复杂的，我认为，如何处理法与理之间的对应与紧张关系，是一个值得研究的问题。

犯罪构成到底是一种法律规定，还是一种理论建构，也就是犯罪构成的法定性与理论性问题，曾经引起我国学者的思考。目前的通说认为，犯罪构成是法定性与理论性的统一，也就是法与理的统一。应该说，这一观点本身并没有错误，而且充满辩证法。问题在于，我们不能满足于法与理的统一这样一个简单的命题，而应当进一步深入地分析法与理之间的对应与紧张关系。

就犯罪构成的法定性而言，作为犯罪成立的条件，犯罪构成无疑具有法定性。这里的法定，既包括刑法总则的规定，又包括刑法分则的规定。犯罪构成的法定性，是罪刑法定原则的必然要求。从犯罪构成理论的产生来看，它也起源于对刑法分则条文规定的解释。日本刑法学家小野清一郎对此曾经作过正确的描述：Tatbestand 的概念从诉讼法转向实体法，进而又被作为一般法学的概念使用，而且已经从事实意义的东西变为抽象的概念。特别是在刑法学中，它被分成一般构成要件和特殊构成要件两个概念。这主要是因为在刑法中，从罪刑法定主义原则出发，将犯罪具体地、特殊地加以规定是非常重要的。然而，着眼于这种特殊化了的构成要件（亦即具体构成要件）的重要性，产生了不仅仅把它视为刑法各论上的东西，而且可以作为构筑刑法总论即刑法一般理论体系的努力，这一努力从贝林开始，由迈耶大体上完成，而这就

[①] 陈兴良主编：《犯罪论体系研究》，清华大学出版社 2005 年版。

是所说的构成要件理论。① 由此可见,犯罪构成理论本身是罪刑法定原则的产物,它必然要以法律规定为根据。但是,犯罪构成的法定性并不意味着刑法对各个犯罪构成要件都需要明确而直接地作出规定。例如,不作为的概念,在刑法中并未出现,而是从刑法规定中推导出来的。就此而言,我们更应当强调犯罪构成的理论建构性。如果犯罪构成理论中的每一个概念都要寻找其法律出处,显然是不可能的。因此,犯罪构成理论虽然与法律规定相关,但它又超然于法律规定。

我国目前的犯罪构成理论体系是从苏俄引入的,这与我国刑法深受苏联刑法的影响是一致的。我国《刑法》虽然是1979年颁行的,但它是1950年开始起草的,无论是《刑法》的体例还是内容,都与1962年的《苏俄刑法典》极为相似。而犯罪构成理论的基本框架,也是20世纪50年代初期学习苏联的结果,当时翻译了大量的苏维埃刑法教科书,直接作为我国政法院(系)学习刑法的教科书。尤其是1958年翻译出版的A. H. 特拉伊宁的《犯罪构成的一般学说》一书,更是对我国犯罪构成理论的研究产生了重要的影响。20世纪80年代,我国刑法理论在恢复重建阶段仍然以苏俄的犯罪构成理论为蓝本。至今我国通行的刑法教科书所采用的仍然是苏俄四大要件的犯罪构成模式。在这期间,我国刑法学界始终存在对犯罪构成理论进行改造的努力。但这种改造基本上是对苏俄犯罪构成理论体系的修补,例如取消一个要件或者增加一个要件等。由于这种改造没有跳出苏俄犯罪构成理论的思想模式,因而难以撼动苏俄犯罪构成理论在我国的垄断地位,改造的努力基本上以失败而告终。在这种情况下,我国刑法学界越来越多的学者主张直接采用大陆法系的犯罪构成理论体系。显然,大陆法系的犯罪构成理论体系在思维逻辑上是完全不同于苏俄的犯罪构成理论体系的。我曾经对两者进行了比较,认为大陆法系的犯罪构成理论体系由构成要件该当性、违法性和有责性构成,这三个要件之间具有递进式的逻辑结构,因而是一种递进式的犯罪构成理论体系。而苏俄的犯罪构成理论体系由犯罪客体、犯罪客观方面、犯罪主体、犯罪主观方面构成,这四个要件

---

① 参见〔日〕小野清一郎:《犯罪构成要件理论》,王泰译,中国人民公安大学出版社1991年版,第4页。

之间具有耦合式的逻辑结构,因而是一种耦合式的犯罪构成理论体系。通过比较不难发现,递进式的犯罪构成理论体系有其优越性。尤其是大陆法系的整个犯罪论体系都是以犯罪构成为核心而展开的,因而其刑法理论都与递进式的犯罪构成理论体系有密切联系。实际上,我国从20世纪80年代开始,在坚持苏俄的犯罪构成理论的同时,已经大量地引入了大陆法系的刑法理论,例如法益理论、共犯理论、罪数理论等,但由于这些引入的刑法理论与我国目前的苏俄式的犯罪构成理论之间存在逻辑上的不相容性,因而引起种种矛盾,从而严重地阻碍了我国刑法理论的发展。在这种情况下,如果直接采用大陆法系的递进式犯罪构成理论体系,则可以直接消除这种不相容性。

在直接引入大陆法系的犯罪构成理论体系的动议中,存在一种担忧,就是大陆法系的犯罪构成理论体系与我国刑法的规定是否兼容?如前所述,我国刑法的规定与犯罪构成理论基本上是苏联刑法与苏俄犯罪构成理论的翻版,因而两者之间是具有兼容性的。而在我国刑法规定并未修改的情况下,直接采用大陆法系的犯罪构成理论体系,两者是否能够兼容呢?这个问题不解决,很难消除在我国直接采用大陆法系犯罪构成理论体系的顾虑。我认为,这里关系到刑法规定与犯罪构成理论之间的相关性问题。在我看来,直接采用大陆法系的犯罪构成理论体系的法律障碍是不存在的,或者至少没有我们想象得那么大。在此,需要强调的是犯罪构成理论本身对于刑法规定的相对独立性。正如世界只有一个,但解释世界的方法却有不同,因而对世界的理解也必然不同一样,刑法规定与犯罪构成理论之间的关系也是如此。刑法规定只有一个,因对它解释不同而形成的犯罪构成理论体系却是多元的。实际上,即使是在大陆法系国家,犯罪构成理论体系也并不是只有一个,而是存在多个犯罪构成理论体系。例如在意大利刑法理论中,就存在二分的犯罪理论、三分的犯罪理论与犯罪构成多样说等各种犯罪构成理论体系。[①] 上述各种犯罪构成理论体系在互相竞争中共存并不妨碍对刑法规定的司法适用。将我国的刑法规定与大陆法系的刑法规定相比较,我认为差异并不是很大,因而刑法规定不能成为我国直接采用大陆法系犯罪构成理论体系的障碍。

[①] 参见〔意〕杜里奥·帕多瓦尼:《意大利刑法学原理》,陈忠林译,法律出版社1998年版,第95页以下。

当然,主张直接引入大陆法系的犯罪构成理论体系并不是否认目前我国通行的耦合式的犯罪构成理论体系存在的必要性,也不是要窒息对犯罪构成理论进行积极探索的各种热情。尽管耦合式的犯罪构成理论体系遭到一些学者的批评,但它在我国现实的司法活动中已经产生了深远的影响,因而在对这一犯罪构成理论体系进行不断修正与完善的前提下,耦合式的犯罪构成理论体系仍然具有存在的必要。此外,我们还应在犯罪构成理论体系上进行各种理论创新,尤其是要结合中国的刑法规定建构犯罪构成理论体系。就我本人而言,是大陆法系递进式的犯罪构成理论体系的积极倡导者,同时也是具有中国特色的犯罪构成理论体系的努力探索者。我曾经在《本体刑法学》(商务印书馆2001年版)一书中提出罪体与罪责的对合性的犯罪构成理论体系。这一体系在逻辑进路上既不同于大陆法系的递进式的犯罪构成理论体系,也不同于苏联的耦合式的犯罪构成理论体系。在《陈兴良刑法学教科书之规范刑法学》(中国政法大学出版社2003年版)一书中,我进一步结合我国刑法的规定,提出罪体—罪责—罪量的三分法的犯罪构成理论体系。这里的罪量是指犯罪的数量界限,例如刑法分则规定的数额较大、情节严重、情节恶劣等各种犯罪成立条件。犯罪概念中存在数量要素,这是我国刑法规定的特点,这一特点也应当在犯罪构成理论体系中得以体现。

  犯罪构成的体系性建构,对于刑法理论的发展具有某种象征意义。因此,我们应当充分关注犯罪构成理论的发展,这是我们这一代刑法学人义不容辞的历史使命。

36.《刑法方法论研究》[1]前言

刑法方法论是我国近年来随着刑法学研究的深入发展而拓展的一个学术领域,它对于刑法学的知识更新与学术提升具有重要意义。刑法方法论之刑法方法究竟何指,在学理上仍然存在歧见。狭义的刑法方法是指刑法适用方法,包括刑法解释方法、事实认定方法和刑法推理方法;广义的刑法方法除刑法适用方法外,还包括刑法学研究方法。围绕刑法方法论问题,北京大学法学院于2004年11月26日至27日在北京大学深圳研究生院举办了"全国首届中青年刑法学者专题研讨会",主题就是刑法方法论。这一主题是我建议的,获得全国中青年刑法学者的积极响应。两天的研讨会取得了重要的学术成果,该专题研讨会的论文集即将由北京大学出版社出版。在此次研讨会上,我提交了论文《刑法教义学方法论》,并在大会上做了交流,该文发表在《法学研究》2005年第2期,是我对刑法方法论问题的初步研究心得。此外,北京大学法学院王世洲教授发表在《法学研究》2005年第5期的《刑法方法理论的若干基本问题》,以及云南大学曾粤兴教授的《刑法学方法的一般理论》(人民出版社2005年版),都是我国学者在刑法方法论领域取得的重要研究成果。尤其是曾粤兴教授的《刑法学方法的一般理论》一书,是在其博士论文基础上修改而成的,也是我国第一部研究刑法方法论的专著。从关注刑法具体问题到关注刑法方法,这不能不说是我国刑法成熟的标志之一。

欲善其事,必利其器。方法就是这样的一种器,刑法方法对于刑法适用具有重要意义。以往,刑法学在更大程度上是一种注释刑法学,深受法条的桎梏,完全是一种法条中心主义的概念法学。至于这些法条适用的具体过程,并不被关心。即使是我国古代建立在解释法条基础之上的律

---

[1] 陈兴良主编:《刑法方法论研究》,清华大学出版社2006年版。

学,也并没有关于解释方法本身的研究。从解释客体反诸解释主体,尤其是重视解释方法,这本身就是一个进步。在刑法解释方法中,当然涉及刑法学理论和法解释学一般方法的运用,但对于刑法解释的特殊性不能不加以关注。在罪刑法定原则下,对类推解释方法的摒弃,坚持对刑法条文的严格解释,在法条有疑义时应作对被告人有利的解释等,都是刑法解释方法所特有的内容,对此应予以足够的重视。

在刑法方法中,除刑法解释方法是需要重点研究的以外,案件事实的认定虽然涉及证据问题以及证明问题,但它本身仍然是一个重要的实体法问题。在案件事实的认定过程中,犯罪构成起到了一种模型的作用,据此认定的案件事实是一种构成性事实、规范性事实,而不是"裸"的事实。案件事实并非纯客观的,认定主体的价值关涉其间,法律规范亦掺杂其内,因而存在一个取舍剪裁问题。归根到底,是一个事实与价值的关系问题。例如在因果关系中,事实因果关系与法律因果关系的双重构造就体现了事实与价值在因果关系问题上的统一。

在刑法方法中,更重要的是法律推理。刑法推理是一个逻辑问题,主要是形式逻辑在刑事司法活动中的运用。除此之外,根据犯罪构成要件对某一事实进行有罪认定的过程本身,也是一种逻辑推理,这是一种犯罪构成的推理。日本学者大塚仁指出了犯罪论体系的逻辑特征,运用犯罪构成对犯罪进行认定的过程当然也是一个逻辑推理过程。因此,刑法学者应当是一个实践着的逻辑学家。我国现在的犯罪构成体系过于粗糙而缺乏精密性,只能对一些简单的案件进行判断,遇到复杂案件往往捉襟见肘、漏洞百出。而德、日的犯罪论体系则有其精密的特征,同样是无罪的结论,可以分出数十种理由,例如缺乏构成要件行为的无罪、缺乏构成要件客体的无罪、缺乏构成要件结果的无罪、缺乏因果关系的无罪、缺乏客观归责的无罪、缺乏故意或者过失的无罪、缺乏主观违法要素的无罪、缺乏主观归责的无罪、阻却违法性的无罪、阻却责任的无罪,如此等等。不仅结论正确,更重要的是理论正确,而这一理由就是构成要件分析的结果。尽管繁琐,但却精致,并且不易出错,而我国的犯罪构成体系则相形见绌。

本书名曰《刑法方法论研究》,是从《犯罪论体系研究》开始的刑法学前沿问题系列研究的持续。本书的作者主要是北京大学法学院2004级刑法专业博士生。孙运梁是2005级博士生；倪业群是广西师范大学法学院副教授，2004年度在北京大学法学院进修，参加了2004级刑法学专业博士生的学习科研活动；宋振武则是刑事诉讼法专业2004级博士生，也一同参与了本书的写作。从本书的内容看，不拘泥于传统刑法学的研究进路和表达方式，对刑法的解释方法、事实认定方法、推理方法以及其他一些相关问题进行了前沿性的研究，有些论文观点之独到、表述之前卫，也在我的意料之外。我认为，突破才能创新，创新才是学术研究的唯一出路。尽管突破并不见得一定能够创新，但没有突破则一定不能创新。相对于守旧而言，突破与创新是有共同之处的。因此，不敢奢望本书有多少内容的创新，却敢断言有多大程度的突破。

　　本书写作分工如下：陈兴良：第一章；王政勋：第二章；周折：第三章；倪业群：第四章；孙运梁：第五章；宋振武：第六章；丁鹏：第七章；赵星：第八章；刘妙香：第九章；古丽阿扎提·吐尔逊：第十章。由于本书采用专题研究的方式，因而各专题的观点不强求统一。作为主编，我尽量尊重各专题作者的观点。当然，本书若有错误之处，责任仍由主编承担。本书的组织编写过程中，王政勋出力颇大。王政勋1988年毕业于北京大学法学院，在经历了6年的法官生涯后，又考入西北政法学院成为刑法专业硕士研究生，毕业后留在西北政法学院任教，先后出版了《正当行为论》（法律出版社2000年版）、《刑法修正论》（陕西人民出版社2001年版）等重要著作，并评上了教授、硕士生导师。但王政勋仍不满足于事业上的成就，于2004年考上北京大学法学院2004级博士研究生，在离别北京大学16年后又重返燕园。在博士生学习期间，虽有家室和教职的牵累，仍一门心思扑在博士生的学业上。虽是在职学习，却绝大多数时间在北京大学孜孜向学，并且协助我完成了本书的组织、编写，对此应当深表感谢。清华大学出版社的编辑们对《犯罪论体系研究》一本倾注了心血，对此同样也要深表谢意。本书的作者虽然大多是在学的博士生，但各有所长并各有所能，顺利完成了本书的写作，圆满地实现了我的写作意图，也交上了一份刑法专题课的满意答卷。作为主编和导师，我和大家一起分享这份喜悦。

本书是刑法学前沿问题系列研究的阶段性成果,这一研究还将继续下去。我期盼有更多的人参与这一研究,通过研究推进我国刑法学的发展,造就并推出刑法学新人。若此,则如愿矣。

此为前言。

陈兴良
谨识于北京海淀锦秋知春寓所
2006 年 4 月 4 日

37.《宽严相济刑事政策研究》[①] 出版说明

刑事政策是刑法的灵魂与精髓,这一命题充分揭示了刑事政策之于刑法的重要意义。因此,对于刑事政策的研究实际上就是对刑法的研究,甚至是对更高层次的刑法研究。

我对刑事政策问题一直抱有较浓的学术兴趣。在我看来,刑事政策学研究与规范刑法学研究是有所不同的:规范刑法是一种解释论,主要采用法解释的研究方法。而刑事政策学则具有反思性与批判性,从而成为规范刑法学的补充。正是由于刑事政策学的存在,使刑法知识获得了某种内在的推动力,使之适应社会发展的现实需要。我曾经主编过《中国刑事政策检讨——以"严打"刑事政策为视角》(中国检察出版社 2004 年版)一书,该书是对"严打"刑事政策的深入检讨,具有某种历史回顾性。而本书《宽严相济刑事政策研究》,则是对宽严相济刑事政策的一种学术探讨,它是以前书为逻辑起点的,但在方法论上又和前书存在重大差别:如果说前书更多的是反思性的,那么本书则更多的是建设性的。

本书的写作原本并不在我的学术计划之中,它缘于北京市法学会的一个课题。北京市法学会受北京市政法委的委托,对宽严相济刑事政策进行研究,并将之列为北京市法学会 2004 年的一级课题。承蒙北京市法学会抬爱,让我来主持这个课题,为此我开始了本书的写作。2005 年 5 月 9 日至 10 日,北京市法学会和西南科技大学法学院合作在四川省绵阳市主办了"宽严相济的刑事政策与和谐社会构建学术研讨会",在这次研讨会上,我受邀作了主题发言,与与会者交流观点,深化思想,对本课题的研究起到了推动作用。此后,我又在北京、浙江、江苏、吉林等地为法官、检察官、律师和高校学生作了多场关于宽严相济刑事政策的学术报告,使自己的观点在成书之前得以与社会交流。尤其是 2006 年 10 月 12 日至 11 月 2 日,最高人民法院在北京举办了两期"全国高中级人民法院刑事审判

[①] 陈兴良主编:《宽严相济刑事政策研究》,中国人民大学出版社 2007 年版。

高级法官培训班",全国各省高级人民法院和中级人民法院主管刑事审判的副院长、高级人民法院负责死刑案件二审的庭长参加了培训,为最高人民法院收回死刑核准权做准备。我受邀为培训班作了宽严相济刑事政策的授课,受到学员的好评。受《光明日报》的约稿,我将讲课内容书面化,完成了《宽严相济的刑事政策:一个学者的解读》一文,刊登在该报2006年11月28日第9版,现作为"代跋"收入本书。本书作为课题的最终成果得以完成并呈交,我要衷心感谢北京市政法委书记强卫先生的关心,感谢北京市法学会常务副会长赵云阁女士、副会长李公田先生,感谢北京市法学会研究部主任王秀海先生和赵洪颖女士。没有上述领导的支持,也就没有本书。

本书的作者大多是司法实务部门的同志,并且大多是北京大学法学院的学生,在此,我先将本书的分工加以说明,然后对作者进行介绍:陈兴良:第一章;陈庆瑞:第二章;陈士双:第三章;任延翔:第四章;宿波:第五章;宫旋龙:第六章、第七章;于萌:第八章;刘中发、戚进松、谭淼:第九章;马明亮:第十章。在上述作者中,陈庆瑞、陈士双、任延翔、宿波和宫旋龙都是北京大学法学院2003级、2004级的政法法硕,收入本书的是我指导他们写的硕士论文。其中,陈庆瑞在河北省高级人民法院刑一庭从事死刑二审与复核工作,他关于死缓适用的数据与案例来自于他的实际工作。陈士双是江苏省连云港市新浦区人民法院的法官,其对罚金刑适用的实证资料也来自于他的实际工作。任延翔是河北省临城县人民法院的法官,多年从事刑事审判工作,现在河北省高级人民法院刑一庭挂职锻炼。宿波是山东省潍坊市城郊区人民检察院的检察官,从事监狱检察工作。宫旋龙是山东省栖霞市人民法院法官,现在又在上海政法学院攻读刑法学硕士学位。上述同志都具有丰富的司法经验,在硕士论文写作中围绕某一制度侧重于描述其在司法实践中的适用情况,进而从理论上加以分析。在收入本书前,他们又按照课题的要求对论文作了进一步的修改。于萌是北京市朝阳区人民检察院的检察官,收入本书的是他在中国政法大学的法硕论文,对刑事和解制度进行了体系性的叙述。在四川绵阳开会期间,征得于萌同意并经过修改,将其论文收入本书。刘中发、戚进松、谭淼是北京市海淀区人民检察院的检察官。其中,刘中发是北京大学法学院刑法专业毕业的博士,收入本书的是他们从检察业务出发对轻罪刑事政策探讨的论文,具有一定的独到见解。此外,马明亮是北京大学法学院刑事诉讼法专业毕业的博士,现为中国人民公安大学讲师,他关于协商性司法的论文曾经在我主编的《刑事法评论》上发表,这次收入本书又作了进一步的修改。参加本课题的这些同志既有司法经历,又接受了高层次的法学教育,因而对宽严相济刑事政策有着自己的独特感受。

本书的内容涉及宽严相济刑事政策的各个层面。除第一章是对宽严相济刑事政策的基本原理的阐述以外,死缓制度、罚金刑制度、缓刑制度、假释制度和量刑制度,都是体现宽严相济刑事政策的重要刑法制度。只有这些刑法制度得以正确适用,宽严相济刑事政策才能在司法活动中得以切实贯彻。此外,社区矫正制度、刑事和解制度、轻罪刑事政策中涉及的不起诉制度和协商性司法制度,都是体现宽严相济刑事政策的重要刑事诉讼制度。这些制度大多正在试点或者试行当中,它们在宽严相济刑事政策精神的指导下,在司法实践中越来越具有生命力,因而预示着我国刑事诉讼法的发展方向。本书的内容既有刑事政策学的基本原理,又有刑法与刑事诉讼法中的重要制度,因而在研究上体现了刑事一体化的原则。本书是在我的统筹下由各章作者分别完成的,我在统稿中尽量尊重各位作者的观点未作大的改动。当然,本书若有错误,我作为主编自有不可推卸之责任。

本书的写作历时两年,等到正式出版则跨越了三个年头,也许我们每个作者的思想与观点又与时俱进了,而本书只是过去某一个时点我们思考的产物。这种学术相对于社会发展的滞后性,促使我们如同夸父逐日般地永远朝向太阳升起的方向奔跑,永无止境……

陈兴良
谨识于北京市海淀区锦秋知春寓所
2006 年 12 月 28 日

38.《刑法各论的一般理论》(第二版)[①]出版说明

《刑法各论的一般理论》是我早年主编的一部学术专著,该书写于1991年,1992年5月由内蒙古大学出版社出版。20世纪90年代初,出书不像现在这样容易,本书是以包销的形式由世平博士联系内蒙古大学出版社出版的,因而书店难觅其踪。但本书出版以后具有一定的学术影响力,也时常被各种论著所引用。现在,中国人民大学出版社为我出版"陈兴良刑法研究主编系列",我首先考虑的就是将本书纳入其中。

从《刑法各论的一般理论》这一书名可以看出,我是想通过本书的写作,建构起刑法各论一般理论的框架。这里涉及刑法各论如何建立自身的理论框架问题,对于推进我国刑法理论的研究具有重要意义。以往我们一谈及刑法各论,马上想到的是个罪研究。因为刑法各论是以刑法分则为研究对象的,而刑法分则主要是对个罪的规定,因而个罪无疑是刑法各论的主要内容。但我认为,刑法各论研究不能就罪论罪,而是应当建立起刑法各论的一般理论。这些理论包括:犯罪分类、刑法分则条文、罪名、罪状、法定刑、犯罪数额、犯罪情节、法条竞合、单行刑法分则规范、附属刑法分则规范等内容。本书就是围绕这些问题而展开的,并对此作了初步的理论研究。尽管从现在的眼光来看,本书的学术水平尚不尽如人意,但考虑到本书的写作年代,以及本书对于建立刑法各论一般理论的开始意义,对于本书的价值还是应当肯定的,它也是具有现实意义的。应当指出,《刑法各论的一般理论》一书出版以后的十多年来,我国刑法学界对刑法各论的一般理论的研究又取得重大进展,尤其是张明楷教授的《刑法分则的解释原理》(中国人民大学出版社2004年版)一书,采用刑法解释学的原理,对刑法分则中的有关问题进行了深入研究。对于理解刑法分则具有重要意义。本书的再版,也意在引起我国刑法学界对刑法各论一般

[①] 陈兴良主编:《刑法各论的一般理论》(第二版),中国人民大学出版社2007年版。

理论的重视,从而不断地提升刑法各论的学术水平。

在《刑法各论的一般理论》一书的前言中,我曾经论及建立语言逻辑法学的方法。法律是一种语言逻辑现象。语言逻辑法学主要是通过法律解释方法建立起来的。对于法律解释方法的重视,是近年来才开始的。刑法学界也是如此。因此,采用法律解释的科学方法对刑法分则条文进行阐述,这是刑法学研究的重要内容之一。尽管在20世纪90年代初期,我提出建立语言逻辑法学的想法十分朦胧,但在当时的理论氛围中还是具有新意的,并且也预示了在刑法哲学研究达到一定程度以后的学术转向。在前言中我还指出当时刑法各论研究中的一种现象,那就是把刑法分则条文的研究与这些条文的司法适用的研究混为一谈,我明确地指出:应当将这两种研究加以区分。实际上,刑法分则条文的研究就是一种刑法解释学的研究,张明楷教授的《刑法分则的解释原理》就是这个意义上的研究。而刑法分则条文的司法适用研究,则是一种司法实务的研究。例如,我国《刑法》第239条规定:"以勒索财物为目的绑架他人的,或者绑架他人作为人质的,处十年以上有期徒刑或者无期徒刑,并处罚金或者没收财产;致使被绑架人死亡或者杀害被绑架人的,处死刑,并处没收财产。以勒索财物为目的偷盗婴幼儿的,依照前款的规定处罚。"这是《刑法》关于绑架罪的规定。在涉及"以勒索财物为目的绑架他人"这一目的犯的规定中,勒索财物是否是绑架罪的实行行为、杀害被绑架人是指既遂还是包括预备与未遂以及中止等,都属于法律解释问题,是对法条本身的理解问题,但勒索财物的目的如何认定,则属于法律解释问题。即使在我国目前的刑法各论研究中,对刑法分则条文的研究与刑法分则条文司法适用的研究仍然未能厘清,我以为主要是未能建立起刑法分则条文司法适用的一般理解。刑法的解释论如何与适用论区隔,仍然是我国刑法学界面临的一个重大问题。

从1992年《刑法各论的一般理论》出版到现在,已经15年过去了。15年虽然在历史长河中只不过是弹指一挥间,但对于一个人、一本书来说,已经是足够长的时间:物是人非,人书俱老!本书是以刑法分则条文为研究对象的,包括单行刑法条文与附属刑法条文;但1997年,也就是在本书出版5年以后,我国对《刑法》进行了全面修订。不仅刑法分则条文发生了重大变化,而且单行刑法条文与附属刑法条文基本上都废止了。在这种情况下,给本书的修订带来重大难题,仅是刑法条文的替换就是一项繁重的工作。这项工作,主要是由北京大学法学院刑法专业2006级硕士研究生李蕤宏承担的。此外,考虑到在1997年《刑法》颁布以后,我国立法机关主要是通过刑法修正案等方式对《刑法》进行修订的,因而由李蕤宏补写了"刑法修正案"一章,作为本书第十一章。至于本书的第九章单行刑法分则规范和第十章附属刑法分则规范,尽管我国立法机关目前已经不再采用单行刑法与附属刑法这两种立法方式,但考虑到历史上曾经广泛采用这两种立法方式,因而本书第二版予以保留,但已无太大的现实意义。本书第二版,除了对法条的替换和增补第十一章刑法修正案以外,基本上保持了第一版的面貌,这是应当加以说明的。

  本书的作者,在这里也要作一说明。本书是由我主编的,曲新久、世平任副主编。曲新久当时是中国政法大学法律系刑法教研室讲师、法学硕士,现为中国政法大学刑事司法学院院长、教授、法学博士、博士生导师。世平当时是中国人民大学法律系刑法专业硕士研究生,现为律师。在作者中,还有陈冰、王玉珏、李奇路,当时都是中国人民大学法律系刑法专业硕士生,现在陈冰和王玉珏在检察机关工作,李奇路为律师。另有作者白玉林,当时为内蒙古高级人民法院助理审判员,现在情况不详。蒋莺,当时为北京政法管理干部学院刑法研究室讲师,现为北京大学《中外法学》编辑部编辑。写作的分工如下:绪论:陈冰;第一章、第二章、第四章:曲新久;第三章:世平、白玉林;第五章:王玉珏;第六章:蒋莺;第七章、第八章:陈兴良;第九章、第十章:李奇路;第十一章:李蕤宏。尽管在以上各位作者中,有些同志已经不再从事刑法理论研究,而是从事司法实务工作,但我还是要对他/她们在15年前与我共同完成本书所作出的努力表示感谢。最后,我还要感谢为本书第一版作序的王作富教授。王作富教授是刑法分则研究专家,是我的硕士生导师和博士生副导师,可以说是我的刑法分则研究的启蒙恩师。转眼之间,王作富教授已经年届八十。我永远不会忘记王作富教授对我的言传身教,并将本书第二版献给王作富教授,祝愿王作富教授健康长寿。

《刑法各论的一般理论》是我在刑法理论研究长途跋涉中留下的一个脚印。作为一个学术印记,本书将长久地留在我的心里,并激励着我继续前行。

陈兴良
谨识于北京海淀锦秋知春寓所
2007年3月4日元宵夜

39.《刑种通论》(第二版)[①]出版说明

《刑种通论》是我早年主编的一部学术著作,该书写于1992年,1993年9月由人民法院出版社出版,至今亦已14年了。此次将本书纳入"陈兴良刑法研究主编系列"出版,关于本书的人与事历历在目,使作为主编的我仿佛又回到了那个令人激动的年代。

《刑种通论》一书使我回忆起20世纪90年代初,当时我国刑法学界经过10年的恢复,已经进入一个学术繁荣的酝酿期。就刑法理论而言,20世纪80年代基本上是围绕犯罪论尤其是犯罪构成论而展开的。刑罚论则受到某种冷遇。在我国刑罚论领域的开拓性著作,当推邱兴隆、许章润著的《刑罚学》(群众出版社1988年版,中国政法大学出版社1999年重版)。在《刑罚学》一书的自序中,邱兴隆的结语是:"一言以蔽之,著者无意更不敢以拓荒者自居,但也不想讳言,开拓刑法学中的刑罚问题这片荒地,正是本书得以问世的催产剂。"[②]无疑,称《刑罚学》一书为我国刑罚学的开拓之作是一点也不为过的:不仅由于该书的出版时间,而且由于该书的学术水平。邱兴隆写作《刑罚学》的过程,我是一个旁观者。对此,我在为邱兴隆的《关于惩罚的哲学——刑罚根据论》所作的代序中作过以下描述:"我清楚地记得,《刑罚学》一书的写作是在中国人民大学东风二楼133室那个昏暗的房间里,没日没夜,确实倾注了邱兴隆的满腔心血。那时我还住在人大内红楼陋室,经常光顾邱兴隆那个昏暗的房间,翻阅他那杂乱无章、字迹潦草的手稿。可以说,我是这部书的第一个读者。从一开始,我对这本书的学术价值就深信不疑。该书的出版,奠定了邱兴隆的学术地位。尽管现在邱兴隆本

---

① 陈兴良主编:《刑种通论》(第二版),中国人民大学出版社2007年版。
② 邱兴隆、许章润:《刑罚学》,中国政法大学出版社1999年版,"自序"第3页。

人对于该书的某些观点和内容已经十分不满并作了修正,但我始终认为它是邱兴隆的代表作。"①我还清楚地记得,邱兴隆曾经就该书的书名向我征求过意见,到底是称《刑罚学》还是《刑罚哲学》。我倾向于后者,这与我对刑法哲学的学术偏好有关。但邱兴隆对"刑罚学"(Penology)一词情有独钟,加上当时我国台湾地区学者林山田的《刑罚学》一书在大陆刑法学界颇有影响。不过,在13年后,邱兴隆出版的《关于惩罚的哲学——刑罚根据论》(法律出版社2000年版)中,邱兴隆在书名中采用了"哲学"一词。

在邱兴隆、许章润的《刑罚学》之后,周振想的《刑罚适用论》(法律出版社1990年版)一书是在刑罚学领域的第二部较为重要的著作。该书是在周振想教授博士论文的基础上修改而成的。在写作的时间上应当与邱兴隆、许章润的《刑罚学》一书差不多。当然,两书还是有所不同的,《刑罚学》一书是力图建立刑罚学的科学体系,因而较为全面、系统地展示了刑罚理论的各个方面;而《刑罚适用论》则是对刑罚适用问题的专门探讨,尤其是对司法机关适用刑罚中遇到的一系列具体问题从理论上作了回答,因而较为注重实践,具有现实意义。应该说,上述关于刑罚的论著的出版,在一定程度上推动了我国刑罚理论的研究。我主编的《刑种通论》一书,正是在这样一种学术背景下对刑种问题的深入研究。该书已成为我国刑罚理论的一个重要成果,因为刑种是刑罚的载体,从刑罚切入,可以较为具体地揭示刑理,因而具有理论意义与现实意义。现在,我国刑法学界在刑罚领域的研究已经取得重大进步,以刑种而言,死刑、自由刑、罚金刑、管制等有专门的研究著作。以刑罚适用而言,关于量刑的一般原理、各种量刑制度和行刑制度,也都有专门的研究著作。但从学术演进过程来看,《刑种通论》一书仍然具有一定的学术价值。

《刑种通论》的再版,是本书的一种复活,作为主编,我和全体作者一起感到高兴。作品之于作者,正如同儿女之于父母。在一本书中倾注了

---

① 陈兴良:《法外说法》(陈兴良序跋集I),法律出版社2004年版,第110页。

心血，总是期待该书在学术上存活。但愿再版使本书的生命得以延续并长久。

陈兴良
谨识于北京海淀锦秋知春寓所
2007年3月4日元宵夜

40.《刑法学关键问题》[①]序

法学教科书是随着法学教育的扩张而不断发展的,它既是法学研究的一种成果,又满足了法学教育的需要,可谓一举两得。随着法学教育从本科教育到研究生教育的层次提升,法学教科书也随之而升级,各出版社不断推出各种法学研究生教科书。研究生教科书,这也许是中国的一种独特现象,至少在法学教科书领域。外国法学教科书种类较多,但也并无本科生教科书与研究生教科书之分。不要说在法学教育作为本科后教育的英美法系国家,即使是在把法学教育作为本科教育的大陆法系国家,也罕见法学研究生教科书。在这种情况下,法学研究生教科书与本科生教科书到底存在何种差别,这确实是一个值得我们思考的问题。本书是作为法学研究生教科书出版的,在此序中,我想就这个问题发表一己之见。

我曾在2003年受邀主编一本《刑法学》(复旦大学出版社),该书并未特别标明是本科生教科书,但我们还是按照本科教学的特点进行写作的。在该书的序中,我就曾经论及刑法教科书的理论深度问题,对于我国目前刑法教科书的内容过于浅显颇有微词。该书是参照大陆法系的犯罪论体系对刑法基本知识进行陈述的一部刑法教科书,在体系与内容两个方面都不同于时下通行的刑法教科书。因此,该书出版以后受到刑法学界的关注,并且被纳入普通高等教育"十一五"国家级规划教材编写计划。可以说,本书就是在该书的基础上进行写作的,在刑法知识上两书具有某种衔接性。作为一本法学研究生教科书的刑法学与作为一本法学本科生教科书的刑法学,我以为主要存在以下三个方面的区别:

第一,体系性与专题性。

任何一门学科都表现为一种体系性知识,法学教科书也不例外。刑法教科书的体系性是刑法的理论体系与刑法的规范体系的某种折中。刑法的本科生教科书主要是对刑法知识的一种体系性叙述,它给初学刑法

[①] 陈兴良主编:《刑法学关键问题》,高等教育出版社2007年版。

的本科同学以一种刑法知识的全貌——这种刑法知识的整体性印象是十分重要的,尽管对每一部分内容掌握得并不深入,但在具备对刑法知识的整体性印象以后,就为将来的进一步学习奠定了基础。因此,在我看来,本科的刑法教学主要是为学生勾画刑法知识的全景图。研究生则与此不同,它是在本科教学的基础上对刑法学的进一步深造,因此研究生的刑法教科书如果还是提供体系性的刑法知识,就会给人以面面俱到、深浅皆非的感觉。在这种情况下,研究生的刑法教科书采取专题形式进行叙述,我以为是最为合适的。这里所谓专题,当然也还是有大有小,但作为一个专题,应当至少是刑法本科生教科书的二级标题,甚至应当是三级标题或者四级标题。每一个刑法专题,都是刑法理论体系中的一个重要的知识点,对此的深度阐述将会充分展示刑法理论的魅力,改变刑法本科生教科书内容浅显的现象。当然,专题性并非完全不顾及刑法学的体系,各个专题本身也是按照刑法学的内在逻辑结构排列的。而且,在对各个专题的探讨中,以小见大地体现作者对刑法的体系性理解。在这个意义上说,专题性并非对体系性的否定,而是更高层次地贯彻刑法的体系性。

第二,基础性与前沿性。

任何一门学科知识都存在基础性知识与前沿性知识这两大部分,法学教科书也不例外。在刑法知识体系中,基础性知识与前沿性知识之间的区别也是显见的。基础性知识往往表现为对刑法中的主要问题的通说,所谓通说就是为大多数人所认可的学说,因而这种刑法的基础性知识是较为稳定的。而前沿性知识则是对刑法中的某种新问题而提出的新观点,这种知识本身具有新颖性。我认为,对于刑法知识的掌握来说,基础性知识与前沿性知识都是十分重要的。实际上,刑法的基础性知识与前沿性知识之间存在一种互动关系,并且是处于一种转化当中。前沿性知识经过长期研究与实践检验,并经立法与司法确认,就可能转化为基础性知识。而基础性知识也不是一成不变的,某些过于陈旧的基础性知识也是不断被淘汰与摈弃的,由此而使刑法的理论体系保持某种活力。就刑法的本科生教科书和研究生教科书而言,本科生教科书更多的是陈述刑法的基础性知识,这些知识具有成熟性。当然,本科生教科书也应不断地吸收刑法理论研究的成果,吸纳前沿性的刑法知识。否则,本科生教科书就会变成陈腐材料的代名词。研究生教科书更多的是叙述刑法的前沿性知识,这些知识具有创新性。前沿这个词汇是学术研究中颇为常见的一个用语,诸如学科前沿、学术前沿、理论前沿,不一而足。关键问题是:什么是前沿?前沿是一个军事用语,在军事上距离敌人最近的地方就是前沿。因此,军事上的前沿是物理的、有形的并且可以测定的。当前沿从一个军事用语引入学术领域以后,尽管其含义没有发生根本变化,但已经从有形的前沿变成一种无形的前沿。学术前沿是无形的,那些知道本学科的学术前沿在什么地方的人才是这个学科的学术带头人。学术前沿是通过前沿性知识得以物化的。换言之,我们只有通过前沿性知识才能接近学术前沿。在研究生阶段,我们应当通过刑法教学,使学生触摸到刑法的学术前沿。因此,刑法的研究生教科书更多的应当提供刑法的前沿性知识。

第三,陈述性与辩驳性。

陈述性与辩驳性,是就刑法知识的叙述方式而言的。本科的刑法知识以通说为主,因此其叙述方法是陈述性的。在这一教学互动关系中,教师传授知识,学生则接受知识。刑法中的通说是大多数人所认可的观点,这种观点一般来说是正确的,不具有辩驳性。学生通过本科阶段刑法知识的学习,掌握刑法基本原理,学会刑法思维方法。但刑法中的理论问题并非只有一种观点,而是存在各种不同观点的争议。就此而言,刑法知识具有辩驳性。因此,在研究生阶段,刑法知识的学习应当强调接受各种不同观点,并逐渐地提高学术观点的鉴别能力与反思能力。刑法知识的辩驳性表明,没有永远正确的理论和绝对权威的观点,任何理论和观点都应当接受质疑,乃至于批判。唯此,刑法知识才能不断地生长。

尽管刑法的本科生教科书与研究生教科书可能存在各种差异,但我以为,上述三点是最为重要的。本书作为研究生的刑法教科书,在内容的安排上我们追求刑法知识的专题性、前沿性与辩驳性。当然,这一编写初衷是否实现,尚有待于读者明鉴。在此还需特别说明,本书与复旦大学出版社出版的《刑法学》一书之间具有接续性,甚至可以说是前书的续写。考虑到在《刑法学》一书中刑法总论叙述较深,刑法各论浅尝辄止未能深入,因此,本书除对刑法总论的一些基本理论问题进行专题研讨以外,主要对刑法各论中的某些重点罪名进行了较为系统的研究,以弥补《刑法学》一书之缺憾。

本书也是出版社约稿的结果。高等教育出版社在我国高等学校的教科书出版领域可谓翘楚，曾经出版了一大批在高等教育界具有深远影响的教科书。对法学教科书虽然涉足时间不长，但高等教育出版社已经积累了大量的经验。例如，我曾经参与编写并担任副主编的《刑法学通论》（赵秉志、吴振兴主编，高等教育出版社1993年版）就是一本颇有特色的刑法教科书。当时主要是一些中青年学者，按照学术性教科书的目标来编写的，该书出版以后在刑法学界有一定的学术影响。只是随着1997年《刑法》的修订，该书的内容已经陈旧。这次高等教育出版社组织出版法学研究生教科书，并邀请我担任刑法教科书的主编，令我汗颜。著事历经数年没有起色，本书责任编辑宋军女士多次催促，以至于下达交稿的最后通牒，骤然使本书起死回生。若是没有宋军女士的最后一"击"，本书也许还在漫长的孕期而不得出生。就此说来，宋军女士实在是本书诞生的"催产婆"，感谢之言再多也难以表达我及本书作者的感激之情。

　　本书的写作完成全赖各位作者的配合，尤其是本书副主编周光权教授功不可没。本书作者基本上是复旦大学出版社出版的《刑法学》一书的作者，只有个别替换调整。本教科书大纲由主编、副主编确定，并对全书进行了统稿。但由于本书毕竟不同于本科生教科书，因而在各个专题的讨论中尽量尊重各位作者的观点，全书观点也未强求统一，以便给同学留下更多的辩驳余地与思考空间。当然，本书若在观点上存在错误之处，主编当然难辞其咎。本书收录的立法与司法解释资料截至2007年3月底，特此说明。

　　三月正当春来，南方莺飞草长已是春意盎然，北国柳细花嫩初露春色羞涩。愿与春驻，又恐春归。人书俱老，正与春同。

　　是为序。

陈兴良
谨识于北京依水庄园渡上寓所
2007年3月21日

41. "中青年刑法文库"[①]总序

受北京大学出版社的委托,让我主编一套"中青年刑法文库",以展示我国刑法学人在刑法领域取得的前沿成果。

我国现代刑法学研究,从1979年《刑法》颁布以来,正好历时三十年。三十而立,对于一个人来说,三十岁应该是事业有成的时候了,对于一个学科来说,三十年也应当迎来成熟的季节。可以说,我国刑法理论是伴随着刑事立法与刑事司法的发展而不断成长的,是跟随着刑事法治水平的提升而不断深化的。在各部门法学科,刑法学科可以说是人才济济、思想活跃的一个学科。以人才而言,经过三十年的努力,我国刑法学人老、中、青三代正好形成了一个学术梯队。老一辈刑法学人以高铭暄、王作富、马克昌、储槐植教授等为代表,以1979年《刑法》颁布为契机,在我国刑法的学术复兴中发挥了重大作用,使我国的刑法学术在中断了二十多年以后得以薪传,历史功绩不可磨灭。现在,老一辈刑法学人均已是古稀耄耋之年,仍然以一种老骥伏枥、志在千里的精神,继续为推进我国刑法理论的发展而不遗余力发挥余热,其志可嘉。我们这一代刑法学人,作为法制恢复重建以后的第一批法科学生,赶上了法学事业的黄金季节。以我为例,是恢复高考以后的第一届本科生、建立学位制度以后的第一届硕士生、设立刑法博士点以后的第一届博士生。在时代潮流的推动下,我们占有天时地利,逐渐成长起来。以1997年《刑法》修订为标志,我们登上了刑法的学术舞台,逐渐成为主角。转眼之间,我们这一代刑法学人已经年过半百,回想起十多年前还被人称为后起之秀,感觉真是岁月催人老。我高兴地看到,比我们更为年轻的一代刑法学人已经开始崭露头角。他们的思想之开放、视野之开阔、方法之先进,都要超过我们这一代刑法学人,已经展现出其学术魅力。正如季节变换,学科发展也是有其规律的。学术的更替、思想的嬗变使新一代刑法学人以一种新锐的态势脱颖而出。作为

[①] 陈兴良主编的"中青年刑法文库",由北京大学出版社自2008年起陆续出版。

过渡的一代刑法学人,我们承前启后,承担着光荣而艰巨的学术使命。

近年来,我致力于推动刑法知识的转型。我以为,这是一个关系刑法学科发展的重大课题。人总是在保持现状与追求变革之间纠缠与纠扯,在学术上也是如此。保持现状是我们的立足之本,如果没有一个稳定的地基,我们就连站也站不稳,因此对于现状的保持始终是我们努力的一个目标。但是,人又总是不满足于现状的,具有追求变革的天性,否则人类社会就不会发展了。追求变革必然会打破现状,在破旧中立新。学术何尝不是如此?当知识积累到一定程度,按照既有的理论范式已经难以因应知识的增长时,就抵达了知识变革的临界点,只有通过范式转变才能为知识的发展提供更广阔的空间。

我国现有的刑法知识是在20世纪50年代初从苏俄引入的,此后在老一辈刑法学人的努力下,逐渐完成了刑法知识的本土化,为我国的刑事法治建设作出了应有的贡献。但我认为,这套刑法知识话语体系存在一些非科学的缺陷。以犯罪构成为例,这是刑法知识的核心,现行的四要件的犯罪构成理论存在内在的逻辑混乱,对其进行简单的调整是难以克服的。因此,我力主引入以德、日为代表的大陆法系的犯罪论体系。对此,受到许多人的怀疑与质疑:现在这套犯罪构成理论用得好好的,为什么要照搬德、日的犯罪论体系?确实,这是一个需要作繁复的解释与详细的论证才能回答的问题。我认为,在定罪过程中,事实判断先于价值判断、客观判断先于主观判断、类型判断先于个别判断,这些规则都是为保证定罪的准确性所不可或缺的。它们是定罪的基本思维方法,其功能正如同形式逻辑之于思想。我国目前的犯罪构成并没有坚持这些原则,而是存在事实判断与价值判断的混乱、客观判断与主观判断的混淆、类型判断与个别判断的混同。我之所谓引入德、日的犯罪论体系,实际上是指引入这些定罪的基本规则。根据这些规则建构犯罪构成体系,就获得了德、日犯罪论体系的精髓,因而具有可行性。当然,刑法的知识转型是一个逐渐的过程,但这种知识转型的必然性仍是我所秉持的信念。

"中青年刑法文库"是一个开放的学术园地,她吸引那些在刑法学术领域已经取得一定的学术成果的中青年刑法学人,将已有的学术成果经过整合与提升,以一种全新的面貌与读者见面。对于学术研究来说,人才是第一位的。除了个人努力以外,我们的社会应当为人才的成长提供更为宽松有利的学术环境。北京大学出版社本着出书出人的宏远宗旨,为我国中青年刑法学人提供出版资源,这是令人感动的。作为主编,我尽量将有价值的刑法学人与学术成果推荐给出版社,从而使这套"中青年刑法文库"成为展示我国中青年刑法学人的一流学术成果的橱窗。但愿本套"中青年刑法文库"的出版为我国刑法知识的转型提供理想图景。

是为序。

陈兴良
谨识于北京海淀锦秋知春寓所
2008 年 2 月 3 日

42.《刑法案例优秀作业选》[①]序

我在北京大学法学院从事本科刑法教学过程中,总是想在法条与思想、法理与文采之间保持某种张力,使学生不至于在刑法的学习过程中,思想被法条所束缚、文采被法理所窒息。因此,每学期布置两次平时作业,似乎是给学生一个能够自由抒发思想、充分张扬文采的"放风"的机会。每当看到学生以一种十分认真的态度对待平时作业,并有一些带着稚气的佳作问世,由衷地感到欣慰,一种呵护之情油然而生。这些作品,虽然不是严谨的论文,也没有深邃的思想,但如同清晨点缀着露珠的花朵,自有其吸引人的地方。在这种情况下,就有了一种将其中的佼佼者编辑出版的念头。就在这个时候,中国人民大学出版社推出了"法科学生读本"丛书这一面向法科学生的读物。我想,法科学生自己写的东西也应该纳入法科学生的阅读范围,使他/她们能够互相沟通、互相参照。在这种情况下,征得出版社的同意,将《刑法案例优秀作业选》一书纳入丛书,作为主编者,我为之庆幸。

收入本书的是学生对案例分析的作业。我选择的两个案例,均是疑难案例。如若没有较深的理论功底,是难以对这些案例进行法理分析的。通过这种案例分析的训练,可以使同学们将课堂上与书本上所学的关于犯罪构成的理论实际用于对具体案例的分析,这也是一种法律思维的训练和法律技能的训练。因此,这些作业既是对同学们刑法学习情况的一种检阅,也反映了北京大学法学院刑法教学的现状。

在本书中,我的两位助教文姬(博士生)和蔡桂生(硕士生)对每份作业都作了简要的点评,可以作为对作业评价的一种参考。此外,书中也收入了我对这两个案例的分析短文,作为参考答案。

刑法是一个重要的部门法。对于法科学生来说,刑法的学习是十分重要的。可以说,在整个法律体系中,刑法都具有独特的地位。其思维方

[①] 陈兴良主编:《刑法案例优秀作业选》,中国人民大学出版社2008年版。

法也具有独特性。经过刑法的学习,掌握刑法要义,更重要的是掌握刑法思维方法,对于将来从事法律职业必将受益无穷。随着民商法等部门法的坐大,刑法日益萎缩,在学科教育中刑法的教学时数也一再削减。在这种情况下,更要求我们刑法教学人员通过刑法讲授,吸引学生,使同学们感受到刑法的魅力。

是为序。

陈兴良
谨识于北京海淀锦秋知春寓所
2008年3月7日

43.《刑事疑案研究》(修订版)[①]未刊序

刑事疑案是司法活动中存在疑难问题的案件,在司法实践中时有发生。我经常将司法活动中的刑事疑案与诊疗活动疑难杂症相类比,两者确实存在相似之处。实际上,考验一名司法官业务水平的不是对普通案件的处理,而恰恰是对疑难案件的处理。正如一名医生的水平并不表现在对一般病情的诊断上,而恰恰是表现在对疑难杂症的诊断上。在司法活动中,约有3%~5%的刑事疑案,这些疑难案件如果处理不当,就会直接影响司法形象,甚至导致错案和冤案。

许霆案是目前在媒体上讨论热烈的一个案件。2006年4月21日晚10时,许霆来到广州市某银行的ATM取款机取款。取出1 000元后,他惊讶地发现银行卡账户里只被扣了1元,狂喜之下,许霆连续取款5.4万元。回到住处,许霆将此事告诉了同伴郭安山。两人随即再次前往提款,许霆先后取款171笔,共计17.5万元;郭安山取款1.8万元。事后,二人各携赃款潜逃。11月7日,郭安山主动自首,并全额退还赃款1.8万元,后被判处有期徒刑一年。而潜逃一年的许霆,17.5万元赃款因投资失败而挥霍一空;2007年5月,他在陕西宝鸡火车站被警方抓获。广州市中级人民法院审理后认为,被告人许霆以非法占有为目的,盗窃金融机构,数额特别巨大,行为已构成盗窃罪,判处无期徒刑,剥夺政治权利终身,并处没收个人全部财产。对此,辩护律师提出异议,他表示ATM机出错是银行的错,另外,银行有足够的时间追回款项,只是因为周末而错过,因此可以将这17.5万元视为"遗忘物",许霆的行为仅构成侵占罪。

许霆案主要涉及法律适用问题,因而可以说是一起法律适用上的刑事疑案。许霆案在媒体披露以后,引发了一场全民讨论。其中,对许霆的

[①] 陈兴良主编《刑事疑案研究》一书,中国检察出版社1992年出版,2008年拟将该书的修订版列入中国人民大学出版社的出版计划,后因变故未能出版。因此,该文是为一本未能出版的著作所写的序。特此说明。

同情是一种主导的情绪。当然,许霆案之所以引起人们的关注,是存在法律以外的原因的。正如有关媒体记者分析:"许霆案之所以引起强烈关注,很大原因恐怕在于人们对金融机构长期积累的怒气。让一个不具备专业知识的普通人来独自承担 ATM 机的故障及其带来的严重后果,显然不能为人们所接受。"[1]当然,从法律本身来分析,许霆的恶意取款行为被认定为盗窃罪并没有太大的问题。ATM 机的故障导致许霆进行恶意取款,因而涉及银行的过错能否导致许霆的行为被认定为犯罪的问题。这也正是大多数人所愤愤不平的:银行的过错却让许霆受刑。

对于这个问题,民法学者陈甦作了十分精辟的分析:柜员机发生失灵,利用柜员机提供服务的银行确有过错,但是,银行的过错要根据该过错所在的法律关系来认定。对于许霆而言,银行的过错不是侵权上的过错,因为银行并未侵害许霆的权利;这个过错也不是违约上的过错,因为银行对许霆不构成违约上的责任。所以在许霆取款过程中,银行并没有违反对许霆的义务。许霆完全可以足额取走其借记卡上实际拥有的款项,至于柜员机少扣划的账户记载,日后由银行更改借记卡记载即可。银行的过错仅仅是在许霆第一次取款时,银行因柜员机失灵造成许霆不当得利。至于后来许霆实施侵权行为,银行对许霆没有任何过错,如果脱离了该判定的过错所在的法律关系,将柜员机失灵与许霆盗取款项混同为一个法律关系上的问题,就会得出银行反倒对许霆的侵权行为有过错的结论,而这种结论是非常错误的。[2] 这里存在一个银行对柜员机失灵的过错能否免除许霆盗窃罪的刑事责任的问题,答案是否定的。

十分凑巧,近日我接到一封申诉信,诉说的案情也与银行的过错有关。当事人谢炳生于 1993 年 6 月将存在某银行的大额可转让存单共五张,计人民币 4.3 万元整,到期后先后全部支取。由于银行工作失误未将留底账卡核销,先后三次主动告知还有存款到期没有支取,致使谢炳生三次通过递交挂失申请单的方式重复支取存款 4.3 万元。1995 年 9 月,东窗事发,谢炳生将重领存款 4.3 万元全部退还(含利息)。当地基层法院以诈骗罪判处谢炳生有期徒刑 5 年。"我构成犯罪吗?"谢炳生提出这样

---

[1] 张羽:《许霆案:ATM 机故障引发的偶然极端案例》,载《方圆法治》2008 年第 2 期。
[2] 参见陈甦:《失灵柜员机取款案的民法分析》,载《人民法院报》2008 年 1 月 17 日,第 5 版。

的疑问,并作了以下解释:本案中银行的营业员多次未能尽到自己的职责,导致出现多次严重误导的恶果,作出了虚假宣传,隐瞒了真实信息。因此,在这种非常令人痛心的诱导之下,我由于种种原因,连续多次重领存款,但都不是出于故意。不存在希望或放任结果的发生,而对自己作为内容的重大误解,属于违反自己的真实意思。因此,并不存在故意犯罪。①至今十年过去了,谢炳生还在追问:"我构成犯罪吗?"我从专业角度给出的回答是会令其失望的:从刑法理论上来说,诈骗罪以采用虚构事实、隐瞒真相的方法,使他人陷于认识错误,而仿佛是自愿地交付财物。在谢炳生案中,法院之所以认定其行为构成诈骗罪,是认为谢炳生具有隐瞒真相的行为,即明知营业员让其领取的存款是不存在的,谢炳生隐瞒这一事实真相而取得财物,因而构成诈骗罪。总而言之,谢炳生在获取4.3万元款项前具有说明事实真相的义务,谢炳生却没有履行这一义务,这就符合诈骗罪之所谓隐瞒真相的构成特征。这与银行营业员直接把款项错付给客户是不同的;在此种情况下,行为人在取得财物前没有任何过错,因而只是一个不当得利的问题。诈骗罪是被害人有过错的犯罪,但被害人的过错并不能免除行为人的刑事责任。在一般的诈骗罪中,被害人的过错是由行为人直接引发的。但在谢炳生案中,营业员之犯错是由于其工作失误造成的,本身与谢炳生无关。但在营业员基于自身的错误要支付给谢炳生并不存在的存款时,谢炳生隐瞒真相而获得了4.3万元款项,这是一种较为特殊的诈骗行为。显然,在这种情况下,银行的过错是不能免除当事人的刑事责任的,但却可以成为量刑时从轻、减轻处罚的一个情节。对量刑过重的不满,也许是当事人与社会公众共同的反映,这也是值得我国刑法学者反思的。在这种涉及犯罪数额的案件中,我国在立法与司法上都存在严重的唯数额论的做法,将数额作为定罪量刑的主要或者唯一的根据。这个原因较为复杂,既有立法上的原因,也有司法的原因。例如谢炳生案,虽然诈骗数额是4.3万元,但银行营业员存在重大过错,且4.3万元及利息均已如数追回,如果判处免除刑事责任,我想谢炳生也能接受。许霆案也是如此,虽然盗窃数额17万余元,且属于盗窃金融机构,但毕竟银行对柜员机失灵存在过错,判处3—5年有期徒刑应该是一个可以

---

① 参见谢炳生:《我构成犯罪吗?》,载《中国律师》1999年第3期。

接受的法律处理结果。当然,根据我国现行刑法和司法解释的规定,盗窃金融机构数额达到10万元以上,就应判处无期徒刑或者死刑。因此,判处许霆无期徒刑似乎已经是在法律规定限度内的最低刑。但我国《刑法》第63条第2款规定:"犯罪分子虽然不具有本法规定的减轻处罚情节,但是根据案件的特殊情况,经最高人民法院核准,也可以在法定刑以下判处刑罚。"我认为,根据这一规定,经最高人民法院核准,对许霆在法定刑以下判处刑罚,是本案处理的可行方案。

如果说,许霆案是一个法律适用上的刑事疑案。那么,佘祥林案就是一个事实认定上的刑事疑案,并最终造成冤案。佘祥林是湖北省京山县的一个农民,在派出所当治安巡逻员。1994年1月20日,佘祥林的妻子张在玉失踪,其亲属怀疑是被佘祥林杀害。同年4月11日,在附近村庄的一口水塘发现一具女尸,经张在玉的亲属辨认与张在玉的特征相符,公安机关立案侦查。1994年10月,原荆州地区中级人民法院一审判处佘祥林死刑,佘祥林提出上诉。湖北省高级人民法院经审理认为,本案被告人佘祥林的交代前后矛盾,时供时翻,间接证据无法形成证据链,不足以定案。尽管在二审期间,死者亲属上访并组织了220名群众签名上书要求对佘祥林从速处决,省高级人民法院仍然于1995年1月坚决撤销一审判决,以事实不清、证据不足为由发回重审。1996年12月,由于行政区划变更(京山县由荆州市划归荆门市管辖),京山县政法委将此案报请荆门市政法委协调。经协调决定,此案由京山县人民检察院向京山县人民法院提起公诉;因为省高级人民法院提出的问题中仍有三个问题无法查清,遂对佘祥林判处有期徒刑。1998年6月,京山县人民法院以故意杀人罪判处佘祥林有期徒刑15年。同年9月,荆门市中级人民法院裁定驳回上诉,维持原判。判决生效后,佘祥林被投入监狱关押。事情的转机发生在2005年3月28日,佘祥林的妻子张在玉突然归来,由此本案真相大白。佘祥林案在媒体上披露以后,同样引发了社会公众的广泛关注。佘祥林冤案的发生,原因是多方面的,其中一个主要原因是在刑讯逼供之下屈打成招,铸下大错。在佘祥林案中,审判机关之所以认定佘祥林构成犯罪,决定性因素在于,佘祥林在口供中曾供述自己在沉尸时向麻袋中装了四块石头,而侦查机关的勘验笔录表明,麻袋中确实装有四块石头。于是审判人员认为,如果佘祥林没有杀人沉尸,他怎么会如此清楚地知晓这个细节呢？在佘祥林被平反后查明，佘祥林之所以能作出四块石头的供述，是因为侦查人员采用了诱供和逼供的方式，逼问佘祥林"麻袋里是不是装了四块石头"，佘被迫供述"是"，于是侦查人员在审讯笔录中写道："我在沉尸时向麻袋中装了四块石头。"① 为什么这个细节在审判时不能查清，一到平反后就查清了？关键还是有罪概念的思想作祟。对于事实认定上的刑事疑案来说，如何避免转化为刑事冤案，关键是要坚持无罪推定的原则，在证据采信上严格把关。

刑事疑案的研究，在当今进一步强调人权保障司法理念的背景之下，具有重要的现实意义。《刑事疑案研究》一书，是在1992年中国检察出版社出版的，至今已经17年过去了，这次在中国人民大学出版社出版本书的第二版，可以视为本书的一种复活。当然，在这期间，我国《刑法》与《刑事诉讼法》都作了重要的修改。为此，我请北京大学法学院刑法专业博士生何庆仁对本书的内容作了修订，何庆仁对有关内容作了较大篇幅的修改，乃属于补写。另外，何庆仁还增补了挪用公款罪疑案及其解决一章。是本书第二版的新增作者。正是由于何庆仁的辛勤劳动，使本书内容得以与当下的法律与司法解释保持一致。至于在具体内容上，没有作根本的修改。

本书第一版，是我在中国人民大学法学院任教时主编的，作者均是当时中国人民大学法学院在读的刑法专业硕士研究生，只有甄贞是刑事诉讼法专业的硕士研究生。17年以后，这些作者在各自的工作岗位上都作出了各自的贡献，身份也发生了重要的变化。田少明现为北京中创律师事务所律师，王玉珏现为江苏省无锡市南长区人民检察院检察长，李奇路现为广东万达信律师事务所律师，陈冰现为广东省广州市人民检察院检委会办公室主任，龚培华现为上海市人民检察研究室主任，甄贞现为北京市人民检察院副检察长。我相信他/她们会将正确处理刑事疑案的理论运用于司法实践。

是为序。

陈兴良
谨识于北京海淀锦秋知春寓所
2008年2月1日

---

① 方鹏：《死刑错案的理性分析》，载陈兴良主编：《刑事法评论》（第18卷），中国政法大学出版社2006年版，第48页。

44.《经济犯罪研究》[①]未刊序

摆在读者面前的《经济犯罪研究》一书是我主编的《经济犯罪学》《经济刑法学(总论)》和《经济刑法学(各论)》三本书的合编,作为第二版再次与读者见面。因此,虽然《经济犯罪研究》的书名是新的,但内容是旧的,可谓"新瓶装旧酒"。

如果说本书的内容是"旧酒"的话,那么这是一坛有20年"酒龄"的"旧酒"。虽然时光流逝,我还是能够闻其酒香。在本书的再编辑过程中,使我想起20年前主持编写本书时的历历往事。1988年我刚获得博士学位不久,在寻求博士论文出版的过程中,结识了当时在中国社会科学出版社供职的蔡彬。在交谈中提及能否出版一本关于经济犯罪研究的著作。因为当时我国关于经济犯罪的研究刚刚起步,这是一个学术前沿领域,对于我们刚出道的年轻学子均有吸引力。这一提议获得出版社的批准,并且著作的规模也得以扩大为"经济犯罪与经济刑法系列研究",先后出版了四本书:这就是《经济犯罪学》(中国社会科学出版社1990年版)、《经济刑法学(总论)》(中国社会科学出版社1990年版)、《经济刑法学(各论)》(中国社会科学出版社1990年版)和《经济犯罪疑案研究》(中国社会科学出版社1990年版)。这是我主编的第一个重大科研项目,也是第一次主编学术著作,当年的热情今天已经化为百万字的著作陈列在我的书架上。

在"经济犯罪与经济刑法系列研究"的编撰过程中,我和该系列研究的其他作者一起付出了心血。担任副主编的赵国强,当时是中国人民大学法律系在读的刑法专业博士生,此前在华东政法学院刑法教研室任教。赵国强年长于我,虽是上海人,但在北大荒磨炼多年,在性情上也掺杂了

[①] 陈兴良主编《经济犯罪研究》一书,系1990年在中国社会科学出版社出版的《经济犯罪学》《经济刑法学(总论)》《经济刑法学(各论)》三书的合编本,2008年拟将该书的修订版列入中国人民大学出版社的出版计划,后因变故未能出版。因此,该文是为一本未能出版的著作所写的序。特此说明。

东北人的豪爽。1984年我和赵秉志到上海进行硕士论文调研,在华东政法学院的校园里结识赵国强;当时他也在华东政法学院攻读刑法专业的硕士。赵国强来到中国人民大学攻读博士学位后,我们的学术交往进一步加强,并合作撰写了《经济犯罪的立法对策》一文,论文发表在《法学研究》1988年第2期。这是我第一次涉足经济犯罪领域,对于赵国强来说可能也是第一次。论文是以这样一句话为结束语的:我们必须从刑法理论上深入探讨经济刑事立法问题,使具有中国特色的经济刑事立法体系在打击经济犯罪的斗争中逐步完善。此后的"经济犯罪与经济刑法系列研究"实际上是在实现这一诺言,因而是这一论文在广度与深度上的延续。在经济犯罪研究过程中,赵国强发挥了重要作用。这一研究差不多持续了两年多,占据了赵国强博士生学习期间的相当一部分时间和精力。博士毕业后,赵国强被分配到新华社澳门分社工作,为澳门平稳回归祖国贡献学识。澳门回归后,赵国强留在澳门科技大学法学院任教,现为澳门大学法学院教授,成为澳门特区刑法研究领域的顶尖专家。

另一位副主编蔡彬,既是这一系列研究的组织者,也是撰写者,以编辑与律师的双重身份对该系列研究的顺利完成作出了重要贡献。在撰写者中,还有青锋,当时是中国人民大学法律系刑法专业研究生,现为国务院法制办司长。曲新久,当时是中国政法大学刑法教研室教师,现为中国政法大学刑事司法学院院长。曲三强,当时是北京大学法律学系刑法教研室讲师,现为北京大学法学院教授。此外还有其他一些撰写者,共同参与了这一系列研究的撰写工作。

"经济犯罪与经济刑法系列研究"在一定程度上受到台湾地区学者林山田教授的《经济犯罪与经济刑法》一书的影响。我国从1982年3月8日全国人大常委会颁布《关于严惩严重破坏经济的罪犯的决定》开始,重视打击经济领域的犯罪,并伴随着经济体制的改革和市场经济的发展而不断深入。在刑法理论上,也开始注重对经济犯罪的研究。这是我国刑法非政治化的一个明显的标志。因为以前把犯罪视为阶级敌人的破坏,更为强调的是对政治犯罪的惩治,重视刑法的政治功能。从政治犯罪到经济犯罪,刑法的关注点发生了变化,使刑法学者能够摆脱政治教条的束缚,对经济犯罪进行具有学术性的理论研究。但不可否认,当时的理论资源是极为匮乏的,而1983年在大陆影印出版的林山田教授的《经济犯罪与经济刑法》一书,恰恰为经济犯罪研究提供了基本框架,尤其是提供了国外的学术资源。在某种意义上说,"经济犯罪与经济刑法系列研究"是向林山田教授的《经济犯罪与经济刑法》一书致敬的一项学术成果。"经济犯罪与经济刑法系列研究"在研究方法上具有以下三个特点:

一是犯罪学的研究与刑法学的研究分离但并重。在这一系列研究中,可以分为经济犯罪学与经济刑法学这两个互相联系而又互相独立的组成部分,较好地处理了犯罪学与刑法学之间的关系。应该说,在相当长的一个时期内,我国刑法学界对刑法学与犯罪学之间的关系是没有处理好的,如同有的学者所言,刑法学教科书存在犯罪学化的现象。与此同时,犯罪学教科书也存在刑法学化的现象。因此,刑法学教科书应当去犯罪学化,而犯罪学教科书则应当去刑法学化。因为犯罪学与刑法学尽管存在联系,都是对犯罪进行研究的学科,但两个学科是存在重大差别的,所研究的不是同一种意义上的犯罪。刑法学研究的是规范意义上的犯罪,而犯罪学研究的是事实意义上的犯罪。因而,刑法学属于规范科学,犯罪学属于事实科学,两者在方法论上存在重大区别。在"经济犯罪与经济刑法系列研究"中,我们努力地把对经济犯罪的犯罪学研究与刑法学研究分开,从而使两者能够以一种更为科学的姿态进入学术研究领域。

二是现实的研究与超现实的研究分离但并重。在经济犯罪与经济刑法的研究中,可以明显地看出我们超越现实的学术努力,尤其是在经济刑法典的拟订上,是具有超前性的。采用拟订刑法典的方式集中体现对刑法重大理论问题的研究成果,以往在我国还没有过,我们所拟订的经济刑法典可以说是首倡。这种研究方法的特点是可以进行超规范、超现实的理论研究。当然,对于规范与现实的超越,都是以规范与现实为基础的,因而首先必须立足于规范与现实。只有将现实与超现实两者明显地加以区分,并且以前者为基础对后者进行研究,这种研究才是具有现实意义的。在这一点上,我自认为还是把握得比较好的。一个学者在任何情况下都应当不为现实所囿,具有超越现实的学术取向,对此我深以为然,并以此自励。

三是刑事司法的研究与刑事立法的研究分离但并重。对经济犯罪的刑法学研究,可以分为司法与立法这两种视角,两者的方法论是完全不同的。刑事司法的研究,应当以现行有效的规范为准则,说明对有关法律问题的规范解决,因而具有决疑论的性质。刑事立法的研究,不为现有规范所桎梏,而是要建立规范与规则,因而具有明显的规范建设性。20世纪80年代末90年代初,我国刑事立法还远远滞后于经济犯罪的发展,因而我们在研究上偏重于经济犯罪的刑事立法,这也是可以理解的。当然,刑事司法与刑事立法在方法论上是存在重大差别的,不应将两者混为一谈,这一点至今仍具有方法论的意义。

距离"经济犯罪与经济刑法系列研究"的写作,转眼之间20年过去了。这20年来,我国的经济刑事司法与经济刑事立法都有了长足的进步,尤其是1997年《刑法》修订,初步完成了从政治刑法到市民刑法的重大转变,其中经济刑法的内容大为充实。尽管我们所主张的制定经济刑法典这一立法模式,立法者基于制定统一的刑法典的考量而未被采纳,但我们对经济犯罪的许多立法设计在1997年的《刑法》中还是可以找到影子的,这是令人欣慰的。

在距离本书写作20年之后,今天我对"经济犯罪与经济刑法系列研究"的成果进行重新编辑,遇到一系列的难题,其中最主要的困难之一就是如何对待原著中涉及的相关法条?对于跨越新旧法的著作,我在修订时都采取了法条替换的方式,使著作与现行法律与司法解释保持一致。但"经济犯罪与经济刑法系列研究"成果显然不能采用这种方法,因为它是基于当时的法律与司法解释的规定而对经济犯罪进行的一种超规范、超现实的研究。如果进行全部的法条替换,则这种理论研究的内在理路势必被遮蔽。在这种情况下,我采取了保持原貌的方法,对原有的法条不作替换,由此可以看出当年我们对经济犯罪进行理论研究的实际境况。好在我们的研究具有明显的超规范性,因而保留少量失效法条并不影响本书的学术价值。但是,在此我必须提醒:本书涉及的《刑法》是指1979年《刑法》。同时,本书还保留了联邦德国刑法、苏联(俄)刑法等称谓。因为德国统一、苏联解体等重大的国际事件都发生在该系列研究完成以后。由此可见这20年来我们生活的这个世界发生了多么大的变化。世事之变、世道之变,令人感慨、令人唏嘘。

"经济犯罪与经济刑法系列研究"是分为四本出版的,本次编纂,将《经济犯罪学》《经济刑法学(总论)》和《经济刑法学(各论)》三本合为一体,分为三篇收入本书,使之内在逻辑性更加突出。至于《经济犯罪疑案探究》一书因为是对个案的讨论,没有太大的理论价值,至今也已经丧失现实意义,因而予以舍弃。

是为序。

陈兴良
谨识于北京海淀锦秋知春寓所
2008 年 1 月 30 日

45.《刑事司法研究》(第三版)①出版说明

刑法的研究,不仅仅是对法条及其规范的研究,而且还包括对刑事立法活动与刑事司法活动的研究。如此,才能大大地拓展刑法的研究视域。《刑事司法研究》(第三版)一书就是秉承这一理念,对涉及刑事司法活动的四个重大理论问题的研究:情节、判例、解释和裁量。在本书第一版出版以后,我国刑法学界对这四个理论问题的研究都大大地推进了,尤其是判例和解释这两个问题,都有不止一部专著出版。但在十年前,我主编本书的时候,应该说对这些问题的研究还刚刚起步。本书第三版的出版,可以为我们提供某种理论上的参照,可以清楚地观察到我国刑法理论的进度,这是令人欣慰的。

值得说明的是,收入本书的是五位同志的硕士论文。硕士论文,作为一种学位论文,介乎于学士论文与博士论文之间,其学术含量则介乎于读书笔记与学术著作之间。一般来说,学士论文大多具有读书笔记的性质,对于学术性并无过多的要求。而博士论文则是按照专著来写的,并且大多能够出版,学术性是一个重要的考量指标。但硕士论文则居于一种较为尴尬的境地,随着硕士生的大规模扩招,硕士论文的学术含量也普遍下降。而且,博士论文的篇幅较长,答辩通过以后经过修订作为专著出版,在篇幅上也没有问题。硕士论文只有三四万字,篇幅较短,即使较为优秀的硕士论文,也很难正式出版成为学术成果的一部分,大多自生自灭,殊为可惜。我在指导硕士论文的时候,有意识地纳入一个统一的科研写作计划,使硕士论文能够作为科研成果正式面世。本书正是这样一种想法的产物,当然夏成福的文章是一个例外。对此,我在本书第一版前言中已经有所交代。

本书在2000年出过一个修订版,现在第三版改在中国人民大学出版社出版,使本书的学术生命得以延续。在本书第一版的后记中,对各位撰

---

① 陈兴良主编:《刑事司法研究》(第三版),中国人民大学出版社2008年版。

稿人的身份有所介绍,十多年过去了,这些撰稿人的身份有所改变,在此特别加以介绍。黄朝华现为中国光大国际有限公司执行董事兼副总经理,莫开勤现为中国人民公安大学教授,蔡富超现为河南省郑州市中级人民法院刑一庭副庭长,付正权现为广东省深圳市人民检察院公诉二处副处长,夏成福现为四川省高级人民法院副院长。

是为出版说明。

陈兴良
谨识于北京海淀锦秋知春寓所
2008 年 2 月 1 日

46.《罪名指南》(第二版)①出版说明

刑法分为总则与分则两个部分,刑法总则是对定罪量刑的基本原则与制度的规定,因而以刑法总则为研究对象的刑法总论具有较强的理论性,历来是刑法学研究的重点。而刑法分则是对具体犯罪及其法定刑的规定,因而以刑法分则为研究对象的刑法各论具有较强的应用性,这也是不言而喻的。就对刑法的司法适用而言,刑法各论也许是更为重要的。

在我国刑法学界,大多更为关注刑法总则的研究,而在一定程度上忽视刑法分则研究。但在国外,刑法分则研究更受重视。前不久去日本东京大学参加研讨会,山口厚教授送给我们的刑法总论的教科书,犯罪部分共计389页,刑罚论部分只有4页,但刑法各论的篇幅远远超过刑法总论。对此,山口厚教授解释说,刑罚论的内容在日本主要放在刑事政策学中讲授,因而在刑法总论中只是简而论及。至于刑法各论之所以写得那么详细,是因为刑法总论的基本原理都是通过刑法分则规定体现出来的,因而对刑法分则规定的解释与阐述更能体现一个刑法学者的理论造诣。山口厚教授的这一见解对于我们是有启发的,刑法各论与司法实践具有十分紧密的联系。因此,日本东京大学刑法教授与法官、检察官每月举行一次判例研讨会。这一传统自著名刑法学家小野清一郎首创,至今已经坚持一百年了。这真是令人惊讶。一个学术活动能够持续地坚持一百年,并且参与者无论是理论工作者还是实务工作者都能从中有所收获,这是需要多么大的韧性。只有这样,对刑法分则具体罪名的研究才能深入细致,达到入微的程度。

之所以写下这些感想,是因为对我主编的《罪名指南》一书进行修订,要出第二版。《罪名指南》是在1997年《刑法》修订以后完成的,由我和周光权教授分别担任主编与副主编,对《刑法》分则所有罪名逐个加以论述。本书的特点是对罪名的论述不仅限于对刑法规定的解释,而且追溯

---

① 陈兴良主编:《罪名指南》(第二版),中国人民大学出版社2008年版。

罪名的立法沿革,尤其关注司法实践的需要,对罪与非罪、此罪与彼罪以及刑罚适用等问题进行了较为系统的研究,因而具有工具书的性质,便于检索与应用。第一版出版以后,在司法实务界受到好评。从第一版到现在,将近十年过去了,以下三个原因决定了该书非修订不可:

一是刑法罪名的大量增加。从1997年《刑法》修订以后,在十年之间,立法机构通过了一个《决定》(1998年12月29日全国人大常委会《关于惩治骗购外汇、逃汇和非法买卖外汇犯罪的决定》)和六个《刑法修正案》,此外还有九个立法解释,对《刑法》作出重要的修改补充。这种修改补充主要涉及《刑法》分则的具体罪名。随着刑法罪名的增加,《罪名指南》一书也势必要随之而对有关内容加以修改补充,否则本书也就丧失了应用价值。

二是司法解释的频繁出台。司法解释对于我们正确地理解刑法规定,尤其是分则的规定具有重要意义。在2000年本书第一版出版的时候,司法解释还未大规模出台,而是在积累经验调查研究阶段。从1997年3月25日到2007年7月9日,最高人民法院与最高人民检察院颁布司法解释以及具有司法解释性质的司法文件共计194件,其中在2000年以前颁布的共计45件,2000年以后颁布的共计149件。这些司法解释主要是对具体犯罪案件应用法律问题的解释,《罪名指南》需要补充这些司法解释的内容。

三是理论研究的深入发展。近年来,我国刑法学界对《刑法》分则的罪名进行了深入的研究,这些理论研究成果大大地充实了刑法理论,对于《刑法》分则条文的正确适用具有重要的参考价值。为此,《罪名指南》的相关内容应当吸收刑法罪名的前沿性研究成果,使其内容更加充实。

基于以上三点,我们对《罪名指南》一书进行了全面修订,作为本书的第二版。由于本书第一版的作者已经分布在全国各地,有的在司法机关任职,有的从事律师职业,还有的在教学科研机构从事理论研究,所以,要想由原作者本人进行修订已经不可能。在这种情况下,本书第二版特别邀请北京大学法学院2006级刑法专业博士研究生周微和杨磊共同承担修订工作。除了对原书的内容进行修改以外,还增写了大量的新罪的内容。因此,周微和杨磊是本书第二版的新增撰稿人。没有周微和杨磊的辛勤劳动,本书第二版的修订工作不会这么顺利地如期完成。作为主编,我对周微和杨磊深表谢意。本书修订中也还存在一些遗憾无法弥补：一是本书第一版对各个罪名构成要件的论述是按照传统的犯罪构成要件的顺序排列的，本想在第二版改为按照罪体、罪责、罪量的犯罪构成体系排列，但考虑到工作量过大，最终还是放弃了这一设想。二是本书的书名，我最初拟定的是《罪名通纂》，当时出版社考虑到这一书名不太通俗，从发行的需要出发，将书名确定为《罪名指南》。对此我一直耿耿于怀，本想在第二版改过来，但考虑到本书第一版与第二版的延续性，书名改动会使人以为这是两本不同的书而非同一本书的两个版本。因此，改正书名的念想最终也放弃了。在生活中，岂能尽如人意，有太多的妥协、太多的让步，本书的编写也是一样，只要能达到初步的目标也就满意了。但愿修订使本书获得新生，将来还会通过修订使本书的生命持续更长的时间。

是为出版说明。

陈兴良

谨识于北京海淀锦秋知春寓所

2007 年 10 月 10 日

47.《刑法知识论研究》[1]前言

刑法知识形态是近年来我所关注的一个主题,尤其是在我国刑法知识面临转型的历史条件下,刑法知识形态的研究具有价值论与方法论的双重蕴涵。从价值论角度来说,刑法知识论的考察是一种批判性的、反思性的考察,它对现存的刑法知识进行系统梳理,揭示刑法知识生产的一般规律,对于刑法学理论的发展具有重大意义。

从方法论角度来说,刑法知识论的考察所采取的实证性的、描述性的研究方法与叙述方法,对于丰富与拓展刑法学研究路径与范围,引入社会学的研究方法,同样具有重大意义。

作为刑法知识形态研究的探路者,我在2000年撰写了《法学:作为一种知识形态的考察——尤其以刑法学为视角》一文,刊载在我所主编的《刑事法评论》(第7卷)(中国政法大学出版社2000年版)。2006年,我又撰写了《转型与变革:刑法学的一种知识论考察》(载《华东政法学院学报》2006年第3期)。及至2007年,我结集出版了《刑法知识论》(中国人民大学出版社2007年版)一书,对这一课题的研究暂告一个段落。与此同时,我布置北京大学法学院2005级刑法学专业博士生共同对刑法知识形态进行研究。因为我的研究侧重于刑法知识形态的一般理论,而刑法知识形态的展开,涉及对各种具体的刑法知识领域及规律的考察;这些论题涉及范围较为广泛,需要采取实证研究方法,工作量较大,非我个人能力所能完成。在刑法知识形态的具体考察方面,我布置了博士论文选题、刑法学年会及其内容、外国刑法学译著的传播、法学刊物(包括集刊)的刑法学知识生产、刑事裁判文书中刑法知识运用等题目,对此进行刑法知识论考察。现在基本上完成了写作,只是刑法学年会与外国刑法学译著这两个题目未能完成,这是十分遗憾的。本书尽管是个体化的写作,但还是呈现出学术取向上的一致性。作为主编,我只是布置写作任务而已。这

---

[1] 陈兴良主编:《刑法知识论研究》,清华大学出版社2009年版。

些题目都是各位撰稿人独立完成的,具有较高的学术水准与较深的思想水平,这也是令我欣慰的。

本书写作分工如下:陈兴良:第一章;宋建强:第二章;孙运梁:第三章;王海涛:第四章;何庆仁:第五章;焦旭鹏:第六章;申柳华:第七章;邓子滨:第八章;蔡桂生:第九章;李瑞生:第十章。在上述作者中,只有焦旭鹏、邓子滨、蔡桂生不是2005级博士生,这里需要特别介绍。焦旭鹏是河南大学法学院教师,写作期间正好在北京大学法学院访学,因而参与了本书的写作,他已于今年考上了北京大学法学院刑法学专业博士生。焦旭鹏对我国刑法的苏俄化过程作了描述,并辅之以实证资料,其结论自在其中。邓子滨系北京大学法学院2000级刑法学专业博士生,现为中国社会科学院法学研究所研究员,并且兼任《环球法律评论》的编辑。邓子滨对《法学研究》30年所发表的刑法学论文所作的知识论考察,其线索梳理之清楚、评论之深刻,给人留下了深刻印象。其论文的缩略版《〈法学研究〉三十年:刑法学》一文在《法学研究》2008年第1期发表以后,受到刑法学界的瞩目,收入本书的是未加删改的全版。蔡桂生系北京大学法学院2006级刑法学专业硕士研究生,今年推免成为博士生(2008级),其对《刑事法评论》前20卷所作的梳理与分析也是十分到位的。

自2005年以来,分别在清华大学出版社出版了《犯罪论体系研究》(2005年)、《刑法方法论研究》(2006年)和《刑法知识论研究》(2008年)三本系列性的研究著作,集中展示了北京大学法学院刑法学专业2003级、2004级、2005级博士生的学术状态。随着本书的出版,这一系列研究可告一个段落。本书在编辑过程中,何庆仁同学帮我催稿和联系出版事务,出力颇大。上述三本著作的出版,得到清华大学出版社方洁女士的鼎力支持,再次深表谢意。

是为前言。

陈兴良
谨识于北京海淀锦秋知春寓所
2008年5月30日

48.《刑法总论精释》[①]序

近年来,随着我国刑事立法与刑事司法的发展,我国刑法理论也有了长足的进步,尤其是随着德、日刑法学知识的传入,我国面临一个刑法知识的转型问题。在这种情况下,我们共同编写了《刑法总论精释》一书呈现给读者,意在提供一种刑法总论的知识框架。本书具有以下三个特点:

第一,三阶层犯罪论体系的引入。

犯罪论体系,也就是我们通常所说的犯罪构成体系,是关于犯罪成立条件的体系化知识的总和。在司法实践中,定罪根据是刑法及司法解释的规定,这是没有疑问的;但犯罪论体系为定罪活动提供某种理论指导,从而保证了定罪结果的正确性。由此可见,犯罪论体系对于定罪具有不可低估的作用。我认为,犯罪论体系对于定罪的作用主要体现在方法论意义上,即犯罪论体系是定罪思维方法的一种导引。犯罪论体系具有教义学思考、体系性思考与类型性思考的方法论特征。其中教义学的思考为定罪提供了教义规则,成为法律规定的重要补充,从而满足定罪活动对于规则的需求。而体系性思考节省法官对于案件的审查时间,可以在犯罪论体系中找到问题的解决方案,从而满足定罪活动对于理论的需求。类型性思考则引入类型学方法,将构成要件作为一种违法行为类型,在类型性的框架中根据犯罪的特征,通过涵摄使一定的案件事实归属于某一法律规定的定罪类型,从而满足定罪活动对于逻辑的需求。正因为犯罪论体系具有重大的方法论意义,其在刑法理论中的体系性地位才得以凸现。

我国目前通行的四要件的犯罪构成体系是从苏俄引入的。它在过去三十余年的法治建设中曾经发挥过重大作用,但随着我国刑事法治的发展,向刑法理论提出了更加精密、更加精细、更加精致的要求,而四要件的犯罪构成体系基于其本身的缺陷,显然不能满足这一需求。在这种情况

---

① 陈兴良主编:《刑法总论精释》,人民法院出版社2010年版。

下,三阶层的犯罪论体系取而代之正是势所必然。四要件的犯罪构成体系将正当化事由排斥在体系以外,存在结构性缺陷;四要件的犯罪构成体系以社会危害性为中心,使实质判断凌驾于形式判断之上,存在价值性缺陷;四要件的犯罪构成体系在客观要件与主观要件之间没有建立起位阶关系,使客观要件的故意规制机能荡然无存,存在逻辑性缺陷。而三阶层的犯罪论体系则将入罪要件与出罪事由融为一体、实质判断与形式判断妥当安排、客观要件与主观要件合理架构,为定罪活动提供了方法论指导,因而更为可取。

当然,从四要件的犯罪构成体系到三阶层的犯罪论体系,存在一个知识转型、也是知识更新的过程。三阶层的犯罪论体系对于某些司法人员来说,也许是较为陌生的,但是只要接触以后,还是十分容易掌握的,将其适用于定罪活动也是十分顺当的。因此,我们不应低估司法人员对于三阶层的犯罪体系的接受能力。

我在主编的《刑法学》(复旦大学出版社 2003 年第一版、2009 年第二版)一书中,就在我国刑法教科书中首次采用了三阶层的犯罪论体系。当然,《刑法学》一书包含了刑法总论与刑法各论,由于篇幅所限,对于三阶层犯罪论体系没有予以展开。本书是以刑法总论为主体的,篇幅较大,可以在相当的深度与广度上对三阶层的犯罪论体系展开叙述,因而也是将三阶层的犯罪论体系向司法实践推广的一种尝试。对于四要件的犯罪构成体系与三阶层的犯罪论体系的理论争鸣当然不能说没有意义,但将两种体系在定罪活动中的功效进行比较,我认为是最为可取的,它可以减少无谓的争议。

第二,判例刑法学方法的采用。

相对于刑法各论对具体罪名的阐述,刑法总论对犯罪与刑罚的一般原理的阐述是更为抽象的,也是更难掌握的。本书的定位是面向司法实践,因而不能过于晦涩。在这种情况下,本书在理论叙述过程中,穿插了大量的判例,使理论见之于判例,理论与判例各显其彰。我在这里所讲的判例,也就是最高人民法院所公布的指导性案例,这些案例本身对于司法活动具有指导功能,实际上具有准判例的性质。这些判例主要来自于《最高人民法院公报》《刑事审判参考》《中国审判案例要览》等权威刊物,并经适当的剪裁,对于说明、论证某些理论命题具有不可替代的作用。我国是一个成文法国家,还没有建立判例制度,主要通过司法解释对司法活动进行指导。司法解释相对于法律规定而言更为具体,具有细则性特征,但相对于个案仍然是抽象的规则。而判例则以其个别性、可比照性,显示出法律和司法解释所不具有的对个案处理的参照价值。近年来,我一直致力于判例刑法学的研究,《判例刑法学(上下卷)》(中国人民大学出版社2009年版)就是这一研究的最新成果。相对于理论刑法学所具有的文本刑法学性质,判例刑法学是司法刑法学,也是实践刑法学。在本书的编写过程中,我们采用了判例刑法学的研究方法,使本书内容更为贴近司法实践,也更具有可读性,对于传播有关指导性案例也是一种有效的途径。

第三,司法刑法学视角的贯彻。

本书写作的目的是为司法人员提供合适的刑法总论读本。因而我们确立了司法刑法学的理论视角,并将其贯彻全书始终。从刑法学方法论来说,存在立法论思考与司法论思考的区分。立法论是关于法的思考(think about law),而司法论是根据法的思考(think of law)。在立法论中,法是思考的客体,因而对法的反思与批判是应有之义。在这个意义上的刑法学,是立法刑法学。在司法论中,法是思考的依据,因而只能以法律规则作为根据进行逻辑推理,而不能随意地批评法律、指责法律。这个意义上的刑法学,是司法刑法学。司法刑法学的视角,就是法官的视角。法官的职能是将法律适用于个案,因而法律不是被嘲笑与指责的对象,法律是裁判的规则。基于这一司法刑法学的视角,在本书中我们以刑法规定与司法解释为依归,对刑法总论原理进行精释,因此,刑法规定与司法解释就成为我们对理论观点取舍的一个重要标准,也是本书解释的对象。在这个意义上说,本书以实用性作为写作取向,尽量地使本书的内容与相关的法律规定能够有机地结合起来。因此,本书虽然采用的是三阶层的犯罪论体系,但将这一理论用于解释我国的法律规定,实际上是为我所用,也是使这些来自德、日的刑法知识本土化的一种学术努力。

本书是人民法院出版社的约稿,经历了一个较长的写作过程。在写作当中,由我和周光权教授共同确定章节和思路;由来自北京大学法学院、清华大学法学院、中国人民大学法学院、中国青年政治学院和西北政法大学刑事司法学院的作者共同组成一个写作团队执笔,最后由我和周光权教授统改定稿,终于完成了这一合作作品。应当指出,各个章节尽量尊重执笔者的观点,能不改动的尽量不改动。因此,某些观点并不必然代表主编的立场,特此说明。在写作过程中,车浩博士为我的主编工作提供了协助。

陈兴良
谨识于北京海淀锦秋知春寓所
2009 年 9 月 13 日

49.《刑法总论精释》(第二版)[1]序

《刑法总论精释》在2010年出版以后,因本书采取了三阶层的犯罪论叙述方式,无论在形式上还是内容上均有所创新,因而受到读者的好评。及至2011年2月25日全国人大常委会通过《刑法修正案(八)》,对《刑法》作了局部修改。不同于以往的七次《刑法》修订,《刑法修正案(八)》涉及对《刑法》总则的重要改动,因而本书随之修订势在必行。

《刑法修正案(八)》对《刑法》总则的修订,我认为总体上体现了宽严相济的刑事政策。自2005年提出宽严相济的刑事政策以后,首先是作为一项刑事司法政策在司法活动中予以贯彻。但宽严相济刑事政策不仅是一项刑事司法政策,同时也应当是一项刑事立法政策。如果宽严相济刑事政策在刑事立法中得不到充分的体现,就不能为刑事司法中贯彻宽严相济刑事政策提供法律依据。《刑法修正案(八)》可以说是第一次在刑事立法中全面落实宽严相济刑事政策,因而是宽严相济刑事政策立法化的体现。以下,我想从宽和从严两个方面,阐述《刑法修正案(八)》对《刑法》总则的修订。

一、从宽的修订

在《刑法修正案(八)》中,某些修订体现了宽缓的刑事政策精神。从宽的修订主要体现在以下四个方面:

(一)对老年人的宽大处理

《刑法修正案(八)》对已满75周岁的老年人作出了宽大处理的规定,这对我国刑法是一个重要补充。应该说,我国古代刑法历来就有矜老恤幼的传统。在我国刑法中,恤幼精神体现得较为明显。例如,对未成年人犯罪从轻量刑、不适用死刑等。但矜老精神则没有得到应有的体现,当

---

[1] 陈兴良主编:《刑法总论精释》(第二版),人民法院出版社2011年版。

然这与老年人犯罪整体较少,尚未成为一个突出的社会问题是有关系的。《刑法修正案(八)》首次在刑法中体现了矜老的立法精神。

1. 老年人犯罪的从宽处罚

《刑法修正案(八)》第1条增设了老年人犯罪从宽处罚的条款:"已满七十五周岁的人故意犯罪的,可以从轻或者减轻处罚;过失犯罪的,应当从轻或者减轻处罚。"这一规定,为已满75周岁的老年人犯罪的从宽处罚提供了明确的法律根据。

2. 老年人犯罪不适用死刑

《刑法修正案(八)》第3条还增设了老年人犯罪免死的条款:"审判的时候已满七十五周岁的人,不适用死刑,但以特别残忍手段致人死亡的除外。"在减少死刑适用的背景下,我国刑法对已满75周岁的老年人免除死刑适用,虽有例外性的但书规定,仍具有重要意义。

3. 老年人符合条件应当适用缓刑

缓刑是我国刑法规定的一项从宽处罚的刑罚制度,但我国刑法对缓刑适用条件设置较为粗疏,仅规定"根据犯罪分子的犯罪情节和悔罪表现,适用缓刑不致再危害社会的,可以宣告缓刑"。并且,这一规定也未对不同主体予以区别对待。《刑法修正案(八)》第11条将缓刑条件修改为:"(一)犯罪情节较轻;(二)有悔罪表现;(三)没有再犯罪的危险;(四)宣告缓刑对所居住社区没有重大不良影响。"这种列举性规定,使缓刑条件较为明确,并且易于把握。同时,《刑法修正案(八)》还规定,已满75周岁的人符合缓刑条件的,应当适用缓刑。这一规定,对于扩大对老年人适用缓刑具有重要意义。

当然,我国规定的老年人年龄偏大,符合这个年龄的老年人犯罪,尤其是犯有死罪的案件极为个别,因而上述规定的宣示意义恐怕大于其实际意义。我认为,在将来条件具备时,对老年人的年龄可放宽到65周岁或者70周岁,以使更多老年人受惠于上述矜老的立法规定。

(二)对未成年的宽大处理

如前所述,我国刑法对未成年人犯罪已经体现了宽大的立法精神。《刑法修正案(八)》对此又作了补充规定,使我国刑法对未成年人犯罪的宽大政策体现得更为彻底。

1. 未成年人不构成累犯

累犯是我国刑法规定的一种从严处罚的刑罚制度。我国原《刑法》规定过失犯不构成累犯,而将累犯限于故意犯罪。这就从罪责形式上对累犯作出了某种限制,因为过失犯罪与故意犯罪相比较,行为人的人身危险性较小。未成年人与成年人相比,由于未成年人身心发育尚未成熟,社会经验不足,其人身危险性也同样小于成年人犯罪。但在累犯的构成上,我国原《刑法》未作区别对待,这是存在缺憾的。《刑法修正案(八)》第6条关于累犯规定的但书中,明确规定"不满十八周岁的人犯罪的除外",这就确立了未成年人犯罪不构成累犯的法律原则,对于我国累犯制度的完善具有重要意义。

2. 未成年人符合条件应当适用缓刑

《刑法修正案(八)》在对缓刑适用条件作了较为细化规定的同时,明确规定对符合缓刑条件的未成年人应当适用缓刑。这一规定有助于对未成年人犯罪扩大适用缓刑,从而体现对未成年人教育、感化、挽救的政策精神。

3. 未成年人前科报告义务的免除

我国原《刑法》第100条规定了前科报告制度:"依法受过刑事处罚的人,在入伍、就业的时候,应当如实向有关单位报告自己曾受过刑事处罚,不得隐瞒。"这一规定的立法精神是加强对依法受过刑事处罚的人的有效管理,这对于预防犯罪具有重要意义。但这项义务的设定,对于未成年人来说,会给其求学、就业及生活带来一定的困扰。为此,《刑法修正案(八)》作出了对未成年人的例外规定:"犯罪的时候不满十八周岁被判处五年有期徒刑以下刑罚的人,免除前款规定的报告义务。"这一规定对犯罪较轻的未成年人免除其前科报告义务,减少犯罪对其社会生活带来的负面影响,从而有利于他们悔过自新,重新做人。

(三)坦白从宽政策的立法化

抗拒从严、坦白从宽是我国一项重要的刑事政策。但坦白从宽政策在我国司法活动中并没有得到有效的贯彻,这主要与坦白从宽在我国刑法中没有明文规定有关。我国刑法对自首和立功都作了规定,从而为其从宽处罚提供了法律根据。但自首和立功以外的坦白,则在刑法中未作规定。《刑法修正案(八)》第8条对此作了规定:"犯罪嫌疑人虽不具有前两款规定的自首情节,但是如实供述自己罪行的,可以从轻处罚;因其如实供述自己罪行,避免特别严重后果发生的,可以减轻处罚。"根据这一规定,我国刑法中的坦白是指犯罪嫌疑人在侦查阶段如实供述自己罪行的行为。坦白可以获得法律上的从宽处罚,这种从宽处罚分为两种情形:(1)对于一般坦白的,可以从轻处罚。(2)对于因坦白而避免特别严重后果发生的,可以减轻处罚。我认为,坦白从宽政策的立法化,对于鼓励犯罪嫌疑人坦白自己的罪行具有重要意义,也是我国刑法从宽制度完善的重要标志。

(四)死刑罪名的减少

死刑制度是我国一项重要的刑罚制度,减少死刑是宽严相济刑事政策的重要体现。减少死刑,也就是死刑的限制可以分为两个方面:一是司法上的限制,二是立法上的限制。对死刑的司法上的限制与立法限制可以说是同样重要的。前几年我国通过最高人民法院收回死刑复核权,严格掌握死刑适用标准,在死刑的司法限制方面取得了重大成效。但仅有死刑的司法限制是不够的,死刑的立法限制具有其独特作用,它表明国家在死刑问题上的严正立场。《刑法修正案(八)》取消了13个经济性非暴力犯罪的死刑,具体包括:走私文物罪、走私贵重金属罪、走私珍贵动物、珍贵动物制品罪、走私普通货物、物品罪、票据诈骗罪、金融凭证诈骗罪、信用证诈骗罪、虚开增值税专用发票、用于骗取出口退税、抵扣税款发票罪、伪造、出售伪造的增值税专用发票罪、盗窃罪、传授犯罪方法罪、盗掘古文化遗址、古墓葬罪、盗掘古人类化石、古脊椎动物化石罪。这些罪名死刑的取消,虽然是对《刑法》分则的修订,但其意义却可以说是我国死刑立法改革所取得的实质性进展。当然,这次取消死刑的13个罪名,其死刑基本不用或者极少适用,对于死刑限制的实际效果还是十分有限的,而其对限制死刑的立法宣示意义更为重要。我认为,在条件具备以后,还应进一步从立法上限制死刑,对那些经济性非暴力以及暴力程度较轻的犯罪都应当逐渐取消死刑,使死刑的立法限制对司法发生实际效果。只有这样,才能推进我国死刑制度的改革。

二、从严的修订

宽严相济刑事政策不仅包括从宽的一面,而且包括从严的一面。在

《刑法修正案(八)》的修订中,从严的修订也是极为明显的。从严的修订主要体现在以下四个方面:

(一)限制减刑制度

为克服我国刑罚制度中存在的死刑过重、生刑过轻的矛盾,在取消了13个罪名的死刑的同时,《刑法修正案(八)》对死缓设立了限制减刑制度。死缓是我国一项重要的制度,它对于减少死刑立即执行具有重要作用。死缓在一般情况下都不会执行死刑,在这个意义上说,死缓属于生刑。当然,更确切地说,死缓是介乎于死刑与生刑之间的一种过渡性的刑罚。但目前我国刑法中的死缓实际执行的刑期过短,缺乏足够的严厉性,难以对死刑立即执行起到替代作用。为此,《刑法修正案(八)》第4条第1款适当延长了死缓减为有期徒刑以后的执行期限。根据原《刑法》第50条的规定:"判处死刑缓期执行的,在死刑缓期执行期间,如果没有故意犯罪,二年期满以后,减为无期徒刑;如果确有重大立功表现,二年期满以后,减为十五年以上二十年以下有期徒刑;如果故意犯罪,查证属实的,由最高人民法院核准,执行死刑。"根据这一规定,死缓减为有期徒刑以后,最少执行15年,这与死刑立即执行之间的差别过大。为此,《刑法修正案(八)》第4条规定"如果确有重大立功表现,二年期满以后,减为二十五年有期徒刑"。这样,就实际把死缓减刑以后的刑期由过去最少执行15年,改为最少执行25年。与此同时,《刑法修正案(八)》第4条第2款设立了死缓限制减刑制度:"对被判处死刑缓期执行的累犯以及因故意杀人、强奸、抢劫、绑架、放火、爆炸、投放危险物质或者有组织的暴力性犯罪被判处死刑缓期执行的犯罪分子,人民法院根据犯罪情节等情况可以同时决定对其限制减刑。"与此同时,《刑法修正案(八)》第15条第(三)项规定:"人民法院依照本法第五十条第二款规定限制减刑的死刑缓期执行的犯罪分子,缓期执行期满后依法减为无期徒刑的,不能少于二十五年,缓期执行期满后依法减为二十五年有期徒刑的,不能少于二十年。"死缓限制减刑制度的设立,提高了死缓制度的严厉性,在一定程度上减少了死缓与死刑立即执行之间的惩罚强度上的差距,以便使死缓在替代死刑立即执行中发挥更大的作用,使我国刑罚结构更为合理。因此,死缓限制减刑制度虽然是一项从严规定,但其目的在于减少死刑立即执行的适用,又具有从宽的效用。

(二)禁止令制度

《刑法修正案(八)》在我国《刑法》中首次设置了存在于管制和缓刑的执行中的禁止令制度,这是具有创新性的立法举措。《刑法修正案(八)》第2条第1款规定:"判处管制,可以根据犯罪情况,同时禁止犯罪分子在执行期间从事特定活动,进入特定区域、场所,接触特定的人。"此外,《刑法修正案(八)》第11条第2款规定:"宣告缓刑,可以根据犯罪情况,同时禁止禁止犯罪分子在缓刑考验期限内从事特定活动,进入特定区域、场所,接触特定的人。"由此可见,我国《刑法》中禁止令是指对判处管制或者宣告缓刑的犯重罪分子,根据犯罪情况,禁止在管制执行期间或者缓刑考验期限内从事特定活动,进入特定区域、场所,接触特定的人。《刑法修正案(八)》第2条还规定:"对判处管制的犯罪分子,依法实行社区矫正。违反第二款规定的禁止令的,由公安机关依照《中华人民共和国治安管理处罚法》的规定处罚。"根据《刑法修正案(八)》第14条的规定,被宣告缓刑的犯罪分子,在缓刑考验期限内违反禁止令,情节严重的,应当撤销缓刑,执行原判刑罚。这是对于违反禁止令的惩罚性后果的规定。禁止令制度的建立,对于强化对管制的执行和缓刑的考验都具有重要意义。从法律上说,禁止令本身并不是一项刑罚制度,而是类似于一种保安处分措施。它与管制和缓刑配套适用,有助于管制和缓刑取得更佳的刑罚效果。

(三)社区矫正制度

社区矫正是我国前些年进行试点的一项非监禁刑的行刑制度。根据有关规定,社区矫正是指将符合社区矫正条件的罪犯置于社区中,由专门的国家机关在相关社会团体和民间组织以及社会志愿者的协助下,矫正其犯罪心理和行为恶习,促使其顺利回归社会的非监禁刑罚执行活动。在试点中,社区矫正取得了较好的社会效果和法律效果。过去,非监禁刑处于无人过问的放任状态,因而非监禁刑的效果不佳,致使非监禁刑适用率极低。建立社区矫正制度以后,对于适用非监禁刑的罪犯进行统一管理,由此严格了非监禁刑的执行。但由于目前尚未制定社区矫正法,社区矫正的法律根据严重不足。《刑法修正案(八)》首次在我国刑法中对社区矫正作了规定,从而使社区矫正成为一项正式的法律制度,为以后制定社区矫正法创造了条件。《刑法修正案(八)》分别对管制、缓刑、假释的犯罪分子作了依法实行社区矫正的规定,尽管未对社区矫正的实体性和程序性内容作出具体规定,但这一规定对于社区矫正制度的建立仍然具有重要意义。

(四)从严处罚的规定

有两处涉及从严处罚,一是《刑法修正案(八)》第10条规定在数罪并罚的情况下,总和刑期在35年以上的,最高不能超过25年。原《刑法》规定有期徒刑最高不能超过20年,相比之下,《刑法修正案(八)》的这一规定体现了对犯有数个重罪的犯罪分子从严惩处的立法精神。二是在特别累犯中增加了恐怖活动犯罪和黑社会性质的组织犯罪,上述两种犯罪分子在刑罚执行完毕或者赦免以后,在任何时候再犯上述一类罪的,都以累犯论处。上述两项规定是宽严相济刑事政策中从严处罚的立法体现。

以上我对《刑法修正案(八)》对《刑法》总则的修订从宽和从严两个方面进行了初步梳理。这也是《刑法总论精释》第二版修订的主要内容。因为这次修订涉及本书的局部内容,而不是对本书的全面修订。因此,承担修订任务的主要是相关章节的执笔人,即付立庆博士、车浩博士和柏浪涛博士。周光权教授对修订后的内容进行了审订。最后还要指出,本书作者的身份现在发生了变化,其中付立庆博士现为中国人民大学法学院副教授,车浩博士现为北京大学法学院副教授。特此说明。

是为序。

陈兴良

谨识于北京海淀锦秋知春寓所

2011年6月12日

50.《人民法院刑事指导案例裁判要旨通纂》[①]前言

2010年最高人民法院和最高人民检察院分别出台了《关于案例指导工作的规定》,标志着我国案例指导制度的正式建立。建立案例指导制度的初衷,是为人民法院的审判活动和人民检察院的检察活动提供司法规则,从而弥补法律与司法解释的不足。因此,案例指导制度是一种规则提供方式,它对于我国法律规则体系的完善具有重要意义。

应当指出,在最高人民法院案例指导制度建立以前,最高人民法院的各业务庭室就曾经编纂出版了大量的案例汇编类著作,其中的案例和案例指导制度与最高人民法院正式颁布的指导性案例当然是有所不同的,但这些案例本身同样也具有指导意义,因而亦被称为指导案例。例如刘树德著《刑事指导案例汇览》(中国法制出版社2010年版),把《最高人民法院公报》刊载的案例称为指导案例,并对其进行了学理与法理的研究。此外,最高人民法院刑事审判第一、二、三、四、五庭主办的《刑事审判参考》,刊登了大量对于刑事审判具有指导性的刑事案件。《刑事审判参考》1999年至2008年所有各集的合订精编本以《中国刑事审判指导案例》(法律出版社2009年版)为书名正式出版,该书也把《刑事审判参考》刊载的案例称为指导案例。本书延续了上述出版物关于指导案例的名称,以此强调本书案例不同于一般性案例,这些指导案例对于刑事审判具有指导意义。

《人民法院刑事指导案例裁判要旨通纂》(上下卷)一书,在对既有的刑事指导案例进行遴选的基础上,提炼出对于刑事审判具有指导意义的裁判要旨。因而,本书不同于以往的指导案例汇编性著作,更突出了从指导案例中提炼出来的裁判要旨。可以说,裁判要旨是本书的关键词。

指导案例中的案例,包括案情叙述、裁判结论和裁判理由等内容。本

[①] 陈兴良、张军、胡云腾主编:《人民法院刑事指导案例裁判要旨通纂》,北京大学出版社2013年版。

书选编的案例,来自最高人民法院发布的指导性案例、最高人民法院刑事审判第一、二、三、四、五庭主办的《刑事审判参考》、最高人民法院中国应用法学研究所编的《人民法院案例选》和最高人民法院办公厅主办的《中华人民共和国最高人民法院公报》(以下简称《最高人民法院公报》)。应当指出,这些案例虽然不是最高人民法院审结的,而是由各级地方人民法院审理的案例,但这些案例也已经不是原生态的案件,而是经过了最高人民法院相关业务庭室的加工提炼,有些案例甚至经过了最高人民法院审判委员会讨论。当然,这些案例和案例指导制度与经过法定程序遴选、确定并颁布的指导性案例还是有所不同的。本书对收入的最高人民法院刑事指导案例中存在的争议问题展开了讨论,并对其中的裁判理由进行了论证。例如,《刑事审判参考》第3辑刊登的白俊峰强奸案,围绕丈夫强奸妻子的行为应如何定罪这一争议问题展开讨论,得出了如下结论:丈夫违背妻子的意志,在婚姻关系存续期间,采用暴力手段与妻子发生性行为,不构成强奸罪。作者提出了以下两点裁判理由:(1)婚姻状况是确定是否构成强奸罪中违背妇女意志的法律依据。(2)被告人白俊峰与姚某的婚姻关系合法有效。此后,《刑事审判参考》第7辑又刊登了王卫明强奸案,进一步对丈夫可否成为强奸罪的主体这一争议问题进行了讨论,得出了以下结论:在婚姻关系非正常存续期间,如离婚诉讼期间,婚姻关系已进入法定的解除程序,虽然婚姻关系仍然存在,但已不能再推定女方对性行为是一种同意的承诺,也就没有理由从婚姻关系出发否定强奸罪的成立。以上两个案件在一定程度上解决了婚内强奸能否定罪的一般与例外的不同司法规则。我曾经对上述案例进行研究,认为白俊峰案和王卫明案确立了在婚内强奸问题上的以下规则:

> 在婚姻关系正常存续期间,丈夫不能成为强奸罪的主体;在婚姻关系非正常存续期间,丈夫可以成为强奸罪的主体。①

值得注意的是,上述案例中的裁判理由其实并非审理原案的法官在判决书中提出的裁判理由,而是在上述案例编写过程中,由最高人民法院有关业务庭室的编撰人员执笔的法理分析。例如白俊峰案的执笔人张辛陶时任最高人民法院刑一庭副庭长,王卫明案的执笔人张军时任最高人

---

① 陈兴良:《判例刑法学》(下卷),中国人民大学出版社2009年版,第194页。

民法院刑一庭庭长,他们都是专家型法官,既具有丰富的司法实践经验,又具有较高的理论造诣。通过对原生态案例的编写,使其中的争议问题得以凸显,并表明执笔人对相关法律问题的立场,从而使这些案例对于刑事审判具有指导性。正如《刑事审判参考》的"发刊词"指出:

> 通过主要由最高人民法院审理的典型案例,加强对全国法院刑事审判工作的指导,以便更加准确、严格地执行国家法律、法规和司法解释,进一步提高刑事审判质量,促进依法治国方略的实施,为社会主义法制建设作出新的更大的贡献。①

应该说,《刑事审判参考》刊登的案例绝大部分都不是最高人民法院审理的案例,但这些案例都经过了最高人民法院有关业务庭室执笔人员的改写,因而同样能够反映最高人民法院的立场,对于全国刑事审判工作能够发挥指导作用。相比较之下,《人民法院案例选》中的案例都来自各级人民法院,因而从较为宽阔的视野反映全国刑事审判的经验。《人民法院案例选》的"说明"指出:

> 《人民法院案例选》所选的案例,都是各个时期全国各级人民法院、专门法院审结的刑事、民事、商事、行政、海事等各类案件中的大案、要案、疑难案以及反映新情况、新问题的具有代表性的典型案件。每个案例包括案情、审判、评析三部分,除了如实介绍案件事实和审判情况外,着重从适用法律和运用法学理论的角度评价办案得失,突出了真实、全面、及时、说理的编辑特色,力求案例能给人以启迪,收到举一反三的效果。②

在《人民法院案例选》刊登的案例中,评析是其说理部分。案情和审判一般由原审法官提供,而评析则往往由应用法学研究所的研究人员执笔,从而较好地将实践素材与理论分析结合起来。例如岳仕群利用其不满14周岁的女儿投毒杀人案,该案判决指出:

---

① 最高人民法院刑事审判第一庭:《刑事审判参考》(第1期),法律出版社1999年版,第1页。
② 最高人民法院中国应用法学研究所编:《人民法院案例选》(2004年刑事专辑),人民法院出版社2005年版,第1页。

依照我国《刑法》第二十五条的规定,共同犯罪是指"两人以上共同故意犯罪",犯罪主体都是达到刑事责任年龄的人。许某某不满十四周岁,未达到刑事责任年龄,故本案不构成共同犯罪。虽然实施投毒是岳仕群的女儿许某某所为,但许某某为不满十四周岁的未成年人,对事物尚缺乏辨别能力,她的行为取决于其母是否准许。岳仕群亲眼目睹其女儿投毒至被害人食用的面条中,此时岳仕群是希望毒死许桂祥结果的发生。因此,被告人岳仕群有杀人的犯罪故意,且在犯罪过程中起主要作用,许某某的行为应视为被告人岳仕群指使、利用而实施的行为,故被告人岳仕群对本案应负全部刑事责任。①

以上判决对被告人岳仕群利用其不满14周岁的女儿投毒杀人案作出了正确的裁判:岳仕群构成单独犯罪,应对杀人犯罪承担全部刑事责任。"评析"引入刑法理论上的间接正犯概念,对本案判决的结论提供了法理依据。"评析"指出:

有刑事责任能力的人指使、利用未达到刑事责任年龄的人实施犯罪,在刑法理论上称之为"间接正犯"或"间接实行犯"。"间接正犯"不属于共同犯罪的范畴。本案中,许某某不负刑事责任,其实施的犯罪行为应视为指使、利用者岳仕群自己实施的行为。岳仕群应对许某某所实施的行为承担全部刑事责任,即应以故意杀人罪对被告人岳仕群定罪量刑。②

可以说,以上经过编辑加工的案例本身已经具有重要的实践意义与理论意义。本书在此基础上,又作了进一步的加工,主要工作就是对案件进行精选并改写,从中提炼出裁判要旨,并对裁判要旨结合案例进行了必要的论证与阐述。

本书所称裁判要旨,亦被我国学者称为指导规则。例如刘树德在评述《最高人民法院公报》刊登案例的"裁判摘要"时指出:

---

① 最高人民法院中国应用法学研究所编:《人民法院案例选》(2004年刑事专辑),人民法院出版社2005年版,第3页。
② 最高人民法院中国应用法学研究所编:《人民法院案例选》(2004年刑事专辑),人民法院出版社2005年版,第5页。

案例的组成成分增加了"裁判摘要",这既是对2005年公布的人民法院第二个五年改革纲要有关案例指导制度改革内容的落实,也为今后指导性案例的"指导规则"的拟定提供了样式和经验。①

从内容上看,裁判摘要来源于具体案例,又因作了适当加工,因而已经脱离了案例,具有某种法律规则的外在特征。例如,在上海市黄浦区人民检察院诉陈祥国绑架案中,共提炼了三个裁判摘要,其中裁判摘要之三指出:

> 行为人以暴力、胁迫的方法要求被害人交出自己的财产,由于被害人的财产不在身边,行为人不得不同意被害人通知其他人送来财产,也不得不与被害人一起等待财产的到来。这种行为不是以被害人为人质向被害人以外的第三人勒索财物,而是符合"使用暴力、胁迫方法当场强行劫取财物"的抢劫罪特征,应当按照《刑法》第二百六十三条的规定定罪处罚。②

上述裁判摘要是从陈祥国绑架案中提炼出来的,它对于区分绑架罪与抢劫罪具有指导意义。但将该规则称为裁判摘要不足以反映其内容所具有的规范意义。因而,刘树德将其称为指导规则。就裁判摘要与指导规则这两个概念而言,我以为指导规则这一概念更好一些,尤其是其中"规则"一词更能反映内容的性质。当然,"指导"一词虽能表明规则所具有的功能,但又失之一般。就此而言,裁判规则也许是一个较好的称谓。本书采用的是裁判要旨一词,应当指出,这里的裁判要旨实质上是一种司法规则:它不仅对于其所由来的案件具有规范性效力,而且在一定程度上超越了具体案例,对处理同类型的案件具有参照价值。值得注意的是,最高人民法院颁布的第一批指导性案例,将这种司法规则称为裁判要点,最高人民检察院颁布的第一批指导性案例则称为要旨。本书综合以上两种称谓,概括为裁判要旨。

本书在提炼裁判要旨时,注重对应案情及裁判理由,同时又具有一定

---

① 刘树德:《刑事指导案例汇览》,中国法制出版社2010年版,第4页。
② 最高人民法院办公厅:《中华人民共和国最高人民法院公报》(2007年卷),人民法院出版社2008年版,第421页。

程度的抽象,从而做到"源于案例,高于案例"。在同一个案例中,如果存在数个规则的,则分别加以标示。在裁判要旨的提炼中,度的拿捏是一个难题。如果裁判要旨过于抽象,则其等同于法律、等同于司法解释,这就丧失了裁判要旨的独立存在价值。反之,如果裁判要旨过于具体,则又不足以成为一个规则,限制其适用范围。例如在赵志刚伪造有价票证案中,被告人赵志刚伪造本单位内部适用的洗澡票,如果把裁判要旨概况为"以牟利为目的,伪造有价票证的,应以伪造有价票证罪论处",则与《刑法》第227条规定相差不大,只不过是对法律规定的重复而已。但如果将裁判要旨概括为:"以牟利为目的,伪造洗澡票的,应以伪造有价票证罪论处",则又过于具体,只能适用于伪造洗澡票这一种情形。为此,我们将上述裁判要旨确定为:"以牟利为目的,伪造单位内部通用、具有一定经济价值的票证的,应以伪造有价票证罪论处。"这样,裁判要旨不仅可以适用于单位内部通用的洗澡票,而且可以适用于单位内部通用的饭票等其他票证。当然,由于我们的水平所限,在裁判要旨的提炼上还存在不足之处,希望读者不吝指教,在此后的版次中加以改进。为方便使用,本项目成果以两种版本出版:一种是包括刑事指导案例与裁判要旨的完整版;另一种是不包括刑事指导案例,将裁判要旨与刑法条文合编的集成版,以便适应不同的需求。

值得注意的是,在最高人民法院和最高人民检察院(以下简称"两高")建立案例指导制度以后,两高先后发布了几批指导性案例。最高人民检察院在2010年12月31日颁布了3个指导性案例;最高人民法院从2011年12月20日起至今,共颁布了三批共12个指导性案例。这些案例为我们考察案例指导制度提供了依据。从形式上来看,最高人民法院的指导性案例在结构上分为裁判要点、相关法条、基本案情、裁判结果和裁判理由五个部分。在此,引人关注的是裁判要点和裁判理由这两部分。其中,裁判要点是指导性案例所创制的司法规则,而裁判理由是司法规则赖以成立的根据。最高人民检察院颁布的指导性案例,从体例上来看,分为三个部分,这就是要旨、基本案情和诉讼过程。其中,要旨是案例制度所创制的司法规则,也是指导性案例的精髓之所在。

从两高的指导性案例的结构上来看,要旨或者要点、基本案情是都具备的,只是最高人民法院的指导性案例多了裁判理由一项,这是由两高的不同性质所决定的。尤其值得注意的是,最高人民法院在颁布第一批指导性案例的同时,还颁布了《关于发布第一批指导性案例的通知》,在通知中,专门对案例的指导精神进行了叙述,其内容与指导性案例的裁判要点基本相同。例如,王志才故意杀人案的指导精神是:

> 王志才故意杀人案旨在明确判处死缓并限制减刑的具体条件。该案例确认:《刑法修正案(八)》规定的限制减刑制度,可以适用于2011年4月30日之前发生的犯罪行为;对于罪行极其严重,应当判处死刑立即执行,被害方反应强烈,但被告人具有法定或酌定从轻处罚情节,判处死刑缓期执行,同时依法决定限制减刑能够实现罪刑相适应的,可以判处死缓并限制减刑。这有利于切实贯彻宽严相济刑事政策,既依法严惩严重刑事犯罪,又进一步严格限制死刑,最大限度地增加和谐因素,最大限度地减少不和谐因素,促进和谐社会建设。

而王志才故意杀人案的裁判要点是:

> 因恋爱、婚姻矛盾激化引发的故意杀人案件,被告人犯罪手段残忍,论罪应当判处死刑,但被告人具有坦白悔罪、积极赔偿等从轻处罚情节,同时被害人亲属要求严惩的,人民法院根据案件性质、犯罪情节、危害后果和被告人的主观恶性及人身危险性,可以依法判处被告人死刑,缓期两年执行,同时决定限制减刑,以有效化解社会矛盾,促进社会和谐。

比较案例指导精神和裁判要旨,我们发现两者对案例所具有的指导意义的归纳重点并不完全相同。王志才故意杀人案涉及两个法律问题:一是适用死缓的条件,即因恋爱、婚姻矛盾激化引发的故意杀人案件,在被告人具有坦白悔罪、积极赔偿等从轻处罚情节的情况下,可以判处死缓。如果被告人亲属要求严惩的,可以同时适用限制减刑制度。这一内容对于死缓的适用具有重要意义,可以在更大限度上减少死刑立即执行的适用。对于因恋爱、婚姻矛盾激化引发的故意杀人案件,在被告人具有坦白悔罪、积极赔偿等从轻处罚情节,并且被害人亲属表示谅解的情况下,可以判处死缓,这是没有问题的。但如果被害人亲属仍然要求严惩,如何处理?对此,可以适用《刑法修正案(八)》所规定的限制减刑制度。

这是这一案例的指导意义之所在。二是限制减刑制度的适用。因为限制减刑制度实施不久,在司法实践中如何正确适用限制减刑制度还存在疑惑。例如对于2011年4月30日[《刑法修正案(八)》实施]之前发生的犯罪行为能否适用限制减刑制度?对此,2011年5月1日施行的最高人民法院《关于〈中华人民共和国刑法修正案(八)〉时间效力问题的解释》明确规定,2011年4月30日以前犯罪,判处死刑缓期执行的,适用修正前《刑法》第50条的规定;被告人具有累犯情节,或者所犯之罪是故意杀人、强奸、抢劫、绑架、放火、爆炸、投放危险物质或者有组织的暴力性犯罪,罪行极其严重,根据修正前《刑法》判处死刑缓期执行不能体现罪刑相适应原则,而根据修正后的《刑法》判处死刑缓期执行同时决定限制减刑可以罚当其罪的,适用修正后《刑法》第50条第2款的规定。按照以上司法解释的规定,对于2011年4月30日《刑法修正案(八)》实施之前发生的犯罪行为是可以适用限制减刑制度的。而王志才故意杀人案就是2011年4月30日《刑法修正案(八)》实施之前发生的犯罪行为适用限制减刑制度的一个司法实例,对于正确适用《刑法修正案(八)》规定的死缓限制减刑制度具有参考价值。对比案例指导精神和裁判要点,我们发现案例指导精神更强调明确判处死缓并限制减刑的具体条件,而裁判要点则强调了因恋爱、婚姻矛盾激化引发的故意杀人案件的死缓适用,两者的重点各有偏重。当然,由于是第一批颁布的指导性案例,最高人民法院专门发布通知并对案例的指导精神进行阐述。以后未必每一批指导性案例的颁布都会发布通知,因此上述指导精神与裁判要点之间的差异也就不会存在。但从以上分析中,还是反映了在归纳裁判要旨上有需要进一步完善之处。

　　至于最高人民检察院的指导性案例,在体例上,具有特点的是对诉讼过程的较为详尽的描述。例如忻元龙绑架案(检例第2号),从宁波市中级人民法院一审到浙江省高级人民法院二审,再到最高人民检察院向最高人民法院提出抗诉,最高人民法院指令浙江省高级人民法院另行组成合议庭对忻元龙案件进行再审,再审以后又经最高人民法院死刑复核,最终判决生效。这个诉讼过程展示了该案经过的诉讼环节,以及在各个诉讼环节各级司法机关对该案作出的各种程序性和实体性的裁定和判决。综上所述,两高颁布的第一批指导性案例在形式上都各具特色,为以后的指导性案例提供了样板。

从内容上说,两高的第一批指导性案例在创制司法规则和提供对司法工作的指导精神具有重要意义。根据我们的分析,两高的第一批指导性案例主要有以下类型:

(一) 规则创制型案例

对于案例指导制度来说,创制规则是其根本职责之所在。没有规则的创制,也就没有指导性案例存在的必要性。案例指导制度通过创制司法规则,发挥其对司法活动的指导作用,以弥补立法与司法解释的不足。最高人民法院颁布的第一批指导性案例,在创制规则方面是值得肯定的。例如潘玉梅、陈宁受贿案,就针对受贿案件的新类型创制了相关的司法规则。这就是潘玉梅、陈宁受贿案的裁判要点所确立的以下司法规则:

(1) 国家工作人员利用职务上的便利为请托人谋取利益,并与请托人以"合办"公司的名义获取"利润",没有实际出资和参与经营管理的,以受贿论处。

(2) 国家工作人员明知他人有请托事项而收受其财物,视为承诺"为他人谋取利益",是否已实际为他人谋取利益或谋取到利益,不影响受贿的认定。

(3) 国家工作人员利用职务上的便利为请托人谋取利益,以明显低于市场的价格向请托人购买房屋等物品的,以受贿论处,受贿数额按照交易时当地市场价格与实际支付价格的差额计算。

(4) 国家工作人员收受财物后,因与其受贿有关联的人、事被查处,为掩饰犯罪而退还的,不影响认定受贿罪。

这些司法规则对于正确处理同类受贿案件具有重要的参考价值。尤其是这些司法规则以抽象的规范形式呈现出来,它在一定程度上已经与具体案例分离,从而对此后处理同类案件提供了规范根据,实现案例指导制度建立的目的。当然,我们还必须指出,最高人民法院第一批指导性案例创制的司法规则尚缺乏原创性,它只是对已有的司法解释的一种重申。例如,潘玉梅、陈宁受贿案所创制的以上司法规则在两高有关受贿罪的司法解释中都已经有明文规定。例如,上述司法规则之一,与2007年7月8日两高《关于办理受贿刑事案件适用法律若干问题的意见》(以下简称《受贿案件意见》)第3条第2款的内容相同。司法规则之二,与2003年

11月13日最高人民法院《全国法院审理经济犯罪案件工作座谈会纪要》关于"为他人谋取利益"的认定的规定精神是相同的,只是在文字表述上有所不同。司法规则之三,与前引《受贿案件意见》第1条的规定内容相同。司法规则之四,与前引《受贿案件意见》第9条第2款的内容相同。在这种情况下,将来在具体案件中到底是援引司法解释的规定还是指导性案例的规则,这还是一个值得研究的问题。考虑到这是两高颁布的第一批指导性案例,在规则的创制上采取较为稳妥的方法,是可以理解的。但其后陆续颁布的其他批次的指导性案例如果不能在具有填补空白性的司法规则的创制上有所作为,则必将影响案例指导制度功能的发挥。

(二) 政策宣示型案例

在最高人民检察院颁布的第一批指导性案例中,某些指导性案例主要起到一种刑事政策的宣示作用。例如施某某等17人聚众斗殴案(检例第1号)的要旨是:

> 检察机关办理群体性事件引发的犯罪案件,要从促进社会矛盾化解的角度,深入了解案件背后的各种复杂因素,依法慎重处理,积极参与调处矛盾纠纷,以促进社会和谐,实现法律效果与社会效果的有机统一。

这一要旨从内容上来说并不是司法规则,而是一种刑事政策的宣示,对于处理同类案件也是具有指导意义的。以上要旨体现的是宽严相济的刑事政策,主要体现了检察机关在办理群体性事件引发的犯罪案件的时候应当掌握的政策界限。关于在检察工作中贯彻宽严相济的刑事政策问题,最高人民检察院曾经在2006年12月28日通过了《关于在检察工作中贯彻宽严相济刑事司法政策的若干意见》(以下简称《意见》),该《意见》对在检察工作中如何贯彻宽严相济刑事政策作了较为具体的规定。但由于篇幅所限,《意见》的规定不可能面面俱到。例如,关于群体性事件引发的犯罪案件的处理问题,前引《意见》作了以下规定:

> 处理群体性事件中的犯罪案件,应当坚持惩治少数,争取、团结、教育大多数的原则。对极少数插手群体性事件,策划、组织、指挥闹事的严重犯罪分子以及进行打砸抢等犯罪活动的首要分子或者骨干分子,要依法严厉打击。对一般参与者,要慎重

适用强制措施和提起公诉；确需提起公诉的，可以依法向人民法院提出从宽处理的意见。

应该说，这一规定还是较为笼统的，在处理具体的群体性事件引起的犯罪案件的时候，还需要更为明确的政策指导。施某某等17人聚众斗殴案（检例第1号）以一起群体性事件引发的聚众斗殴案为例，对于如何贯彻宽严相济刑事政策进行了具体的示范，因而具有刑事政策的宣示性。

（三）工作指导型案例

在最高人民检察院颁布的第一批指导性案例中，某些指导性案例具有对检察工作的指导性。检察工作与审判工作在性质上有所不同，审判工作主要是依法从事裁判，因此在指导性案例的类型上，人民法院的指导性案例都是规则创制型的案例。而检察工作除了批准逮捕和提起公诉等活动具有裁量性以外，还有一些其他检察工作，例如监所检察、反贪和渎侦等。通过颁布指导性案例可以对这些检察工作进行指导。例如林志斌徇私舞弊暂予监外执行案（检例第3号），该案的主旨是：

> 司法工作人员收受贿赂，对不符合减刑、假释、暂予监外执行条件的罪犯，予以减刑、假释或者暂予监外执行的，应根据案件的具体情况，依法追究刑事责任。

在此，只是重申了刑法规定，似乎没有解决相关的法律问题。但之所以颁布这一指导性案例，就是要求各级检察机关加强对不符合减刑、假释、暂予监外执行条件的罪犯予以减刑、假释或者暂予监外执行的案件的查处工作。

应该说，两高颁布第一批指导性案例只是一个开始，它标志着我国案例指导制度正式启程，对于案例指导制度对我国法治建设的影响还有待于进一步的评估。但我对案例指导制度的前景持一种积极的、乐观的态度，期待案例指导制度通过创制司法规则，在更大程度上满足司法机关对规则的需求，并使案例指导制度成为一种行政性以外的司法工作指导方法。

收入本书的裁判要旨以法条及罪名为依据进行编排，以便查找。例如故意杀人罪的裁判要旨之一的序号是：No.4-232-1。其中，4是指《刑法》分则第4章，232是指《刑法》条文序号，1是指裁判要旨的序号。

如果《刑法》条文章下分节的,则节的序号亦在编排中显示。例如非法经营罪的裁判要旨之一的序号是:No.3-8-225-1。其中,3是指《刑法》分则第3章,8是指第3章第8节,225是指《刑法》条文序号,1是指裁判要旨的序号。

如果《刑法》条文分款的,则款的序号亦在编排中显示。例如票据诈骗罪的裁判要旨之一的序号是:No.3-5-194(1)-1。其中,3是指《刑法》分则第3章,5是指第3章第5节,194是指《刑法》条文序号,(1)是指该条第1款,1是指裁判要旨的序号。

值得注意的是,我国《刑法》个别条文采取了排列式罪名的规定方式,并且是2个条文规定数个罪名。例如《刑法》第114条、第115条第1款规定了放火罪、决水罪、爆炸罪、投放危险物质罪和以危险方法危害公共安全罪。在这种情况下,罪名尚应按其先后排序,并编入相应裁判要旨的序号。例如放火罪的裁判要旨之一的序号是:No.2-114、115(1)-1-1。其中,2是指《刑法》分则第2章,114、115是指《刑法》条文序号,(1)是指该条第1款,第一个1是指放火罪,第二个1是指裁判要旨的序号。

以上编排方式虽然较为复杂,但可以保持相对稳定。在本书增补时,也可以维持原有裁判要旨的序号不变。

《人民法院刑事指导案例裁判要旨通纂》(上下卷)一书是我担任首席专家的2010年度国家社会科学基金重大招标项目《中国案例指导制度研究》(项目批准号:10zd&044)的阶段性研究成果。上述课题的承担者不仅包括北京大学法学院等院校的理论工作者,还包括最高人民法院的实务工作者。在本书编纂过程中,原最高人民法院张军副院长亲自为本书写序,作为课题组成员的最高人民法院研究室主任胡云腾给予了大力支持,并以最高人民法院研究室的名义授权组织编纂本书,对此表示衷心感谢。参与本书编写的有北京大学法学院2009级刑法专业博士生马寅翔、黑静洁、高仕银、刘灿华、周明、曹斐和2011级博士生徐凌波。上述博士生为本书的编写付出了辛勤的劳动,尤其是我的博士生马寅翔做了大量事务性工作,对此表示感谢。此外,最高人民法院的刘树德博士、北京大学法学院的车浩博士也为本书的出版作出了贡献,对此表示感谢。最后,我还要感谢北京大学出版社的蒋浩副总编辑,是他敏锐地发现了本书编纂的意义,并坚持不懈地促成本书的出版;感谢常秀娇、刘笑岑、王林林三位刑法博士生和陆建华、陈晓洁编辑一起为稿件做了许多细致的工作。

是为前言。

陈兴良

谨识于北京海淀锦秋知春寓所

2012 年 10 月 28 日

51.《判例刑法教程》[①]序

大陆法系的法学教育是以法典为中心的,具有法教义学的性质。作为大陆法系的我国也是如此。因此,我国刑法教科书体系与刑法的法条体系之间具有密切的对应性,法学院的课堂教学也是以讲授刑法为主。通过刑法课程的学习,学生(这里主要是指本科生和法律硕士研究生)对于刑法的内容具有了框架性与结构性的知识,这为今后从事法律职业奠定了基础。但是,刑法条文只是呈现为文字的法律,它与事实上的法律还是有重大差异的。如果法学院的学生只了解纸面上的刑法,而不了解现实生活中的刑法,那还不能说真正地掌握了刑法。因此,法科学生不仅应该掌握法律条文,而且应该了解法律实施状态。对于法律实施状态的了解,阅读案例是一个极好的途径。案例是法律实施的结果,案例所包含的案情具有较强的可读性,案件的裁判结论与裁判理由则具有生动的逻辑性。通过案例,学生可以获取各种关于法律的知识,这是在法理讲授以外,案例教学所能发挥的作用。

随着我国案例指导制度的建立,案例指导成为司法规则的来源之一,将在司法活动中发挥重要作用,在某种意义上,指导性案例将会成为我国的判例。在这种背景之下,案例(判例)教学也会成为重要的教学方法,将在法学教育中发挥重要作用。《判例刑法教程》(总则篇、分则篇)的编写,正是在我国的案例指导制度建立以后,为高校刑法教学提供最新的案例教材所做的一种尝试。案例指导制度在我国的建立,不仅对司法活动带来重大影响,而且也会对法学教育带来重大影响。以往在我国法学教育中,虽然也以案例作为一种辅助性手段,但就刑法案例而言,基本上是以案说法的形式,案例与法律处于一种分离的状态。本书根据刑法的体系,对《刑法》总则和分则的基本问题,以案例的形式呈现给读者。《判

[①] 陈兴良主编:《判例刑法教程》,北京大学出版社2015年版。

刑法教程》(总则篇)共12个专题,涉及我国刑法中的重大问题;《判例刑法教程》(分则篇)共20个专题,涉及我国刑法中的重要罪名。书中的每个案例主要由以下五个部分构成:

1. 基本案情

基本案情是案例的事实部分,也是案例的基础。案情对于此后展开的分析具有重要意义,是需要认真阅读的内容。每个案例的案情基本上都是判决书中所认定的案件事实,为了方便分析,案情较为简洁,删去了与定罪没有关系的细枝末节。

2. 诉讼过程及裁判理由

诉讼过程及裁判理由是案例的法律程序与司法判决,是每个案例十分重要的内容。诉讼过程描述了每个案件所经过的审理程序,对于了解一个案件的司法过程具有参考价值。诉讼过程本身反映了一个案件的处理进程,虽然大多数案件只是走完了一审与二审的普通程序,但有些案件还经历了再审等特殊程序,表明这些案件的复杂性。裁判理由也是一个案例中最为重要的内容,它是对判决结论的法理论证,也是法官在法律适用过程中的逻辑推理过程。通过裁判理由,我们可以发现法官是如何理解法律与适用法律的。裁判理由是法条在具体案件中的适用,但它又不是简单的逻辑演绎过程,而是包含了某些价值内容。我们可以从裁判理由中推演出一些司法规则,这些司法规则对于此后处理同类案件具有参照意义。这也正是指导性案例的价值之所在。

3. 关联法条

关联法条是司法裁判的法律根据。这部分内容相对简单,只是对法条和司法解释的罗列而已。当然,法律是不断修改的,刑法也是如此。对于变动之中的法律,作为一个司法人员应当及时跟踪与掌握,只有这样,才能保证法律适用的正确性。实际上,作为司法裁判的法律根据不仅包含刑法条文,还包括司法解释。司法解释也是裁判准据,凡是以司法解释作为定案根据的,都应当在判决书中加以引用。相对于法律来说,司法解释的变动更为频繁,对此司法人员更应当予以关注。对于法条以及司法解释的敏感性,是每一个法律人应当具备的职业素养。虽然并不是每一条法律都需要朗诵于口,但应当了然于心。

4. 争议问题

争议问题是入选案例的学术价值之所在。一般案件可以分为两种：一种是没有争议的普通案件；另一种是存在争议的疑难复杂案件。应该说，普通案件所占比例在95%左右，只有5%左右的案件是疑难复杂的案件。对于普通案件来说，因为事实认定与法律适用都较为简单，不存在争议，因此处理起来相对容易一些。但那些疑难复杂的案件，有些是在事实认定上存在疑难之处，有些是在法律适用上较为复杂，处理起来就困难一些。而引起关注的往往是疑难复杂的案件，其中涉及一些法律问题需要专门研究。一般来说，具有指导性的案例都是疑难复杂的案件。因为只有疑难复杂的案件才需要专门加以讨论，并可能创设一些司法规则，对于此后处理类似案件具有指导作用。在争议问题部分，只是提出相关的争议点。

5. 简要评论

简要评论是作者对争议问题的法理评述。因为篇幅的原因，对于各个案例涉及的争议问题不可能展开论述，而是予以点评式的讨论，以便留有余地，在课堂教学中让老师有更大的发挥空间，让学生有更多的思考空间。当然，这些点评只代表作者本人的观点，仅供参考，而并非定论。

除了上述五个主要部分以外，每个案例还标明了出处，需要说明的是，收入本书的判例大部分来自陈兴良、张军、胡云腾主编的《人民法院刑事指导案例裁判要旨通纂》（北京大学出版社2013年版）一书。这些案例虽然不是指导性案例，但因为它曾经刊登在最高人民法院业务庭、室编辑的《最高人民法院公报》《刑事审判参考》《人民法院案例选》等刊物上，撰写者主要是承办法官。因此，这些案例具有一定的参考价值，至少较为真切地反映了刑法在我国司法实践中的适用状态。

本书由我担任主编，江溯副教授担任副主编。我和江溯共同拟定写作大纲，并审读了全部内容。与此同时，江溯副教授还协助我开展了各种协调工作。应当指出的是，参与本书写作的都是目前活跃在我国各高等院校刑法教学第一线的中青年教师，同时也是我国刑法学界的中坚力量。没有写作者的共同努力，本书就不可能以目前这样一种面貌展现在读者面前。因此，本书是全体写作者智慧和心血的结晶。在本书统稿过程中，徐凌波、邹兵建、马寅翔、丁胜明、袁国何和吴雨豪同学承担了本书的校对工作,特此表示感谢。

陈兴良

谨识于北京海淀锦秋知春寓所

2015 年 9 月 10 日

52.《判例刑法教程》[①]未刊序

案例指导制度在我国的建立,不仅对司法活动带来重大影响,而且对法学教育也会带来重大影响。以往在我国法学教育中,虽然也以案例作为一种辅助性的手段,就刑法案例而言,基本上是以案说法的形式,案例与法律还是处于一种分离的状态。我在 1994 年曾经与曲新久、顾永忠共同编写过《案例刑法教程》(中国政法大学出版社 1994 年版)。该书试图将案例与刑法结合起来,透过案例铺陈刑法知识。在我所撰写的该书前言中,指出:

> 本书既不是单纯地注释评论现行刑法条文,也不是简单地分析评说案例,而是从实际案例出发,提出问题并解决问题,以求理论与实际联为一气,融会贯通。读者可以从实例分析中明了刑法,又可以从法理研讨中了解实际,做到理论联系实际,学以致用。因此,本书既可以作为法官、检察官和律师等法律工作者再学习的教材,也可以作为政法院校刑法教学的参考书。[②]

在 20 年之后,我主编的《判例刑法教程》一书,在某种意义上可以说是《案例刑法教程》一书的升级版。从这两本书的书名来看,案例被判例所替代。而这背后,则是我国法治的重大演进。收入本书的虽然还不都是指导性案例,因为到目前为止,最高人民法院和最高人民检察院颁布的刑事指导性案例的数量还十分有限。因此,收入本书的判例,大部分来自我和张军、胡云腾主编的《人民法院刑事指导案例裁判要旨通纂》(北京大学出版社 2013 年版)一书。这些案例虽然不是指导性案例,但因为它

[①] 本序是为我和江溯主编的《判例刑法教程》(北京大学出版社 2015 年版)所写的序,写于 2014 年 11 月 3 日。写完以后,发给江溯。因为本书迟至一年以后才出版,可能是把该序给忘了,因此,又于 2015 年 9 月 10 日重写了一个序,正式刊印在书上。直到这次编辑序跋集,才发现这个未刊的书序,留作纪念。——2018 年 7 月 10 补记

[②] 陈兴良、曲新久、顾永忠:《案例刑法教程》(上下卷),中国政法大学出版社 1994 年版。

曾经刊登在最高人民法院业务庭室编辑的《最高人民法院公报》《刑事审判参考》《人民法院案例选》等刊物上,撰写者主要是承办法官,因此,这些案例具有一定的参考性,至少较为真切地反映了刑法在我国司法实践中的适用状态。

大陆法系的法学教育是以法典为中心的,具有法教义学的性质。作为大陆法系的我国也是如此。因此,我国刑法教科书体系与刑法典的法条体系之间具有密切的对应性,法学院的课堂教学也是以讲授刑法典为主。通过刑法课程的学习,学生(这里主要是指本科生)对于刑法典的内容具有了框架性与结构性的知识,这为此后从事法律职业奠定了基础。但是,刑法条文只是呈现为文字的法律,它与事实上的法律还是有重大差异的。如果法学院的学生只了解纸面上的刑法,而不了解现实生活中的刑法,那还不能说真正地掌握了刑法。因此,法科学生不仅应该掌握法律条文,而且应该了解法律实施状态。对于法律实施状态的了解,阅读案例是一个极好的途径。案例是法律实施的结果,案例所包含的案情具有较强的可读性,案件的裁判结论与裁判理由则具有生动的逻辑性。通过案例,学生可以获取各种关于法律的知识,这是在法理讲授以外案例教学所能发挥的作用。可以预见,随着我国案例指导制度的建立,案例指导成为司法规则的来源之一,将在司法活动中发挥重要作用。而且,案例教学也会成为重要的教学方法,将在法学教育中发挥重要作用。本书的编写也就在于为刑法的案例教学提供一种参考资料。

《判例刑法教程》一书根据刑法体系,对刑法的基本问题,以案例的形式呈现给读者。全书共分为32个专题,其中总则12个专题,涉及我国刑法中的重大问题。分则20个专题,涉及我国刑法中的重要罪名。本书的每个案例由以下五个部分构成:

一是基本案情,这是案例的事实部分,也是案例的基础。案情对于此后展开的分析具有重要意义,是需要认真阅读的内容。本书每个案例的案情基本上都是判决书中所认定的案件事实,为了方便分析,案情较为简洁,删去了对于定罪没有关系的细枝末节。

二是诉讼过程及裁判理由,这是案例的法律程序与司法判决,这是每个案例十分重要的内容。诉讼过程描述了每个案件所经过的审理程序,这对于了解一个案件的司法过程具有参考价值。诉讼过程本身反映了一个案件的处理进程,虽然大多数案件只是走完了一审与二审的普通程序,但还有些案件经历了再审等特殊程序,表明这些案件的复杂性。裁判理由也许是一个案例中最为重要的内容,它是法官对案件作出法律评判所依据的理据。裁判理由是对判决结论的法理论证,也是法官在法律适用过程中的逻辑推理过程。通过裁判理由,我们可以发现法官是如何理解法律与适用法律的。裁判理由是法条在具体案件中的适用,但它又不是简单的逻辑演绎过程,而是包含了某些价值内容。我们可以从裁判理由中推演出一些司法规则,这些司法规则对于处理同类案件具有参照意义。这也正是指导性案例的指导价值之所在。

三是关联法条,这是司法裁判的法律根据。这部分内容相对简单,只是对法条的罗列而已。当然,法律是不断修改的,刑法也是如此。对于变动之中的法律,作为一个司法人员应当及时跟踪与掌握。只有这样,才能保证法律适用的正确性。实际上,作为司法裁判的法律根据不仅包含刑法条文,而且还包括司法解释。司法解释也是裁判准据,凡是以司法解释作为定案根据的,都应当在判决书中加以引用。相对于法律来说,司法解释的变动更为频繁,对此,我们的司法人员更应当予以关注。对于法条以及司法解释的敏感性,是每一个法律人应当具备的职业素养。虽然并不是每一条法律都需要朗诵于口,但应当了然于心。

四是争议问题,这是这些入选案例的学术价值之所在。一般案件可以分为两种:一种是没有争议的普通案件,另一种是存在争议的疑难复杂案件。应该说,普通案件所占的比例在95%左右,只有5%左右的案件是疑难复杂的案件。对于普通案件来说,因为事实认定与法律适用都较为简单,不存在争议,因此处理起来相对容易一些。但那些疑难复杂案件,有些是在事实认定上存在疑难之处,有些是在法律适用上较为复杂,处理起来就困难一些。而那些引起关注的往往是疑难复杂的案件,其中涉及一些法律问题需要专门研究。一般来说,具有指导性的案例都是疑难复杂案件。因为只有疑难复杂案件才需要专门加以讨论,并可能创设一些司法规则,对于此后处理类似案件具有指导作用。在争议问题部分,只是在于提出相关的争议点。

五是简要评论,这是本书作者对争议问题的法理评述。因为篇幅的原因,对于各个案例涉及的争议问题不可能展开论述,而是予以点评式的讨论，以便留有余地，在课堂教学中让老师有更大的发挥空间，让学生有更多的思考空间。当然，这些点评的观点只代表作者本人的观点，仅供参考，而并非定论。

《判例刑法教程》的编写，是我们在案例指导制度建立以后，为高校刑法教学提供最新的案例教材所做的一种尝试。参与本书写作的都是目前活跃在刑法教学第一线的中青年教师，同时也是我国刑法学界的中坚力量。本书的写作分工如下(以章节为序)[①]：

第一章　陈兴良　北京大学法学院教授
第二章　劳东燕　清华大学法学院副教授
第三章　李兰英　厦门大学法学院教授
第四章　陈家林　武汉大学法学院教授
第五章　董邦俊　中南财经政法大学刑事司法学院教授
第六章　王昭武　苏州大学王健法学院副教授
第七章　江　溯　北京大学法学院副教授
第八章　钱叶六　苏州大学王健法学院教授
第九章　沈　琪　杭州师范大学法学院副教授
第十章　王　充　吉林大学法学院教授
第十一章　姜　涛　南京师范大学法学院教授
第十二章　冯俊伟　山东大学法学院讲师
第十三章　黑静洁　北方民族大学法学院副教授
第十四章　王志远　吉林大学法学院教授
第十五章　孙运梁　北京航空航天大学法学院副教授
第十六章　李立众　中国人民大学副教授
第十七章　陈毅坚　中山大学法学院副教授
第十八章　陈银珠　安徽师范大学法学院讲师
第十九章　方　鹏　中国政法大学刑事司法学院副教授
第二十章　阎二鹏　海南大学法学院教授
第二十一章　张曙光　井冈山大学政法学院副教授

---

① 本书正式出版时，按照总则篇和分则篇分别排列：总则篇第一章至第十二章，分则篇第一章至第二十章。特此说明。

第二十二章　蔡桂生　北京大学法学院博士后研究人员
第二十三章　马寅翔　华东政法大学博士后研究人员
第二十四章　汪明亮　复旦大学法学院教授
第二十五章　高艳东　浙江大学光华法学院副教授
第二十六章　刘艳红　东南大学法学院教授
第二十七章　欧阳本祺　东南大学法学院教授
第二十八章　付玉明　西北政法大学法学院副教授
　　　　　　吴雨豪　北京大学法学院硕士研究生
第二十九章　车　浩　北京大学法学院副教授
第三十章　　何庆仁　中国青年政治学院法律系副教授
第三十一章　文　姬　湖南大学法学院讲师
第三十二章　周　微　华中科技大学博士后人员

最后应该指出，江溯副教授对本书的创作付出了心血，从选题的提出到专题的设计和写作的具体实施，都与江溯的努力分不开，对此表示衷心感谢。此外，在本书的统稿过程中，以下同学承担了本书的校对工作，特此表示感谢：徐凌波、邹兵建、马寅翔、丁胜明、袁国何以及吴雨豪。

陈兴良
谨识于杭州隐寓轩寓所
2014 年 11 月 3 日

53.《刑法各论精释》[①]序

《刑法各论精释》一书是在我们出版了《刑法总论精释》以后组织编写的一部刑法各论的专题性著作。经过参与编写者的努力,我们终于完成了这一写作计划。值此《刑法各论精释》一书即将付印之际,我将本书编写的有关想法略加叙述,便于读者了解本书的写作宗旨。

刑法各论是刑法理论的重要组成部分,尤其对于司法实践具有指导意义。然而长期以来,我国刑法学界刑法总论的重视程度远远超过对于刑法各论的重视程度。这当然是与刑法总论所具有的学术性、体系性和逻辑性有关,刑法总论更能够激发学者的理论冲动与研究热情。相对而言,刑法各论是以个罪为本位的,具有较强的技术性、个案性和实践性。如果只是从法条出发,进行理论性的逻辑推理,显然难以对刑法各论作出精确的阐述。刑法各论的研究要求贴近司法实践,因此也就要求对于司法实践定罪过程中的疑难问题具有相当程度的了解,并能够从法理高度对此加以回应。只有这样,才能使刑法各论的研究摆脱简单的法条解读的窘境。应该指出,随着我国刑法理论研究不断向前推进,刑法各论必将会越来越受到重视。可以说,刑法各论是我国刑法的知识增长点。

考察目前我国刑法各论的研究成果,主要具有以下四种形态:

一是刑法各论的教科书,或者刑法教科书中的刑法各论。这是我国刑法学界刑法各论研究成果的最为主要的形态。一部完整的刑法教科书不能没有各论部分,而且随着刑法分则内容的立法增加,刑法各论在刑法教科书中的篇幅也不断增加,远远超过了刑法总论的篇幅。应该说,有些刑法教科书中的刑法各论内容还是写得相当不错的,虽然是每罪必论,还是对刑法分则中的重点罪名进行了较为充分的理论阐述。例如,张明楷教授所著的《刑法学》一书,刑法各论部分占到了差不多一半的篇幅。对于重点罪名的阐述具有一定的理论深度。但是,囿于篇幅所限,绝大部分

[①] 陈兴良主编:《刑法各论精释》,人民法院出版社2015年版。

刑法教科书的刑法各论部分,对各罪的论述还是蜻蜓点水,浅尝辄止,一般都只是限于对刑法分则的法条诠释,而未能对司法认定中的疑难问题展开讨论。因此,刑法教科书中的刑法各论部分只能满足教学的需求,而不能满足司法实践对刑法各论的理论要求。

二是刑法各论的体系性著作,对刑法各论进行具有广度与深度的论述。这类著作一般都篇幅较大,论述深度远远超过刑法教科书的刑法各论。在我国刑法学界,此类著作具有较大影响的是周道鸾、张军主编的《刑法罪名精释》(上下卷)一书,人民法院出版社出版,目前已经出版了第四版。该书的最大特点是紧密联系司法实践,利用撰稿人所具有的最高人民法院法官的身份,对涉及刑法个罪的司法解释作了较为权威的理论说明,同时也论及一些司法实践中反映较多的疑难问题。对于司法实践具有较强的针对性与指导性,因而受到实务部门的欢迎。此外,王作富教授主编的《刑法分则实务研究》一书,中国方正出版社出版,目前已经出版了第五版,也是在学术界和实务界具有较大影响的一部刑法各论的体系性著作。

三是个罪的专著,已经出版的此类著作基本上是对我国刑法分则的重点罪名进行研究的著作,这些重点罪名包括盗窃罪、抢劫罪、侵占罪、故意杀人罪、强奸罪、受贿罪、贪污罪、挪用公款罪等。这类著作集中论述一个罪名,能够较为深入地论及某个罪名的各个方面,具有一定的理论深度。例如王新教授的《反洗钱:概念与规范诠释》(中国法制出版社 2012 年版)一书对洗钱罪进行了具有国际视野的深入论述,达到了较高水平。但是,大部分个罪性的论述著作还只是教科书对个罪论述的扩充版,未能在深度和广度上有较大的拓展。

四是局部性的刑法各论著作,较为常见的是类罪的著作,即对刑法分则的某一类罪进行论述。例如对侵犯人身权利罪、侵犯财产权利罪、危害公共安全罪、渎职罪等常见类罪的专门性论著。另外一种情形是对重点罪名的讨论。例如王作富、刘树德的《刑法分则专题研究》(中国人民大学出版社 2013 年版)一书,对 21 个罪名专章进行了论述,具有较大的参考价值。但是,该书论述了暴力取证罪、拒不执行判决、裁定罪、徇私舞弊不移交刑事案件罪等并不常见的疑难的个罪。因此,这类著作面临的一个难题是个罪的选择,这也是本书在编写过程中不能回避的一个问题。

《刑法各论精释》一书当然属于以上所说的局部性的刑法各论著作,在选择个罪罪名的时候颇费思量。在我看来,我国刑法分则中的数百个罪名,并非每个罪名都具有同等的重要性。事实上,大量罪名是备而不用的,还有些罪名是偶尔用之的,只有少量罪名是常用的。因此,在选择罪名的时候,第一个标准就是常用性。只有常用的罪名才值得进行专门的、充分的研究。其他非常用的罪名只要在教科书中进行简单论述即可,没有必要浪费学术资源进行无用的研究。那么,如何判断一个罪名的常用性呢?我认为,这要根据一个罪名在刑事案件中所占的比重来确定。虽然我国没有官方正式颁布的此类文件,但通过对《最高人民法院公报》等权威资料的了解,还是可以对常见罪名进行排列的。常用性还不是唯一的标准,有些常见罪名较为简单,在司法适用中没有太多的争议,也就没有必要进行专门讨论。因此,在选择罪名的时候,第二个标准就是疑难性。这里的疑难包括两个含义:一是法律规定理解上的疑难。例如受贿罪的"为他人谋取利益"到底如何理解?这里涉及该规定是受贿罪的客观要件还是主观要件等争议,这一争议就是由法律规定本身所引起的。二是司法认定中的疑难。也就是说,法律规定本身是明确的,但在司法认定中出现了问题。例如挪用公款罪的"归个人使用",从字面上看是容易理解的,但在司法实践中,究竟如何认定这里的"归个人使用",是否包括归他人使用,以及是否包括归单位使用等,都存在争议。只有这些存在争议的疑难罪名,才需要进行深入的法理探究。

基于常见和疑难这两个标准,本书选择了以下25个罪名进行专题性的论述(以下括号中所标示的是该章的撰稿人):

  1. 故意杀人罪(清华大学教授周光权)
  2. 过失致人死亡罪(清华大学教授周光权)
  3. 故意伤害罪(清华大学副教授劳东燕)
  4. 强奸罪(中国人民大学副教授付立庆)
  5. 绑架罪(中国人民大学副教授付立庆)
  6. 拐卖妇女、儿童罪(北京大学副教授江溯)
  7. 盗窃罪(北京大学副教授江溯)
  8. 抢劫罪(中国青年政治学院教授林维)
  9. 抢夺罪(中国政法大学副教授方鹏)

10. 诈骗罪(北京大学副教授车浩)

11. 侵占罪(中国政法大学副教授方鹏)

12. 敲诈勒索罪(清华大学副教授劳东燕)

13. 故意毁坏财物罪(中国地质大学副教授柏浪涛)

14. 以危险方法危害公共安全罪(清华大学副教授劳东燕)

15. 重大责任事故罪(北京大学教授陈兴良)

16. 交通肇事罪(中国青年政治学院教授林维)

17. 生产、销售伪劣产品罪(中国地质大学副教授柏浪涛)

18. 非法经营罪(北京大学副教授车浩)

19. 妨碍公务罪(中国地质大学副教授柏浪涛)

20. 聚众斗殴罪(中国政法大学副教授方鹏)

21. 寻衅滋事罪(北京大学教授陈兴良)

22. 贪污罪(清华大学教授周光权)

23. 挪用公款罪(西北政法大学教授王政勋)

24. 受贿罪(北京大学教授陈兴良)

25. 玩忽职守罪(西北政法大学教授王政勋)

在本书的写作中,为了紧密联系司法实践,我们将案例分析与法理阐述结合起来,使案例成为对个罪阐述的一条主线,这也是本书的特色之一。疑难问题往往具有个案性,只有通过个案才能呈现出来。因此,在对个罪进行理论分析的基础上,通过引述个案,对司法实践中对个罪的司法认定所反映出来的疑难问题进行专门论述,就显得十分必要。尤其是在案例指导制度建立以后,随着指导性案例的公布,个罪认定的更为细致的规则被提炼出来,与刑法分则对个罪的规定共同形成个罪认定的法律规制,在个罪研究中凸显出其重要性。当然,本书对于个案分析与个罪研究的结合只是一种尝试,还有待于进一步探索。

对重点罪名进行研究一直是我的一个心愿,我对刑法分则中的某些罪名曾经进行了一些研究,例如盗窃罪、侵占罪、受贿罪等,但学术精力有限,难以独自完成一部分则性的研究专著。在这种情况下,借助于集体的力量,终于编写了这部《刑法各论精释》,也算是了却了我的一个心愿。参与本书写作的人员都是我的学生,也是《刑法总论精释》一书的作者,他们来自各个高校,都是我国刑法学界的新生力量。我们共同努力,出版了这部著作，记载了一段学术生涯的难忘岁月。在本书编写过程中，我和周光权教授共同承担了主编的职责，车浩副教授承担了学术秘书的工作，为本书的出版做了大量细碎的联络工作，这是应当表示感谢的。最后，对于人民法院出版社的编辑为本书的顺利出版所付出的心血也一并致以崇敬的谢意。

陈兴良
谨识于北京海淀锦秋知春寓所
2014 年 11 月 18 日

54.《人民法院刑事指导案例裁判要旨通纂》（上下卷·第二版）[①]序

《人民法院刑事指导案例裁判要旨通纂》一书是我和张军、胡云腾共同主编的大型案例编纂作品，自2013年出版以来，受到司法工作人员和刑事辩护律师的好评。转眼之间5年过去了，在这期间，张军和胡云腾的工作岗位和职务都发生了重大变化：张军从最高人民法院调任中央纪委检查委员会副书记，前不久转任司法部部长；胡云腾从最高人民法院研究室主任改任最高人民法院审判委员会副部级专职委员，并兼任最高人民法院第二巡回法庭庭长。虽然张军和胡云腾的工作岗位和职务发生了变化，但他们对本书第二版的编写一如既往地给予了重要的鼓励和支持。现在，本书第二版正式面世，我感到由衷的欣慰。

自从2010年我国案例指导制度建立以来，指导性案例对于司法办案起到了越来越重要的作用。尽管最高人民法院和最高人民检察院正式颁布的指导性案例还是有限的，例如截至2017年11月1日，最高人民法院颁布了十六批共计87个指导性案例，其中刑事指导性案例共计15个。我们可以看到，刑事指导性案例虽然数量并不多，但质量不断提高。初期的刑事指导性案例中较多涉及刑事政策的把握以及原有司法解释的重复。而新近的刑事指导性案例中则涉及某些刑法教义学的知识点，对于刑法理论研究具有较大的参考价值。例如，关于盗窃罪与诈骗罪的区分问题，这两种犯罪都是占有转移型的财产犯罪。两者区分在于：盗窃罪是取得型的财产犯罪，而诈骗罪是交付型的财产犯罪。在这种情况下，取得与交付如何界定，对于盗窃罪与诈骗罪的区分具有重要意义。这里的取得是指违反他人的意愿而取得他人财物，而这里的交付是指他人自愿地将财产交付给行为人，其中交付是对财产的一种处分行为。交付的关键

[①] 陈兴良、张军、胡云腾主编：《人民法院刑事指导案例裁判要旨通纂》（上下卷·第二版），北京大学出版社2018年版。

在于:他人处分财产的时候,是否应当具有处分的意识?对此,在刑法理论上存在处分意识必要说与处分意识不要说之争,而这一争论涉及盗窃罪与诈骗罪的界限。对于财产处分是否需要处分意识,当犯罪发生在网络空间的情况下,判断会变得更加复杂。最高人民法院颁布的臧进泉等盗窃、诈骗案,对于盗窃罪与诈骗罪的区分给出了判断规则。

指导案例 27 号　臧进泉等盗窃、诈骗案
（最高人民法院审判委员会讨论通过 2014 年 6 月 23 日发布）

【关键词】
刑事　盗窃　诈骗　利用信息网络

【裁判要点】
行为人利用信息网络,诱骗他人点击虚假链接而实际通过预先植入的计算机程序窃取财物构成犯罪的,以盗窃罪定罪处罚;虚构可供交易的商品或者服务,欺骗他人点击付款链接而骗取财物构成犯罪的,以诈骗罪定罪处罚。

【相关法条】
《中华人民共和国刑法》第二百六十四条、第二百六十六条

【基本案情】
一、盗窃事实

2010 年 6 月 1 日,被告人郑必玲骗取被害人金某 195 元后,获悉金某的建设银行网银账户内有 305 000 余元存款且无每日支付限额,遂电话告知被告人臧进泉,预谋合伙作案。臧进泉赶至网吧后,以尚未看到金某付款成功的记录为由,发送给金某一个交易金额标注为 1 元而实际植入了支付 305 000 元的计算机程序的虚假链接,谎称金某点击该 1 元支付链接后,其即可查看到付款成功的记录。金某在诱导下点击了该虚假链接,其建设银行网银账户中的 305 000 元随即通过臧进泉预设的计算机程序,经上海快钱信息服务有限公司的平台支付到臧进泉提前在福州海都阳光信息科技有限公司注册的"kissa123"账户中。臧进泉使用其中的 116 863 元购买大量游戏点卡,并在"小泉先生哦"的淘宝网店上出售套现。案发后,公安机关追回赃款 187 126.31 元发还被害人。

二、诈骗事实

2010年5月至6月间,被告人臧进泉、郑必玲、刘涛分别以虚假身份开设无货可供的淘宝网店铺,并以低价吸引买家。三被告人事先在网游网站注册一账户,并对该账户预设充值程序,充值金额为买家欲支付的金额,后将该充值程序代码植入到一个虚假淘宝网链接中。与买家商谈好商品价格后,三被告人各自以方便买家购物为由,将该虚假淘宝网链接通过阿里旺旺聊天工具发送给买家。买家误以为是淘宝网链接而点击该链接进行购物、付款,并认为所付货款会汇入支付宝公司为担保交易而设立的公用账户,但该货款实际通过预设程序转入网游网站在支付宝公司的私人账户,再转入被告人事先在网游网站注册的充值账户中。三被告人获取买家货款后,在网游网站购买游戏点卡、腾讯Q币等,然后将其按事先约定统一放在臧进泉的"小泉先生哦"的淘宝网店铺上出售套现,所得款均汇入臧进泉的工商银行卡中,由臧进泉按照获利额以约定方式分配。

被告人臧进泉、郑必玲、刘涛经预谋后,先后到江苏省苏州市、无锡市、昆山市等地网吧采用上述手段作案。臧进泉诈骗22 000元,获利5 000余元,郑必玲诈骗获利5 000余元,刘涛诈骗获利12 000余元。

【裁判结果】

浙江省杭州市中级人民法院于2011年6月1日作出(2011)浙杭刑初字第91号刑事判决:一、被告人臧进泉犯盗窃罪,判处有期徒刑十三年,剥夺政治权利一年,并处罚金人民币三万元;犯诈骗罪,判处有期徒刑二年,并处罚金人民币五千元,决定执行有期徒刑十四年六个月,剥夺政治权利一年,并处罚金人民币三万五千元。二、被告人郑必玲犯盗窃罪,判处有期徒刑十年,剥夺政治权利一年,并处罚金人民币一万元;犯诈骗罪,判处有期徒刑六个月,并处罚金人民币二千元,决定执行有期徒刑十年三个月,剥夺政治权利一年,并处罚金人民币一万二千元。三、被告人刘涛犯诈骗罪,判处有期徒刑一年六个月,并处罚金人民币五千元。宣判后,臧进泉提出上诉。浙江省高级人民法院于2011年8月9日作出(2011)浙刑三终字第132号刑事裁定,驳回上诉,维持原判。

【裁判理由】

法院生效裁判认为:盗窃是指以非法占有为目的,秘密窃取公私财物的行为;诈骗是指以非法占有为目的,采用虚构事实或者隐瞒真相的方法,骗取公私财物的行为。对既采取秘密窃取手段又采取欺骗手段非法占有财物行为的定性,应从行为人采取主要手段和被害人有无处分财物意识方面区分盗窃与诈骗。如果行为人获取财物时起决定性作用的手段是秘密窃取,诈骗行为只是为盗窃创造条件或作掩护,被害人也没有"自愿"交付财物的,就应当认定为盗窃;如果行为人获取财物时起决定性作用的手段是诈骗,被害人基于错误认识而"自愿"交付财物,盗窃行为只是辅助手段的,就应当认定为诈骗。在信息网络情形下,行为人利用信息网络,诱骗他人点击虚假链接而实际上通过预先植入的计算机程序窃取他人财物构成犯罪的,应当以盗窃罪定罪处罚;行为人虚构可供交易的商品或者服务,欺骗他人为支付货款点击付款链接而获取财物构成犯罪的,应当以诈骗罪定罪处罚。本案中,被告人臧进泉、郑必玲使用预设计算机程序并植入的方法,秘密窃取他人网上银行账户内巨额钱款,其行为均已构成盗窃罪。臧进泉、郑必玲和被告人刘涛以非法占有为目的,通过开设虚假的网络店铺和利用伪造的购物链接骗取他人数额较大的货款,其行为均已构成诈骗罪。对臧进泉、郑必玲所犯数罪,应依法并罚。

关于被告人臧进泉及其辩护人所提非法获取被害人金某的网银账户内305 000元的行为,不构成盗窃罪而是诈骗罪的辩解与辩护意见,经查,臧进泉和被告人郑必玲在得知金某网银账户内有款后,即产生了通过植入计算机程序非法占有目的;随后在网络聊天中诱导金某同意支付1元钱,而实际上制作了一个表面付"1元"却支付305 000元的假淘宝网链接,致使金某点击后,其网银账户内305 000元即被非法转移到臧进泉的注册账户中,对此金某既不知情,也非自愿。可见,臧进泉、郑必玲获取财物时起决定性作用的手段是秘密窃取,诱骗被害人点击"1元"的虚假链接系实施盗窃的辅助手段,只是为盗窃创造条件或作掩护,被害人也没有"自愿"交付巨额财物,获取银行存款实际上是通过隐藏的事先植入的计算机程序来窃取的,符合盗窃罪的犯罪构成要件,依照刑法第二百六十四条、第二百八十七条的规定,应当以盗窃罪定罪处罚。故臧进泉及其辩护人所提上述辩解和辩护意见与事实和法律规定不符,不予采纳。

在上述刑事指导性案例中,涉及利用网络信息实施的盗窃罪与诈骗罪的区分问题。结合具体案件,主观上如何判断处分意识对于该案的认定具有决定性的意义。就第一起盗窃事实而言,被告人植入了支付305 000元人民币(以下币种同)的计算机程序的虚假链接,并且欺骗被害人只要点击该1元支付链接后,其即可查看到付款成功的记录。被害人在诱导下点击了该虚假链接,导致其网银账户中的305 000元通过被告人预设的计算机程序,支付到被告人的账户。在上述犯罪行为中,被告人确实实施了欺骗行为,而且被害人也是受到欺骗而点击链接并且导致丧失对自己财物的控制。但被害人在点击链接的时候,没有认识到这是在支付305 000元,因此并没有处分财产的意识。从这个意义上说,305 000元的财产转移并不是被害人自愿处分的结果,实质上是被告人取得他人财物。由此,该案确立了我国司法实践中在盗窃罪与诈骗罪区分上的处分意识必要说,这是具有积极意义的。正如吴光侠指出:

> 我们认为,处分意识必要说值得肯定,它抓住了诈骗的本质特征,符合主客观相统一原则的要求,有利于把诈骗与其他侵犯财产犯罪区别开来,也是我国刑法理论界多数人的观点。诈骗罪中的处分意识与民法上的处分意识存在明显差别,只要对所要处分财物的外形和范围有概括认识,据此可以确定所要处分财物的范围并能排除其他财物即可。至于处分意识的有无,应当结合被骗者的年龄、精神状态、知识状况、处分权限以及被骗时的主客观情形,进行综合分析判断。对于行为人采用调包或其他隐蔽方法,被害人没有认识到交出的是自己控制下的财物,或者被害人虽然外形上将财物暂时转移给行为人,如允许试驾车辆、试穿衣服,但根据社会一般观念,该财物仍然由被害人占有时,行为人通过进一步的违法行为占有该财物的,均不能认定被害人有处分财物的意识。①

在没有处分意识的情况下,被害人的交付是一种不知情的交付。在这种不知情的交付情况下,如何进一步界定盗窃罪中的财物取得行为,这是一个在刑法教义学上值得讨论的问题。因为通常的盗窃,行为人都有秘密窃取行为,这里的窃取就是指取得。但在不知情的交付情况下,这种

---

① 吴光侠:《〈臧进泉等盗窃、诈骗案〉的理解与参照——利用信息网络进行盗窃与诈骗的区别》,载《人民司法》2015年第12期。

常态的取得行为并不具备,那么如何充足盗窃罪的构成要件呢?对此,我国学者认为不知情的交付是一种利用他人的自害行为,这是一种特殊类型的间接正犯。在不知情的交付案件中,被告人通过使用各种欺骗的手段,使被害人在无法正确理解事实真相的情况下实施了交付财物的行为,这种行为使自己遭受财产损失,因而是一种自害行为。在这种案件中,被告人对被害人具备压制性的意思支配能力,被害人已经彻底沦为被告人随心所欲而任意操作的工具,因而可以归之于"利用他人的自害行为"类型的间接正犯。在这些不知情的交付案件中,被告人在主观上具有优越性认知的意思支配,客观上也具备了支配案件操作流程的主导性地位,其欺诈性的指使行为对被害人在不知情的状态中交付财物的行为起到了决定性作用,因此就形成了间接正犯中的"幕后操作者与被利用工具"的事实支配关系。因此,在被害人不具有处分意识的前提下,应当将不知情交付财物的案件视为间接正犯形式的盗窃罪。[①] 应该说,这种观点是能够成立的,对于间接正犯的类型具有拓展性的认知,对于不知情的交付而构成盗窃罪也具有较强的解释功能。

指导性案例的颁布无论是对于司法实践还是对于刑法教义学的理论研究都具有积极意义,这是不能否定的。随着指导性案例的不断累积,这种积极意义还会进一步显现。当然,在指导性案例累积到一定程度之前,我们不能仅仅依赖指导性案例,还要大量参考其他具有价值的司法案例。事实上,目前在案例指导制度的带动下,各种案例对于司法活动都产生了大小不同的影响。包括本书所收集的这些案例,我们把这些案例称为指导案例,但它与最高人民法院经过专门方式挑选并按照特定程序公布的指导性案例是有区别的,而且这种区别也是显而易见的。对此,胡云腾做了十分准确的阐述,指出了指导性案例不同于具有指导作用的案例。根据胡云腾的观点,就人民法院而言,指导性案例专指依据《最高人民法院关于案例指导工作的规定》编选的并经最高人民法院审判委员会讨论决定后公开发布的案例。所谓具有指导作用的案例,是指单位或个人编选的对于理论研究或者司法实践具有指导价值的案例,也可以称之为民间版的指导性案例。这些案例有的是法院或法官编写的,如最高人民法院

---

① 参见王立志:《认定诈骗罪必需"处分意识"——以"不知情交付"类型的欺诈性取财案件为例》,载《政法论坛》2015年第1期。

各业务部门为指导执法办案需要编选的《刑事审判参考》《民商审判指导与参考》和《知识产权审判指导与参考》等系列案例作品,地方各级人民法院为总结司法审判经验、指导本辖区审判工作编选并发布的"参考案例""示范案例"和"典型案例"等案例文件;还有的是专家学者、执业律师为服务教学科研、繁荣法学理论或者指导办案实践而编选的,如学者编写的《刑事法判解》《商事案例判解》和律师编写的《刑事辩护名案选》等案例出版物。胡云腾揭示了指导性案例与具有指导作用的案例之间的五大差别:(1)指导性案例是适用法律的模范案例,具有指导作用的案例是适用法律的特色案例。(2)指导性案例是有权解释法律的案例,具有指导作用的案例是自由解释法律的案例。(3)指导性案例是形式内容都依法限定的案例,而具有指导作用的案例是内容形式没有限定的案例。(4)指导性案例是具有强制指导作用的案例,而具有指导作用的案例是具有灵活指导作用的案例。(5)指导性案例可以在裁判文书中引用,而具有指导作用的案例不宜在裁判文书中引用。① 胡云腾强调了指导性案例与具有指导作用的案例之间的区别,这是完全正确的。当然,在具有对司法活动的指导意义这一点上,这两者之间还是存在共同之处的,只不过这种指导的性质和价值存在差异。收入本书的指导案例既包括指导性案例,又包括具有指导作用的案例,但由于指导性案例的数量有限,主要还是具有指导作用的案例。

就司法案例而言,各级司法机关生效的判决不再是需要保密的资料,而是应当向社会公开的文书。最高人民法院开通的"中国裁判文书网"为社会各界提供了大量鲜活的司法案例。2016年8月29日《最高人民法院关于人民法院在互联网公布裁判文书的规定》公布。裁判文书在互联网上的公布,对于贯彻落实审判公开原则,促进司法公正,提升司法公信力具有十分重要的意义。随着裁判文书在互联网上的公布,越来越多的司法案例进入社会的视野,它不仅给社会公众了解司法工作带来了便利,而且还给学者研究以及案例的分类整理带来了便利。在这种情况下,司法案例成为一种社会资源,在此基础上进行深度加工和开发成为可能。事实上,收入本书的刑事案例也是在最高人民法院相关部门挑选、整理和分

---

① 参见胡云腾:《一个大法官与案例的38年情缘》,载《民主与法制》2017年第20期。

析基础上进行再加工的成果。如果没有前面相关部门的同志所做的大量工作,本书也是不可能编成的,对此应当深表谢意。

《人民法院刑事指导案例裁判要旨通纂》第二版在第一版的基础上增加了相关案例资料。这些案例资料主要来源于最高人民法院公布的指导性案例、《最高人民法院公报》《刑事审判参考》和《人民法院案例选》等刊物。资料的截止时间是2017年6月月底。值得说明的是,本书第二版的案例增选和编撰工作是由南京大学法学院徐凌波博士完成的,她对案例资料做了精心选裁,对裁判要旨做了完美提炼,由此而圆满地完成了本书第二版编写任务,特此表示感谢。

是为序。

陈兴良
谨识于北京海淀锦秋知春寓所
2017年11月1日

55.《案例刑法研究(总论)》[①]主编序

随着我国案例指导制度的建立,案例,尤其是最高人民法院和最高人民检察院颁布的指导案例,在司法实践中发挥着越来越重要的作用。在刑法理论中,尽管刑法教义学成为我国刑法知识的主体内容,但以案例为中心展开的刑法理论同样占据着重要地位。我曾经在《判例刑法学》一书中,以案例为线索,对刑法总论和各论的基本问题和重点罪名进行了理论分析。当然,由于该书是围绕着案例展开的,因此不能体系性地展现刑法原理。本书则以专题为经线,以问题为纬线,较好地将案例分析和理论叙述相结合,完整地呈现刑法总论的基本原理。可以说,《案例刑法研究(总论)》一书是刑法案例类著作的升级版,对于直观和生动地掌握刑法基本理论具有重要参考价值。

本书写作的动议可以追溯到2013年,当时最高人民法院发起编写出版一套案例教程丛书,包括了法学各个学科,多达数十本。其中,《案例刑法教程》就分为总论和各论两本。我受邀担任《案例刑法教程(总论)》的主编,周光权教授担任副主编,并与最高人民法院刑事审判庭相关法官进行合作。然而,我和周光权教授负责的书稿在2013年就完成了,而最高人民法院却因为主管领导的人事变动,该案例教程丛书的出版计划随之搁置。一晃之间,六年过去了,而《案例刑法教程(总论)》的电子版一直沉睡在我的电脑中,几乎被完全忘却。偶然的机会,我重新发现了书稿;虽然六年时间过去,刑法规定和司法解释都发生了重大变更,但本书的基本框架和知识体系还是具有价值的。在这种情况下,我和周光权教授商量,在原稿的基础上,进行重新编写。本次编写,除对结构进行调整以外,主要是对内容进行了较大幅度的扩容。例如,我所负责编写的第四章违法阻却事由,原标题为正当防卫和紧急避险,当时完成的字数是四万。近

[①] 陈兴良主编、周光权副主编:《案例刑法研究(总论)》,中国人民大学出版社2020年版(即将出版)。

些年来,我国出现了大量的正当防卫争议案件,例如于欢案、刘海明案、赵宇案等。这些案件引起社会的广泛关注,并且还被收录最高人民法院和最高人民检察院的指导案例。随着这些正当防卫案例的披露,我国刑法学界对正当防卫和防卫过当进行了深入的理论研究,我本人也撰写了《正当防卫如何才能避免沦为僵尸条款——以于欢故意伤害案一审判决为例的刑法教义学分析》(载《法学家》2017年第5期)和《赵宇正当防卫案的法理评析》(载《检察日报》2019年3月2日)等文,结合具体案例,对正当防卫问题进行理论研究。因此,这次在违法阻却事由一章的修改中,增补了相关案例和理论评述,使本章的篇幅从四万字增加到十万字,使得本章的案例更加丰富,分析更加透彻,从而提高了学术水平和理论层次。其他撰写者也都是如此,在这种情况下,本书的篇幅大幅增加,只能分为上下两卷出版。可以说,本书从动议到定稿,经历了一个漫长而曲折的写作过程。

  本书的框架设计,是想把刑法规范、司法案例和刑法理论这三者有机地结合起来,因此,将每一节的内容分为知识背景、规范依据、案例评介和深度研究这四个部分。下面分别加以介绍:

  (一)知识背景。知识背景主要是提供对疑难案件进行分析的基本原理,从而为此后的案例评析作铺垫。因此,在知识背景中所提供的是与案例相关的基础性知识,这些知识对于相关案例的评析是不可或缺的。例如,周光权教授撰写的第七章共同犯罪中的胁从犯部分,在知识背景中主要对胁从犯的概念、特征和处罚等内容进行了介绍。这些知识都是从我国刑法对胁从犯的规定中引申出来的,是理解胁从犯的基础知识。与之相比,周光权教授在对胁从犯的深度研究中,讨论了受胁迫作为排除犯罪事由的实质根据及其犯罪论体系地位问题。周光权教授指出:"受胁迫是国外刑法理论普遍认可的排除犯罪事由,只是其排除犯罪的根据及体系地位尚有争议。在我国,由于刑法规定了胁从犯,对受胁迫行为的研究主要集中在对胁从犯的认定上,很少将受胁迫作为一项独立的排除犯罪事由加以研究。至于受胁迫作为排除犯罪事由的实质根据及其犯罪论体系地位,更无深入细致探讨。"可以说,在共同犯罪中设立胁从犯是我国刑法的特殊规定,而在其他国家刑法典中,都没有胁从犯的概念,只有受胁迫参加犯罪的出罪事由。在这种情况下,如果局限于我国刑法关于胁从犯的规定,事实上是难以对胁从犯进行更加深入研究的。周光权教授穿透了我国刑法关于胁从犯的规定,对受胁迫作为排除犯罪事由的实质根据及其犯罪论体系地位进行探讨,并对受胁迫行为的四种情形,即:(1)阻却构成要件该当性的受强制行为,(2)阻却违法的受胁迫行为,(3)阻却责任的受胁迫行为,(4)胁从犯,分别进行了具体的分析和论述。这样,周光权教授就把胁从犯纳入到受胁迫行为的范畴中进行讨论,对于正确理解我国刑法中的胁从犯具有重要的理论意义。可以说,周光权教授对胁从犯的知识背景和深度研究的完美区隔,成为本书内容的一个亮点。

(二)规范依据。规范依据是指法律规定,它是分析案例的基本规则根据。规范依据虽然只是法律的简单罗列,似乎并没有太多的讲究;但其实要完整收集相关法律规范,还是要求作者具有较强的法律知识素养。例如,我在职务上的正当防卫部分的规范依据中,除列举我国《刑法》第20条第3款关于无过当防卫的规定以外,还列举了最高人民法院、最高人民检察院、公安部、国家安全部、司法部《关于人民警察执行职务中实行正当防卫的具体规定》(1983年9月14日)。这个规定出台时间较早,它对人民警察执行职务中的正当防卫问题进行了具体规定,是我国唯一关于职务上的正当防卫的规定,虽然它不是法律法规,效力层级不是很高,但对于正确认定职务上的正当防卫具有重要规范意义。当然,有些问题属于纯理论形态,例如劳东燕教授承担的第九章罪数与竞合问题,对此刑法和其他法律并没有明文规定。在这种情况下,本书也并不强求对法律规范进行罗列,这也是一种实事求是的态度。

(三)案例评介。案例评介是本书的主体内容,占据了较大篇幅。面对海量的案例,如何选择具有代表性的案例进行评介,这是本书作者在写作中首先面临的一个问题。根据主编的构想,收录本书的案例应当具有典型性和疑难性,只有这种案例才具有分析价值和参考意义。因此,我们要求尽可能收录最高人民法院和最高人民检察院的指导案例,因为这些指导案例是最高人民法院和最高人民检察院经过严格的程序遴选的结果,在法律适用和要旨提炼方面都堪称样板。在本书相关章节中,只要与本书主体相关的最高人民法院和最高人民检察院指导案例都已经收录在书中,这也成为本书的一个特色。当然,由于最高人民法院和最高人民检察院颁布的刑法案例数量有限,未能覆盖刑法总论的所有知识点,因此,本书除尽可能选择指导案例以外,还从《最高人民法院公报》《刑事审判参考》和《人民法院案例选》等权威刊物刊登的案例中选择了具有评介意义的案例。这些案例虽然不如指导案例那样权威,但也是经过了层层筛选,具有一定的疑难复杂性,通过对这些案例进行评介,可以完整而系统地展示刑法总论的知识。

例如,李飞故意杀人案是最高人民法院指导案例第 12 号,它对于死刑的适用具有重要指导意义。方鹏副教授将其选入本书的第十章第一节的量刑情节中,涉及的知识点是酌定情节的认定,包括民间矛盾、亲属协助抓捕等。虽然李飞故意杀人案涉及死刑适用的多个面向,但方鹏副教授侧重于对该案的酌定量刑情节的考察,指出:"该案确定了酌定量刑情节(本案中仅有累犯这一个情节系法定量刑情节),在从宽情节方面,将民间矛盾引发、被告人亲属协助抓捕、积极赔偿都确定为酌定量刑情节;在从严情节方面,将手段残忍、被害人亲属不予谅解确定为酌定量刑情节。可见,司法实务中酌定量刑情节的范围,特别是死刑案件中酌定量刑情节的范围,非常宽泛。被告人亲属协助抓捕,属于与犯罪人本人无关的情节,也属酌定量刑情节。"这些论述虽然是对李飞故意杀人案的裁判要旨的解说,但它超越个案,具有对同类案件的指导意义。本书收录案例数以百计,生动地呈现了司法实践的刑法适用情况,也对案例进行梳理和评析,上升到刑法理论高度,从而完成了从个案到法理的惊险跳跃。

(四)深度研究。深度研究是本书具有特色的内容之一,也是它不同于其他案例类书籍的特点。一般来说,案例类书籍以案例评析为主要内容,虽然具有生动性和直观性,但容易被人诟病的是理论失之于浅显,学术性不被人所看重。因此,对于学者来说,案例类书籍不是体现一个学者水平的代表性著作,偶尔为之,却不受重视。当然,该类案例书籍在司法实践中是受欢迎的。本书在设计的时候,力图打破读者对案例类书籍缺乏较深的学术性的传统观念,试图在学术研究方面有所着力。因此,本书的深度研究是重要看点,也是本书作者所下功夫最深之处。在本书第三章主观构成要件中,付立庆教授结合具体案例,对故意和过失进行了理论阐述,具有较高的学术深度。

例如过于自信的过失和间接故意,在司法实践中如何区分始终是一个疑难问题。付立庆教授在深度研究中,从以下三个方面进行了论述:

(1)被告人的供述与主观罪过形式认定间的关系;(2)信赖原则与被害人的自我答责;(3)事实的清楚与模糊。最后,付立庆教授还对过于自信的过失与间接故意的界分规则作了总结性陈述:"在两者的区别上,一方面要始终围绕前述的三点区别,另一方面又要结合案件的具体情况具体分析,如果实在不能明确区分究竟属于间接故意还是过于自信的过失,按照存疑时有利于被告的原则,只能按照过失处理。"通过这些刑法理论论述,对于司法实践中正确区分过于自信的过失与间接故意具有指导意义。

《案例刑法研究(总论)》一书是集体创作的产物。作为主编,我和副主编周光权教授共同负责本书的编写,催促写作进度,并对本书的框架结构进行设计和调整,最后统稿和定稿,共同完成了本书的主编工作。参与本书写作的撰稿人来自北京大学、清华大学、中国人民大学和中国政法大学等著名院校的法学院刑法学科。在六年前本书启动的时候,他们还是我国刑法学界崭露头角的年轻学者,现在他们都已经成长为我国刑法学界的中坚力量。正是他们的辛勤写作,才有本书的问世。尤其是柏浪涛副教授,作为本书编写的联系人,为促成本书的出版作出了重要贡献。其本人的任职单位也从六年前的中国地质大学法学院调动到华东师范大学法学院,完成了从北京市到上海市的地域转换。此外,本书动议初期,得到最高人民法院各级领导和法官的大力支持,对此深表谢意。原以为本书能以最高人民法院组织编写的案例丛书的形式出版,没想到以现在这种方式单独出版。据我所知,在这套构想的案例丛书中,只有本书最终获得出版,这是本书的幸运,也是全书作者共同努力的结果。

在《案例刑法研究(总论)》一书即将在中国人民大学出版社付梓之际,对本书编写过程的曲折经历和内容略作叙述,是为序。

陈兴良
谨识于北京海淀锦秋知春寓所
2019 年 6 月 27 日

二、

《刑事法评论》主编絮语

1.《刑事法评论》(第1卷)[①]卷首语

刑事法这个概念,目前在我国法学界尚不甚通用。依愚见,刑事法的内容大体上涵括刑法、刑事诉讼法、刑事执行法(含监狱法)、刑事侦查学以及犯罪学。申言之,举凡与犯罪有关的法律及相关学科,都可以纳入刑事法的范畴。本论丛以"刑事法评论"为名,意在刑事法的名目下,进行贯通的与联系的研究,打破"刑"字号各法之间壁垒分明、不相涉及的传统,倡导建立刑事法的基础理论。当然,这一努力又是以对各学科的深入研究为前提的。因此,我们首先应致力于各学科的有深度、有广度、有力度的研究。

刑事法,尤其是刑法,在中国传统法律中占有十分重要的地位。"重刑轻民"被认为是中华法系的特质,历来为人们所诟病。而今,随着社会主义市场经济目标模式的确立和渐进实现,民商法雀然而起,且在现实生活中发挥着越来越重要的作用,使刑法大失其宠,以至于有人大发"轻刑重民"之感喟。其实,孰轻孰重,是不以人们的主观意志为转移的,实乃时势使然,我们大可不必怨天尤人。在封建专制社会里,刑法作为驯民之工具,备受统治阶级的青睐自是不足为奇;在当前政治民主化与经济市场化的社会大变革背景下,以保障个人权利与自由之实现为使命的民商法精神的弘扬,亦在情理之中。作为法律人,我们不应过分关注本部门法显性的社会号召力和影响力,更不能以本部门法受冷落,就以之作为放弃理论努力的遁词。事实上,在当前刑事法式微、民商法勃兴的情势下,我们更应该深思这样一个问题:刑事法及其理论应当并且能够在何种程度上以及何种意义上满足现实社会发展的客观需要?为此,作为刑事法学者,我们应当以一种冷静的与理性的态度,审视与考察刑事法与社会现实的冲突性与契合性,从而立足现实,重新建构刑事法理论。那种法云亦云,简单地把刑事法研究看作适应立法与司法的实际需要的理论取向,心甘情

[①] 陈兴良主编:《刑事法评论》(第1卷),中国政法大学出版社1997年版。

愿地充当立法者甚至司法者身后亦步亦趋的追随者,从而使法学家的独立品格丧失殆尽的做法与态度,显然是不足取的。我们应该竭力倡导与建构一种以现实社会关心与终极人文关怀为底蕴的、以促进学科建设与学术成长为目标的、一体化的刑事法学研究模式。

《刑事法评论》诞生于1997年春天。这是一个不平常的季节。一年前,我国完成了《刑事诉讼法》的修正工作;一年后的今天,《刑法》的修订也大功告成。可以说,我们处在一个刑事法新旧交替的时代,这正是刑事法学者大有可为的难得机缘。我们高兴地看到,在老一辈刑事法学者的带领下,刑事法学的后生们正在崛起,他们在自己的园地上挥汗如雨,精心耕耘。他们躬身劳作的身影,构成了现在和将来中国法学理论界一道独特的人文风景线;他们在理论领域发出的一道道闪光,正是中国刑事法渐臻完善的希望之所在。对此,我们充满信心。

本论丛为刑事法研究提供了一个理论阵地。它将为那些达到相当学术水准且具有独立见解的长篇论文(论文篇幅可达五万字左右)提供发表的机会。我们深信,《刑事法评论》必将为推动与繁荣我国的刑事法理论研究做出独特的贡献。

本卷作为《刑事法评论》的创始卷,在内容上为配合《刑法》的修订,我们安排了一个专题,名曰"刑法修改的理论期待"。在这个栏目下发表的一组长篇论文,主要围绕《刑法》修改与刑法改革,从理论上进行探讨。现在,《刑法》修订虽然已经完成,但这组文章所提出的关于中国刑法改革方向的内容并没有过时。而且,这组文章从我国所处的社会生活实际出发,对刑法的价值构造、观念定位、立法能力、制度创新等课题从宏观上进行了理论探讨。这种探讨超越了法条,将刑法的理论触须伸向更为广泛和更为深入的方位与层次,表现出一种理论探索的恢宏气度与卓绝韧劲,成为本卷的主导内容。

修正的《刑事诉讼法》已经正式开始实施,它在实际适用中会遇到什么新问题呢?本卷在"新法评论"栏目中献给读者的是龙宗智、左卫民两位刑事诉讼法青年学者撰写的《价值理性与工具理性:刑事诉讼运作新机制评析》一文。该文从价值评价的角度,对刑事诉讼法运作机制做了具有独到见解的评析。司法制度改革是一个热门话题,但又是一个无从下手的大题目。

在"热点问题"栏目中,尹伊君先生从引人注目的检、法冲突这个视角出发,进行了有深度的探讨。诚然,这只是一家之言,我们期望在此基础上引发必要的、符合学术规范的论争。因为,我们的研究不能仅仅停留在刑事实体法与程序法规范的层面上,还要对刑事法律制度背后深邃的内容刨根问底。我们不仅倡导刑事法研究的思想性,而且也关注刑事法研究的学术性,因为思想性是以学术为基础的,没有对刑事法扎实、深入的专门性学术研究,就不可能出现具有法哲学意蕴的刑事法思想。

在"专题研究"栏目中,献给读者的是一组涉及刑法、刑事诉讼法、犯罪学的专门性研究论文。这些论文或者拓展了理论研究的境域,例如行政刑法的研究;或者突破了传统观念的藩篱,意在进行理论上的创新,例如关于犯罪客体与犯罪对象关系的研究;或者是以小见大的深度阐释,如关于刑事审判监督程序管辖问题的研究;或者是前沿问题的探微,如关于有组织犯罪与社会结构的研究。正是上述文章的作者们敏锐的眼光和探索的勇气,使我们有可能触摸到刑事法理论发展的脉络。

"随风潜入夜,润物细无声。"诗人杜甫的千古绝句为我们描绘了一幅美妙而静谧的图景:没有尘嚣,没有张狂,只有蒙蒙的细雨和茫茫的夜色。这正是我们在充斥着浮躁与功利的现实社会孜孜以求的一方学术净土。但愿《刑事法评论》成为这样的园圃,在这里,我们可以保持漂泊的安宁;在这里,耕者有其田,收获待其时。

陈兴良

谨识于北京塔院迎春园寓所

1997 年 3 月 21 日

2.《刑事法评论》(第2卷)①主编絮语

年头又岁尾,最是惆怅时。当我为《刑事法评论》第1卷撰写卷首语的时候,还是在1997年的年头,恰是桃花欲绽的初春时节。转眼之间已经到了1997年的岁尾,我在满天阴霾的隆冬时节,又为《刑事法评论》第2卷撰写主编絮语。季节更迭,岁月流逝,不禁反躬自问:我们的学术也能随时光流转而成长吗?

在《刑事法评论》第1卷的卷首语中,我们提出了这样一个编辑宗旨:竭力倡导与建构一种以现实社会关心与终极人文关怀为底蕴的、以促进学科建设与学术成长为目标的、一体化的刑事法学研究模式。这一设想,在学界同仁中引起共鸣。在此,有必要对"一体化"问题略作展开。

刑法作为一门学科的正式诞生,是以意大利著名刑法学家贝卡里亚于1764年出版的《论犯罪与刑罚》一书为标志。贝卡里亚的这本名著中包含着丰富的刑法思想与刑事诉讼法思想。可以说,在《论犯罪与刑罚》一书中,刑法思想与刑事诉讼法思想是合为一体的。但在刑事古典学派总的思想框架下,对于犯罪的研究局限在法律的视野之内。刑事古典学派这种法律教条主义的研究方法,使刑事法研究各自为政,大大地遮蔽了研究视界。为此,刑事实证学派对之进行了尖锐的抨击。刑事实证学派将刑法理论从狭窄的法律概念中解放出来,把犯罪视为一种自然的和社会的现象,从而开拓了刑法研究的广阔视野。尤其是意大利著名刑法学家龙勃罗梭引入实证主义研究方法,创立了犯罪学,使刑事法的研究领域大为扩张。在这种情况下,德国著名刑法学家李斯特率先提出了全体刑法学的概念,把刑事关系的各个部分综合成为全体刑法学,意即真正的整体的刑法学,其内容包括刑事政策学、犯罪学、刑罚学、行刑学等。全体刑法学观念的确立,使刑法学这门学科得以充实与扩张,从而促进了刑法理论的发展。在我国,储槐植教授首先提出建立刑事一体化思想。他指出:

---

① 陈兴良主编:《刑事法评论》(第2卷),中国政法大学出版社1998年版。

刑事一体化的内涵是刑法和刑法运行处于内外协调状态才能实现最佳社会效益。实现刑法最佳效益是刑事一体化的目的;刑事一体化的内涵是刑法和刑法运行内外协调,即刑法内部结构合理(横向协调)与刑法运行前后制约(纵向协调)。① 这种刑事一体化的思想对刑法研究所做的时间(前后)与空间(左右)的拓展,突破了注释刑法学的狭窄学术藩篱,从而使刑法学在更大程度上成为一门社会科学。刑事一体化思想主张一种大刑法的观念,倡导在刑法之上研究刑法,在刑法之外研究刑法,提升刑法研究的学术品格和思想蕴涵。不仅如此,我们还要在刑事法的名目下,将与刑事相关的学科纳入刑事法的研究视野,从而再现大刑事法的理论风采。这是我们所期待的,也是中国刑事法研究的必然走向。

在《刑事法评论》第 1 卷组稿之时,正值《刑法》修订进入最后阶段。为此,我们开设了一个栏目:"刑法修改的理论期待"。现在,《刑法》修订已经完毕,修订后的《刑法》已于 1997 年 10 月 1 日实施。那么,修订后的《刑法》在多大程度上实现了理论期待呢?为此,本卷开设一个栏目加以探讨。这就是"修订后的刑法:理论评判·总则"。本栏目是对修订后的《刑法》总则的理论评判。修订后的《刑法》通过以后,我国刑法学界回应热烈,仅注释性论著就多达百种,适应了学习与宣传的客观需要。毫无疑问,这些论著绝大部分都对修订后的《刑法》进行了充分的肯定,赞颂之声不绝于耳。但是,作为严肃的刑事法学者,我们更应以一种清醒的、冷静的、客观的、理性的目光来打量这部修订后的《刑法》,少一些阿谀之辞,多一些中肯之评。之所以这样说,有以下两条理由:首先,从感情上来说,我们对于修订后的《刑法》的盼望之情是发自内心的,对于她的爱不比任何人少,因为这毕竟是一部倾注了我们的心血与凝聚着我们的期望的《刑法》,一部跨世纪的《刑法》。但是,感情不能代替理智,更何况爱之切,言之也苛。② 我们期盼《刑法》垂范久远,因此不能完全无视立法上的瑕疵与失误。其次,从理论上来说,对于法律的批评是法学之所以成为一门科学的前提。毋庸置疑,在许多人心目中,过去都存在这样一种误解:假如法律可以任意批评,尤其是新颁布的法律受到理论上的非难与指摘,法律

---

① 参见储槐植:《刑事一体化与关系刑法论》,北京大学出版社 1997 年版,第 294 页。
② 参见范忠信:《刑法典应力求垂范久远——论修订后的〈刑法〉的局限与缺陷》,载《法学》1997 年第 10 期。

的尊严与权威何在？我认为，法律的尊严与权威来自于严明与正确的立法与司法，而不是来自于人为的维持。更何况，刑法学作为一门科学，其科学性就表现在社会批评功能。在古代与中世纪，虽有对刑法的研究，但刑法之所以还不能称之为一门科学，就因为当时刑法被当作金科玉律，律学家（而非法学家）只是以一种谦卑的态度去阐发蕴含在法条中的微言大义，采取的是一种"我注六经，六经注我"的注释方法。由于从法条的神圣性与正确性出发，因而当时的律学只有注解功能而无评价功能，当然也就谈不上科学性。只是从贝卡里亚开始，刑法才成为科学考察的对象，刑法学也才成为一门科学。因此，从独立的学术品格出发，我们坚持对修订后的《刑法》做一种客观的评价，这也就是第2卷和第3卷中"修订后的刑法：理论评判"这个栏目设立的主旨。

在本卷中，主题讨论的内容是从宏观上对修订后的《刑法》进行评判。我与周光权合撰的《困惑中的超越与超越中的困惑——从价值观念和立法技术层面的思考》一文，力图从价值与体例两个方面对修订后的《刑法》对于1979年《刑法》的超越及其困惑加以总体评价，这也是对我在《刑法》修订之前所写的《刑法修改的双重使命：价值转换与体例调整》一文[①]的回应。宗建文从立法方法论角度对修订后的《刑法》所做的考察，使对修订后的《刑法》的评判上升到形而上的高度。刘树德从人身危险性角度对修订后的《刑法》所做的考察，得出了《刑法》修订是在客观主义与主观主义之间徘徊的结论。曲新久从刑事责任角度对修订后的《刑法》所做的考察，触摸到了《刑法》结构的脉络。以上各文，均属对修订后的《刑法》进行宏观评判的范畴。以下还有田宏杰、我、周光权各自对《刑法》总则修订中争论最大的三项制度（正当防卫、共同犯罪、单位犯罪）进行评判的三篇文章。"理论争鸣"栏目中刊载了两篇论文，其一是谢勇对犯罪本源理论的富有创见的阐发，把犯罪学界长期以来争论不休的犯罪本源问题初步理出了一个的头绪。其二是龙宗智对刑事诉讼结构的具有力度的辩驳和正本清源式的理论重构。"专题研究"栏目仍然是《刑事法评论》的重点栏目，本栏目推出的李洁关于犯罪构成论体系的透彻研究，张绍谦关于事实因果关系的深入论述，莫开勤关于减轻处罚的系统梳理，刘华关

---

① 参见高铭暄主编：《刑法修改建议文集》，中国人民大学出版社1997年版，第35页。

于我国刑法上的数额及数量的严谨探讨,都在一定程度上推进了这些专题的研究,成为各自专题的前沿性成果。值得一提的是,我们还在本卷发表了唐雪莲关于国际环境犯罪的论文,表明我们对国际刑法理论的关切。

陈兴良
谨识于北京塔院迎春园寓所
1997 年 11 月 27 日

3.《刑事法评论》(第3卷)[①]主编絮语

《刑事法评论》第3卷的编辑工作甫告完成。望着堆放在案头的文稿,我不禁心有所感。《刑事法评论》问世虽然刚满周年,但它正吮吸着社会与时代的乳汁,摆脱学术上的稚气,逐渐地走向思想上的成熟。

刑事一体化是我们的学术追求。这不仅体现在本论丛的内容上,更体现在理论研究的风格上。刑事一体化并非意味着研究刑法的学者也去研究刑事诉讼法,或者研究刑事诉讼法的学者也来研究刑法;而是指在从事刑事法研究的时候,应当具有刑事一体化的理念,打通刑事法各学科领域之间的界限,尤其注重刑事法基本理论的研究。我认为,刑事法虽然存在内部的学科之分,各学科都有自身独特的研究对象,因而形成各自的学科体系,但不可否认刑事法具有共同的理论基础,由此需要形成一门我称之为刑事法理学的基础学科。只有加强对刑事法基本理论的研究,才能提升刑事法的整体理论水平。

在此,我想起一个问题:刑事法的理论如何在人文社会科学中获得某种归属感?直观地看,刑事法是诸法中最具强制性的部门法,往往与专政联系在一起,具有暴力的血腥形貌。其实,刑事法同样具有人文性,是人类精神状态的凝聚。对此,德国著名刑法学家耶塞克指出:"刑法在某种意义上是我们文化状态最忠实的反映并表现着我们国家占主导地位的精神状态。"[②]这确是一句至理名言,它深刻地揭示了刑法与人类精神状态之间的关系。因此,对于刑事法的研究,我们不能局限在成文的法律条文上,满足于对这些法条内容的疏解;而是应当把刑事法放置在整个社会的广阔背景之中,使刑事法的研究成为对社会与人性的研究,从而使刑事法对于人文社会科学有一种归属感。随着学术研究的发展,封闭的专业限制正在被突破,知识正在从狭窄的专业框架中解放出来,形成一些公共的

[①] 陈兴良主编:《刑事法评论》(第3卷),中国政法大学出版社1999年版。
[②] 李海东:《刑法原理入门(犯罪论基础)》,法律出版社1998年版,第16页。

研究领域,通过知识交流,达到知识共有。① 知识共有使各学科能够共享作为一种文化思想资源的知识,建立各学科的共同话语。在此,存在一个由小及大、由此及彼的共同知识的形成问题。我们首先期望形成刑事法研究中的某种共同知识,扩大刑事法知识在法学研究中的影响力,并通过自身努力,使刑事法的研究提升为一种法理学与法哲学的研究,争取在法学研究中的话语权。

我们自豪地看到,在法学史上曾经有过几位刑法学家出身的著名法学家,例如日本的牧野英一、英国的哈特、德国的拉德布鲁赫。牧野英一以法律进化论闻名,通过对刑罚演进史的研究揭示了法律进化的一般规律。哈特以法的概念研究见长,被认为是新分析主义法学的代表人物。拉德布鲁赫以法律价值相对论著称,被认为是战后新自然法学派的代表人物。这些学者始于刑法研究,但最终都突破了刑法的狭窄专业知识境域,上升到法理的研究。与这些学者相映成趣的是康德、黑格尔等哲学家,他们从自身的哲学立场出发,进行逻辑演绎,点化刑法,各自成为道义报应主义与法律报应主义的巨擘,极大地丰富了刑法的理论蕴涵。确实,法以及刑法只是社会生活的一个点,是人类精神状态的一个侧面,因而对它的研究必然且应当反映出社会与人性的普遍性,从而使其融入整个社会科学的知识体系。

社会科学是建立在某种普遍性的信念之上的。普遍性是这样一种观点:它认为存在着在所有时间和空间中都有效的科学真理。社会知识意味着社会科学家有可能发现解释人类行为的普遍过程,而且任何他们能够证实的假说在过去都被认为是跨时空的,或者说应该以适合一切时空的方式来阐述它们。② 尽管这种知识普遍性的观念受到质疑,一种以特殊性为基础的地方性知识的理念正在兴起,尤其是文化价值的相对主义正在抗衡着以普遍性为基础的知识体系。但我们仍然坚持一种知识共同性的理念,在此基础上,强调法,包括刑事法的研究应当在人文社会科学的统属之下进行。法(包括刑事法)的研究,应该真正成为一种人文社会科学的研究,而不是一种纯粹的法的逻辑演绎。

---

① 参见[日]沟口雄三:《"知识共同"的可能性》,载《读书》1998年第2期。
② 参见[美]沃勒斯坦:《进退两难的社会科学》,载《读书》1998年第2期。

如何处理法学知识与其他人文社会科学知识的关系,是摆在我们面前的一个亟待解决的问题。目前,法学知识似乎处境尴尬。一方面,法学知识以一种前所未有的速度积累与扩张着,法学书籍的出版正逐渐成为出版的一个热点,每年数以万计的法律类图书面世。另一方面,法学知识在整个人文社会科学知识体系中的地位没有得到相应的承认。且不说前些年"法学幼稚"的外部评价,就是法学界人士也十分不满于法学研究的现状。这里,存在对法知识的属性与功能的认识问题。申言之,法学知识到底是一种思想还是一种技艺? 更加深入一步的追问是:现代法治需要什么性质的法学知识? 对此,存在认识上的分歧。我国学者苏力根据亚里士多德对人类知识的三分法,即纯粹理性、实践理性和技艺,将法学知识定位于实践理性,认为法更多是或主要是一种实践理性,尽管法学家所用的实践理性一词在很大程度上也涵括了亚里士多德的技艺领域。苏力指出:法治作为一种社会的实践,而不仅仅是法学家或法律家的实践,其构成必定也同时需要这三种知识,即纯粹理性、实践理性和技艺。法学是一门具有高度实践性的学科,它并不只是由一些普遍正确的命题所构成,而且需要大量的实践理性,需要许多难以言说、难以交流的知识。[①] 这里的难以言说、难以交流的知识是一种法的个体体验,是法学中的 know-how,一种个别性知识。对此,尚需从理论上进一步概括。

　　总之,我对苏力关于法学知识的定位深表赞同。确实,法学既不是一种单纯的对法的形而上的思考所得出的普适性命题,也不是一种单纯的对法的形而下的解释而构成的规范性知识(例如,根据个别法建立起来的所谓学科:商标法学、专利法学、森林法学、教育法学等)。法学是由纯粹理性、实践理性与技艺构成的多层次的知识结构。对于法治国家的建设来说,既需要福柯之所谓规训(discipline,又译为监禁、惩戒,指通过一定的强制使整齐划一从而形成某种秩序),因而需要普适性的、共同的法律话语,需要专门性的、专业性的法律知识;同时也需要对法的人文关怀、对法的形而上的理性思辨,从而在法学知识中内涵一种人文精神,防止法学知识堕落成为纯粹技艺性的、与社会隔绝的、仅适用于法律的专业话语。由此,需要提升法学知识在人文社会科学中的地位。法学不仅要分享哲

---

① 参见苏力:《知识的分类》,载《读书》1998 年第 3 期。

学、经济学、社会学、伦理学等其他人文社会科学的研究成果,而且也应当让这些人文社会科学分享法学研究成果,使之从法知识中获得某种思想上的灵感与方法上的启迪。只有这样,法学才能说对人文社会科学做出了某种贡献,法学知识才能融入人文社会科学的知识体系。

本卷作为《刑事法评论》第3卷,在"修订后的刑法:理论评判·分则"栏目中,我们发表了一组长篇论文。其中,宗建文的论文从犯罪构成结构的视角对《刑法》分则的修订进行了理论的考察。我们通常所说的犯罪构成,都是指《刑法》总则规定的一般犯罪构成,这对于犯罪认定无疑是十分重要的。但正如苏俄著名刑法学家A. H. 特拉伊宁指出的:刑法分则条文是犯罪构成的"住所"。[①] 这里的犯罪构成是指罪状所描述的具体犯罪构成,"住所"一词确实十分生动形象地反映了具体犯罪构成在刑法分则条文中的生存状况。如果我们确认这一事实的话,那么,在刑法分则条文中,罪状的规定实际上是对犯罪构成住所的一种"设计"与"构筑"。在此,正好可以对应上意大利著名刑法学家贝卡里亚对立法者的一个形象比喻:建筑师。贝卡里亚指出:"立法者像一位灵巧的建筑师,他的责任就在于纠正有害的偏重方向,使形成建筑物强度的那些方向完全协调一致。"[②]如果说,贝卡里亚是从刑法价值与功能的实现上将立法者喻为建筑师,表明立法者具有使社会基础稳固的神圣使命,那么,从立法技术上来说,立法者更是一个建筑师,它不仅要使刑法典这个法的建筑物牢固,而且更要使其美观。在这个意义上,刑法分则条文的构成要件是否设计得科学合理,是对刑法分则理论评判的一个重点。宗建文在论文中基于对犯罪构成理论的娴熟掌握,对于犯罪构成的本体要件的设计以及我国刑法中犯罪构成结构模式的完善问题,都从刑法理论上进行了建设性的审视。其余三篇论文,分别对金融管理犯罪、证券犯罪、计算机犯罪等新型犯罪的立法进行了评判。这种评判的特点在于,对这三种新型犯罪首先从犯罪学角度对其性质与特征予以深刻的把握,从而为立法评判奠定了坚实的理论基础;同时,还引入比较研究方法,广泛地引用相关国家的

[①] 参见〔苏〕A. H. 特拉伊宁:《犯罪构成的一般学说》,王作富等译,中国人民大学出版社1958年版,218页。

[②] 〔意〕贝卡里亚:《论犯罪与刑罚》,黄风译,中国大百科全书出版社1993年版,第66页。

立法资料,从而开阔了理论视野。在此基础上对这三种新型犯罪的立法评价,即使不能说十分精当,也可以说是言之有理、持之有据,因而是恰如其分的。对《刑法》修订的理论评判,至此告一段落。但这只是这种理论探讨的开始,而远非其终止。今后,我们将继续致力于对刑事立法理论的研究,这是刑事法学者的神圣使命。

在本卷内容中,值得重点推荐的是"判例研究"这个栏目。在我国,由于还没有名副其实的"判例",因而更为通用的术语是"案例"。但案例与案例又有所不同,尤其是选编机关、公布方式的不同,使得案例的权威性大不相同。《最高人民法院公报》刊登的案例,经过最高人民法院审判委员会讨论通过,对于司法机关处理同类型案件无疑具有指导作用,视之为"判例"并无不可,尽管它不具有形式上的法律效力,但其实际上的影响力不可低估。本卷我们评析的"宋福祥间接故意、不作为杀人案",选自中国高级法官培训中心与中国人民大学法学院合作编辑的《中国审判案例要览(1996年刑事审判卷)》(中国人民大学出版社1997年版)。《中国审判案例要览》刊登的案例虽然不如《最高人民法院公报》刊登的案例那么权威,但它是各级法院经过严格筛选,并经有关专家加工而成的,是一些典型或者疑难的案例,具有"准判例"的性质。周光权提议《刑事法评论》对"宋福祥间接故意、不作为杀人案"进行学理探究,我深以为然。此议得到张明楷、曲新久等诸位同仁的积极响应,分头写出了研究论文,呈现在读者面前。

案例分析,首先涉及的是案例中的法律问题,尤其是法律适用问题。上述案例涉及不作为犯罪的作为义务、不作为犯罪的因果关系、不作为犯罪的罪过形式这些专门的刑法理论问题。其中,我关于作为义务的探讨、肖中华关于不作为犯罪因果关系的界定、曲新久关于不作为犯罪的罪过形式的考察、张明楷关于不作为的杀人罪的法理与判例的分析,尽管在某些观点上存在分歧意见,但已经使此案的法理分析达到相当水平的理论深度,大大超出了此案研究的范围。如果对此案的分析就此罢休,那么本栏目也仅仅具有刑法专业的意蕴。但我们的栏目没有满足于对此案的法理分析,而是进一步从社会学角度进行了探究,这就是谢鸿飞和周光权的两篇论文,使我们带着"山重水复疑无路"的心情进入"柳暗花明又一村"的境界,从而使此案的探讨突破了刑法专业的场域,具有了更为广泛的哲理意蕴。谢鸿飞以此案为例,对疑难案件判决的合法性的饶有兴趣的论述,使我们把注意力从此案的法律适用问题转向判决形成的逻辑演绎过程,以及在该过程中凸显出来的与社会、人生、政治有关的丰富信息。尤其难能可贵的是,周光权的长篇论文使我们进入了一个福柯的权力场域,我们面对的是一个完全陌生的知识领域。在此,刑法的专业性被消解了,权力场域中的个人命运凸现在我们面前。根据一个刑法案例写出一篇如此别具一格的文章,难怪作者本人也对其研究方法(实际上更是一种叙述方法)的"合法性"心怀忐忑。"标新"之作必将招致"立异"之议。其实,没有大胆的立异,何来科学的创新。我们发表这些论文,也正表现了作者的学术追求。

周光权的论文,把我们引入福柯的知识世界。福柯这个名字,当今中国人文知识界耳熟能详。福柯虽然不是刑法学家,但在他的著作中,最优秀的恰恰是一部与刑事法相关的著作,这就是 1975 年出版的《规训与惩罚——监狱的诞生》。① 该书虽然是以监狱这一刑事制度为研究对象,但它采用了福柯所特有的权力分析理论,使得该书的蕴意已经逸出了刑事法学的范围,而成为一本研究训练、惩戒和渗透性的权力等技巧是如何在社会整合中发挥作用的作品,其内容给作为刑法学者的我留下了深刻的印象。十分巧合的是,福柯也作做一个案例分析;他在查找资料时,发现久被遗忘的两篇题为《19 世纪的弑父者》的优秀论文。后来福柯将此文发表,并后附评论,这便是广为人知的《我,皮埃尔·里维尔,杀害了我的母亲、姐姐和弟弟吗?》。② 在这个案例分析中,福柯不仅挖掘了犯罪人的心理,揭示了犯罪人个人的命运,更是关注了权力在社会中的运作。由此可见,案例分析虽然是一种常见的法学分析方法,但它可以承载更为厚实的学术思想内容。在我国法学界,虽然案例分析或者判例研究之类的作品俯拾即是,但恕我孤陋寡闻,像本栏目这样以 12 万言的篇幅探讨这么一个案例,似乎可以说是"空前"。但愿这种研究不会"绝后",我们还将组织更大规模的此类研究。

---

① 参见[法]福柯:《规训与惩罚——监狱的诞生》,刘北成、杨远婴译,台北桂冠图书股份有限公司 1992 年版。
② 参见[法]迪迪埃·埃里蓬:《权力与反抗——米歇尔·福柯传》,谢强、马月译,北京大学出版社 1997 年版,第 9 页。

在"专题研究"栏目中,我们仍然提倡并坚持纯正的、学术的与专业的理论风格。蔡道通的《刑法谦抑论》一文,对刑法谦抑的价值目标进行了有深度的法哲学探讨。陈正云的《刑事法律关系论》一文,对刑事法律关系这一具有理论意义的论题进行了系统研究,对于刑法逻辑结构和刑法理论体系的合理建构具有一定意义。张绍谦的《法律因果关系研究》是第2卷其发表的《事实因果关系研究》的姐妹篇,相信有助于深化对刑法因果关系的认识。黄丁全的《事实认识错误与法律认识错误——以日本实例见解为中心》一文,根据日本实例,展开了刑法认识错误理论探讨,从而拓展了我们的学术视阈。王新环的《刑事简易审判程序研究》一文,对当前我国刑事简易程序的运作进行了理论评述。张绍彦的《刑罚实现论纲》一文,从刑事一体化的理念出发,对监狱法理问题进行了颇有力度的分析。刑事执行法学虽是刑事法学中一个薄弱研究领域,但没有对之的深入研究,就不可能建构"全体刑法学"的理论大厦。张绍彦先生一直致力于刑事执行法学的研究,这次加盟《刑事法评论》,向读者呈交了一篇提升刑事执行法学理论品格的论文,不亦可嘉乎?以《刑事法评论》为号召,聚集一批有志于刑事法理论研究的学术同仁,这也正是我们创办本论丛的初衷。

值此《刑事法评论》第3卷付梓之际,草草写下对法学知识的杂感和初读书稿的观感,作为主编絮语,也可以视为是本卷的导读。

陈兴良

谨识于北京塔院迎春园寓所

1998年5月27日

4.《刑事法评论》(第4卷)[①]主编絮语

如果以2000年作为21世纪的元年,那么,1999年是20世纪的最后一年。人们对于时间的敏感似乎远远超过空间。流逝的时光是一根鞭子,抽打着我们、催促着我们。难怪孔夫子在两千多年前面对江水滚滚东去,发出"逝者如斯夫"的感叹。其实,逝去的时光并没有消失,它留在我们的心里、留在我们的梦里。时间的连续性,把过去、现在与将来融为一体。因此,对于时间的感悟是人的重要特征之一。在临近世纪末的时候,我们没有"世纪末"的颓废,而是对未来的世纪充满信心。由时间的连续,可以联想到出版物的连续。现在,坊间越来越多地流行以论丛名义出现的连续出版物,它似书似刊,又非书非刊,而是介乎于书和刊之间的一种出版物。它的出现,在一定程度上打破了书和刊之间的严格区分。尤其是眼下的连续出版物都是学术型的,它成为学术研究中一道亮丽的风景线。《刑事法评论》作为连续出版物中的一种,已经出版到第4卷,我期待着它随着时光的流逝而成长、成熟并有所成就。

《刑事法评论》以刑事法研究为号召。刑事法是一种什么法,它在法治社会中的命运到底怎么样呢?这是我们关心的一个问题。在法治社会的建构中,私法,诸如民商法等,由于是调整平等主体之间的关系,并且植根于市民社会,因而得以迅速发展。一种以权利保障为内核的私法文化正在我国兴起。在这种情况下,以刑事法、行政法为主体的公法如何在以市场经济为基础的市民社会中找到自身的生长点,在法治社会应当建立一种什么样的公法文化,成为我们思考的问题。在《刑事法评论》第3卷,我对刑事法以及其在法律体系中的定位发表了一己之见,在此,我想就公法以及公法文化的转型与建构略抒己见。

公法与私法的区分,渊源于古罗马法。及至近代,按照马克斯·韦伯的说法,公法与私法的区分成为当今法律理论和法律实践最重要的区分

[①] 陈兴良主编:《刑事法评论》(第4卷),中国政法大学出版社1999年版。

之一。韦伯指出,公法可以界定为这样一种行为准则的总和:按照法律制度必须赋予行为的意向,行为涉及国家的强制机构,亦即它服务于国家机构本身的存在、扩展以及直接贯彻那些依照章程或者默契所适用的目的;而私法则可以界定为这样一种行为准则的总和:按照法律制度所赋予行为的意向,行为与国家的强制机构无涉,而是仅仅可以被国家强制机构视为通过准则调节的行为。① 韦伯指出了公法与私法区分的相对性,尤其是在当今的西方国家,公法私法化与私法公法化,即公法与私法的融合,更使公法与私法的界限变得模糊。但无论如何,在西方法治建构中,公法与私法的区分仍然是最基本的,因为两者的调整方法有所不同。

公法与私法的成立,是以政治国家与市民社会的二元分立的社会结构为基础的。因此,在一个政治国家与市民社会合为一体的一元社会,公法与私法的区分不仅是没有必要的,而且也是不可能的。在这种一元社会里,不以公法与私法的区分为基础的法,实际上已经不具备法的性质,而只不过是一种以法的形式出现的行政统治,其极端化的表现就是法的虚无主义,导致对法的全盘否定。在这种法的虚无主义观念中,不仅私法被取消,因为一切私人经济关系都在取缔之列,而且公法也竭力摆脱法的形式,演变成单纯的行政治理,甚至赤裸裸的暴力统治。在这种情况下,刑事法堕落为专政工具可以说是理所当然。

随着我国从一元社会向二元社会的转型,在市场经济基础上培育起来的市民社会日益成熟。我国学者邓正来指出:中国的市民社会乃是指社会成员按照契约性规则,以自愿为前提和以自治为基础进行经济活动、社会活动的私域,以及进行议政参政活动的非官方公域。这一中国市民社会的概念以及对它的界定是以国家与市民社会的二元结构为基础的。② 社会对私法提出了客观需求。因此,私法的长足发展是顺理成章的。而以刑法为代表的公法如欲在二元社会里发挥其应有的作用,首先就面临其性质的转变,即将刑法从政治国家的专政工具改造成为市民社会限制国家刑罚权、保障公民个人的自由与权利的法律手段。应该说,这种变化

---

① 参见〔德〕马克斯·韦伯:《经济与社会(下卷)》,林荣远译,商务印书馆1997年版,第1页。
② 参见邓正来:《国家与社会:中国市民社会研究》,四川人民出版社1997年版,第6页。

是根本性的,也是十分巨大的。唯此,刑法及其他公法才能完成从人治到法治的蜕变。在这个变化中,法治社会的公法文化,应当具有以下品格:

其一,个人权利。公法主要涉及国家与私人之间的关系,实际上就是国家权力与个人权利之间的关系。这种关系,往往被认为不同于私法中平等主体之间的平等关系,而是一种以命令与服从为特征的具有不平等性的支配关系。确实,公法关系与私法关系在性质上是存在区别的,但我们绝不能简单地把私法理解为是平等的法,而把公法理解为是不平等的法。实际上,公法在更大程度上是限制国家权力的法。在国家面前,作为个体的公民具有独立的人格,它与国家在法律上是完全平等的。因此,在公法关系中,我们应当弘扬个人权利的观念,使之成为对国家权力的有力限制。法治建构中的国家,绝不是一种无所不能的"利维坦",而是被严格限制在一定范围内活动的政治实体。国家存在的根本目的就在于使公民享有最大限度的个人自由与权利。刑法也是如此。在刑事法律关系中,被告人的权利应当受到尊重,刑法应当成为被告人的大宪章。因此,个人权利是法治社会的公法文化的价值诉求。

其二,形式理性。人治与法治的区别并不在于是否有法律,人治社会里也可能存在十分完备的法律。两者的区分仅仅在于:在实质合理性与形式合理性发生冲突的情况下,是选择实质合理性还是形式合理性。而法治是以形式理性为载体的。只有这种形式理性才能保障公民个人的自由。韦伯曾经把法治社会描述为契约社会,他指出:法律上,井然有序的关系发展为契约社会,而法本身发展为缔约自由,尤其是发展为一种通过法律格式调节的授权自由,人们往往把这刻画为束缚的减少和个人主义的自由的增加。① 因此,在由法律构造的形式合理性的社会里,国家或者政府的行为更多地受到公法的制约,行政上与司法上的自由裁量权也在更大程度上受到公法的限制。只有这样,在政府之下的公民的个人自由与权利才能得到保障。在刑法中,主要是在刑事司法中,我们经常面临这种实质合理性与形式合理性的冲突,传统的以社会危害性为中心的刑法观念是以实质合理性为取舍标准的。而罪刑法定所确立的刑事法治原则,却要求将形式合理性置于优先地位。因此,形式理性是法治社会的公

---

① 参见〔德〕马克斯·韦伯:《经济与社会(上卷)》,林荣远译,商务印书馆1997年版,第89页。

法文化的根本标志。

其三,程序正义。法律是以维持一种正义的秩序为使命的,这种正义的秩序可以视为法律所追求的实体正义。但法律运作本身也同样要求具有某种秩序,这就是表现为法律程序的秩序。在这种秩序中,国家的司法权力与公民个人的诉讼权利得以协调、妥善地安排,并在两者的互动过程中使实体正义得以实现。因此,程序正义是实现实体正义的前提。如果没有程序正义,实体正义终不可得。不仅如此,程序还具有独立于实体处理结果而存在的价值,这就是美国学者萨默斯所称的程序价值(process value)。萨氏认为,程序价值是指我们据以将一项法律程序判断为好程序的价值标准,而这种价值标准要独立于程序可能具有的任何"好结果效能"之外。① 换言之,程序正义的评价标准不以实体处理结果的好坏为转移,具有独立的评判标准。尽管我们不可否认程序正义最终是为实体正义服务的,但我们还是可以发现或者确立某种独立的程序正义。事实表明,经过正当程序的审判尽管不能保证所有处理结果都能实现实体正义,但当事人能够接受;反之,尽管处理结果公允但未经正当程序的审判,当事人仍然会对处理结果的公允性产生怀疑,甚至难以接受。这是因为,实体正义的结果并非是一种人们可以直观地感知的结果,在某种情况下甚至根本就不存在绝对正义的处理结果。因此,人们从心理上能够认同的只是一种经过正当程序审判的结果,这种结果可以被推定为是妥当的,这也正是判决的法律拘束力的来源。在公法中,由于程序主要是用来限制国家权力之行使的,因此,维护程序的正当性,实际上就是意味着要将国家权力的行使纳入法治的轨道。在这个意义上,我们同意下述命题:正是程序决定了法治与恣意的人治之间的基本区别。② 刑事诉讼法关系到对公民的生杀予夺,因此,程序的主要功能在于维护被告人的合法权益,重程序背后的含义是指我们在司法活动中要注重维护被告人的合法权益。③因此,程序正义是法治社会的公法文化的必然要求。

面对法治社会的公法文化,包括刑法文化的成长,作为学者,我们应

---

① 参见陈瑞华:《通过法律实现程序正义——萨默斯"程序价值"理论评析》,载北大法律评论编委会编:《北大法律评论》(1998年·第1卷·第1辑),法律出版社1998年版。
② 参见季卫东:《程序比较论》,载《比较法研究》1993年第1期。
③ 参见陈兴良:《重视程序的独立意义》,载《检察日报》1998年9月15日。

当做出一份学术上的贡献。因此,在本卷中,我们设立了"理论前沿"这个栏目,从各自的理论视角感知与塑造法治社会的刑法文化。李海东博士在《刑法原理入门(犯罪论基础)》一书的代自序"我们这个时代的人与刑法理论"中,对社会危害性理论进行了深刻的批判性反思,可谓引人注目。李海东指出:对于犯罪本质作社会危害性说的认识,无论它受到怎样言辞至极的赞扬与称颂,社会危害性并不具有基本的规范质量,更不具有规范性,它只是对于犯罪的政治的或者社会道义的否定评价。这一评价当然不能说是错的,问题在于它不具有实体的刑法意义。当然没有人会宣称所有危害社会的行为都是犯罪,都应处罚。但是,如果要处罚一个行为,社会危害性理论就可以在任何时候为此提供超越法律规范的根据,因为,它是犯罪的本质,在需要的情况下是可以决定规范形式的。社会危害性理论不仅通过其"犯罪本质"的外衣为突破罪刑法定原则的刑事处罚提供了一种貌似具有刑法色彩的理论根据,而且也在实践中对国家法治起着反作用。[①] 这种批判是一针见血与振聋发聩的,尤其是在我国刑法确立了罪刑法定原则以后,在刑法解释学的理论框架内,社会危害性理论的先天性缺陷日益彰显,并凸显出以社会危害性为内容的实质合理性与以罪刑法定为蕴涵的形式合理性之间的价值冲突。本卷发表的李海东博士关于社会危害性与危险性比较的论文,是以法益实害未发生时的可罚根据为切入点,对社会危害性理论的进一步批判性反思。我有责任将这篇论文的来龙去脉做一交代。大约在1994年,李海东回国,交给我一部约8万字的手稿,题为《形式的实质犯论纲》,这是该书的部分手稿,李海东希望与我共同完成这一著作。我为李海东对我的信任深受感动。经过对手稿的研究,我认为它包含一些极有创见的观点。但由于本人才力有限,且学术表达上的巨大差异使我只能"意会"难以"言传",终于未能完成狗尾续貂之作,辜负了李海东的托付。这些手稿一直保留在我处,像一块压在我心上的石头。光阴荏苒,转眼间5年过去了,李海东于1998年在法律出版社出版的《刑法原理入门(犯罪论基础)》一书,引起我精神上的强烈共鸣。重翻旧稿,觉得仍有价值,与该书互映,更可见其思想脉络。于是,经李海东同意,请我的博士生刘树德将部分内容整理成文,并由周光权拟定

[①] 参见李海东:《刑法原理入门(犯罪论基础)》,法律出版社1998年版,第8页。

了现在的题目,在本卷发表。从李海东的这篇文章,联想到近些年来,不少学人出国深造,专攻刑法专业的人士亦不在少数。如果能以翻译、著述等方式将国外前沿性研究成果介绍、引入国内刑法学术界,以便打开理论视野,使之惠泽及于国内刑法学人,善莫大焉。以往我们强调法的阶级性,尤其是刑法,更是注重其专政职能,因而人为地阻隔了与外国刑法理论的交流与沟通,忽视了对外国刑事立法与刑事司法的比较与借鉴。其实,正如意大利学者杜里奥·帕多瓦尼教授在为陈忠林博士所译《意大利刑法学原理》的中文版序中指出的:除国际法外,刑法是法律科学中对各国具体政治和社会文化特征方面的差别最不敏感的法律学科。① 因此,科学的比较是可能的。在更高水平上,我们还应当努力创造就广泛而有意义的问题进行对话的可能性。在本栏目中,刘为波的《规范主义刑法与刑法价值观》一文,在价值哲学的观照下,对刑法中的价值与规范问题进行了颇有深度的探讨。这里的规范与我们通常所说的法律规范之规范大不相同。我们所说的法律规范往往是指法条的规范构造,指人们的行为准则,即关于哪些事是可以做的,哪些事是不能做的,哪些事是必须做的,这样一些带有权威性和约束力的社会生活准则。② 在这个意义上的规范,仍然属于法律的外在形式。德国著名学者宾丁首先将法规与规范加以区分,形成刑罚法规与刑法规范相区分的二元思想,学理上称为规范学说。规范学说的提出,在法律规范中注入了实质的价值内容,从而使规范主义刑法成为一种价值论刑法。如何在罪刑法定原则所确立的形式合理性限度内,追求最大限度的刑法的实质合理性,这始终是一个刑法难题。价值论刑法的研究,如果能在这个问题上有所启发,则善莫大焉。刘树德在权威刑法与自由刑法的分析框架中,对"二难"案件司法的政治哲学基础进行了颇为深入的分析。这里所谓"二难",实际上就是司法机关面临的形式合理性与实质合理性的冲突,正如同逻辑上的两难推理的境况。在社会转型时期的司法活动中,经常面对这种两难的尴尬境地。在这种情况下,我们既要防止法律教条主义又要防止法律虚无主义,在社会保护与人权保障两者之间达成某种契合。黄丁全博士关于期待可能性理论的探

---

① 参见〔意〕杜里奥·帕多瓦尼:《意大利刑法学原理》,陈忠林译,法律出版社1998年版,第1页。
② 参见赵震江主编:《法律社会学》,北京大学出版社1998年版,第119页。

究,为我们展示了刑法理论的又一研究境域。期待可能性是纯刑法向实质合理性方面发展的努力之一。当形式合理性与实质合理性发生冲突的情况下,可以通过学理使形式合理性发生某种"软化"效应,在更大程度上容纳实质合理性。这就是期待可能性理论展示给我们的这样一个诱人的前景。

"司法适用"是本卷新设置的一个栏目,在《刑法》修订以后,司法适用的研究就成为一个重要课题。在本栏目中,宗建文博士关于刑法适用机制的论述,基于对刑事立法与刑事司法功能的不同设定(立法定性、司法定量),重点对刑事司法活动的机制进行了理论上的分析,其中涉及法律解释问题、司法适用中经验知识的作用问题以及程序问题,对于开阔理论视野大有益处。周光权关于"犯罪事实在司法活动中的重构"命题的提出,对刑事司法这种实践理论活动的意义进行了深层次的揭示。这里涉及客观事实与法律事实的分野问题。犯罪事实的司法重构,就是要完成从客观事实向法律事实的转化。而这种转化的前提是:客观事实与法律事实是不同的。在以往的理论中,客观事实与法律事实的这种区分并没有得到重视与强调,因而,被视为司法活动之指针的"实事求是"之"事",到底是客观事实之事,还是法律事实之事,不甚了然。因此,周光权关于犯罪事实的司法重构的命题之提出,对于建构刑事司法的哲学基础具有重大意义。

"新罪研究"也是本卷新设的栏目,是为适应修订后的《刑法》实施而设立的。在《刑事法评论》第 3 卷,我们对修订后的《刑法》中的若干种主要新型犯罪的立法得失做了评价,但由于篇幅所限,未论及个罪。现在,我们设立"新罪研究"栏目,可以对某些重点的新罪进行理论探讨。本卷发表的张磊关于洗钱罪研究的论文,对洗钱罪进行了深入、系统的论述。

"理论争鸣"栏目中发表了郝银钟关于检察机关的性质与职能问题的论文,该文涉及中国当前司法体制改革中的一个敏感话题。检察机关在我国刑事司法体制中占有十分重要的地位,但对于检察机关的职权设置如何适应法治社会的客观需求,在理论上聚讼不定。《刑事法评论》第 1 卷发表的尹伊君关于检法冲突与司法制度改革的论文中,已经涉及检察机关的性质与职权问题。由于尹伊君的特定身份,这种观点可以说是一家之言。本卷中郝银钟说出的是另一种声音,也可以说是一家之言。我们期望发表这些具有"一家之言"性质的论文,有助于形成理论争鸣的氛围,从而为刑事司法改革提供理论根据。

"专题研究"栏目仍是本卷的重点,为照顾各个学科,本卷分别发表了刑法、刑事诉讼法、监狱学与犯罪学的论文各一篇。王明辉关于复行为犯研究的论文,对刑法中的复行为犯这一特殊刑法现象进行了深入研究,具有一定的专业性。王新环关于检控分离制度研究的论文,从检控分离这一实验性做法中引申出刑事诉讼法的某些新问题,涉及警检关系、检法关系、控辩关系、捕诉关系等。理顺这些关系,对于刑事诉讼结构的科学构造意义重大。检控分离是我在北京市海淀区人民检察院挂职担任副检察长期间提出的一项创意,在项明检察长的支持下,检察院对这项工作进行了理论论证与试点操作。王新环的这篇论文,就是理论论证的成果。检控分离是我在司法活动中进行的一项"制度创新",无论其结果如何,尝试总是有益的。张绍彦关于监狱法的理论与实践的深度研究,给我们提供了监狱法学更为理性的成果。尤其是论文所引入的价值理性与工具理性的分析框架,将监狱纳入法治社会的视野之中,不仅建构了迈向21世纪的监狱新理念,而且也塑造了21世纪的监狱形象。王建军关于国际公约对《刑法》修订的影响及其意义的论文,指出了我国修订后的《刑法》的国际公约的渊源,这也是国际刑法研究的成果之一,相信对于我们理解刑法与国际公约的接轨具有理论价值。张旭博士关于犯罪原因论理论体系的思考,涉及犯罪学中的一个重大问题,这就是犯罪原因。也许,犯罪原因是一个谁也说不清楚的问题。但说不清楚也要说,说总比不说好,而且我们期待这个问题总有说清楚的一天。在本卷中,张旭给出了她的说法,想必对我们会有启发。

在本卷中,新设了两个别具一格的栏目,这就是"学术随笔"与"学术自传"。"学术随笔"正成为学术界的一种新文体,欲一试手笔者不乏其人,这种文体也确实给沉闷的学术界带来一丝生气。尹伊君对于另一个"世界"的牵挂,使我们对于法作为一种地方性知识具有了更为深切的体认。确实,法治的普适性不是绝对的,总有一些被法治遗忘的角落。在这些角落,现代社会的法无能为力,因为它所面临的是物质匮乏而不是法律匮乏。由此可见,没有基本的物质满足,作为精神文明的法治是不可能生长的。"学术自传"栏目中发表的是我的学术思想形成过程的一篇描述性文章,间或有一些见解。将我作为一个学术研究的个案进行解剖,相信有助于学术经验的交流。尤其是对学术形成过程的描述,可以传达以冷酷的文字出现的论著之外与之后的某些信息,想必也会引起读者的兴趣。期望有更多的刑事法学人在此亮相,呈现给读者更多的学术个案。

编书与写书具有相同之处,但相异之处也甚为明显。编书给我的更直接感觉是在做一道精神"大菜",各个栏目分别是冷热拼盘、荤素搭配。在这里,我要把这道精神"大菜"奉献给读者。毕竟"众口难调",难免留有遗憾。但"大菜"还是要一道道地端上来,希望不至于败坏读者的胃口。

陈兴良
谨识于北京海淀稻香园寓所
1998 年 12 月 12 日

5.《刑事法评论》(第5卷)[①]主编絮语

《刑事法评论》第5卷集中探讨了刑事诉讼法的基本理论问题。以往,"重实体轻程序"成了人们的一个口头禅。随着刑事法治的发展,程序问题越来越多地受到社会的关注。从内心来说,以我学习刑法的知识背景,过去对于刑事诉讼程序同样存在轻视之意。在挂职任司法职务,亲历了刑事案件的处理过程之后,我大大地改变了对刑事程序的看法,充分认识到诉讼程序的重要性。因而,得出了程序对实体具有优先性这样一个命题。在这方面,谷口安平教授有大致相同的见解:实体法乃是从诉讼过程中孕生的,即使在现代,这种通过诉讼的实体法创造过程仍然在继续之中,所以,诉讼法乃实体法发展之母体。[②]

在论及程序法的意义时,德国著名法学家拉德布鲁赫发表了以下形象而精辟的论断:如果将法律理解为社会生活的形式,那么作为"形式的法律"的程序法,则是这种形式的形式,它如同桅杆顶尖,船身最轻微的运动也会使之做出强烈的摆动。[③] 根据拉德布鲁赫的看法,程序法的发展以极其清晰的对比反衬出社会生活的逐渐变化。尤其是刑事程序的历史清楚地反映出国家观念从封建国家经过专制国家,直到宪政国家的发展转变过程。可以说,对程序的重视程度,标志着一个国家的法治文明程度。在我国当前法治国家的建设中,程序之引起社会的关注是势所必然。

程序是相对于实体而言的。如果说,实体是指权利与义务的设立(立法)、分配(行政)与调整(司法),因而实体公正关系到公民的切身利益。那么,程序就是权利与义务的设立、分配与调整时所必须遵循的基本规则。以刑事法为例,实体是指某一行为是否构成犯罪以及处以何种刑罚,

---

① 陈兴良主编:《刑事法评论》(第5卷),中国政法大学出版社1999年版。
② 参见〔日〕谷口安平:《程序的正义与诉讼》,王亚新、刘荣军译,中国政法大学出版社1996年版,第70页。
③ 参见〔德〕拉德布鲁赫:《法学导论》,米健、朱林译,中国大百科全书出版社1997年版,第120页。

即所谓定罪量刑。实体真实是保证定罪准确、量刑均衡,从而实现司法公正的基础。因此,对实体真实的追求始终是法律的强烈冲动。程序是指司法机关在追究刑事责任时所应遵循的方法、手段以及其他规则。就程序法与实体法的关系而言,程序设置的目的是为实现实体法所追求的公正价值。在这个意义上,程序法具有辅助性,被称为从法、助法,而实体法则是主法。那么,程序是否具有自身的独立价值呢?对于这个问题,我们过去往往忽视甚至轻视,因而出现了所谓"重实体轻程序"的现象。美国学者萨默斯提出了"程序价值"的问题,认为法律程序具有独立价值,并对这种与程序的工具性相对的价值标准——即所谓"程序价值",在理念、标准及其对法律程序的作用等方面的独立性问题进行了深刻的阐发,由此引起强烈的反响。[1] 确实,对于程序的独立价值的强调,突破了以往我们对实体法与程序法的简单、肤浅与片面的认识,促使我们真正将程序法理解为法律的生命形式,是法律的内部生命的表现。[2]

我认为,强调程序法的独立价值的意义在于限制国家权力,保障公民个人的权利。它是法的人权保障机能的基本载体。在刑事诉讼中,司法机关代表国家行使司法权(包括侦查权、检察权、审判权),由于国家垄断着司法资源,因而十分强大。如果不加以程序限制,就会异化为法律的"利维坦"。而被指控为犯罪人的被告人,作为个人在庞大的国家司法机器面前,显得那么渺小。正是正当的法律程序,赋予被告人以各种诉讼权利,使之得以在刑事诉讼中与作为国家公诉人的控方形成法律上的抗辩关系。因此,重视程序的独立价值的真谛在于保护被告人的合法权益,真正使刑事法律不仅成为自由公民的大宪章,同时也成为犯罪人的大宪章。

仅对程序的独立价值进行关注与强调是远远不够的,要真正实现程序的这种独立价值,我们还应当重构程序与实体的关系,使程序对于实体的从属地位改变为程序对于实体的优先地位。所谓程序对于实体的优先地位,是指一定的实体问题的处理必须在程序框架内进行,无程序则无实体之处理。在这个意义上,程序优先体现为一种程序先行,即无程序则无实体。正如没有铁轨,就不可能有飞驰的列车,列车只能行驶在铁轨上,

---

[1] 参见陈瑞华:《通过法律实现程序正义——萨默斯"程序价值"理论评析》,载北大法律评论编委会编:《北大法律评论》(1998年·第1卷·第1辑),法律出版社1998年版。
[2] 参见《马克思恩格斯全集》(第一卷),人民出版社1956年版,第178页。

并行驶止于铁轨的尽头,否则将颠覆。程序先行体现在立法上,首先要设置程序。没有程序性规定,一切实体性法律规范都只能停留在法条上,而不可能转化为对于社会生活具有影响力的活法。程序先行还体现在司法上,依法办事在根本意义上说就是依程序办事。程序对于实体的优先地位还意味着在一定情况下,即使牺牲实体真实也要追求程序合法。因为程序是法的内在生命,只有程序才能最大限度地保证实体真实,从而实现法律的公正价值。在实体真实与程序合法相抵牾的情况下,是选择实体真实还是选择程序合法,是是否对程序独立价值维护与坚守的试金石。实体真实追求的是实质合理性,程序合法追求的是形式合理性。在实质合理性与形式合理性相冲突的情况下,我们应当选择形式合理性而不是选择实质合理性,这是法治的必然要求。如果说,迟到的正义是非正义,那么,违反程序获得的正义同样是非正义。在这种意义上,程序优先体现为程序优越。

程序先行与程序优越尽管都表达了程序优先的意蕴,但仅此还不够。程序优先于实体的根本内容还意味着程序对实体的否定。这里所谓程序对实体的否定,是指违反程序将导致实体(无论是否真实)无效的法律后果。例如,刑讯所获取的证据无效,而不是仍然可以解馋的"毒树之果";未经庭审质证的证据无效,违反程序的判决无效,且不得再作出不利于被告人的裁决,等等。唯有如此,才能完全彻底地实现程序的独立价值。当然,这是对程序价值的一种应然的期盼,法制的现实距此尚十分遥远。尽管目前程序还没有受到应有的重视与强调,程序的独立价值在法律上还没有得到认同,在现实社会中还难以实现;但我们仍然可以凭栏望大海,期待着以程序法为桅杆顶尖的法律之船进入我们的视阈,并逐渐地向我们驶近……

基于对程序重要性的考虑,本卷在"内地与香港诉讼制度研讨"栏目中,发表了1999年1月7日至8日由北京大学法律学系和香港特别行政区律政司、香港特别行政区讼辩学会联合举办的"内地与香港诉讼制度研讨会"的主讲报告,共6篇,其中内地人士的3篇,香港特别行政区人士的3篇。内地首席主讲人中国政法大学的陈光中教授在报告中重点介绍了内地刑事诉讼制度的新发展;内地主讲人中国人民大学的程荣斌教授在报告中重点介绍了内地的刑事证据制度;作为内地主讲人,我在报告中从理念、规范、体制三个层面考察了内地刑事司法制度。香港特别行政区首席主讲人是香港特别行政区高等法院原讼法庭法官杨振权,其在报告中重点论述了香港特别行政区的司法独立问题;香港特别行政区主讲人、香港特别行政区律政司高级助理刑事检控专员李绍强大律师,在报告中重点论述了香港特别行政区刑事证据法的基本原则及其应用问题;香港特别行政区主讲人、香港特别行政区律政司高级助理刑事检控专员陈月好大律师,在报告中重点论述了检控人员的角色问题。这次会议还由香港特别行政区法律界人士精心举办了一场模拟审判,根据香港特别行政区法律演绎了一起刑事案件的审理过程,使内地法律界人士对于香港特别行政区的刑事诉讼制度有了更为直观的认识。因此,这次研讨会的会期虽短,但众多学者互相切磋,收获甚丰。本卷发表大会主讲报告,意在使未能与会的人士了解这次研讨会的内容,但愿能够促进内地与香港特别行政区的法律交流。

在"理论争鸣"栏目中,我们发表了三篇论文,都是对现存理论进行的反思与质疑。樊崇义教授的《从客观真实到法律真实——兼论刑事诉讼证明标准》一文,对传统的追求客观真实的证据标准提出了挑战,阐述了法律真实的证明目标。郝银钟的《中国检察权研究》一文,对中国检察制度进行了历史与现状的深入考察,提出了关于检察机关性质的个人见解。钱向阳对犯罪概念的不合理性进行了论述。这里应当指出,钱向阳先生没有受过法律专业训练的经历,但他对刑法问题进行了一些思考,给我寄了长达 3 万字的《论刑法的不合理性》一文,我看后觉得其有些见解是颇有价值的,因而择其一节以《论犯罪概念的不合理性》为题加以发表,相信对我们这些"业内人士"会有所启迪。

"学术序跋"栏目中发表了周光权博士《制度选择、规范信赖与秩序形成》一文,它是《刑法诸问题的新表述》(中国法制出版社 1999 年版)一书的"代序",文中涉及一些关涉刑法哲学研究发展的新思路,发表出来对"业内人士"会有启迪性。"学术序跋"是本卷开设的一个新栏目,从这个栏目中可以领略刑事法研究的某些信息。

在"判例研究"栏目中发表的是蔡道通撰写的《司法权力、尊严捍卫与权利保障——一起扰乱法庭秩序案的分析》一文,该文分析了一起扰乱法庭秩序案,但涉及我国司法体制、司法权力等问题,不可仅当作就案论案的文章来看,而是从个案中引申出某些重大理论课题的阐述。

在"域外传译"栏目中,发表了王利明教授翻译的《美国律师协会:司法行为守则》一文,可以作为我国确立司法行为守则的参考。

本卷"专题研究"栏目的内容是较为丰富的,集中了刑法、刑事诉讼法、监狱法、犯罪学等刑事法各领域的一批颇有分量的论文。曲新久教授的《犯罪概念之解析》一文,以犯罪概念为线索,对犯罪论的基本问题进行了精辟的论述。邓子滨的《论刑法中的严格责任》一文,围绕严格责任进行了全方位的考察,并从中引申出模糊罪过的概念,力图对修订后的《刑法》规定的某些犯罪的罪过形式作出法理解释。尽管对其观点是否能够成立尚可商榷,但作者的探究精神是应当肯定的。黄丁全博士的《社会相当性理论研究》一文,对我国刑法理论中鲜有论及的社会相当性概念进行了分析,具有重要的理论意义,期待能够引起我国刑法学界的回应。王松波的《论被害人承诺》一文,对正当化事由之一的被害人承诺问题进行了详尽的论述。刘华的《刑法对经济失范现象的评判和抗制》一文,站在刑法的立场上,对经济失范这一社会现象进行了深入的分析,从中可以引申出对某些刑事政策的思考。赵永琛教授的《论区域刑法》一文,对于区域刑法这样一种新的刑事法律现象进行了初步的探讨,提出了一个刑法理论研究的新课题。伦朝平、张朝霞、王新环合著的《刑事案件不起诉制度之研究》一文,以刑事诉讼法理为指导,总结司法实践经验,对不起诉制度从理论与实践两个方面进行了全面研究。由于作者均是司法实际工作者,从而使其论文建立在坚实的基础之上,大量的数据统计与分析成为论文的一个特色。陈瑞华博士的《司法鉴定制度改革的主要课题》一文,对司法鉴定制度进行了反思,提出了完善的建言。张绍彦、王利荣所撰的《视角转换:我国行刑法制的现状及走向分析》一文,对行刑法制建设中的问题进行了深入的思考,是行刑法研究的前沿性成果。宫万路的《侦查监控机制研究》一文,是关于侦查制度的研究,是本卷发表的刑事侦查学领域的第一篇论文,也是极有启发性的。麻国安博士的《犯罪学研究的认识论》一文,对于推进我国犯罪学理论研究是具有重要意义的,希望将来还会有其他刑事法学科方法论的探讨文章得以发表。

本卷是《刑事法评论》第5卷,也是20世纪的最后一卷。从上述论文的作者名单中可以看到,既有一些熟悉的老作者,也有一些陌生的新作者;既有前辈老学者,又有晚辈新学人;既有中国内地作者,又有港台地区作者;既有理论界学者,又有实务界人士。凡此种种,都表明《刑事法评论》的作者队伍在扩大,学术视野在拓宽。我希望,将会有更多的作者加入到我们的行列,更多的佳作在《刑事法评论》上发表。若此,则创办《刑事法评论》的初衷如愿矣。

陈兴良
谨识于北京海淀稻香园寓所
1999 年 8 月 13 日

6.《刑事法评论》(第6卷)[①]主编絮语

《刑事法评论》第6卷集中探讨了刑事法治的基本理论问题。当前,随着法治进入社会主流话语系统,刑事法治同样应引起重视,我本人就是刑事法治的竭力鼓吹者与宣扬者之一。我始终认为,当前需要刑事法治的启蒙。我坚信,思想和理论是有其巨大生命力与影响力的。制度改革,思想必须先行。

在论及法治的时候,引起我思考的问题是,法治到底意味着什么?法治的程度又用什么尺度来衡量?我认为,在法治中,立法与司法两者都十分重要。就立法与司法两者而言,立法是容易实行的。这里的容易实行,是指法律出台并不困难。曾几何时,我国立法机构不是像一台立法机器那样,源源不断地生产出大量法律文本,几乎在一夜之间完成了从无法可依到有法可依的转变吗?问题在于,这些法律文本出台以后,在现实社会生活中是否起到了作用,如果没有起到作用,那么法律只是停留在文本上的"死法"。因此,法律文本数量上的增加,决不能成为衡量法治程度的尺度。可以说,法治绝不意味着大量法律文本的出台,而应意味着这些法律在现实生活中的切实贯彻,成为"活法"。在这个意义上,我们应当更多地关注司法活动,只有司法才是法治的关键。

为适应法治建设的需要,我国司法制度面临转型。因此,司法改革问题引发了全社会的关注,甚至于期望司法改革成为政治体制改革的突破口。我以为,司法制度是一个国家政治体制的重要组成部分,只有在政治体制改革这样一个大的视野内考察司法改革才是客观可行的。尤其是司法制度受到政治体制的制约,不能脱离政治体制改革孤立地讨论司法改革问题。当然,司法改革具有自身的独特性,以一定的法律程序为先导,更容易一步一步地向前推进。在我看来,整个国家法治化的进程,必将形成以法院为中心的司法格局。因此,司法改革的关键是法院改革。应当

[①] 陈兴良主编:《刑事法评论》(第6卷),中国政法大学出版社2000年版。

指出,我国对于司法的理解与其他国家是存在巨大差异的。其他国家是一种"小司法"的概念,司法是与裁判相关联的,司法权就意味着裁判或者审判权,权力主体是法院,由此与行政权和立法权形成三足鼎立的格局。我国是一种"大司法"的概念,公安机关、检察机关与审判机关均属于司法机关。① 这里的司法机关是从政法机关蜕变而来的,而政法机关又是以专政为使命的职能机构。因此,司法改革首当其冲的是司法理念的改革。我认为,专政下的司法理念应当转变为法治下的司法理念。"大司法"应当转变为"小司法",真正厘清司法权与行政权和立法权的关系,使司法成其为司法,即司法的复位。只有在此基础上,才能展开司法改革的思路。

在司法改革中,司法公正与司法效率是被确定为价值目标的,这本身并没有问题。然而,这种司法公正与司法效率又是以何种途径实现的呢?换言之,保证司法公正与司法效率的机制何在?我认为,当前的司法腐败与司法无能不能仅从司法内部寻找根源,更应当看到外部的、体制上的深层原因。在这个意义上,我更关注司法独立的问题。目前的司法腐败与司法无能在很大程度上缘于司法权威的失落。司法独立意味着司法机关独立行使司法权,除服从法律以外不受任何外来干预的影响。司法独立要求给司法机关更大的权力,这种权力不仅能够使之不受行政权的干预,而且可以制约行政权。在此,涉及司法权与行政权的关系。我认为,行政权在本性上具有扩张性、专断性。法治的真谛在于以司法权限制行政权,这种限制的有效程度是衡量法治水平的真正尺度。一般意义上的统治权,就是指行政权。行政权作为一种公权力直接与公民发生联系。公民在行政机关面前是弱者,司法权在很大程度上就是一种救济权,它意味着对行政权的一种制约。如果司法丧失了权威,它只能成为行政的附庸,成为行政的工具。那么,司法又有何公正与效率可言呢?在这个意义上说,在法治主导下的司法改革,意味着司法权的扩大。在法治的发展史上,司法经历了从属于行政权之司法、从属于立法权之司法、独立的司法、

---

① 我国学者指出:司法权从广义上包括审判权和检察权,狭义上仅指审判权或裁判权。审判权或裁判权是司法权的核心的权能。司法本质上就是由司法机关代表国家对各类纠纷所进行的居中的裁判。此种裁判对争议的双方具有拘束力。所以司法的固有权限就是裁判权。参见王利明:《司法改革研究》,法律出版社 2000 年版,第 8 页。

具有司法审查功能的优位的司法这四个阶段。① 我国目前还处在从属于行政权之司法向从属于立法权之司法的演进过程中,距离司法独立还有很长的距离。

正是在法治主导下的司法改革这样一个氛围中,本卷对刑事法治,尤其是刑事法治中的司法理念与制度进行的研究,可以说是刑事法领域的前沿性思考。在"刑事法研究"这一重点栏目中,发表了七篇论文。我在《刑事法治的理念建构》一文中,对形式理念与实质理性、法律真实与客观真实、程序正义与实体正义这三对范畴从法理上进行了分析。我认为,从刑事法治的内在精神出发,可以得出通过规则体现理性、通过证据发现真实与通过程序实现正义这样一些命题。周光权在《刑法客观主义中的抽象性问题——基于法治立场的初步考察》一文中,从客观主义这样一个独特的视角考察了刑事法治的基础。在刑事法治中,客观主义所表现出来的普遍性、一般性与抽象性,具有十分重要的意义。尤其是该文从社会构成的社会本体论意义上对刑法客观主义的理论基础加以揭示,使该文具有相当的理论包容量。刘为波在《诠说的底线——对以社会危害性为核心话语的我国犯罪观的批判性考察》一文中,对赋予犯罪概念实质性内容的社会危害性话语(笔者称之为一种元语言叙述模式)的合法性地位进行了质疑,指出了社会危害性话语与刑法最为基本的原则——罪刑法定原则及其所表达的自由主义思想之间根本性的无消弭的紧张关系,触及从专政刑法到法治刑法转变的一个要害问题。我曾撰文对社会危害性理论进行过反思性检讨②,刘为波该文在此基础上做了进一步的思考。刘树德在《法治刑法与刑罚权阀域》一文中,提出了刑罚权阀域的概念。我想这是指刑罚权不是无限的,而应当有所限制。尤其是从法治刑法的视角考察,这种限制是十分必要的。作者从理论与规范两个方面,对刑罚权的限制进行了探讨。汪建成的《论犯罪控制和人权保护——刑事诉讼的双重目的》一文,重点论述了犯罪控制和人权保护的辩证关系。作者最后的结论是,以最小限度地侵害人权为代价,而收到最大限度的犯罪控制的效果,是各国刑事诉讼制度不断发展过程中所追求的理想。这无疑是一种

---

① 参见王利明:《司法改革研究》,法律出版社2000年版,第267页。
② 参见陈兴良:《社会危害性理论——一个反思性检讨》,载《法学研究》2000年第1期。

美好的理想,也是刑事法治的应有之义。周长军在《人权向度上的刑事诉讼》一文中,关切的是在刑事诉讼中如何保障人权,认为人权是认识和把握一国刑事诉讼特质及其发展水平的重要分析向度。在这一向度上,作者对我国刑事诉讼的人权保障现状进行了科学的论述。劳东燕在《刑事司法改革中的角色困境及其思考》一文中,认为从某种意义上说,修正和改革本身就是一种话语上的变更,是旧的话语系统开始衰退而新的话语系统开始渗入的体现和反映。该文以作为构成刑事诉讼"三造"的控、辩、裁为切入点,对"三造"在刑事诉讼中的角色变迁、由此带来的角色困境以及如何走出这一困境进行了饶有兴趣的分析。尽管论文篇幅不大,但提出问题与分析问题的方式是到位的,由此引发的思考也是深刻的,尤其是独立的叙述话语给人留下鲜活的印象。

在"理论前沿"栏目中,发表了邱兴隆的大作——《刑罚报应论——刑罚理性辩论之一》,接下去还会有之二、之三乃至于之四。可以说,这个栏目是为邱兴隆专设的。20世纪80年代末期,邱兴隆以一部《刑罚学》[①]而声名鹊起,奠定了其学术根基。经过长达十年的沉浮,20世纪90年代末期东山再起,以《刑罚理性导论》[②]、《刑罚理性评论》[③]而复归学术。如今,刑罚理性辩论系列论文又将在《刑事法评论》上陆续推出,令人刮目相看。从该文中可以看出,邱兴隆对于刑罚一系列基本范畴的思考达到了相当的理论高度,尤其是旁征博引,颇有大气,不再是一个"孤独"的思考者,而是融入了世界范围内的刑罚理论话语。不仅文章可读,其学术经历更为难能可贵。

在"犯罪构成研究"栏目中,发表的是陈忠林的《论犯罪构成各要件的实质及辩证关系》一文。犯罪构成是刑法理论中的一个重要问题,过去虽有讨论,但始终进展不大,希望能够推动犯罪构成理论的发展。

在"立法研究"栏目中,刊载的是赵永琛的《关于制定〈中华人民共和国国际刑事协助法〉的建议》及其所附的《中华人民共和国国际刑事协助法草案》(学术稿)。以这种草拟法律文本的方式进行学术研究,不仅具

---

① 邱兴隆、许章润:《刑罚学》,群众出版社1988年版,中国政法大学出版社1999年重版。
② 邱兴隆:《刑罚理性导论——刑罚的正当性原论》,中国政法大学出版社1998年版。
③ 邱兴隆:《刑罚理性评论——刑罚的正当性反思》,中国政法大学出版社1999年版。

有理论意义,而且具有现实意义。我期望这一学术稿会引起立法部门重视,并欢迎理论界对此进行评论。

在"域外传译"专栏中,刊载了黎宏博士翻译的日本著名刑法学家大谷实的《犯罪化和非犯罪化》一文,相信会对我国学者思考这个问题有所裨益。

本卷的"专题研究"专栏,内容丰富,涉及刑事法各个领域。林亚刚的《犯罪过失中的注意能力与注意义务之研究》一文,涉及的是犯罪过失理论的核心。该文进行了独具匠心的论述。何慧新的《刑事判例在现有刑法体系中》一文,基于罪刑法定主义的立场,对刑事判例制度进行了理论考察,涉及刑事判例与类推、司法解释的关系,是对刑事判例制度的理论基础的构造。郝银钟的《论"复印件主义"公诉方式》一文,将我国当前的公诉方式概括为"复印件主义",贬义昭然若揭。当然,文中也提出了作者结构性改造的构想,这就是废除"复印件主义",确立严格的起诉书一本主义。张旭的《国际刑事司法合作:现状、问题与应对》一文,从犯罪全球化(不仅经济全球化,而且随之出现了犯罪全球化)的趋势,指出了国际刑事司法化合作的必要性。张苏军的《我国监狱管理法制转型研究》一文,作者是监狱管理机关的领导,以其亲历的监狱管理经验,从理论上对监狱管理法制的转型问题进行了研究,具有相当高的理论价值,对身处学术圈的纯学者具有启迪性。吴宗宪的《论西方犯罪学中的当代实证主义》一文,从方法论角度考察了西方当代实证主义,尤其是对加强我国犯罪学研究提出了富有建设性的意见,值得认真对待。

本卷是《刑事法评论》进入 21 世纪以后出版的第一卷。随着《刑事法评论》的逐卷出版,受到刑事法学界的关注,越来越多的上乘之作汇集到我的手中,使我增加了选择余地,也使我对办好《刑事法评论》更有信心。期望《刑事法评论》不断地追寻刑事法治的前沿问题,使之成为我国刑事法理论进展的一个缩影。

陈兴良
谨识于北京海淀稻香园寓所
2000 年 2 月 26 日

7.《刑事法评论》(第7卷)[①]主编絮语

中国刑事法治建设的背景,为刑事法理论的发展提供了契机。在这紧要关头,作为刑事法学者,应当推进刑事法理论的发展。本卷的编辑正是本着这样一个宗旨进行的,我力图通过本卷的论文展示我国刑事法理论的前沿性成果。

在"中西刑法比较"栏目中,编发了田宏杰和蔡道通的两篇论文。田宏杰的《中西刑法现代化起源之比较考察》一文,从历史的角度回顾了中西刑法现代化起源的不同路径,尤其是作者以市民社会为分析框架,将刑法现代化置于市民社会这样一个历史背景下展开,并且对中国刑法现代化的宏观框架进行了有力度、有新意的理论分析。中国正处于刑法现代化的历史进程之中,我们正在为刑法现代化而努力奋斗,这是我国刑法发展所处的特定语境。蔡道通的《后现代思潮与中国的刑事法治建设——兼与苏力先生对话》一文,立足于中国刑法现代化这一语境,对后现代思潮及其对中国刑事法治建设的影响做了更进一步的理论探讨,从而与前文相映成趣、相得益彰。后现代思潮是西方社会流行的一种理论话语,经过一些学者的引入,在我国产生了一定的影响。在法学界,苏力对运用后现代思潮建构法学理论提出了其独特的见解,尤其是本土资源说在我国法学界颇有影响。无疑,苏力以其极具批判性的话语,给我国法学界带来一股清新之风,一扫以往法学界的沉闷,自有其学术上的贡献。然而,后现代思潮引发的对本土资源的怀恋可能成为排拒法的现代化的力量,这是不能不引起我们警觉的。蔡道通的论文在对后现代思潮进行深刻分析的基础上,尤其是从刑法趋同的命题出发,展开了刑法现代化的理论话语。刑法趋同是从法治的普适性中引申出来的必然结论,对于中国当前的刑法发展来说,不是要强调"地方性知识",而是要引入建立在市场经济之上的现代化的具有普遍性的刑法原则与刑法原理,这是一个不争的事

[①] 陈兴良主编:《刑事法评论》(第7卷),中国政法大学出版社2000年版。

实。我是同意蔡道通这一观点的,尽管在中国刑法现代化过程中,中国的社会现实与传统文化必然起到一种的制约作用,但我们更应强调借鉴人类历史上进步与科学的刑法文化。可以说,中国刑法的现代化是一种不可抗拒的历史趋势,在这一背景下,后现代思潮确有其不合时宜的地方。对此,我们应当引起重视。

在"理论前沿"栏目中,继第 6 卷《刑罚报应论——刑罚理性辩论之一》,本卷又发表了邱兴隆先生的《刑罚一般预防论——刑罚理性辩论之二》。该文从刑法理论上对刑罚一般预防理论,从历史与现实两个方面进行了详尽的考察。这种对刑法核心范畴进行系统梳理的学术努力,是值得充分肯定的,相信它会成为刑法理论发展的重要学术资源。

在"理论争鸣"栏目中,发表了劳东燕的《社会危害性标准的背后——对刑事领域"实事求是"认识论思维的质疑》一文,该文也是对社会危害性理论反思的进一步展开。该文的特点在于对社会危害性理论的分析不是局限在其表象,而是深入社会危害性标准的背后,对支撑着社会危害性理论的"实事求是"的认识论思维提出了质疑。该文并不满足于"破",而是立足于"立",提出了通过制度技术实现制度理性的重大课题。确实,在以往的刑法理论研究中,存在意识形态化的现象,社会危害性理论就是其中一个突出的例子。这种过度的意识形态化大大地遮蔽了我们的理论视野,妨碍了我们对刑法进行客观的技术性分析,因而在制度理性上无所作为。其实,刑法,包括在整个刑事法中,存在大量的技术因素与技术成分,对此应当在刑事法理论中进一步袪"意识形态化"之魅,还其制度理性的本来面目。只有这样,我们才能以一种客观的与科学的态度,进行刑事法治的理性建构。

在"学科研究"栏目中,发表了我的《法学:作为一种知识形态的考察——尤其以刑法学为视角》一文。法学作为社会科学的一个门类,其知识形态应当是怎样的?这是我在该文提出的一个问题,我试图对这个问题做出解释。在我看来,法学作为一种知识形态,具有理论层次上的区分,这就是以价值为研究对象的法哲学、以规范为研究对象的法理学与以事实为研究对象的法社会学。上述三种知识形态各有其特定的语境、特定的功能与特定的逻辑,它们各自都具有存在的合理性与正当性,不应互相抵牾,而是应当形成良性的互动关系。该文尤其以刑法学为视角进行了分析,这也是我对学科自身建设的一种理论反思,期望对于我国法学知识形态的科学化有所裨益。付立忠的《论刑法理论学科体系的科学化——兼论刑法学教材的改进》一文,以刑法理论学科体系的科学化为中心,也是对刑法学科的一种理论分析,尤其是涉及刑法学科体系的建构与刑法教科书的改进问题。我认为,它对于我国刑法学科建设的发展是具有现实意义的,应当引起我们的进一步思考。

在"国外刑法"栏目中,发表了谢望原的《葡萄牙刑罚制度中的社会服务刑》一文,社会服务刑对于我国学者来说是一个全新的概念。该文对此从历史与现实两个方面进行了全面而深入的评述,这不仅可以增进我们的刑法知识,更主要的是引发我们对于刑罚制度的国际发展趋势的关注。

在"域外传译"栏目中,发表了许章润、么志龙所译的美国著名犯罪学家塞林的《文化冲突与犯罪》一书,这是犯罪学领域中的一本重要著作,它集中反映了塞林的文化冲突论的观点。在以往的犯罪学著作中,只见个别论点的介绍,未见原文。许章润、么志龙将该书译出,对于我国犯罪学的理论研究必将有所帮助。由于《文化冲突与犯罪》是一本篇幅不长的书,我们一次刊载完毕,并且在体例上也保留了原貌,与本卷在体例上的不合之处,只能容忍。

"专题研究"栏目仍是本卷的重点所在,内容包括刑事法各学科的前沿性研究成果。储槐植、杨书文继《复合罪过形式探析——刑法理论对现行刑法内含的新法律现象之解读》(载《法学研究》1999年第1期)之后,又完成了《再论复合罪过形式——兼谈模糊认识论在刑法中的运用》一文,并在本卷发表。该文从模糊认识论的高度对复合罪过的理论基础做了进一步的探析。一论而再论,表明作者理论上的推进,更展示了学者对学术锲而不舍的执著精神。黄丁全的《过失犯理论的现代课题》一文,对过失犯理论予以学术上的深入展开,尤其是各种过失犯理论的流变过程,给我留下深刻的印象。理论的发展是适应社会需要的结果,只有以社会的逻辑进程为参照,才能勾勒出理论嬗变的内在理路。姜小川、陈永生的《论陪审制》一文,是对陪审制进行全面而深入研究的一篇重要论文。我国法学界对陪审制在我国的命运其说不一,该论文通过对陪审制的历史探讨与功能分析,对在我国诉讼活动中重建陪审制提出了独到的见解。

梁玉霞的《控辩对抗与辩诉交易》一文，探讨的其实同样是程序正义与诉讼效率的关系问题，只不过该论文选择的是流行于英美国家的"辩诉交易"这样一个独特的视角，因而具有重要参考价值。宫万路的《侦查主体结构及其职能分工研究》一文，从理论上对侦查主体结构及其职能分工问题进行了系统探讨，内容虽然属于刑事侦查学，但注重从刑事诉讼法理论上进行学术分析，值得一读。马姝的《有组织犯罪成因："国家—社会"分析范式的建构》一文，是对犯罪学研究方法论的探究，作者选择了"国家—社会"这样一个时下流行的社会理论分析范式，以期引入对有组织犯罪成因的分析当中。皮艺军、马皑的《卖淫活动的共生模式》一文，以一个崭新的切入点，对卖淫活动进行了深入的探讨，体现出一种"价值无涉"的客观研究态度。该文虽然是对如何治理卖淫活动的对策性研究，但其中涉及道德与法律、刑事政策的应然性与实然性，尤其涉及犯罪学研究的立场、观点、方法与范式等一系列问题，是颇具新意的一篇论文。文中的观点接受起来可能会有一些意识形态的障碍，但无论结论如何，这种学术努力都是值得充分嘉许的。

《刑事法评论》以反映刑事法领域前沿性研究成果为使命，我们期待更多的对于推进我国刑事法理论研究具有重大影响的论文在本论丛发表，从而使连续出版的《刑事法评论》成为我国刑事法理论发展的历史见证，这是我所追求的。这一目标的实现有赖于刑事法研究同仁的大力支持，积极为《刑事法评论》写稿。

以上是对本卷的一个导读，匆匆写来，絮絮叨叨，正合主编絮语之意。

陈兴良
谨识于北京海淀稻香园寓所
2000 年 6 月 19 日

8.《刑事法评论》(第8卷)[①]主编絮语

值此世纪之交,作为一个刑法学人,当然关注刑法理论的走向。这种关注,实际上是对刑法理论发展的一种憧憬、一种期盼、一种前瞻。借此《刑事法评论》编辑之际对新世纪刑法理论的发展前景以抒我见。

一是思想性。刑法理论,无论是规范刑法学还是理论刑法学,都应当进一步强调思想性。这里的思想性,是指刑法理论不仅要关注法条及其适用,关注理论及其论证,更应当关注刑法理论的人文关系。在当前建设法治国的社会背景下,刑事法治应当成为刑法理论的价值追求。我认为,这里面临一种刑法理论的转型,即从人治的刑法理论向法治的刑法理论的转变。人治社会并非没有法律,尤其不能没有刑法;相反,统治者往往十分倚重刑法。刑法成为国家单方面惩治犯罪的工具,从而服务于统治者。在这种情况下,刑法不具有自身独立的品格,而只是专制或者专政的附属物。在法治社会,刑法的性质发生了重大变化,它在具有对公民行为的裁判机能的同时,更具有对司法行为的规范机能;它不仅约束老百姓,而且约束司法者,成为防止司法权滥用的重要手段。随着从人治刑法到法治刑法的转变,刑法理论同样面临这种转型。我国以往的刑法理论中具有十分浓重的国家主义色彩,在价值取向上明显地以社会整体利益为依归。因而,在刑法机能上,强调的是社会保护机能,而忽视甚至漠视人权保障机能。随着刑事法治的发展,以社会危害性为中心的传统刑法理论与以罪刑法定主义为灵魂的刑法理论之间的价值冲突得以凸显。这种冲突不仅表现在犯罪本质是社会危害性还是刑事违法性之争上,而且还表现在犯罪构成理论的建构上。传统的源于苏俄的犯罪构成理论,实际上是一种社会危害性的构成,犯罪构成各要件都以体现行为的社会危害性为其存在的理由与根据。这样一种以社会危害性为基础的犯罪构成理论仍然是我国刑法学界的通说。我认为,犯罪构成理论应当是刑事违法

---

① 陈兴良主编:《刑事法评论》(第8卷),中国政法大学出版社2001年版。

性的构成,它的功能在于说明行为的刑事违法性。因此,在罪刑法定主义的视野中,犯罪构成理论要进行反思与检讨,乃至于具备条件情况下的重构。而所有这一切,都必须在刑事法治思想的指导下。可以说,刑事法治是新世纪我国刑法理论的主旋律。刑法理论唯有反映现实社会的法治要求,以推进我国刑事法治建设为使命,才具有强大的生命力。

二是学术性。面向新世纪,刑法理论应当努力地提升自身的学术水准。只有这样,才能推进我国刑法理论的发展。因此,必须强调刑法理论的学术性。刑法理论的学术性首先与传统的承续与观点的创新有关。学术性意味着一种刑法理论应当置身于一定的社会历史背景之中,具有承续性。因此,这种刑法理论是逐渐累积的结果,是一个发展进化的过程,而不是突如其来的。在这个意义上说,刑法理论的学术性就是要把握刑法理论发展的历史脉络,注重刑法文化的积淀,使刑法理论具有历史的意蕴。同样,我们还应当强调刑法理论的创新,引入各种刑法思想观点为我所用。我们身处的这个时代是一个变法的时代,我们身处的这个社会是一个改革的社会。变法与改革呼唤着刑法理论的发展与更新,因此,这也为刑法理论的创新提供了大好的机遇。刑法理论的学术性还与一定的知识、一定的话语、一定的范式有关。传统的刑法理论缺乏学术性,在很大程度上表现为它只是对法条的机械注疏,是一种单纯的关于法条的知识。当涉及法条背后的价值内容时,它所采用的是一种政治话语。因此,刑法理论的学术性,首先意味着应当引入相关的知识,包括关于人的知识、关于社会的知识等,以祛意识形态之魅。刑法作为一种法律现象,当然需要法律的解释。然而,刑法更是一种人与社会的现象,也就更需要从人性和社会的高度对其做出解释。并且,对刑法的法律解释也只有奠基于人性解释与社会解释之上,才是具有说服力的。实际上,对人性的理解程度、对社会的理解程度,直接决定着对刑法的理解程度。在这个意义上说,刑法学家首先应当是社会思想家,具有关于人性与社会的知识,以此建构刑法理论,学术性才会得以丰厚。刑法理论的学术性,还表现为一定的学术话语的建立。在以往的刑法理论中,政治意识形态垄断了话语权,这种刑法理论是一种政治话语的重复。而刑法理论的发展,就是要终结政治话语在刑法理论中的垄断地位,形成一种刑法理论自身的话语,这种话语是自主的、自足的、自立的,因而具有科学性。这种刑法理论话语的改变,不仅是学术关注点的转移,而且是理论叙述语言的创新、理论叙述方式的创新。总之,刑法被学术地考量:以一种全新的方式被思考、被描述、被表达。刑法理论的学术性,还意味着刑法理论范式的改变。一定的范式是历史地形成的,必然打上历史的烙印。刑法理论也是如此,我国传统刑法理论是在阶级斗争为纲的年代形成的,具有深深的阶级专政的印记。这种研究范式虽然随着刑事法治建设的推进,正在逐渐地退出历史舞台,但由于历史的惯性,还在很大程度上影响着我们的刑法思维。因此,建立刑法理论新范式的任务是如此迫切,成为刑法理论向前发展的当务之急。当然,理论范式的转变是一个演变的过程,不可能在瞬间完成。问题在于,我们应当在刑法研究中推陈出新,使刑法理论具有一种新气象,从而改变刑法理论的旧貌。

三是规范性。刑法学是一门以刑法规范为主要研究对象的学科,同时,在刑法理论中又要引入一定的规范,这就是学术规范。对于刑法理论的发展来说,学术规范至关重要。以往的刑法理论虽然众说纷纭,表面繁荣,但积淀的观点与达成的共识并不多,因而过眼云烟式的论著为数不少。在此关键是要在刑法理论研究中引入学术规范,形成规范刑法学与理论刑法学各自的语境。只有在此基础上,才能使刑法研究摆脱无谓的论争,一步步地推向前进。在此,有必要重提专业槽问题。建立刑法理论的专业槽,就是要形成一定的学术规范。我们的刑法理论研究,是在前人已经取得的学术研究成果的基础上进行的。从贝卡里亚开始的近代刑法话语,经过刑事古典学派和刑事实证学派的论争,形成了一套独立的刑法思维方式,从而构成近代刑法理论的传统。我国刑法理论的发展,也应当纳入这个传统,并从中汲取学术营养。因此,我们应当尊重已经形成的学术传统,在此基础上思考刑法问题。只有这样,刑法的思考才是具有学术价值的。刑法专业槽的建构,不仅是一个知识累积的问题,而且是一个学术规范形成的问题。只有从学术规范的意义上认识专业槽,才能不仅关注刑法研究成果的数量,而且关心刑法研究成果的质量。强调刑法研究的规范性,要求我们的刑法理论研究要具有学术规范的意识,将作为学术的刑法研究与作为实践的刑法研究加以区分。刑法作为定罪量刑的大法,它的生命在于被适用。在刑法适用中,必然会提出一些疑难问题需要从理论上加以研究,这是刑法的应用性研究。这种应用性研究具有明确的功利性,是为司法实践服务的,因而也是刑法研究的重要内容。但这种作为实践的刑法研究与作为学术的刑法研究是有区别的,两者不可混同。作为学术的刑法研究是以法理为本位的,是对刑法的价值的解读,它在一定程度上超然于实践,具有独立的学术追求与理论品格。当然,作为学术的刑法研究建立在刑事立法与刑事司法的基础之上,最终对其起指导作用。

本着思想性、学术性、规范性的要求,本卷展示了刑事法理论的前沿性研究成果。

在"犯罪构成研究"栏目中,对犯罪构成问题展开了专门的理论探讨。《刑事法评论》第 6 卷曾设"犯罪构成研究"栏目,发表了陈忠林教授的《论犯罪构成各要件的实质及辩证关系》一文,意在抛砖引玉。本卷又集中发表几篇论文讨论犯罪构成问题。劳东燕的《罪刑法定视野中的犯罪构成》一文从罪刑法定主义出发,讨论了犯罪构成的功能,认为犯罪构成对于罪刑法定具有支撑作用,同时又承担着克服罪刑法定僵硬性的使命。由此出发,作者对犯罪构成的结构与体系进行了深入的考察。我认为,作者的视角是独特的、观点是敏锐的、思想是深刻的、表述方式是新颖的,值得向读者推荐。倪培兴的《犯罪客体论》一文,论及的是犯罪客体问题。在我国犯罪构成的讨论中,犯罪客体是一个争议最大的要件,主张否定说的学者不乏其人。该文对犯罪客体持肯定说,并从犯罪客体的社会性、法律性及其与主观罪过的同一性等角度做了论证,不乏理论上的深刻性。许永安的《客观归责理论及其对我国犯罪构成的意义》一文,涉及在德、日刑法理论中广泛流行而我国刑法学界刚开始介绍的客观归责理论。客观归责理论是从因果关系理论中发展起来的,但其影响却涉及整个犯罪构成,应当引起我们的重视。该文对德、日刑法理论中的客观归责理论的源流进行了系统梳理,尤其是探讨了客观归责理论对我国犯罪构成的借鉴意义。游伟、肖晚祥的《期待可能性理论研究》一文同样涉及德、日刑法理论中已成通说而且在我国刑法学界也受到重视的期待可能性问题。期待可能性对于犯罪构成的意义已经越来越多地被人们所认识,日本学者大塚仁颇为深情地把期待可能性理论称为"是想对在强有力的国家法规范面前喘息不已的国民的脆弱人性倾注同情之泪的理论"。显然,期待可能性理论可以克服罪刑法定背景下的犯罪构成的僵硬性,因而具有十分重要的意义。以往我国刑法学界对期待可能性已经有所介绍,但囿于篇幅都未能展开。该文对期待可能性理论的历史演变、理论根据以及对我国刑法理论的借鉴意义都做了细致系统的研究。卢宇蓉的《犯罪的加重构成》一文,对犯罪构成中的一个重要问题——加重构成进行了深入探讨。加重构成是相对于基本构成而言的,它具有不同于基本构成的特殊性。该文对加重构成的概念、特征、分类以及加重构成的犯罪形态与刑罚适用等重要问题做了颇为细致的梳理,对于犯罪构成理论的深化具有重要的理论意义。犯罪构成是刑法理论中的一个永恒的主题,因而《刑事法评论》以后还将继续发表讨论犯罪构成问题的文章。

在"刑事程序研究"栏目中,集中发表了四篇讨论刑事程序的论文。随着程序正义思想的传播,刑事程序的价值问题引起学界的重视。锁正杰的《刑事程序价值的基本内容及其实现——以人权保障为核心的程序正义论》一文,基于人权、自由、平等的理念,揭示了刑事程序的价值内容。高一飞的《刑事简易程序的正当性研究》一文,讨论的是刑事简易程序的正当性问题,仍然属于程序正义的范畴。刑事简易程序主要是为了追求诉讼效率,节省司法资源。那么,刑事简易程序是否具有正当性以及实现程序正义的条件是什么呢?该文从效率与公正的关系上对这一问题进行了回答。陈卫东、刘计划的《论检侦一体化改革与刑事审前程序之重构》一文讨论的是刑事审前程序,它是刑事程序最重要的组成部分。以往我们论及程序正义,关注的是审判程序,往往忽略审前程序。其实,审前程序对于程序正义的实现具有十分重要的意义。该文对审前程序正义实现的构想是在审中构建控、辩、裁即侦检一方、辩护一方与中立的裁判机关等诉讼三方组合的基本格局。该文涉及司法体制的改革,尤其是提出了检侦一体化的建议,具有一定的参考价值。李昌林的《控辩平衡的程序保障——兼论我国刑事诉讼对英美证据开示制度的借鉴》一文讨论了控辩平衡这一程序正义的重大问题。作者认为,为达到控辩平衡,应当重视证据开示制度,以期控辩力量在一定程度上得到平衡,从而实现刑事诉讼的公正目标。

在"理论前沿"栏目中,前两卷分别发表了邱兴隆《刑罚报应论——刑罚理性辩论之一》与《刑罚一般预防论——刑罚理性辩论之二》,本来还有《刑罚个别预防论》与《刑罚一体论》两篇有待发表。由于其专著《关于惩罚的哲学——刑罚根据论》已由法律出版社出版,只好割爱,有兴趣的读者可以拜读其书。本卷的"理论前沿"栏目发表的是文海林《回应社会的刑法——誓将目的追问到底》一文。作为司法实务工作者,文海林先生能够提出"回应社会的刑法"这样一个十分学术化的命题,我认为是难能可贵的。该文在罪刑法定主义倡导形式刑法的背景下,对刑法提出了从形式到目的的叩问,重点揭示了刑法的社会性。该文提出的问题是独特的,也可能是会引起争议的,但这种探索精神正是《刑事法评论》的编辑宗旨所追求的。

在"刑法学人"栏目中,发表了我为邱兴隆的《关于惩罚的哲学——刑罚根据论》一书所作的代序,题为《我所认识的邱兴隆:其人其事与其书——〈关于惩罚的哲学——刑罚根据论〉代序》。这是一篇记述性文字,有一点抒情与感慨,内容是真实的,情感是真诚的,我希望有更多的人来写这类文章,为《刑事法评论》增添一点暖色调。

本卷值得隆重推出的是"福柯与刑法"这一专栏。福柯是我最敬佩的思想家之一,其代表作《规训与惩罚——监狱的诞生》是我最喜爱的书籍之一。福柯涉猎多个学科,是个天马行空式的学者,但他与刑法大有关系。在《规训与惩罚——监狱的诞生》一书中,其通过对近代监狱起源的探讨,揭示了近代刑事司法制度的历史性嬗变。强世功博士组织翻译了这一组文章,其中包括福柯的四篇文章和他人研究福柯刑法思想的两篇文章。这些译文为我们研究福柯的刑法思想提供了丰富的资料,可以开阔我们的理论视野。

在"专题研究"栏目中,发表了刑法、监狱法和犯罪学的四篇论文,反映了各学科的研究新成果。刘远的《犯罪的质和本质——兼及刑法学体系的建构》一文讨论了犯罪概念这个热点问题,文中涉及社会危害性说与法益侵害说、权利侵害说等各种学说。作者主张权利侵害说,以此解释犯罪的本质,并对此进行了论证。刘明祥的《行使权利与财产罪问题比较研究》一文,涉及以往我国刑法学界未予关注的行使权利与财产罪的关系问题,采用比较研究方法,对英、美、德、日各国行使权利与财产罪之关系的理论做了述评,资料翔实,富有启发性。张晶的《中国监狱制度:评价与完善》一文,回顾并评价了中国传统监狱制度,尤其是提出了建立在现代化、科学化、法治化、社会化、专业化之上的现代监狱理念,对于中国现代监狱制度的建立具有启发意义。张小虎的《现代美国犯罪社会学理论述评》一文,系统梳理了现代美国犯罪社会学理论,并对其做了评价。该文尽管以介绍为主,但这种学术梳理对于理论的发展是十分重要的,是一种基础性的工作。

又一卷《刑事法评论》即将付梓,我有如释重负之感。手中攥有许多好稿,由于出版周期的影响,这些文稿往往要在我这里存放一段时间,就好像手中捧着一团火,迫不及待地想去点燃一盏盏学术之灯。如今将这些好稿发表出来,与读者共同分享。

陈兴良
谨识于北京海淀蓝旗营寓所
2001 年 2 月 16 日

9.《刑事法评论》(第9卷)[①]主编絮语

理论是实践的引导,因而理论是超越现实的。唯此,理论才能对实践起指导作用。对于我国刑事法治建设来说,也是如此。没有对前沿性的刑事法理论的研究,刑事法治就不可能实现。本卷秉承《刑事法评论》一贯的编辑宗旨,推出刑事法理论的新成果。

在"刑事诉讼理论"栏目中,我的新作《刑事程序的宪政基础》一文从宪政的角度对刑事程序的人权保障机能进行了探讨。我国虽然一直有宪法,但宪法往往只具有陈列的意义,对于现实生活没有规范作用,对于部门法没有规制作用。随着法治建设的发展,宪政的问题越来越多地被提到学者的面前。宪法学者开始从静态宪法到动态宪法、从形式宪法到实质宪法展开宪法理论的新探讨,宪政这一曾经沉寂的术语开始悄然复活,并日益成为宪法理论的关键词。不仅如此,其他部门法学者也从本部门的实际问题出发,触及宪政问题。可以说,合宪性是对合法性的一种审问,是最高层次的合法性,乃至于是对合法性的正当性审视。这是一个可喜的变化,它表明我国部门法的研究正在向着更高的理论层次攀登。各部门法都以不同的角度实现宪法的价值内容。其中,刑事诉讼法与宪法具有更为紧密的关联。宪法对犯罪嫌疑人、被告人的人权保障功能主要是通过刑事程序实现的。我在对刑事程序的宪政基础的探讨中,从历史与逻辑两个方面予以展开,揭示刑事程序对犯罪嫌疑人、被告人的人权保障的重要性。劳东燕的《自由心证制度的当代命运》一文,讨论了自由心证制度。自由心证在以往我国的刑事诉讼法理论中,是一个灰色的概念。"自由"二字有自由主义之嫌,"心证"一词则有唯心主义之虞,因而在"实事求是"之类的政治概念面前,"自由心证"这种法律概念显得灰溜溜的,需要在不断的辩护中获得存在的空间。随着刑事诉讼法理念的转变,"自由心证"一词也开始掸掉落在身上的灰垢,堂而皇之地重登刑事诉讼法的

[①] 陈兴良主编:《刑事法评论》(第9卷),中国政法大学出版社2001年版。

理论舞台。劳东燕的论文就是为自由心证制度拨乱反正的努力之一,并且立于司法改革的高度,从重构我国的刑事证据制度的背景出发,全面地探讨了自由心证制度,具有相当的理论深度。我以为,作者的这种学术敏感是值得充分肯定的。尽管对于自由心证制度还会存在争论,自由心证制度在中国的命运还值得关切,但我们不能对自由心证置之不理。沈丙友的《质证规则研究》一文论及证据制度中的一个重大问题:质证规则。质证是刑事诉讼的重要环节,是法官采证的唯一前提,也是法官认定证据证明力和案件事实的基础。质证规则是证据规则的组成部分,是规范质证活动,使质证有序展开的法律基础。我认为,沈丙友对质证规则的讨论是深入而细致的,对于建立我国刑事证据规则具有重大意义。

"劳动教养研究"栏目,围绕劳动教养制度进行了探讨。劳动教养制度是我国一种独特的刑事司法制度,由于其存在的种种弊端,一直为国际社会所诟病。可以说,劳动教养制度是我国刑事制度中的一个黑洞,它的存在足以吞没我国刑事法治的所有成果。目前,劳动教养制度正在引起我国学者的关注。刘仁文的《劳动教养制度及其改革》一文,在叙述劳动教养制度的历史与现状的基础上,提出了劳动教养的改革方案。刘中发的《劳动教养刑法化之根据求证》一文,提出了劳动教养刑法化这一命题,并对其根据进行了颇为深入的论证。作者认为,劳动教养刑法化不仅十分必要,而且存在理论上、现实上和法律上的根据。劳动教养刑法化的理论根据是刑事制裁多样化、刑事责任多元化、刑法观念人道化的要求。劳动教养刑法化的现实根据是人权保障的需要;而世界性刑法改革运动和非刑罚方法的兴起,则为劳动教养刑法化提供了法律根据。尤其值得推荐的是张绍彦的《劳动教养立法的理论探索——中国劳动教养立法理论研讨会实录》一文,该文是北京大学法学院刑事法理论研究所于 2001 年 3 月 29 日至 4 月 1 日在北京召开的中国劳动教养立法理论研讨会的发言录音整理。参加该会的有我国各大教学与科研机构对劳动教养立法关心并关切的各部门法学的专家学者,包括法理学、宪法学、中外法律史学、刑法学、刑事诉讼法学、监狱法学、犯罪学、中国监狱史学、行政法学和行政诉讼法学等众多法学专业的学者会聚一堂,对劳动教养制度、尤其是劳动教养立法问题展开讨论,这是极为罕见,也是十分难得的。从该文中,读者可以想见会议研讨的盛况。这次研讨会虽然结束了,但这份发言录音稿却因张绍彦先生的勤勉而保存下来成为一种历史见证。为使更多的人分享这次研讨会的成果,现将研讨会的发言录音稿发表出来。我相信,它对于唤起更多的人来参与劳动教养立法研究是会有所裨益的。

"理论前沿"栏目接上卷之后,再次发表了文海林先生的文章,即《刑法:从形式到目的——以法的一般发展为背景》。我认为,文海林对于刑法的这些思考是严肃的,也是深入的。作为一名司法工作者,其对刑法理论能有如此感悟与洞察,使我们这些理论工作者汗颜。

在"刑法学人"栏目中,我们以十分崇敬的心情,刊出两篇关于怀念和研究蔡枢衡先生的文章。记得在2001年年初,我在北京开会碰上中央司法警察教育学院副院长王泰教授,他言及手头有一封蔡枢衡先生关于共犯问题的信。王泰先生在中国政法大学师从宁汉林先生攻读硕士学位时,因蔡枢衡先生与宁汉林先生的师生关系,使王泰先生开始了与蔡枢衡先生的一段美好交往,并留下信函。当时我就欣然向王泰先生约稿,希望他能把这段交往付诸文字,让更多的人了解。会后,王泰先生利用春节休假将蔡枢衡先生的信整理出来,又写了一点有关的文字,既表达了对一代宗师的怀念,又交代了此信的来龙去脉,随信还附上蔡枢衡先生原信的复印件。现在,将这些文字一并发表,以告慰蔡枢衡先生的在天之灵。蔡枢衡先生是我国20世纪30年代著名的刑法学家,曾师从日本著名刑法学家牧野英一,回国后长期在北京大学任教,对北京大学刑法学科学术风气的养成做出了巨大贡献。孔庆平的《蔡枢衡的刑法思想研究》一文,可以说是全面介绍蔡枢衡的生平事迹和系统研究蔡枢衡的刑法思想的一篇力作,对于我们了解蔡枢衡的刑法思想具有重要意义。蔡枢衡刑法思想是中国近代刑法思想的重要内容之一,在我看来,蔡枢衡先生是我国20世纪30年代极为罕见的具有自己思想的刑法学家之一,他对法理学也有所贡献,值得我们纪念。学术是讲究承传的,传统不能割断,这是我编完这组文章后的一点感想。

在"刑法社会学研究"栏目中,刊载了强世功博士的《惩罚与法治:中国刑事实践的法社会学分析(1976年—1982年)》一文的上篇,这是强世功博士论文的一部分,下篇将在下一卷刊出。该文从法社会学的视角出发,研究了中国1976年至1982年惩罚与法治的观念的演变。这篇论文可以看作在法社会学研究方面的学术努力之一,只是由于它所考察的是中国的刑事制度,才可以包括到刑法社会学中来。由于社会学方法的独特性,这篇论文与我们通常所见的刑法论文,或者说注释刑法论文,无论是在表述方法上还是在思想观点上,均大异其趣。我认为,刑法学是一个开放性的理论体系,应当而且可以容纳各种研究风格的成果。本卷发表强世功的这篇论文,也可以视为对多元的研究风格的一种提倡。

"专题研究"栏目向读者奉献出了内容丰富的前沿性成果。孙万胜的《司法权的类型学分析》一文,采用马克斯·韦伯所倡导的类型学方法,对司法权的类型做了深入的分析。作者将司法权分为国家本位型司法权、程序本位型司法权和目的本位型司法权,并对各种类型的司法权的特征及其运作都进行了研究,表明了作者的理论旨趣。尤其是作者以中级人民法院院长的身份,写出如此学术化的论文,使我对法官素质提高的前景抱一种乐观的态度。黄丁全的《机能刑法观的后退与挫折》一文,引进了机能刑法这个概念,机能刑法不同于刑法机能,它是一种目的刑法,是在与市民刑法或者规范刑法相对应的意义上而言的,更强调刑法的刑事政策化。但是,在刑法进化中,这种机能刑法的观念遇到挫折,乃至于不得不后退。黄丁全博士为我们勾勒出20世纪刑法观变迁的主要线索,从而开阔了我们的理论视野。《刑事法评论》连续发表了黄丁全博士的刑法学论文,这些论文具有一定的新意和一定的深度,给人以启迪。对于黄丁全博士的勤勉,我们要表示衷心的感谢。刘守芬、汪明亮的《论罪刑均衡的经济性蕴涵》一文,从经济学角度出发,结合社会学的相关内容,对罪刑均衡的经济性蕴涵予以深刻的揭示。作者的结论是:经济性是罪刑均衡原则蕴涵的题中之意,配刑是罪刑均衡原则的核心;对某种犯罪予以配刑必须考虑犯罪成本、刑罚转化率等变量;罪刑均衡点、罪刑均衡度、罪刑均衡量是罪刑均衡原则经济性的三方面的体现,表现为犯罪成本与刑罚成本的有机统一。犯罪成本与刑罚成本的结合点是罪刑均衡点,刑罚成本是罪刑均衡度,刑罚成本转化率的大小决定着罪刑均衡量的大小。上述这些观点都是极为新颖的,尤其是引入经济分析方法,使我们获得了对于罪刑均衡原则蕴涵的全新认识。当然,如何理解罪刑均衡的经济性与公正性的关系,仍然是一个有待研究的问题。传统理论关注的是罪刑均衡的公正性。公正性与经济性是否统一以及这种统一的基础何在,上升到公正与功利的关系上,还有进一步深入研究之必要。杨兴培的《犯罪故意的理论诠说》一文,基于我国刑法总则中的犯罪故意概念,对犯罪故意的形式与内容做了较为细致的分析,对于我们理解犯罪故意这一罪过形式有所帮助。黄明儒的《伪造罪论纲》一文,展示了一种研究刑法各罪的新思路。我国刑法中并无伪造罪之设置,而是规定了各种具体的伪造犯罪,例如,伪造货币罪,伪造金融票证罪,伪造国家有价证券罪,伪造股票、公司、企业债券罪,伪造增值税专用发票罪,伪造有价票证罪,伪造国家机关公文、证件、印章罪,伪造公司、企业、事业单位、人民团体印章罪,伪造身份证件罪,辩护人、诉讼代理人伪造证据罪,伪造武装部队公文、证件、印章罪等。这些罪名散见于刑法分则各个不同章节,但它们都以伪造为其行为方式。该文立足于伪造这一行为方式,将上述犯罪在法理上归结为伪造罪,并对伪造罪的构成特征进行了深入研究,我认为这是值得提倡的一种研究方法。王丽的《律师泄露秘密罪比较研究》一文,采用比较方法,对律师泄露秘密罪进行分析,资料丰富,梳理得当,对于我们研究律师执业中的刑事责任问题有一定的意义。王利荣的《论行刑权构建的两种走势》一文,在对我国现行的行刑权运作考察的基础上,比较分析了高度集权、独立的行刑权体系与分散性的行刑权格局的利弊,进而提出建构一种与社会亲和的行刑权,认为这更符合法律运作的原理。以司法中立为基础的执行权社会化,不同于行政控制下的开放性行刑,它经过了中间权力的过滤,能够增进社会对制度机制的信任,保证出狱人真正回归的是市民社会。该文对于行刑权发展提出的思路,我认为是符合刑事法治精神的,尤其是从一个更高的理论层面上俯视行刑权的运作及其发展前景,使该文具有相当的学术性。

  编完本书,掩卷感慨,我国的刑事法理论水平逐渐地在提升,我仿佛能够听见刑事法理论发展的脚步声。我期望着《刑事法评论》伴随着刑事法理论一起成长。

陈兴良
谨识于北京海淀蓝旗营寓所
2001 年 6 月 4 日

10.《刑事法评论》(第10卷)[①]主编絮语

本卷是《刑事法评论》的第 10 卷。中国人从来都对数字十分敏感,无疑,10 是一个吉利的数字。因此第 10 卷是值得纪念的一卷,表明《刑事法评论》已经逐渐成熟。

在"刑事违法研究"栏目中,编发了四篇论文,展示了在这个领域的最新研究成果。在以往我国刑法理论中,由于受社会危害性理论的影响,对于刑事违法性是不够重视的。相对于大陆法系刑法理论中内容丰富的刑事违法性理论,我们不能不承认对刑事违法性研究的薄弱。在罪刑法定原则被刑法确认以后,社会危害性理论受到质疑,其至尊地位开始动摇。正是在这一背景下,刑事违法性开始受到重视。因此,在刑事违法性研究中,总是不可避免地涉及社会危害性问题。我在《社会危害性理论——一个反思性检讨》的论文中,向社会危害性理论发难,说了一些狠话,引发了某些争议,我想在适当的时候,对这个问题再做进一步的探讨。本卷发表的这四篇论文在一定程度上都是对我的观点的回应,无论是对我的观点的深化抑或是商榷,我都感到十分高兴。毕竟,学术的生命在于争鸣。

米传勇的《刑事违法论——违法性双层次审查结构之提倡》一文提出了对违法性进行双层次审查的构想,即形式违法的审查与实质违法的审查,从而避免因驱逐社会危害性而陷入违法性的泥潭。我认为,这一构想是极具创见的。当然,在大陆法系犯罪构成理论中,违法性的实质审查是通过违法性这一要件完成的,因而其犯罪构成本身就具有违法性的实质审查之功能。对于这一点,我国犯罪构成理论是应当借鉴的。梁根林、付立庆的《刑事领域违法性的冲突及其救济——以社会危害性理论的检讨与反思为切入》一文,同样涉及刑事违法性与社会危害性的关系,作者推出了刑事违法性的冲突这样一个命题。这里所谓刑事违法性的冲突,实际上是指刑事违法性与社会危害性的冲突,即有刑事违法性而无社会危

[①] 陈兴良主编:《刑事法评论》(第10卷),中国政法大学出版社2002年版。

害性或者无刑事违法性而有社会危害性。这当然是一个极具中国特色的命题。在大陆法系刑法理论中,刑事违法性冲突只存在于有形式违法而无实质违法的场合,至于无形式违法而有实质违法的情形是根本不可能存在的,这也正是不能简单地将社会危害性替代实质违法的主要原因。先形式违法审查后实质违法审查,这不仅是一种时间上的顺序,而且是一个理论上的逻辑。与之相反,我国则往往先实质(社会危害性)审查后形式(刑事违法性)审查。该文作者提出能动的司法定罪机制在解决刑事违法性冲突中的关键作用,当然是有重要意义的。刘为波的《可罚的违法性论——兼论我国犯罪概念中的但书规定》一文,引入大陆法系刑法理论中可罚的违法性的概念并对此进行了细致的论述。作者认为,我国刑法犯罪概念中的但书规定与可罚的违法性论有某种暗合之处,因而主张借鉴可罚的违法性论,并对但书规定进行了重新阐释,这可以看作对但书规定的一种理解。近来,我国刑法犯罪概念中的但书规定开始引起人们注意,对其褒贬不一。我认为,但书规定关系到我国刑法整体框架的建构,确是一个唯此为大的问题。我个人是倾向于否定但书规定的,它虽然有一定的出罪功能,但同时也带来整个刑法建筑的偏斜。当然,对此还需进一步研究。方鹏的《纠缠于法益与社会危害性之间》一文,论述了法益理论与社会危害性理论的关系。我曾经提出用法益概念替代社会危害性概念的观点,方鹏的论文对此进行了探讨,得出的结论是"纠缠于法益与社会危害性之间,我最终倒向了社会危害性"。作者的这一结论是建立在改造社会危害性概念的基础之上的,尤其是强调了社会危害性的出罪功能。作者的这种独立思考精神是值得充分肯定的,至于结论正确与否,还可以展开讨论。

在"理论前沿"专栏中发表了两篇探索性的论文。劳东燕的《刑事视域中的"人"》一文,讨论了一个永恒的主题——人。刑事法是规制人的行为的,对人的理解直接关系到刑事法规范的设置。每个历史时期的刑事法都是与这个时期关于人的知识相对应的。在这个意义上说,刑事法学是人学。因此,通过关于人的知识的演变可以勾勒出刑事法发展的历史线索。作者关注的主题是:近代以降对于人的认识如何影响及至支配了现代刑事制度体系的构建,并促成之后变迁的发生。作者描述了从抽象人到抽象人的具体化的变化,这种变化反映了理性治理方式下治理策略的调整。写作这样一种宏大叙事式的论文,是需要勇气的,尤其是对大量相关学科文献资料的阅读成为必不可缺,否则就难以把握这个题目。作者以其胆识与学识较好地完成了这一论文的写作,呈现给读者一种完全不同于通常刑法文章的理论风貌,这是难能可贵的。刘中的《二元社会程序规则——刑法非正式渊源叙说》一文,讨论了刑法的非正式渊源这样一个边缘化的问题。作者既肯定了非正式渊源存在的必要性,同时也揭示了非正式渊源的弊端。作者的关注是值得肯定的,因为发现一个真问题的价值并不亚于识破一个假问题。

在"劳动教养制度研究"专栏中,发表了我的论文:《劳动教养制度:一个文本的研究》。劳动教养制度是当前我国刑事法治建设中迫切地需要解决的一个问题。《刑事法评论》第9卷曾辟专栏对此进行探讨,以后还将持续地予以关注。我的这篇文章是对某市劳动教养委员会制定的一个关于劳动教养的文件的解读。通过这个文件,我们可以了解劳动教养制度存在的实际状态。

"刑法社会学研究"栏目继上卷之后,发表了强世功的《惩罚与法治:中国刑事实践的法社会学分析(1976—1982)》一文的下篇。读完全文,我们可以从中获得一种崭新的研究思路。

在"专题研究"栏目中发表的论文,内容涉及中国刑法、国际刑法、刑事诉讼法、监狱法和犯罪学等各个刑事法领域。游伟、谢锡美的《非犯罪化思想研究》一文是我国刑法学界迄今为止对非犯罪化问题研究篇幅最长的一篇重要论文。非犯罪化是一个刑事政策方面的问题,尽管我国目前仍然坚持"严打"的刑事政策,因此非犯罪化尚不是一个现实问题,但这一问题的研究仍然是具有重要理论意义的。童德华的《刑事替代责任制度比较研究》一文,对刑事责任中的替代责任制度进行了比较研究,尤其是对我国是否实行这一制度提出了作者个人的见解。李贵方的《证据规则的正义理念》一文从正义理念出发,对证据规则进行了研究。因此,它所论述的不是证据规则的技术性问题,而是证据规则由此形成的正义理念。这些理念包括程序公正性理念、发现案件真实的理念、避免冤案的理念、实现个案公正的理念、排除非法证据的理念等。我认为,这些理念确实是证据规则的灵魂与精髓。秦一禾的《关于中国引渡立法和司法实践的建言》一文,对中国引渡立法和司法实践中的问题提出了建设性意见。

随着对外交流的加强,跨国犯罪不断增加。在这种情况下,国际刑事司法协助就显得十分重要。引渡作为国际刑事司法协助的一种方式,对它的研究是十分必要的。蔡道通的《婚内有奸的法理探究》一文,对中西不同语境中"婚内有奸"的社会蕴含进行了比较,研究了"婚内有奸"在西方社会的生成机理和能否在中国实现本土化转换的问题,认为对"婚内强奸"必须一方面规制,一方面结合本土文化进行"改造"。同时,文章引介女权主义学说和语境论加以论证,是法学研究走出"经典"和"传统"的一条进路。唐大森的《猥亵罪之比较研究》一文,搜集国内外立法资料,对猥亵罪进行了系统的研究,是国内学界对性犯罪研究的又一成果。方泉、石英的《论网络空间的刑事法——兼评欧盟〈反网络犯罪条约(草案)〉》一文,是对当前较为前沿性的网络犯罪与网络刑法一类问题的思考,提出网络空间刑事司法权力需要在自由与安全之间实现平衡,这是一种颇具新意的研究。狄小华的《论监狱行刑权力资源的分配》一文,以崭新的视角对行刑权进行了探讨,提出了监狱行刑权力资源如何进行分配的问题,这个问题的提出对于调动罪犯内在改造积极性,实现行刑目的具有重要意义。监狱法学在刑事法学中虽然是一个小学科,但也有不少拔尖之作问世,《刑事法评论》发表了一些在我看来是颇有品味的论文,为此我不无得意。鲁兰的《张君及其犯罪集团中女性成员访谈实录》一文,是一篇极具特色的文章。作者以其特殊的身份,对张君及其犯罪集团中的女性成员进行了面对面的访谈,从中可以了解女性犯罪的某些实际状况。此文不仅是访谈笔录,而且也加入了作者个人的思考,因而更具有启发性。我认为,这种访谈式的研究是我国犯罪学实证研究的重要方法,值得提倡。

在本卷的编辑过程中,我感触最深的一点就是作者的年轻化。在本卷作者中,米传勇、付立庆、方鹏、刘中都是北京大学法学院刑法专业 2000 级的硕士研究生。他们经过不到两年时间的学习,就能写出如此高质量的论文,是令人高兴的。其他还有一些作者,也都是硕士生或博士生,在他们身上寄托着我国刑法学的希望。

陈兴良
谨识于北京海淀蓝旗营寓所
2001 年 12 月 29 日

11.《刑事法评论》(第11卷)[①]主编絮语

《刑事法评论》(第11卷)是一个新开端,在形式与内容上略有调整,在形式上,重新设计了封面;在内容上,将更注重学术的前沿性。

本卷在"刑事政策研究"栏目中,组织了四篇关于刑事政策的论文。尤其应当指出的是,曲新久和刘仁文都是以刑事政策为博士论文题目的,这些论文代表了我国刑法学界在刑事政策研究上的最高水平。梁根林的《解读刑事政策》一文在破除对刑事政策的误读方面做出了努力,主要表现为提出了应然的刑事政策与实然的刑事政策、应用的刑事政策与学术的刑事政策这两对范畴。确实,应然的刑事政策不等于实然的刑事政策,而在以往的研究中,忽视或者无视两者界限的现象十分严重。由此,造成了在刑事政策研究上的混乱。在应然的刑事政策与实然的刑事政策两者当中,我认为更值得关注的是实然的刑事政策。记得当初曲新久在与我讨论他的博士论文时,我曾经说过,如果能采用实证分析的方法,描述出我国近二十年来刑事政策的实际运作情况,以及这种实然的刑事政策存在的根据与理由,它与应然的刑事政策相脱节的原因,则对当前我国刑事政策研究贡献大哉。蔡道通的《中国刑事政策的理性定位》一文,提出了在刑事政策上"抓大放小"这样一个别致的命题。"抓大放小"是我国经济学界在经济体制改革中提出的一项经济政策,现在被作者引入刑事政策研究中。按照作者的说法,"抓大放小"的含义是:"严"其应当严的、必须严的;"宽"其可以宽的、应当宽的。因此,刑事政策上的"抓大放小"就是实行重重与轻轻的两极化的刑事政策。曲新久的《论刑事政策——作为权力知识的公共政策》一文,分析了刑事政策作为一种权力知识和权力支持下的公共政策的固有内涵,提出刑事政策不应当作为一个规范性的概念而应当作为一个实践性和批判性的概念加以理解,从而为我们展开重新认识和研究刑事政策理论的崭新研究范式。刑事政策观念上的建构

[①] 陈兴良主编:《刑事法评论》(第11卷),中国政法大学出版社2002年版。

不能代表刑事政策司法制度层面的运行,刑事政策的执行事关刑事政策目标的实现,也是检验、修正和完善刑事政策的途径。刘仁文的《论刑事政策的执行》一文正是针对此命题展开的。该文对刑事政策执行的意义、基本原则、过程和影响因素进行研究,同时注重本土情况,分析现实问题提出改进建言。读者阅后,兴许对刑事政策实践更多一分理解和启示。

在"理论前沿"栏目中,发表了四篇论文。刑事法治的宪政基础是我近期研究的一个题目。《刑事法评论》第9卷发表的《刑事程序的宪政基础》是从刑事程序法角度对宪政的思考,本卷编发的《刑法的宪政基础》是从刑事实体法角度对宪政的研究。在考察宪政基本内涵、审视刑法和宪法之后,认识作为期待的刑法领域的宪政并思考如何建构刑法领域的宪政基础,是我努力的方向所在。刘树德的《刑事法治的宪政基础》一文,探寻了刑事法治与宪政价值上的关联,进而为刑事法规范的建构提供宪政制度基础。我认为,从部门法的角度研究宪政问题,使宪政研究部门法化,这对于推动我国的宪政研究具有重大意义。文海林的《三分刑法史》一文,将古往今来的刑法分为三种:绝对刑法(包括绝对目的刑法与绝对形式刑法)、相对刑法与混合刑法,并对这三种刑法进行了历史的描述,有一定新意。车浩的《刑法公法化的背后——对罪刑法定原则的一个反思》一文提出了一个十分独特的分析工具:公法与私法。公法与私法是传统法学理论中对法的一种分类,其中刑法理所当然地被视为公法,只有个别学者例外。[1] 作者把公法与私法按照韦伯的理想类型方法,分别界定为:公法是指来自于立法机关的制定(通过理论建构),而致力于保障社会(国家)利益的法律;私法是指自生自发、进化而来的法律,它主要来自于对习惯、风俗以及传统的确认,并致力于保护个人的利益。根据这一理解,作者分别讨论了刑法公法化与刑法私法化的问题,引申出一些颇有新意的结论,值得一读。

在"刑法社会学研究"栏目中,发表了许发民的《刑法的社会学分析》一文,该文基于刑法是一种社会现象的理念,试图运用社会学方法对刑法进行研究。

---

[1] 哈耶克将刑法归入私法,认为私法与公法之间的区别就是正当行为规则与组织规则之间的区别。参见〔英〕弗里德利希·冯·哈耶克:《法律、立法与自由》(第一卷),邓正来等译,中国大百科全书出版社2000年版,第209页。

在"专题研究"栏目中,发表了刑事法各领域的最新研究成果。王在魁的《成文法下的个案公正》一文,反思我国的大陆法系传统,要求在认识成文法局限性的同时重视判例的作用。这种对个案公正的呼吁值得关注。李洁的《慎重修改刑法论》一文,回顾我国二十年来刑法的创制与改进,分析刑法频繁修改带来的问题并建议慎重立法保持刑法稳定。林维的《论准刑事司法解释的形成和发展》一文,选取非正式刑事司法解释的各种文本及其司法影响加以研读、分析,指出非正式刑事司法解释之利弊,提出文本转换作为非正式刑事规则正式化的途径的必要。正式的刑事规则,包括刑事立法、刑事司法解释等,通常会受到足够的关注;而非正式的刑事规则,或称为准司法解释的研究却颇贫乏。林维该文研讨了准司法解释在具体司法过程中的价值、存在理由及其发展方向等有关问题。刑罚个别化是刑罚学中的一个重要课题,对量刑和行刑具有指导作用,同时反馈到刑事立法中要求立法考虑刑罚个别化的要求。翟中东的《传统刑罚个别化概念之缺陷及其重塑》一文挑战刑罚个别化的传统认识,提出刑罚个别化应定位为刑罚原则而非量刑原则或刑法原则,这需要极大的理论勇气和深厚的理论积淀,值得一览。李立众的《持有型犯罪研究》一文,针对持有型的"行为样态特殊"类犯罪进行深入探讨,系统分析了持有行为和持有犯罪,同时结合刑事立法与刑事司法加以研究,是近年来对持有型犯罪研究的一篇力作。卞建林、刘月楚的《罪刑法定的程序性要素》一文,从程序法的角度探讨罪刑法定这一现代刑法的基本原则,体现了刑事一体化的研究思路,对于刑法学者也会有所启迪。谢佑平、万毅的《反思与重构:论刑事诉讼法原则》一文,是对刑事诉讼法原则的重新解读。法的基本原则在各个部门法都是起着价值支撑作用的,是每一部门法理论的出发点。随着社会的发展与法治的进步,对于法的基本原则的认识与理解也会与时俱进。因此,通过该文可以了解我国刑事诉讼法理论的进展情况。刘中的《制度的缺失与权力的异化——对超期羁押现象的一种现场描述》一文,针对我国目前较为严重的超期羁押现象进行研究,分析超期羁押现象中的权力异化、制度建构,进而寻求现象之后的文化背景,探讨了解决问题的数种方法。吴宏耀的《诉讼证明论纲》一文,从认识论、比较法、史学沿革等角度探讨了诉讼证明的若干问题,文章并非专为刑事证据而作,但于刑事诉讼证明颇具启示。李红辉的《监狱秩序的批判性重构》一文,借鉴西方狱制改革反思中国监狱发展模式,从而实现了对我国刑制与狱制从经验分析到制度理性分析的转型。方鹏的《文化冲突视野中的犯罪——犯罪解释论中介的寻求》一文,引入犯罪文化理论,从文化角度研究犯罪产生的动态过程。西方犯罪学理论博大精深,对我国犯罪学研究深具借鉴意义,这种引入西方相关理论解释我国犯罪现象的尝试值得鼓励。

  掩卷之余,不无感叹。《刑事法评论》经历 10 卷洗礼,只是匆遽之间。絮叨数语,聊以导读。

陈兴良
谨识于北京大学法学楼
2002 年 5 月

12.《刑事法评论》(第12卷)[1]主编絮语

本卷是《刑事法评论》的第12卷。本卷有三个突出特色:一是对现实问题的关注,诸如"严打"与恐怖犯罪,以倡导一种刑事法治的实践品格;二是对域外的透视,诸如对加拿大刑事审判制度、欧洲法官作用比较和美国维拉司法研究所的工作介绍,意在借鉴;三是对研究方法的创新和传统理论的突破,无论是对博弈论的运用还是对刑事习惯法的承认,不强求结论的无懈可击,只希望能为既往的研究引入一股清新之风。

在"严打研究"栏目中,编发了三篇论文,对"严打"进行了深入而全面的研究。这是继上卷我们推出"刑事政策研究"专栏后对刑事政策研究的进一步展开。刑事政策的研究,是我国刑事法学研究的一个薄弱环节,也将是未来刑事法学研究的一个新的增长点。刑事政策学是介于犯罪学与刑法学之间的刑事科学,忽视刑事政策的研究是一种脱离本土实践仅仅关注纯理论探讨的模式,势必陷入庸俗的法条分析与构成探讨。"严打"既是我国一项重要的刑事法律活动,也是我国行之有效的一项刑事政策。晚近刑法学界的研究逐渐聚焦于此,2001年的刑法学年会将"严打"作为会议议题之一。编入本卷的数篇论文的著者分别是从事刑法学与刑事诉讼法学研究的,观察视野各异。汪明亮的《现实基础与理性思辨:评严打刑事政策》认为:从现实层面看,"严打"存在现实基础,即犯罪形势严峻、民众报应情感强烈、政策治国色彩浓厚;从理性角度看,"严打"存在种种可能误区,不能陷入"严打"万能论。论文建议重新定位"严打",即界定为最大限度地动用司法资源,尽可能地依法打击犯罪。游伟、谢锡美的《严打政策与犯罪的刑事控制》一文,从刑事政策的高度出发研究"严打"与犯罪化、非犯罪化以及综合治理的关系,进而论及"严打"政策作为酌定量刑情节对刑罚选择的意义。周长军的《博弈、成本与制度安排——严打的制度经济学分析》以制度经济学为分析工具研究"严打":先介绍

---

[1] 陈兴良主编:《刑事法评论》(第12卷),中国政法大学出版社2003年版。

"严打"的历史性沿革,勾勒"严打"产生的历史背景及其现实运作状况;"严打"政策是刑事决策机关、司法机关与公民之间博弈的结果,可以通过制度经济学的委托——代理模型加以解释。该文认为,"严打"政策的逻辑预设非真实,从交易成本和收益的角度考察,"严打"低效或无效。基于制度变迁理论,该文主张改造"严打"政策,以"依法集中打击严重刑事犯罪"取代"依法从重从快打击严重刑事犯罪"作为治标之策,同时完善相应的配套性制度安排。

在"案例教学法研究"专栏中,发表了三篇探讨如何在法学教育中运用案例的论文。陈东升的《案例教学法研究》一文在简要梳理案例教学的概念、源流之后,集中探究案例教学的哲学、逻辑学、教育学和心理学基础,反思并展望我国法律教育案例教学法的运用。白建军的《法学教育中的案例教学与研究》一文从案例是法治细胞的理念出发,着眼于法学教育中法律职业的训练,通过建立现代化案例信息检索系统法意案例库,从而得以实证性地研究案例教学,将案例研究与教学提升到一个更高的水平。我们一直在探讨培育各层次法律人才的不同途径,法学教育一直存在学院式的理论架构式教育与判例式实证教育两种模式。数年前由法学界同仁发起的诊所式法学教育可以说是法学判例教学的一项实践,但关于案例教学的讨论一直尘埃未定。① 因此,我以《判例教学法:以法系为背景的研究》为题撰写了一篇文章,旨在在对判例法制度和法学形态进行研究的基础上,探讨判例教学法的制度性基础,并对我国实行判例教学法的前景进行分析。

在"理论前沿"栏目中发表了四篇论文。邓子滨的《论刑事法中的推定》一文选取推定这个跨越刑事法领域兼容刑法和刑事诉讼法的跨学科问题为原点,对理论中的推定与实践中的推定进行了较为深入的探究。本卷刊发了文章的上篇,即"理论上的推定",旨在解决推定的分类和证明责任分担问题,同时肯定推定在刑事实体法上的地位,并从刑事一体化的角度,探讨推定作为一种技术如何起到缩短实体与程序距离的作用,认为推定的价值取向是多元指向的——既有以个人权利为宗旨的推定,也有

---

① 甚至在称"判例教学"还是"案例教学"上还存在争议。在我看来,我国并不存在如同西方法院判决一样的、拥有详尽判旨的判例,但从发展趋势上看,案例向判例转化是今后判决发展的一个趋势。

以国家功利为追求的推定。葛磊的《理性的均衡——罪刑均衡原则的博弈论演绎》运用博弈论作为分析工具,研究了罪刑关系的基本模型,对社会变迁与罪刑对称关系发展进行理论分析,寄希望于一种公正、功利与实践理性的均衡。杜宇的《重拾一种被放逐的知识传统——刑法视域中"习惯法"的初步考察》一文,选择习惯法作为一个独特的理论视角,对民刑习惯法进行沿革性的比较考察,质疑刑事法治排斥习惯法这一结论,以罪刑法定为理论背景寻求刑事习惯法的定位。我向来主张的理论创新是一种方法论的创新,一种学术研究进路的创新。该文结论也许尚待推敲,但为发现问题、分析问题乃至解决问题提供了另一条途径。杨如彦的《经济激励:公司犯罪动机机制解析》一文,以经济学为视角为法学拓展了一个观察问题的新维度。公司为什么会犯罪,法学界采取的是规范分析方法,获得"非法利益追求是公司犯罪动机"的结论。但问题的解决远未完结,它无法解释同等环境下个体犯罪选择的原因。杨如彦先生采用契约理论解释公司犯罪激励,并运用规范的经济学方法验证了假说。这种尝试是一种法律经济学的进路,值得法学学者好好借鉴。

在"法社会学研究"专栏中,本卷编发了王晴的《司法实践中的证据问题——中国北方某中级法院刑事一审案件的切面研究》一文。该文集中分析某中级人民法院某年度审结的刑事一审案件的存档案卷,并以此为切面,对相关的证据问题进行法社会学的思考,展示了司法角色在刑事诉讼过程中的影响与互动。

在"域外视野"栏目中发表了李贵方等的《加拿大刑事审判制度考察报告》一文,对加拿大刑事审判制度中的刑事证据、被告人权利、法院审判、刑事法律援助等问题进行了通盘性介绍。通过考察报告,我们可以了解加拿大刑事审判制度的概况并了解其最新发展。

"域外传译"栏目一直致力于向国内学者传译国外刑事法制度。本卷共发表四篇译文:法国学者德尼斯·萨拉斯的《欧洲五国法官在刑事诉讼中的作用比较研究》(赵海峰译)一文,对法官地位、权力与形象加以比较研究,引介为我国方兴未艾的司法改革提供了参照;日本学者河村有教的《现代中国的刑事审判与正当程序——关于犯罪嫌疑人、被告人以及被害人的法律地位的考察》(李彬、孙海萍译)一文,以一个域外学者的身份观察中国刑事审判过程与制度,或许对我们有所启示。2002年5月我赴美考察轻刑化与替刑措施,获得两份关于美国维拉司法研究所的材料。丹恩·柯里的《维拉诉讼程序工作简史》(蒋熙辉译)和阿隆·布鲁穆、但·居里的《维拉警察制度工作简史》(高维俭译)二文分别介绍了维拉司法研究所在诉讼程序和警察制度方面的工作。国外同行的实证做法如果在我国能够得以借鉴,对我国刑事法学研究和刑事法治建设功莫大焉。

"学术随笔"一栏发表了蒋熙辉的《惩罚的艺术——福柯刑罚思想研究》一文,通过比较性阅读获得对一位并非专门的刑罚学家或刑法学家的认识,分析论者的立场与方法,揭开福柯的"面纱"。推而广之论及后现代刑法思想,提倡"土鳖下海,海龟上岸",寻求惩罚的艺术之维。福柯是具有争议性的西方思想家之一,对福柯的研究还有待进一步的发掘。

"专题研究"栏目中发表的论文,涉及中国刑法、国际刑法、刑事诉讼法、刑事执行法等各个刑事法领域。张庆方的《恢复性司法——一种全新的刑事法治模式》概括了恢复性司法的基本主张、实践目标、程序设计和理论内核,研究了恢复性司法的实际效果和即将面临的挑战,并展望恢复性司法在中国的未来。恢复性司法能否成为刑事司法的一个替代模式?我以为,作为犯罪的一种独特反应,至少来说,恢复性司法能为我国刑事法治模式建构提供一个新的框架。刘方权的《论搜查——以英美法为分析参照》一文,对英美法系的搜查制度尤其是权力源、搜查程序进行借鉴性研究,由此反思并重构我国的搜查制度。许永安的《刑法因果关系辨正》一文,选取中外刑法学说史中极具争议的因果关系为题,分析条件理论的历史与现实,反思我国刑法因果关系研究,进而研究客观归责理论的真义与发展。这种学术勇气是值得嘉许的。杨宇冠的《关于中国确立非法证据排除规则的思考》一文,正视我国非法证据排除规则与排除程序应付阙如的现实,提出建立我国非法证据排除规则及其相关程序的设想。恐怖犯罪是我国刑法学界集中研究的问题,也是"9·11"事件以来各国政府与公众关心的问题。刘华的《当代恐怖主义犯罪研究》一文,涉及恐怖主义犯罪界定、要素等诸多理论问题,进而论及我国当前恐怖犯罪的态势与反恐怖犯罪的实践。今后的刊物中我们会进一步关注国内外社会的焦点问题,重视学术实践品格的追求。陆而启、王铁玲的《监狱行刑社会化研究》一文,界定监狱行刑社会化的概念、特征、理论基础、理念追求,在比较考察的基础上重新设计我国监狱行刑社会化理论。这种对刑事执行法学的深度开掘一直是本刊的宗旨,也是一体化刑事法学研究的重要部分。

又一卷《刑事法评论》编辑完毕,长吁一口气。我为《刑事法评论》走过的路而暗暗庆幸,也为评论数年来持之一贯的宗旨和发表的系列具有创建性的宏论而欣喜。于此之际,我深深体悟到学问之难——套用一句古话:"路漫漫其修远兮,吾将上下而求索!"

陈兴良
谨识于北京海淀蓝旗营寓所
2002 年 9 月 10 日

13.《刑事法评论》(第13卷)[①]主编絮语

本卷是《刑事法评论》的第13卷。《刑事法评论》自问世以来,至今已历经六个春秋。学问是"交往"的结果,需要二三素心人甘于坐"冷板凳"之苦,需要一些志趣相投者的经常性交流。沙龙是有必要的,《刑事法评论》在某种意义上正是一个供刑事法理论爱好者畅抒己见、激烈交锋的沙龙。因此,我为其一直以来倾力的理论品位打造和社会现实关注而欣喜,也为《刑事法理论》阵营的日益庞大而欣喜。回归正题,《刑事法评论》第13卷同样坚持刑事一体化的风格,兼顾本土研究和域外介绍,重视理论与实践的融合。

本卷的主题论坛为"犯罪构成研究",编发了四篇文章。阮齐林的《评特拉伊宁的犯罪构成论——兼论建构犯罪构成论体系的思路》一文,以苏俄特拉伊宁的犯罪构成理论为研究样本,结合当时的意识形态背景分析特拉伊宁犯罪构成理论的可能贡献,进而探讨如何在犯罪构成要件论与构成因素论不易兼容的情况下构建我国的犯罪构成理论。杜宇的《犯罪论结构的另一种叙事——消极性构成要件理论研究》一文,通过梳理大陆法系消极性构成要件理论的相关理论,分析其背景、基本意蕴及可能的体系意义。在此基础上,作者认为这一理论忽视了传统的构成要件该当性与违法性区分在观念、适用判断、刑事政策的意义和后果以及举证责任上的重要鉴别价值,建议在整体上维持传统体系并吸纳消极性构成要件要素。黄丁全的《犯罪论体系的构成性考察》从构成的角度重思犯罪论体系,全面清点学说史中各个犯罪论体系,通过分析构成要件该当性、违法性与有责性的关系获得对犯罪论体系的再认识。徐雨衡的《两大法系犯罪构成的核心概念:Tatbestand 与 actus reus、mens rea——兼评两大法系的犯罪构成理论》一文选取两大法系犯罪构成的核心概念加以比较,即 Tatbestand 与 actus reus、mens rea,认为它们并没有实质意义的差别,仅仅

[①] 陈兴良主编:《刑事法评论》(第13卷),中国政法大学出版社2003年版。

反映二者在理性与经验、抽象与具体之间的对立。这种从核心概念出发的方法是对宏大叙事、大词法学的一个回溯,在今后的研究中应当加以提倡。在我看来,英美法系与大陆法系在犯罪成立要件上具有不同的传统,采取的是相异的进路。大陆法系犯罪成立要件包括构成要件该当性、违法性及有责性三个层次,层层递进;英美法系犯罪成立要件包括犯罪本体要件和合法辩护事由。但殊途同归,两大法系犯罪成立要件均是正反相成,从而完成犯罪的认定过程,在某种意义上,两大法系的犯罪成立要件呈现动态性,符合犯罪认定的客观规律。相比较而言,我国承自苏联犯罪构成理论并加以改造形成的犯罪构成体系是一种涵括主客观四要件的平面静态体系,"一荣俱荣、一损俱损"。这种体系具有对称美感,简洁明快,但因其静态而在犯罪认定中难于适用。基于此理论背景,我们在第13卷的主题论坛专门对犯罪构成进行研究。

在"刑事程序研究"栏目中,我们编发了三篇文章。郝银钟的《检警关系制度原理论——以法治社会为样态的法理分析》一文关注刑事诉讼法学界的一个重要理论问题,对侦检一体化的价值构造、概念定位和异化现象进行了检讨,探讨了如何在一个法治社会构建检警关系,推动刑事司法体制的根本变革。赵岩的《刑事诉讼中的程序性裁判研究》一文,以诉讼中程序性裁判机制为切入点,以刑事诉讼为研究范例,分析和探讨了刑事诉讼中的程序性裁判问题,希图在我国刑事诉讼中建立完备的司法审查制度,通过诉讼实现权力救济,改造刑事诉讼体制。万毅的《侦查价值论》一文比较并检讨了两种主流刑事诉讼价值观,认为刑事侦查存在双重价值:自由与秩序为其目的价值,独立、中立、平等、参与、科学为其形式价值,倡导我国刑事侦查体制改革着力型塑一种目的价值与形式价值兼顾的新型价值观。专门编发刑事程序研究的论文,旨在激起学术界对学问实践品格的追问,坐而论道或闭门造车都难以切合中国实际问题。在北京大学刑事法论坛中,我一力倡导的就是对现实问题的学理思考和对策设计。从我们一向坚持的"重实体轻程序"传统来看,确有反思的必要,纸上的法律规范进入社会生活需要一整套完备成熟的程序规程,因而加强刑事程序的研究在现阶段具有充分的必要。

"理论前沿"栏目中,编发了四篇文章。邓子滨的《论刑事法中的推定》在第12卷已经刊发上篇,论及的是理论上的推定;本卷刊发下篇,即实践中的推定。通过变换视角、转换视域、界定机能,邓子滨从大陆法系的犯罪成立要件递进式结构出发,认为构成要件符合性、违法性、有责性逐级限定与推定保护人权、维护秩序的机能契合。刑事政策是我一直关注的课题,《刑事法评论》第 11 卷、第 12 卷均曾展开过主题研讨。严励的《刑事政策的模式建构》基于刑事政策要素的观念整合状态,引入韦伯的类型分析工具,将当代刑事政策切分为国家本位型、国家·社会双本位型和社会本位型三种模式,进而认为社会本位型是人类共同体向往和追求的理想。我们的刑事政策如何描述,应当定位在何处,这都需要对我国犯罪现象原因做出一个基本的判断,它将决定我们刑事法实践的指导思想与原则方针。刘忠的《民愤:躁狂与断裂——一种刑事法治立场的叙事》以民愤作为关键词,从多学科的角度审视民愤的内涵、功能、定位及其生成,认为民愤集中反映了我国刑事法制度的深层次结构性缺损,以市民社会为背景坚持形式合理性。车浩的《被遮蔽的世界:同居楼里的性和生育——对现代性问题的一个刑法学切入(以监狱为个案)》采取后现代法学的立场,由郑雪梨一案进入囚犯权利的探讨,从囚犯权利的具体探讨扩大视野论及治理技术和权利异化,并以现代性的反思完成了一次刑事法视域内的叙事。

"域外传译"栏目中编发了德国慕尼黑大学法学院 C4 讲座教授许乃曼的《德国不作为犯学理的现况》(陈志辉译)一文,对当代德国不作为犯学理进行了系统梳理,认为雅科布斯(Jakobs)和弗罗因德(Freund)以自规范主义论证不作为犯的保证人地位存在逻辑论证的内在缺陷,提倡以刑事政策的需求作为实务见解的指导标准并发展支配原则作为上位的对等原则。行为理论是犯罪论的核心,而不作为犯的解释是行为论中的难点。许乃曼教授高屋建瓴的论述能否为国内学者认同,均有待学理的进一步发展。

"域外视野"栏目中编发了两篇论文。刘红的《非专业人员与刑事司法:英国治安法官和中国基层法院的法官》一文,从产生程序、组成、培训和审判结果比较了英国治安法官和中国基层法院法官的不同,认为司法公正的实现和司法改革的进行需要正视本土实践与法治传统,重在"做"而非"说"。邱传忠的《司法视域中的精神病人监护治疗——美国民事收容制度探析》一文,以民事收容的渊源与沿革为背景,重点介绍了美国民事收容制度,这对于我国收容制度的完善和刑事法配套制度的建设颇具借鉴意义。同时,在孙志刚事件之后探讨这样一个问题更显独特的现实意义。

"专题研究"栏目中编发了七篇论文。付立庆的《超越与缺憾——苏力〈一个不公正的司法解释〉总置评》一文是对苏力文章的质疑,在质疑的同时从公共政策的角度对作为公共知识分子的苏力表达了感谢与提醒。这种学术界多视角的交融与探讨是我一直倡导的,只有在质疑问难中才能追求学术的继承与超越。储槐植、蒋建峰的《过失危险行为的犯罪化与刑法谦抑——兼从三维刑事法网视角思考》一文,参与到过失危险犯的论争当中,分析了过失危险行为犯罪化的正当性,构建了三维刑事法网的模型并加以评价。以此为标准,文章对我国刑法中过失危险犯的法条现状进行了分析,提出了如何完善我国刑法中过失危险犯的立法设计。欧锦雄《"特定义务产生三根据说"之提出》一文,针对不作为犯的特定义务产生根据,提出应当从三个层面寻求其根据:法哲学根据、规范渊源根据、事实根据。姜先良的《论刑法中的非法占有目的》一文对刑法学界一直以来较为集中讨论的非法占有目的从立法论、解释论和证明论进行论证,对目的犯的理论澄清和实践认定不无借鉴价值。周光权的《特殊防卫权研究》一文从特殊防卫权的立法合理性出发,提出特殊防卫权适用存在适用有限性、防卫合目的性、防卫紧迫性、防卫相当性等原则,对防卫起因、主体限定和防卫人说服责任等具体问题进行了探讨。劳东燕的《刑事一审程序的功能审视和结构反思——一种个案的视野》一文,选取个案作为分析视角反思我国刑事一审程序的功能与结构,呼吁重建我国刑事诉讼体制。冀祥德的《未决羁押法律控制》一文,通过对国内外未决羁押制度的客观分析,针对我国存在的现实问题,提出构建未决羁押制度的基本原则与具体构想。

编辑之余,几句话不吐不快。一是关于研究风格的问题。我以为,理论刑法学与规范刑法学应当并重。更确切地说,后者是前者的基础和前提,忽视规范现状和规范发展的理论刑法学无异于闭门造车、空中楼阁。单纯的规范刑法学如果仅仅停留在注释的层面,便仅仅是"六经注我,我注六经",故需一个理论提升的过程。这一点不仅仅对刑法学如此,对刑事法学同样适用。二是知识分子对社会生活的适度介入。这种适度介入在一定意义上是一个立场的问题。我国台湾地区学者殷海光曾经提出：一个真正的知识分子必须只问是非，不管一切。一个知识分子为了真理而与整个时代背离不算稀奇。《刑事法评论》编发的诸多文章正是对当代社会问题的理性关注与对策设计。何谓适度？如果知识分子对问题的介入导致迷失自我，我以为可以作为一个判断过度的标准。

又一卷《刑事法评论》即将付梓，唯愿《刑事法评论》的阵营更为壮大，唯愿中国的刑事法治更臻完善！

陈兴良
谨识于北京海淀蓝旗营寓所
2003 年 6 月 26 日

14.《刑事法评论》(第14卷)[①]主编絮语

不平凡的2003年过去了。当《法制播放》电视栏目的记者于年初采访我,问我如何评价2003年的法制进展时,我是这样回答的:2003年是注定要在中国法制发展史上留下痕迹的一年。这一年我们经历了太多的事件、太多的案件、太多的争纷,这一切都将给我们每一个人留下深刻的记忆。确实如此,我以为,2003年有两个事(案)件给我的印象最深:

第一个是孙志刚事件。孙志刚因为没有暂住证而被收容,未及遣送即冤死收容所中。这个事件发生以后,首次披露这起事件的《南方都市报》记者第一时间电话采访了我,我对这一案件进行了评论,认为人权保障问题已经成为我们这个社会一个不容回避的问题,并对警察权的限制问题发表了意见。这一采访后来被传到网上,但因我是个网盲,从来不上网,所以后来某时政杂志给我寄来一笔稿费,我十分纳闷,我并没有给这家杂志投过稿呀!及至收到这家杂志社寄来的杂志,我才知道该杂志刊登了发表在网上的我关于孙志刚事件的评论言论。孙志刚事件引发司法审查上诉,但未及启动这一程序。2003年6月20日国务院出台了《城市生活无着的流浪乞讨人员救助管理办法》,收容遣送制度即被废止。殴打孙志刚致死的罪犯也很快受到法律惩治,有关责任人员也受到依法追究。在一定意义上说,孙志刚事件虽未达到建立中国司法审查制度的目的,但还是以一种喜剧的结尾而收场。

第二个就是更加引起轰动的刘涌案件。刘涌因为被辽宁省高级人民法院二审改判死缓而引发网民群情激愤。对于刘涌案,我并不陌生,知道该案存在刑讯逼供等问题,并且出具过专家意见。辽宁省高级人民法院二审改判死缓,既在意料之中又在意料之外。所谓既在意料之中,是指按照现行的法律和司法解释,非法证据予以排除,采取刑讯逼供等手段获取的言词证据不能作为定案的根据,改判死缓在法律上是无可指摘的。尤

[①] 陈兴良主编:《刑事法评论》(第14卷),中国政法大学出版社2004年版。

其是在刘涌案前一年,辽宁省高级人民法院依据同样的理由对李俊岩案作了改判。李俊岩是与刘涌有隙的沈阳市另一黑社会性质组织犯罪的主犯,曾被刘涌枪击致腿伤。李俊岩等9名被告人被公诉机关指控犯有组织、领导、参加黑社会性质组织罪、故意杀人罪、故意伤害罪等罪行,一审被沈阳市中级人民法院判处死刑立即执行。二审辽宁省高级人民法院以"李俊岩组织、领导黑社会性质组织犯罪,系首要分子,应该按该组织所犯的全部罪行予以严惩,但鉴于本案具体事实、情节和证据情况及不能从根本上排除公安机关刑讯逼供行为的存在"为由改判死缓。既然刘涌案中的刑讯逼供情况比李俊岩案有过之无不及,依照前案处理,应在情理之中。所谓又在意料之外,是指刘涌案在审判之前的宣传力度远远大于李俊岩案,在这种情况下,辽宁省高级人民法院敢于据法改判,确实很有魄力。因此,刘涌案二审改判的消息传出初期,我对此案并未十分在意。但在内心是认同辽宁省高级人民法院的改判的,认为这是中国法治的一大进步。尤其是在非法证据排除规则的建立上树立了先例,对于此后处理同类案件意义重大。没有想到,刘涌案改判不久,出现了对改判的质疑。在这种情况下,我在接受有关媒体访问时发表了个人的评论意见:围绕刘涌案改判的肯定与否定之争,实际上是人权保障与打击犯罪两种价值观念之争。我提出,打击犯罪不能以牺牲人权为代价,并且呼吁建立起中国的非法证据排除制度。这一采访的内容确实反映了我对刘涌案的真实想法,但有关媒体断章取义地以《为刘涌二审改判"叫好"》为题发表我的意见,结果引来不明真相的网民的人身攻击。此后,我遵照吴志攀教授"不要掉进媒体陷阱"的规劝,对刘涌案保持了沉默,并以一个旁观者的姿态冷眼观看案件的进展,直到最高人民法院再审改判刘涌死刑立即执行。其实,我并不仅仅是在关注某一个人的命运,而是在关注刑事法治的命运。就此而言,我对最高人民法院的再审改判扼腕痛惜。我国刑事法治进一步退两步的曲折历程,在刘涌案上表露无遗。刘涌案发生以后,表现出舆论一边倒的倾向,在这种情况下,理性的见解无从发表。尽管我受到群起而攻之,但也通过各种途径得到鼓励。最令我感动的是,我收到广西壮族自治区北海市康润森律师的明信片,上面赫然写着:"逆流而上,方显英雄本色。"尽管我是在不经意间触犯众怒而并非英雄,但还是感到吾道不孤。其实,在刘涌案中反映出来的形式理性与实质理性、法律真实与客观真实、程序正义与实体正义这些矛盾与冲突,又岂是新闻采访所能说清楚的?从学术上来说,刘涌案是一个标本,折射出我国刑事法治建设中存在的种种问题,因而是值得我们深入并长久地去研究的。因此,刘涌像孙志刚一样,人虽然死了,研究价值却仍然存在,并且注定是在中国刑事司法史将不断被提起的一个名字。

本卷《刑事法评论》中专设了"刘涌案研究"专栏,发表了周长军和冯军的两篇论文。我发现,两篇论文对刘涌案关注的角度有所不同:周长军的论文写于再审改判之前,主要对二审改判引发的"聚讼纷纭现象"进行了分析。以周长军长期从事刑事诉讼法研究,现在又在攻读刑法专业的博士学位这样一种双重的刑事法知识背景,其分析是深刻而到位的。这里要专门谈一谈冯军教授的论文。冯军从 2002 年 8 月出国,一直在德国波恩大学进行学术访问。直到去年 11 月回国,陪大塚仁教授到北京大学讲学,我才见到他,因为当时见面时间短,未涉及更多的人与事。今年 1 月,周光权博士给我来电话,说冯军从德国给他电邮来一篇关于刘涌案的文章,想在《刑事法评论》上发表。因为我从来不用电子信箱,因此,只好请光权打印后交给我。我读完以后,感觉到冯军是用心在写这篇文章。冯军是个认真的人,认真得对自己有些苛求,因此虽然译作迭出,但在个人写作上,却是恪守"述而不作"的孔子古训,出手谨慎。除博士论文《刑事责任论》这样严谨的学术著作以外,冯军的文字最令我感动的还是其在大塚仁《刑法概说(总论)》与《刑法概说(各论)》中的"译者后记",从中可以看出冯军是个"性情中人"。果然,关于刘涌案的文章又是"书生意气"之文,其中该文的最后一句话从文章学的意义上可以说是顺手拈来的绝妙好词,自然天成而意蕴深刻,令人拍案叫绝。我知道,冯军是怀着"书生意气"写这篇文章的。我可以想见,身在异国他乡的他,通过网络观察发生在神州大地上的"法治乱象",在通读最高人民法院再审刘涌案刑事判决书以后,夜不能寐,奋笔疾书,遂有此文。其实,我并不赞同对刘涌案的意气之争,非理性地对待刘涌案恰恰是产生"法治乱象"的深层原因之一。当然,我们不可能让群众人人都理性地对待每一个事件、每一个案件,他们的非理性自有其非理性的更深层次的原因。但是,作为学者,我们要求自己是理性的,而不能"彼非理性,吾亦非理性也"。应该指出,冯军的文章主要是针对再审判决书展开的,因而第二部分更多的是一篇极为称职的律师辩护词。我个人以为,真正值得我们注意的是二审改判的判决书。最高人民法院再审的政治意义大于法律意义,对再审判决书亦应作如是观。当然,冯军的论文中第三部分关于法律适用的法理分析是极为精湛的,充分反映了他的学术功底。最具有可读性的是第五部分关于种种法治乱象的评论。"法治乱象"是冯军独创的一个词汇,我相信这个词汇将会是有生命力的,并且更惊叹于冯军对于客观现状的语言概括能力。当然,"法治乱象"也并不是一种绝对的坏现象,至少要比"万马齐喑"的社会寂静之状态要好一些。对于这种"法治乱象",我个人是一则以喜、一则以忧。关键在于,这里的乱,不能乱了法治前进的步伐、乱了法治发展的阵容。在这种"法治乱象"面前,作为一个法律学者,我们应当坚守自己的精神家园,应当坚持自己的法治信仰,应当坚定自己的法治信念。在"法治乱象"部分,冯军引述了网上的一些"乱语",有些留此为证的意思。因为我不上网,因而有些涉及我的言论我是第一次见到,我只好一笑了之。不过,为避免混淆视听,我还是想对"一位叫王大烟袋的网友在新华网发展论坛发帖子,鼓动北大的学生请来签名:拒绝再听陈兴良的课"这一帖子作一个注脚。在2003年9月至2003年12月,也就是刘涌案"聚讼纷纭"期间,我给北京大学法学院2003级法律硕士上刑法总论课,听课学生应为180多人,但200多人的大教室往往人满为患。在最后一堂课,学生还举行了一个小小的仪式,给我献花,对讲课表示满意。我当时没有心理准备,还真有点受宠若惊的感觉,这也是我执教生涯20年来的第一遭。现在想起来,这也许是受惠于"王大烟袋"的帖子。在2003年12月北京大学法学院一年一度的十佳教师评选中,我第三次被学生评为法学院的十佳教师。在第一次被评为十佳教师(那是1999年)的颁奖晚会上,我曾经讲过这样的话:"我曾经因为教学科研上的成就,获得过来自官方大大小小的各种奖励,但学生自己评选出来的十佳教师是我获得的最大奖励,也是我所最看重的奖励。"这段话,用于今年而应改为:"我曾经遭受过来自社会的各种猜疑、误解,直至诬冤,但只要受到学生的欢迎,这一切就如同过眼云烟又何足言哉。"这个注脚可能长了一点,不过我想还是必要的,否则将会给后人留下疑问。最后,我还要说,虽未经冯军授权,我还是义不容辞地行使主编的权力,对冯军论文关于"法治乱象"的评论中的某些文字进行了合乎中国国情的删改,因为那些文字私下谈谈可以,公开发表出来是万万不可的。至于冯军的哪些评论文字被我删掉了,读者诸君中有认识冯军教授的,可以待其返国时当面向他讨教。以上是关于"刘涌案研究"这个栏目引发的一些话题,以下言归正题。

  本卷编完以后,我觉得还是学术分量十分厚重的一卷。本卷我们首先关注的是犯罪构成体系问题,续上卷之后,又专设"犯罪构成论坛"讨论这一问题。在这一栏目中,大塚仁先生的《犯罪论体系的基本问题》是其于2003年11月在北京大学发表演讲的录音整理稿。大塚仁先生是在中国刑法学界最有学术影响的一位日本学者。1986年大塚仁、福田平的《日本刑法总论讲义》一书就由李乔等人翻译,由辽宁人民出版社出版。该书虽然不过24万字,只是薄薄一册,但对大陆法系刑法总论问题进行了精细的阐述,是我接触到的第一本日本刑法教科书。及至1993年,冯军翻译了大塚仁的《犯罪论的基本问题》一书,由中国政法大学出版社出版,对我们掌握大陆法系的犯罪论体系发挥了重要作用。2003年,冯军又翻译了大塚仁的《刑法概说》总论与各论两册逾百万言的刑法教科书,由中国人民大学出版社出版。可以说,借冯军的译事,大塚仁教授是译著在中国出版最多的一位外国学者。大塚仁教授年逾八旬,身体健朗,在冯军的陪同下来到北京大学作犯罪论体系的讲演,虽然时间不长,还是给我及北京大学学子留下深刻印象。记得那个晚上,讲演结束以后,我开车送大塚仁及其夫人和冯军回友谊宾馆的住处,看着大塚仁先生走进宾馆大堂的背影,不禁有几分感叹:以其耄耋之年,在这严冬的夜晚,为异国学子作学术讲演,且分文不取,所为何来?令人感动。我总是在想,从事学术活动有时是需要一些宗教精神的,学术薪传不正如同宗教的传递么?这个元旦,我收到了大塚仁教授的新年贺卡,读着大塚仁教授的亲笔贺词,百感交集。我本人没有发贺年信(卡)的习惯,但每年元旦都会收到数百张贺卡,有些是认识的,有些是不认识的。对于贺词,我不太关心,但总是要记一下寄卡人的名字,以承接这份友情。本栏目中还发表了我长达5万言的新作:《犯罪论体系:比较、阐述与讨论》。我一直在思考犯罪论体系问题,曾经有几个杂志向我约稿,但没有思考成熟,未能写出长文。后来想趁给博士生上课的机会,系统地整理一下关于犯罪论体系的想法,就在2003年11月24日下午上课时让学生给我进行了录音,课讲了三个半小时,加上讨论差不多近四个小时,录音整理出来应该有好几万字,稍加润色就可定稿。没想到,录音机没有设置好,只录下一个多小时,整理出一万多字。这下可好,除非重讲一次,但早已无此兴致。无奈,只有在春节放假期间,边回忆边写,增补了一些内容。博士生提的问题后来也补上了,针对这些问题的回答形成讨论部分,终于在阴差阳错中完成该文。由于采取的是讲课形式,叙述起来较为随意,不似正式论文那么一本正经,反而令思绪顺势而下显得更加流畅,这是我对犯罪论体系最为系统的思考成果,记录下来共同进行讨论。《犯罪论体系的整体性反思》一文也是讨论会的录音整理稿。为庆祝北京大学法学院百年院庆,北京大学刑事法学科群于2003年12月21—22日举行了一个刑事一体化与刑事政策的学术研讨会。其中,22日上午是犯罪论体系的学术研讨,与会者包括来自各个院校的刑法学者,都在会上进行了发言。作为一名与会者,我感到当时会议开得十分成功,问题讨论较为深入。现在将这次会议的发言整理成文发表出来,读者从中可以受到启发。

在"理论前沿"栏目中,付立庆的论文对刑事一体化的源流进行了系统梳理,属于学术史的考察,学术脉络清晰,语言叙述明快,是一篇具有可读性的上乘之作。相比之下,刘为波的《犯罪本质的意义重建》一文读起来就不那么好理解了,该文是其博士论文的一部分,思辨色彩较浓。现在刘为波供职于最高人民法院,主要同各种具体案件打交道,不需要再去苦思冥想那么艰深的理论问题。不过,那段理论思考会给刘为波现在的法官生涯留下深刻的印记。廖志敏的《严格责任的解释与方法——一种多视角的检视》,对严格责任进行了多视角的检视。虽然前一段时间围绕奸淫幼女的司法解释对严格责任进行了一些研讨,但我认为廖志敏的该文还是有些新意的,以期将严格责任的研究更加引向深入。

在"刑法的实证研究"栏目中,发表了孙运梁和葛磊运用实证方法研究刑法制度的两篇论文。孙运梁的《死刑存废实证分析报告》一文,采用社会科学软件统计包(SPSS)对世界上145个国家和地区的死刑存废与这些国家的经济发展水平、国民教育素质及人类发展指数等变量进行了实证分析,得出的结论是:死刑存废与这些变量显著相关。当然,这一结果的意义是有限的,毕竟还有文化传统、国民气质等一些影响死刑存废的因素是无法量化的。因此,以经济发达而论,美国、日本这样数一数二的世界强国都没有废除死刑。我所赞赏的是孙运梁引入的这种实证分析方法,对此应当予以肯定。葛磊的《罚金刑执行问题的实证展开》一文,同样采用实证方法对罚金刑执行难问题进行了深入研究,使我们从刑罚理念的层次上对罚金刑执行难问题有了一个更加深刻的认识。

在"社区矫正研究"栏目中,发表了关于社区矫正制度研究的两篇论文。郭建安教授的《社区矫正制度:改革与完善》一文,结合我国正在进行的社区矫正试点,对社区矫正的改革与完善发表了个人见解。刘强教授的《社区矫正:借鉴与创新》一文指出了我国正在试点的社区矫正尚缺乏法律的有效支持,特别强调了制定地方性社区矫正法规的必要性和紧迫性以及制定地方性法规应遵循的原则。郭建安和刘强两位教授在社区矫正研究方面可以说处于国内领先地位,能请到两位为本论丛撰写社区矫正论文,是本论丛之幸。我个人对我国正在进行试点的社区矫正制度是抱有期待的。社区矫正的试点成功并广泛推行,会使我国刑罚制度发生一场静悄悄的革命。此言也许夸张,但我相信并非哗众取宠之语。

在"域外视野"栏目中,发表了吴宗宪的《论西方国家的监狱私营化及其借鉴》一文,这里我们开始接触到一个全新的命题:"监狱私营化"。在我们的头脑里,监狱是国家机器的概念已经根深蒂固,因而监狱私营化的命题确实是很难接受的。因此,吴宗宪的该文将使我们开阔视界。刘大群先生的《论国际刑事审判机构的诉辩协议》一文,使我们了解到诉辩交易在国际刑事审判中的运用。由于作者的前南斯拉夫问题国际刑事法庭第一审判庭庭长的身份,而使这种了解更为真切。

在"专题研究"栏目中发表了一系列前沿性研究成果。黄丁全的《构成要件要素的故意概念——兼论故意在犯罪论体系上的地位》一文,是对故意的深入探讨,尤其是对故意在犯罪论体系中的地位进行了颇有新意的论述。周折的《紧急避险性质研究——一种二元分析的立场》一文是从二元分析的立场,对紧急避险的性质进行揭示。戴波、江溯的《承继的共同正犯研究——以日本的判例和学说为中心的考察》一文,对共同犯罪理论中小之又小的承继的共同正犯这个问题进行了最为深入的研究,具有一定的理论意义。何庆仁的《量刑公正的实体研究》一文,对量刑公正的基准进行了较为深入的研究。庞仕平的《煽动型犯罪研究》一文论述了煽动型犯罪,这类犯罪具有自身构成上的特征,该文对此的研究是在同类专题中最为深入的。马明亮的《诱惑侦查的法律分析——刑事法治视域下的评析与建构》一文,基于刑事法治的视域,对诱惑侦查问题进行了有价值的分析。方泉的《刑事司法改革:以刑事司法权的重新配置为中心》一文,对我国刑事司法改革的立场、基本要求、价值目标和改革内容进行了有意义的论述。严励的《犯罪学研究的路径选择——兼论犯罪学的学科地位》一文,涉及研究路径这样一个新视角,并进行了系统梳理,对于犯罪学的学科建设甚为重要。王勇的《国际刑法:现状与展望》一文,讨论的是国际刑法的学科体系问题,这也是国际刑法作为一个学科的安身立命之本,文中某些观点对于国际刑法的学科建设无疑是有价值的。

　　本卷编辑行将完成之际,正是北京冬寒料峭之时。不过,立春在即,冬天行将过去,我们对春天是可以期盼的,不是么?

陈兴良
谨识于北京海淀锦秋知春寓所
2004 年 2 月 2 日

15.《刑事法评论》(第15卷)[1]主编絮语

本卷是《刑事法评论》的第15卷,也是内容十分丰富的一卷,尤其是一些陌生的名字出现在作者群里,这是令人鼓舞的。《刑事法评论》一贯坚持以推出新人为己任,并以此作为推进我国刑事法理论发展的长久之计。

死刑问题在当前不仅学界关注,也是社会关注的一个热点问题。在北京举行的中国法学会刑法学研究会年会(2004年9月10日至11日)上,死刑问题就是主要议题之一,会后结集出版了《死刑问题研究》(上下册,共计约134万字)的年会论文集。从年会论文及讨论的情况来看,学者在死刑问题上的共识是显而易见的:严格限制死刑,最终废除死刑。但我们必须看到,整个社会公众对于死刑的认识与学者的认识之间是存在巨大差距的。前不久,学者关于经济犯罪废除死刑的言论见诸报端,引起民众哗然,以下是摘自2004年8月16日人民网强国论坛网友"云淡水暖"的一个帖子,民众反应可见一斑:

贪官的"生命权"高于贪污的经济价值?

中国的法律专家们又开始惊诧了,为什么呢,就因为杀了几个在被揪出来的贪官之中为数极少的贪官,比如河北的大贪污犯李真,比如安徽的贪官王怀忠等。对极少数贪官的被杀,法律专家们实在痛心不已,倒不是与李真们有什么瓜葛,而是这种杀法破坏了专家们所谓的"人权"精神,因为按照专家们的逻辑,人的生命权高于一切,钱是身外之物,其等级低于"人权",所以,即使贪了天文数字,也命不该死。为贪官们的"生命权"把文章做到如此地步,真是叹为观止了。

按照专家们的意见,"死刑只适用于罪行极其严重的犯罪分子",意思是已经把成百万元、成千万元、成亿元贪污、吞噬国家

---

[1] 陈兴良主编:《刑事法评论》(第15卷),中国政法大学出版社2004年版。

财产、人民血汗、民脂民膏的王怀忠、李真们排除在"罪行极其严重的犯罪分子"之外了。我不知道专家们有没有看到这些贪官犯罪背后的严重危害,一人贪污,要多少个穷人、工人、农民的血汗才填得满蛀虫们的欲壑,有多少黑帮、匪类在这些贪官的保护下横行霸道、草菅人命,在我们这个人年收入不高的社会,一个人贪污数千万元、数亿元的财富,不是"罪行极其严重的犯罪分子"是什么?

"以财物的经济价值来衡量人的生命价值,这贬低了人的生命价值",这是个多么冠冕堂皇的理由,又是个多么厚颜无耻的理由!河南农村的农民,为了"致富",卖血为生,感染了艾滋病,无钱医治,留下无数孤儿;失业工人、贫苦农民因为孩子考上大学无钱交学费,羞愤交加,自杀以对,可是,贪官们却毫无人性地占有了可以挽救多少卖血艾滋病人、多少无钱求学的学子父亲的生命的财富,贪官们的生命价值不可"贬低",难道劳苦大众的生命就可以因为经济价值而如此轻贱?拿《公民权利和政治权利国际公约》说事,又是"与国际接轨"的思维了,问题是,高高在上的贪官及富豪、帮闲文人们,肯与贫苦大众们一起分享"经济价值"吗?

这时,我们不禁想起与李真同为河北干部的刘青山、张子善,因为贪污相当于今天171万元人民币的数目,原本判死缓,被毛主席亲自下令枪毙,毛主席对此事极为关注,亲自过问和批准了对刘青山、张子善大贪污案的处理,下决心坚决予以严惩。他甚至认为,资产阶级糖衣炮弹的进攻"比战争还要危险和严重"。从这个认识基点出发,毛泽东立下了对党内腐败行为严惩不贷、绝不手软的坚强决心,并不为任何请求稍加宽恕的意见所动。这一个死刑,换来了共和国二十多年没有出现如此大的贪官。按今天的说法,难道刘青山、张子善杀错了?

该文流露出来的对贪官的仇恨心理当然是可以理解的。但20世纪50年代杀刘青山、张子善"这一个死刑,换来了共和国二十多年没有出现如此大的贪官"之说,则不能不说是对死刑的迷信。腐败问题与政治体制与权力结构有着密切关系,刑罚,包括死刑,对于抑制腐败虽然有一定作用,但并非治本之道。在当前市场经济的社会条件下,腐败具有完全不同于以往计划经济体制下的特点。现在不要说杀一个刘青山,就是杀一百个刘青山也不能从根本上解决腐败问题。由此可见,对于死刑的过分迷信与对腐败的痛恨等观念混杂在一起,产生了一些似是而非之论。对此如果不予澄清,中国在短时间内限制死刑乃至废除死刑都是不可能的。

本卷设立的"死刑研究"栏目中,祁胜辉的《支持死刑民意的内在驱动力分析——死刑存废的命运》一文,对支持死刑的民意进行了实证分析,作者的结论性意见是:"支持死刑的民意是在对死刑的非理性理解的情况下形成的,本身不具备立法遵从的正当化根据。对死刑遏制作用的迷信与人类对犯罪的天然的复仇冲动构成了支持死刑民意的两大内在驱动力,其中遏制迷信是支持死刑民意的功利驱动力,复仇冲动是支持死刑民意的道德驱动力。"这一结论是令人深思的,作者分析问题的角度尤其值得赞赏。美国夏威夷大学教授大卫·特德·约翰逊的《美国与日本的死刑悖论》,是其在北京大学法学院所作的一次关于死刑问题讲演的录音整理稿。约翰逊教授使我们得以从更为广阔的视野来理解死刑制度。美国和日本,是发达国家中保留死刑的两个大国,它们的死刑现状以及对死刑存废的争议对我们无疑是有启迪意义的。废除死刑确实超越一般民众的接受能力,约翰逊的讲演中使我们认识到,废除死刑甚至需要一种超越现世的宗教情怀。由此我想到法国著名哲学家雅克·德里达教授在北大的一场讲演,他的题目是"宽恕:不可宽恕与不受时效约束"。正如德里达所理解的那样,"宽恕的可能在于它的不可能,宽恕不可能宽恕者才是宽恕存在的前提条件,宽恕的历史没有终结,因为宽恕的可能性正来自于它看似不可能、看似终结之处"[①]。

第14卷开设的"刘涌案研究"栏目发表了冯军教授的长文,评论了最高人民法院关于刘涌案的再审判决书,该文侧重于对判决书的法律分析,当然也揭示了围绕刘涌案的种种法治乱象。本卷发表冯军与其学生共同完成的《关于刘涌再审案的师生对谈》,该文是第14卷所载之文的副产品,围绕刘涌案展开了师生对话。该文内容涉及面广,且讨论颇有深度,尤其是文体活泼,具有可读性。周泽的《司法审判与媒体报道和舆论之关

[①] 杜小真、张宁主编:《德里达中国讲演录》,中央编译出版社2003年版,第206页。

系新探——兼刘涌案法理解读》一文,从司法审判与媒体报道和舆论之间的关系这个视角出发,将刘涌案作为一个标本进行了分析,得出的结论是:司法裁判被媒体报道和舆论误导,问题不在于媒体和舆论,而在于司法本身。该文是对指责舆论误导司法的观点的回应。鉴于作者的新闻传播法讲师和记者的知识背景,这种论证是丰满和极具说服力的。

在"犯罪构成研究"栏目中,又发表了三篇论文。倪培兴的《论作为归责理论的犯罪构成理论》一文,着重于从归责性理论的角度讨论犯罪构成问题,视角较为新颖。在给我的来信中,倪培兴指出:"理论的进步总是表现出某种黑格尔主义的性质,真正的理论创新往往表现为某种古老学说的复兴。现代归责理论似乎也是如此,早期归责理论因构成要件论的兴起而衰落,现代归责理论又将构成要件论归责化了。我想,研究归责理论可能是变革传统犯罪构成理论的一条捷径。"理论的魅力就在于可探讨性与可商谈性,它不具有行政命令性,因而倪培兴的观点或许是正确的,当然也是有待探讨的。聂昭伟的《论我国犯罪论体系的统一——以完善我国传统犯罪构成体系为路径》一文,以完善我国犯罪构成体系为路径进行了探讨,有些新的见解,值得一读。童伟华的《犯罪客体论纲》一文讨论的是我国犯罪构成理论中争议最大的要件:犯罪客体。对于犯罪客体,我国刑法学界可谓各陈其辞,莫衷一是。该文是站在对犯罪客体进行反思与改造的立场上,期待犯罪客体理论的柳暗花明,因而不同于那种彻底否认犯罪客体的观点,是否言之有理可供一读。

本卷发表了三篇关于共同犯罪的论文,因而开设"共同犯罪研究"栏目。共同犯罪是刑法理论中的一个重大课题,如何根据共犯理论对我国刑法关于共同犯罪的规定作出正确的解读,是相当长的一个时期内我国刑法学者的努力方向。江溯的《共犯与身份——大陆法系与我国之比较研究》一文是其法律硕士毕业论文,作者对共犯与身份这一颇为疑难的理论问题进行了极见功力的探讨,尤其是在外文资料的运用上,更胜一筹。陈毅坚的《共谋共同正犯引论》一文,涉及共谋犯罪的问题。共谋犯罪是一种特有的犯罪现象,英美法系将其作为一种独立的犯罪形态加以规定,而大陆法系则在共同犯罪范畴内加以处理。两种立法例各有所长,相对来说,大陆法系的立法例虽然在逻辑上能够使共犯理论保持一致性和完整性,但也引发了不少问题。对此,日本刑法学界就有关于共谋共同正犯理论的展开论述。陈毅坚的论文试图将共谋犯罪问题在我国共同犯罪理论的框架内解决,其努力是值得肯定的。陈家林的《过失的共同正犯问题研究》一文,讨论的是过失的共同正犯问题。我国刑法不承认过失的共同犯罪,当然也就不承认过失的共同正犯的概念。但基于共同过失而构成犯罪这种情形是客观存在的,对此仍需从刑法理论上加以探讨,陈家林的论文是此种探讨的有益尝试。

在"理论前沿"栏目中,发表了四篇在理论创新方面各有特色的论文。白建军的《犯罪定义学的理论方法与实证刑法学》一文,提出了实证刑法学的概念。按照作者的界定,实证刑法学是指基于犯罪学的原理,运用实证分析的研究方法,对刑法规范及其适用进行的事实学观察与分析。此种意义上的实证刑法学是与教义刑法学相对应的,都是根据刑法研究方法而对刑法学所作的界定,正如同本体刑法学与规范刑法学是根据刑法研究对象而对刑法学所作划分,当然两者之间也具有一定的相关性。周光权的《规范违反说视野中的刑罚理论》一文,试图将规范违反说立场贯通刑罚理论,这也是周光权一以贯之的规范违反说立场的再次呈现。劳东燕的《从民族—国家追问刑法——刑法的现代性反思》一文是其关于刑法现代化的宏大叙事的一个引论,主要是引入了民族—国家这一独特的分析框架。我们已经通晓社会—国家的分析方法,并从市民社会理论中挖掘追求刑事法治的学术资源。劳东燕独树一帜,建构起民族—国家的分析视角,对深化刑法理论研究具有重大启示意义。汪明亮的《刑法文化视野中的定罪量刑问题》一文,试图从文化学上解读定罪量刑中的困惑,由此引申出刑法文化的分析工具,尤其是从中国传统刑法文化角度进行的解读是有别于以往刑法文化之一般性论述的,值得一读。

"域外传译"栏目已经成为《刑事法评论》的一个重要栏目,表明《刑事法评论》对外开放、引入域外学术的编辑立场。本卷共发表四篇论文,其中尤需推荐的是法国著名思想家福柯的《真理与司法形式》一文。该文是福柯的讲演稿,文中虽然主要讨论的是司法形式问题,但内容大多涉及刑法,如果读者能在读完福柯的《规训与惩罚》等著作的基础上再读该文,将会更容易理解。该文是强世功博士组织翻译的,强世功对福柯情有独钟,曾经组织翻译过福柯的另一组论文,发表在《刑事法评论》(第 8 卷)上。对这种持久的努力,我作为一名同样喜爱福柯的读者应当代表其他读者深表谢意。日本神户大学的三井诚教授的《日本的自白法则与非法证据的排除》一文,是其今年5月22日上午在中国政法大学诉讼法研究基地作的讲演的讲演稿,讲演当时我也在场。在讲演的开场白中,三井诚教授说:"刘涌案的发生使得中国对自白排除法则的讨论甚为热烈,这也为日本提供了一个应该如何把握自白任意性的话题。"因此,该文虽是讨论日本法上的问题,对于中国也同样具有借鉴意义。挪威学者罗尔夫·艾纳·法尔夫的《国际刑事法院:从何而来,去向何方》一文,讨论的是国际刑事法院的问题。而法国的哈菲达·拉霍尔的《论前南国际刑庭内被告人获得迅速审判的权利》一文,讨论的是前南国际法庭的问题。上述两文均属国际刑法研究,对外开放的中国需要进一步加强对国际刑法问题的研究。

"专题研究"是《刑事法评论》的主打栏目,本卷亦不例外。高维俭的《刑事一体化视野中的刑事学科群及其结构》一文,是对刑事学科结构的分析,此种研究以往较少,发表该文以供参考。刘士心的《论原因自由行为》一文,论述了原因自由行为的基本理论问题。孙运梁的《论大陆法及我国法上的亲手犯》一文,对亲手犯这个我国刑法学界鲜有研究的话题进行了论述,选题具有新意。罗翔的《疏忽强奸的一种论证——对男权主义强奸法的检讨性反思》一文,属于对刑法分则问题的研究,具有新意,对于如何深化类罪与个罪研究具有示范意义。黎敏的《监督的话语和权力:一种检察制度的语境——评我国的检察法律监督》一文,以一种历史的视角对检察权,尤其是对我国的检察法律监督权进行了理性审视。秦一禾的《双方可罚原则的适用根据》一文,是我国学者对国际刑法研究的前沿性成果。这些论文进一步拓展了《刑事法评论》的理论视野。

《刑事法评论》(第15卷)是2004年的最后一卷。编完本卷,意味《刑事法评论》的编年史中的2004年已经逝去。我们将迎来新的一年,《刑事法评论》仍将保持其一贯的学术立场,在时光的流逝中增长其学术的年轮。

陈兴良
谨识于北京海淀锦秋知春寓所
2004年9月21日

16.《刑事法评论》(第16卷)[①]主编絮语

当我编辑《刑事法评论》第16卷的时候,媒体正在热炒聂树斌案。河北省青年聂树斌在10年前因犯强奸杀人罪而被执行死刑,但10年后另一案件的被告人王书金却交代这起强奸杀人案系其所为,并正确地指认了现场。由此使河北省司法机关处于一种十分尴尬的境地。这种真凶落网而使冤案大白于天下的情形已经多次出现,最有影响力的当数云南省的杜培武案。但在那些案件中,受冤枉的苦主因死缓而得以保全生命,聂树斌则已在10年前被执行死刑。现在,对该案是冤案与否尚无定论,但网络媒体上群情激奋,大多是对刑讯逼供的抨击,将刑讯逼供归结为冤狱之源。也有些网民论及死刑,并哀悼聂树斌。其中,无名氏网民于2005年3月17日1时13分在搜狐网上发表了一篇悼诗,题为"孩子,我知道那一刻你是多么孤单——为被无辜执行死刑的公民聂树斌而作",全诗如下:

孩子,我知道那一刻你是多么的孤单/他们把你从你工作的地方带走/去核对一桩莫名其妙的案子/孩子,我知道你是多么的孤单/因为一个诱捕的笼子已经为你布下/你像一只幼小的寒雀/黑色的牢笼一瞬间成了21岁生命的全部

孩子,我知道那一刻你是多么的孤单/他们的刑具加在你的身体上/虽然是什么样的刑罚我已无从知晓/可我知道,孩子,我知道/我知道那足以消灭人的一切尊严的恐怖/孩子,我知道你是多么孤单/稚嫩的青春要去迎接恶魔身心泯灭的屠戮

孩子,我知道那一刻你是多么的孤单/他们把犯罪签字单掷于你的面前/你颤抖的手痉挛地在上面写下你的名字/孩子,我看见了/你的手上是他们制造的血淤和青紫/你用来标志自己享

[①] 陈兴良主编:《刑事法评论》(第16卷),中国政法大学出版社2005年版。

受全部公民权利的名字/被褫夺为耻辱的同义词/孩子,我知道你是多么孤单/白纸一样的心灵却要尝尽人间的屈辱

  孩子,我知道那一刻你是多么的孤单/他们在法庭上宣判你的罪行/孩子,我知道那一刻大地沦陷了/生命所信赖的一切法则都已崩溃/法律和正义,破裂成的碎片已经将你提前万刃凌迟/哈哈,一个国家最伟大的业绩/就是万劫不复地摧毁一个公民的心灵吧/孩子,我知道你是多么孤单/在所谓文明世纪犹如置身于史前的兽群

  孩子,我知道那一刻你是多么的孤单/他们把你从你母亲的面前带走/这是你最后唯一的倾诉对象了/孩子,我知道你已窒息/割断一个无辜者最后的声音/他们不是第一次/孩子,我知道你是多么孤单/母亲的面容像断线的风筝跌落进天空的深渊

  孩子,孩子,在那一刻我知道你是多么的孤单啊/他们的手枪,冰冷地抵在你的后脑上/一发子弹在其中跃跃欲试/无辜者跪在一片行刑场的沙地上/耻辱者,罪犯们,迎着灿烂的阳光微笑/这个行将就戮的羔羊/马上要完成对他们官阶的一次献祭/用你的肉/用你的骨/用你的血/用你的全部/来铺就他们升迁的道路

  孩子啊,孩子,我知道那一刻/你是多么孤单/因为你已被剥夺得一无所有/孩子啊,孩子/就连你那幽灵的泣诉/也仿佛是在最深的地狱里不能抵达地面的虚无……

  这是一首饱含深情的诗,确实令人感动。当然,作为全诗的中心词——"孤单",我以为并不是一种十分贴切的表达。也许"无助"一词更能表现一个无辜者面临冤杀时的心理状态。是的,当一个无辜者走向刑场的那一刹那间,他的心灵一定会被一种强烈的被这个世界、被整个人类抛弃的无助感所主宰。然而,谁又是这首诗中的"他们"呢?我们每一个人难道不是"他们"中的一员或者至少是站在"他们"背后的人么?

  英国学者罗吉尔·胡德在《死刑的全球考察》一书中设专章对保护无辜者作了讨论,尽管联合国为保护面临死刑者的权利而制定了《关于保护死刑犯的权利的保障措施》,但胡德提出疑问:所提供的保障是否足以保

证死刑案件的判决没有错误;足以保证无辜者没有可能或者仅有轻微的可能,被执行死刑。① 事实证明,误判错杀是目前的死刑司法中难以避免的。在《死刑的全球考察》一书中,胡德教授引述有关资料说明,仅1999年,在美国就有8名被判处死刑的囚犯在无罪的证据证实之后被释放出死囚区。2000年1月至2002年6月,美国又有15名死囚被释放,使自1976年恢复死刑以来(被判处死刑后又被释放)的人数达到了101名。② 雷·克罗恩(Ray Krone)这位被学者舒远称为"美国'聂树斌'"的就是2002年被释放的15名死囚中的一位。克罗恩因发生在1991年12月29日的一起奸杀案而于1992年11月20日判处死刑。主审法官觉得该案还存在不少疑点,因而于1996年12月10日改判克罗恩终身监禁。2002年3月21日,新的DNA鉴定结果与另一在押罪犯相吻合,半个月后,警察局的鉴定得出同样的结论。在经过漫长的10年牢狱之灾之后,克罗恩终于获释。③ 而中国的聂树斌就没有这么幸运了,因为聂树斌在案发后不到一年就被执行了死刑。在美国,一个死刑案件从立案到庭审,到判决,到上诉,到复审,到最后释放或执行,最少要经过10年时间,一个死刑案将耗费数百万元美元。因此,在美国死刑是一个耗时、费力、高成本的刑罚。而在我国,还有相当多的人认为死刑是一种节时、省力、最经济的刑罚。因此,当司法部副部长张军于2005年1月16日在"当代刑法与人权保障——全国杰出青年刑法学家"论坛上关于"中国当前要重点解决的是改革刑罚制度,设立更多的20年、30年以上的长期刑,以此逐渐减少死刑的适用"的观点见诸媒体以后,有些网民甚至质疑:为什么要耗费那么多纳税人的钱去养活罪犯? 在这样一种见物不见人的氛围下,不用奢谈废除死刑,就是减少死刑也将招致痛斥。我想,聂树斌案是否会对我们有所触动,尽管结论没有最后得出来,但死刑误判难以纠正也是一个不容置疑的

---

① 参见〔英〕罗吉尔·胡德:《死刑的全球考察》,刘仁文、周振杰译,中国人民公安大学出版社2005年版,第255页。
② 参见〔英〕罗吉尔·胡德:《死刑的全球考察》,刘仁文、周振杰译,中国人民公安大学出版社2005年版,第264页。
③ 参见舒远:《美国有位"聂树斌"》,载《新京报》2005年3月17日。

事实,这也成为废除死刑的一个重要理由。① 至少,误判难纠应当成为慎用死刑的理由。

死刑,也成为一个刑法中的永恒话题。本卷在"死刑研究"栏目中发表了两篇专题性论文。高艳东的《从契约论到强迫论:废除死刑坎坷中的突破》一文认为:"跳出就死刑论死刑的固有理论框架,检讨产生死刑的哲学与法学基础性理论,而不是相反地以刑法通论来探讨死刑,才是困境中的死刑废除之路。"这一努力当然是可嘉的。因此,从基本理论上突破不失为奠定死刑废止理论基础的出路。陈华杰的《论死刑量刑情节的司法适用》则是从量刑情节的角度对死刑的适用和裁量进行了论述,作者建议在裁量死刑时应重视从宽从轻情节,并将部分酌定情节法定化,从而起到在司法中严格限制死刑判决的作用,这是具有积极现实意义的。尤其是陈华杰作为广东省高级人民法院主管刑事审判的副院长,对死刑问题的这种认识既来自于司法实践,又必然会对司法实践产生影响。因此,其现实意义更是显而易见的。

在"刑事程序研究"栏目中,发表了四篇颇有新意的论文。周宝峰的《刑事被告人迅速审判权研究》一文,从宪政视角对刑事被告人迅速审判权进行了深入研究。尤其是作者分别对我国的速决程序和拖延程序作了分析,从而厘清了其与迅速审判权之间的关系。拖延程序当然不容于迅速审判权,同样,速决程序也不能等同于迅速审判权。因为被告人不仅有迅速审判权,更有获得公正审判的权利。因此,迅速审判权必然以最低限度的正当程序为前提。万毅的《侦查目的论——兼论我国侦查程序改革》一文涉及的是侦查程序问题,尤其是在侦查目的关照下讨论侦查程序的改革,具有重大意义。作者提出将侦查程序改造成为司法程序,通过司法审查制度的建立,在侦查程序中引入司法监督制约机制,对于实现侦查程

---

① 2016 年 12 月 2 日,最高人民法院公开宣判,宣告撤销原审判决,改判聂树斌无罪。最高人民法院再审判决书指出:"本院认为,原审认定聂树斌犯故意杀人罪、强奸妇女罪的事实不清、证据不足……判决如下:一、撤销河北省高级人民法院(1995)冀刑一终字第 129 号刑事附带民事判决和石家庄市中级人民法院(1995)石刑初字第 53 号刑事附带民事判决。二、原审被告人聂树斌无罪。"从该主编絮语的写作至聂树斌案平反,又过去了 11 年。——2018 年 7 月 4 日补记

序的法治化非常必要。这一观点值得肯定。何才林的《笔录中心主义研究》一文,从刑事审判方式改革的角度对我国通行的笔录中心主义进行了深刻的反思,可谓切中我国刑事程序之时弊。我国刑事诉讼过于依赖笔录,以至于形成所谓笔录中心主义,这并非危言耸听。笔录中心主义的实质是口供中心主义,当然笔录不限于口供,还包括证人证言。因此,笔录中心主义也是证人不出庭作证的前置性条件,它使刑事庭审在很大程度上形式化,并且直接违背直接言词原则。该文对于这个问题的讨论还是有价值的,我相信读者会对此产生共鸣。周菁的《证人作证制度研究的新视野》从我国证人出庭率低这一现象出发,不满足于对等式研究,而是深入到证人作证制度的理论根基,认为要解决证人作证问题,不仅应当从发现事实真实的关注转向对程序正义的追寻,而且需要从被告人的权利保护即宪法的高度进行认识。将该文与上文进行对照阅读,也许更有收获。可以说,关于刑事程序之研究,是本卷的重点所在。

在"客观归咎理论研究"专栏中,发表了两篇专题性论文。应当指出,"客观归咎"是从德日引入我国不久的一种理论,译名也没有很好地统一。有译为客观归咎的,有译为客观归责的,即使在这两篇论文中用法也不统一,我倾向于采用客观归咎。因此,本卷统一译为客观归咎。陈檬的《论客观归咎理论的体系性地位——兼论在中国语境下的解决》一文,重点探讨了客观归咎的问题。尤其是作者通过中国与德国的两个案例的比较,使这种讨论更为深入,也更有新意。刘磊的《主观主义的反思与客观归咎理论的抬头——评德国刑法中的客观归咎理论》一文,侧重介绍德国客观归咎理论的产生与形成过程,认为客观归咎理论是对新旧主观主义的扬弃,其重视并彻底实践了新康德主义,重新找回了客观要素在犯罪论的地位。以上两文也可以对照着看,一定能增加阅读快感。

在"刑法方法论研究"专栏中,发表的是 2003 年 11 月 27 日至 28 日在北京大学深圳研究生院举行的"刑法方法论高级论坛"的实录。刑法方法论是刑法理论的前沿问题,这次论坛采用沙龙式的讨论形式,讨论了刑法的基本方法论、刑法解释论、法律实证方法、实证分析等问题,会后还印发了各学者提交的论文。刑法方法论的研究是创新刑法学研究进路、促进刑法学研究的一个基础问题,今后,我们还将对此少有人问津的重要问题进行详细探讨,这次论坛可以说是这个研究方向的一个起点。在此我们将论坛的实录全部刊出,以飨读者。

在"刑法学人"栏目中,发表了我为周振想的遗作《公务犯罪研究综述》一书所作的序:"怀念振想教授"。转眼之间,周振想离开我们已经一周年了。距离该序的写作都半年过去了,真是时光如逝!但是,有些东西是不会随着时光流逝而淡忘的,反而经过时光的销蚀而历久弥新。

在"学术随笔"栏目中,发表了张晶的《监狱人性化求证》一文。张晶是江苏省监狱管理局的一名干部,对学术亦颇有兴趣。本刊第8卷曾经发表过张晶的《中国监狱制度:评价与完善》一文。《监狱人性化求证》一文来稿的原标题是"人性化求证——兼人性化研究综述"。在来信中,张晶说自己提出遭到不少反对声的监狱人性化问题,并作了一个完整的回顾。为了切题,我将标题改为"监狱人性化求证"。张晶作为一名监狱管理者,能够提出监狱人性化命题,确实需要勇气,招致反对也在料想之中。不过,在强调罪犯权利保障的法治社会,实现监狱人性化实质上是监狱管理措施的改进,这完全是应当予以肯定的。张晶的文章夹叙夹议,信手拈来,别有情致。因而将其归入随笔栏目,我想应当是妥帖的。

在"域外视野"栏目中,发表了四篇论文,共同特点是以世界眼光解决中国问题。杨力军的《论〈国际刑事法院罗马规约〉中的补充性原则对国内立法的规范作用》一文,对《国际刑事法院罗马规约》中国际刑事法院对国内刑事管辖权起补充作用这一规定作了细致研究,尤其是探讨了国内立法的应对。何帆的《国际法视野下的中国刑事没收制度检讨——以〈联合国反腐败公约〉为视角》一文,对我国刑事没收制度应如何完善,以便在反腐败国际协助中发挥更大作用问题进行了颇有意义的讨论。顾永忠的《刑事辩护的国际标准与我国刑事辩护制度的修改完善》一文,也是从联合国《公民权利和政治权利国际公约》确立的刑事辩护的国际标准出发,讨论我国刑事辩护的完善问题。该文作者长期从事刑事辩护业务,且身兼中华全国律师协会刑事专业委员会副主任,相信对这个问题的探讨不仅是纯理论的,同时亦包含了作者的个人感受在内。陈雄飞的《从国际刑事判例论国际刑法中的上级责任》一文介绍了国际刑事审判中的上级责任这项重要的追责原则,其中讲述了诸多国际刑事审判判例,读起来饶有趣味。

  "专题研究"栏目照例是容量最大的,刑事法各学科的论文都颇有分量。陈东升的《试论刑法学的元研究及其基本课题》一文,提出了元研究的命题,读后是会受到启迪的。曾明生的《刑法目的生成基础及其制约》一文,讨论了刑法目的的生成问题,题目新颖,立意深远,属于刑法基础理论研究,值得嘉许。邱传忠的《期待可能性:宽恕根源的刑法解读》,对期待可能性进行了全面、深入和系统的论述;非常可贵的是,作者从"宽恕根源"这样的视野去探寻刑法上的责任问题,并提倡开放的宽恕事由体系,具有启发意义。周折的《刑法刑事政策化与刑事政策法治化的双重解读》一文,探讨了刑法的刑事政策化与刑事政策的法治化之间的相关性,这是刑事政策理论中需要解决的一个重大课题。该文在刑事政策模式下考虑了这个问题,是一种有益的探讨。郑泽善的《合理的扩大解释与类推解释的界限》一文,重点讨论了罪刑法定原则下刑法解释的限度问题。该文对这一问题的研究在资料收集、观点论证方面都有所进展。宫璇龙的《量刑平衡策略之反思》一文,对量刑平衡这个历久不衰的老话题作了颇有见地的新探讨。刘为波的《诉讼诈骗行为的司法定性及相关问题研究》一文,对诉讼诈骗的定性问题进行了颇有深度的讨论,对于消除在这一问题上的歧见是有所裨益的。李昌林的《论民众的刑事实体裁判权》一文,对于陪审制度进行了深入探讨。该文资料丰富,论述充分,对于我国人民陪审员制度的改革具有重要参考价值。许永俊的《独立与受制:略论深化主诉检察官制度改革》对当前进行的主诉检察官制度的改革进行了评述。作者许永俊作为北京市海淀区人民检察院的检察官,该文也可以算作一种身临其境的感怀,"行内人说行内话",这种研究是相当真切和深刻的。狄小华的《关于社区矫正的思考》一文,研究了社区矫正中的政府与民间、惩罚与矫治等问题,视角独特,见解深刻。张莉鑫的《论恩里科·菲利的犯罪学思想》一文,是对菲利犯罪学的透彻解读。作者认为,透过菲利的犯罪学思想,我们几乎可以看到犯罪学早期发展的全景,其中不但包括那些日后被奉为经典的学术传统,还可以看到那些在20世纪站在反实证主义的前沿、大放光彩的犯罪学观点的原型。从这个意义上来讲,菲利的犯罪学思想具有连接19世纪末初生的实证主义犯罪学与20世纪现代犯罪学的历史结点的特色。这一评论是十分深刻的,该文是作者在本科论文的基础上修订而成,因而这种评论更令人印象深刻。

江南的三月已是桃红柳绿,春意盎然;北国的三月还是乍暖还寒,冬意未尽。无论如何,春的脚步已经临近,让我们在期待中等待春天的到来……

陈兴良
谨识于北京海淀锦秋知春寓所
2005 年 3 月 20 日

17.《刑事法评论》(第17卷)[①]主编絮语

《刑事法评论》第16卷的主编絮语中谈到聂树斌案,至今未有结果。不过,内部消息传来似乎不是错案。被害人已死,被告人亦已死,死无对证,当然案是不好翻的。[②] 但是,被害人死而复生的佘祥林案确已平反。此后,又惊曝出一些死刑错案。恰好我在昨天(2005年8月30日)收到陕西省耿民律师事务所寄来的一份名为"要案交流"的材料,题目是:"陕西'佘祥林'该不该被释放?"这里的"陕西'佘祥林'"是指陕西省大荔县农民高进发,他因被"疑"是两起奸杀妇女案的凶手,两次被判处"死缓",关押了1200多天,经渭南市中级人民法院和陕西省高级人民法院两级法院五次审理后,终于在2005年7月9日被宣告无罪释放了。但9天后,公诉机关又提出了抗诉。材料反映,高进发不同于佘祥林的是:没有出现真凶现身或者死者复活这样的偶然机遇,因而无罪判决遭遇重重困难。的确,冤案平反不是那么容易的,因而我感谢"死缓"救了这些疑似错案当事人的命,否则将有更多的冤案。

说到冤杀,令我想起近日刚看到的一部美国电影,英文名为"The Green Mile",汉语译为"绿里奇迹"。电影的主人公保罗·艾治科姆(汤姆·汉克斯饰)现在生活在一个老年之家。大约60年前,他在寒山感化院工作,担任死囚看守长。他的职责之一便是看守几个等待死刑执行的杀人犯。那是在1935年,美国南部惨淡肃杀的冷山监狱。那里有片一英里长的绿地,人们叫它"绿里"。不过,它的居民皆为死囚;在绿地的另一头,便是行刑用的电椅。保罗·艾治科姆是这里的狱长,对于走过"绿里"继而在电椅上惨叫毙命的死囚行刑程序,他俨然无动于衷。除了保罗及其爱妻简外,"绿里"还有凶残的副典狱长豪威尔,有施虐倾向的狱吏佩

[①] 陈兴良主编:《刑事法评论》(第17卷),中国政法大学出版社2006年版。
[②] 聂树斌案直至2016年12月2日才被最高人民法院正式改判无罪。——2018年7月4日补记

西,良心未泯的看守海尔和他身患绝症的妻子美琳达,喜用宠物鼠逗狱吏和诸难友取乐的德拉克,连环杀人狂威廉,负疚深重的犯人彼特等一干形形色色的人们。他们之间充满了敌意和不屑。但神秘的约翰·考夫利的到来改变了这一切。考夫利因谋杀两名幼女被判死刑。他相貌恐怖,体形硕大,却出奇地平和、敏感而缄默,天真时甚至像个孩子;同时,他似乎还具有一种不可名状的神秘力量,令人不由自主地对其产生信任感,这不禁让艾治科姆对其罪行是否属实深怀疑问。其实,这两名幼女是被关押在同一死监的威廉所杀。考夫利也已经以其特异功能感觉到了这一点,但却无法证明。真情无法取代程序,考夫利终要走过"绿里"。在这个貌似粗鲁的男人即将赴死的刹那,"绿里"的人们以不同以往的形式实现了各自生命的重要跨越。这是一部令人印象深刻的电影,考夫利虽被冤为死囚,心地善良其善无以复加;佩西虽身为狱卒,心灵丑恶其恶罄竹难书。不过,唯一让我不太满意的是电影的奇幻性,容易使观者以真为假。可以说,该片是我看过的描写死刑的最为难忘的电影。它告诉我们:死刑冤案是存在的,其错判难纠令人扼腕。联想到我们现实生活中发生的类似佘祥林的案件,"绿里奇迹"揭示的哲理对我们具有启发意义。

《刑事法评论》(第17卷)是2005年的第二卷,也是内容丰富多彩的一卷。

在"理论前沿"栏目中,康伟的《犯罪表象形成机制》是值得推荐的一篇论文。该文是康伟的博士论文,此文采用后现代的视野观察犯罪现象,并对犯罪表象的形成机制作了饶有趣味的叙述。尤其需要注意的是"犯罪表象"这个概念,康伟在论文中将其定义为"存在于人头脑中的和犯罪有关的反映",这种反映指的是人的一种感知。因此,它与犯罪现象与犯罪事实都是不同的。尽管犯罪事实在刑事司法过程中起着主导作用,但犯罪表象则以一种隐蔽的方式在人们不知不觉当中对刑事司法产生积极或者消极的影响。康伟的论文把犯罪表象这一现象明白地陈述出来,使其由潜而显,我想是具有理论意义的。当然,犯罪表象本身不易把握,因此该文是较为晦涩的,非平心静气多读几遍不能读懂。对此,读者应有思想准备。由于该文篇幅过大,拟分为上下两部分发表,本卷发表的是该文的上半部分。付立庆的《论主观违法要素的地位与范围——以日本刑法理论为依托的展开》一文,对主观违法要素的地位与范围问题进行了充分展开的论述。尤其是付立庆利用在日本东京大学研修学习的机会,搜集了大量的日文资料,并在论文中加以铺陈,从而提升了论文的学术水平。林维的《刑法解释程序和形式的权力解析》一文,以权力分析的方法,对刑法的解释程序和形式问题进行了富有新意的探讨。刑法解释是一个老生常谈的问题,林维以此作为博士论文的题目,我是颇为担心的。关键问题在于如何能够推陈出新。从目前这篇论文来看,林维采用新的方法,并从新的视角对刑法解释进行研究,尤其是拓展了刑法解释的研究领域,从动态的关系上把握刑法解释权的运作。由于这篇论文的写就,我的担心成为多余。

康伟、付立庆和林维都是我指导的博士研究生,这三篇论文都是他们的博士论文。康伟的博士论文已经在今年答辩通过,《刑事法评论》将分两卷发表其博士论文全文。付立庆和林维则尚未参加博士论文的答辩,因而本卷发表的这两篇论文是其博士论文的节选,他们的博士论文全文将会更精彩。我曾经有过学位论文应四平八稳、以通过为目的的"谬论"。但我的这三位博士生似乎都以一种前沿甚至前卫的学术姿态进行博士论文的写作。当康伟的博士论文初稿交给我的时候,我还真担心其通过问题。当时我就预计,对康伟的博士论文会有"好得很"与"差得很"两种极端评价。我让康伟在论文修改过程中,作了一些通俗化的努力。论文答辩顺利通过,并受到张明楷教授、曲新久教授的好评,这使我十分高兴。康伟、付立庆和林维,尤其是康伟和付立庆,都还是初入学术之门,博士论文是他们对刑法学术殿堂的敲门砖。我相信,这块敲门砖足够沉重,是可以敲开学术殿堂之门的。他们的学术初啼是响亮的,足以使我感到后生可畏,并感叹廉颇老矣。现在不避偏爱之嫌,将他们的论文发表出来,以证明我之判断不谬。

在"犯罪构成研究"栏目中,王志远的《从平面化到立体化:犯罪成立理论的必然走向》一文,提出借鉴大陆法系的体系性思路重构我国犯罪成立理论的主张,并对此作了论证。文中包含了较大的学术信息量,也有作者个人的思考,对于建构中国的犯罪构成体系具有参考价值。王充的《论目的行为论犯罪论体系——以威尔兹尔的犯罪论体系为对象》一文,对威尔兹尔的目的行为论犯罪论体系进行了专门探讨。威尔兹尔强调主观目的对于客观行为的支配性,以此出发建构犯罪论体系,其对构成要件、违法性与责任都提出了独到的见解,从而推进了犯罪论体系的发展。我国目前正在重新建构犯罪论体系,因而对威尔兹尔目的行为论犯罪论体系的梳理与评介是十分必要的。吴学斌的《犯罪构成要件符合性判断中的理念价值》一文,提出了这样一个观点:"在构成要件符合性判断中应该树立:超越法律形式主义、在构成要件的意义下形成案件事实以及类型思维的法律理念。"应当指出,该文所称的"犯罪构成符合性判断"和我们通常所称的"犯罪认定"还是有区别的。吴学斌在论文中提出了"超越法律形式主义"的命题,力图在法律文本的理解中融入价值理念的内容。当然,如何超越法律形式主义又不违反罪刑法定主义,这是一个需要解决的问题。本栏目的三篇论文,从不同角度对犯罪构成理论进行了研究,我认为是具有学术价值的。我本人主编出版了《犯罪论体系研究》(清华大学出版社 2005 年版)一书,在我看来,犯罪论体系是当下我国刑法学界的一个重大理论问题。《刑事法评论》再三地开设关于犯罪构成理论研究的栏目,表明我们对这一重大理论问题的关注。

在"司法模式研究"栏目中,马明亮的《协商性司法:一种新型的司法模式》一文,提出了协商性司法的模式,认为这是一种在实践中自发生成的新型司法模式,体现了一种新程序主义理念,背后暗含了一种新的程序理论。鲁兰的《修复性司法理念与模式——中、日修复性司法实践模式比较》一文,则对修复性司法,过去也称为恢复性司法进行了探讨。《刑事法评论》(第 12 卷)曾经发表过张庆方博士的《恢复性司法——一种全新的刑事法治模式》一文,将鲁文与张文对照着阅读,可以使我们对修复性司法产生更为深刻的印象。尤其是鲁兰的论文对我国与日本的修复性司法的实践情况进行介绍,更具有现实意义。上述两篇对协商性司法与修复性司法探讨的论文,分别从程序法与实体法角度对大体上类似的司法动向作了研究,从而也可以感悟出未来司法模式演进的方向。因此,这两篇论文也是有相通之处的,互相对照可以使读者获得更大的阅读快感。

在"域外视野"栏目中,日本著名刑法学家西原春夫先生的《国家刑罚权的根据》一文,是其在北京大学深圳研究生院所作讲演的录音整理稿,由中国人民大学法学院冯军教授翻译。西原春夫先生的《刑法的根基与哲学》(顾肖荣等译,上海三联书店 1991 年版)一书是较早引入我国的对刑法进行形而上的考察的著作,在 1991 年我已基本完成的《刑法哲学》

一书的"结束语"中提到了这本书,由此提出了"自然法意义上的刑法哲学的概念"①。现在,再读西原春夫先生的这篇讲演稿,颇有感触。讲演稿加入了西原春夫先生最新的思考与临场的发挥,值得一读。美国学者罗纳德·L.阿克斯著、雷丽清译的《威慑理论》一文,对西方流行的威慑理论进行了梳理,尤其是对古典威慑理论与现代威慑理论的区分与评述,对我们正确认识刑法的威慑功能有所裨益。

在"刑法史研究"栏目中,王瑞锋的《论清代刑事司法中的"引断"》一文,对清代刑事司法中的"引断"现象作了详尽的介绍,加深了我们对清代刑事司法的微观理解。尤其是该文还与我国现行的刑法及刑法理论作了比较,更具有可读性。陈新宇的《我国刑法史上的比附援引与罪刑法定之争——以沈家本对比附态度之转折为中心》一文,对我国刑法史上的"比附援引"现象作了研究,尤其是引入罪刑法定主义这一现代刑法原则作为参照系,析论精当,结论有据。上述两篇论文和作者都是北京大学法学院中国法制史专业今年毕业的博士研究生,两文均选自其博士论文。以往法制史的研究往往满足于以意识形态话语为主线的宏大叙事,大而无当,对部门法的研究没有任何参考价值。在北大法学院李贵连教授的指导下,王瑞锋、陈新宇的上述两文注重法制史的"细节"(这使我想起一个书名《细节决定成败》),并在细节问题上深入钻研,从而使法制史的研究触须伸入到部门法史的领域,对部门法学的研究作出其学术贡献,这是值得充分肯定的。以后《刑事法评论》还将发表这方面的研究成果,从而拓展刑事法的研究领域。

在"犯罪学研究"栏目中,谢勇、王燕飞的《犯罪学视野中的社会结构范式解析》一文,试图采用社会结构范式解析的研究方法对犯罪现象进行研究;这基本上承继了谢勇教授一贯的犯罪社会学的研究路径,其解析过程与解析结论都是具有新意的。靳高风的《犯罪学的界定:从实然到应然》一文,以实然与应然为分析框架,对犯罪学的界定作了相当细致的析论。以上两篇论文都涉及犯罪学研究方法问题,这种基本理论的研究对于犯罪学的学科建设具有推动作用。

"专题研究"栏目仍然是《刑事法评论》最大的栏目,论文涉及刑事法

---

① 陈兴良:《刑法哲学》(修订三版),中国政法大学出版社2004年版,第732—733页。

各学科,具有"大杂烩"的性质。但每篇论文均是对相关专题的深度研究,是该论题的前沿性学术成果。本卷的"专题研究"发表了八篇论文,涉及刑法(包括国际刑法)、刑事诉讼法、监狱学和西方刑法哲学等领域。孙立红的《论过失共同犯罪的成立》一文,正如题目所表明的那样,对过失共同犯罪是持肯定观点的,并进行了论证。刘树德的《侵犯财产罪对象及保护法益的比较思考——财产权入宪视角的重新审视》一文,延续了刘树德对刑法进行宪政思考的思路,将这种宪政思考引入个罪研究。熊永明的《伪造文书罪的行为界说》一文,对目前现实生活中常见多发的伪造文书犯罪进行了研究,尤其是以外国刑法为参照,对伪造文书罪进行了比较刑法的研究。宋健强的《国际刑事法治:人类和平与正义的真正希望》一文,提出了国际刑事法治的概念,这在国际刑法的研究中是一种新的见解。袁登明的《现代刑事政策视野下的行刑对策》一文,是对行刑问题的刑事政策研究,这在以往研究中是较为少见的,但这种研究的意义是重大的。宋行的《现代监狱品格论》一文,对监狱品格,实际上也就是监狱功能问题进行了研究,指出了监狱的公共行政权力的命题。以上论文的作者都是某一学术领域"术业有专攻"的人士,因而其论文的专门性、专业性和专长性都是显而易见的。但本卷最后一篇论文的作者方博,相对于上述作者来说可谓晚生后学。方博①是北大法学院2005年毕业的本科生,今年年初他到课堂上找我,让我指导他的本科学位论文,当时我答应了。过了一段时间,他拿来论文初稿,阅后感到作者具有较深的哲学功底,作为一名本科生将论文写到这种程度是很不容易的。再次见到方博时问他毕业后的去向,他说已经被保送上了北大哲学系西方哲学史专业的硕士研究生,令我十分意外,自然也有几分惊喜。论文稍作调整后很快定稿,本卷发表的这篇《康德刑法哲学探析》就是论文的修改稿,也许是方博的第一篇,甚至可能是最后一篇法学论文。至少,我还期待方博能够回到法学中来。《刑事法评论》第16卷发表的张莉鑫的本科学位论文和本卷发表的方博的本科学位论文,都从一个侧面反映了北大法学院本科教育的水平,这是令人欣

---

① 方博2008年毕业于北京大学哲学系,获哲学硕士学位;2013年毕业于柏林自由大学哲学系,获哲学博士学位。主要研究领域为马克思主义哲学、德国古典哲学、法与政治哲学。2015年北京大学哲学系博士后出站后入职北京大学哲学系,现为助理教授。——2018年7月4日补记

慰的。

内容的多样与作者的多元,这是《刑事法评论》所追求的。《刑事法评论》就像一个学术园地,既要让参天大树舒展身姿,也要让小草有立足之地……

陈兴良
谨识于北京海淀锦秋知春寓所
2005 年 8 月 31 日

18.《刑事法评论》(第18卷)[1]主编絮语

在已经过去的2005年中,将死刑复核权收回最高人民法院是法学界讨论中的一个中心课题,它是一个与死刑存废与限扩具有相关性的问题。最高人民法院收回死刑复核权,主要目的在于减少死刑之适用。对于减少死刑的适用,在我国刑法学界(包括刑事诉讼法学界)均已形成共识。

当然,死刑限制的前景仍然是不可过于乐观的,还充满着一定的不确定性。这里主要还是一个民意问题,不可不引起我们的重视。检察官方工提出了一个"减少死刑适用不要忽视社会承受力"的命题。这里的"社会承受力",主要是就公众的认同而言的。方工检察官通过对两起被判处死缓的杀人案的考察,认为这一轻判不符合国情民意。对此,方工检察官是这样陈述理由的:在一些法治发达国家,大多数公民已经接受人的生命无比珍贵、不能因任何理由予以剥夺的观念,于是出现被害者的亲属要求不要判处犯罪者死刑或致信安慰对方亲属的事实。在这样的民意背景下,大力减少死刑,甚至废除死刑,顺理成章,不会对社会造成任何不利的影响。而在我国,社会公众的法律意识中还固守着"杀人偿命"的观念,很多公众要求以极刑严惩故意杀人罪的行为来表达对人的生命权的重视。我们没有可靠的统计资料可以说明,多数公众对轻易地从轻判处严重故意杀人案的做法是否接受或赞同,但只要看看为数众多的被害人的亲属,面对杀人者被从轻处理的判决结果表现出的愤怒、委屈、期待或者无助,就可以感到这是对他们情感的又一次伤害,也可以感觉到还有相当多的公众未认可这样处理杀人案件。[2]

由于故意杀人是一种有直接被害人(苦主)的犯罪,因而对杀人犯不判处死刑确实会受到来自被害人亲属的巨大压力。从这个意义上说,可以将杀人罪的死刑当作死刑的最后堡垒。也就是说,死刑的废除与限制,

---

① 陈兴良主编:《刑事法评论》(第18卷),北京大学出版社2006年版。
② 参见方工:《减少死刑适用不要忽视社会承受力》,载《检察日报》2006年1月23日。

同样应当讲究策略,否则欲速不达。对于那些没有直接被害人的犯罪的死刑,是首先可以考虑限制乃至于废除的。对于具有直接被害人的犯罪,尤其是故意杀人罪,其死刑的废除当然可以最后考虑。即使是限制适用也应该划出一些明确的界线。当然,公众对故意杀人罪死刑的态度并不能等同于公众对全部死刑的态度,这主要是因为故意杀人是一种十分特殊的犯罪,而杀人偿命的观念在中国又如此深入人心。因此,对于故意杀人罪的死刑,公众会更为敏感。我认为,死刑的限制以至于最终的废除,需要足够的耐心。社会承受力当然是应当考虑的因素,但社会承受力又是可以改变的,而且,对于不同犯罪的死刑,社会承受力也是不同的,对此不可不察。

本卷持续地对死刑进行讨论,在"死刑研究"栏目中,共发表四篇风格迥异的论文。樊文的《死刑制度的刑(诉)法学和犯罪学审查报告》一文,从刑法学、刑事诉讼法学和犯罪学的角度对死刑制度的正当性和必要性进行考察。该文采用"审查报告"这样一种文体,显得较为庄重正式,也是较为新颖独特的。该文的篇幅虽然不是很长,但涉及死刑制度的一系列重大问题,结论有力,且具有一定的国际视野。宋云涛的《死刑核准权变迁的制度经济学分析》一文,采用当下较为流行的制度经济学的分析方法,对死刑核准权的变迁进行了较为深入的思考,提出了死刑核准权配置模式由分权型向集权型的回归更加符合正义和司法的一般规律,也更加有利于我国司法资源的合理配置的结论。这一说法对于最高人民法院收回死刑复核权的改革举措,当然是给予了学理上的支持。方鹏的《死刑错案的理性分析——对媒体报道的33起死刑错案的实证考察》一文,专门对死刑错案进行了研究,这在我国刑法学界是从来没有做过的工作。由于我国死刑数据保密,对于死刑的司法适用情况,一般学者均无精确的数据,这就给死刑研究带来极大的困难,更不用说实证研究了。死刑错案是死刑制度中一个十分敏感的话题,全面数据当然是无从了解的,但方鹏采取了一种较为讨巧的方法,就是以媒体披露出来的33起死刑错案为标本进行实证研究,力图揭示死刑错案形成的规律。林维等人的《〈关于最高人民法院死刑立即执行复核程序的规定〉(建议稿)及其说明》也是一个十分独特的研究成果。在死刑复核权即将收回最高人民法院行使的背景下,中华全国律师协会刑事专业委员会与中国人民大学诉讼制度与司法改革研究中心联合组成课题组,起草了《最高人民法院死刑立即执行复核程序的规定》(建议稿)。中华全国律师协会刑事专业委员会、中国人民大学诉讼制度与司法改革研究中心于 2005 年 3 月联合召开了"最高人民法院收回死刑复核权之对策"研讨会,与会专家学者对课题组起草的建议稿提出了修改意见。会后,课题组根据这些意见对建议稿进行了修改整理。本卷所载的就是正式定稿的建议稿。以建议稿的形式,将专家学者的观点集中反映出来,不失为一种较为独特的研究方法,可供读者参考。

在"理论前沿"栏目中发表了三篇论文。上卷发表了康伟的《犯罪表象形成机制》的上半部分,本卷发表其下半部分,至此可以领略全文。何庆仁的《刑法的沟通意义》一文,运用哈贝马斯的"沟通理论",并参考考夫曼等人的著作,对刑法的沟通意义进行了全新的解说。这种刑法的新思与新知,是推动刑法理论创新发展不可或缺的动力。即使我们不同意文中的某个或者某些具体观点,但作者的这种探索精神,不能不令人敬佩。童伟华的《刑民不分与刑民有分——以比较法为视角》,也是一篇颇有新意的论文,对中西刑法演进史进行了艰辛的考察,结论引人深思。"理论前沿"是一个发表具有创新精神论文的栏目,上卷与本卷均有佳作问世,这使我感到十分高兴。

在"刑事政策研究"栏目中,发表了两篇论文。卢希起的《一种人本主义的刑事政策观》一文,指出了人本主义刑事政策观的命题。这一刑事政策观的要旨是一种以人为中心和归宿、谋求人的解放和幸福生活的思维。这种刑事政策悲悯人性,关注人生,正视个性,主张非犯罪化和废除一切残酷的刑罚,实现刑罚个别化,教育和改造犯罪人,使之复归社会。论者对此进行了视野较为广阔的论证,这是对刑事政策的一种颇具创见的理论开掘,值得嘉许。王亚凯的《加州三振出局法研究》一文,是对美国加利福尼亚州的一种具体刑事政策的介绍。"三振出局法"犹如我国的"严打",是对严重犯罪从严整治的一种刑事政策的举措,颇具参考价值。

在"刑事程序研究"栏目中,发表了四篇论文。肖晋的《刑事程序人道论》一文,指出了程序人道这一制度伦理。作者认为以往的程序正义理论过分扩张,遮蔽了程序人道的价值;某些问题,应该是人道与否的问题,而非正义与否的问题,这两个问题是有所不同的,但过去经常混为一谈。作者力图区分程序正义与程序人道,并对其理论意义与实践意义进行了论证,这是对程序理论的一种贡献。冀祥德的《检察官自由裁量权之自由与不自由》一文,从具体事例出发,对作为公诉人的检察官是否退庭的问题,进行了具有一定深度的理论探讨。由于检察官公然退庭的事例极为罕见,正好凑巧被作者遇上,因而对此进行了讨论。这一法理上的讨论是极为必要的。吴丹红的《刑事诉讼中的律师保密义务》一文,对律师的保密义务问题进行了深入研究,虽然这只是刑事程序中一个极小的问题,但对于刑事程序的完善也是具有重要意义的。黄士元的《刑事缺席审判研究》一文,讨论的是刑事程序中的缺席审判制度。由于大量贪官外逃,我国加入了有关国际反腐公约,如何通过有效的法律途径使外逃贪官受到应有的法律制裁,应成为一个迫切需要解决的问题。作者指出,在我国建立针对外逃被告人的刑事缺席审判制度的构想,不失为一种可供选择的方案。

在"正当化事由研究"的专栏中,发表了两篇相关论文。肖吕宝的《正当化事由在犯罪构成中的地位与根基》一文,结合犯罪构成体系的建构,讨论了正当化事由的体系性地位及其根基问题。正当化事由是一个十分值得探讨的问题,我国传统犯罪构成理论对这一问题的解决是十分不理想的,因而对这个问题的讨论实质上就是对犯罪构成体系的讨论,必将会长期持续下去。陈檬的《正当化事由的证据法探究——以犯罪构成理论为角度》一文,从一个具体案例出发,对正当化事由认定中的证明责任问题,从证据法角度进行了探讨。该文角度较为别致,同时这一问题也具有现实意义,因而这种研究方向是值得肯定的。

在"实证研究"栏目中,发表了两篇论文。李燕兵的《我国上市公司高管职务犯罪调查及实证分析》一文,在收集大量上市公司高管职务犯罪的数据资料的基础上,对此进行了实证分析。该文是作者博士学位论文的一部分。作者身为一名司法实务工作者,能够将其博士论文的写作与本职工作紧密结合在一起,并且写出如此高水平的论文,确实值得我们学习。我的《对68起无罪案件的实证分析》一文,是对康为民主编《罪与非罪——典型无罪案件实例分析》一书中68起无罪案件的进一步分析,也算是另一种意义上的实证分析。

在"刑事法论坛"栏目中,刊登了一篇内容十分丰富的实录性文章:《"违法性认识"高级论坛实录》。2005年10月25日至26日,第二届"全国中青年刑法学者专题研讨会"在西南政法大学举行,本次研讨会的主题是违法性认识。与会者围绕这个非常专门纯正的刑法学术问题进行了为期两天的热烈讨论,该实录将这一讨论的成果提供给大家,我想这对读者来说是另一种"与会"。

在"域外传译"栏目中,发表了乔治·弗莱彻的《20世纪的刑法理论》一文。该文作者弗莱彻教授虽为美国刑法学家,但对大陆法系刑法理论颇有研究,因而该文的内容能够超越两大法系,不失为一篇气势恢弘之作。译者江溯准确的翻译使我们能够领略弗莱彻教授的思想,对此也要深表谢意。

本卷"专题研究"栏目中的内容同样是十分丰富的。徐立的《犯罪数额问题研究》一文,讨论的主要是犯罪数额这样一个老生常谈的话题,但将老话题说出新意也是最不容易的。我们鼓励新题新作,但同样也鼓励老题新作。高艳东的《预备行为整体犯罪化的批判性反思》一文,对我国刑法中的"预备行为整体犯罪化"这一立法现象进行了反思,主张预备行为个别犯罪化的立法方式,这是作者关于刑事可罚性根据研究这一庞大研究课题中的一个问题。若能将其置于整个刑事可罚性根据理论中进行理解,则能够更加准确地把握作者的观点,并领会作者的学术脉动。周娅的《短期自由刑改革措施论纲》一文,从刑罚改革这一角度对短期自由刑的改革问题进行探讨,这一探讨对于我国刑罚的发展将具有参考价值。赵星的《缓刑制度研究》一文,从多元视角对缓刑制度进行了在我看来是极有新意的研讨,无论在资料上还是在理论上,都有创新之处。葛磊的《社区矫正性质的初步考察》一文,以刑罚演进为背景,对社区矫正的性质进行了颇有历史感的分析,理论视野开阔,这种研究与写作的方法,正是我十分欣赏的。

由于本卷的篇幅有限,还有一些精彩之作只能编入下一卷,我期待着有更多的新作与读者见面。

陈兴良
谨识于北京海淀锦秋知春寓所
2006年10月7日

19.《刑事法评论》(第19卷)[①]主编絮语

2006年6月15日《南方周末》报道了某反腐败专家提出的关于废除腐败官员死刑的建议,随即引起了读者的关注,并招致网络上过激言论的指责,甚至将反腐专家称为"腐败官员的代言人"[②]。在关于贪污贿赂等腐败犯罪是否需要动用死刑的问题上,当然是可以讨论的。这种讨论中不应当有政治正确,尤其不应当以感情代替理性。在这一讨论中,涉及贪官外逃问题。由于大量贪官外逃,为将这些贪官引渡回国受审,就要承诺对这些贪官不适用死刑。为此,出现了对这一承诺的质疑:这岂非不平等,甚至是鼓励贪官外逃。因为不外逃的贪官要判处死刑,而外逃贪官则可以不被判处死刑。这里确实存在一个悖论,表面上看也确实不平等;但问题在于平等是相对的,公正也是相对的。平等与公正甚至是有代价的,是比较而言的。以贪官外逃为例,我们只能在两者之间作出选择:要么不承诺不判处死刑,让外逃贪官逍遥法外;要么承诺不判处死刑,将外逃贪官引渡回国受审。相对于没有外逃的贪官而言,这两种情况对其都是不平等的,但哪一种不平等更小,我们就应该选择哪一种,而不能为避免小的不平等而导致大的不平等。公正也同样如此。对于贪污受贿等犯罪废除死刑,也有人认为不公平。在非暴力犯罪中首先废除死刑的也不应该是贪污贿赂等腐败犯罪,否则就是违反公正。其实,腐败犯罪是最敏感的,其死刑在非暴力犯罪中也是最典型的,它最能够反映公众对死刑的容忍程度。现在人们往往有一种简单化的认识:只要腐败犯罪废除死刑,每个官员就都会腐败;只要外逃贪官引渡回国承诺不判处死刑,每个贪官就都会外逃。依此类推,只要杀人犯罪废除死刑,人人就会去杀人。在这一认识背后,潜藏着的是刑罚迷信,甚至是死刑迷信的心理。其实,犯罪与

[①] 陈兴良主编:《刑事法评论》(第19卷),北京大学出版社2007年版。
[②] 关于讨论的情况,参见《专家建议废除贪官死刑遭批 自称不是腐败代言人》,载搜狐网新闻频道(http://news.sohu.com/20060622/n243874986.shtml),访问日期:2006年12月29日。

刑罚之间的相关性绝不如人们想象的那么大。在某种意义上，甚至可以说犯罪的多少与刑罚的程度之间根本就没有内在联系。因为犯罪是由不以刑罚为转移的其他原因造成的。为减少犯罪就要找出这些原因并加以弥补。至于刑罚，只能是一种治标的手段。以贪污受贿这些腐败犯罪而论，关键在于我国目前权力过于垄断，对权力缺乏监督更缺乏制约。绝对的权力就必然导致绝对的腐败，这是至理名言。因此，对于贪污受贿等腐败犯罪而言，我们更应该从体制上寻找漏洞。通过制度创新减少腐败产生的社会条件，这才是治本之道。

《刑事法评论》（第19卷）仍设专栏讨论"死刑问题"，这也将是我们长期关注的一个问题。葛向伟的《故意杀人罪在中国废除死刑道路中的坐标定位》一文，以故意杀人罪切入，对中国废除死刑的进程进行了探讨。杀人罪是死刑的最后一个堡垒，是所有犯罪中最后一个废除死刑的罪名。该文结合我国关于故意杀人罪死刑的立法与司法，尤其是穿插典型案例进行有针对性的探讨，是在死刑个罪研究方面颇有见地的一篇论文，值得一读。赵兴洪的《死刑缓期两年执行适用标准研究》一文，采用实证分析的方法，对死缓的适用标准进行了深入的研究，在方法论上有所创新。我国刑法对死缓规定的适用标准是"罪该处死，但不是必须立即执行的"。对于何谓"不是必须立即执行"，既无法律明文规定，又无司法解释，从而导致死缓与死刑立即执行之间界限模糊。在这种情况下，作为理论工作者，我们不仅要从应然的角度回答"不是必须立即执行"应当如何掌握，而且还要从实然的角度回答"不是必须立即执行"实际是如何掌握的。该文侧重于回答实然的问题，但实然问题的回答显然是有利于我们解决应然问题的。就理论研究而言，我们更应当倡导实证分析的方法。吴情树、李明的《论死刑案件二审开庭的意义及应对——一个生与死的程序运作》一文，对死刑二审开庭问题作了专门探讨。为配合最高人民法院收回死刑复核权，最高人民法院正在推动死刑的二审开庭，我认为这是十分必要的。在现代法治国家，审判必须采取开庭的形式，贯彻直接言词原则。但我国在相当长一段时期内，除一审开庭以外，二审基本上是不开庭的，甚至连死刑案件都不开庭。在我国竟然存在不开庭的审判，这确实是匪夷所思的。在刑事诉讼中，二审的不开庭审判严重地剥夺与限制了被告人的诉讼权利，不利于司法公正的实现。以死刑二审的开庭审判为契机，我期盼着所有刑事案件的二审都开庭审判。在本卷的"死刑研究"栏目中,发表了两篇美国学者关于亚洲死刑的论文。作者富兰克林·齐姆林教授和大卫·约翰逊教授都曾于今年4月初来北大法学院访问并发表关于死刑的演讲。这两篇论文正是演讲的底稿。从美国学者的报告中,我们不仅可以了解亚洲尤其是日本的死刑状况,而且更应该重视其研究的方法论。应当指出,这两篇论文都是江溯翻译的。此外,江溯还承担了两位美国教授演讲的口译任务,为中美两国在死刑问题上的学术交流作出了重要的贡献。

在"理论前沿"栏目中,四篇论文涉及刑法的基本理论问题。其中,樊文翻译的德国著名刑法学家克劳斯·罗克辛的《刑法的任务不是法益保护吗?》,是罗克辛教授的一篇重要论文。这里涉及刑法理论中的法益侵害说与规范违反说之争。德国著名刑法学家雅科布斯教授是规范违反说的有力倡导者,主张刑法的任务不是法益保护,而是防止规范效力的损害。但罗克辛教授显然是法益侵害说的坚定捍卫者。罗克辛认为,正是法益理论为刑法的暴力干涉找到了一个界限:刑法只能保护具体的法益。这一命题确实是刑法的根本。值得一提的是,该文译者樊文作为中国社会科学院法学研究所的研究人员,目前正在德国弗莱堡大学法学院攻读博士学位。他辛勤的译事,使我国得以获知刑法理论研究的前沿信息。陈晖的《刑法学科学主义倾向之反思》一文,角度十分新颖,讨论了刑法学的科学主义问题。科学主义既有利也有弊:其利在于理性,使刑法知识摆脱蒙昧而成为一种科学,为刑法现代化奠定了知识论的基础;其弊在于过于理性,对现实生活具有遮蔽性。因此,该文作者提出"走出刑法科学主义的困境"的命题,是值得我们思考的。聂昭伟的《犯罪构成体系的完善:以诉讼证明为视角的思考》一文,为我国提供了完善犯罪构成体系的一个新视角,这就是诉讼证明。犯罪构成要件,也就是诉讼证明的客体,两者之间具有密切相关性。那么,从诉讼证明的角度对犯罪构成体系的完善到底能够提出何种见解,我想每个读完该文的人都会有自己的答案。丁·鹏的《梳理、反诘与澄清:对危害结果概念的一个规范检讨》一文,对危害结果这一犯罪成立要件重新作了梳理。危害结果,在我国刑法理论中也称为犯罪结果,被认为是犯罪构成的必备要件。但犯罪结果与行为结果是否存在区分,对于结果犯与行为犯以及实质构成与形式构成的关系如何界定,都是没有得到圆满解决的问题。丁鹏的论文也未必能够将这些困惑一扫而光,但至少提供了一个解决的方向,这就是该文的意义之所在。

在"刑事程序研究"栏目中,徐阳的《交涉正义初探——一个刑事程序正义视角的阐释》一文,提出了程序正义的另一种形式:交涉正义。作者认为,当代程序正义呈现出交涉性的特质。交涉正义在主体性基础上发展出了重拾主体道德尊严的主体间性。作为正当化资源的交涉正义,在形式合理性与实质合理性之间,成为消解法治正当性危机的契机。在作者看来,刑事诉讼中的辩诉交易、刑事和解、罪名变更程序、量刑程序、陪审制等都是交涉正义的制度样态。该文的观点是较为前沿的,其对伦理学等学术资源在刑事诉讼法学中的引入与运用的努力值得赞许。白冬的《论刑事诉讼人权保障机制的目标模式》一文,提出了刑事诉讼人权保障机制的目标模式这样一个概念,并揭示了这一目标模式中的保障、参与和救济等三个要素;它们之间存在一定的关联性,从而形成不同的目标模式。作者对这一问题的论述具有一定的独到见解,对于深化刑事诉讼人权保障机制的研究具有重要的理论意义。孙运梁的《口供的前生今世:一种刑事法治视角的考察》一文,是对口供的系统探讨。我国仍然处于一个口供中心主义的诉讼结构之中;要改变口供的命运,非改变诉讼结构不可。这也正是从刑事法治视角考察口供得出的必然结论。

在"刑法学人"栏目中,发表的是德国学者托马斯·魏根特的《论刑法与时代精神》一文,译者是樊文。论文的题目令我想起李海东博士在其《刑法原理入门(犯罪论基础)》一书的代自序——"我们这个时代的人与刑法理论"中所引用的耶塞克教授的一句话:"刑法在某种意义上是我们文化状态最忠实的反映并表现着我们国家占主导地位的精神状态。"能说出这样的话的人,不愧是刑法学大师。只有将刑法与时代精神联系起来,以刑法理论反映时代精神的刑法学家,才是真正的刑法学家。每当想到这一点,耶塞克教授就使我们高山仰止。

"读书札记"是本卷新设的一个栏目,发表的是周微的《刑法的知识形态及其他》一文。其实,这并不是一篇为发表而作的论文,而是一篇真正意义上的读书笔记。周微之所以发给我,是为了想让我了解她的读书状况。我认为,该文虽然不具有论文的外形,不符合学术规范(例如全文无注等），但它以一种真实的面目反映了作者读书时的心情，这是一种学术的原生态，发表出来也还是有启发意义的。现在的论文已经陷入八股的泥淖。因此我鼓励学生多写一点具有个人感情性的文字，在学术中彰显个性，唯有如此才有出路。

"共同犯罪研究"栏目发表了两篇研究共同犯罪的专题论文。杨金彪的《共犯的处罚根据论——以引起说内部的理论对立为中心》一文，对共犯的处罚根据论进行了颇有深度的探讨。这一问题在德日刑法学中是一个学术积淀颇深的理论问题，我国刑法学界则鲜有论及。杨金彪的论文以介绍德日理论为主，也引入了中国刑法的分析视角，因而对于提升我国共同犯罪的理论研究具有重要意义。刘士心的《间接正犯理论中的特殊问题》一文，对间接正犯的着手与终了、罪数与共犯、认识错误、实行过限等问题展开论述，使学界对间接正犯的讨论进一步深入。

在"实证研究"栏目中，发表的是宋云苍的《贪污受贿案件量刑均衡问题研究》一文，作者是检察官，采用实证方法对贪污受贿案件的量刑均衡问题进行了实证研究，具有较强的说服力。

"专题研究"照例是占有最大篇幅的栏目，共有六篇论文。樊百乐的《普通法视野中的刑事类推与罪刑法定——以美国法为例》一文，主要研究了司法推理等法律技术问题。罪刑法定原则蕴含着丰富的刑法价值。这种价值只有通过一定的法律技术才能实现。在刑法价值与司法技术之间如何保持一种合理的张力，这确实是一个值得研究的问题。樊百乐的论文在一定程度上回答了这个问题。我的《正当防卫的制度变迁：从1979年刑法到1997年刑法——以个案为线索的分析》一文，对正当防卫的制度演变过程作了勾画，尤其是结合个案进行分析，可以看出立法理性与司法逻辑之间的紧张关系。倪业群、李雪菲的《非精神病精神障碍犯罪刑事责任研究》一文，对非精神病精神障碍犯罪的刑事责任问题进行了探讨。关于这个问题，以往我国刑法学界讨论不多，因而该文具有一定的学术意义。唐煜枫的《名誉权的刑法保护及其限制：一个宪法规范的视角》一文，对名誉权的刑法保护问题进行了探讨，涉及刑法上的侮辱罪、诽谤罪等侵犯名誉权的犯罪。作者能够从宪法规范出发，对刑法问题进行考察，这一视角具有独特性。钱向阳的《婚内强奸的文化分析》一文，是作者对婚内强奸问题长期研究的成果，该文涉及文化方法和意母学方法,这都是我们较为陌生的。作者主张以意母学方法替代当前的文化方法,并对此作了系统论述。这是一篇从刑法之外研究刑法的论文。我们应当关注的不仅是该文的结论,更应关注其研究方法。汪明亮的《论犯罪饱和性生成模式:犯罪宏观生成模式研究》一文,是犯罪学中犯罪原因理论的重要成果。作者曾采用犯罪生成模式的概念,并将这种犯罪生成模式分为微观生成模式与宏观生成模式。该文是对犯罪宏观生成模式的研究,作者提出了犯罪饱和性生成模式的命题,并进行了深入论述。

《刑事法评论》(第19卷)的内容我认为是十分丰富的。本卷对外国学者的思想与理论的译述使我们能够打开学术视野,而年轻学者的作品也都各具特色,这反映了我国刑事法各领域的最新成果。我期盼着更多的原创性成果在《刑事法评论》上发表。

陈兴良
谨识于北京海淀锦秋知春寓所
2006年12月29日

20.《刑事法评论》(第20卷)[①]主编絮语

本卷是《刑事法评论》(第20卷),也是《刑事法评论》出版10周年的作品。转眼之间,《刑事法评论》已经10周岁了。10周岁,对于人来说还是很小的年纪,甚至尚未成年。但对于一个出版物来说,10周岁却是一段足够长的岁月。从《刑事法评论》第1卷到第20卷,勾画出了我国刑事法理论研究的10年变迁。无论是在内容上还是在表述上,在这10年里,我本人和本刊都经历了太多的变化。

记得1997年《刑事法评论》(第1卷)出版的时候,新旧刑法交替刚刚完成,我国刑法研究的注意力再一次被法条吸引。在这种情况下,我国的刑法理论面临着研究范式的重大转型。《刑事法评论》就是在这样一个背景下诞生的。此后10年我国刑事法理论的经历与跋涉都可以在《刑事法评论》中得到印证。《刑事法评论》是在中国政法大学出版社的大力支持下问世的,李传敢社长和当时尚在中国政法大学出版社任职的资深编辑丁小宣先生以及后来接手本刊的资深编辑李克非先生,都为本刊的出版付出了大量的心血。尤其是近几年以来,李克非先生为《刑事法评论》的改版扩编出力甚巨,令人感动。由于种种原因,从第18卷开始,《刑事法评论》改由北京大学出版社出版,蒋浩先生为此作出了巨大的贡献,特表谢意。我想,《刑事法评论》应当成为一个独立的学术品牌,尽管出版机构可以更换,但这一学术品牌将独立于出版机构之外,具有自身的连续性。在1997年《刑事法评论》创刊之时,我尚在中国人民大学法学院任教。自从1998年我调入北京大学法学院任教并成立北京大学刑事法理论研究所以后,《刑事法评论》也就成了该所的主要学术形象与象征。在《刑事法评论》编辑过程中,承担具体编务工作的先后有周光权、方鹏、江溯等人。随着江溯的出国深造,从第22卷起,编务工作将由蔡桂生接手。承担编务工作的主要是我的博士

[①] 陈兴良主编:《刑事法评论》(第20卷),北京大学出版社2007年版。

研究生和硕士研究生,随着他们的毕业,人员也在不断变动,但他们都为本刊的出版付出了辛勤的劳动。《刑事法评论》的成功还离不开作者,他们才是本刊的生命得以延续的能源与动力。本刊的作者绝大多数是年轻学人,硕士研究生、博士研究生和青年教师居多。他们为本刊贡献了自己的学识,也使本刊永葆学术青春。本刊的编辑宗旨是在推出前沿性作品的同时推出学术新人。在本刊的编辑过程中,没有任何清规戒律,唯文是取。只要有所创新,无论观点如何不成熟,《刑事法评论》都将刊用。此外,随着对外交流的加强,本刊对域外刑事法理论的介绍也将日益增多。

本卷在"刑法知识论研究"栏目中发表了孙运梁的《"权力—学科"规训下刑事法学科的产生、嬗变及其整合:以"权力—学科—知识"理论考察刑法知识形态的尝试》、蔡桂生的《刑法知识论的体系性反思》和皮艺军的《刑事一体化的方法论解析:对一个注释范本的检视》。刑法知识论是我近年来较为关注的一个学术领域,也是刑法学在知识论上的一种自我反思,它对于促进刑法学科的理论成长是具有重要意义的。以往的刑法知识过于自闭,严重影响了本学科的发展。储槐植教授提出"刑事一体化"的构想,正是为了在刑事法内部获得某种学术的开放与自给。但这还是远远不够的。刑法学还应当进一步拓展其知识领域,改变其学术范式。在孙运梁、蔡桂生和皮艺军的论文中,都可以感觉到作者对于刑法知识的一种不同于传统叙述的进路。尤其是福柯等人的研究方法与叙述方式的引入,在一定程度上改变了刑法知识本身的结构。尽管这些论文还有一些生涩,但其思考的到达点却是前所未有的。需要指出的是,皮艺军的论文是以犯罪学为论域对刑事法方法论的一个探讨,将之归入刑法知识论似乎有些勉强,但方法论问题在一定意义上也是知识论的问题。我国犯罪学研究近年来有些被边缘化,但仍然有一些学者在犯罪学领域勤勉地耕耘,皮艺军就是其中的佼佼者。犯罪学如欲走出学术的迷茫,方法论的检视尤其是与刑事法在方法论上的区隔,乃是一个重要的途径。在这个意义上,皮艺军的这篇论文是具有启迪性的,值得一读。

本卷在"商业贿赂研究"栏目中发表了谢静的《商业贿赂研究:竞争法和刑法的双重视角》和古丽阿扎提·吐尔逊的《反商业贿赂犯罪立法评析》。商业贿赂是当前刑法分论中的一种重要犯罪,也具有较高的社会关注度。《刑事法评论》以往各卷对于刑法总论及其理论问题关注较多,对于刑法各罪的研究较为薄弱。谢静的论文主要是从竞争法和刑法的双重视角讨论商业贿赂的,刻画出商业贿赂是如何从竞争法规制的现象转化为刑法规制的现象,逻辑脉络清晰,对我们理解商业贿赂具有一定意义。古丽阿扎提的论文则将有关国际性条约作为一个观察点,对我国的反商业贿赂犯罪的立法选择进行评析,引入国际化的视野,对于完善我国的反商业贿赂立法具有建设性的意义。尽管商业贿赂只是刑法中的一种犯罪,但由于它与我国的经济体制和社会风气密切相关,因此对商业贿赂的理解不能仅仅局限在法条上,而是应当在更为广阔的法律与社会背景之下来关注商业贿赂,这是我们应当做的。

在"刑事程序研究"栏目中,发表了四篇具有学术分量的文章,也是本卷的重点内容之一。陈永生的《刑事程序中公民权利的宪法保护》一文涉及刑事诉讼法与宪法的关系问题。刑事诉讼法素有"小宪法"之称,宪法中所规定的刑事程序中的公民权利,必须通过刑事诉讼法的实施才能真正实现。以往在我国刑事诉讼法中,对于刑事诉讼法与宪法的这种相关性研究还是缺乏的。陈永生的论文以此为主题,无疑是具有重要意义的,也能够充实宪法的研究。周宝峰的《宪政视野中的刑事被告人公开审判权研究》一文,在研究路径上与陈永生相同,但该文侧重于对刑事被告人公开审判权的研究。公开审判不仅是我国刑事诉讼法规定的一项审判制度,而且是刑事被告人的一项权利,但以往并未从宪法的高度对之加以研究。我认为这一视角是十分重要的。冀祥德的《辩诉交易中国化的理论与现实考量》一文,提出了辩诉交易中国化的命题。辩诉交易是美国刑事司法中的一项制度,前几年我国刑事诉讼法学界对之进行过广泛的介绍,在个别地方也进行了有益的尝试,但如何将这项制度移植到我国刑事诉讼法中并使之本土化,却是一个值得研究的问题。冀祥德在该文中提出了"控辩协商"的概念,以此作为辩诉交易在我国合理移植的一种途径,并从理论和现实两个方面对此进行了有力的论证。李晨的《控权与授权:对刑事警察权的体系化考量》一文,是我国少有的对警察权尤其是刑事警察权或者警察刑事职权进行探讨的论文之一。该文从控权论角度分析刑事警察权,是颇有见地的。在任何一个法治国家,如何有效地控制警察权尤其是刑事警察权,都是一个具有挑战性的问题,它直接关系到刑事法治的水平。因此,该文所展开的讨论,对于完善我国的警察权具有重要的参考价值。

在"刑事法史研究"栏目中,发表了两篇关于刑法史和刑事诉讼法史的论文。以史为鉴,是十分重要的。任何一项研究都不能离开一定的历史背景,因而历史研究是研究的必要手段。当然,专门的刑事法史,包括刑法史、刑事诉讼法史、监狱法史的研究也是十分必要的。宫璇龙的《早期管制运作机制研究》一文研究的是我国刑法上的管制刑的历史。虽说是一种历史研究,但时间距离我们并不久远。难能可贵的是,作者采用实证研究方法,对管制运作机制进行了深入的研究。也就是说,该文并非是对管制流变的法律文本的简单梳理,而是在搜集大量资料的基础上,对管制的实际运作的一种描述,在此基础上,再进行一些分析。这种研究方法费时费力,非懒人所能为。我是较为欣赏这种方法的,希望有更多人采用这种方法进行研究。黎敏的《西欧刑事司法的两种传统与晚近变迁:一个比较司法史的视角》一文是一种比较司法史的研究,在文中作者提出了"比较司法史"的概念,这在以往也是不多见的。外国法制史与外国法律思想史既是一种"古"的研究,又是一种"外"的研究,在"古今中外"中占了两个要素,这对于法学研究同样是必不可少的。但在当今我国法学教育中,外国法制史与外国法律思想史都有被边缘化的危机。在这种情况下,从国别史与部门法史的角度进行深入研究,不失为一条可行的路径。黎敏的比较司法史的视角就是一种有益的尝试,但愿能够长此以往地坚持下去。

在"域外传译"栏目中,德国学者托马斯·魏根特的《对〈中华人民共和国刑事诉讼法〉的比较法评述》一文,以一个德国学者的眼光打量我国的刑事诉讼法,其结论对我国学者是有借鉴意义的。尤其是我国正在修改《刑事诉讼法》,对外国学者的评论更应重视。在该文的结论中,魏根特教授指出:"人们不再把中国的《刑事诉讼法》仅仅看作根据实用的观点对罪犯快速而无误的判决的形成方法,而是越来越被理解为一个由立法者详细规定的权利、义务及对其限制的极为精密的规则体系。"这确实是从1979年《刑事诉讼法》到1997年《刑事诉讼法》的一个根本性转变,尽管这种转变才刚刚开始。因此,魏根特教授希望不断加强对外国刑事诉讼法体系的研究和认识,促使中国的立法者继续采纳国际公认的标准,相信未来的中国同样也会有一部尊重当事人人权的、能够有效地进行刑事追诉的《刑事诉讼法》。我想,这个目标在我国刑事诉讼立法中是会逐渐实现的。这里尤其应当介绍的是该文的译者樊文,他是中国社会科学院法学研究所刑法研究室的研究人员,目前正在德国弗莱堡大学法学院攻读博士学位。樊文对德国学者著述的辛勤译述,使我们能够克服语言的隔阂,直接聆听德国学者的声音,对此深表谢意。日本学者关哲夫的《论禁止类推解释与刑法解释的界限》一文是对罪刑法定原则中的一个重要问题,即如何禁止类推解释的深入探讨。该文的译者王充曾在日本学习,因而选择对我国当前刑法理论研究具有充分参考价值的日本学者的论述进行介绍,在此也要表示感谢。随着中外学术交流的加强,"域外传译"栏目的内容也将更为丰富。

"专题研究"栏目仍然是本卷的重头戏,论文最多,涉及的学科领域也最广泛。徐光华的《犯罪对象问题研究》一文,对犯罪对象这个我国犯罪构成理论中的基本问题进行了系统梳理。如何界定犯罪对象在犯罪构成体系中的地位,我认为仍然是一个未能得到圆满解决的问题。我不太赞同该文作者将犯罪对象与犯罪客体合为一体的传统观点,而是主张将犯罪对象纳入犯罪客体之中。事实上,犯罪对象与犯罪行为是不可分割的。例如杀人这一行为,已经把人这一对象吸附其中,离开了人这一对象,就无法界定杀人罪的行为。当然,这个问题是可以继续探讨的。高洁的《过失犯罪实行行为研究》一文,从实行行为的角度对过失犯罪进行了研究,我国刑法教科书传统上仅把过失作为主观心理态度来对待,就此而言,该文是有所突破的。作为刑法学专业硕士研究生,高洁经过不到两年的专业学习,能够达到这个程度是非常不容易的,对此我想予以充分赞许。陈家林的《德国的不能犯理论及对我国的启示》一文,对德国的不能犯理论进行了深入介绍,对于深化我国关于不能犯未遂的研究具有重大启示。程红的《中止犯自动性研究》一文,对成立中止犯最根本的条件——自动性问题进行了深入研究,尤其是对德、日等国的相关学说进行了全面梳理与辨析,对理解我国刑法中犯罪中止的自动性问题有所助益。张云鹏的《刑事推定研究》一文,进一步讨论了推定问题。《刑事法评论》曾经刊登过邓子滨关于刑法中的推定的博士论文。该文能够将刑法与刑事诉讼法(主要是证据法)结合起来对推定问题进行深入研究,这是具有启迪性的。我们欢迎这种跨学科或者跨部门法的研究。童伟华的《刑事法治视野下的宽容精神——再说"严打"》一文,是对"严打"这一刑事政策的进一步理论评析。在当前贯彻宽严相济的刑事政策的背景之下,如何看待"严打",确实是值得我们深思的。本卷的压轴之作是宋健强的《国际刑法哲学:形态、命题与立场》一文,作者在该文中提出了"国际刑法哲学"的命题,并对此进行了初步的探讨,对于提升国际刑法学的哲理化程度来说,这是一种值得肯定的学术努力。

三月已过,北京在沙尘中迎来了春天。春风扬尘是北京春季气候的真实写照,与南国的春风剪柳恰成鲜明对照。人类可以适应不同的气候,学术也同样要有不同的风格。我期待着《刑事法评论》能够用学术包容精神,成为发表各种样式与品格的理论成果的园地。

陈兴良

谨识于北京大学法学院科研楼 609 工作室

2007 年 4 月 2 日

21.《刑事法评论》(第21卷)[①]主编絮语

2007年是具有纪念意义的一年。其中,1997年《刑法》颁布十周年,就是一件值得纪念的标志性事件。作为一个刑法学人,我也是伴随着1997年《刑法》而成长的,因此对这一《刑法》是充满感情的。当然,刑法典如同人一样,也有一个生命的周期,通过刑法修正案能够使刑法典不断地适应社会的发展,尤其是犯罪现象的变化。但是,刑法修正案对刑法的修改补充主要集中在刑法分则上,是对具体罪名的增补与调整。对刑法总则却未作修改,但恰恰是刑法总则体现了一部刑法的内在精神。1997年刑法修订虽然使我国刑法获得了重生,尤其是在民主与法治的道路上大有进展。但1997年刑法修订是在1996年第二次全国性"严打"这样一个特殊背景下进行的,因此在1997年《刑法》尤其是刑法总则中仍然体现了"严打"的政策精神。目前我国正在进行刑事政策的重大调整。作为对构建和谐社会的政治目标的回应,宽严相济刑事政策的提出与确立是具有极其重要意义的,它必然影响到刑事立法与刑事司法。尽管宽严相济刑事政策并不是对"严打"的否定与取代,而是将其看作宽严相济刑事政策中体现严厉的政策侧面。但宽严相济刑事政策还是在宽严并论的同时更为强调刑法宽缓的一面,这也是不可否认的。在这个意义上,宽严相济刑事政策的基本精神成为我国刑法进入一个全新的发展周期的主旋律,我国刑法应当随之而有所调整。同时,我国刑事法理论也应当关注随着宽严相济刑事政策的确立而带来的挑战,使我国刑事法学术水平得以提升。《刑事法评论》作为刑事法的一个理论基地,愿为此而努力。

共同犯罪,始终是刑法理论中的一个疑难复杂问题,尤其是在大陆法系刑法理论中更是如此。本卷将"共同犯罪研究"作为一个主打的栏目,对海峡两岸及美国刑法中的共同犯罪理论进行了深度探讨。这里不能不提及,纳入本栏目的前四篇论文是今年4月10日在我国台湾地区东吴大

[①] 陈兴良主编:《刑事法评论》(第21卷),北京大学出版社2007年版。

学法学院举办的"海峡两岸刑事实体法比较研究研讨会"的主题发言论文。在去年下半年,东吴大学法学院法律学系主任陈子平教授发起在我国台湾地区举办"海峡两岸刑事实体法比较研究研讨会",并就主题征询我的意见;因为我和陈子平教授的博士论文均以共同犯罪为题,对该领域较有兴趣,因而就确定了这个题目,两岸学者分别提交了相关论文。在学术讨论会上,除主题发言以外,参与评论的大陆学者还有中国政法大学的曲新久教授和中国人民大学的刘明祥教授,台湾地区的学者还有台湾辅仁大学的甘添贵教授和东吴大学的林东茂教授。虽然学术探讨只有短短的一天时间,但奠定了海峡两岸刑事法学术交流的基础,为此后的深入交流提供了样板。陈子平教授的《论共犯之独立性与从属性》一文,结合德国、日本及我国台湾地区新"刑法"的立法例,对共犯的独立性与从属性之间的关系作了十分详尽的研讨,尤其是作者将共犯从属性与独立性之意义区分为两个层次:实行从属性与独立性(从属性之有无)和要素从属性(从属性之程度),这对于我们理解共犯的性质,尤其是共犯与正犯的关系具有重要参考价值。我的《共同正犯:承继性与重合性——高海明绑架、郭永杭非法拘禁案的法理分析》一文,主要涉及不同犯罪之间能否成立共同犯罪的问题,其中对承继的共犯与竞合犯的共犯的探讨,自认为还是较有新意的。东吴大学法学院助理教授蔡圣伟博士的《论间接正犯概念内涵的演变》一文,对间接正犯的概念谱系进行了发生学的考察,其中论及一个重要的概念,即支配的概念,由此使我们加深了对间接正犯本质的理解。张明楷教授的《论教唆犯的性质》一文,以我国刑法为范例,讨论了教唆犯的从属性与独立性问题,作者坚持我国刑法中的教唆犯具有从属性的观点,着重批判了在这个问题上的二重性说。该文可以与陈子平教授的论文参照阅读,还可以通过比较两岸刑法规定加以正确解读。阎二鹏的《共犯论中的行为无价值与结果无价值》一文,将行为无价值与结果无价值的分析框架引入共犯领域,作者得出了在共犯论中应当贯彻以客观主义为基础的结果无价值论的结论,这对于共犯论研究无疑是打开了一个新的视窗。江溯的《论美国刑法上的共犯——以〈模范刑法典〉为中心的考察》一文,在大量占有资料的基础上,对美国刑法上关于共犯的立法、判例与学说进行了深入考察。英美法系刑法与大陆法系刑法在理论形态上差异甚大,在共犯理论上也是如此。大陆法系刑法中的共同犯罪理论是以正犯与共犯的区分为线索的,但英美法系刑法分类标准就复杂一些。例如普通法上的主犯包括一级主犯与二级主犯,实际上相当于大陆法系刑法中的正犯,而从犯则是指帮助犯。而美国《模范刑法典》中的共犯,包括为自身行为承担责任的人与在法律上为他人行为承担责任的人,实际上既包括正犯又包括共犯(狭义)。因此,美国《模范刑法典》中的共犯,实际上与我国刑法中的共同犯罪含义大体相同。由此可见,英美法系刑法与大陆法系刑法之间法系上的差别,以及德语、日语、英语、汉语这四种语言之间语义上的差别,都是我们在理解美国《模范刑法典》时的障碍。对英美法系刑法中共犯规定的介绍当然是重要的,但它与大陆法系刑法中的共犯制度之间的比较也许更有意思。总之,在共犯领域,除立法例与理论学说的介绍与比较之外,我们还能做什么,这个问题值得深思。

在"死刑研究"栏目中,发表了三篇论文,可谓中外兼顾、理论与实务结合,是对死刑问题持续关注的一个栏目。德国学者海因茨·舍许的《死刑的被害人学视角》一文,从被害人视角来观察死刑,作者提出了抑制被害人要求以死刑的形式进行毁灭性报复的破坏性愿望何其难也,尤其是在中国。也许,这种被害人立场上的报应民意正是我国死刑存在的社会基础。樊文博士的辛勤译述,使我们有机会领略德国学者的深刻见解。欧阳玉静的《死刑缓期执行和死刑立即执行的量刑依据——以故意杀人罪为例的实证分析》一文,是作者的法律硕士论文,我认为是一篇具有较高学术质量的硕士论文。作者欧阳玉静来自司法实践第一线,是一名检察官,在北大法学院在职攻读法律硕士学位。欧阳玉静给我的感觉是学习非常刻苦、自觉,经常在我给本科生、硕士生讲课的各种课堂上出现,并提一些疑难问题,因此她认真的学习态度给我留下了深刻印象。看到该文,我就想起发表在《刑事法评论》第 19 卷上赵兴洪的《死刑缓期两年执行适用标准研究》一文,两文在研究方法论上具有相似性;但欧阳玉静的论文是以故意杀人罪作为一个范例所进行的分析,侧重点与赵兴洪的论文有所不同。尤其是欧阳玉静来自司法机关,论文中包含了其个人的司法经验,因而更具有参考价值。于佳佳的《论美国的死刑情节及对中国的启示——以死刑适用标准统一化为视角》一文,涉及死刑适用标准的统一化问题,并以此切入,对美国死刑适用规则中死刑情节的具体根据作了较为详尽的分析,尤其是结合中国的死刑适用作了分析。死刑将在相当长的一段时期内作为刑法学界讨论的一个中心话题,尤其应当提倡对死刑问题的实证研究方法。尽管目前存在死刑数据保密等客观障碍,但在一个局部的司法区域的死刑数据还是可以获得的,这种局部司法区域的死刑实证分析,仍然是具有参考价值的。

在"罪刑法定研究"栏目中,发表了两篇文章。今年正值1997年《刑法》颁布十周年,罪刑法定成为我国刑法的基本原则也已经有十年,这十年是曲折而又向前的十年。何庆仁的《罪刑法定十年》一文,就为我们描述了罪刑法定原则这十年间在我国司法实践中的命运。该文文采飞扬、资料翔实,其表述方式值得称道。杨磊的《成文法制度下罪刑法定原则的确证与强化——刑事案例指导制度与中国刑事法治建设》,以罪刑法定原则为背景,重点对刑事案例指导制度进行了研究。这里的刑事案例指导制度,就是具有中国特色的判例制度。在实行罪刑法定原则的成文法制度下,如何建构刑事判例指导制度,使之成为罪刑法定原则的确证和强化,而不是对罪刑法定原则的僭越与破坏,这确实是一个值得研究的问题。杨磊在该文中对此作了有益的探讨,我想这仅仅是一个开端。

在"刑事程序研究"栏目中,发表了两篇文章,即朱桐辉的《绩效考核与刑事司法环境之辩——G省X县检察院、司法局归来所思》和韦汉克的《论刑事诉讼中的当庭宣判》。这两篇文章的风格完全不同,但结论都同样具有思考价值。朱桐辉的文章,严格来说还不能算是论文,采用描述方法,对某县公安局、检察院和司法局的绩效考核现状作了叙述,并由此论及刑事司法环境。该文为我们提供了大量基层的司法信息,具有可读性,读后具有启发性。而韦汉克的论文则对刑事程序中的当庭宣判制度从理想与现实两个层面作了分析,选题较为新颖,论证也较为充分,值得一读。

在"犯罪学研究"栏目中,重点推出的是《"中国犯罪学基础理论高峰论坛"实录》。该论坛于2007年3月24日至25日在北京市举办,主办单位是中国政法大学刑事司法学院和青少年犯罪与少年司法研究中心。来自全国各地的30多人参加了本次论坛,我也受邀与会。以我参加这次会议的感受,我认为这是近年来为数不多的、反映犯罪学最高学术水平的一次会议,不愧为"高峰论坛"。为了真实地再现这次会议的内容,在我的建议下,皮艺军教授组织姜甜甜、陈浩然、王洁、李文婷、张兴慧、蔡国华六位同学辛勤工作,终于整理出了这份十多万字的实录,使会议讨论的内容以书面的形式呈献给读者,期望为推动我国犯罪学研究作出些微的贡献。严励的《再论犯罪学研究的路径选择——以中国犯罪学研究为视角》一文,是对犯罪学研究路径选择问题的继续探讨,这种学术上的追问精神值得肯定。郭东的《犯罪的宏观经济原因分析》一文,采用经济分析方法,对犯罪的宏观原因作了探讨,我认为是有积极意义的。

在"刑法学人"栏目中,发表了我的《老而弥新:储槐植教授学术印象》一文,这是我应蒋浩邀请,为储槐植教授新作《刑事一体化论要》一书作的一篇导读性文字,论及储槐植教授的为人为学,自以为是一篇学术人物的素描,或有几分新意,特此在《刑事法评论》的"刑法学人"栏目推出,我期望有更多的刑法学人进入我们这个栏目。

在"域外传译"栏目中,发表了两篇译文。美国达博教授的《积极的一般预防与法益理论——一个美国人眼里的德国刑法学的两个重要成就》一文的新颖之处在于以一个英美法系学者的学术眼光打量作为德国刑法学特有的积极的一般预防与法益这两个重要理论。这种不同法系之间的思想碰撞,或者跨法系的学术交流,对于我国刑法学研究是具有参考价值的,我要感谢译者杨萌独具慧眼的翻译选择。英国莫里森教授的《全球语境下的刑罚反思》一文,也是一篇具有全球视角的学术论文,对于我们了解刑罚的世界性发展趋势不无裨益。

在"专题研究"栏目中,刘树德的《刑法类型的政治分析》一文,主要采用政治学的分析方法,对刑法类型作了探讨,尤其是对非法治刑法类型的描述,具有警示意义。贾学胜的《非犯罪化与中国刑法》一文,对非犯罪化问题进行了较为系统的考察,尤其是对中国刑法的非犯罪化问题的探讨,具有一定的新意。陈檬的《正当化事由体系地位初探——以对犯罪构成的体系性思考为切入》一文,是陈檬的硕士论文,也是她对正当化事由问题一系列探讨的一个终结性成果。该文采用体系性研究方法,将正当化事由置于犯罪构成体系中加以审视,角度与结论都具有一定的新颖之处。硕士毕业以后,陈檬进入实务部门工作,但我相信她仍会保留对刑法的学术兴趣,期待着陈檬还会有新作奉献给《刑事法评论》的读者。许强的《论正当防卫中的不法侵害——在现实刑法语境下客观不法的提出》一文,提出了"客观不法"的概念,并对其进行了系统梳理。张吉喜的《英美刑事证明责任的分配标准评析》一文,对英美刑事证明责任的分配标准问题进行了介绍并加以评论,对于我们了解英美刑事证明责任的有关理论具有一定的帮助。刘大群的《国际法上的国家刑事责任问题》一文,作为本卷的压轴之作推出。刘大群法官在参与前南斯拉夫国际刑事法庭审判之余,辛勤著述,其独特的身份和独有的资料以及独到的见解,都是难能可贵的。

  与以往各卷一样,本卷发表的都是刑事法各学科的创新之作,反映了这些学科的前沿性学术成果。尤其是犯罪学、国际刑法学这些较为边缘性的学科,能够在本卷中发表体现这些学科最高水准的学术成果,此乃《刑事法评论》之幸。作为主编,我将更为关注这些刑事法学中的弱势学科,为从整体上提升刑事法的理论水平而努力。

陈兴良

谨识于北京海淀锦秋知春寓所

2007 年 8 月 23 日

22.《刑事法评论》(第22卷)[①]主编絮语

本卷是《刑事法评论》(第22卷),也是值得纪念的一个开端。因为根据中文社会科学引文索引指导委员会第7次会议确定的集刊选刊的原则和方法,遴选并报教育部批准确定,《刑事法评论》被中国社会科学研究评价中心确定为CSSCI来源集刊,也就是所谓核心集刊。过去存在核心期刊的说法,这个核心期刊就是CSSCI来源期刊。现在,CSSCI来源从期刊扩大到集刊,从为数众多的集刊中选择少数引用率较高的集刊纳入CSSCI来源,可以称为核心集刊。成为核心集刊对于《刑事法评论》来说,既是一份荣誉,也是一份责任。这些年来,连续出版物发展迅猛,在法学领域也有数十种之多,这对于学术出版来说不失为一种良性的补偿。况且,连续出版物具有容量大的篇幅优势,可以容纳更具有专业深度的学术论文,乃至于论著,兼具刊物与书籍的特色,现在越来越受到学术界的重视。但由于在学术评价机制上存在核心期刊的拜物教,连续出版物不能跻身核心期刊行列,因而在稿件来源上难免受到影响。好在《刑事法评论》发表的大多是学术新锐具有探索性的长篇文章,这些文字因其作者资历浅、论文篇幅大、思想观念新而根本不可能在所谓核心期刊上发表,因而成为《刑事法评论》的主要稿源。现在,《刑事法评论》成为核心集刊,纳入正规的学术评价体系;但我作为主编仍然坚持既往的编辑宗旨,这一点不会有任何改变。

"刑法知识论研究"栏目在《刑事法评论》(第20卷)曾经设立过,刊出以后受到好评。本卷再次推出这一栏目,持续地对刑法知识论进行关注。我在新近出版的《刑法知识论》一书的出版说明中曾经指出:"从某种意义上说,对刑法知识论的考察,是一种元科学的研究,因而不同于一般的刑法学研究。因此,刑法知识论是刑法学术研究中极为重要也是极为独特的一个学术领域。"刑法知识论的研究,不仅要对刑法知识的生产

[①] 陈兴良主编:《刑事法评论》(第22卷),北京大学出版社2008年版。

与消费的机制加以揭示,对刑法知识的当代转型进行考察,而且还要以一种实证的方式对刑法知识的分布及其存在形态进行描述与分析。

本卷刊出的邓子滨的《刑法学的〈法学研究〉之路》和蔡桂生的《刑事一体化的知识生产——〈刑事法评论〉前20卷之研究》这两篇论文,就是对《法学研究》和《刑事法评论》这两个学术平台所作的一种描述性研究。邓子滨的论文以《〈法学研究〉三十年:刑法学》为题在《法学研究》2008年第1期刊登过删节版,本卷刊出的是完整版,字数多出将近一倍。《法学研究》是我国法学领域的一份重要学术刊物,可谓学术重镇。邓子滨以《法学研究》30年中刊登的刑法学论文为线索,为我们描述了一部《法学研究》的刑法学史,它也是我国刑法学史的一个缩影版。记得在两年前,我布置2006级刑法学专业博士研究生编撰《刑法知识形态研究》一书,当时也和邓子滨谈到这个想法,并提以《法学研究》为一个范本,考察我国刑法学30年的进展。邓子滨欣然赞同并跃跃欲试,半年后,邓子滨就完成了一篇长达3万多字的初稿,我阅读以后予以充分肯定。此后,一直等到2007年年底,在《法学研究》创刊满30年之际,又补充有关内容终于完成该文,这是令人振奋的。蔡桂生的论文是以《刑事法评论》为研究对象的,记得在《刑事法评论》出到第10卷的时候,刘仁文博士就提出想写一篇对《刑事法评论》前10卷的述评性论文,但未能如愿完成。这次,在《刑事法评论》出版到第20卷的时候,蔡桂生终于实现了这一愿望,这是值得欣慰的。这样一种刑法知识论的考察,涉及对文与人的评价,其分寸拿捏是一大难题。中国人历来不太习惯于真正意义上的学术批评,而容易把学术批评变成学术表扬。批评难,表扬易,这个问题在学术领域始终存在。邓文与蔡文也难以免俗,这是需要谅解的。其实,批评难并不等于没有批评,只是没有公开的批评,私下的批评、内心的批评仍然是存在的。好在历史是由后人写的,同代人放弃的批评权利只能由后代人去行使。

"理论前沿"栏目发表了两篇论文。韩瑞丽的《法中寻美:刑法学研究的一种感性进路》一文,提出了"刑法学研究的美学进路"的命题,令人感到意外,也佩服作者的想象力。该文是韩瑞丽的博士论文的一部分,这样一种边缘性的刑法学研究是值得尝试的。因此,本栏目称为"学术边缘"似乎比"理论前沿"更为恰当。如果说,韩瑞丽的论文是从美学的视角审视刑法;那么,任九光的《关于当前刑事司法改革困境的社会成因分析——暨对刑事法学研究的批判》一文,就是从社会学角度对刑事法治与刑事法学的考察,是作者社会学硕士论文的主体内容。任九光作为一位民警,身在刑事领域之内,但他作为一名社会学硕士研究生,在论文写作的时候又身在刑事法学界之外。这种内外兼备的特殊身份,使任九光能够以既熟知又疏离的双重视角,对我国的刑事司法改革以及刑事法学进行理性的反思与批判,尤其是对刑事司法改革困境的社会成因作了具有一定理论深度的揭示。我和任九光在电话上对有关话题作过沟通与交流,对于他的某些观点我并不完全赞同。但他从社会学角度对这些问题的梳理与思考,却对我国的刑事法学研究具有某种警示意义。

在"刑事程序研究"栏目中,褚福民的《刑事诉讼中的推定论要——以英国、加拿大、中国香港特别行政区为例的分析》一文,对推定这个重要的问题从刑事诉讼法的角度作了进一步研究。《刑事法评论》在第12、13卷曾经发表过邓子滨的《论刑事法中的推定》一文,引起了刑事法学界对推定这一司法技术的关注。尤其是在目前我国犯罪构成体系的改造当中,推定视角的引入是具有重要意义的。兰耀军的《被害人视野中的刑事和解——一种基于实证的分析》一文,结合个案的叙述,对刑事和解问题作了具有新意的探讨,尤其是强调了被害人在刑事和解中的权利。

在"犯罪学研究"栏目中,王燕飞的《犯罪学研究对象研究的批判性梳理》一文,对犯罪学的研究对象进行深入的考察,提出了犯罪学研究对象的三种界定视角,并对此作了评析。靳高风的《思考与展望:犯罪学发展路径的选择》一文,对犯罪学的学科及其发展路径进行了具有前瞻性的考察。上述两篇论文,都属于犯罪学的基础理论研究。德国著名法学家拉德布鲁赫曾经指出:"就像因自我观察而受折磨的人多数是病人一样,有理由去为本身的方法论费心忙碌的科学,也常常成为病态的科学,健康的人和健康的科学并不如此操心去知晓自身。"[1]这段话,我在讨论刑法研究方法时引用过,我认为也适用于犯罪学。从某种意义上来说,需要对本学科的研究对象、研究方法以及学科定性这些基本问题操心的学科,也是不成熟的学科。犯罪学对这些学科基本问题的讨论是不得已的,也是必要的。但我认为更为重要的是研究一些具体犯罪问题,尤其是由犯罪

---

[1] 〔德〕拉德布鲁赫:《法学导论》,米健、朱林译,中国大百科全书出版社1997年版,第169页。

学科的社会学性质所决定,犯罪学的论文不是"写"出来的,而是"做"出来的。我期待着犯罪学领域取得更多具有现实性、建设性的对具体犯罪问题进行实证研究的理论成果。

在"域外传译"栏目中,樊文所译的德国学者托马斯·魏根特的《刑事讯问程序中被嫌疑人自主权的保护》一文,提出了被嫌疑人自主权的概念,包括刑事程序的选择权以及其他各种诉讼权利。通过对嫌疑人的自主权的保护,避免使嫌疑人沦为司法的客体。陈虎所译的美国学者约翰·卡普兰的《非法证据排除规则的限度》一文,对于我们了解美国在非法证据排除规则问题上的新发展及其争论具有参考价值。

在"域外视野"栏目中发表了四篇论文,涉及日、英、美等国,国际视野大为开阔,也可以为我国的刑事法研究提供学术资源。刘淑珺的《日本刑法学中的谦抑主义之考察》一文,对日本刑法学中的谦抑主义的来龙去脉及其对我国的借鉴意义作了系统考察。刑法谦抑是日本学者的特有提法,也是日本学者对刑法学的一种理论贡献。在我国当前刑罚结构趋重的背景之下,引入刑法谦抑理念是具有现实意义的。林俊辉的《英国刑法共谋罪历史沿革之梳理》一文,对英国刑法中的共谋罪作了系统研究,这种对英美刑法个罪的深入研究以往不太多见,但我认为是十分必要的。赵西巨的《英美刑法中的"同意"抗辩》,对英美刑法中作为出罪事由的"同意"作了深入研究,对我国正在建构的犯罪构成体系亦有参考价值。杨力军的《〈国际刑事法院罗马规约〉中的保留问题》,是对《罗马规约》中保留问题的研究,涉及的是国际刑法问题。我国虽然目前没有加入《罗马规约》,但对此进行的研究还是必要的,因为该规约乃是迈向实质性国际刑法的重要一步,我们不能不认真面对。

在"专题研究"栏目中,共发表八篇论文,涉及刑法的一些专题。王志远的《定罪思维的常人化理解与犯罪构成理论模式之选择》一文,提出了在犯罪构成模式的构造中要考虑常人化的定罪思维,具有一定新意。任海涛的《承继共同正犯研究——以复合行为犯为视角》一文,对承继共同正犯这一较为复杂的共同正犯形态作了较为深入的研究,尤其是对在复合行为犯的情况下承继共同正犯的构造作了分析。陈珊珊的《论陷害教唆的类型化与可罚性》一文,对陷害教唆问题进行了较为深入的研究,这个问题虽然不是十分具有现实意义的问题,但却是共犯理论中绕不过去的一个具有学术意义的问题。周建军的《法条竞合犯抑或想象竞合犯——法条竞合犯与想象竞合犯的界限之争》一文,涉及罪数理论,也可以说是刑法竞合论中的一个核心问题,这就是法条竞合与想象竞合的区分问题,该文的探讨推进了对这一问题的思考。刘伟的《吸收犯视野下的事后不可罚行为》一文,讨论的是事后不可罚行为,这个问题也是我国刑法理论中缺乏深入研究的一个问题,该文从吸收犯视角切入探讨这个问题,具有重要的理论意义。叶慧娟的《道德与法律关系视野中的见危不助犯罪化探析》一文,从道德与法律的关系出发,讨论见危不助行为的犯罪化。这个问题在刑法学中也是一个争议较大的问题,从学理上对此进行探讨是必要的。邓子滨说他给法律硕士入学考试出过一个题目:我国刑法是鼓励见义勇为的还是反对见义勇为的,请阐述理由。我想,拜读了叶慧娟的这篇论文,有助于更好地回答这道试题。阿地力江·阿布来提的《毒品刑事治理探讨》一文,对毒品治理中的一系列前沿性问题作了探讨。宋健强的《国际刑事法院检察官:为"表面正义"而战——兼论"表面正义"概念和理念的引进与提倡》,是一篇关于国际刑法的论文,文中提出了一个独特的概念——"表面正义",至少对于丰富我们对正义的理解是有所助益的。宋健强致力于国际刑法研究,新作迭出,锋头颇健,值得称道。

陈兴良
谨识于北京海淀锦秋知春寓所
2008年3月4日

23.《刑事法评论》(第23卷)[①]主编絮语

2008年,对于中国来说是不同寻常的一年,这一年中华民族经历了大悲大喜。"5·12"汶川大地震令国人痛彻心扉,我亦感同身受。而"8月8日"的北京奥林匹克运动会则是百年梦圆,举国为之欢庆。多难兴邦,是一种自我激励,对于国家,对于个人,都是如此。从悲到喜的心理转换是需要一个适应过程的。从悲痛中自拔也是需要勇气的,但愿举办奥林匹克运动会的喜悦能够冲淡地震带给我们的悲伤。

《刑事法评论》(第23卷)行将出版,当厚重的书稿摆在我的案头,心中自有一份欣慰。作为主编,对于全书的稿件得以先睹为快,并将内容加以简要地介绍。

在"刑法知识论研究"栏目中,发表了刘孝敏的《刑法学知识的引入与运用——以违法性认识的研究为例》和崔会如的《社区矫正研究的实证分析》两篇论文。刑法知识论是近年来我所倡导的一个刑法研究领域。我在去年出版了《刑法知识论》一书,意图拓展刑法知识论的研究领域。此外,我在北京大学法学院2005级刑法学专业博士研究生中布置了类似于刑法知识论各论的这样一个科研项目,拟在清华大学出版社出版《刑法知识论研究》一书。由于篇幅的原因,刘孝敏和崔会如的这两篇论文未能收入该书,因而在《刑事法评论》上发表。《刑事法评论》(第20卷)和《刑事法评论》(第22卷)均设有"刑法知识论研究"栏目,表明我对这一论题的高度关切。刘孝敏的论文以违法性认识的研究为例,对刑法学知识在中国的引入和运用作了论述。该文主要涉及一个问题:局部知识的引入与整个学科体系之间的矛盾。在中国当前四要件的犯罪构成体系中,如何确定违法性认识的体系性地位就成为一个具有争议性的问题。崔会如的论文对社区矫正的研究现状作了一个实证分析。社区矫正是我国近年来随着社区矫正试点的推行而成为一个热点的理论问题的。崔会如的论

[①] 陈兴良主编:《刑事法评论》(第23卷),北京大学出版社2008年版。

文对社区矫正这个理论问题进行了系统分析,论文关于知识生产与法治建设之间的相关性的论述给人留下深刻印象。

在"理论前沿"栏目中,发表了三篇论文。江溯的《社会学视野下的刑罚:刑罚社会学研究》一文,展开了刑罚社会学的研究,我以为是极有意义的。以往我国除规范刑法学以外,刑法社会学研究基本上没有开展起来。犯罪学的主体部分是对犯罪的社会学研究,具有超越规范的事实学的性质。而对于刑罚的研究,虽然也有以"刑罚学"为题的研究,例如我国台湾地区学者林山田的《刑罚学》以及邱兴隆、许章润的《刑罚学》,但基本上是对刑罚的规范研究与哲理研究,而不是对刑罚的事实学的研究。江溯的论文从社会学的视野展开对刑罚的深入研究,提供了刑罚研究的一个新面向,我认为是具有开拓性的。江溯的论文完成于在美国加利福尼亚大学伯克利分校法学院访学期间,充分吸收与借鉴了美国的研究资源,这是值得肯定的。王政勋的《论刑法适用的言外语境——以最高人民法院工作报告为例》一文,是其刑法的语言论研究的一项阶段性成果。该项研究成果的特点是通过对最高人民法院每年一度的工作报告的实证分析,描述我国刑法适用的言外语境。在作者看来,言外语境对于刑法适用恰恰具有某种制约性。刑法语言论的研究,从言内到言外,这是一个视角转换,必将极大地拓展我们的理论视阈。马荣春的《论刑法的真善美》一文,对刑法之真、之善、之美进行了初步研究,这是以往刑法学者较少涉足的。《刑事法评论》(第22卷)发表了韩瑞丽的《法中寻美:刑法学研究的一种感性进路》一文,给我们打开了一个刑法理论的新视窗;马荣春的文章则给我们提供了更多的刑法前沿信息。"理论前沿"栏目强调刑法理论的前沿性,其文往往具有探索性与新颖性,能够激发我们的学术新思。

在"刑事程序研究"栏目中,发表了两篇论文。李昌盛的《对抗式刑事审判考》一文,主要是对刑事审判的对抗性问题进行了深入的研究。这种研究侧重于历史沿革,具体描述了对抗式刑事审判制度是如何从原始的决斗逐步演变而来的,这对于理解现代刑事审判制度具有参考价值。谢进杰的《论禁止重复追诉的机理》一文,对刑事诉讼法中的禁止重复追诉的机理进行了极具价值的研究。刑事程序是刑事诉讼法的核心,在程序正义深入人心的今日,对刑事程序的价值、理念及其制度的研究可以说是永恒的主题。

在"域外传译"栏目中,发表了两篇译作。樊文所译的德国沃斯·金德霍伊泽尔教授的《故意犯的客观和主观归责》一文,主要对故意犯的归责,包括客观归责与主观归责问题作了论述。陈虎所译的加拿大肯特·罗奇的《刑事诉讼的四种模式》一文,在帕克的刑事诉讼的两种模式的基础上提出了刑事诉讼的四种模式,对于进一步理解刑事诉讼的模式具有重要意义。

在"域外视野"栏目中,发表了三篇论文。蔡桂生的《死刑在印度》一文,是我国第一篇系统考察印度死刑的论文。当初蔡桂生向我提出要研究印度死刑的时候,一方面我认为这个题目很有意义,另一方面又认为这个题目难度很大。蔡桂生不畏艰难,从互联网上搜集了大量关于印度死刑的资料,并与印度尼赫鲁大学巴特拉研究员取得联系,从而完成了该文,使我们对印度的死刑状况有了一个全面的了解。肖晋的《德国刑事庭审询问方式改革:司法对立法的背反及启示》一文,对德国刑事庭审询问方式问题作了研究,尤其是指出德国在立法上采交叉询问方式但在司法中却行轮流询问之实的状况,揭示了这种司法对立法的背反后面的原因及其对我国刑事诉讼法的启示,确实具有启示意义。林喜芬的《美国场域的非法证据排除规则论争:理论立场与改革取向——他域话语资源的反思性解读》一文,对美国刑事诉讼法学界关于非法证据排除规则的争论作了介绍,尤其是侧重于讨论非法证据排除规则的制度功能的问题。我国正在试图建立非法证据排除规则,关于这一规则的基本理论问题的研究还是较为薄弱的,因而美国的理论争论对于我国也具有启发意义。

在"专题研究"中,共发表了九篇刑事法各学科的论文。王昭振的《论规范构成要件要素司法诠释的标准与方法》一文,探讨了规范构成要件要素的司法诠释问题。规范构成要件要素具有不同于其他构成要件要素的特点,在司法诠释的标准与方法上亦需专门加以确定。该文对这个问题的初步探讨是具有意义的。吴大伟的《论结果防止行为的程度要求》一文,提出了结果防止行为的程度的概念,对于中止犯中的"有效地防止犯罪结果的发生"这一条件的认定具有指导意义。尤其是该文能够引入外国有关刑法理论,并结合有关案例进行讨论,推进了我国刑法学对于中止犯的研究。李蕤宏的《监督过失理论研究》一文,是对监督过失理论的较为系统的研究。监督过失理论来自日本,我国近年来才开始探讨监督过失问题。该文在介绍监督过失一般原理的基础上,结合我国的司法解释和有关案例,对监督过失在我国刑法中的运用进行了探讨。陈洪兵的《共犯处罚根据论》一文,对共犯处罚根据问题作了较有深度的研究。共犯处罚根据问题与犯罪论体系是密切相关的,我国以往采用的是四要件的犯罪构成体系,因而只是泛泛地将犯罪构成作为共犯的定罪量刑根据。而在德日刑法理论中,采用的是三阶层的犯罪论体系,因而在共犯处罚根据问题上存在责任共犯论、违法共犯论与因果共犯论等争论。这些争论近年来也逐渐被介绍到我国刑法学中来,但必须看到这些学说与犯罪论体系的相关性。吕英杰的《刑法法条竞合理论的比较研究》一文,采用比较方法对法条竞合问题进行了研究。法条竞合是我国从大陆法系刑法学引进,并结合我国的刑事立法与刑事司法探讨得较为充分的一个理论问题。该文在介绍德日刑法学界关于法条竞合有关学说的基础上,提出了一些对法条竞合的个人见解,对于促进法条竞合的理论研究具有一定的启迪意义。刘芹的《我国死刑制度发展走向分析——以人权为视角的观察》一文,从人权角度对我国的死刑制度,尤其是死刑制度的发展走向作了较有新意的研究。该文关于死刑制度的发展与人权发达之间相关性的分析,对于我们考察死刑制度具有参考意义。何庆仁的《犯罪化的整体思考》一文,对刑法中犯罪化问题进行了较为深入的研究,对于我国刑法的完善具有参考意义。汪明亮的《论刑事政策过程中的公民参与》一文,从公民参与角度对刑事政策中的有关问题作了探讨。该文角度新颖,论述深入,是刑事政策研究中的佳作。杨立云的《论侦查认识活动的本质》一文,是侦查学方面的论文。刑事法的这个学科以往在《刑事法评论》中发表的论文不多,希望有更多的侦查学论文在《刑事法评论》上发表。侦查认识活动的本质,是侦查学中的一个基本理论问题,该文对此的研究达到了一定的理论深度。

在北京奥林匹克运动会期间观看体育比赛,我颇有感悟。各种体育竞赛,除个别瞬间决胜负的项目以外,大多对抗性的比赛项目,一时的拼搏固然重要,但长久的坚持才是制胜之道。拼搏依靠的是爆发力,而坚持所恃的是一个人的韧劲。对于从事学术活动来说,也是如此。只有持之以恒,一步一个脚印,坚持不懈地在学术之路上跋涉,才能抵达学术的险峰。因此,贵在坚持绝非虚言,真正做到实在不易。成功,就在于坚持到最后的努力之中。

陈兴良
谨识于北京依水庄园渡上寓所
2008 年 9 月 12 日

24.《刑事法评论》(第24卷)[1]主编絮语

《刑事法评论》(第24卷)是2009年出版的第一卷,本卷秉持追求学术前沿与推进刑事法治的编辑宗旨,努力开拓刑事法理论的疆域,尤其是推动我国刑事法知识的转型,从而为刑事法治建设作出一份学术贡献。

本卷的"理论前沿"发表了两篇论文。张诚的《民国时期刑法主客观主义之争》一文,是对民国刑法学史的一种探索。民国时期的这段刑法学历史,正如作者所言,是一段被遗忘了的历史。今天我们重新进入这段历史,还是颇为感慨的。张诚以"刑法主客观主义"这样一个问题切入,为我们展示了民国时期刑法学理论的一个侧面。刑法主客观主义是我国刑法学至今仍然在争论的一个问题,只不过在主客观相统一的名义下掩盖了刑法主观主义与客观主义之间的重大分歧,当然也与刑法主观主义与客观主义的相互接近与融合有关。无论如何,刑法主客观主义之争,在我国当下仍然具有现实意义,因而对民国时期这段历史的重温,必将对我们思考刑法主客观主义有所启迪。值得一提的是,该文是张诚的硕士论文,其搜集资料与提炼问题显然是费了功夫,因而是一篇优秀的硕士论文,其导师周光权教授将该文推荐给我,十分感谢。孙光宁的《"合理怀疑"的接受:辛普森案中的法律论证》一文,是对刑事诉讼法中法律论证方法论的一种探讨,作者以"排除合理怀疑"之"合理性"为线索,结合辛普森案作了细致分析。辛普森案是一个十分著名的案件,以辩方获得胜诉、辛普森被判无罪而告终。当然,辛普森去年重新被判有罪入狱,那是另一个案件。该文总结了辩方胜诉的一个重要手段,就是从DNA样本的采集、运输和储藏的瑕疵入手,破除了作为论证基础的DNA的神话。该文从论证方法论角度对辛普森案这样一个个案的论证技术的探讨,对于实现程序正义具有参考价值。

本卷"刑事程序研究"栏目发表了四篇论文。陈如超的《积极能否中

---

[1] 陈兴良主编:《刑事法评论》(第24卷),北京大学出版社2009年版。

立;刑事法官认证的能动性研究》一文,以刑事法官的认证为例,对司法的能动性与中立性的关系进行了具有新意的探讨。一般认为,司法中立是以司法消极为特征的,司法能动与司法中立是存在矛盾的。但该文认为,消极方式与积极方式都可以成为实现司法中立的途径。因而,该文的结论是积极可以中立。该文虽然是对一个具体问题的讨论,但却涉及司法能动主义等司法品格的根本问题,这种以小见大的研究方法是值得嘉许的。朱桐辉的《刑事冲突解决的失衡与校正——被害人保护视角》一文,从被害人保护的视角出发,考察了刑事冲突解决的平衡与侧重问题。任何一个国家的刑事司法制度都是以解决刑事冲突为使命的,这里的刑事冲突就是指犯罪。犯罪虽然只是涉及犯罪人与被害人之间的关系,但刑事冲突的解决却还要考虑社会利益与国家利益;参与刑事冲突解决的除被告人与被害人以外,还包括法官、检察官、律师等。在这种情况下,如何获得各种权利的平衡、各方利益的平衡,确实是一个极为复杂的问题。按照该文的观点,我国刑事冲突解决中存在失衡现象,如何对此进行校正,就成为该文的重点问题之一。该文采用冲突论的理路对刑事诉讼问题进行探讨,这在方法论上也是具有突破性的。褚福民的《试验与现实之间——"取保候审制度的改革与辩护律师作用的扩大"项目报告》一文,是作者在参与"取保候审制度的改革与辩护律师作用的扩大"这一试验项目基础上完成的一个报告,它不是严格意义上的学术论文,但却能够以一种描述性的手法给我们带来活生生的素材。值得肯定的是,近些年来我国刑事诉讼法学界在司法实践中进行了各种试验,例如樊崇义教授主持的警察询问律师在场制度的试验、陈卫东教授主持的看守所巡视员制度的试验等,都取得了积极的效果。通过这种试验,可以总结经验,发现问题,为进一步的制度创新提供科学依据。黄士元的《刑事再审制度的价值模式》一文,以"法的安定性"与"法的公平性"这两种价值的冲突为切入点,对刑事再审制度的价值模式进行探讨。该文对我国"有错必纠"的刑事再审模式进行了价值分析,指出了这一模式过于偏重"法的公平性",而在很大程度上牺牲了"法的安定性",这些观点对于我国刑事再审制度的建构具有较大的参考价值。

本卷"犯罪学研究"栏目,发表了两篇论文。王燕飞的《我国犯罪学基础理论研究整体性反思》一文,对我国60年来犯罪学基础理论研究进行了整体性的反思,对于推进我国犯罪学研究具有积极意义。我国犯罪学研究虽然取得了长足的进步,但在基础理论研究方面还是较为薄弱的,只有重视犯罪学的基础理论研究,才能使我国的犯罪学理论更上一层楼。米传勇的《阅读加罗法洛——以自然犯、法定犯理论为中心》一文,是对加罗法洛犯罪学思想的实体理论所作的具有深度的考察,尤其是以自然犯与法定犯的区分为线索,为我们理解加罗法洛的犯罪学思想体系提供了某种途径。

本卷"域外传译"栏目发表了三篇译作。江溯所译的美国乔治·弗莱彻教授的《刑法理论的性质与功能》一文,对刑法理论本身进行了反思。弗莱彻这里所说的刑法理论似乎并不是规范的刑法理论,即刑法教义学,更像是刑法哲学理论。该文提出了刑法理论领域是一种人文主义的探究而不是一种社会科学的命题,这些问题都还有待于进一步论证。樊文所译的英国安德鲁·冯·赫尔希教授的《法益概念与"损害原则"》一文,对德国刑法理论中的法益概念与英美刑法理论中的损害原则进行了比较性的考察,这种跨越法系的研究有益于开拓我们的理论视野。曹菲所译的日本本庄武教授的《日本受刑人处遇理念的变迁及今后的展望》一文,为我们提供了日本在受刑人处遇理念方面的有关动态,尤其是该文在行刑理念变迁的背景下关注受刑人处遇理念的变化,这对我国行刑理论研究具有借鉴意义。

本卷"域外视野"栏目发表了三篇论文。王莹的《论法律认识错误——德国禁止错误理论的变迁及其对我国犯罪构成理论改造的启示》一文,采用德国第一手资料,对禁止错误理论在德国刑法中的变迁进行了描述,对我国在犯罪构成理论中如何借鉴禁止错误理论,并以此对犯罪构成理论进行改造提出了个人见解。何庆仁的《德国刑法学中的义务犯理论》一文,涉及义务犯的问题。正如作者所言,我国刑法学界对义务犯的概念还是较为生疏的,违反义务而构成犯罪与实施行为才构成犯罪之间的相关性并没有被真正打通。行为与义务之间的关系是需要引起我们重视的。在这个意义上,义务犯理论是有其存在价值的。孙运梁的《福柯监狱思想研究——监狱的权力分析》一文,以福柯的《规训与惩罚》一书为蓝本,对福柯的监狱思想加以深度展开,并且运用福柯所开创的权力分析方法,对于建立起现代的监狱理论具有参考意义。

本卷的"学术随笔"栏目,发表的是我国台湾地区东吴大学法律系林东茂教授的《道冲不盈——兼谈法律本质》一文,该文是为林山田教授纪念文集所作,充满了师生之间的情谊,也包含着林东茂教授对天地万物以及人生的感悟,最后落笔到法律,包括刑法,采用阴阳二元法对法律本质、刑法体系进行分析,其思之异、其文之奇,令人读后掩面而沉思。林山田教授长期致力于刑法理论研究,对于我国台湾地区刑法理论水平的提升功莫大焉。我两次访台,未能与林山田教授晤面,但通过各种途径学习林山田教授的刑法论著颇有收获。如今斯人已逝,其刑法著作犹存,立言之不朽,足以慰其在天之灵。

本卷的"专题研究"栏目发表了刑事法各学科的十篇论文,分量颇重。李洁的《论犯罪构成理论构建的价值前提与基本思路》一文,是对犯罪构成理论进行构造性探讨的一篇力作。该文主要讨论了犯罪构成理论构建中的价值前提与基本思路这两个重要问题。该文所说的价值前提是指法的实务操作性与法的实质安全性。在作者看来,这两者是检视犯罪构成理论的重要指标,以此为根据对我国犯罪构成理论在安全性、可操作性方面存在的问题进行检讨,从而也为我国犯罪构成体系的重构提出了基本思路。最后,该文提出了改变我国犯罪构成理论体系的主张,我深以为然。邓君韬的《超规范问题及其意义——对犯罪认知体系方法论的初步考察》一文,提出了犯罪认知体系中的超规范问题,并进而论及方法论问题,这些观点都为从刑法知识论对犯罪构成理论的探讨增添了新意。王俊的《危险接受理论的法理思考》一文,讨论了我国以往较少展开研究的危险接受理论,并由此提升到犯罪构成的高度加以定位。该文所涉问题之前沿、所引资料之翔实、所述见解之得当,都与作者的身份不相吻合。作为一名三年级本科生,能够写出如此水平的论文,确实会使一些硕士研究生、博士研究生汗颜。江溯的《单一正犯体系研究》一文,系统地介绍了所谓单一正犯体系。单一正犯体系是相对于正犯与共犯的二元体系而言的。自1810年《法国刑法典》确立现代共犯制度以来,都是以正犯与共犯相区分为基本框架的。但现在在德日刑法理论中出现了单一正犯体系,通过扩张正犯概念,使共犯容纳在包括的正犯概念之中,从而消解了正犯与共犯的二元区分,形成别具特色的共犯理论。该文不限于对单一正犯体系的介绍,而且展开对单一正犯体系的辩驳,对于我们进一步了解单一正犯体系具有参考价值。陈露的《刑事严格责任之厘清与解构——兼及对本土性研究现状之反思》一文，是对严格责任理论的系统研究。虽然严格责任是英美刑法理论的特色，但我国刑法学界对严格责任理论也进行了大量的研究。该文对此进行了反思。袁涛的《数字化量刑方法研究》一文，对数字化的量刑方法进行了论证。尤其是作者所在的山东省淄博市淄川区人民法院提出了数字化量刑方法的模型，在司法实践中产生了较大的影响。该文对数字化量刑方法的主要内容的论述，使我们能够较为系统地把握这一方法，具有重要的现实意义。古丽阿扎提·吐尔逊的《少数者权利刑法保护比较研究》一文，基于国际人权公约，对少数者权利的刑法保护问题进行了比较研究，对于促进我国刑法与国际人权公约的全面对接具有重要意义。宋振武的《诉讼证明限度的经济学分析》一文，采用经济学方法对诉讼证明的限度问题进行分析，这是一个较为新颖的选题。鲁兰的《监狱适用"修复性矫正方案"调研报告》一文，以较为翔实的案例与资料，对在监狱中如何适用"修复性矫正方案"进行了具有新意的叙述，从中引申出相关问题从法理上加以探讨，这种研究方法本身值得提倡。宋健强的《国际刑事法院"三造诉讼"实证研究》一文，提出了国际刑事法院中的"三造诉讼"问题，并对此作了实证研究。作者根据第一手资料提出问题、分析问题，是在国际刑法及刑事诉讼法研究领域的前沿性学术成果。

前日，北京市入春的第一场雨水悄无声息地随风而降，一扫市井的灰霾，湿漉的空气沁人心脾。春天正随着细雨的脚步向我们走来，就在不远处。《刑事法评论》（第24卷）在这雨后初霁的时节编成，喜悦从中而来。

陈兴良
谨识于北京依水庄园渡上寓所
2009年2月14日

25.《刑事法评论》(第25卷)[①]主编絮语

本卷是《刑事法评论》(第25卷)。本卷秉承本刊的编辑宗旨,致力于刑事法的学科建设与知识积累,尤其是致力于我国刑法的知识转型。

在"理论前沿"栏目中,劳东燕翻译的德国著名刑法学家罗克辛的《正犯与犯罪事实支配理论》一文,是其《德国刑法学 总论》(第2卷)的有关章节。在该文中,作者阐述了犯罪事实支配理论。犯罪事实支配理论,是罗克辛教授对当代共犯理论的重要学术贡献之一,该理论的出发点是要解决正犯与共犯相区分问题上的一个难题。正犯与共犯的区分,在刑法理论上向来都是在客观说与主观说之间有所争议。在客观说中又有形式的客观说与实质的客观说之分。罗克辛主张根据犯罪支配理论来界定正犯,并与共犯相区分:直接正犯是行为支配,间接正犯是意志支配,共同正犯是功能支配。不满足于此,罗克辛教授又提出了事实支配理论,进一步从实质意义上的构成要件之实现来理解正犯,由此构成支配犯的概念,在一定程度上取代正犯。可以说,支配犯的概念突破了正犯概念所具有的形式特征,体现了在正犯理解上的实质化思想,也是构成要件实质化思想在正犯性质理解上的体现。犯罪支配理论重新塑造了正犯与共犯的关系,对于我们正确地理解共同犯罪具有重要的参考价值。罗克辛的《德国刑法学 总论》(第1卷)已经由北京大学法学院的王世洲教授翻译出版,该文是王世洲教授主持翻译的《德国刑法学 总论》(第2卷)的部分内容,在本卷率先发表以飨读者。在此,我要对王世洲教授表示感谢,对劳东燕博士的辛勤翻译表示感谢。

廖北海的《犯罪事实支配理论之本体论》一文,是作者博士论文的一章,正好也是探讨犯罪事实支配理论的,与罗克辛的作品放在一起,可谓巧合。该文主要是对犯罪事实支配理论的某种解读,也正好帮助我们理解罗克辛的思想,这也表明犯罪支配理论正在引入我国,对于我们正确地

[①] 陈兴良主编:《刑事法评论》(第25卷),北京大学出版社2009年版。

理解共同犯罪具有重要的参考价值。

焦旭鹏的《关于"回到塔甘采夫"的刑法学反思》一文,对当前刑法学界较为关注的我国犯罪构成理论的走向之一进行了评述。塔甘采夫是沙俄时期的刑法学家,对俄罗斯刑法学的发展曾经作出过历史性贡献。十月革命以后,苏俄刑法学家抛弃了塔甘采夫,创立了无产阶级刑法学。就犯罪构成体系而言,也是在特拉伊宁等苏联学者的努力下建立的,并被引入我国,成为我国犯罪构成体系的摹本。当前,苏联刑法学及其犯罪构成理论在我国正在被反思和扬弃,在这种情况下,我国学者提出"回到塔甘采夫",是作为对苏联刑法学的四要件的犯罪构成体系的替代物而提出的。那么,塔甘采夫与特拉伊宁等苏联学者之间具有何种学术上的渊源关系?塔甘采夫的犯罪构成体系又具有何种优点值得我们今天借鉴?进一步地说,追溯到构成要件的鼻祖费尔巴哈,塔甘采夫与之又是什么关系?这些问题都需要从学理上加以探讨。当然,我们过去对塔甘采夫所知不多。焦旭鹏的论文对塔甘采夫的学说进行了初步的叙述,并对"回到塔甘采夫"的学术取向作出了个人的评判,这样一种探索精神是值得肯定的,也是具有前沿性的。

在"刑事程序研究"栏目中,发表了两篇论文。兰跃军的《论侦查权的行使与被害人权利的保护》一文,对侦查权行使过程中如何实现对被害人的权利保护问题进行了较为深入的探讨。在以往的刑事诉讼理论中,一般都强调对犯罪嫌疑人、被告人的人权保障,而对于被害人的权利保护则强调不够,这是存在片面性的。兰跃军的论文能够敏锐地意识到这一点,就此问题展开讨论,这种学术研究中的问题意识是值得嘉许的。当然,被害人的权利保护与被告人的人权保障之间的关系还有待进一步探讨。

李昌林的《侦查阶段的取保候审与监视居住》一文,对于在侦查阶段较少采用的两种强制措施——取保候审与监视居住——进行了较为深入的研究。尤其是对取保候审、监视居住的适用中存在的问题以及改进措施,作了具有建设性的探讨。该文提出在适用强制措施时的比例原则,是应当切实遵循的。

在"犯罪学研究"栏目中,首先发表的是《动态中的和谐——"社会敌意事件及调控·犯罪学高层论坛"发言摘要》。该论坛由皮艺军教授主办,主题是"动态中的和谐"。我虽未能与会,但从发言摘要中还是可以感觉到一股清新的学术探讨气氛,其主题意义十分重要。在皮艺军教授的致辞中,提到开会之日(3月14日)正好是"藏独"骚乱一周年;但我提笔写下这段文字时,则正好是"疆独"暴乱(7月5日)的隔日。这些敌意性事件严重地破坏了社会和谐,如何应对处置,在很大程度上考验着执政者的智慧。从犯罪学的角度对敌意事件进行学理上的深度探究,我认为这正是犯罪学的功用之所在。王燕飞的《论犯罪学理论及其建设》一文,是对犯罪学理论的整体性的宏观把握和自觉反思。近年来,王燕飞教授一直致力于对犯罪学基础性理论的反思与建构,我认为这种学术努力对于推动我国犯罪学的学科建设是具有重要意义的。米传勇的《对加罗法洛犯罪学思想的曲解与澄清》一文,是继其在《刑事法评论》(第24卷)发表的《阅读加罗法洛——以自然犯、法定犯理论为中心》一文以后,进一步地对加罗法洛犯罪学思想的深入探讨。阅读经典,会使我们常常有温故知新的收获。因此,米传勇博士的以上研究成果,为我们走近经典提供了一条捷径。文姬的《再犯危险性评估方法及检验》一文,采用实证方法,引入风险管理思想,对再犯危险性的评估问题作了具有新意的探讨。虽然文中的图表公式,在我看起来有些吃力,但这种科学方法的引入,对于再犯研究来说,给人以"柳暗花明又一村"的别开生面感,值得赞许。

在"刑事执行研究"栏目中,发表了两篇论文。汪勇的《监狱功能的多元视角探析》一文,对监狱功能问题作了具有新意的探讨。以往,对于监狱功能的认识存在严重的政治化、国家化的现象,简单地把监狱视为国家机器或者专政工具。该文除国家视角以外,加入了社会视角、犯罪人视角和被害人视角,尤其是对监狱功能的实现提出了个人的见解。吴旭的《参与行刑主体多元化及其变革路径》一文,提出了行刑主体多元化的命题,对于克服监狱行刑悖论具有重要意义。行刑法学,也就是刑事执行法学,在我国刑事法学中是较为薄弱的一个分支学科。诸如监狱法学,主要是监狱管理人员在进行研究,学者较少染指。例如吴旭就是江苏省监狱管理局的一名干部,他们对监狱法的研究达到了相当高的水平,这是令人高兴的。当然,我也期望有更多的学者参与行刑法学的研究,例如汪勇对监狱功能的论述就较为深入,值得嘉许。

在"专题研究"栏目中,发表了一批在刑事法各学科具有前沿性的论文,颇有学术分量。王太宁的《宪政刑法观》一文,提出了宪政刑法观的命题,试图从宪政的视角,对刑法的理念等基本问题进行深入论述。随着我国刑事法治的发展,对于刑法的理解也会随之发生变化。从国权主义刑法到民权主义刑法,从政治刑法到市民刑法,从专政刑法到宪政刑法,这些命题都是对刑法性质变动的一种学术描述。王太宁给出的宪政刑法这一概念为刑法提供了一种清新形象,给人留下深刻的印象。吴丙新的《刑法解释研究学术报告》一文,对刑法解释问题作了一个鸟瞰式的研究,虽然深入不足,但其学术报告的写法别具特色。刑法解释对于刑法适用是十分重要的;同样,法律解释也是法律适用的技术保证。我国法治水平较低,尤其是司法水平低,其突出表现就是法律解释技术差。

近日媒体讨论一个奇案,某君的机动车放在车库,被他人的三轮车撞坏了,他人诉至法院,要求某君承担机动车的无过错赔偿责任,法院居然支持了这一诉讼请求。有关媒体的评论说,这虽然违反情理,但合乎法理。那么,真的合乎法理么?这一判决的法律根据是《中华人民共和国道路交通安全法》(以下简称《道路交通安全法》)第76条第(二)项的以下规定:"机动车与非机动车驾驶人、行人之间发生交通事故,非机动车驾驶人、行人没有过错的,由机动车一方承担赔偿责任;有证据证明非机动车驾驶人、行人有过错的,根据过错程度适当减轻机动车一方的赔偿责任……"这一条款被称为是机动车的无过错责任条款,其立法意图是因为在交通当中,机动车是强者,非机动车、行人是弱者,因而机动车驾驶人应当承担更多的安全注意义务,若发生交通事故,则应承担无过错责任。但是,这一条款只适用于交通过程中发生交通事故的场合。什么是交通事故呢?《道路交通安全法》第119条第(五)项规定:"'交通事故',是指车辆在道路上因过错或者意外造成的人身伤亡或者财产损失的事件。"显然,机动车在道路上行驶时,才会发生交通事故,才应对非机动车、行人承担无过错责任。而某君的机动车放在车库里,他人的三轮车与之发生碰撞,根本不是一起交通事故,而是一起某君的财产受到他人侵害的事件,怎么能让某君承担机动车的无过错责任呢?北京市还发生过一起在街头等红灯时,某君机动车被他人三轮车"追尾",造成损失的案件,某君也被判处承担无过错责任。这一情形不完全相同于上述机动车放在车库的情形,但相同之处是机动车都处于静止状态而不是在行进当中,因此,同样也不适用机动车的无过错责任。但我们的法官也同样判决某君对与之"追尾"的三轮车主进行赔偿,某君喊冤却无人理会。这些不合情理的判决同样不合法理,其原因在于没有对《道路交通安全法》第76条第(二)项进行合理解释,而是机械地、错误地适用了该条款。在《中华人民共和国刑法》中,第116条规定了破坏交通工具罪,对交通工具也没有加以限制,但我国刑法理论都将其解释为正在使用中的交通工具,以此体现该罪侵害公共安全的性质。对于不在使用中的交通工具进行破坏的,不构成破坏交通工具,可以构成故意毁坏财物罪。由此可见,法律解释对于法律适用的重要性。只有提高法律解释水平,才能保证法律的公正适用。

舒洪水的《论身份犯之身份》一文,对身份犯问题进行了探讨。身份犯是刑法共犯理论中的一个重大理论问题,已有多部博士论文及专著问世;相对而言,该文可以说是大题小做,此乃作文之大忌。不过,该文第四部分关于身份犯与刑法面前人人平等,言他人之所未言,具有一定的新意。

陈洪兵的《承继共犯否定论:从因果共犯论视角的论证》一文,是对承继共犯的深入探讨之作。尤其是作者采用因果共犯论的视角加以论证,使这种探讨达到了较深的程度。共犯论历来是刑法学上的难点,随着三阶层的犯罪论体系引入我国,共犯有关内容的探讨不断地深化,这是我国刑法学向前发展的一个标志。我的《走向共犯的教义学——一个学术史的考察》一文,是我最近正在从事的刑法学术史研究的一个专题。共犯是刑法总论中的一个重要理论问题,我国的共同犯罪理论源自苏俄刑法学,并且具有我国的特点。随着德日刑法学关于共犯的理论引入我国,我国经历了一个从共同犯罪论到共犯理论的演变过程,理论研究也越来越深入,这是值得肯定的。该文在对学术史的资料进行梳理的基础上,对有关共犯的理论问题也发表了个人的见解。

学术史的研究,是刑法学研究的一个向度,它与以往的学术综述还是有所不同的。学术综述追求的是客观性,力求客观地提供经过整理的学术资料。而学术史则是在资料基础之上的历史叙述,具有一定的主观性。在刑法学术史的研究中,我采取夹叙夹议的文体,史论结合的方式,尽可能地勾画出我国刑法学研究的历史脉络。

徐凌波的《刑法上的占有》一文,对财产犯罪的占有问题,从作为客观事实的占有状态到作为主观违法要素的占有目的,进行了贯通的论述。徐凌波是北京大学法学院2005级本科生,该年级的刑法课程是我上的,授课实录以《口授刑法学》为书名于2007年在中国人民大学出版社出版。徐凌波同学保送硕士研究生成功成为北京大学法学院2009级刑法学专业硕士研究生。该文是作者的本科毕业论文,我是指导教师。对于该文写作中反映出来的作者对于刑法学的相关问题的理论把握能力,我是欣赏的。该文是徐凌波的第一篇作品,期望作者将来有更多更好的作品问世。

  吴情树的《处断刑的引入:量刑程序设置的实体要求》一文,对量刑中的处断刑作了具有新意的探讨。量刑制度的改革正在我国司法机关展开,这一改革涉及实体与程序两个方面:在实体上如何建构合理的量刑规则,在程序上如何确立量刑程序的独立地位,这些问题都是亟待解决的。吴情树关于处断刑的论述,是建构合理的量刑规则的题中之意,具有现实意义。吴纪奎的《刑讯逼供的社会心理学阐释——以挫折攻击行为理论为分析工具》一文,引入社会心理学中的挫折攻击行为理论,对刑讯逼供现象作了进一步的分析,我认为是具有突破性的。对于刑讯逼供,我们已经讲了又讲,但还是未能避免刑讯逼供的发生。对刑讯逼供的理论阐释当然是重要的,但我认为建立刑讯逼供的非法证据排除规则,才是从制度上防止刑讯逼供的根本之道。但出于对影响打击犯罪的担心,这一制度始终未能完全建立并彻底落实,这是一种法治对现实的妥协,令人无奈。石经海的《我国羁押立法之实体规范检讨》一文,对羁押法的有关实体规范作了深入的检讨。羁押制度虽然是一种刑事程序制度,但涉及实体规范问题,该文对此的讨论对于完善我国羁押法治具有参考价值。

  姜涛的《劳动刑法视阈下集体劳资纠纷的刑法规制模式》一文,涉及工会的刑法地位、劳资纠纷的刑法规制、劳动刑法学等十分前沿的理论问题,表明作者具有较强的问题意识,值得肯定。

  董玉庭的《刑事证明标准之证成》一文,对排除合理怀疑的证明标准进行了论证,对各种证明标准进行了检讨,有助于澄清在证明标准上的混乱。

  杨立云的《侦查决策研究——以现代决策理论为视角》一文,引入现代决策理论对侦查决策问题进行研究,这种采用其他学科的理论解决刑事法学中的问题的研究方法,可以进一步深化刑事法理论。在刑事法的研究中吸纳其他人文社会科学的成果,极大地充实了刑事法学的学术内涵,是一种正确的研究路径。

从以上简要的引荐来看,《刑事法评论》(第25卷)的内容丰富,且多为前沿性探讨,年轻作者占据主导地位,出文出人,不亦乐乎。

陈兴良
谨识于北京海淀锦秋知春寓所
2009年7月7日

26.《刑事法评论》(第26卷)[①]主编絮语

本卷是《刑事法评论》(第26卷),也是2010年的第1卷。

在"主题研讨"栏目中,发表了三篇具有相当理论深度的论文。付立庆的《中国传统犯罪构成理论总检讨》一文,切合了当前我国刑法学界正在讨论的一个热点问题,即犯罪构成体系。付立庆在文中要检讨的所谓传统犯罪构成理论,就是目前我国通行的四要件的犯罪构成体系。从四要件的犯罪构成体系到三阶层的犯罪论体系的演进,是我国刑法知识转型、刑法理论变革的一个基本方向。而欲达成这一目标,我们尚需在两个方面进行学术努力:一是对四要件的犯罪构成体系的批判;二是对三阶层的犯罪论体系的介绍,这两项工作缺一不可。付立庆的文章属于前者,是对四要件的犯罪构成体系进行整体性反思的一篇力作。文中涉及对作为四要件的犯罪构成体系前提的社会危害性理论的系统批判、对四要件的犯罪构成体系各种要素存在缺陷的深刻揭示,以及以违法与责任阶层性结构为分析工具对四要件的犯罪构成体系的构造性缺失的全面审视。可以说,付立庆的文章是对四要件犯罪构成体系批判性观点的集大成之作。

在本栏目中,发表了周详的两篇作品,这是不同寻常的。周详所任职的中南财经政法大学是实质刑法观的发源地,老一辈学者曾宪信、江任天等教授开创了这一学术进路,出身于中南的年轻一辈刑法学者张明楷、刘艳红、苏彩霞等将之发扬光大,这对于我国刑法学派之形成是一个重要贡献。周详同样接受了这一师承,对于实质刑法观耳濡目染,感同身受,体会最为深切。在两篇作品中,周详一再自称是"一个某种意义上的实质解释论坚持者",这对于理解周详文中观点是十分重要的一个提示。在《建立一座法律解释论的"通天塔"——对实质的刑法解释论的反思》一文中,作者从实质解释论这样一个向度进行了反思。该文的写作手法是颇为别致的,作者从电影《通天塔》中引出话题,形象地表现了人与人之间沟

[①] 陈兴良主编:《刑事法评论》(第26卷),北京大学出版社2010年版。

通与理解的困难。法律解释实际上是法律文本与法律规范接受者之间的一种沟通。在这当中,到底是采形式解释论还是实质解释论,其结论是大不相同的。在该文中,作者以中南财经政法大学弟子的身份,对实质解释论进行了一定的检讨,并且对作为实质解释论对立面的形式解释论也作了一些梳理,力图形成两者之间的学派关系。这样一种研究,在我国刑法学界还是极为少见的,我认为是别有新意的。尽管该文中涉及对相关学者的评判,包括我在内,也有对所谓"中南派"与"北大派"的刻画,这些文字在传统的写作语境中都是犯忌的,十分容易引起争议。当然现在已经是一个学术宽容的时代,只要作者是以一种善意的、理性的立场出发,尽管批判存在偏颇,我认为都是能够接受的。因为现在毕竟已经不是学术威权或者理论专制的时代,一家之说的成立正是百家争鸣的前提。尽管我也不完全同意周详的观点,但我对周详在该文中表现出来的思想新颖、文字活泼、文风洒脱的风格,还是极为欣赏的。

周详的另一篇作品是书评,题为《论一只"牛虻"在中国刑法学术生态圈的诞生——评〈中国实质刑法观批判〉》。这部作品写作于前文之后,但两篇作品之间存在某种关联。该文所涉及的作品是邓子滨教授的《中国实质刑法观批判》一书。我对于该书的评价,可以参见我为该书所作的序,在此不再赘述。周详的书评,是对邓子滨该书的一个学术反应。这里应当指出,周详的博士论文是采用生态学方法对我国刑法学术生态进行研究;而邓子滨该书的出版,正好为周详的研究提供了一个样本,因而被纳入中国刑法学术生态圈中,展开生态学的研究。在该文的题目中出现了"牛虻"一词,只要看过同名小说的读者,对于牛虻精神可能还有一些印象。显然,周详是把邓子滨该书比喻为"牛虻"。无论这一比喻是否合适,其寓意是深刻的。周详提出,邓子滨该书的出版标志着中国刑法学流派的诞生。由此可见其对于邓子滨该书的基本态度,这种态度与前文是关联的,反映了周详的某种学术立场。当然,周详对邓子滨该书也不是完全肯定,而是进行了批判之批判。因此,周详也做了一回"牛虻"。当然,如果读者先读邓子滨的《中国实质刑法观批判》一书,再读周详该文,才能真正领会作者的思想。

在"理论前沿"栏目中发表了四篇论文。这些论文的共同特点是开拓了新的学术领域,不属于对传统问题的研究,而是对刑法相关问题的前沿性探讨。

欧阳本祺的《论刑法解释的刑事政策化》一文,提出了一个十分重要的问题,即刑法教义学与刑事政策学之间的关系,并且从刑法解释这一角度对此作了探讨。刑法教义学与刑事政策之间的关系,也是我目前正在思考的一个问题。以往我们对刑法与刑事政策的理解,都是一种外在关系的理解。是否可以将刑事政策引入刑法教义学,使之形成某种内在关系呢?尤其是在刑法解释中,如何考虑刑事政策的因素,这些问题都是值得思考的。在这一问题上,德国学者罗克辛给我们以很大的启示。他在《刑事政策与刑法体系》一文中,就提出了刑事政策与刑法体系相结合的思路,这也是其目的理性主义的犯罪论体系的创新之所在。欧阳本祺在这篇文章中提出了问题,也对问题进行了一定程度的阐述,这是值得肯定的。

张开骏的《基于法治原则的民意正当性拷问与刑事理性策略》一文,对民意与司法的关系进行了讨论。应该说,这本身是一个老问题,但作者从刑事理性策略角度的探讨,却是具有新意的。这里的刑事理性策略,主要还是指刑事政策。因此,该文侧重点在于从刑事政策角度提出对民意影响司法的应对之策。这个问题,在当前网络民意盛行的背景下,具有重要的现实意义。

肖雄的《论劳动权刑法保护的内容与范围——中国劳动刑法建构的核心问题》一文,对劳动刑法进行了系统的探讨,这个题目本身就是较为新颖的。作者是一位在读的硕士研究生,能够写出如此具有前沿性的论文,是难能可贵的。《刑事法评论》发表过一些本科生、硕士研究生的论文,这些论文都达到了较高的学术水准;对于学术新人的扶持,也是本刊义不容辞的使命。

朱铁军的《民事赔偿的刑法意义》一文,是从民刑关系的角度,对民事赔偿在刑事责任实现方式中的地位与作用的理论考察。民事赔偿影响量刑,在现实生活中往往被误解为以钱赎刑。该文对这些问题都作了深入的研究,例如对民事赔偿影响量刑的法理依据的分析,就是具有理论意义的。

在"刑法方法论"栏目中,发表了杜宇的《"类型"作为刑法上之独立思维形式——兼及概念思维的反思与定位》一文,这是杜宇对类型学方法在刑法理论运用研究中的重要内容之一。杜宇致力于对类型学方法论的研究,我认为是具有重要的刑法方法论意义的。刑法研究,不仅是教义学的研究,还要引入相关学术资源,对刑法进行内涵充实、外延拓展式的学术研究。只有这样,才能使刑法理论与时俱进,自立于人文社会科学之林。

在"域外传译"栏目中,刊登了德国学者的两篇论文。在此,我要重点推荐的是德国学者罗克辛的《刑事政策与刑法体系》一文,该文是蔡桂生翻译的,并获得了罗克辛教授的支持。蔡桂生正在德国波恩大学法学院攻读博士学位,能够有机会接触到德国理论的前沿性成果,并通过翻译介绍到国内来,这对于我国刑法理论研究也是具有积极意义的。罗克辛教授的《刑事政策与刑法体系》一文,着重探讨了如何将刑事政策引入刑法教义学体系的问题,这对于我国建立刑法教义学体系也是具有重要启迪意义的。以往我们对刑事政策与刑法关系的了解,都是一种外在的视角,或者说是一种外在的相关性。而罗克辛教授则开启了一种考察刑事政策与刑法关系的内在视角,使刑事政策能够通过刑法教义学而发生实在的影响,这对于我国的刑事政策研究和教义刑法学的研究都是一种借鉴。

此外,我还要特别推荐约阿希姆·福格尔的《纳粹主义对刑法的影响》一文。我国学者对纳粹刑法有着太多的误解,把纳粹刑法看作坚持形式的犯罪概念,却没有起到保障人权的作用。[1] 甚至认为罪刑法定原则也被纳粹主义利用过。[2] 那么,纳粹果真是坚持形式的犯罪概念、利用罪刑法定原则,而不是摈弃形式的犯罪概念、公然践踏罪刑法定原则的吗?请看该文中的以下这段话:

> 纳粹刑法同"实质主义而非形式主义""合法性(Rechtmassigkeit)而不是合法律性(Gesetzmaessigkeit)"等流行语衔接得天衣无缝。过去将 Dahm 和 Schaffstein 反对 1933 年前所谓"形式主义"的论战视为非历史的(unhistorisch,即类似动物般地忘记历史——译者注),在今天就不能让当代人信服了。更确切地

---

[1] 参见苏彩霞、刘志伟:《混合的犯罪概念之提倡——兼与陈兴良教授商榷》,载《法学》2006 年第 3 期。

[2] 参见马荣春、周建达:《为社会危害性概念的刑法学地位辨正——兼与陈兴良教授商榷》,载赵秉志主编:《刑法论丛》(第 19 卷),法律出版社 2009 年版,第 203 页。

说,纳粹主义使得实质化极端化——顺便提一下,因为虽然一方面使之有利于产生政治上"正确的"结论,另一方面却开启必须通过预先设定的服从和消除司法独立予以弥补的司法自由空间,这在专制独裁中是自相矛盾的。

由此可见,纳粹刑法从根本上说就是反形式的,因而是反法治的,是极端化实质主义的。实质,无论是以"健全的公民感受"(gesunde Volksempfinden)的名义,还是以社会危害性的形式,只要其不受法律形式的限制,就是极为危险的,这也是我坚持形式刑法观的信念之所在。

在"域外视野"栏目中,发表了侣化强的《西方刑事诉讼传统的形成——以中世纪"非理性"证据、审判制度为中心》与蔡曦蕾的《美国刑法理论视野下正当事由与宽宥事由的宏观探析——区分之理、存在之据与影响之果》两篇论文,这两篇论文都涉及对西方的刑法与刑事诉讼法的基本理论的介绍,对于我国刑事法理论的发展是有所裨益的。

在"专题研究"栏目中,发表了十篇论文,涉及刑事法的各学科。张训的《入罪的理由:论刑法生成的标准——基于指标分析的理路》一文,在与量刑对应的意义上研究了入罪问题,这里的入罪与我们通常所说的定罪是相当的。尤其是作者引用了有关指标对入罪的理由进行讨论,表明其不是法教义学的探讨,而是引入了法实证主义的方法论。张亚军的《客观归责的体系性定位》一文是对客观归责问题的进一步探讨。客观归责是我国刑法学界目前正在研究的一个热点问题,张亚军的博士论文就是以此为题目的,该文是这一研究的继续。周铭川的《论故意概念的相对性》一文,是对实质故意的一种研究,在故意概念中包含了价值的、规范的内容。当然,对于何为故意的相对性,在该文中缺乏定义式说明。张曙光的《论持有的实质——以巨额财产来源不明罪为例的分析》一文,是对持有的一种更为深入的探讨,作者认为,持有自身不是一种危害行为,而只是"非法持有"的事实侧面(或行为侧面);它也不是传统意义上的行为,而仅是一种事实关系。这些观点,对于我们正确地理解持有的本质具有一定的启示。谢冬慧的《南京国民政府时期刑事审判制度述论》,是一篇刑事法史的论文,为我们描述了一个特定历史时期的刑事审判制度。朱桐辉的《侦查辩护的诉讼救济与宪法救济》一文,提出了侦查辩护的概念。其实我国目前在侦查阶段是根本谈不上辩护的,因为我国现行的侦查行为不是诉讼行为而是行政行为。该文为我国侦查模式的改造提供了一种思路。汪贻飞的《量刑义务：检察官客观义务之核心》一文，提出了检察官的量刑义务的概念，以此充实检察官的客观义务。应该说，在我国目前对量刑程序进行改革的背景下，对这一问题的探讨是具有现实意义的。当然，检察官的量刑义务一词是容易引起误解的。量刑是法官的职权，检察官所具有的应该是保证量刑适当的义务。王利荣的《社区矫正应向何处去——以重庆市试点情况为切入点》一文，是对社区矫正所作的一个实证研究，其提出的问题是具有启发意义的。宋健强的《司法说理的国际境界——兼论国际犯罪论体系》一文，是对国际刑法研究的一种深化，尤其是试图建构国际犯罪论体系，这一命题具有一定的学术想象力。李强的《论社会团结、社会失范与犯罪控制》一文，是采用社会学知识，对犯罪控制这一问题所作的深入研究，对于我国犯罪学研究的发展具有一定的示范性。

对于《刑事法评论》的逐卷出版，学术助理都付出了巨大的努力。今年蔡桂生去德国留学，接替蔡桂生的是我的博士研究生马寅翔。我相信，马寅翔会圆满地完成这一工作。

陈兴良
谨识于北京海淀锦秋知春寓所
2010年1月28日

27.《刑事法评论》(第27卷)[①]主编絮语

前些时候,我应邀到南方某司法机关讲课,在言语交谈之间,我发现一名资深检察官对刑法有关理论十分了解,深感好奇。后来,他告诉我,《刑事法评论》从第1卷到第26卷他每卷都买并仔细阅读。开始有些论文看不懂,后来慢慢能看懂,并对刑事法理论的前沿问题都有所了解,这使我感到惊讶,也使我对《刑事法评论》的读者定位有了更加深刻的理解。我想,《刑事法评论》应当培养自己的读者群,只有这样才能使之能够长久地出版下去。为读者,尤其是司法实务人员提供前沿性的刑事法理论成果,这是我主编《刑事法评论》的一个动力。

本卷的"主题研讨"栏目是关于共犯的未完成罪的,即共犯理论与未完成罪的理论交叉部分。由于共犯与未完成罪各自具有复杂的理论结构,当两者交叉的时候,其理论的复杂性自不待言。在本卷中,围绕这一主题发表了中外学者的两篇论文。西田典之教授的《论共犯中止——共犯脱离与共犯中止》一文,对共犯脱离与共犯中止问题作了论述,其中共犯脱离也是一个日本学者创造的概念。西田典之将共犯脱离与共犯中止并列地加以讨论,那么,共犯脱离与共犯中止存在何种区别呢?对此,西田典之指出:

> 一名共犯在犯罪中途中止继续犯罪而从共犯关系中脱离,这种现象在现实生活中屡见不鲜。在这种情况下,对于其他剩余共犯所实施的犯罪,脱离者应在多大程度上承担罪责呢?对此,马上可以想到的便是中止犯规定(《日本刑法典》第43条但书)对共犯关系的适用。但是,第43条但书是有关单独着手实行犯罪之后的规定。换言之,共同关系要适用该条但书规定,必须是在正犯或共同正犯中之一人着手施行之后;至于着手之前

[①] 陈兴良主编:《刑事法评论》(第27卷),北京大学出版社2010年版。

的脱离,必须将其作为共犯论所特有的问题加以解决。①

西田典之在以上论述中所论及的《日本刑法典》第43条,是关于犯罪未遂减免处罚的规定:"已经着手实行犯罪而未遂的,可以减轻刑罚,但基于自己的意志中止犯罪的,应当减轻或者免除处罚。"由此可见,日本刑法将未遂分为障碍未遂与中止未遂。障碍未遂相当于我国刑法中的犯罪未遂,中止未遂相当于我国刑法中的犯罪中止中的实行中止。因为我国刑法规定的犯罪中止包括预备中止与实行中止,这一点是与日本刑法规定不同的。正因为日本刑法规定的中止犯是指实行中止,因此只有着手以后的共犯才能适用中止犯的规定,对着手以前的共犯就不是一个中止犯的问题,而称为共犯脱离,这被认为是一个共犯论的特殊问题而非中止犯的问题。也正因为如此,西田典之才会把共犯的脱离与共犯中止加以并列,但在广义上又把它们一并纳入共犯的中止。而我国刑法则不存在共犯的脱离与共犯的中止之间的区分,可以在共犯的中止题目下讨论这些问题。由此可见,两国刑法规定之不同,导致刑法理论上的差别,这一点是我国引入德日刑法教义学时必须要加以注意的。

周微的《论共同正犯的中止犯》一文,是从我国刑法关于共同犯罪与犯罪中止的法律规定出发,对共同正犯中止问题的理论探讨。在该文中,作者借鉴德日理论来讨论"部分行为,全部责任",并以此为基础,结合我国刑法规定与司法案例展开共同正犯之中止犯的理论探讨。我认为,周微能够科学地镜鉴德日理论,又能够自主地进行学术讨论,从而使共同正犯之中止犯这一论题达到相当深入的水平,这是值得嘉许的。本卷对于共犯与中止犯问题的讨论,涉及我国和德日不同的语境,对于我国引入德日刑法教义学的研究路径,我认为具有启迪意义。

在"域外传译"栏目中,共发表了德日著名学者的三篇论文。《刑事法评论》(第25卷)曾经发表了罗克辛的《正犯与犯罪事实支配理论》一文;在本卷,又发表了罗克辛的《德国刑法中的共犯理论》一文,这是罗克辛所著《德国刑法学 总论》(第2卷)有关章节的内容。由于共犯理论的复杂性,我相信罗克辛的共犯理论对于推进我国共犯理论研究必将具有

---

① 〔日〕西田典之:《日本刑法总论》,刘明祥、王昭武译,中国人民大学出版社2007年版,第304页。

重大的理论意义。沃斯·金德豪伊泽尔的《刑法中承诺的规范理论思考》一文,是作者对刑法中承诺的全新阐述,尤其是作者将承诺界定为规范取消事由,以此区别于阻却不法事由,这样一种细微的理论区分,我们也许是不太容易理解的。当然,这也使我们领教了德国刑法理论的精密性。值得注意的是,上述两文的译者劳东燕、王钢、蔡桂生都是在国内受过扎实的刑法专业训练,并曾有德国留学的经历或者目前尚在德国学习,他们通过对中国刑法与德国刑法这两种理论的比较,会有独特的学术感悟,因而也会对我国刑法研究作出独特的贡献,这是值得我们期许的。团藤重光的《死刑废止之诉求》一文是作者在1990年12月1日为举办于日本东京日比谷大会堂"声援死刑废止国际条约批准研讨会"所作的主题发言,被收入《死刑废止论》一书。该书的中文译本曾经由林辰彦翻译,由商鼎文化出版社于1997年在我国台湾地区出版,但在我国大陆尚未见中文译本。本卷发表的译文经团藤重光授权,译者是西北政法大学的宋海彬副教授,校者是日本著名学者铃木敬夫教授。铃木教授一直从事中国法学在日本的译述,我与之亦有相当多的交往,此次铃木教授担任校对,使该文能够准确地介绍到中国,对此深表谢意。

本卷"域外视野"栏目发表了吕亚萍的《美国法对死刑的限制适用及对中国的启示——基于法律解释方法的视角》一文,该文对美国如何通过解释《美国宪法》第八修正案"禁止残酷且异常的刑罚"这一条款,来对死刑适用加以限制的过程作了介绍,尤其是该文论及对我国刑法解释方法的启示,最后提出了这样一个结论:"将法律解释的共识,推进到制度改善与适用的领域,将诠释学所包含的第三种因素真正纳入到法律科学的前进路径当中,应当是当前中国死刑制度变革的方向之所在,也是将来中国刑法解释的发展趋势。"诚哉斯言。

在"刑法学人"栏目中,我们要纪念一位伟大的德国刑法学家,这就是汉斯-海因里希·耶赛克。耶赛克于2009年9月27日逝世,享年94岁。曾在马普研究所留学的樊文博士第一时间把这一消息告诉了我,我深感悲痛。我虽然与耶赛克没有直接交往,但也受惠于耶赛克和魏根特共同撰写的《德国刑法教科书(总论)》。该书以德国刑法通说为中心线索展开叙述,是我国学者了解德国刑法学的一扇窗户。在该教科书中,耶赛克提出了"刑法不仅仅限制自由,它还创造自由"的命题,并且认为刑法只是人类精神生活的一个点,只有从人类精神的整体上才能深刻地把握刑法的精神。这些思想,都给我留下了深刻的印象。马普研究所现任所长乌尔里希·齐白教授的《纪念汉斯-海因里希·耶赛克教授》一文,对耶赛克教授的一生作了回顾,并重点介绍了耶赛克教授对刑法学的学术贡献,尤其是对国际刑法学的伟大贡献。耶赛克的《马普外国与国际刑法研究所的比较法研究——汉斯-海因里希·耶赛克在庆祝该所并入马普协会仪式上的演讲》一文,虽然是一篇45年前的旧作,但通过该文我们可以看出耶赛克教授对马普外国与国际刑法研究所的学术构想。如今马普所已经成为外国与国际刑法研究的一个重镇,产生了世界性影响,重温该文,我们不禁对耶赛克教授的远见卓识肃然起敬。

本卷的"专题研究"栏目,发表了十一篇论文,涉及刑事法各个学科。马寅翔的《构成要件的个别化机能研究》一文,立足于三阶层的犯罪论体系,对构成要件的个别化机能作了较为深入的研究。构成要件是三阶层的犯罪论体系的基石范畴,如何看待它的个别化机能往往牵动整个犯罪论体系的架构。该文在厘清构成要件的个别化机能的基础上,进而阐述了构成要件的体系性地位,这对于我们理解三阶层的犯罪论体系是具有重要意义的。陈璇的《社会相当性理论的源流、概念和基础》一文,对德国刑法学中社会相当性理论作了系统的介绍,该文也基本上是以德国刑法理论为语境的,但同时也引入了日本刑法与我国刑法的视角,在此基础上进行了比较性的研究,达到了相当的理论深度。该文是作者的博士论文的一部分。陈璇博士从德国马普所寄来他在武汉大学法学院答辩通过的关于社会相当性理论的博士论文向我求序。在读了陈璇的博士论文以后,感到他对社会相当性理论的研究对于我国刑法理论的重构具有参考价值,因而择其优者在本卷发表,以飨读者。袁国何的《不纯正不作为犯的等置性问题研究——游走在不纯正不作为犯的边缘》一文,对不纯正不作为犯的等置性问题作了较为深入的研究。作者袁国何系中国政法大学法学院2007级本科生。我于2009年9月至2010年1月在中国政法大学中欧法学院为法律硕士研究生讲授刑法学,袁国何当时是本科三年级学生,前来旁听了我的课程。在学期结束以后,袁国何写了该文参加挑战杯比赛,并获得佳绩。一名本科生能对不纯正不作为犯的等置性这样一个较为前沿的学术问题进行研究,并达到了如此水平,确属不易。本卷发表袁国何的论文,也是对初出茅庐的年轻学子的一种鼓励。王俊的《因果关系认识错误研究》一文,从基础论、适用论、共犯论这三个层面,对因果关系认识错误问题展开了研究。作者王俊也是一位年轻学子,对刑法学的热爱乃至于痴迷成就了他。该文是他在浙江大学城市学院法学院的本科毕业论文,献给他的指导老师袁继红。袁继红是早年毕业于四川大学法学院刑法专业的硕士研究生,我曾为袁继红讲授过刑法课程。如今袁继红培养出了王俊这样优秀的学生,令人十分高兴。刘崇亮的《犯罪故意与犯罪过失的界限与竞合——兼对处罚过失犯罪为例外的解读》一文,对犯罪故意与犯罪过失的关系作了理论探讨,提出了两者之间的规范层级关系,这些观点对于我们重新审视犯罪故意与犯罪过失具有裨益。高艳东的《身份、责任与可罚性——三鹿案判决的规范错误与立场偏失》一文,从三鹿案的判决切入,对该案涉及的身份、责任与可罚性问题进行了深度解读,作者犀利的文风,给人留下深刻的印象,亦增添了该文的可读性。邓德华的《醉酒驾车的刑法规制》一文,对当前社会关注的醉酒驾车问题进行了刑法规制的探讨。该文既有对孙伟铭案的个案分析,又有对争议问题的辩驳,从法理层面对醉酒驾车所涉及的立法与司法问题进行了回应。刘月的《受贿罪之为他人谋取利益要件研究》一文,是对刑法各论一个具体问题的探讨,作者能够结合个案、司法解释以及国外相关资料,对我国刑法规定进行法理分析,达到了一定的理论深度。以上两文都是硕士学位论文:前者为法学硕士的学位论文,后者为法律硕士的学位论文。从这两篇学位论文中可以看出,两位作者虽然是初次写作论文,但其论文也还是具有较高的学术含量。作为邓德华和刘月的论文指导教师,我为之感到欣慰。王燕飞的《〈犯罪学研究导论〉批判性疏议》一文,是对谢勇的《犯罪学研究导论》一书的评议,同时具有导读性质。作者采用了批判性疏议这样一个概念,实则介于书评与论文之间,在写作体例上还是有所创新的。王燕飞的《〈犯罪学研究导论〉批判性疏议》一文,是对谢勇的《犯罪学研究导论》(湖南出版社1992年版)一书的评议,同时具有导读性质。作者采用了批判性疏议这样一个概念,实则介于书评与论文之间,在写作体例上还是有所创新的。狄小华的《多元恢复性刑事解纷机制研究》一文,相对于报应性的刑事解纷机制,提出了恢复性的刑事解纷机制,力图在真相、正义与和解之间寻找平衡点。在当前和谐社会的背景下,如何通过恢复性司法解决刑事纠纷,这确实是一个重大课题,因而该文提出的解决方案具有现实意义。张晶的《监狱文化的批判性省思》一文,以一种活泼的文风,对监狱文化进行了历史的与逻辑的省思。因为作者长期在监狱系统工作,因而其文章内容均为有感而发,我们这些对监狱不太了解的读者也会产生共鸣。

酷暑之际,对《刑事法评论》(第27卷)的文稿先睹为快,写下这些阅读时的感想,期望能把我的阅读快感传递给读者。

陈兴良
谨识于北京海淀锦秋知春寓所
2010年7月15日

28.《刑事法评论》(第28卷)[①]主编絮语

2011年5月27日,北京大学法治与发展研究院正式成立,这是国内第一家融合法治与发展视野的跨学科研究机构,其目标是建成"面向国家发展的中国法学"重镇。随着北京大学法治与发展研究院的成立,北京大学法学相关研究机构进行了撤并归口。我主持的北京大学刑事法理论研究所被撤销,另在北京大学法治与发展研究院下成立刑事法治研究中心。本连续出版物也改由刑事法治研究中心主办。我期待着以此为平台,《刑事法评论》能更上一层楼。

摆在读者面前的是《刑事法评论》(第28卷),也是2011年第1卷。2011年在我国刑法的立法史上注定会留下一笔,今年全国人民代表大会常务委员会通过了《中华人民共和国刑法修正案(八)》[以下简称《刑法修正案(八)》]。《刑法修正案(八)》对刑法进行了局部修改,内容涉及总则与分则,修改面相当之广。就修改内容而言,不乏亮点。例如废除13个死刑罪名,对刑罚体系进行了适度的调整,等等,对于我国刑法的发展完善都具有重要意义。本卷虽然没有涉及《刑法修正案(八)》的内容,但这并不表示我们对刑法的修改不关心。我们还是想以一种更加学术化与理论化的方式,对刑法的修改进行反映。

本卷的"学术争鸣"栏目,主要讨论的是刑法学中的形式与实质的问题。我曾经在《法学研究》2008年第6期发表了《形式与实质的关系:刑法学的反思性检讨》一文,对刑法学中的形式与实质这一范畴以及由此产生的刑法学立场之争进行了初步的描述,遂使形式与实质的关系成为我国刑法学的一种分析工具。2009年刘艳红教授在北京大学出版社出版了《走向实质的刑法解释》一书,对以实质刑法观为标志的刑法学说进行了系统梳理。同年邓子滨研究员在法律出版社出版了《中国实质刑法观批判》一书,对实质刑法观进行了正面的批判。我在《法学研究》2010年第1

---

① 陈兴良主编:《刑事法评论》(第28卷),北京大学出版社2011年版。

期发表了《走向学派之争的刑法学》一文,这里的学派之争,主要是指形式刑法观与实质刑法观之争。在形式刑法观与实质刑法观的争论中,形式解释论与实质解释论是一个主战场。周详博士在《法学研究》2010年第3期发表了《刑法形式解释论与实质解释论之争》,对刑法学中的形式解释论与实质解释论之争进行了学术评论,作者同样也是站在刑法学派之争的角度进行观察的。2010年《中国法学》第4期分别发表了我的《形式解释论的再宣示》与张明楷教授的《实质解释论的再提倡》两篇论战性的论文,使2010年成为刑法学的形式解释论与实质解释论的论战之年。

  本卷发表的王俊的《构成要件理论:形式与实质——构成要件二分性说之提倡》一文,主要采用形式与实质的分析工具讨论构成要件,提出了构成要件二分说,认为构成要件符合性应当作两次判断,分为形式构成要件符合性以及实质构成要件符合性,以此既相对维持其独立性,也能发挥其实质的人权保障机能。王俊的这一观点还是想对形式刑法观与实质刑法观之争进行某种折中。其对实质解释论将形式上没有规定但实质上值得处罚的行为通过实质解释而入罪的观点固然并不赞成,但同时又认为只对构成要件进行形式解释,则可能导致实质上不值得科处刑罚的行为也被科处刑罚。因此,折中的观点认为实质解释论与形式解释论各有缺失。例如,魏东教授就将实质解释论称为双面的实质刑法观,即入罪与出罪均采实质解释。魏东教授提倡单面的实质刑法观或者保守的实质刑法观,即在出罪时采实质解释论,入罪时则采形式解释论。魏东教授指出:双面的实质主义刑法观可能面临较大的人权风险,而单面的实质主义刑法观正是出于防范双面实质主义刑法观潜在的侵犯人权的风险而作出的比较理性的选择。单面的实质刑法观十分接近于笔者倡导的"保守的实质刑法观",这种保守的实质刑法观主张倾向于保守理性的选择,并以此来防范其侵蚀人权保障机能的风险。[①] 王俊该文的观点大体上也雷同于魏东教授在入罪时先采形式解释论,在出罪时后采实质解释论,形成两次判断,此为构成要件二分性说。就入罪时采形式解释论而言,不同于实质解释论而相同于形式解释论。就出罪时采实质解释论而言,不同于形式解释论而相同于实质解释论。如此一来,各取形式解释论与实质解释论

[①] 参见魏东:《论社会危害性理论与实质刑法观的关联关系与风险防范》,载《现代法学》2010年第6期,第111页以下。

之利而去除形式解释论与实质解释论之弊,超然于上述两说之上,由此获得学术的正当性。其实,这一立场与我所主张的形式解释论是完全相同的,以为形式解释论只要形式判断不要实质判断,这纯粹是一种误解。例如我曾经指出:

> 形式的构成要件论与实质的构成要件论之争,并不是要不要实质的法益侵害性判断之争,而是将实质判断前置于构成要件论还是后置于违法性论之争。①

我也可以这样说:

> 形式解释论与实质解释论之争并不是要不要实质解释之争,而是实质解释与形式解释的位阶之争。

在构成要件中,如果先作实质解释,形式解释就不复存在;而先作形式解释,则实质解释仍然可以在此之后进行。因此,实质解释论与形式解释论之争并不是要不要实质解释之争,而恰恰是要不要形式解释之争。我认为,形式解释与实质解释之争涉及对罪刑法定原则的理解。罪刑法定原则的要旨在于法无明文规定不为罪。因此,罪刑法定原则是通过限制入罪而实现保障人权的刑法功能。可以说,罪刑法定原则从来不限制出罪,因此以出罪为内容的罪刑法定的实质侧面只是必要补充,它必然以罪刑法定的形式侧面为重点、核心和关键。因此,形式解释论与实质解释论之争就在于入罪时是采形式解释还是实质解释之争,与出罪无关。否则,必将模糊了或者转移了论争的焦点。因此,我认为,尽管我的立场与单面的或者保守的实质刑法观以及构成要件二分性说等观点实际上是相同的,但我并不赞同上述观点的论述径路。换言之,上述观点的论证是以对形式解释论的误解为前提的。

刘树德的《学派如何形成——刑法学论争中的形式与实质》一文,是对我(陈兴良)文与张(明楷)文的一个评论。在文中,刘树德对陈文与张文的对立观点进行了梳理,并作了一些分析归纳。当然,这些尚不是重点。刘树德该文的重点在于第六部分:理性论争促成学派。刘树德认为,在双方就一些范畴术语、逻辑起点以及论争平台达成共识的前提下,围绕

---

① 陈兴良:《形式解释论的再宣示》,载《中国法学》2010 年第 4 期,第 47 页。

刑法相关问题展开争鸣或许会真正地促进刑法知识的增量和促成学派的成熟。我认为，刘树德的这些见解是极有见地的。学派之争是需要提倡的，但我们应避免"虚假的对立"以及"无谓的争论"。也就是说，学派之争是有前提的，这就是分歧的真实存在，而不是以误解为出发点展开讨论，这样的讨论其价值会大打折扣。我国的学派之争刚刚开始，正常的、健康的学派之争，将是我国刑法学向前发展的动力。

崔嘉鲲的《实质解释论：一种无法克服的矛盾——对于刑法解释边界的探讨》一文，从刑法解释边界切入，对实质解释论进行了批判性反思。该文认为实质解释论之实质标准，其法益侵害标准实际上是一种变相的社会危害性理论，而刑法目的标准则是变相的类推解释。应该说，该文对实质解释论的批判是尖锐的，也不乏深刻。考虑到该文作者只是中国政法大学一名大三学生，写到这个程度确定难能可贵。

本卷再设"刑法学人"栏目，纪念德国著名刑法学家汉斯-海因里希·耶赛克。2011年1月7日至8日，应德国马普外国刑法与国际刑法研究所所长齐白（Ulrich Sieber）教授的邀请，我、梁根林教授和江溯博士参加了在德国弗莱堡举行的、主题为"一个全球视野之下的刑法"（Strafrecht in einer globalen Welt）的汉斯-海因里希·耶赛克教授纪念研讨会。大会邀请来自世界各国的两百多名学者，共同缅怀他的丰功伟绩，同时讨论刑法学的世界性发展方向。马普所是世界性的刑法学研究重镇，弗莱堡也可以说是世界刑法学术的圣地。我和梁根林教授、江溯博士在弗莱堡小城度过了紧张而愉快的四天，适逢弗莱堡冬雨连绵，与北京市的冬旱持续形成鲜明对比。我们还攀登了黑森林，欣赏高山雪地佳景，这些都给我留下了深刻印象。本卷发表耶赛克教授的《德国与奥地利刑法中责任概念的流变》一文，是耶赛克教授的一篇遗作，该文对刑法中的责任概念作了深入解析。刊登耶赛克教授的这篇遗作，也是对他在天之灵的一种安慰。本栏目还分别刊登了日本西原春夫教授和我分别代表日本和中国学者在大会上的发言，由此可以想见耶赛克教授刑法思想的国际性影响。

在"主题研讨"栏目中，发表了三篇论文，分别对过失犯中的重大理论问题进行了探讨。过失犯是一个学术资源投入相对较少的学术领域，其中还有许多问题尚存模糊认识。尤其是在四要件的犯罪构成理论中，过失犯只是在罪过形式中加以研究,而没有作为一种区别于故意犯的犯罪类型加以探讨,因而理论极为薄弱。随着德日刑法知识引入我国,过失犯研究日益受到重视,并且在过失犯研究中大量地采用德日学说,对于开拓过失犯的理论视野具有重要作用。郑世创的《过失犯构造问题检讨》一文,主要讨论了过失的概念、过失犯的构成要件以及罪责问题。该文提出了过失犯的本质在于个人可避免性的问题,认为过失犯不法构造上应具有主观之预见可能性,继而应形成反对动机而未形成,客观上具有构成要件结果回避可能性为体系上之成立要件。两者可共同概括为个人避免可能性。罪责同样是表现行为人之个人避免可能性,法规范之期待行为人原可选择适法行为而落空,故后者值得非难与谴责。作者由此得出结论:个人避免可能性同时为不法与罪责之判断标准。这一命题对于我们正确地理解过失犯提供了一种思路,因而是值得肯定的。孙运梁的《刑法中信赖原则基本问题研究——新过失论语境下过失犯的限缩》一文以信赖原则为视角,对过失犯的有关问题作了探讨,尤其是立足于过失犯的限缩,其基本立场十分明显。冀莹的《过失危险犯的基础及边界——以刑法的风险控制功能为视角》一文,将风险社会的思想引入过失犯研究,重点对过失危险犯之基础及边界进行揭示。作者一方面基于风险刑法的立场,对通过过失危险行为的犯罪化而扩大过失处罚范围之正当性作了论证。另一方面也对过失危险犯存在过度扩大刑法处罚范围的隐患作了说明,提出了对过失危险犯从内外两个方面进行规制的设想。这些思考,对于过失危险犯理论的完善具有积极意义。

在"域外视野"栏目中,发表了申柳华的《德国刑法被害人信条学研究初论》一文,该文以较大的篇幅对德国的被害人信条学作了全面的介绍,对于我们了解德国的个罪教义学具有重要参考价值。申柳华论文中所采用的信条学,也就是我所说的教义学。德国不仅刑法总论理论具有较高的教义学化程度,而且刑法各论的个罪理论也具有较高的教义学化程度,并且两者之间形成良性互动。该文所介绍的被害人信条学,主要是诈骗罪理论的一部分内容,其理论之精细、精密和精致是令人惊叹的。

在"专题研究"栏目中,发表了十二篇刑事法各学科的具有前沿性的论文。蔡道通的《建国初期的"敌人刑法"及其超越——兼评雅科布斯的"敌人刑法"》一文,引入德国著名刑法学家雅科布斯首倡的"敌人刑法"

这一学术标签,用来标示我国从建国初期到"文革"这个历史时期的刑事法律(现象),认为其基本特征体现为"敌人刑法",并对此作了细致的描述与精到的论证。与此同时,作者还对雅科布斯的"敌人刑法"理论进行了批判性考察,正因为我国具有"敌人刑法"的传统并深受其害、深知其谬,作者才提出了超越"敌人刑法"的命题,这是富有历史感的学术睿智。文姬的《危险性评估的证据资格》一文,通过将危险性评估和品格证据的类比,论证了危险性评估可以作为量刑证据,由此将危险性评估引入司法实务。陈洪兵的《危险社会的危险犯论纲》一文,对危险犯进行了初步探讨。该文同样以危险社会为思想资源,立足于危险刑法,从而对危险犯进行合理的定位。我认为,危险社会与危险刑法这些前提性问题还是有待研究的,它们与危险犯之间到底具有何种相关性也不无质疑之处。方鹏的《韦伯故意的推理及推论》一文,对韦伯故意这个具有经典性的理论问题进行了较为深入细致的研究。韦伯故意涉及多个刑法问题:行为论(一行为还是数行为)、故意与过失论、罪数论(一罪还是数罪)等,因而是一个经常被提及的疑难问题。方鹏的论文主要是以罪数论为重点,对韦伯故意展开讨论,其分析与论证思路值得肯定。廖北海的《犯罪事实支配理论与特殊的主客观构成要素》一文,是对犯罪事实支配理论的进一步探讨;作者在德国刑法学的背景下展开这一论题,具有相当的理论深度。钱叶六的《间接正犯与教唆犯的界分——行为支配说的妥当性及其贯彻》一文,在间接正犯与教唆犯的区分中引入行为支配说,这是一种具有启迪性的分析路径。姚诗的《先前行为归责模式述评》一文,对先前行为的归责模式问题进行了研究。作者认为存在三种先前行为的归责模式,这就是结果加重犯、立法模式(真正不作为犯)和作为犯。我认为该文论题较新,作者的问题意识较强,因而是一篇具有新意的论文。曾文科的《不作为犯的归因与归责》一文,对不作为犯归责的传统等价性原则进行了反思,正视不作为犯与作为犯在构造上的差异,揭示不作为犯独特的内部构造及运作原理。作者的探索精神十分可嘉,语言也清新,虽是作者的处女作,但还是给人以出手不凡之感。王彪的《刑事诉讼真实观导论》一文,是对刑事诉讼真实观的体系性探讨,虽然论题较大,但作者还是能够进行较为细致的学理论证。鲁兰的《黑社会性质犯罪服刑罪犯矫正对策探索》一文,采用实证研究方法,对涉黑罪犯的特征及其服刑矫正情况作了论述。

作者利用其在司法部预防犯罪研究所从事学术研究的便利，能够接触到涉黑罪犯服刑及矫正的实际情况，并对此作了深入分析，其选题与内容都在很大程度上丰富了罪犯行刑及矫正的学术研究，这是值得充分肯定的。秦化真的《清末刑名体系改革考》一文，在搜集大量历史素材的基础上，对清末刑名体系进行了考察。这篇论文虽然是对中国古代刑名体系的研究，属于中国刑法史的范畴，但对于我国当代刑罚体系改革仍然具有借鉴意义。毋冰的《从肯尼亚情势看国际刑事法院管辖权启动机制》一文，以肯尼亚为个案，重点对国际刑事法院管辖权的启动机制问题进行了理论考察。

综观本卷，内容十分丰富，反映了古今中外刑事法各个学科的特征，是对前沿性的刑事法理论集约化的呈现。我相信，这些文字虽然可能还是稚嫩的，但它们是我国刑事法理论发展的一个见证、一个局部，必将在刑事法学术史上占有自己的一席之地。

陈兴良
谨识于北京海淀锦秋知春寓所
2011年2月28日

29.《刑事法评论》(第29卷)①主编絮语

7月正是暑假开始,每年此时都有一批毕业生收获了知识从大学毕业。因此,7月也可以说是一个收获的季节。收入本卷的部分论文就来自博士研究生、硕士研究生的毕业论文,这是值得嘉许的。

在本卷的"理论前沿"栏目中,发表了三篇论文。米铁男的《特拉伊宁犯罪构成学说之刍议》一文,就是其博士论文的部分章节。特拉伊宁对于我国刑法学来说,是一个曾经产生过重要影响的人物,我国老一辈学者无不受其影响。近年来随着我国刑法知识的去苏俄化,特拉伊宁也越来越变成一个具有争议的人物。在我心目中,特拉伊宁曾经是一个学术偶像,其代表作《犯罪构成的一般学说》一书可以说是我进入刑法理论殿堂的启蒙读物。但随着时光流逝,特拉伊宁头上的光环逐渐消退。当然,如何正确评价特拉伊宁仍然是一个值得研究的课题。《刑事法评论》(第13卷)曾经发表过阮齐林教授的《评特拉伊宁的犯罪构成论——兼论建构犯罪构成体系的思路》一文②,在论文中,阮齐林教授揭示了特拉伊宁犯罪构成理论中的一个深刻矛盾,这就是摇摆于贝林的三阶层理论与教科书派的四要件理论之间,最终当然是倒向四要件。由此可见,特拉伊宁本身是一个悲剧人物。阮齐林教授的论文,是其在北京大学所写的博士论文的部分章节。转眼之间,又将近十年过去了。米铁男又以特拉伊宁为题写作博士论文,在北京大学获得了博士学位。当然,现在研究特拉伊宁的条件更成熟了。米铁男本科阶段学习的是俄语,具有扎实的俄语基础,在北大法学院经过硕士阶段刑法学专业的学习后,又攻读刑法学专业的博士学位。在读博期间,米铁男受国家留学基金管理委员会资助,到莫斯科大学法律系学习一年,得以收集更多的资料,更加全面、客观地对特拉伊宁进行评价。在该文中,米铁男对特拉伊宁的犯罪构成理论进行了考察,

---

① 陈兴良主编:《刑事法评论》(第29卷),北京大学出版社2011年版。
② 参见陈兴良主编:《刑事法评论》(第13卷),中国政法大学出版社2003年版。

其对特拉伊宁学术渊源的梳理、学说演进过程的描述,都有独到之处,尤其是对特拉伊宁与贝林的比较,具有重要学术价值。米铁男指出:特拉伊宁的犯罪构成学说呈现出一种阶层式的结构,这与德国贝林以来的犯罪构成理论非常神似。当然,这里的特拉伊宁犯罪构成学说是指构成因素说,它与后来成熟定型化的四要件在逻辑构造上已经全然不同。因此,对于特拉伊宁,我们似乎也要区分构成因素论的特拉伊宁与犯罪构成论的特拉伊宁,由此可见特拉伊宁学说的复杂性。

王太宁的《历史的误读与当下的转型——费尔巴哈罪刑法定的还原与当代罪刑法定的重新定位》一文,从罪刑法定原则切入,对费尔巴哈的思想进行了追根溯源的研究,尤其是作者能够结合当下的法治现实展开其思想,具有一定的深刻性。作者提出了回归到费尔巴哈的罪刑法定这样一个命题,试图揭示费尔巴哈罪刑法定思想的本义。基于当下的法治现实,作者把罪刑法定定位为刑权力风险的转嫁机制,并对我国《刑法》第3条关于罪刑法定原则的规定发表了个人的独到见解,说明作者是在思考问题并试图解决问题的,这一点值得肯定。张振山的《狭义客观处罚条件论》一文,是其在清华大学法学院的硕士论文,由其导师周光权教授向我推荐,我读了以后觉得该文还是颇见功力之作。客观处罚条件是一个德国刑法学的概念,我国刑法学界目前对这一概念颇有兴趣,试图利用它来解决我国刑法中的罪量要素的体系性地位问题。在该文中,作者在充分占有资料的基础上,对客观处罚条件进行了具有深度与广度的研究,尤其是作者倡导狭义的客观处罚条件的概念,对于我国刑法学研究具有一定的参考价值。

在本卷的"域外传译"栏目中,发表了三篇译文。德国马普所所长乌尔里希·齐白教授的《全球化世界的法律秩序》一文,还有一个冗长的副标题:"一个四分五裂的国内法、国际法和私人法规范体系的发展"。从题目来看,该文不像是一篇刑法论文,而更像是一篇法理学论文。但该文还是涉及全球化以后刑法受到的冲击,这个问题关乎刑法的未来走向。例如,该文在论及国家间的合作经常通过非正式的跨国网络得以实现时,就举例说,为了协调网络犯罪环境下的执法行为,八国集团及其专家的会议对随后创设的法律规范产生了影响,以此说明超国家的合作在打击网络犯罪中发挥的重要作用。在此基础上,齐白教授提出了法律的非国家化等新命题,对于刑法也同样是一个观察的视角。该文是北京大学法学院博士后江溯翻译的。今年1月份,我、梁根林教授和江溯博士3人,为参加纪念耶赛克教授逝世的国际会议,前去德国弗莱堡马普所,见过齐白教授,与其交往给我留下了深刻的印象。齐白教授的文集即将在我国翻译出版,齐白教授本人也将在今年10月来北大访问,这是值得期待的。

美国保罗·H.罗宾逊教授的《为什么刑法需要在乎常人的正义直观?——强制性与规范性犯罪控制》一文,对刑法与大众正义直观之间的关系进行了深入研究。该文译者王志远教授在译者评介中对该文之于中国的现实意义作了十分中肯的评论,我是赞同的。该文的标题是一个提问句,答案在该文最后一句话:"因为只有遵从于它,刑法才能够提供有效的犯罪控制。"这里的"它",是指大众的正义直观。我国现实生活中,也存在刑法与大众的正义直观之间的偏离与由此带来的冲突、焦虑与动荡,例如云南省李昌奎案。李昌奎因杀害姐(先奸后杀)弟(三岁小孩,摔死)二人后自首而被云南省高级人民法院改判死缓。在药家鑫杀一人同样是自首但因手段特别残忍而执行死刑之际,引发了社会大众的广泛质疑。尽管云南省高级人民法院有关领导对本案作了法理解释,但仍然难以平息民愤。在这些个案中,司法裁判与大众的正义直观之间确实存在冲突,但能否简单地判断孰是孰非,确实还是一个值得三思的问题。罗宾逊教授的结论是否适用于中国,也同样值得思考。

西班牙弗朗西斯科·穆尼奥斯·孔德和美国路易斯·埃内斯托·契尔萨的《作为刑法基本概念的行为要件》一文,对美国弗莱彻教授提出的沟通性的行为概念进行了论证,并对摩尔的机械论的行为概念和胡萨克的控制原则提出了质疑。该文由大陆法系学者与英美法系学者合作完成,在行为理论上打通了大陆法系与英美法系之间的隔膜,这是值得肯定的。以上三篇译作,都涉及刑法理论的重要领域或者重要问题,对于拓展我们的学术视野具有重要作用。

在本卷的"域外视野"栏目中,发表了四篇论文。周振杰的《日本现代刑法思想的形成》一文,对日本近现代刑法学术思想史进行了考察,尤其是论及日本主要刑法学者的理论系谱,对于我们宏观地掌握日本刑法思想发展脉络具有帮助。曹菲的《治疗行为正当化根据研究——德日的经验与我国的借鉴》一文,以德日刑法学为背景,对治疗行为的正当化根据问题进行了较为全面的探讨。该文资料翔实,评介公允,遗憾的是我国的借鉴部分略显薄弱。孙瑞玺的《韩国刑诉法辩护权制度的借鉴》一文,对韩国刑事诉讼法中的辩护权制度作了较为系统的介绍,对我国借鉴部分也予以充分展开,因而具有一定的现实意义。以上三篇论文虽然都是对外国刑事法理论或者制度的介绍,但都能以中国为出发点,这样一种学术立场是完全正确的。除以上研究型的介绍论文以外,本栏目还发表了劳东燕的《以比较的眼光看刑法的问题》一文,该文实际上是一篇书评,对 Kelvin John Heller 与 Markus D. Dubber 主编的《比较刑法学要览》(*The Handbook of Comparative Criminal Law*)一书,作了较为全面的评价。应该说,在我国刑法学界,书评是较为匮乏的一种文章类型,对外国刑法著作的书评更为罕见。劳东燕的书评对于我们了解《比较刑法学要览》一书具有助益。尤其值得肯定的是,劳东燕并非就书评书,而是在一定的理论深度上提出了如何对待我国刑法理论的问题:是科学借鉴还是照搬?在我国当前刑法知识面临转型的特定历史背景下,这一思考具有重要的现实意义。

在本卷的"专题研究"栏目中,发表了十五篇论文,内容涉及刑法、刑事诉讼法和犯罪学等相关学科。程岩的《风险社会中刑法规制对象的考察》一文,对危险和风险这两个概念进行了辨析,区分其异同,由此划定进入刑法规制范畴的风险领域,明确刑法的规制对象,对于风险刑法理论的研究具有学术意义。许其勇的论文《必须保卫刑法——从〈刑法修正案(八)〉看刑法修改权问题》一文,虽然主标题似乎有些危言耸听,但其内容还是较为平实的,该文主要是对刑法修改权问题的探讨。作者对刑法修改权的正当性进行了追问,提出了严格限制全国人民代表大会常务委员会的修改权的设想。该文语言生动、思想活泼,文风给人以清新之感。徐光华的《刑法文化解释的再提倡》一文,提出了刑法的文化解释问题,以文化解释补充刑法的其他解释方法,这当然是具有意义的。当然,文化本身是一个大而化之的概念,因而应当警惕文化解释成为一个什么都往里装的框,由此动摇法的安定性。张开骏的《刑法司法解释的现状检讨与未来展望》一文,对刑法司法解释存在的问题进行了梳理,并就刑法司法解释的未来走向提出了个人见解。其中,分阶段地逐步取消司法解释权的革命性构想颇具新意,以刑法案例指导制度取代司法解释的功能亦有根据。廖北海的《犯罪事实支配理论之适用范围》一文,主要讨论的是犯罪事实支配理论是否适用于义务犯、目的犯的问题。题目虽小,但该文对于全面了解犯罪事实支配理论还是具有学术价值的。李钢的《单位犯罪主体资格否认制度问题研究——以刑事责任能力为分析路径》一文,提出了单位犯罪主体资格否认的命题,并对此进行了较为深入的论证。该文资料充分,内容丰富,对于发展单位犯罪理论具有现实意义。劳佳琦的《累犯重罚之教义刑法学批判》一文,对累犯重罚制度进行了理性反思,尤其是对其进行了刑法教义学的批判。这种批判也许是可以成立的,但累犯重罚制度虽然不能从刑法教义学那里获得正当性,它却可能从刑事政策那里得到功利性支持,因此,如何处理公正与功利、刑法教义学与刑事政策的关系,仍然是我们必须面对的一个难题,甚至是悖论。徐凌波的《存款的占有问题研究》一文,对存款的占有这样一种在财产犯罪中小之又小的问题,充分地予以展开,展现了作者"小题大做"的学术功力。徐凌波硕博连读,已进入博士研究生学习阶段。根据制度设计,硕博连读不需撰写硕士论文,但该文可以看作徐凌波硕士研究阶段学习的成果总结,因而在一定意义上是一篇无需答辩的硕士论文。张鹏的《行使债权与盗窃罪的成立》一文,对以盗窃手段行使债权是否构成盗窃罪这个具有现实意义的问题进行了探讨。作者将债权分为可抗辩与不可抗辩两种,认为在可抗辩债权的场合中,行使债权不能阻却盗窃罪的成立。在不可抗辩债权场合中,如果行为人取得了权利范围内的财产,不成立盗窃罪;如果行为人取得了超越权利范围的财产,同时未误认自己有权占有债权人财产的,则就超出的财产成立盗窃罪。作者能够结合民法债权理论对这一问题进行论述,这是值得肯定的。黄继坤的《合同诈骗罪的实行行为》一文,根据我国刑法关于合同诈骗罪的规定,对合同诈骗罪的实行行为进行了颇为深入的研究,作者提出把合同诈骗罪认定的关键回归实行行为而不是"非法占有为目的"这一主观要素,我以为是颇有见地的见识。孙远的《论作为审判对象的"明确的指控犯罪事实"——兼论诉因制度不可能适用于我国之原因》一文,根据《中华人民共和国刑事诉讼法》第150条,认为"明确的指控犯罪事实"是审判对象,由此否认诉因制度在我国的适用。程雷的《特情侦查立法问题研究》一文,在我国正在修改《中华人民共和国刑事诉讼法》这样一个背景下,提出了特情侦查的立法方案,对于完善我国特情侦查立法具有参考价值。郭晶英的《基于话语分析的在押女犯身份构建研究》一文,是一篇从方法到内容都具有新颖性的论文。作者充分利用监狱资源,在大量实证调查的基础上,提出了女犯的身份构建问题。孔一的《再犯原因的结构——基于浙江省出狱同期群的比较研究》一文,采用实证调查的方式,讨论了再犯原因的结构问题,将再犯原因的结构归结为社会化功能紊乱,并对此作了分析与论证。再犯研究具有相当的难度,作者通过对浙江省出狱人员的数据采集,形成了第一手的资料,使该研究建立在扎实的实证资料的基础之上,这种研究方法是十分可取的。张乐宁、史蒂文·弗·麦斯纳、刘建宏的《关于中国天津市被害人向警方报案决定因素的一项探究》,是一篇译文,论文采集了中国天津市的相关数据,采取西方通行的研究方法与分析框架,对报案率问题进行了实证研究,对于我国犯罪学研究具有参照性。

陈兴良
谨识于北京海淀锦秋知春寓所
2011 年 7 月 10 日

30.《刑事法评论》(第30卷)[①]主编絮语

本卷是《刑事法评论》(第30卷),这意味着《刑事法评论》走过了15年的历程。15年对于一个人来说并不算十分漫长,对于世界来说更只是瞬间而已。但对于一本学术刊物来说,却是一段足以留下印迹的学术史,对于编辑者来说更是一段难以忘怀的人生经历。

在本卷的"理论前沿"栏目中,发表了两篇论文。杜宇的《报应、预防与恢复——刑事责任目的之反思与重构》一文,围绕着刑事责任目的,展开了对报应、预防与恢复这三组概念的讨论。值得注意的是杜宇在该文中没有使用刑罚目的一词,代之以刑事责任目的,这当然不是随意的,而是包含着某种学术蕴含。作者严格区分刑罚目的与刑事责任目的,认为两者不可混淆。因为刑事责任的实现方式除刑罚以外,还包括保安处分、非刑罚方法等。如果采用刑罚目的的概念,则无法涵盖刑罚以外的内容。尤其是,传统的刑罚目的主要是指报应与预防,在刑罚目的的名目之下难以包括恢复的内容。目前我国正在试行刑事和解,引入恢复性司法的理念,在这种情况下,恢复正义应当纳入我们的视野。以上观点,当然是具有一定现实意义的,该文对恢复正义的探讨也是具有理论上的前沿性的。但是,在未能厘清刑事责任这一术语的确切含义的情况下,使用刑事责任目的这一概念是具有一定学术风险的。这里的刑事责任与德日刑法中责任主义的责任完全不是同一个概念,刑事责任是一个来自苏俄刑法学的概念。但我国刑法学界对于刑事责任的体系性地位本身存在很大争议,在罪—责—刑的体系中,刑事责任是犯罪与刑罚之间的媒介,在这个意义上,刑事责任的目的概念是难以成立的。只有在罪—责的体系中,才能成立刑事责任目的的概念。因此,我认为,与其在刑罚目的之外提出刑事责任目的的概念,不如提出刑法目的的概念,即刑法目的的外延大于刑罚目的。当然,这与如何看待刑罚与保安处分的关系存在一定的关联。杜宇

[①] 陈兴良主编:《刑事法评论》(第30卷),北京大学出版社2012年版。

的论文为我们进一步探讨刑罚目的和刑法目的开辟了一条学术径路,这是该文的意义之所在。

南连伟的《风险刑法理论的批判性展开》一文,是对风险刑法理论的进一步探讨。近些年来,风险刑法成为我国刑法学界讨论的热点问题之一,对于丰富我国刑法理论具有现实意义。当然,风险刑法的理论也引起了我国刑法学者的警觉,如何平衡风险刑法在抗制社会风险中的积极作用和抑制风险刑法可能会对市民刑法带来的消极影响,这是一个值得重视的问题。该文是对风险刑法理论进行批评性研究的一篇力作,作者不仅对风险刑法理论中所包含的刑事政策的"越位"提出了批评,对刑法与刑事政策的关系予以厘清,尤其是作者对风险刑法理论的学术径路提出了质疑,认为风险刑法理论是社会学理论对传统的刑法教义学的一种冲击,甚至"颠覆"。这样一种激烈的观点可能会引起较大的学术反响。无论如何,我认为应当维护刑法教义学的基本立场,以刑法教义学去应对社会的变动,而不是在刑法教义学之外另立风险刑法理论,这一观点是我所坚持的。作者只是一名二年级的硕士研究生,能够以如此尖锐的见解,不失莽撞的学术态度进入刑法学术视野,令人想起"初生牛犊不怕虎"这句俗语,令人敬畏。

在"犯罪论体系研究"栏目中,发表了四篇论文。李世阳的《论刑法的规范构造——从古典犯罪论体系到新古典犯罪论体系的考察》一文,主要涉及的是规范构造与犯罪论体系之间的相关性。该文的主标题虽然是刑法的规范构造,但其实是以刑法的规范构造为视角对古典犯罪论体系与新古典犯罪论体系的一种探讨,这一视角是较为新颖的。作者从行为规范、评价规范与决定规范这样一种逻辑顺序出发,对犯罪论体系所体现的规范构造进行了具有一定深度的分析。王政勋的《从四要件到三阶层》一文是对四要件与三阶层这两种犯罪论体系的对比性考察;作者的学术立场是极为明确的,即该文标题所反映的:摈弃四要件,采用三阶层。该文的看点是对四要件的犯罪论体系的深入批判,作者指出了四要件的结构性缺陷,并认为这种缺陷是无法克服的,从而指出我国犯罪论体系的唯一出路是犯罪论体系去苏俄化,即以三阶层取代四要件。该文对三阶层的犯罪论体系论述不多,但对四要件的犯罪论体系的批判则令人印象深刻。尤其是作者通过列举大量的实际案例,揭示了四要件的犯罪论体系具有入罪容易出罪难的特征。我认为,四要件和三阶层之争不能仅仅从逻辑上进行分析,而且应当从案例出发进行实用性的分析,只有这样才能检验这两种犯罪论体系对疑难案件的解决能力,其结论才能令人信服。在这方面该文可以说是一个范本,作者宏大的说理能力和论证能力给人留下了深刻的印象。

王复春的《过失犯的构成要件实现——从定型化思维的叛离》一文讨论的是过失犯的构成要件问题,因为过失犯的构成要件具有某种特殊性,因此它也是检验各种犯罪论体系的试金石。不过,我对该文更感兴趣的是其副标题,即"从定型化思维的叛离"。这里涉及定型化思维这个概念。一般认为,构成要件本身具有定型性。例如,古典的犯罪论体系的缔造者贝林曾经提出类型性是一个犯罪的本质性要素的命题,认为每个法定构成要件肯定表现为一个"类型",如"杀人"类型、"窃取他人财物"类型等。① 但是,故意的作为犯的类型性是较为明确的,而过失犯和不作为犯的类型性则不是那么容易把握。目前我国刑法教科书中对过失犯的实行行为的论述是不甚了然的,只是满足于对刑法条文所规定的"违反规章制度"等特征的简单描述。在该文中,作者对实质性定型化思考与形式性定型化思考这两种过失犯实行行为的理论模式进行了对比考察,以违反客观注意义务为中心实现过失犯实行行为的定型化,这些想法都是值得肯定的。该文的选题与叙述,都存在可嘉许之处。德国学者乌尔斯·金德霍伊泽尔教授撰文、蔡桂生翻译的《犯罪构造中的主观构成要件——及对客观归属学说的批判》一文,从客观归属学说出发对主观构成要件进行了较为深入的探讨,对于我们了解德国刑法学界关于主观构成要件的理论发展具有重要的参考价值。当然,我们必须注意我国犯罪论体系与德国犯罪论体系在时空和语境上的重大差异,由此谨慎地评估德国刑法学说对我国的参考价值。犯罪论体系是我国在未来一个相当长的时间里都将关注的核心问题,围绕着犯罪论体系的争议也将长久地持续,而三阶层取代四要件的最终目标是随着时间的推移而逐渐地实现的,对此我坚信不疑。

在"刑法学人"栏目中发表了我的《老眼空四海——马克昌教授学术

---

① 参见〔德〕恩施特·贝林:《构成要件理论》,王安异译,中国人民公安大学出版社2006年版,第5页。

印象》一文,这是我应邀为马克昌先生追思文集所撰写的一篇学术随笔。马克昌教授是我所敬佩的老一辈刑法学家,他的博学与睿智都值得我们学习。我的这篇文章并非单纯地回忆或者描述马克昌教授的生平事迹,而是侧重于对马克昌教授的学术贡献的刻画;当然也表达了我对马克昌教授的学术评价,也许这种评价只是我个人的一种见解,未必完全得当。现在,我将这篇文章发表在《刑事法评论》上,希望能有更多的人读到这篇文章。随着时光流逝,老一辈学者逐渐淡出学术舞台,其生命也无可奈何地凋零。在这种情况下,我们年轻一代学者有责任继承学术薪火和发扬学术传统,并且以我们的所见所闻,留下老一辈学者的学术印迹。这篇文章只是我的一个努力,希望有更多的人来做这个工作。

在"域外传译"栏目中,发表了两篇译文。德国学者沃尔夫冈·弗里希撰文、蔡圣伟所译的《客观之结果归责——结果归责理论的发展、基本路线与未决之问题》一文,是介绍德国的客观归责理论的一篇重要译文。客观归责理论引入我国刑法学界以后,对我国刑法学研究产生了重要影响。以往的介绍可能着重于基本原理,而该文则是对客观归责理论的更深入的分析,值得我们认真研读。美国学者马克西姆·兰格撰文,施鹏鹏、周婧翻译的《拉丁美洲的刑事诉讼程序改革——源自边缘国家法律思想的传播》一文,是对拉丁美洲刑事诉讼程序改革状况的介绍。拉丁美洲距离我们很远,以往不在我们的视野之内。但是拉丁美洲刑事诉讼程序改革的经验和做法对于同样正在进行刑事诉讼程序改革的我国也是会有参考价值的,这也正是发表该文的意义之所在。

在"域外视野"栏目中,发表了两篇论文,都是关于德国刑法理论的。以往我们对日本的刑法理论介绍较多,现在随着越来越多的中国学生到德国进修学习,德国的刑法理论也更多地介绍到我国来,这是值得欣喜的。这两篇论文的作者都是北大法学院刑法学专业博士研究生,他们先后到德国学习,这些论文也可以说是对其学习成果的一种展示。马寅翔的《从建构理性到实用理性——德国刑法中实质责任论的实用性倾向》一文,是对德国刑法理论中实质责任论的介绍,尤其是提出了在德国实质责任论中的实用性倾向,这是值得我们关注的。对于德国刑法理论中的责任论,我们过去接触较多的是规范责任论,而对实质责任论则了解不多,因此该文的内容对于我国刑法学界来说还是具有前沿性的。王钰的《德国刑法教义学上客观处罚条件的起源——立法、司法和学说的全面回顾》一文,是对德国刑法理论上的客观处罚条件的学术史的介绍,对于我们全面了解德国客观处罚条件理论的演变过程具有参考价值。近年来客观处罚条件理论引起了我国刑法学者的极大兴趣,由于该理论起源于德国,因此原汁原味地获取德国关于客观处罚条件理论的相关知识就显得十分必要,该文正好满足了我们的这种需求。

在"被害人研究"栏目中,发表了两篇论文。申柳华的《被害人的谱系学研究——从被害人的历史地位变迁的角度》一文,是对被害人学的最新研究成果。申柳华曾经以《德国刑法被害人信条学研究》为题撰写了博士论文并获得通过,该论文于2011年在中国人民公安大学出版社出版,可以说是填补我国刑法理论空白之作。该文对被害人采取了谱系学的研究方法,描述了被害人在国家刑事司法体系中从被漠视、只是司法客体,到被重视、成为司法中心的历史过程,对于了解被害人学的历史具有重要意义。如果说,申柳华的论文是从历史角度对被害人学的一种研究,那么杨杰辉的《被歧视的被害人:刑事诉讼中的强奸案被害人》就是对刑事诉讼过程中的特定被害人的一种现实研究。强奸罪是以男性为犯罪主体的,被害人都是妇女,因而强奸案的被害人具有不同于其他犯罪的特殊性。该文对强奸案的被害人的深入研究,其意义超出了法律本身。以上两篇论文属于被害人学的范畴,这个学术领域本身是较小的,需要更多的人加以关注。

在"专题研究"栏目中,发表了七篇论文,涉及刑法、刑事诉讼法、犯罪学、监狱学等刑事法的各个学科。这些论文的作者既有知名学者,但更多的还是名不见经传的后生学子。无论是前者还是后者,都值得我们关注,在学术面前人人是平等的,这也正是《刑事法评论》所秉持的编辑宗旨。从某种意义上来说,后生学子的作品更值得我们重视。这些作品大多是作者们的处女作,可以说是将来会长成参天大树之现在的一株幼苗,也可以说是将来会汇成汪洋大海之现在的一颗水滴。对此,我们将抱着乐观的态度,这也正是我国刑法学界的未来希望之所在。

姜涛的《刑法解释的刑事政策化》一文,是对刑法解释与刑事政策关系的探讨,作者论证了刑事政策对司法解释的重要意义,尤其是讨论了在司法解释中如何贯彻宽严相济刑事政策的问题。李立丰的《终身刑:死刑废除语境下一种话语的厘定与建构》一文,是对终身刑的探讨。本来无期徒刑就是一种终身刑,无期者,终身也。但是由于我国减刑制度的存在并适应于无期徒刑,使无期徒刑名不副实。在减少死刑的特定背景下,对终身刑的提倡我认为还是具有现实意义的。该文对于终身刑的研究,应当引起我们的重视。张苏的《量刑根据:以责任主义为中心的展开》一文,对量刑根据问题进行了较为深入的研究。尤其是作者能够在责任主义的理论背景下展开对量刑根据问题的分析,为我国目前正在进行的量刑改革提供了某种理论指导,因而具有参考价值。该文是作者博士论文的一部分,结合刑法分则的具体规定,分析得比较细致,这是值得肯定的。褚福民的《回到问题的原点——法律推定与证明制度关系之再梳理》一文,从比较法和实证研究的双重维度考察法律推定与证明制度的关系,从问题的原点重新梳理基本概念之间的关系。其中对中美两国在法律推定和证明制度之间的比较,在该文中占有较大篇幅。同时,该文还采取了实证分析的方法,也使该文具有较大的参考价值。马卫军的《论刑事判决书的说理》一文,从司法文书的角度提出了刑事判决书的说理问题。其实,如何在刑事判决书中说理这是一个刑法问题。目前的通病是刑事判决书不说理,因此对于刑事判决书的说理,首先需要解决的是要不要说理的问题,其次才是如何说理的问题。该文能够关注到刑事判决书说理问题,说明作者具有较强的问题意识。陈晨的《揭开上诉率的面纱——以刑事案件为对象的 SPSS 实证分析》一文,采用实证分析方法,对上诉率问题进行了研究,在方法论上有可取之处。王燕飞的《我国"犯罪学教程"的知识革新》是作者对犯罪学知识论研究的最新成果。我国犯罪学教科书的知识陈旧老化是有目共睹的,该文提出了对犯罪学教科书的知识内容与体系进行改革,这一思路是正确的,它对于推动我国刑法学理论的发展具有重要意义。只有在刑事一体化的思路下,刑事法各学科理论水平的全面提升,才是我国刑事法发展的必由之路。

陈兴良
谨识于北京海淀锦秋知春寓所
2012 年 4 月 20 日

31.《刑事法评论》(第31卷)[①]主编絮语

一如以往,《刑事法评论》(第31卷)的内容聚集在刑事法各学科的前沿问题上,发表的大多是年轻学者的著述,对于许多人来说是处女作。从这些论文中能够发现这些年轻学者的学术潜力,而这也正是我国刑事法研究发展的能量之所在。

在"域外视野"栏目中,发表了四篇论文,都是具有译述性质的作品,各自对国外某一专题进行了较为深入的阐述。蔡桂生的《德国刑法学中构成要件论的演变》是其《构成要件论》这一博士论文的一个章节,内容涉及构成要件这一犯罪论体系的核心概念的历史流变,对于我们目前正在进行的犯罪论体系的学术争论是具有重要参考价值的。蔡桂生赴德国攻读博士学位已经三年,与此同时也完成了北京大学的博士论文。蔡桂生的博士论文是对构成要件的全方位的探讨,其历史沿革部分资料充分、角度新颖,在本卷率先刊出。吕英杰的《德日刑法上的监督、管理责任》是对德日刑法中的监督、管理责任的探讨,这个题目虽然较大,但作者引入了比较的方法,尤其是对《德国刑法》中的监督、管理责任的介绍,还是具有价值的。论及监督、管理责任,以往我国刑法学界主要是从日本过失论的角度进行论述的,德国关于监督、管理责任的资料较为欠缺,该文在一定程度上弥补了这一缺憾。叶良芳的《美国法人审前转处协议制度的演进及其启示》一文,对美国的法人犯罪审前处理的转处协议制度这一对于我国来说还是较为陌生的法律制度进行了全面的介绍。叶良芳对法人犯罪素有兴趣,以往发表了一些刑法方面的论文,这次在美国从事访问研究期间,又向我们介绍了美国关于法人犯罪处置的诉讼制度,也是具有现实意义的。杨松涛的《18世纪英国刑事私诉剖析——兼谈英国刑事起诉史的重新书写》一文,是对一段英国刑事诉讼

[①] 陈兴良主编:《刑事法评论》(第31卷),北京大学出版社2012年版。

法史的叙述,这是一个较为生僻的学术领域,该文的研究价值是值得肯定的。以上四篇论文将国外的相关学术思想和法律制度引入我国,洋为中用,这对于发展我国刑事法理论具有推动作用。

在"域外传译"栏目中,发表了两篇译文。美国学者约翰·朗拜因所著、江溯翻译的《辩诉交易和刑事审判的消失——来自英美和德国法律史的教训》一文,是对辩诉交易制度的一种比较研究,尤其是在比较的对象中引入了德国,非常引人入胜。众所周知,辩诉交易是发端于美国的一种司法制度,而德国是一个具有大陆法系传统的国家。但约翰·朗拜因教授揭示了在德国也存在辩诉交易现象,并将其与英美的辩诉交易进行了比较。我国也存在辩诉交易的尝试,但作为一个具有大陆法系传统的国家,我国如何借鉴英美法系的辩诉交易制度,这是值得我们深思的。也许,约翰·朗拜因教授在该文中所作的分析,对于我们是具有启迪意义的。荷兰学者约翰·布拉德所著,郝方昉、何显兵翻译,王平校对的《荷兰恢复性司法的理论与实践》对荷兰的恢复性司法的实际状况以及理论作了介绍,对于我国正在进行的刑事和解与社区矫正等制度建设都具有参考价值。

在"刑法学人"栏目中,发表了我写的《山色不言语——王作富教授学术印象》一文。这篇文章是为王作富教授从教60周年而作的,也是我的刑法学术史的人物志的一个尝试之作。这篇文章写就以后,通过但未丽博士将文字版交给王作富教授审读。王作富教授看了以后,于2012年4月27日给我寄来一封信,信中写道:"你写的关于我个人的介绍文字我看了,基本符合我的实际,只是对我个人的不足之处写得不够。现将我改动过的及有疑问的几页寄回,请你酌改。有部分事实情况我记不清,在原稿上打了问号,请你核实。最后定稿请务必仔细校对,防止错漏。你工作繁忙,为我而占用大量宝贵的时间,我实在有些过意不去。但是,你是一片热心,我也不好泼冷水。在此只能发自内心地说一声:谢谢。"一如王作富教授以往的严谨与谦逊,真是令人感动。

在"共犯研究"栏目中,发表了三篇论文。赵希的《两种犯罪参与论之比较分析与反思》是对区分制与单一制的研究,该文从构成要件角度对区分制进行反思,认为二元参与体系以从属性代替构成要件的判断,不利于对构成要件概念的维护,同时,正因为"从属性"的多重解释的可能造成内部学说争论的复杂和矛盾。更重要的是,二元参与体系忽略了一个共犯问题的基本理念:犯罪的认定标准是统一的,那就是符合构成要件的违法和有责的行为,单独犯如此,共犯也并不例外。也正是从构成要件出发,作者对单一制同样进行了较为深刻的思考,指出:既然单一正犯体系坚持以因果关系支配力作为判断正犯的标准,坚持教唆犯和帮助犯构成犯罪的前提也必须是符合了构成要件的违法有责的行为,那么,就不能仅仅以对结果的支配力作为判断构成要件符合性的标准,否则,单一正犯体系永远无法很好地回应二元参与体系对其有损构成要件机能的批判。因此,该文对两种犯罪参与论的比较还是具有一定新意的,对于我们正确认识犯罪参与理论具有一定的价值。

赖佳文的《未遂教唆不可罚说之提倡》一文,是对未遂教唆的可罚与不可罚问题的探讨。未遂教唆不同于教唆未遂,我国《刑法》第29条第2款规定的是教唆未遂,教唆未遂因为有法律的明文规定,理论探讨存在一定的局限性。而未遂教唆是指对未遂犯的教唆行为,被教唆行为之未遂乃是教唆人事先所愿。这种未遂教唆的案例在现实生活中虽然极少发生,但它对于检验共犯理论具有参照价值,所以总是被人论及。在某种意义上可以说是一种刑法思维的训练,其理论意义大于其实际价值。吴昌植的《论共谋关系的脱离》一文,是对共谋共同正犯的脱离这一较为特殊的理论问题的较为深入的探讨,尽管我国的主流观点还不承认共谋共同正犯,对共犯的脱离问题也较少论及,但这种研究本身还是应当提倡的。尤其是吴昌植是来自韩国的留学生,在清华大学法学院师从张明楷教授,该文是其博士论文的一部分,我参加了其博士论文的预答辩和正式答辩,我认为这一研究还是具有一定前沿性的。

在"监狱研究"栏目中,发表了两篇关于监狱学的论文。吴宗宪的《论监狱设计》一文所论及的其实是一个监狱建筑学的问题。自从边沁发明圆形监狱以来,监狱建筑学一直是引人关注的一个话题,记得福柯也在其名作《规训与惩罚——监狱的诞生》一书中对监狱的建筑形态与刑罚规制效果的相关性问题进行过专门探讨,其结论是十分深刻的。吴宗宪教授撰写的监狱建筑学的论文是难能可贵的,作者虽然是法学家,但其对监狱设计的深入研究还是使我们对作者所具有的深厚的建筑学功底深表敬意。刘崇亮的《论监狱的多维定义——以监狱惩罚为主线的多元分析》一文对监狱的定义进行了多维的解读。这里的多维,是指从刑罚学、政治学、社会学、经济学、建筑学等角度,将监狱惩罚作为最为核心的关键词,来完成惩罚的载体基本范畴的说明,由此而为探究监狱的多元属性作前提性的注解。以上两篇监狱学的论文主要围绕着监狱这一核心概念进行了较为深入的研究,对于深化我国监狱学的研究具有象征意义。监狱学在我国尚属弱势学科,没有发达的监狱学,刑法学只是半截子的学问。只有在刑事一体化的思路下,刑事法各学科理论水平的全面提升,才是我国刑事法发展的必由之路。

在"专题研究"栏目中,发表了涉及刑法、刑事诉讼法、犯罪学、刑事政策学等刑事法各领域的十三篇论文。陈坤的《形式解释论与实质解释论:刑法解释学上的口号之争》论及形式解释论与实质解释论之争;尽管学界对这个问题的关注度已经开始下降,但陈坤作为一名从事法理学研究的年轻学者,从刑法学之外对这个问题所作的评论还是会对我们具有参考价值。邹兵建的《论刑法归因与归责关系的嬗变》一文,将刑法中的归因与归责加以区隔,并按照一定的历史线索,对归因与归责的变动进行了具有一定新意的描述。王强的《罪量因素:构成要素抑或处罚条件》一文是对罪量因素的性质问题的讨论,罪量的概念是我较早提出的,目前在我国刑法学界对于罪量的性质问题争议颇大,见仁见智,各种观点都已获得充分的陈述。该文对此作了综述,并发表了其个人见解,对于将来进一步深入地研究我国刑法中的罪量问题具有一定的意义。张鹏的《中止犯自动性的司法认定》一文,是对中止犯中的核心问题,即自动性问题的较为深入的探讨,尤其是作者能够结合司法实践进行分析,因而具有现实意义。马卫军的《被害人自我答责的成立条件》论及被害人自我答责理论的核心问题,也就是在何种条件下这种自我答责才能成立。对于这个问题,作者从法理上展开了较为深入的论述。作者认为,被害人的行为成立自我答责的条件包括:首先,只有适格的具有自我答责能力的法益主体才能够作出自我答责性的行为;其次,被害人基于自己的任意形成了"任意、行为与结果的统一体",是被害人自我答责的物质性前提;再次,在规范上,他人没有阻止法益侵害结果现实化的义务;最后,复数法益的场合,是否能够认定被害人自我答责,还需结合主要法益的性质进行仔细的甄别。这些论述,对于进一步深化被害人自我答责理论,具有较大的参考价值。郑世创的《假性竞合与想象竞合之辨》一文是对刑法竞合论中一个重要问题的分析。假性竞合就是我们通常所称的法条竞合,在德国刑法理论上也称为假性竞合,同时又把想象竞合称为真实竞合。不过,假性竞合的概念在我国并不流行,所以还是称为法条竞合较好。我们目前正在从罪数论向竞合论转变,我认为,探讨法条竞合与想象竞合的关系对于厘清竞合论内部的逻辑关系是具有重要意义的。王静的《侵犯著作权罪与销售侵权复制品罪的关系——以"复制发行"与"销售"的关系为中心》一文,对我国刑法分则规定的知识产权犯罪中的问题进行了研究,尽管这是一个刑法分则问题,但作者能够从刑法教义学的角度进行分析,对于正确厘清侵犯著作权罪与销售侵权复制品罪的关系具有现实意义。汪贻飞的《量刑辩护及辩护律师在量刑程序中的作用》一文,讨论了律师的量刑辩护这一问题,这是对律师辩护职能的一种深化研究,在我国目前正在进行量刑程序改革这一背景下具有现实意义。聂昭伟的《"由刑及罪"逆向路径在司法实践中之体现与应用——以最高人民法院发布的典型案例及司法解释为样本》一文,以难办案件为中心,对以刑制罪这一模式进行了讨论。这里的难办案件也就是我们通常所说的疑难案件,作者认为在处理难办案件中,以刑制罪的模式更具有适用性,这是对以刑制罪模式的一种新思路。汪明亮的《公众参与刑事政策评估实证研究》一文涉及刑事政策评估这一较新的课题,并利用实证调查的方法从公众参与的角度进行讨论,因而具有一定的新意。倪春乐的《恐怖主义犯罪案件庭审结构比较研究》一文,专门对恐怖主义犯罪案件的庭审结构问题作了比较研究,这对于完善我国的恐怖主义犯罪案件的诉讼程序具有借鉴意义。文姬的《再犯危险性评估在英美法系的应用》一文论及再犯危险性评估问题,尤其是对英美法系国家在刑事诉讼程序中如何应用再犯危险性评估资料的问题进行了翔实的分析。谢雯的《刑事案卷制度研究》一文,是对刑事案卷制度的较为全面与系统的研究,这对于深刻地把握与理解这一制度之于我国刑事诉讼的意义具有参考价值。

以上是对本卷内容的一个简单梳理,我期望每一卷《刑事法评论》都能够给读者带来阅读的喜悦,这是思想的契合所产生的火花,是学术的铺陈所展示的魅力。

陈兴良

谨识于北京海淀锦秋知春寓所

2012 年 7 月 3 日

32.《刑事法评论》(第32卷)[①]主编絮语

今年三月飘雪,正应和了毛泽东的一句诗词——"飞雪迎春到"。值此冬春的季节交替、冷暖的温度变更之际,乍暖还寒,阴晴不定,令人难以适应。从天气的变化感悟刑法的知识转型,虽现象殊异,然事理如一。《刑事法评论》可以作为我国刑法知识转型的温度计与晴雨表,呈现出刑法知识转型的蛛丝马迹。

在"正犯与共犯研究"栏目中,发表了四篇论文,以展示在这一领域的研究成果。可以说,共同犯罪是刑法理论中的一个重要课题,近年来,我国刑法学界关于共同犯罪的研究也逐渐深入,尤其是吸收了德日刑法学的共犯论的学术话语,其知识转型的趋势亦甚为明显。本卷的四篇论文涉及共犯论的不同专题,或多或少有所创新。瞿俊森的《正犯与正犯体系研究》一文,涉及的是正犯的体系问题,其在该文中提出并在一定程度上回答了以下这些问题:我国正犯体系应该如何选择?德日区分制正犯体系下正犯日益主犯化,是不是已经接近单一正犯体系?在我国主张双层区分制与功能的单一正犯体系有何实质区别?区分制正犯体系与单一正犯体系到底孰优孰劣?我国刑法规定倾向于正犯与共犯区分制还是单一正犯体系?这些都是需要深入讨论的问题,也是共同犯罪中的疑难问题。例如单一制与二元制,也就是单一正犯体系与正犯和共犯的二元区分体系,就是我国刑法学界正在展开讨论的一个问题。从这个意义上说,该文所讨论的并不是单纯的正犯体系问题,而是正犯与共犯的关系问题,也是这个共同犯罪的理论结构问题。该文能够结合中国刑法关于共同犯罪的法律规定,采用体系性的思考方法进行阐述,这是值得肯定的。例如该文对德日刑法中正犯的实质化与主犯化的理论进行了分析,并对我国是否采取该理论的争议问题进行了梳理,在此基础上提出了作者本人的观点,认为就正犯与主犯的关系问题,该文不赞同直接借用德日刑法中正犯理

[①] 陈兴良主编:《刑事法评论》(第32卷),北京大学出版社2013年版。

论实质化的理论学说,将主犯等同于正犯。立足我国刑法规定和司法实践,应该坚持正犯与主犯没有必然的联系,不能混淆二者的界限。我认为,这一观点是具有合理性的,这种坚持从我国刑法语境出发面对德国、日本以及其他国家刑法理论的立场与方法,也是我所赞赏的。韩其珍的《间接正犯的光与影——以比较刑法为视角的考察》一文,是对与共犯相关的间接正犯问题的学术梳理。该文以较为宽阔的理论视野,尤其是以我国台湾地区刑法学界关于间接正犯的研究状态作为写作背景,对于我们进一步了解间接正犯的学术演进的历史过程具有一定的参考价值。王俊的《共犯论中的行为无价值与结果无价值——一个方法论的反思》一文,对于如何将行为无价值与结果无价值这一分析工具引入对共犯的研究这一问题上,提出了个人具有新意的见解。因为行为无价值与结果无价值主要是违法性论的分析工具,而共犯论则既涉及构成要件论,也涉及违法性论,因此需要注意这两者的逻辑关联性。应该说,行为无价值与结果无价值作为主要是从日本引入我国的分析工具,越来越成为我国学者经常采用的一种分析方法。但如何正确使用这种方法,将其限制在一个合理的范围之内,确实还存在可以探讨之处。当然,该文并不仅仅停留在行为无价值与结果无价值问题上,而且对共犯论的主要问题进行了具有深度的分析,对于深化我国共犯论的研究具有积极意义。王昭武的《共犯关系的脱离研究》一文,是对共犯论中的一个前沿问题——共犯关系的脱离的有益探讨。共犯关系的脱离主要是一个日本的刑法学术话语,近年来也被引入我国。《刑事法评论》(第27卷)曾经刊登的西田典之著、周微译的《论共犯中止——共犯脱离与共犯中止》一文,以及周微的《论共同正犯的中止犯》一文,都涉及共犯关系的脱离问题。在这个问题上,更需要引起我国学者关注的是,日本刑法语境中的共犯关系脱离学说在何种程度及意义上能被我国刑法学所借鉴与吸收?王昭武在该文中力图追溯日本刑法中的共犯关系的脱离理论产生的源流,通过整理、分析日本的相关学说与判例,着眼于脱离的时点、脱离者的共犯形态以及在共同犯罪中的地位与作用,因此对于我国学者深刻地掌握日本刑法中的共犯关系的脱离理论具有重要的参考价值。对于外来的刑法知识,我们必须在真正了解与理解的基础上加以把握。在这方面,该文对于日本刑法中的共犯关系的脱离理论所作的追本溯源式的梳理的治学态度,是值得肯定的。

它不仅适用于共犯关系的脱离问题,而且适用于其他问题。因此,这一做法具有方法论的启迪意义,应当在很大程度上引起我国学者的重视。

在"偶然防卫研究"栏目中,发表了两篇论文。邹兵建的《偶然防卫论》一文,是对偶然防卫问题的较为系统的研究。而李世阳的《以偶然防卫检测不法理论》一文,重点从不法理论的角度对偶然防卫进行了研究。偶然防卫是一个极其冷僻的问题,正如邹兵建在文中所言,在司法实践中,偶然防卫案件的发生极为罕见,因而讨论这一问题的实践意义极为有限,但这不应成为贬低乃至否定偶然防卫之于刑法学的独特价值的理由。对偶然防卫这样一种极端的案例进行研讨,其意义不仅在于为这种场合下行为人的责任问题寻求一种妥当的结论,更在于以此为契机,对不同理论体系的逻辑性和价值立场的妥当性进行深度的检验与反思。在这个意义上,偶然防卫不啻为刑法学中的"洞穴奇案"。偶然防卫问题的学术性,生动地表明刑法的实践问题与理论问题之间的区隔,因此简单地把刑法理论与司法实践等同的做法,并不可取。对于某些虽然不具有现实意义但在理论上具有重大关切的问题,还是需要进行专门的探讨。

在"危险驾驶罪研究"栏目中,发表了两篇论文。姜涛的《危险驾驶罪——法理与规范的双重展开》一文,从法理与规范的双重视角对危险驾驶罪中涉及的理论问题进行了讨论。该文主要是从个罪的规范目的出发,对危险驾驶罪进行了立法论的研究。当然,如何从立法论的研究转向刑法教义学的研究,仍然值得关切。丁胜明的《危险驾驶的行为样态与罪名选择——以危险驾驶罪、交通肇事罪、以危险方法危害公共安全罪的关系为视角》一文,主要是对与危险驾驶罪相关的若干罪之间的关系进行了探讨。作者能够以我国刑法的规定为根据,阐述危险驾驶罪的行为样态以及对其所涉及的罪名进行选择,对于厘清相关罪名之间的逻辑关系具有参考价值,也是对危险驾驶罪进行刑法教义学研究的一种较为恰当的视角。

在"域外视野"栏目中,发表了刘家汝的《德国司法史上的案卷移送制度》一文。该文是对德国司法史的一种研究,在我国法学界尚属稀罕,值得注意。刘家汝在德国留学,从德国海德堡大学获得法学博士学位,现为德国科隆大学外国刑法与国际刑法研究所博士后研究员。2011年,我在德国维尔茨堡大学参加中德刑事法交流活动的时候,认识了刘家汝博士,了解了其研究领域。此后,刘家汝回国时曾到北京大学法学院来找我,我们进行了学术交流。刘家汝的该文以及此后还将陆续发表的关于德国司法史的论文,资料翔实,对于我们了解德国有关司法制度的历史演进过程具有较大的参考意义。德国司法史上的案卷移送制度是指大学法学院作为审判团(Spruchkollegien),应法官之请求以移送案卷法院的名义,为其拟定判决。法学院作出判决之依据是申请法官向其转交的记载了案件基本情况的卷宗(Akten)。这是一种极为特殊的制度,以往我们很少了解。我在今年三月到台北政治大学参加刑法学术研讨会,认识了政治大学法学院教授陈惠馨,她是专门研究比较法制史的,其中涉及中国法制史与德国法制史的比较。陈惠馨教授惠赠我两篇她的论文,其中一篇是《1532年〈卡洛林那法典〉与德国近代刑法史——比较法制史观点》(载《比较法研究》2010年第4期)。在该文中,陈惠馨教授论及德国司法史上的案卷移送制度,指出:

> 《卡洛林那法典》第219条规定,在诉讼实务上遇到疑难杂症时,可以向上级审判机关或大学法学院请求提供意见。这个条文让地方的审判者面对审判困难时,可以将案件相关文件移送到各大学法学院,请相关的研究者提供咨询意见。这个制度在德国地区,一直到了16、17世纪仍继续存在。这种由大学法学院提出鉴定书的制度,使得德国的法学者对于审判实务有强大的影响,同时也拉近了德国法学院中的理论与实务的距离。将审判文件送到大学法学院请求鉴定的制度,后来因为地区领主的财政无法负担大学法学院鉴定书费用而逐渐消失。①

这是我所见到的对德国案卷移送制度的正式介绍,因为在此之前我已经读过刘家汝的论文,所以对陈惠馨教授的这段介绍特别敏感。这种德国法制史,包括司法史的研究,尤其是比较法制史的研究,对于我国法学研究是极为重要的。对此,我深以为然。

在"域外传译"栏目中,发表了三篇翻译论文。王若思译的日本学者岛田聪一郎《被害人的危险接受》一文,该文的问题意识是:当被害人参与

---

① 陈惠馨:《1532年〈卡洛林那法典〉与德国近代刑法史——比较法制史观点》,载《比较法研究》2010年第4期。

危险行为并促成结果发生时,对于制造危险或者是促进被害人实施危险行为的行为人,在什么条件下可以免除罪责?该文结合日本法院的判例,并以德国理论为背景,进行了较为深入的研究。对于我们进入被害人的危险接受这个学术语境,具有重要参考价值。吴洪淇译的英国学者威廉·特文宁的《证据法学的理性主义传统》一文,是对英国证据法学的历史叙述。该文揭示了英国证据法学历史所具有的理性主义传统,尤其是对边沁的证据法学思想的论述,具有理论意义。林岚译的美国学者 Brian J. Carr 的《由 O'Hagan 案确立的成立内幕交易罪所必备之犯罪主观意图》一文,涉及内幕交易罪的主观意图,这是一个较为具体的个罪问题。该文结合美国证券交易法的规定与判例,对美国内幕交易罪的主观意图的司法认定问题进行了十分详尽的探讨,这是值得我国学者借鉴的。出于篇幅的考虑,将该文的注释删去,特此说明。

在"专题研究"栏目中,发表了十五篇论文,涉及刑事法的各个领域,展示了各领域的前沿性研究成果。刘树德的《具体法治的案例表达》一文,提出了具体法治与案例表达这两个概念。具体法治的概念是贺卫方教授最早提出的,表达了对法治细节的一种关切,对于克服法治的大词化倾向具有现实意义。刘树德在提出法治的多维表达的基础上,着重论述了具体法治的案例表达,这对于理解我国的案例指导制度具有启迪意义。刘树德在该文中提出的从"立法时代"到"解释时代"的法治路径转变的命题,也是具有针对性的,值得我们深思。郝艳兵的《刑法与治安管理处罚法的冲突与协调》一文,对刑法与治安管理处罚法的关系进行了较为深入的研究。治安管理处罚法是一种行政性的处罚,并且是由公安机关决定的,具有国外的违警罚的性质。从一定意义上可以说,违反治安管理的行为是一种违警罪。在我国目前的二元的违法处罚体系下,如何协调刑法处罚与治安管理处罚之间的关系,就成为一个值得探讨的问题。郝艳兵在该文中,描述了刑法与治安管理处罚法之间客观存在的冲突,揭示了这种冲突产生的深层次原因,并对如何从立法上协调两者之间的关系进行了有益的探讨。王永茜的《论刑法上的危险及其判断——以抽象危险犯为中心》一文,是对刑法上的危险概念的探讨,作者正在西班牙马德里自治大学法学院访问学习,因此吸收了部分西班牙的刑法理论资料,使该文的理论视野更为开阔,这是值得肯定的。黄继坤的《醉酒的人犯罪的罪责处断——基于类比犯罪参与的分析》一文,是对醉酒的人犯罪的刑事责任问题所作的较为深入的探究。作者提出了类比犯罪参与的分析工具,认为醉酒的人在醉酒前与醉酒后责任能力上的不同,决定了可以把招致责任能力障碍状态的原因行为(醉酒)与在责任能力障碍状态下所实施的不法行为作为两个不同的人所实施的行为进行评价。这意味着,无论是因为什么原因陷入责任能力障碍状态,只要在责任能力障碍状态下实施不法行为的,都可以类比处理犯罪参与的有关原理进行处罚。这里的类比犯罪参与理论,也就是间接正犯类似说,该文对此作了较为深入的论述。该文在对醉酒的人犯罪刑事责任根据的法理阐述上,提出了较为新颖的观点,值得重视。袁国何的《论容许构成要件错误的责任效果》一文,对容许构成要件错误问题进行了具有新意的探讨。这里所谓容许构成要件错误,也就是违法性阻却事由前提条件的认识错误,它属于事实认识错误,但不同于构成要件的事实认识错误。在我国刑法学界,对于构成要件的事实认识错误探讨较多,而对于容许构成要件错误则较少论及。该文以德日刑法学的资料为依托,展开对容许构成要件错误解决之道,深化了刑法中的错误理论。王华伟的《论主观正当化要素的坚持》一文,论及主观正当化要素问题,作者提出了主观正当化要素实际上是一种消极的主观违法要素的命题,并试图确定主观正当化要素在违法性论中的体系性地位。这一学术努力,是值得嘉许的。陈河源的《试论未遂可罚性基础上的不能未遂》一文,是对不能未遂的探讨。该文宣称:立足于"可罚性"与"需罚性"的二分思考,重新认识不能未遂的基本问题,以指出以往学术之歧路,而阐明真正的研究方向之所在,从而为我国将来在不能未遂问题上的立法与实务提供一定的参考。这确实是一种"不太谦虚"的学术态度,但"初生牛犊不怕虎"的探索精神还是值得赞赏的。文姬的《人身危险性重构》一文,围绕着人身危险性这一概念进行了论述。人身危险性的概念与社会危害性的概念曾经在我国刑法学中占据着重要的地位,可以说是核心概念。但随着刑法的教义学化程度的提高,以及刑法学术话语的改变,人身危险性和社会危害性这两个概念在我国刑法学中的地位也面临着挑战,甚至逐渐被边缘化了,这是一个不争的事实。例如,社会危害性的概念越来越被法益侵害的概念所替代。而人身危险性的概念也越来越被处罚必要性的概念所涵括。当然,处罚必要性更多的是一般预防的需要,但同时也包含了个别预防的需要。在这种情况下,社会危害性和人身危险性等传统刑法话语如何重新找到自己的定位,这确实是一个问题。我认为,社会危害性和人身危险性在更大程度上是事实性概念,以此区别于刑法教义学中的规范性概念。因此,社会危害性和人身危险性等概念应当在作为事实科学或者经验科学的犯罪学或刑罚学中获得新生,其所采取的也主要应当是实证的研究方法。文姬对人身危险性理论进行了较为深入的研究,她刊登在《刑事法评论》第 31 卷的《再犯危险性评估在英美法系的应用》一文,主要是在事实层面讨论人身危险性的评估问题。但该文则涉及在刑法教义学中引入人身危险性理论的可能性问题,作者认为,从人身危险性与规范责任论的联系可以看出,人身危险性在刑法教义学中主要表现为有责性和量刑情节的内容。该文在卢曼的功能结构主义的指引下,重新构造了人身危险性。这是相当大胆的探讨,我们应该有所期待。曾赟的《风险评估技术在刑事司法领域中的应用》一文,提出了在刑事司法领域中的风险评估的概念,这里所谓刑事司法领域中的风险评估是指基于特定环境与可认知的危险两个层面来科学预测或鉴别行为人实施危险行为、暴力行为或再犯罪行为风险的技术手段。这一理论对于刑事司法的科学化是具有重要现实意义的,也是应该从理论层面获得更大支持的。殷健康的《论量刑前的社会调查制度》一文,是对量刑前的社会调查制度的探讨,这一制度主要适用于未成年人。2012 年修订的《中华人民共和国刑事诉讼法》第 268 条规定:"公安机关、人民检察院、人民法院办理未成年人刑事案件,根据情况可以对未成年犯罪嫌疑人、被告人的成长经历、犯罪原因、监护教育等情况进行调查。"这在立法层面上确立了未成年人刑事案件领域的社会调查制度,该文对此的探讨是具有现实意义的。陈洪兵的《论经济的财产损害——破解财产罪法益之争的另一视角》一文,对在财产犯罪中如何确定被害人财产损害的理论纷争,主要是对本权说与占有说以及相关学说进行了理论上的辨析,对于财产犯罪的司法认定具有参考价值。狄小华的《监管场所诉冤机制研究》一文,提出了监管场所的诉冤机制这样一个具有新意的问题,可见作者的问题意识是较强的。冤案或者冤狱,是刑事司法所必须避免的,但在当前我国的刑事司法体制之下,又是难以完全避免的。在这种情况下,监管场所诉冤机制是具有一定现实意义的。目前,监狱的冤案频发,但没有一起是通过监管场所的诉冤机制而获得申冤,进而平冤的。我们常见的是真凶现身、冤狱得以平反的老戏码,令人不胜感慨唏嘘。即使我们不能在刑事司法过程中达到无冤的理想境界,也应该退而求其次,建立有效的监管场所诉冤机制。我们期待着这一机制的建立并发挥作用。张晶的《循证矫正的中国话语——以循证矫正的原则为观察视角》一文,论述了循证矫正的原则。循证矫正对于我来说,是一个前所未见的概念。作者指出,循证矫正是发达国家最新流行并实证认为有效的囚犯矫正模式。其基本的寓意是:基于证据的矫正措施(循证矫正),可以有效地减少囚犯重新违法犯罪。由此可见,循证矫正是从国外引进的一种监狱矫正模式,并正在我国监狱场所践行。我们过去总是以为我国监狱是闭塞的,但实际上我国监狱还是相当开放的,对于国外理论与实践的汲取能力还是很强的,这是该文给我的一个感受。杨柳的《论国际刑事法院检察官对情势的初步审查》一文,是一篇国际刑法的论文,对国际法院的检察官在起诉时所进行的情势审查问题作了较为深入的研究,这虽然是一个极小的问题,但也是与国际法院的检察官行使职权具有重大关切的问题,这种小题大做的论文写作方法值得肯定。杨志国的《刑事裁判模式的反思与重构——以定罪为中心的研究》一文,是对刑事裁判模式的反思性探讨,该文揭示了传统的定罪三段论模式面临的危机,构建了"等置—涵摄—论证"三阶层评价模式的初步设想,并对此进行了论证,具有一定的创新性。

陶渊明曾言:"奇文共欣赏,疑义相与析。"这里表述的是一种理想的学术状态:学术同道之间对于新鲜观点彼此欣赏,对于疑难问题互相探析。这是一种心平气和的、气定神闲的学术心态。当然,现在已经很难做到。《论语·宪问》云:"子曰:古之学者为己,今之学者为人。"这句话的意思是:从前的学者是为了立身行道而学;现在的学者是只为立言著论而学。也有把"今之学者为人"理解为,现在的人学习是为了沽名钓誉。当然,这里需要界定"为学"的古今之变。在古代,为学与修身是同一的,学者为己被视为理所当然。此后,为学与修身分离,为学越来越成为一种职业。在这种情况下,为学的功利性也就越来越强,这也不可避免。当然,为学还是要在功利与道义之间取得某种平衡。为立言著论而学,倒是值得赞赏。为五斗米而学,也可以理解。为沽名钓誉而学,才应该唾弃。

写在这里,与君共勉。

陈兴良
谨识于北京海淀锦秋知春寓所
2013 年 3 月 25 日

33.《刑事法评论》(第33卷)① 主编絮语

《刑事法评论》(第33卷)出版在即。一如既往,在本卷中亦发表了若干在我看来十分优秀的作品,这是令人欣慰的。在《刑事法评论》中,年轻作者的论文占据了绝大多数的篇幅,从这个意义上说,《刑事法评论》为初出茅庐的年轻作者提供了一个发表作品的平台,这也使《刑事法评论》充满了学术的青春气息。在本卷中,"德国刑事判决书研究"栏目的十四篇论文是北京大学法学院、中国人民大学法学院和中国青年政治学院法律系在读的刑法学专业硕士研究生所撰写的,集中呈现了这些同学对于德国刑事判决书的各自理解与感悟。虽然这些作品本身还是青涩的,但也足以反映他们的学术追求。

在"客观归责研究"栏目中发表的三篇论文,都围绕着德国学者罗克辛教授提出的客观归责理论进行了深入的专题性探讨,对于深化客观归责理论具有一定的学术价值。李波的《刑法中注意规范保护目的理论研究》一文,涉及客观归责理论中的注意规范保护目的这一分析工具。注意规范保护目的来自于罗克辛的客观归责理论,但已经在很大程度上超出了客观归责理论的范畴,成为刑法解释的方法论之一。即使是并不赞同客观归责理论的张明楷教授也使用规范保护目的这一概念。例如,在《刑法学》(第四版)中张明楷教授就采用规范保护目的理论,以此限制交通肇事的结果范围,指出:"交通肇事的结果必须由违反规范保护目的的行为所引起。换言之,行为虽然违反交通运输管理法规,也发生了结果,但倘若结果的发生超出了规范保护目的,也不能认定为本罪。"② 这一理解是正确的。但规范保护目的的分析应当受到语义的限制,如果超出语义范围,则规范保护目的的分析就成为实质解释的工具,因而有悖于法律规

---

① 陈兴良主编:《刑事法评论》(第33卷),北京大学出版社2013年版。
② 张明楷:《刑法学》(第四版),法律出版社2011年版,第631页。

定本身。例如,张明楷教授在分析交通肇事后逃逸的含义时,对于立法者将交通肇事后逃逸规定为加重处罚事由的规范保护目的的两种理解作了叙述:一种理解是为逃避法律追究,另一种理解是促使行为人救助被害人。司法解释取前者的理解,因此将交通肇事后逃逸界定为:行为人在发生了构成交通肇事罪的交通事故后,为逃避法律追究而逃跑的行为。但张明楷教授则主张后者的理解,指出:"刑法之所以仅仅在交通肇事中将逃逸规定为法定刑升格的情节,是因为在交通肇事的场合,往往有需要救助的被害人,进而促使行为人救助被害人(如下所述,也可能还有其他根据)。由于行为人的先前行为(包括构成交通肇事罪的行为)使他人生命处于危险状态,产生了作为义务,不履行职务义务的行为,当然能够成为法定刑升格的根据。所以,应当以不救助被害人(不作为)为核心理解和认定逃逸。一般来说,只要行为人在交通肇事后不救助的,就可以认定为逃逸。例如,发生交通事故后,行为人虽然仍在原地,但不救助受伤者的,应认定为逃逸。行为人造成交通事故后,让自己的家属、朋友救助伤者,自己徒步离开现场的,不应当认定为逃逸。行为人造成交通事故后,没有需要救助的被害人而逃走的,不应认定为逃逸。"[1]对于交通肇事后逃逸的规范保护目的到底是逃避犯罪追究还是促使行为人救助被害人,这是可以讨论的,其讨论结果对于正确认定交通肇事后逃逸也确实是具有参考价值的。当然,以上两种规范保护目的同时存在也是可能的,这取决于解释者的理解。但是,根据规范保护目的所作的解释不能超出语义的边界。行为人造成交通事故后,让自己的家属、朋友救助伤者,自己徒步离开现场的,不应当认定为逃逸。这一解释当然没有超出逃逸的可能语义,而是限缩了逃逸的语义,可以称之为目的性限缩。因其对被告人有利,这一解释结论是可以接受的。但是,发生交通事故后,行为人虽然仍在原地,但不救助受伤者的,应认定为逃逸,这一解释则完全超出了逃逸的可能语义,实际上是一种目的性扩张。因其不利于被告人,这一解释结论就是不能接受的。由此可见,规范保护目的这一分析工具的运用,不能违反罪刑法定原则。李波的论文对规范保护目的理论的源流进行了细致的梳

---

[1] 张明楷:《刑法学》(第四版),法律出版社2011年版,第634—635页。

理,对这一理论的内容进行了展开,对于我们正确理解规范保护目的理论是具有重大参考意义的。孙运梁的《被害人特殊体质案件中死亡结果的归责问题》一文,结合具体犯罪案件,对于在被害人具有特殊体质情况下,如何对死亡结果进行归责的问题进行了较为深入的探讨,这是对客观归责理论在具体犯罪案件中适用的研究,具有重要的实践价值,值得充分肯定。马卫军的《被害人自我答责的理论根基探析》一文所讨论的被害人自我答责理论,虽然不完全属于客观归责理论,但它与客观归责理论具有一定的相关性。罗克辛教授在讨论构成要件的效力范围时,论及故意自危时的共同作用和同意他人造成的危险。① 这些问题都涉及被害人本人的行为对于结果归责的影响。被害人的自我答责是一种独立的解决方案,具有其自身的理论自洽性。马卫军的论文重点在于对于被害人自我答责的理论根据的论述,具有一定的哲学高度。

"德国刑事判决书研究"栏目围绕着一份德国波恩法院的刑事判决书进行了全面而系统的研究。这份刑事判决书是冯军教授翻译的,以《德国波恩州法院关于一起故意杀人未遂案的判决书》为题发表在冯军主编的《比较刑法研究》一书中。在该书的"序"中,冯军教授对这份判决书的来龙去脉作了以下特别说明:"2002 年 7 月 18 日上午,我和张明楷教授、李韧夫教授以及当时正在波恩大学法学院攻读博士学位的刘国良先生一起去波恩州法院旁听一起刑事案件的审理。在法庭上,当穿着白衬衫、黑法袍,系着白领带的法官告诉被告人'你无须说明但是你可以说明对你或者你的亲属不利的事情'之后,法官就一直在问话之前称呼被告人'先生',在被告人回答之后说声'谢谢'。在法庭审理结束之后,我向主审法官布伦(Buhren)先生提出了几个问题并请求他给我一份判决书,后来,他就寄给了我。收到布伦先生寄给我的判决书之后,我发现判决书是按'构成要件符合性''违法性'和'责任'的顺序写成的,就想征得布伦法官的同意之后翻译出来,供我国学者和法官参考。我期望,从这份判决书中读到的不仅仅是杀人的情景。在这份判决书中,描写了动物对主人的舍命相守,

---

① 参见〔德〕克劳斯·罗克辛:《德国刑法学 总论》(第 1 卷),王世洲译,法律出版社 2005 年版,第 262 页以下和第 268 页以下。

并把'他在孩子的面前实施了犯行'作为从重处罚的理由,这些都是只有从德国人的生活和文化出发才能理解的。无论如何,仅仅从法条出发,并不适合比较刑法研究。"冯军教授翻译的这份判决书对于我来说,是具有重要启迪性的,它帮助我超越语言和法条的障碍,直抵具体案件以及三阶层犯罪论体系的运用。因此,这份判决书深刻地留在我的心底。去年(2012年)下半年,我给北京大学法学院2012级刑法学专业硕士生上判例刑法研究(各论)的课,就谈到了这份判决书,并要求选课同学从这份判决书中选择一个角度写一篇论文。因为,这份判决书涉及刑法以及刑事诉讼法中的各种问题,内容是十分丰富的。选课的同学除刑法专业以外,还有刑事诉讼法学专业的同学,从刑事诉讼法的角度进行了写作。此后,我告诉了冯军教授这个消息,冯军教授把他指导的几个硕士生对于这份判决书的论文也交给我,同时还让旁听我的课程的中国青年政治学院的同学也写了一篇论文,将这些论文进行编辑以后,形成了这个专栏的内容。这些论文虽然是课堂作业,但已经具有了一定的学术性,值得向读者推荐。

在"悼念西田典之先生"栏目中,收录了四篇悼念日本著名刑法学家西田典之教授的文章。西田典之教授对中日刑事法交流起到了重要的作用,其著作在我国产生了广泛的影响。今年6月14日西田典之教授去世以后,与西田典之教授有过深入交往的我国刑法学者都感到十分悲痛。在今年9月29日至30日于西安举行的中日刑事法论坛开幕式上,与会的中日学者对西田典之教授的去世表示了沉痛的哀悼。我与西田典之教授多次交往,对于西田典之教授的学问与人格都十分敬佩,在我的悼念文章中表达了对其不幸去世的深切哀悼。此外,江溯、王昭武和付立庆都是我国刑法学界的年轻学子,都受过西田典之教授的教诲和恩泽,他们的文章情深意切,值得一读。

在"讲演"栏目中,刊登的是本乡三好先生在华东政法大学的讲演稿《我与中日刑事法学术交流——以相逢为中心》。本乡先生并非刑法学界中人,其原先的职业是日本著名的出版机构——成文堂的总编。但本乡先生却与中日刑事法的学术交流结下了不解之缘。几乎每次中日刑事法学术交流活动本乡先生都参与其间,这次西安的中日刑事法论坛本乡也参加了。本乡以出版家的身份为中日刑事法学术交流作出了独特的贡献。

发表于"个案研究"栏目中的《立此存照:高尚挪用公款案侧记》一文,是我为一个具有典型意义的案件所写的一篇文章,也可以说是留存的一份资料。高尚挪用公款案从一个侧面反映了中国刑事司法的现状,从中可以读出现实中当事人的无奈与叹息。将收录该文中的判决书与前述德国判决书对照着阅读,会有更多的感受。

在"域外视野"栏目中,发表了两篇论文。丁慧敏的《德国竞合论下的法条竞合》一文是对德国刑法学中的法条竞合的梳理与分析,对于我们系统地了解德国的法条竞合理论具有重要的参考价值。法条竞合理论对于我国刑法分则所规定的各种犯罪之间的逻辑关系具有较强的解释力,因此法条竞合理论在我国刑法学界也是一种显学。然而,我们对作为法条竞合理论的发源国德国的法条竞合理论现状并不是十分了解,这会在一定程度上制约我国法条竞合理论的发展。丁慧敏的这篇论文为我们打开了法条竞合的德国视界,这是该文的意义所在。马静华的《美国的刑讯逼供:历史变迁与司法治理——兼论对我国治理刑讯逼供的启示》一文,是对如何治理司法顽疾刑讯逼供的专门性研究。从该文可以了解到在美国的历史上也曾经在司法活动中盛行刑讯逼供,经过治理以后,才彻底解决刑讯逼供问题。我国目前的司法活动中刑讯逼供也是屡禁不止,在这种情况下,参考美国治理刑讯逼供的经验确实是具有启示意义的。该文资料翔实,论证充分,值得肯定。

在"域外传译"栏目中,发表了日本学者小名木明宏教授所著、丁胜明翻译的《作为不真正不作为犯的制约根据的真正不作为犯》一文。该文的题目似乎有些拗口,其实内容还是容易理解的,主要是从真正不作为犯的角度研究不真正不作为犯,这个角度十分新颖。真正不作为犯与不真正不作为犯之间存在着对合关系,只有将两者进行对比分析,才能深刻地把握不真正不作为犯的性质。值得称道的是,作者采用了哲学思维方法,例如以"有"反衬"无",从"有"中见"无"。因此,这篇译文对于推进我国刑法学界对不作为犯的研究具有参考价值。

在"专题研究"栏目中,发表了刑法、刑事诉讼法、犯罪学和国际刑法学的五篇论文,展示了刑事法各个学科的前沿性成果。王若思的《因果关系认识错误:全等审查阶层视角的考察》一文,是对因果关系认识错误问题的全新视角的研究,该文资料充实,论证充分,表明作者对于论文主题具有较为深入的个人见解。侯志君的《论"携带凶器盗窃"的法益》基于法益分析方法,对携带凶器盗窃这一分则问题进行了论述,其方法较为独特。例如,作者对携带凶器盗窃能否比照携带凶器抢劫进行认定,发表了其独到的观点。温登平的《抢劫信用卡并使用行为的定性与处罚——兼论刑法上的"充分且不重复评价"原则》也是对分则问题的探讨,其分析较为细腻。例如,作者区分了不以使用为目的抢劫信用卡的行为与以使用为目的抢劫信用卡的行为,以及抢劫信用卡并使用的行为,并分别进行讨论,其结论更具有可行性。单勇的《街面犯罪空间防控的学说演进与理论启示》一文,对犯罪学中所谓街面犯罪空间防控这一较为专门的理论问题,进行了深入探讨。该文梳理的国内外的街面犯罪空间防控理论,资料十分丰富,并结合中国的情况提出了个人观点。王华伟的《论国际刑法中的共犯刑事责任》对国际刑法中的共犯刑事责任问题进行了研究,属于国际刑法的范畴。应该说,国际刑法与国内刑法具有较强的相关性,同时又具有相异性。该文较好地把握了分寸。例如作者论及对国际刑法中的共犯刑事责任问题的探讨是更多地采用刑法的分析方法还是更多地基于国际法的分析思路,就是一个较为深入的思考。

刑法是一个部门法,与社会生活密切相关。刚刚过去的2013年9月,密集的刑事审判信息随着各种媒体的传播,引起了社会公众的广泛关注,以至于9月被称为审判月。这些审判将刑法推到了公众面前,也在一定程度上对公众进行了刑法的启蒙。新加坡《联合早报》记者沈泽玮在评论中国9月的审判活动时说了这么一段话:"无论如何,将这七八起案件拼凑起来,基本形成照出中国现状热点议题的一面镜子。上至原中共政治局委员及其关系圈的权钱交易往来,下至底层摊贩杀死城管的悲情暴戾行为,中国社会的公与不公、罪与罚、法治与人情之间的各种灰色地带,通过一个个案件具体走进公众视线并引发舆论深刻的思考,转型中的中国社会到底怎么了?"(参见《参考消息》2013年9月28日第8版。)这一提问是十分深刻的,尤其是值得我们刑法学界反思的。刑法理论应当针对社会现实中发生的各种刑事案件提供分析工具和思考路径。只有这样,刑法学作为一门应用学科,才具有其存在的必要性与正当性。

陈兴良

谨识于北京海淀锦秋知春寓所

2013 年 10 月 16 日

34.《刑事法评论》(第34卷)[①]主编絮语

本卷是《刑事法评论》(第34卷),值此编就之际,对编入本卷的各篇论文加以导读性介绍,以为主编絮语。

在"理论前沿"栏目中,发表了三篇论文,主要涉及刑法学科的三个领域。李怀胜的《宪法视野下的刑事立法权及其限制》一文,对刑事立法问题进行了较为深入的研究,属于立法论的范畴。自从1997年《刑法》修订以后,我国立法机关采取了刑法修正案的方式对刑法进行不断的修改补充,使刑事立法活动得以延续。到目前为止,已经通过了八个刑法修正案,《中华人民共和国刑法修正案(九)》也正在草拟之中,可见刑事立法活动是较为频繁的,以应对犯罪的变化,满足惩治犯罪的实际需要。在这种情况下,对于刑事立法的理论研究也是十分必要的。李怀胜在该文中主要对全国人民代表大会与全国人民代表大会常务委员会之间的刑事立法权限的界分进行了分析与厘清。这个问题涉及宪法的授权,从某种意义上说,也是一个宪政问题。根据宪法规定,全国人民代表大会和全国人民代表大会常务委员会都享有立法权,包括刑事立法权。但在具体表述上,《宪法》第62条规定全国人民代表大会享有制定和修改刑事、民事、国家机构的和其他的基本法律的权力;《宪法》第67条规定全国人民代表大会常务委员会享有制定和修改除应当由全国人民代表大会制定的法律以外的其他法律的权力。在实际操作中,如何区分以上两种立法权限确实是一个困难的问题。在现实生活中,全国人民代表大会常务委员会更多地在行使着立法权,包括刑事立法权。李怀胜在该文中对这个问题进行了具有深度的论述,值得我们思考。马乐的《行为功利主义的逻辑与结果无价值论的困境》一文,对行为功利主义与结果无价值论的关系作了分析。该文涉及的是一个刑法哲学问题,从行为功利主义角度对结果无价值论的批判表明了作者的立场,这也是对行为无价值论与结果无价值论

[①] 陈兴良主编:《刑事法评论》(第34卷),北京大学出版社2014年版。

的学术争议的一个理论推进。黄得说的《S=kIZ 犯罪论体系的诠释》一文,是对犯罪论体系的探讨。该文出现了 S=kIZ 这样一个罕见的符号,作者指出:这里的 S 即罪责(Schuld),一个单位罪责表示为 1s;k 即不法与罪责的转换系数;I 即不法(Illegale),一个单位不法表示为 1i;Z 即期待可能性(Zumutbarke),为百分比。作者认为,罪责(S)的量是由不法(I)、不法与罪责的转换系数(k)、期待可能性(Z)三个要素决定的,即 S=kIZ。这些符号虽然看着有些晕,但还是有些新意,对于犯罪论体系的建构有些参考价值。

在"刑事诉讼法研究"栏目中,发表了两篇论文。2012 年我国立法机关对《刑事诉讼法》进行了修订,并于 2013 年 1 月 1 日起施行。吕升运的《刑事庭前会议制度的构建与完善》一文,主要涉及刑事庭前会议制度,这在修订后的《刑事诉讼法》中作了明确的规定。刑事庭前会议可以将一些程序性的问题移至开庭前加以解决,使开庭审理更能够集中在实体与证据问题上,对于提高刑事审判的效率具有重要意义。吕升运在该文中,对于如何建立庭前会议的程序,以及如何完善庭前会议制度等问题进行了初步的分析与探讨,对于贯彻刑事诉讼法关于庭前会议的规定具有重要意义。宋维彬的《论我国检警关系之改革——兼评新刑事诉讼法对检警关系之修改》一文,对于刑事诉讼法中的重大问题,即检警关系的改革作了具有新意的探讨。在世界范围内,检警关系有分立制与合一制两种模式,作者主张的理想模式是混合制。该文认为,所谓混合式检警关系,是指在坚持检察机关与公安机关在体制上与业务上相分立的前提下,实行检察机关对公安机关侦查活动的指导与控制。混合式检警关系是介于检警合一模式与检警分立模式之间的一种中间模式。这一思路对于确立我国的检警关系具有参考价值,尤其是该文还对新《刑事诉讼法》对检警关系的修改作了评论,从总体上看,还是加强了检察机关对于公安机关的侦查活动的控制。但正如作者所指出的那样,新《刑事诉讼法》对检警关系的修改还是存在缺陷的,还需要进一步完善。

在"域外视域"栏目中,发表了四篇论文,对于域外的刑法新思潮进行了介绍,可以开拓我们的思路,开阔我们的视野,对于我国刑法学的发展具有重要推动作用。冀莹的《现代新刑事古典主义在英美国家的兴起——客观主义与主观主义的地位变迁》一文,是在英美国家的刑事政策语境中讨论客观主义与主观主义学派。其中的古典主义是指报应论与一般预防论,具有客观主义的性质。而新古典主义是指整合了古典主义报应论与一般预防论的核心观点,一方面认为实证主义对犯罪原因寻求终极解释、以人身危险性的大小为标准对犯罪人进行矫正复原是不合理且不现实的,应回归正义模式恪守责任原则,因此坚持客观主义和报应论。另一方面提出应进一步强化刑法的一般预防效果,吸收了主观主义的合理因素,在不法层面上关注行为人的主观因素,并在责任论上主张行为责任与法的责任论。因此,新古典主义虽然坚持客观主义,但还是吸收了主观主义的内容,将两者加以融合。新古典主义的思想内容值得我国借鉴,这也是该文的基本立场。龙长海的《特拉伊宁之后俄罗斯犯罪构成理论的嬗变》一文,是对俄罗斯犯罪构成理论晚近发展现状的最新呈现,对于我们了解俄罗斯的犯罪构成理论发展具有重要参考价值。我们以往对俄罗斯犯罪构成理论的了解主要来自特拉伊宁,但对于特拉伊宁之后,尤其是苏联解体以后俄罗斯犯罪构成理论发展的情况不甚了然。该文的内容正好为我们填补了这个缺憾,展示了特拉伊宁之后犯罪构成理论在俄罗斯的实际发展状况,也可以纠正以往我们对其的误读与误解。该文指出,特拉伊宁之后,俄罗斯犯罪构成理论的发展可以归纳为三个主要发展流派。第一个是以俄罗斯刑法学家库兹涅佐娃为代表的犯罪构成的事实派;第二个是犯罪构成的规范派,即认为犯罪构成是法律的构成、是科学的抽象;第三个是近年来出现的,以科兹洛夫教授为代表的较为极端的犯罪构成否定派。该文对这三个犯罪构成的流派进行了介绍与分析。刘家汝的《从当事人诉讼程序到职权诉讼程序——对德国刑事诉讼程序的历史考察(上篇)》一文,属于诉讼法史的内容,对德国刑事诉讼程序的历史进行了描述与考察。考虑到这方面资料的匮乏,该文还是十分珍贵的。该文篇幅较长,分为上下两篇发表,在此发表的是上篇,特此说明。陈盛的《"经验型"的程序正义——蒂博特的程序主义理论研究》一文,是对蒂博特的程序主义理论的较为深入的介绍。对于程序正义理论,以往我国刑法学界作了不少介绍,但对蒂博特的程序主义理论了解还是较少的。该文对以经验型为特征的蒂博特的程序主义理论的介绍,对于我们全面了解程序正义理论具有理论意义。

在"域外传译"栏目中,发表了三篇译文。乌尔斯·金德霍伊泽尔的《论所谓"不被容许的"风险》一文,是对客观归责理论的批判性研究。不被容许的风险是客观归责理论的重要规则之一,近年来随着罗克辛的客观归责理论传入我国,不被容许的风险也成为我国刑法学中的一个教义规则。但是,金德霍伊泽尔在该文中对此展开了否定性的评论。无论我们是否赞同金德霍伊泽尔对不被容许的风险的批判,该文对于我们全面地理解客观归责理论都是具有重要参考价值的。亨宁·罗泽瑙的《论德国刑法中的紧急防卫过当》一文,围绕着《德国刑法典》第33条,对紧急防卫过当问题进行了刑法教义学的分析。《德国刑法典》第33条规定:"防卫人因为慌乱、恐惧或者惊吓而超越紧急防卫的界限的,不受处罚。"这其实是紧急防卫过当的一种特殊情形,对于这种过当行为不予处罚,究竟是不法减轻还是责任减轻抑或是两者同时减轻,这确实是值得研究的一个问题。对于不罚的理据是从刑事政策中获得还是从法教义学中获得,也是值得思考的。总之,该文所讨论的并不是一个特别重大的理论问题,但其思考的方法论还是具有启迪性的。托马斯·维根特的《"通过组织实行犯罪"研究——一个德国法理论出人意料的拓展》一文,提出了通过组织实行犯罪这个命题,这里涉及的是间接正犯的问题。该文区分了通过他人实行犯罪与通过组织实行犯罪,组织是他人的拓展,他人可以说一个人,但组织则必然是多数人。因此,通过他人实行犯罪与通过组织实行犯罪还是有所不同的。该文从通过组织实行犯罪中引申出了间接共同正犯的概念,还是很有意义的一种逻辑推理结果。

在"刑法与文学"栏目中,发表了刘春园的《神秘、冰冷而邪恶的异己力量——漫谈卡夫卡文学作品中的司法异化现象》一文,这是刘春园的博士论文的一部分,采用了一种有趣的叙述方式。刘春园将刑法学与文学结合起来,试图从文学作品中读出刑法的形象。该文是对卡夫卡作品中的司法异化现象的一种解读,我们可以从中体会卡夫卡所在时代的刑法风貌。《刑事法评论》倡导各种研究方法与研究风格,该文所力行的刑法与文学交融的研究径路是值得我们重视的。

在"刑法学人"栏目中,发表了韩其珍的《韩忠谟先生行状》一文。该文是对已故我国台湾地区著名刑法学家韩忠谟教授的行状的较为全面的描述。韩忠谟教授出生于中国大陆的名门世家,青年时期迁徙至我国台湾地区,在大学教书育人、著书立说,终其一生。韩忠谟教授的《刑法原理》一书对于20世纪80年代成长起来的我国大陆一代刑法学人都具有启蒙之功。通读该文,对于韩忠谟教授的为人与为学都会有更为深刻的了解与理解。该文作者韩其珍是韩忠谟教授的孙女,从本科到硕士研究生都就读于北京大学法学院,今年9月即将开始刑法学专业博士研究生阶段的学习。因作者与传主的这种特殊血缘关系,使该文更多了一层温情。

在"序跋"栏目中,发表了我的《〈逐日——项明检察长司法理念及实践集萃〉序》一文。项明检察长是原北京市海淀区人民检察院的检察长,后来曾经担任北京市人民检察院的副检察长,从北京市人民检察院第一分院的任上退休。1997年至1999年,我在海淀区人民检察院挂职期间,曾经与项明检察长共事。《逐日——项明检察长司法理念及实践集萃》一书是项明检察长在职期间的有关文字作品的结集,为纪念项明检察长退休而由其部下结集出版,主事者李玲检察长邀请我为之作序。在本序中,我对项明检察长在检察制度改革方面所作的工作进行了叙述,同时也回顾了与其共事的难忘经历。

在"专题研究"栏目中,发表了刑事法各学科的十四篇论文。吴雨豪的《论先行行为不作为犯的边界》一文,是对先行行为构成的不作为犯的边界的探讨。在不作为犯中,因先行行为构成的不作为犯具有其特殊性,该文从义务来源和等价性两个角度,对先行行为不作为犯的边界进行了界定,对于理解与认定不作为犯具有一定的意义。徐万龙的《实质法义务论的检视与构架》一文,以形式法义务与实质法义务为分析框架,对不作为犯的义务来源问题进行了梳理。显然,作者是赞同实质法义务论的。但在实质法义务中,各种实质法义务学说也令人应接不暇。该文在分析了各种实质法义务论以后,主张适格的社会功能地位说,这也可以说是作者所选择的一种学术立场,值得肯定。蓝娴的《论监督过失犯罪责任主体的认定》一文,是对监督过失的探讨。该文的特点是结合责任主体讨论监督过失问题,因此,能够将这一问题分析得更为透彻。王超的《违法性认知的结构模型分析》一文,提出了违法性认知的结构的概念,并对这种结构的模型进行了分析,这是具有新意的。违法性认识本身是一个老问题,但该文在对该问题的分析过程中采用了心理学关于心理结构的分析方法,所以使这个问题呈现出不同于以往的特点。郑勋勋的《论具体打击错误的处理方法——从错误论与故意论的关系切入》一文,讨论的是刑法错误论中一种较为特殊的错误形态,这就是所谓打击错误。其实,在刑法理论上,打击错误到底是一种主观要素的问题,还是一个客观要素的问题,本身就是存在争议的。该文对于打击错误的解决还是具有一定新意的,资料也较为全面。尤其是考虑到作者是一名在读的本科生,该文所表现出来的对刑法理论的把握令人印象深刻。蔡仙的《论我国预备犯处罚范围之限制——以犯罪类型的限制为落脚点》一文,从限制的角度对我国刑法中的预备犯进行了系统的论述。我国刑法关于预备犯的规定是极为宽泛的,任何犯罪的预备都具有处罚的根据。但实际上受到处罚的预备犯,其范围又是有限的,由此形成了一定的反差。该文对限制预备犯的范围的理据进行了阐述,同时也对限制预备犯的范围的径路作了探讨,其副标题所言的以犯罪类型的限制为落脚点就是一个明证。庄乾龙的《论虚拟空间刑事法网之扩张与克制——以〈网络诽谤解释〉为背景的分析》一文,以网络诽谤的司法解释为对象,对虚拟空间刑事法网的扩张与克制问题作了具有深度的分析。随着网络空间的发展,网络犯罪亦呈现出大幅增长的趋势。在这种情况下,为了适应惩治网络诽谤的需要,最高人民法院与最高人民检察院颁布了网络诽谤的司法解释。该文并不是简单地解读网络诽谤的司法解释,而是以此为背景,对虚拟空间的刑事干预问题进行了刑事政策的分析,对于在网络空间正确地行使刑事干预权具有重要意义。郭晓飞的《刑(性)法的宪法制约——法教义学视野内外的聚众淫乱案分析》一文,是对聚众淫乱罪的刑法教义学分析,但又站在宪政的高度看待这个问题。该文虽然论述的是一个刑法个罪问题,但作者还是上升到一定的理论高度,这是值得肯定的。李立丰的《"风险社会"语境下妨害公务罪的存在根据与合理解读——以我国〈人民警察法〉第35条与〈刑法〉第277条之衔接为切入点》一文,也是对刑法个罪的论述,题目很长,从中也可以看出作者讨论问题的角度以及思路与方法,在此不再赘述。王彪的《论基层法院疑罪处理的双重视角与内在逻辑》一文,采用实证方法,对基层法院处理疑罪的径路进行了描述与分析,有材料,有论述,内容丰富,观点正确,这种研究方法与写作方法本身就值得嘉许。兰跃军的《被害人报案与控告》一文,根据刑事诉讼法的规定,对被害人的报案与控告问题进行了深入分析。王燕飞的《我国黑社会性质组织犯罪研究述评》一文，虽然具有综述性质，但仍然包含了对于我国黑社会性质组织犯罪研究的中肯评价，对于进一步展开对黑社会性质组织犯罪的研究具有参考价值。秦化真的《清代监守自盗罪刑罚体系研究》一文，属于刑法史的论文，资料较为丰富，值得一读。张晶的《第三代囚犯》一文，较为新颖地提出了所谓第三代囚犯的概念，这是以往所没有见过的。根据该文的界定，1949年以来按照年代划分，监狱囚犯结构出现了"第三代囚犯"的全新格局。该文对此进行了论证，这一概念的证成，对于监狱法学的研究具有基石性的作用，因此具有重要理论意义。

  从以上走马观花的描述来看，本卷的内容还是十分丰富的，涉及的理论问题与学科范围都是较为宽泛的，期望读者能够从中受益。

陈兴良

谨识于北京海淀锦秋知春寓所

2014年5月8日

35.《刑事法评论》(第35卷)[①]主编絮语

在"理论前沿"栏目中,发表了三篇论文。这三篇论文都对刑法理论研究的前沿问题进行了较为深入的探讨,具有一定的新意,值得推荐。姜涛的《法学家法与创造论证性的刑法解释》一文,是对刑法解释问题的研究。在该文中,姜涛提出了法学家法的概念,这个概念在法理学上是对应于法官法的。一般认为,大陆法系国家实行法典法,更依赖于法学家对法的解释。因此,大陆法系的法被认为是法学家法。而英美法系国家实行判例法,更依赖于法官对法的解释。因此,英美法系的法被认为是法官法。这一理解是有其道理的。当然,中国的情况比较特殊:中国存在司法解释制度,因为司法解释具有法律效力,属于有权解释。因此,如果把司法解释视为一种解释,那么,法学家的解释只是对司法解释的解释。显然,中国虽然实行大陆法系的法典法制度,但中国的法是不能被称为法学家法的,毋宁说是法官法。但是,只要司法解释恪守解释的立场而不是造法,那么,在进行司法解释的时候,还是要参考各种法学学说。在这个意义上,法学家还是可以有所作为的。姜涛在该文中强调了法学家在法律解释中的重要地位,提出了"把法学家法作为刑法解释隐性法源"这一命题,指出:"当刑法出现不明确而刑法解释对此又发生争议之时,则意味着需要寻找一个额外的标准对此予以衡量,以化解分歧并得出唯一正解的解释结论。在这种标准的建构与选择中,法律只不过是外部的权威,而法学是内部的权威,外部的权威只有经过内部权威的论证才能具有真正的权威,因此,当法官在对刑法文本作出解释之时,必须重视法学家法对刑法解释的意义,这是实现理由之治并增加刑法解释之可接受性的重要维度。"我认为,这一观点是可取的,对于完善我国的司法解释,乃至于实现我国司法的法治化都具有重要意义。事实上,大陆法系国家的法典从来都不是脱离法学知识而自在存在的法律现象,而是以历史积累的法学知

[①] 陈兴良主编:《刑事法评论》(第35卷),北京大学出版社2015年版。

识为其底色的法律图景的表象而已。如果离开了法学知识,即使是最简单的法律条文也无从理解其内在含义,法律条文也会变成文字的堆砌。在司法活动中,固然表现为司法权的行使,但不能过于崇尚权力,而必须使权力建立在知识的基础之上。茹士春的《刑法规范二重性序论》一文,是对刑法规范的性质的一种解读。所谓刑法规范的二重性,是指行为规范与裁判规范,这是根据规范对象是社会一般人还是裁判者,对刑法规范所作的一种分类。在该文中,作者正确地指出了行为规范与裁判规范并不是指两种不同的规范,而是同一种规范的两种属性,或者说是对刑法规范进行观察的两个不同角度和侧面。行为规范与裁判规范是日本学者在分析刑法问题时经常采用的一种分析范式。例如,日本学者高桥则夫教授的《规范论和刑法解释论》一书,就是以行为规范与裁判规范为工具,对刑法解释进行了独具特色的分析。对此,该文也多有引述。根据题目,该文是一个序论。因此,作者主要是对行为规范与裁判规范进行概念性的分析。这对于正确理解刑法规范的二重性来说,是一种基础性的工作,具有不可忽略的重要意义。徐万龙的《风险刑法理论之辨正》一文,讨论的是一个热点问题,即风险刑法。但该文还是有其深入之处。作者从风险社会的风险这一概念出发,认为这里的风险是风险公式无法计算的、兼具实在性与建构性的技术风险,这与风险刑法中风险的典型范例相去甚远,因此风险刑法理论与风险社会理论并不契合。由此可见,作者对风险刑法理论是持一种批判态度的,在这一点上,与我的观点相同。当然,并不仅仅如此。该文在对现代性视域下的风险理论进行了相当深入的历史与逻辑的叙述,从而为其论点奠定了较为扎实的基础,这是值得称道的。在此基础上,作者对风险刑法理论对风险社会的误读进行了辨析,揭示了风险的刑法规制的困境。在目前我国关于风险刑法讨论已经十分深入的背景下,该文更进一步推进了风险刑法理论的讨论,具有重要的学术价值。尤其是作者虽然只是二年级的硕士研究生,但其对刑法之外的相关理论的掌握程度,以及论文的叙述与铺陈都令人刮目相看,不由得使人产生后生可畏之感。

在"不作为犯研究"栏目中,发表了三篇论文。孙立红的《规范性的事实支配与不真正不作为犯——基于对三种不作为犯理论的批判性思考》一文,是近年来我所见到的关于不作为犯分析的一篇力作。作者以三种不作为犯理论为出发点进行思考,这里的三种不作为犯理论是指根据彻底的事实支配标准、单一的义务犯标准以及结合这两者对不作为的正犯性所作的分析。作者对这三种理论作了批判性考察,提出了规范性事实支配的观点,并对此进行了深入的论证。从该文可以看出,作者对于罗克辛教授的事实性支配以及义务犯理论都具有较为深刻的理解,并将之运用于对不纯正的不作为犯的分析,表明作者具有较为扎实的理论功底。该文在我国关于不纯正的不作为犯的理论研究中独树一帜,具有鲜明的学术特色,值得嘉许。作者孙立红博士从北大毕业以后,在上海市从事教学科研工作,近年来论文发表数量虽然不多,但其学术努力清晰可见,该文可谓一鸣惊人,令人瞩目。我相信,只要孙立红博士坚持这一学术路径,未来的学术前景不可限量。赵希的《论不纯正不作为犯的规范论属性:一个视角的转换》一文,从标题即可看出,是从规范论角度对不纯正不作为犯所进行的分析,这与孙立红博士的论文之间具有一定的可对话性。在该文中,作者从禁止规范与命令规范这一范畴出发,对不纯正的不作为犯的性质进行梳理。作者大量采用了德国刑法学的学术资源,罗克辛和雅科布斯的规范论都成为重要的分析工具,显然这是一种新的规范论,而不是仅仅停留在禁止规范与命令规范的简单诠释上。这也表明了作者具有较为开阔的学术视野,从方法论上对不纯正的不作为犯的论述具有独特见解。该文作者是北大法学院在读的博士研究生,该文也可以说是其在读博期间的一个阶段性成果。陈逸群的《对不纯正不作为犯的客观归责》一文,是对不纯正不作为犯中一个较为具体的问题——客观归责——所进行的学术研究。这既是一个不作为犯的问题,也是一个客观归责的问题,可以说是一个交叉性的学术问题。作者在该文中,不仅对议题进行资料梳理,而且结合具体案例,进行了具有一定深度的理论分析,这是值得肯定的。该文作者陈逸群是我指导的硕士研究生,该文是其答辩通过的硕士论文。以上三位作者,都是北大刑法学专业毕业或者在读的学生,与北大有着直接的学术渊源。三位作者都是女性,这三篇论文无论是选题还是论述都表现出作者所具有的较强的逻辑思维能力和流畅的语言表达能力。最后我还想指出一点,我国刑法学界对某些术语还没有取得完全的统一,例如在以上三篇论文中就存在着不真正的不作为犯与不纯正的不作为犯这两种不同的表达。从有利于学术发展的角度来看,还是应当统一这些术语。在收录本卷的时候,考虑到作者的习惯,没有强求统一。对此,需要作出说明。

在"组织支配理论研究"栏目中,发表了两篇论文。德国罗克辛教授的《关于组织支配的最新研讨》一文,是赵晨光翻译的。该文对组织支配问题进行了讨论。罗克辛教授曾经提出了三种事实形式:通过亲手实施的行为(行为支配),通过对行为的共同实施(功能支配)以及借助于他人来实施犯罪(意志支配)。事实支配的这三种形式分别对应于直接正犯、共同正犯和间接正犯。此外,罗克辛教授还从意志支配中推导出了组织支配的概念,这是间接正犯的一种特殊形式。根据罗克辛教授的观点,组织支配是指幕后者指挥某个权力机构的情形,在此,幕后者的命令可以不受单个执行者的制约而确保得到贯彻。罗克辛指出:组织支配具有以下三个成立条件:(1)命令者必须在组织的范围内行使了命令权;(2)组织必须在其具有刑法意义的活动范围内脱离了法律;(3)单个的执行者必须是可替换的,故一旦出现某个执行者停止执行命令的情况,随即有其他人可以取而代之。这些论述,对于理解某些特殊的犯罪形态具有重要的意义。组织支配理论给共犯理论尤其是间接正犯的概念带来重大影响。根据组织支配理论,幕后支配者如果构成间接正犯,则并不与被支配者构成共同正犯。组织支配理论为追究某些犯罪的幕后支配者提供了理论根据,但并没有在共犯的范畴内获得解决。与此形成对应的是,我国刑法中的组织犯的概念。李权的《组织犯刑事责任构造之探讨》一文,正是对组织犯的深入探讨。虽然该文前半部分主要是基于我国刑法规定,对组织犯所进行的法理分析;但在该文的后半部分,作者将理论触角伸向德国理论,从而涉及罗克辛教授的组织支配理论,并从正犯的实质化的角度作了解读。对于正犯的理解从形式化的理解到实质化的理解,这是德日刑法学中共犯理论的一个发展脉络。在共犯与正犯的区分制下是如此,及至单一制的提出更使这种实质化发展到极致。我国学者也对此表示青睐。但在我国刑法规定了组织犯,并且对教唆犯规定可以按照主犯从重处罚的立法语境之下,这种正犯实质化,也就是共犯缩小化的理论走向还是需要反思的。该文是李权在北大的硕士论文,在讨论组织犯的论文中,其学术质量可以说是一流的。

在"不能犯研究"栏目中,发表了两篇论文。德国罗克辛教授的《不能未遂的可罚性》一文,是张志钢翻译的。在不能未遂是否可罚的问题上,各国刑法规定并不相同。例如《日本刑法典》规定,不能未遂是不可罚的,因此不能犯与未遂犯的区分是罪与非罪的区分。但是《德国刑法典》则规定不能未遂具有可罚性,因此存在不能犯的未遂犯,即不能未遂之概念。罗克辛教授是主张不能未遂可罚的,该文对此进行了论证。贾学胜的《不能犯的立场选择与证成——客观危险说之提倡》一文,则是对我国刑法中的不能犯的研究。在我国刑法学界,除了迷信犯不可罚,其他的不能犯是可罚的。但是,在不能犯的标准问题上,由于采用主观说,因此不能犯的处罚范围是相当广的。近年来,我国学者逐渐采用客观危险说,对不能犯的可罚范围加以限制。该文对此进行了学术梳理,对不能犯可罚的根据作了论证。

在"域外视域"栏目中,发表了两篇论文。艾明的《论德国对技术侦查措施的法律规制》一文,是对德国技术侦查措施的法律规制的介绍,这对于我国刑事诉讼法中的技术侦查措施的实施具有参考价值。徐凌波的《盗窃罪中的占有——以德日比较为视角的考察》一文,对盗窃罪中的占有问题进行了深入的探讨,尤其是借鉴了德日刑法学中的相关学说,由此而深化了这一论题。随着我国学术的对外开放,越来越多的外国刑法知识被吸收到我国刑法学中来,成为一种知识借鉴,这对于我国刑法学的发展来说,是一种重要的学术资源。

在"域外传译"栏目中,发表了三篇论文。德国雷根斯堡大学斯特凡·希克教授的《作为调节性观念的敌人刑法》一文,是谭淦翻译的,该文对敌人刑法的观念进行了全新的解读。据译者谭淦介绍,这一解读罕见地获得了对敌人刑法命题具有"专利"的德国著名刑法学界雅科布斯教授的赞许,对于了解敌人刑法理论具有重要参考价值。德国学者米夏埃尔·帕夫利克的《最近几代人所取得的最为重要的教义学进步?——评刑法中不法与责任的区分》一文,是陈璇翻译的。该文主要讨论了刑法中的不法与责任的区分这一关键性的问题。不法与责任的区分对于三阶层的犯罪论体系的建构具有重要意义,该文对此进行了历史考察与逻辑分析。在我看来,从客观与主观的区分到不法与责任的区分,是犯罪论的一个重大转折。以客观与主观为架构的犯罪论是一种存在论的犯罪论,而以不法与责任为框架的犯罪论则是一种规范论的犯罪论。规范论当然不能完全离开存在论,但两者的区分还是十分重要的。在此,如何处理存在论与规范论的关系,是一个核心的问题。我国目前的犯罪论还在很大程度上停留在客观与主观相区分的存在论的状态,在这种情况下,该文对我们的启示意义是极为明显的。英国学者威廉·特文宁的《什么是证据法?》一文,是吴洪淇翻译的。该文虽然是对英国证据法的一般性介绍,但所涉及的关于证据法的相关内容对于我国的证据法研究具有重要的参考价值。

在"刑法与文学"栏目中,发表了刘春园的《"亲密敌人"与"快乐伴侣"——文学作为刑法学研究工具之可能性探讨》一文,这是继上一卷发表了刘春园的《神秘、冰冷而邪恶的异己力量——漫谈卡夫卡文学作品中的司法异化现象》一文以后,再次刊登刘春园关于刑法与文学这一独特领域的又一研究成果,相信会引起读者的兴趣。

在"专题研究"栏目中,发表了十篇论文,涉及刑法、刑事诉讼法与犯罪学等各个学术领域。李世阳的《民国时期的共同过失犯罪立法史考察》一文,是对过失共同犯罪沿革的一种历史考察。李振林的《我国刑法分则中的法律拟制梳理与评析》一文,对我国刑法分则中的法律拟制的立法方法进行了系统的解读。徐光华的《多元视域下的刑事司法与民意》一文,主要讨论了刑事司法与民意的关系,这是一个引人关注的议题,该文以大量生动的个案为实际素材,对此进行了具有新意的探讨。黄华生的《三元整合论:我国刑事被害人国家补偿立法的理论基础》一文,是对刑事被害人补偿问题的深入探讨,作者提出了三元整合的独特视角,这是值得肯定的。陈金林的《刑罚的正当化根据与刑罚的人道化——老人死刑适用限制的批判性分析》一文,从刑罚人道主义出发,对老人死刑的限制问题进行了讨论。骆正言的《冷漠即是残忍——论不救助入罪的正当性》一文,是对不救助罪的一种立法论的探讨,其论证还是具有一定力度的。不救助行为的入罪,是我国学界讨论较多的一个问题,但立法机关的反应并不积极,这是值得主张者重视的。在此,如何区分法律与道德的关系问题,始终是无法绕过去的。孙智超的《故意杀人罪中的"手段残忍"研究》一文,是作者的硕士论文,对故意杀人罪的手段残忍的研究,具有较高的学术价值和现实意义。我也曾经撰写《故意杀人罪的手段残忍及其死刑裁量——以刑事指导案例为对象的研究》(载《法学研究》2013年第4期)一文,对这个问题进行探讨。而孙智超的这篇论文试图将手段残忍作为故意杀人罪的一种严重类型,并且以德日刑法为背景进行考察,这是具有新意的。当然,这是一个立法论的问题,在没有明确的立法规定的情况下,立论还是具有一定难度的。张继钢的《刑事和解程序中"从宽处罚"之解析与适用》一文,对刑事和解程序中的从宽处罚的司法适用问题进行了论述,这是一个较为具体的实践性问题,作者的论述来自司法实践,并且上升到理论高度,这是值得肯定的一种研究方法。李昌盛的《内心确信的认知责任》一文,属于证据法的范畴。证据采信始终是一个证据法的核心问题,该文从认识论角度所作的探讨是具有新意的。王政勋的《当前暴恐犯罪的特点分析和态势评估》一文对我国当前的暴恐犯罪,尤其是新疆维吾尔自治区的暴恐犯罪进行了实证研究,资料翔实,分析透彻,结论可信。

  本卷的内容如上所述,值得期待。

陈兴良
谨识于北京海淀锦秋知春寓所
2014 年 10 月 5 日

36.《刑事法评论》(第36卷)[①]主编絮语

《刑事法评论》(第36卷)以"不法评价的二元论"为主题,这里的不法评价是指违法性的判断。违法性是一个永久的话题,正确地理解刑法中的违法性对于刑法教义学的合理构造具有重要意义。

在"理论前沿"栏目中,发表了三篇论文。张文教授的《"刑事法律人"模式与刑事法律科学研究》一文,秉承了其所坚持的人格刑法学的学术立场,提出了刑事法律人模式,并对该模式之于刑事法律科学的意义进行了具有新意的阐述。在张文教授的刑事法律人模式中,犯罪危险性人格是一个核心的概念,据此展开其刑事法各学科的理论体系。在这个意义上,犯罪危险性人格就成为理论的原点。该文具有相当的理论高度,对于推进我国刑事法学科的发展具有参考价值。李波的《社科法学与法教义学共生论——兼论刑事政策与刑法教义学之关系》一文,涉及当前我国法理学界的一个热门话题——社科法学与法教义学。在法理学的意义上,所谓社科法学是指采用社会学、经济学等社会科学的方法论,对法律所作的研究。而法教义学是指采用教义学的方法论,对法律所作的研究。其实,这两种方法分别是在法律之外研究法律和在法律之中研究法律。就法理学而言,也许社科法学是更为重要的,它揭示了法律的价值与根基。但在部门法中,则法教义学是更为重要的,它构成了某一部门法的知识主体。其实,在法理学意义上的法教义学与部门法意义上的法教义学,在性质上就根本不同:在法理学中,因为是以整体法或者说是法理念为研究对象的,因此,所谓法教义学实际上是就方法论而言的,并不包括法知识论的内容。而在部门法中,因为是以具体法部门为研究对象的,因此,所谓法教义学是方法论与知识论的统一,并且更主要的是知识论。在法理学中,社科法学与法教义学是互补的而不是对立的。在部门法中,社科法学主要是依附于法教义学的,成为其辅助学科,并且,某种社科法学知

[①] 陈兴良主编:《刑事法评论》(第36卷),北京大学出版社2015年版。

识如欲发挥作用,应当被法教义学所吸纳。因此,目前法理学界那种将所谓社科法学与法教义学对立起来的观点,是完全不能成立的。李波的论文,是在共生的意义上看待社科法学与法教义学的,其基本立论是能够成立的。尤其是,该文以刑法中的刑事政策与刑法教义学之间的关系为例进行说明,更具有说服力。陈尔彦的《刑事政策与刑法体系关系之梳理——兼论罗克辛目的理性犯罪论体系之变迁》一文,是对罗克辛命题的一个历史性的叙述。所谓罗克辛命题是指克服李斯特关于刑事政策与刑法体系之间的鸿沟的学术叙事,也是其目的理性的犯罪论体系的原点。陈尔彦对罗克辛的目的理性的犯罪论体系的形成过程,以刑事政策与刑法体系的关系为中心线索,进行了初步的勾画。当然,基于目前中文文献的分析,还是具有局限性的,但这种努力本身是极为可贵的。可以说,以上三篇论文都是具有较强的理论性的,提出来令人思考的问题,因此值得推荐。

  在"使用盗窃研究"栏目中,发表了观点对立的两篇论文。使用盗窃是指不以非法占有为目的的盗窃,区别于以非法占有为目的的占有盗窃。我国刑法中的盗窃罪是以非法占有为目的的盗窃,并没有规定使用盗窃。但使用盗窃确实是值得研究的一个问题。温登平的《论使用盗窃——以盗用汽车为例》一文,对使用盗窃与占有盗窃的关系进行了重新界分,认为在使用盗窃的场合,同时具有排除意思与利用意思,可以认为具有非法占有目的。因此,对于使用盗窃应当按照盗窃罪予以处罚,该文以盗用汽车为例对此进行了分析。这一观点当然是较为新颖的,也是值得研究的。而马寅翔的《使用性盗窃的可罚性之否定——兼论法益与构成要件解释的关系》一文,从该文的标题上就可以看出与上述温登平的论文的对立观点。虽然这两篇论文之间没有直接交锋,但马寅翔的论文似乎是专门为反驳温登平的论文而撰写的。该文的副标题值得注意,马寅翔对法益与构成要件解释之间的关系作了精彩的阐述。法益概念在刑法解释论中发挥着重要的作用,对于构成要件的解释也同样离不开法益概念。但构成要件解释具有自身的独立性,不能为迁就法益保护而对构成要件作超越边界的解释。马寅翔认为,使用性盗窃能否按照盗窃罪予以处罚,主要围绕着财物的价值本身能否成为盗窃对象而展开。当然,马寅翔的观点是否定的。从目前我国的刑事立法与司法实践来看,大多数人还是支持马寅翔的观点的,要想通过解释论的途径将使用盗窃以盗窃罪入罪,还存在相当大的障碍。以上两篇论文在叙述中,都大量引用了德日刑法学的资料与观点,为我国刑法学界这一极少论及的问题的深入展开,提供了客观上的可能性。这两篇论文存在一个共同之处,就是都有副标题,而且都较为成功地补充了主题,这是值得肯定的。温登平论文的副标题是补充了具体问题,因为使用盗窃在我国司法实践中较为常见的就是盗开汽车问题,而且这一问题在司法解释中作过规定。以此为例对使用盗窃问题进行讨论,可以使该文的内容更加贴近我国的司法实践。而马寅翔论文的副标题则对主题起到了一种提升的作用,使用盗窃是否可罚,这本来是一个轻微的问题。但在此基础上,从法益与构成要件之间的关系进行说理,使该文的主题大为升华。可以说,这两篇论文以一个微不足道的刑法问题,展示了作者的刑法学术才华。

在"实证研究"栏目中,发表了两篇论文。《死刑适用的经验研究——以故意杀人罪为例》一文,是清华大学法学院四名本科生的作品,他们是:杨海璇、李佳星、王心玥、蔡泽洲。因为《刑事法评论》不发表联合署名的作品,但该文系四位同学的合作作品,为此,将署名确定为清华大学法学院本科生课题组。该文是劳东燕教授推荐的,特此表示感谢。该文通过整理北大法意数据库的608个样本,利用社会科学软件SPSS,从数理统计学视角揭示死刑适用的现状,并结合与各级司法机关的访谈调研,对现状进行解释。虽然该文所依据的死刑案例的样本还不够大,但考虑到目前我国对死刑数字的保密现状,课题组已经尽到了最大的努力。美国学者莎莉·S.辛普森等所著、李本灿翻译的《关于企业环境犯罪控制策略的实证分析》一文,是对企业环境犯罪控制策略的一种实证研究。值得注意的是,该文不是对企业环境犯罪的实证分析,而是对控制策略的实证分析。该文是美国学者所作的实证研究的一个范本,值得我们参考。该文不仅对相关主题进行了实证性的分析,而且将实证方法以及收集资料的过程都进行了叙述。实证的方法论对于刑事法研究具有重要意义,尤其是刑事法的事实学,例如犯罪学与刑罚学等,都是不可或缺的一种分析方法。

在"域外传译"栏目中,发表了姜敏翻译的德国著名刑法学家魏根特教授的《国际刑法中的归因问题研究——一个德国法视角的考察》,该文涉及国际法上的一个重大课题,也是一个难题,这就是如何解决集体刑法上的归因与归责问题。魏根特教授从德国刑法出发,为这个问题提供了一种答案,值得我们思考。

在"域外视野"栏目中,发表了两篇论文。徐凌波的《德国银行卡滥用行为的理论与实务》一文,基于德国的资料,对银行卡的滥用行为如何进行刑法规制进行了介绍,对我国刑法也具有参考价值。刘涛的《通过程序法的犯罪化——以美国刑事司法中的若干发展趋势为例》一文,描述了美国刑事司法中存在的通过程序法的犯罪化现象,并对此进行了分析。犯罪化是一个实体法的问题,并且受到罪刑法定原则的限制,但美国刑事司法中利用程序规则,对行为予以犯罪化,在一定程度上消解了罪刑法定的限制。作者对这一问题的观察和评述,可以作为我们认识美国刑事司法的一个窗口。

在"专题研究"栏目中,发表了十六篇论文,涉及刑事法的各学科。邵栋豪的《构建以二元不法为主的不法评价体系》一文,属于三阶层的犯罪论体系中的不法论的范畴,作者提出了建立以二元不法为主的不法评价体系构想。这里的二元不法,是指行为无价值与结果无价值的二元论,也就是通常所说的行为无价值论。显然,该文是为行为无价值论论证和辩护的文章。行为无价值论和结果无价值论之争,在我国刑法学界开始发酵,其争论可见于各种场合。该文在与结果无价值论对立的角度,对行为无价值论的基本观点进行了阐述,对于我们了解行为无价值论的立场具有帮助。王俊的《目的犯的实质化——以目的与故意的关系为中心》一文,是对目的犯的探讨,尤其是提出了目的犯的实质化命题。该文将目的分为违法目的和责任目的,其目的犯的实质化可能主要是针对责任目的而言的。作为主观违法要素的目的,当然是指违法性意义上的目的。在对盗窃罪的非法占有目的的具体讨论中,该文指出:"应当将目的犯分为违法目的犯与责任目的犯,非法占有目的中的排除意思说属于前者,盗窃罪的罪过便只能是直接故意,而利用意思说则属于后者,盗窃罪既可以由直接故意也可以由间接故意构成。"在财产犯,包括盗窃罪的非法占有目的中,一般认为包括排除意思和利用意思。排除意思使占有型的盗窃罪区分于使用盗窃,而利用意思则使占有型的盗窃罪区分于毁坏型的财产犯罪。在我看来,这些都是违法目的。责任要素是归责性的要素,与目的应该是没有关系的。因此,这个问题确实是一个值得进一步探讨的问题。黄继坤的《论间接正犯的从属性及实行着手——基于间接正犯之拟制性的反思》一文,是对间接正犯的深入讨论。作者从间接正犯的拟制性出发,论及其从属性和实行着手的问题。作者在此所说的间接正犯的拟制性是指间接正犯不同于直接正犯,它只是拟制的正犯。这一特点决定了间接正犯是正犯性与共犯性的统一,因此才具有性质上的从属性,同时也决定了其实行着手应当以被利用者的着手为着手。韩其珍的《当不能犯未遂理论走向客观之后——以刑法的价值构造为检阅基础》一文,是对不能犯未遂的研究。不能犯未遂是刑法中最为吸引人的理论课题之一,在该问题上不仅各国刑法规定不同,而且在刑法理论上亦可谓聚讼不定。韩其珍的论文以我国刑法为基点,参考德日刑法学学说,对不能犯未遂进行了具有较新视角的检视,对于厘清不能犯未遂的理论逻辑具有一定的价值。李涛的《论情感与定罪量刑的关系》一文,是对情感因素在定罪量刑中的作用的研究。中国传统文化中,对于心理特征的描述都采用知、情、意的三分说,但刑法学对犯罪的主观因素则采知(认识因素)和意(意志因素)的二分说,这在一定程度上忽视了情感因素的作用。该文对情感因素在定罪量刑中的重要性进行了揭示,尤其是从情感因素与认识因素和意志因素的关系上作了分析,这是具有理论意义的。马卫军的《被害人自我答责理论视野下的自杀参与》一文,从被害人自我答责出发,对自杀参与行为的定性问题进行了研究。在刑法没有将自杀参与行为规定为犯罪的情况下,对于自杀参与行为能否认定为杀人罪的共犯(教唆犯或者帮助犯)? 这是一个当前在我国刑法学界争议较大的问题。该文基于被害人答责的学说,否定了将自杀参与行为认定为杀人罪的共犯的观点,可以成为一种具有较大参考性的观点。李文军的《存款共同占有说的理论价值与现实命运》一文,主要是基于日本的资料,对存款的共同占有说进行了否定性的论证。文中涉及民法中的货币之"占有即所有"的原理是否存在例外的问题,关涉对刑法与民法关系的正确确定。该文资料丰富,涉入问题较深,对于解决我国司法实践中的相关问题具有参照性。陈洪兵的《论巨额财产来源不明罪的实行行为》一文,对巨额财产来源不明罪的实行行为作了探讨。巨额财产来源不明罪是我国刑法所规定的一个具有拟制性的犯罪,其性质在刑法与刑事诉讼法上都有值得研究之处。我国现行《刑法》第395条第1款规定:"国家工作人员的财产、支出明显超过合法收入,差额巨大的,可以责令该国家工作人员说明来源,不能说明来源的,差额部分以非法所得论,处五年以下有期徒刑或者拘役;差额特别巨大的,处五年以上十年以下有期徒刑。财产的差额部分予以追缴。"在这一规定中,究竟是持有差额巨大的财产是该罪的实行行为还是不能说明来源是该罪的实行行为?对此,在刑法理论上存在较大的争议。该文基于该罪属于持有犯的立场,对相关问题作了理论阐述。舒洪水的《我国新疆地区恐怖主义犯罪的刑事法规制研究》一文,在描述了我国新疆地区恐怖主义犯罪特点的基础上,参考国外关于恐怖主义犯罪的立法规定,对我国恐怖主义犯罪的刑事法律的规制问题进行了深入的探讨。在我国正在制定"反恐主义法"的背景之下,具有现实意义。杨杰辉的《模式选择与制度建构:刑事程序性上诉研究》是对刑事诉讼法中的程序性上诉问题的研究。这是一个较为新颖的问题。在日益重视刑事程序、程序性辩护更加被关注的情况下,程序性上诉问题应该成为一个需要认真对待的问题。高洁的《刑事被害人民事诉权研究》一文,对刑事附带民事程序中被害人的民事诉权问题进行了专门的研究,属于该领域的前沿性课题。在强调对刑事被告人的合法权益保护的背景下,刑事被害人的合法权益同样应当受到保护。并且,这两者之间具有均衡性与相关性,两者不可偏重,更不可偏废。吴啟铮的《少年司法模式的第三条道路——恢复性少年司法在中国的兴起》一文,属于少年司法的研究领域,该文所指出的第三条道路,即恢复性少年司法,具有前瞻性。张吉喜的《论刑事诉讼中的社会调查报告》一文,论及刑事诉讼中的社会调查报告制度,对于正确裁量刑罚具有重要的参考价值。尤其是在未成年人的刑事案件中,社会调查报告制度更具有广阔的适用前景。王彪的《法官为什么不排除非法证据》一文,对法官在排除非法证据中所遇到的困难与问题都进行了较为详尽的分析,使我们看到一项法律举措在实际运作中存在何种阻力需要克服。李卫东的《违法所得没收的正当程序——以物的强制措施为中心的考察》一文,对违法所得没收的程序问题进行了研究。违法所得的没收问题,因为涉及利益的归属,因此在司法实践中存在各种乱象。而在法律程序上的缺失,又使对此的法律规制虚置。该文对违法所得没收的程序问题的探讨具有现实意义与理论价值。中国监狱罪犯分类理论与实务研究课题组的《中国监狱罪犯分类理论与实务研究——罪犯动态风险评估的"智能平台"》一文,是对罪犯动态风险评估的"智能平台"这一课题成果的描述与论证。在对监狱罪犯分类问题进行实证研究的基础上,建立罪犯动态风险评估的"智能平台"对于监狱管理都具有重要的实用价值,这一研究是值得充分肯定的。

《刑事法评论》是一个学术平台,呈现给读者的是刑事法各领域的前沿性成果。在本卷中,无论是论文的选题还是内容,都具有可圈可点之处。尤其是本卷各篇论文的作者主要是年轻人,甚至还有本科生。当然,在本卷中还有像北京大学法学院张文教授这样年过七旬的老一辈学术人,可谓老中青济济一堂,这是令人欣喜的。但愿《刑事法评论》能够长久地办下去,为刑事法学术事业贡献光和热。

陈兴良
谨识于北京海淀锦秋知春寓所
2015 年 5 月 8 日

37.《刑事法评论》(第37卷)[①] 主编絮语

《刑事法评论》(第37卷)以"犯罪的阶层论"为主题,阶层论的犯罪论体系是德日犯罪论体系的主流。阶层式的思维是我国目前所欠缺的,值得大力提倡。可以说,阶层式思维是刑法教义学的思维方法的主要内容。

在"客观归责研究"栏目中,发表了三篇论文。马卫军的《刑法中的危险接受》一文,对危险接受理论进行了较为深入的研究。刑法中的危险接受,是指被害人认识到自己的法益可能有被侵害的危险,却甘愿实施冒险行为,而他人对该冒险行为予以参与;或者被害人认识到自己的行为与他人的行为可能会共动性地对自己的法益造成危险,但是却置法益侵害危险于不顾,共同实施了相关行为;或者被害人虽然认识到自己法益有受到侵害的危险的可能,却甘受他人实施某种行为,而发生法益侵害结果。危险接受涉及刑法中的归因与归责问题,因而具有重要意义。作者在大量地占有资料的基础上,对危险接受这一问题展开了较为系统的论述,深化了对这一问题的研究。应该指出,危险接受在传统的刑法教义学上并不属于客观归责领域的问题,但以客观归责理论解决危险接受的责任问题的观点日益被人们所接受。该文作者也是采取客观归责理论来论述危险接受的。因此,将危险接受纳入客观归责的研究领域还是具有一定根据的。邱思果的《论二阶层客观归责体系下风险增高理论的提倡》一文,是对风险增高理论的研究。该文以二阶层客观归责体系为前提讨论风险增高。应当指出,这里的阶层并不是犯罪论体系的阶层,而是客观归责体系的阶层。作者将客观归责体系区分为三阶层和二阶层,三阶层是指制造不被容许的风险、实现不被容许的风险以及构成要件效力范围。而二阶层则是指将传统三阶层归责体系中的构成要件保护目的这一阶层取消,进而将刑法规范的两个侧面——行为规范、制裁规范分别纳入创设风

[①] 陈兴良主编:《刑事法评论》(第37卷),北京大学出版社2016年版。

险、实现风险中,进而分别与谨慎规范、谨慎规范保护目的相对应,形成客观归责体系。这些探讨对于加深对客观归责理论的理解,尤其是正确解读风险增高理论,具有一定的理论意义。徐成的《假定因果关系、合义务替代行为与法所不允许风险的实现》一文,也是对客观归责理论中若干重要问题的研究。假定因果关系与合义务替代行为的区分,在刑法教义学上始终是一个较为疑难的问题。该文对此进行了细致的分析,值得肯定。

在"正当防卫研究"栏目中,发表了三篇论文。邓卓行的《论〈人民警察法〉第 10 条的刑法理论基础与具体适用》一文,从对《中华人民共和国人民警察法》第 10 条的教义学考察出发,对警察使用枪支行为构成的正当防卫,进行了理论与实践相结合的论述,颇见作者的理论功底。警察正当防卫问题是一个实践中较多发生,但在理论上较少讨论的问题。尤其是这个问题与警察使用武器联系在一起,更增加了问题的复杂性。例如,张磊职务正当防卫过当案,被告人张磊系警察,在出警过程中处理袭警事件时使用枪支,致使二人死亡。这是一个存在重大争议的案件,司法机关对该案的处理也极为谨慎。我在《张磊职务正当防卫过当案的定罪与量刑》[①]一文中对此作了法理上的分析。该文以《中华人民共和国人民警察法》第 10 条为出发点,对其刑法适用问题进行深入论述,具有一定的新意。马乐的《论基于合理信念的假想防卫》一文,是对假想防卫的理论考察。作者从"假想防卫是否有被认定为正当防卫之可能?"这一设问出发,对否定说和肯定说分别进行了考察。作者赞同肯定说,认为对于假想防卫中并不存在的不法侵害,不能从事实上确定,而是应该从信念上分析。即对基于合理信念的假想防卫,作者认为应当肯定其为正当防卫。在此,作者其实将假想防卫分为两种类型:一是基于合理信念的假想防卫,二是非基于合理信念的假想防卫。前者为正当防卫,后者不是正当防卫。这一结论是极为新颖的,作者对此也作了具有深度的论证,值得肯定。彭雅丽、邬丹的《正当防卫制度的司法症结和解决对策研究——基于全国 2486 件案例的实证分析》一文,是对正当防卫制度的一种实证研究。作者在收集全国 2486 件案例的基础上,对正当防卫的司法实践情况进行了分析。通过研究,作者得出了以下结论:当前司法实践中正当防卫的认定

[①] 参见陈兴良:《张磊职务正当防卫过当案的定罪与量刑》,载《刑事法判解》(第 15 卷),人民法院出版社 2014 年版,第 54—62 页。

率极低,完全没有达到1997年修改《刑法》时放宽正当防卫认定的预期目标。这个结论的得出,验证了刑法学界有关正当防卫的司法认定过严、过紧的猜想,填补了学界经验分析和个案研究的局限,对司法认定的整体情况进行了确证。因此,该文对于我们全面而直观地了解正当防卫制度的实施情况具有重要的参考价值。

在"共犯研究"栏目中,发表了两篇论文。王志远的《我国共犯制度之历史误读》一文,是对唐律所确定的"共犯罪"制度的深入研究,并对如今的"误读"进行了反思。"历史的误读"一语是我最早提出的①,当时是有感于1997年《刑法》的修订,只是未对这个题目进行深入的论证。王志远在该文中,基于对唐律关于"共犯罪"规定的深刻理解,对我国共犯制度的历史源流作了梳理,对误读问题进行了有理有据的分析。符天祺的《限制正犯概念的批判性考察——基于构成要件的视角》一文,对正犯理论进行了深入研究。在正犯与共犯二元制的视野下,正犯与共犯的关系成为这个共犯理论的核心问题,而限制正犯概念正是这个理论的核心概念。该文对限制正犯概念进行了批评性考察。作者基于自然主义和规范主义的分析框架,认为限制的正犯概念是自然主义的产物。因为在自然主义立场下,才会用修正构成要件来解释共犯作为可罚类型的问题。而在规范性立场下,构成要件本身就包括亲自实现和非亲自实现两种类型,彼此之间只是存在理论上的区别而没有价值评判上的差异,由此作者导向了单一正犯体系。应该指出,单一正犯体系在我国受到某些学者的青睐,其与正犯和共犯的区分形成了理论对峙。对此的进一步研究,将会是一个具有吸引力的课题。

在"比较刑法研究"栏目中,发表了两篇论文。刘家汝的《但书规定:一个比较刑法下的考察》一文,采取比较刑法的研究方法,对我国刑法中的但书规定,进行了多重视角的考察。作者主要采用的资料还是来自苏联以及转型以后的俄罗斯、波兰等国。从知识谱系上来说,我国刑法的但书规定确实也来自苏联。该文丰富了但书规定的研究资料,其结论对于我国学者具有启发性。德国学者乌尔里希·齐白教授所著,王华伟、吴舟所译的《比较法视野下网络服务提供者的责任》一文,是对网络服务提供

---

① 参见陈兴良:《历史的误读与逻辑的误导——评关于共同犯罪的修订》,载陈兴良主编:《刑事法评论》(第2卷),中国政法大学出版社1998年版。

者的责任问题,尤其是刑事责任问题的研究。作者齐白教授采取比较法的方法,对于拓展我们的学术视野具有重要意义。正如齐白教授所指出的,关于网络服务提供者的责任,在特别法律条款缺失的情况下,网络服务提供者对于第三方所承担的责任,是根据刑法中区分积极作为和不作为的规定、保证人义务的规定以及正犯和共犯这些一般条款来确定的。不过,现在各国刑法都对网络服务提供者的责任作了特别规定,我国也是如此。《中华人民共和国刑法修正案(九)》规定了专门针对网络服务提供商的义务犯,即拒不履行信息网络安全管理义务罪,这是一种中立帮助行为的犯罪化。在这种情况下,如何正确解读刑法规定,外国学者的观点值得我们参考。

在"刑事法教学"栏目中,发表了两篇论文。胡选洪的《犯罪论体系的教学功能——基于法学本科教育目的之反思》一文,揭示了犯罪论体系的教学功能。作者从德国学者关于犯罪论体系所具有的讲授功能中引申出了教学功能的概念,并对四要件和三阶层的犯罪论体系在本科教学中的选择问题进行了探讨,具有一定意义。王燕飞的《我国首部犯罪学教材知识谱系分析》一文,是对我国犯罪学教科书的知识社会学分析。作者所说的我国首部犯罪学教材是指华东政法学院陆伦章老师所著的《犯罪学》。作者对这部犯罪学教科书的知识谱系进行了深入的分析。教科书是某一学科知识的集大成者,对于这个学科的发展具有重要意义。犯罪学进入我国法学教学体制的时间并不长,犯罪学的教科书也只有数十年的历史。无疑,首部犯罪学教科书对于犯罪学这一学科的研究是具有开创意义的。作者以我国首部犯罪学教科书为对象所进行的知识社会学的分析,是值得充分肯定的。

在"域外传译"栏目中,发表了四篇译作。德国学者阿恩特·辛恩教授著,徐凌波、赵冠男翻译的《论区分不法与罪责的意义》一文,对区分不法和罪责的意义这一阶层的犯罪论体系中的重大理论问题,进行了言简意赅的论述,值得一读。该文对区分不法与罪责的历史演变过程进行了描述,并对不法与罪责区分的意义进行了论述。尤其是作者对不法与罪责的区分论与一体论的争论进行了讨论。日本学者前田雅英著、丁胜明翻译的《故意的认识对象和违法性的认识》一文,站在实质的故意论的立场上,对故意的认识对象问题进行了讨论。如果是所谓形式的故意论,则认识对象是构成要件要素,这是十分明确的。但从实质的故意论出发,前田雅英认为,成立故意所必要的实质的认识,是指围绕该罪的违法内容(法益侵害性)的构成要件的重要部分的认识,是指如果一般人具备了这种认识,就能够认识到该行为的违法性的那种认识。由此可见,实质的故意论所要求的是所谓实质的认识。这种所谓实质的认识在一定程度上包含了对违法性的认识,因此,实质的故意是包含了事实性认识和违法性认识的一个综合性的故意概念。德国学者洛特尔·库伦教授著、许恒达翻译的《全球风险社会中的食品安全刑法》一文,是对食品安全刑法的研究。对于我们来说,这是一个较新的研究领域。作者从全球风险社会的语境下,以风险刑法为背景展开论述。尽管食品安全刑法是该文的主题,但对我来说,更感兴趣的是作者对风险刑法的介绍。例如,作者提及在风险刑法中发展出"风险释义学",尤其是作者一再强调的在以刑法缩减风险的过程中,刑法的法治国界限仍应被遵守,这是极重要的前提。这给我留下了深刻的印象。德国学者克劳斯·梯德曼教授著、周遵友翻译的《经济刑法总论"序言"》一文,是作者的《经济刑法总论》一书的一个宏大的开篇叙事,对于我们了解德国的经济刑法理论具有重要意义。经济刑法学是从德国发源的。我国从20世纪80年代开始,对经济刑法学进行了较为深入的研究,成为我国刑法理论具有特点的内容之一。但当时可供借鉴的国外参考资料极少,因此当时的经济刑法学的研究受到较大的限制。梯德曼教授在该文中所讨论的经济刑法的附属性与自治性、经济刑法总论与经济刑法各论的基本结构与框架,以及经济刑法与经济制度和经济学的关系等问题,极具理论张力,能够在很大程度上开阔我们的学术视野。"域外传译"栏目所刊登的外国学者的作品,尽管都是论文,篇幅较短,但其中包含了一些具有启迪性的观点,成为我们进一步思考的知识资源。

在"刑法与文学"栏目中,发表了刘春园的《查理斯·狄更斯文学作品中的法学情缘——以〈雾都孤儿〉〈荒凉山庄〉〈双城记〉〈游美札记〉为分析样本》一文,是《刑事法评论》所发表的刘春园系列作品中的又一篇。从文学中读出刑法的思想、观念和意识,这是刘春园的刑法与文学研究作品的价值之所在。这一研究,对于丰富刑法理论的蕴含具有重要价值。

在"专题研究"栏目中,发表了九篇论文,涉及刑法、刑事诉讼法、青少年法、监狱法等相关学科,展示了这些学科的前沿性研究成果。李婕的《论抽象危险犯的法益构造与界限》一文,是对抽象危险犯的一个深度研究。作者以法益理论为中心,对抽象危险犯的法益构造问题作了具有新意的论述。郑勋勋的《论故意对附随结果主观归责的扩张效应——从具体打击错误展开》一文,主要是对具体打击错误的讨论。但在讨论中作者提出了故意的扩张效应的概念,即作者在该文标题中所说的"故意对附随结果主观归责的扩张效应"。作者认为,可以通过考察已有故意的辐射影响,认定行为人对失误对象具有故意的问题。换言之,此时如果经过确认存在故意,它不是独立存在的,而是不可脱离于甚至附属于已有的对目标对象的故意的。作者称之为故意的规范辐射效应,实质上是已有的故意对故意附随结果主观可归责性的扩张。这些观点对于故意论研究,具有理论创新意义。陈洪兵的《以危险方法危害公共安全罪"口袋化"的实践纠偏》一文,对以危险方法危害公共安全罪所存在的"口袋化"问题进行了研究,侧重于进行实践纠偏。作者结合具体案例进行分析,实践资料丰富,具有现实意义。陈尔彦的《"多因一果"型故意杀人罪中的归因与归责——以林森浩故意杀人案为例》一文,以林森浩故意杀人案为例,对故意杀人罪的归因与归责问题进行了深入细致的分析。该文以林森浩案的判决书以及其他相关资料为研究对象,从刑法教义学理论上展开论述。其内容虽源自个案,但却又高于个案,值得肯定。巫文勇的《公平清偿与刑法保护:破产债务偏颇清偿行为入罪》一文,是一种立法论的研究,因而不同于刑法教义学的研究。该文资料丰富,尤其是涉及破产清偿等经济法问题的知识基础深厚,对于完善我国刑事立法具有参考价值。汪明亮的《犯罪治理市场化与均等化》一文在犯罪治理中引入了市场化的理念,同时又强调了所谓均等化。在市场化与均等化这两者之间,市场化追求的是犯罪治理的效率,而均等化追求的是犯罪治理的公正。该文认为,当前我国犯罪治理面临着两方面的现实:一是犯罪率高,二是犯罪被害保护欠平等。前者反映的是犯罪治理低效率问题,后者反映的则是犯罪治理不公正问题。低效率和不公正有违犯罪治理的效率价值和公正价值追求,必须予以改变。从公共安全服务视角考察,犯罪治理是政府提供的一种公共安全服务,追求效率价值和公正价值是公共安全服务的内在要求;犯罪治理市场化可以提高犯罪治理效率,犯罪治理均等化能够实现犯罪治理公正价值。应该说,汪明亮在该文中采取了较为新颖的分析方法,对于我们深刻认识犯罪治理的性质与功能具有重要参考价值。王彪的《刑事诉讼中的"过度起诉"现象评析》一文,讨论了刑事诉讼实践中的所谓"过度起诉"问题,对其进行了深入的分析,并提出了相应对策。作者具有较强的问题意识,从司法实践中发现问题,并解决问题。这种研究态度是值得嘉许的。狄小华的《论我国少年司法体制的构建》对我国的少年司法体制进行了具有新意的探讨,对于完善少年司法体制具有参考价值。张晶的《监狱者说——一名35年监狱警察的从警感悟》一文,是一种随笔式的作品,抒发了作者个人对从事警察职业的感悟,具有可读性。

陈兴良
谨识于北京海淀锦秋知春寓所
2016年3月15日

38.《刑事法评论》(第38卷)[①]主编絮语

为因应出版的需要,我为《刑事法评论》(第38卷)确定的主题是"刑法的工具论"。其实,工具论是对刑法功能的一种见解。因此,刑法的工具论也可以说是刑法的功能论。本卷在"理论前沿"栏目中刊登的陈文昊的《工具化的刑法诠释》一文,就是从工具化的角度对刑法进行解读的论文。刑法工具主义,是对刑法现实存在根据的一种描述,刑法当然具有其工具性价值;然而,如何将刑法的工具性价值与公正性价值相协调,这是一个值得研究的问题。我认为,在这当中,刑法教义学扮演着较为重要的角色。刑法教义学的规则对刑法工具性价值起到一种勘定边界的作用,与此同时,刑法教义学本身也会内嵌着实质合理性的内容,在一定程度上容纳刑法的工具性价值。陈文昊的论文侧重于对刑法进行工具化的诠释,揭示了工具化的刑法理论,不仅对教义学与实践脱嵌问题的解决有所裨益,而且在实质正义的追求上更进一步。不过,我认为还是要拿捏好分寸。过犹不及,古训仍然没有过时。

在"不作为犯研究"栏目中,发表了两篇论文。马永强的《不真正不作为犯的本质与归责——基于罪刑法定视角的展开》一文,论及不纯正不作为犯的归责问题,并且从罪刑法定主义的视角出发进行论述。作者认为,不真正不作为犯是一种独立于作为犯和不作为犯的形态,既具有不作为的特征,也具有作为的特征。无论是从罪行特征上还是从刑罚规范上看,不真正不作为犯都与作为犯具有相似性。这个结论与通常将不纯正的不作为犯视为不作为犯的一种类型的观点还是存在较大区分的,值得重视。温登平的《先前行为作为义务来源否定说批判》一文,同样涉及不纯正的不作为犯归责中的一个核心问题,这就是以先前行为作为义务来源问题。先行行为被认为是不纯正的不作为犯的一种义务来源,但在德

[①] 陈兴良主编:《刑事法评论》(第38卷),北京大学出版社2016年版。

日刑法理论中也存在各种否定的观点。对此,温登平在该文中进行了逐一的反驳。上述先行行为作为义务来源的否定说,主要包括主张结果原因支配理论的许乃曼和山口厚;主张事实承担理论的堀内捷三;主张因果过程支配理论的西田典之;主张制造危险与排他的支配理论的佐伯仁志教授等。温登平的论文虽然只是对某些观点的辩驳,但涉及相当的广度和深度的刑法教义学理论,值得肯定。

在"共犯研究"栏目中,发表了三篇论文。秦雪娜的《共犯的客观构成要件从属性之提倡》一文,对共犯从属性中的要素从属性问题进行了较为深入的研讨。共犯的从属性问题,是在把握共犯的本质时难以绕过去的问题,对此德日学者都作了大量基础性的研究,提出了各种不同的从属性理论。在该文中,作者主张立足于二元论的客观构成要件从属性说,以及立足于结果无价值论的最小从属性说,认为共犯只应从属于正犯该当客观构成要件的行为和结果,在违法性和有责性上则应具有独立的判断。作者认为,上述观点不仅在论理上更加可取,而且如果运用妥当,可以恰当地划定共犯的处罚范围。至于这种最小限制从属形式可能受到的批评,作者对此一一作了回应,以澄清学界对该说的误解。谭堃的《论过失共同正犯的共同性》一文,是对过失共同正犯的性质所作的探讨。因为我国刑法不承认过失的共同犯罪,因此对于过失共同正犯的研究也是较少的。该文认为,在探讨过失共同正犯共同性的问题时,应当从确定过失犯的自身构造入手,构建与其基本构造相一致的共同性理论,才能在正确方法论的引导下化解过失共同正犯共同性问题的理论纷争,为过失共同正犯的成立奠定理论基础。在此基础上,作者对共同正犯的共同性问题的深入论述,对于正确理解过失共同正犯的性质具有重要参考价值。白丽煊的《中立帮助行为的可罚性——以客观归责理论为路径的展开》一文,是对于与共犯相关的中立的帮助行为的研究,尤其是引入了客观归责的视角,使这种研究更加深入。

在"刑法学人"栏目中,发表了我的《外国刑法学的开拓者何鹏的治学之路》一文,这是为悼念吉林大学法学院的何鹏教授而写的。发表在此,不仅仅是一种悼念,也是一种深切的怀念与纪念。

在"域外传译"栏目中,发表了三篇德日著名学者的译文。其中,两篇是日本的山口厚教授的译文,另一篇是德国的齐白教授的译文。这三篇论文在各自的研究领域都具有前沿性,将其译成中文发表,对于我国刑法学界理解德日刑法理论的最新发展动态具有参考价值。

在"域外视野"栏目中,发表了三篇论文。于佳佳的《日本的医疗过失犯罪研究》一文,是对日本医疗过失犯罪理论的较为详细的介绍与评述。近年来,医疗刑法研究也逐渐成为我国刑法理论研究中的一个热点问题,受到学者的重视。当然,我国医疗刑法研究的起步是较晚的。在这种情况下,有必要借鉴德日关于医疗刑法的理论研究成果。于佳佳曾在日本东京大学攻读博士学位,其论文题目就是医疗刑法。可以说,于佳佳掌握了日本医疗刑法的最新研究成果。现在,于佳佳将这些成果引入我国,这是具有重要理论意义的,值得我们参考。刘涛的《惩罚的社会维度:加兰刑事思想检讨——兼论社会理论下的刑法研究》一文,是对美国学者加兰的刑事思想的系统介绍。加兰这个名字对于我来说是陌生的,对于我国大多数学者来说可能都是陌生的。该文主要对加兰的行动者导向(actor-oriented)的刑事惩罚观进行了介绍,对于深化我们对惩罚理论的认识具有重要意义。陈世伟的《为普适性的刑法体系而奋斗——品读乔治·弗莱彻之〈刑法的语法〉(第1卷)》一文,是对弗莱彻的刑法思想的介绍。我们对弗莱彻的《刑法反思》一书较为熟悉,但对《刑法的语法》(第1卷)一书并不熟悉。作者的介绍使我们得以全面地了解弗莱彻的刑法思想,因而具有意义。

在"专题研究"栏目中,发表了十篇论文。吴亚可的《我国犯罪定性定量立法模式检论》一文,从立法论的视角出发,对我国定性定量的刑法立法模式进行了较为深入的考察。一般认为,西方国家刑法采取了立法定性、司法定量的模式,而我国刑法则采取了立法既定性又定量的模式。对于我国这种立法既定性又定量的模式如何评价,这在我国刑法学界是存在争议的。该文揭示了立法既定性又定量的模式存在的不合理性,在此基础上,对立法定性不定量的模式作了论证。这里所说的定性不定量,其实就是西方刑法的立法定性、司法定量。该文作者敏锐地观察到我国刑事立法向降低入罪门槛、设立轻罪体系的方向发展对我国传统的立法既定性又定量模式带来的冲击,对于我国刑法立法模式的完善具有参考价值。张继钢的《死刑适用的控制路径》一文,讨论的还是死刑适用问题,这也是一个近年来受到社会广泛关注的热点问题。该文结合刑法规定和司法解释等进行分析,认为《中华人民共和国刑法修正案(八)》规定的死缓限制减刑制度为扩大死缓适用、限制死刑立即执行提供了契机和条件,是扩大死缓适用、限制死刑立即执行的新路径,并对此进行了较为系统的论述。王海涛的《交通管理部门的事故责任认定与交通肇事罪之判断》一文,讨论了在交通肇事罪的认定中涉及的问题,这就是交通管理部门对事故责任的认定对于交通肇事罪的成立究竟具有何种意义?该文作者将交通管理部门的责任认定结论对于交通肇事罪认定的意义,区分为两个层面:一是在程序层面上,该责任认定结论对于作为交通肇事罪构成要件的行为人事故责任,是不是一个无需审查也不容反驳的证据。作者认为,这是一个从证据法的角度对该责任认定结论的证明力所提出的问题,对该问题的回答决定了法院在审理交通肇事犯罪案件时是否应当以及如何对交通管理部门的责任认定结论进行审查。二是在实体层面上,行为人在道路交通法上的责任是否以及如何影响其交通肇事的刑事责任,即行为人负法定程度的事故责任是否意味着其交通肇事罪的成立,或者其未负法定程度的事故责任是否意味着其交通肇事罪责任的排除。作者从两个层面对上述问题展开探讨,对于解决这一在交通肇事犯罪案件处理中的难点问题具有启发性。张忆然的《盗窃罪数额在三阶层犯罪论体系中的定位》一文,讨论的是在三阶层的犯罪论体系引入我国以后出现的一个疑难问题,即如何处理一定的罪量要素在三阶层的犯罪论体系中的地位问题。该文以盗窃罪为例,进行了较为深入的探讨。该文的结论是:宜将盗窃罪数额在犯罪论体系中视为纯正的客观处罚条件,并置于独立的犯罪成立条件的位置上。由此,三阶层的犯罪论体系在该文问题上便充分显现出无可比拟的实用性和开放性。这一解决方案具有一定的合理性,与我所倡导的罪量要件独立说也较为契合,值得肯定。李春的《毒品犯罪防控中截利问题研究——以涉毒洗钱犯罪为视角》一文,以涉毒洗钱罪为例,对毒品犯罪防控中如何截利这个问题,在梳理大量文献资料的基础上进行了实证性的论证,具有较大的现实意义。王彪的《论克服犯罪主观要件证明困难的特殊方法》一文,论及犯罪主观要件的认定问题。在司法实践中,犯罪主观要件的认定确实是一个较为疑难的问题。该文作者提出了克服犯罪主观要件证明困难的特殊方法。这里的所谓特殊方法就是指证明对象变更的方法、证明责任分配的方法和证明标准降低的方法。作者对这些方法的具体应用作了探讨,同时也指出了这些方法的局限性。汪东升的《准中止犯制度构建——以制度理念差异分析为展开》一文,对准中止犯制度进行了研究。在对各国刑法典中有关准中止犯规定进行梳理后,该文指出:准中止犯是指在需要采取积极中止行为的时空范围内,行为人已为阻止犯罪结果发生付出真挚的努力,虽然犯罪结果未发生并非其行为所致,但仍可准用中止犯处理的情形。此种观点具有一定新意,也是对以"有效性"为要件的中止犯制度的一种反思。俞巧华的《论〈罗马规约〉第30条中的"故意"与"明知"》一文,是对《罗马规约》第30条的解读。对于这个问题我国学者研究较少,该文脚注中引用了吕翰岳的硕士论文,这是对该问题的较早研究。该文在对两大法系的心理要件进行比较考察的基础上,在国际刑法的理论语境下对《罗马规约》第30条文本进行了解读。兰跃军的《审判中心视野下刑事审前程序诉讼化改造》一文,是对刑事诉讼中的审前程序的研究。该文认为,应当对审前程序进行诉讼化的改造,即推进以审判为中心的诉讼制度改革,统一刑事司法标准,建构完整的司法审查制度;实现审前程序诉讼化,由法院进入审前程序作为裁判权主体,履行审判职能,对审前程序实行司法控制,从而实现刑事诉讼彻底诉讼化。应该说,这一设想还是具有现实意义的,尤其是对于推进以审判为中心的刑事诉讼程序的建构能够起到促进作用。万旭的《瑕疵证据理论的反思与重建》一文,涉及司法实践中的一个棘手问题,这就是对瑕疵证据如何处理。该文提出了瑕疵证据理论,并对此进行了较为全面的论述:瑕疵证据理论在一定程度上突破了传统理论的某些限制,以刑事诉讼多元价值目标结构和规范意义上的证据裁判思维为基点,并揭示出瑕疵证据的三个本质特征:一是瑕疵证据是存在证据能力层次的相关性、真实性(同一性)认证困难的证据;二是瑕疵证据具有不必然的可弥补性;三是瑕疵证据可能与非法证据发生竞合。在此基础上,作者从瑕疵证据的本质特征出发,对诸如瑕疵证据与非法证据的区分界定、瑕疵证据规则与非法证据规则的区别适用、瑕疵证据准用与排除的思路与方法等理论和实践中的重大疑难问题作了清晰明确且与传统理论截然不同的解答。

在中秋月圆之际,编写《刑事法评论》(第 38 卷),也是别有一种心情。

陈兴良
谨识于北京海淀锦秋知春寓所
2016 年 9 月 15 日

39.《刑事法评论》(第39卷)[①]主编絮语

值此三月春分节气,《刑事法评论》出版二十周年之时,编成《刑事法评论》(第39卷),感到十分高兴。本卷主题为"刑法规范的二重性论",更为关注刑法的基本理论问题。

在"理论前沿"栏目中,刊登了两篇论文。茹士春的《刑法规范二重性要论——行为规范与裁判规范的范围异同、内容离合与反馈互动》一文,针对刑法规范的二重性,即行为规范与裁判规范的关系问题进行了深入的探讨。作者在《刑事法评论》(第35卷)就曾发表过《刑法规范二重性序论》一文,对行为规范和裁判规范进行了初步的界定。在该文中,作者对行为规范与裁判规范的范围异同、内容离合以及反馈互动等问题又作了进一步的分析。刑法规范的二重性属于刑法的基本理论问题,对该问题的正确理解对于解决刑法的一系列重要问题具有前置性意义,因此值得展开更为深入的讨论。罗世龙的《机能行为无价值论之提倡——兼评结果无价值论与行为无价值论》一文,对结果无价值论与行为无价值论这个刑法的重要问题进行了深入探讨。该文的重点是作者提出了机能行为无价值论的观点,这是一种学术的自我命名。作者指出,机能行为无价值是指在风险社会领域内可以根据具体情况选择仅仅违反行为规范但缺乏法益侵害的一元违法性标准,或者选择既违反行为规范又侵害法益的二元违法性标准;在传统社会情境中,选择既违反行为规范又侵犯法益的二元行为无价值论。这意味着,一方面,机能行为无价值论在任何社会情境下都吸收了行为无价值论中的主观要素、客观行为方式等合理性要素;另一方面,在风险社会的大部分场合和传统社会的全部范围内坚持二元行为无价值论的违法性标准,在风险社会的少数情况下坚持一元违法性标准。由此可见,这里的机能行为无价值论实际上是指在风险社会和传统社会中采用行为无价值的不同标准。当然,这种情况下称为机能行为

[①] 陈兴良主编:《刑事法评论》(第39卷),北京大学出版社2017年版。

无价值论,还是值得斟酌的。尤其是风险社会理论以及建立在该理论基础之上的风险刑法的概念,都还值得进一步推敲。对于刚进入某个学术领域的人来说,总是会有一股冲劲,我认为这种探索精神是值得嘉许的,无论观点是否正确。

在"片面共犯研究"栏目中,刊登了两篇论文,围绕着片面共犯这个问题展开了集中的研讨。片面共犯是刑法共犯理论中的一个小之又小的问题,难得在此设立专栏进行探讨。胡宗金的《利用行为视角下的片面共犯否定论》一文,从题目就可以看出,作者对片面共犯是持否定态度的,尤其是基于利用行为进行这种否定。所谓利用行为视角,作者是把帮助行为界定为利用行为,然后把利用行为进一步界定为实行行为,由此将片面共犯转化为单独正犯,并为刑事追诉提供法律根据。尤其是,作者将片面共犯与间接正犯进行类比,既然间接正犯的利用行为可以转化为实行行为,为什么片面共犯的利用行为不能转化为实行行为。这样一种推理似乎合乎逻辑,但还是存在逻辑上的瑕疵。间接正犯的利用行为之所以能够转化为实行行为,是因为利用者具有对被利用者的支配关系,根据罗克辛教授的话语,这是一种意志控制。罗克辛教授认为,这种意志控制具有以下三种形式:一是凭借强制的意志控制;二是凭借认识错误的意志控制;三是凭借有组织的国家机关的意志控制。由此可见,间接正犯不是一般的利用他人,而是具有对他人行为的支配性控制。而在片面共犯的情况下,这种支配性控制并不存在。当然,该文指出了在帮助行为正犯化立法增加的情况下,对于片面共犯存在范围的挤压,这是客观存在的。张召怀的《片面共同正犯否定论——基于交互支配性的证成》一文,也同样是对片面共犯的否定,当然主要是讨论所谓片面的共同正犯。作者提出了交互支配的观点,认为在片面的共同正犯的情况下,利用者具有对于他人行为的交互支配性,因此直接成立正犯,没有必要采用片面的共同正犯的概念。尤其是,作者对不法行为之全体责任这一原则进行了深入解读,以此作为片面的共同正犯以单独正犯论处的学理根据。

在"结果加重犯研究"栏目中,刊登了两篇论文。段蓓的《被害人自我答责视角下的结果加重犯论》一文,是对被害人行为结果加重犯的认定,作者认为可以引入被害人自我答责认定理论。该文比较分析了结果加重犯情况下对结果归责的中断理论、相当性理论和直接性理论,认为这些理论都存在不足,只有采用被害人自我答责理论,才能正确地解决在被害人行为介入情况下的归责问题。张伟的《结果加重犯之共同正犯研究》一文,是对共同正犯中的结果加重犯的研究。这也是一个较为重要的理论问题。相对于单独犯罪的结果加重犯,共同正犯的结果加重犯更为复杂,尤其是这个问题还牵扯到过失共同正犯问题。应该说,作者对这个问题进行了较为到位的理论分析,对于司法机关正确地认定共同正犯的结果加重犯具有一定的参考价值。

在"刑罚学研究"栏目中,刊登了三篇论文。美国学者 Malcolm M. Feeley 和 Jonathan Simon 所著、乔远翻译的《新刑罚学:矫治策略的出现及其启示》一文,提出了所谓新刑罚学的概念。这里的新刑罚学有"三新",即新论述、新目标、新技术。作者指出,新刑罚学主要涉及以下三个领域的变革:一是新论述的产生。其中,风险和概率论述越来越多地取代了之前的临床性论述及道德性判断,这一现象尤为显见。二是新目标的形成。对于刑罚系统或司法系统而言,这里的"新"并不仅指目标本身之"新"(其中有些目标早有传统),还指这些目标的系统性之"新"。特别值得注意的是,内部系统实现有效控制的目标,在很大程度上取代了传统的、旨在帮助犯罪人康复或控制犯罪的目标。三是新技术的创新应用。这些新技术以群体为单位来看待犯罪人,代替了旨在追求个性化或追求平等的传统技术。这些观点对于我国刑罚学的研究具有启迪性。马永强的《刑罚理论的新动向:从综合论到沟通论——达夫(R. A. Duff)的沟通理论及中国镜鉴》一文,对英国学者达夫教授的沟通性刑罚理论作了述评。该刑罚理论的关键词是沟通。这里的沟通是一种双方的视角,接收者被视为参与这个沟通过程的主体,而非被任意评判的客体——接收者也可以接受信息并且进行反馈。沟通要求必须认真倾听他人的理由和理解——而最终应答的作出,是以对于沟通中的所有主体间的相互理解、换位思考与理性协调为基础的。这样一来,沟通将所有人都作为主体来看待。建立在沟通之上的这种刑罚理论,对刑罚的目的及其运作都进行了重新的表述,对于我国学者还是具有参考价值的。高颖文的《刑罚目的与犯罪论体系:由"刑"到"罪"的思考》一文,是对刑罚理论与犯罪理论的连接性考察,尤其是强调了刑罚目的对犯罪论体系的影响,并揭示了中国语境下刑罚目的的取向对犯罪论体系的构造的启示意义。相对于以犯罪论体系为核心的犯罪理论而言,我国对以刑罚目的为核心的刑罚理论研究还是较为薄弱的,随着国外各种刑罚新思想、新理念和新学说的引入,我国刑罚理论也会掀起一个研究的新高潮。

在"实证研究"栏目中,刊登了两篇论文。张喆的《刑法中的因果关系判断——从特殊体质致死类案件切入》一文,在论述因果关系理论的基础上,根据实证资料,对特殊体质致死案件的归因与归责问题进行了类型化的分析。该文的特点是对于因果关系问题的研究同时采取两个基本的路径:一是从案例出发,归纳性地研究对于特定因果关系类型案件中的因果关系判断模式,获得实践中的理论模型;二是从既有的理论、观点出发,演绎性地研究其理论的构建过程,获得相关理论模型,将其与从案例归纳获得的理论模型进行对比分析。因此,在刑法因果关系的研究中,该文具有其特色,值得一读。林嘉珩的《受贿罪量刑影响因素实证研究——基于2014年全国4 205份判决书的研究》一文,在收集大量实证资料的基础上,对受贿罪量刑的影响因素问题进行了研究。在受贿罪的量刑中,受贿数额当然是主要的根据。那么,其他因素对于受贿罪的量刑具有何种影响呢?对此,该文根据实证资料给出了自己的答案。

在"域外传译"栏目中,刊登了四篇译文。德国著名学者英格伯格·普珀(Ingeborg Puppe)教授所著、徐凌波、曹斐翻译的《客观归责的体系》一文,是对客观归责理论的介绍。客观归责理论即使在德国刑法学界也是存在较大争议的,否定者不乏其人。普珀教授对客观归责理论则持完全肯定的态度。我注意到在该文中,普珀教授认为,客观归责具有基本公式的性质,成为刑法教科书的逻辑推理的重要工具;普珀教授认为,客观归责是以因果关系为基础的。客观归责的成立条件有二:其一是违反注意义务的因果关系;其二是连贯性要求。违反注意义务的因果关系建立在因果关系基础之上,而连贯性要求则以违反注意义务的因果关系为基础。这里的因果关系是指根据条件说确立的行为与结果之间的客观联系。而所谓违反注意义务的因果关系,是在因果关系的基础上,以是否违反注意义务进行限制。因此,违反注意义务的因果关系与日本刑法教义学中的主观的相当因果关系说较为接近。而根据普珀教授的话语,连贯性要求意味着,行为中法所不允许的行为属性不能仅是任一因果链条中的必要环节,而必须是一个经由一连串法所不允许的状态所形成的因果链条中的必要一环,才能将结果归责于行为人的行为。这就对因果关系的审查提出了更为严格的要求。普珀教授在该文中对客观归责的论述具有自身的独特性,因此值得一读。德国学者马克·恩格尔哈特(Marc Engelhart)所著、徐剑翻译的《德国经济刑法的发展和现状》一文,是对德国经济刑法状况的介绍。该文既论述了经济刑法的实体法的发展与现状,又论述了经济刑法的程序法的发展与现状,对于我们了解德国的经济刑法具有重要的参考价值。我国虽然也存在对经济刑法的研究,但从总体上说,这种研究还是较为肤浅的,未能形成完整的经济刑法理论体系。我相信,德国经济刑法理论引入我国,会对我国的经济刑法研究起到促进作用。德国学者乌尔里希·齐白(Ulrich Sieber)所著、朱奇伟翻译的《欧盟版权刑法的发展》一文,对欧盟的版权刑法进行了介绍。版权刑法也属于经济刑法,而欧盟的版权刑法具有区域刑法的特征,对于我国学者对版权刑法的研究具有参考价值。德国学者海因茨·科里亚特(Heinz Koriath)所著、张志钢翻译的《有关危险犯的争论》一文,围绕着危险犯进行了论述,该文的主旨是对在危险犯问题上存在的争议加以介绍,这对于我们加深对危险犯的认识具有重要意义。传统观点都认为,具体危险犯是结果犯,至少具有结果犯的构造。我则对此通说观点持不同见解。在早期的《刑法哲学》一书中,我就明确把危险犯,包括具体危险犯归之于行为犯,对应于结果犯。对于自己的这一观点,还是心存忐忑的,因为没有见到与我类似的观点。但在海因茨·科里亚特的该文中,我高兴地遇到知己。因为该文的结论第二点就是:危险犯不是结果犯,将(具体)危险犯类比成结果犯不具有说服力。这一立场与我的观点不谋而同。海因茨·科里亚特在回答具体危险犯是不是结果犯这个问题时指出:具体危险犯是结果犯,不仅完全占据主导地位,而且几乎就是一个理论上的信条。也只有宾丁、联邦最高法院以及该文的作者持不同的但明显是绝对少数的见解,但这个俨然一体的阵营也需要回答这个信条是否正确。作者对此问题从逻辑上作了回答,理由是:结果犯中所谓的结果是一种真实的事态,而作为危险行为所引起的客观可能性之后果的损害是可能性或盖然性,并不具有真实性意义。对此,我深以为然。在结果没有发生的情况下,怎么能说没有发生的结果就是结果呢?我认为,具体危险犯是结果的危险,即具有结果发生的客观可能性;而抽象危险犯则是行为的危险。就基于危险入罪而非基于结果入罪而言,具体危险犯与抽象危险犯之间并无区别。

在"域外视野"栏目中,刊登了三篇论文。刘昶的《行政领域与刑事领域间的个人数据流通——德国基本权利理论的实际运用》一文,是对数据流通问题的研究。在论述中,作者较为翔实地论述了德国基本权利理论,并从行政领域与刑事领域的关联性上进行对比性的考察。同时,作者也论及德国理论对我国的参考价值。郭栋磊的《日本规范违反说之规范本质学说述评》一文,对日本刑法学界关于规范本质的学说展开叙述。这个问题与行为无价值论和结果无价值论之争具有较为密切的关联性。规范违反说与法益侵害说是对立的,而这种对立主要表现在规范违反说更强调对社会伦理的违反,而法益侵害说则更关注各种法益的损失。两者相对而言,前者距离主观主义较近,后者距离客观主义较近。该文作者在翔实地掌握日本资料的基础上,对日本规范本质问题各种学说的介绍与评论,对于我们理解日本的行为无价值论具有借鉴意义。松尾刚行的《日本〈犯罪白皮书〉解读》一文,对日本《犯罪白皮书》作了较为全面的介绍。日本每年发布的《犯罪白皮书》是了解日本犯罪状态以及司法真相的一个窗口,作者对此作了深入的解读。作者在北京大学法学院刑法学专业攻读博士研究生学位,基于对日本和中国两国刑事司法的了解,这种解读更具有可信性与可靠性。

在"专题研究"栏目中,刊登了十篇论文。刘俊杰的《刑法解释方法位阶性否定论》一文,涉及了一个老生常谈的问题,这就是刑法解释方法的位阶性。作者对我的观点进行了商榷,其实我也不主张严格的刑法解释方法的位阶性。但我反对认为各种解释方法之间完全没有逻辑关系,可以任意采用的观点,这是一种介乎刑法解释方法的位阶性之无与有之间的立场。因为如果完全不考虑各种解释方法之间的逻辑关系,可能会导致解释结论的混乱。至于作者在文章开头论及的三个案例,我并不认为这是一个刑法解释方法的位阶性导致的结论上的差异,而是是否坚持形式判断先于实质判断的问题。这个问题与形式解释方法的位阶性存在一定的关联性,还需要进一步研究。徐成的《论作为与不作为的区分》一文,从事实与规范两个层面对作为与不作为的区分问题作了探讨,具有一定的新意。夏伟的《刑事政策出罪方法论——基于历年刑事司法判决的思考》一文,从刑事政策角度对出罪的方法论进行了探讨,同时作者还把这种思考建立在扎实的实证资料的基础之上。作者提出了出罪是刑事政策与刑法沟通最深刻的方式的命题,并对此进行了深入的阐述。刑事政策对于刑事司法的影响具有入罪与出罪两个层面,更应当强调的是刑事政策对于出罪的影响,这种对刑事政策功能的思考无疑具有重要性。田然的《论主从犯特殊区分制的共犯体系》一文,对共犯的双层分类法作了批判性考察,这里的双层分类法是指分工分类法与作用分类法。作者提出了主从犯特殊区分制的观点,即在不法层面上放弃对分工形式的考察,在罪责层面上以作用标准区分主犯和从犯,并试图超越单一制与二元制。作者认为,共同犯罪人的行为作为一个整体而被考量,共犯人的教唆、帮助、组织、策划等行为已经凝结在同一个共犯行为内,该共同犯罪行为所满足的构成要件决定了共同犯罪的性质。我认为,这实际上就是单一制的核心观点。二元制与单一制的根本区分在于对构成要件的理解:是限制的构成要件概念还是扩张的构成要件概念,由此引申出是否在违法层面区分正犯与共犯。其实,前述双层分类法的表述并不科学。就违法性阶层而言,根据二元制,只能是采取分工分类法。从这个意义上说,并不存在双层分类的问题。蔡颖的《论教唆行为的两种性质——兼议〈刑法〉第29条第2款之理解》一文,提出了教唆行为的双重限制的观点,教唆行为的第一种性质:从属于正犯之共犯行为;教唆行为的第二种性质:应受处罚之预备行为。在此基础上,作者论述了《刑法》第29条第2款的含义。夏尊文的《论侵占封缄物的行为定性与占有的问题》一文,从事实占有与法律占有区分的角度对侵占封缄物问题进行了分析。熊亚文的《帮助信息网络犯罪活动罪的司法适用》一文,对《中华人民共和国刑法修正案(九)》增设的帮助信息网络犯罪活动罪进行了讨论,涉及共犯正犯化等原理。陈苏豪的《认罪协商程序中的犯罪事实认定问题——基于美、德两国经验的比较法考察》一文,借鉴美、德两国的经验,采用比较研究的方法,对我国正在试行的刑事案件认罪认罚从宽制度进行了探讨。方柏兴的《论讯问录音录像证据功能的主观化》一文,是对刑事诉讼的讯问过程中录音录像证据功能的一种分析,作者提出了这种功能的主观化的命题。王燕飞的《〈犯罪学基础:新维度〉知识论述评》一文,对美国犯罪学学者Kelly Frailing 和 Dee Wood Harper 撰写的《犯罪学基础:新维度》一书进行了系统的介绍,对于开阔我国犯罪学的理论视野具有裨益。上述刑事法各分支学科的论文都立足于我国的问题,采用科学方法进行具有前沿性的理论分析,对于拓展我国刑事法理论具有重要意义。

在《刑事法评论》(第1卷)卷首语的结尾处,我曾写下了以下文字:"'随风潜入夜,润物细无声。'诗人杜甫的千古绝句为我们描绘了一幅美妙而静谧的图景:没有尘嚣,没有张狂,只有蒙蒙的细雨和茫茫的夜色。这正是我们在充斥着浮躁与功利的现实社会孜孜以求的一方学术净土。"转眼之间,二十年过去了,又是一个初春时节,《刑事法评论》虽然还受到尘嚣的冲击,但它已经成为学术的一方净土。我们还会持续地坚守,迎接下一个二十年。

陈兴良
谨识于北京海淀锦秋知春寓所
2017年3月21日

40.《刑事法评论》(第40卷)[①]主编絮语

1997年的春天,无论是对于国家来说,还是对于我个人来说,都是一个值得怀念的季节,是一个难以忘怀的季节。这一年的3月14日,全国人民代表大会通过了刑法修订,这就是1997年《刑法》。这是国家法治建设之幸,也是刑法学人之幸。《刑法》的修订预示着我国刑法理论即将迎来发展的契机。正是在这种背景下,我主编的《刑事法评论》在中国政法大学出版社的大力支持下正式出版。《刑事法评论》的创办,为刑事法的学术研究开辟了一个发表的园地,也为刑事一体化提供了一个践行的契机。转眼之间,二十年过去了。如今,我们庆祝《刑事法评论》出版二十周年,同时也是庆祝1997年《刑法》修订二十周年。二十岁对于一个人来说,正值青春时节;二十年对于一部刑法典,对于一本出版物来说,也正是大好年华。

我在刊登于《政治与法律》2017年第3期的《回顾与展望:刑法学的研究现状和发展方向——刑法教义学的发展脉络——纪念1997年刑法颁布二十周年》一文中,对自1997年《刑法》颁布以来二十年的刑法学发展进程,以刑法教义学的发展脉络为中心进行了归纳性的描述。在该文中我提出了以下判断:"1997年至今是我国刑法教义学茁壮成长的阶段。我国刑法学经过二十年长足的发展已经脱胎换骨重获新生,刑法教义学的基础已然奠定。回顾这段刑法学发展的历史,对于明确我国刑法学的学术走向具有参照意义。"在这一立法与理论的背景中,观察《刑事法评论》所刊登的刑法论文所反映出来的刑法理论研究的发展脉络,可以明显地发现从立法论到司法论的转变,其实也就是刑法教义学在我国生根落地的历史进程。

在1997年《刑法》修订初期,也就是《刑事法评论》创刊之初,我们组织的稿件还是围绕着《刑法》修订展开的,更多地表现为一种立法论的研

[①] 陈兴良主编:《刑事法评论》(第40卷),北京大学出版社2017年版。

究。在《刑事法评论》(第2卷)的主编絮语中,我对此作了如下说明:"在《刑事法评论》第1卷组稿之时,正值《刑法》修订进入最后阶段。为此,我们开设了一个栏目:'刑法修改的理论期待'。现在,《刑法》修订已经完毕,修订后的《刑法》已于1997年10月1日实施。那么,修订后的《刑法》在多大程度上实现了理论期待呢?为此,本卷开设一个专栏加以探讨。这就是'修订后的刑法:理论评判'……从独立的学术品格出发,我们坚持对修订后的《刑法》做一种客观的评价,这也就是第2卷和第3卷中'修订后的刑法:理论评判'这个栏目设立的主旨。"在《刑事法评论》(第1卷)设置了"刑法修改的理论期待"专栏,在第2卷和第3卷设置了"修订后的刑法:理论评判"的专栏,分别对《刑法》的总则和分则的主要专题进行了评析和探讨。在此后一个时期,《刑事法评论》针对修订后的《刑法》的解释与适用发表了相关论文,为《刑法》的实施作出了学术贡献。

从以立法论为中心到刑法教义学的学术转变,是一个悄然而至的过程。这里值得一提的是,在《刑事法评论》(第3卷)的"判例研究"栏目中,围绕着"宋福祥案",发表了一组(六篇)有关故意不作为杀人案的论文(十二万字)。宋福祥案件虽然只是个案,但对该个案的研究,从某种意义上说是我国刑法学界从案例分析向判例研究转变的肇始,也是我国刑法教义学的萌芽。根据《刑事法评论》(第3卷)的主编絮语的记载,当时是周光权提议对宋福祥间接故意不作为杀人案进行学理研究,我深以为然,并得到张明楷、曲新久等诸位同仁的积极响应,分头写出了研究论文。呈现在读者面前的这组论文,并不是简单的对"宋福祥案"的分析,而是从刑法教义学角度对该案涉及的不作为犯罪的作为义务、不作为犯罪的因果关系、不作为犯罪的罪过形式等专门问题进行的深入研究。不仅如此,还对疑难案件判决的合法性的获得,以及对宋福祥在权利场域中的个人命运等超越实在法的法理问题进行了论述。从现实案件中发现问题,并从刑法教义学上进行阐述,由此获得学理上的提升。自从《刑事法评论》(第3卷)刊载了对宋福祥案的研究论文以后,这个案件就成为在我国刑法学界最为著名的案件之一,时常被人们提起。尽管对于该案的定罪处罚在当时就存在意见分歧,至今这种分歧仍然存在,但这个案件的研究还是为我们打开了一扇走向刑法教义学的大门。

在刑法教义学发展过程中,涉及一个刑法的知识转型问题。对传统的刑法理论的批判与对国外刑法理论的引入成为推动这种刑法知识转型的必要条件,而《刑事法评论》在这两个方面都起到了重要的作用。例如,对作为传统刑法学核心观念的社会危害性,我在《法学研究》2000年第1期发表了《社会危害性理论——一个反思性检讨》一文,对此进行了全面的抨击。在2000年6月出版的《刑事法评论》(第6卷)刊登了刘为波的《诠说的底线——对以社会危害性为核心话语的我国犯罪观的批判性考察》一文。我认为,这篇论文对作为一种元语言叙述模式的社会危害性话语进行批评的广度与深度都要超过我的认知。刘为波的论文指出了社会危害性话语与罪刑法定原则及其所表达的自由主义思想之间根本性的无法消弭的紧张关系,触及了从专政刑法到法治刑法转变的一个要害问题。在论文中,刘为波并不仅仅局限于对社会危害性理论的"破",而且致力于对一种人本犯罪本质观的倡导:阐扬犯罪本质的深层的批判、设限意义,就需要摒弃"社会危害性"这一阐释话语,移用西方的法益概念;从传统的对刑法已然保护利益的客观描述,转向对刑法可以保护(可以进入刑法视野)的利益的思考,从而为刑法有权染指的范围设定一条底线。在此,刘为波主张引入法益观念,尤其是强调人权保护的个人法益观。这些思想即使是在现在,我认为仍然具有相当的针对性与现实性。紧随着刘为波的论文,在2000年10月出版的《刑事法评论》(第7卷)刊登了劳东燕的论文:《社会危害性标准的背后——对刑事领域"实事求是"认识论思维的质疑》。该文深入到社会危害性标准的背后,对支撑着社会危害性理论的实事求是的认识论思维提出了质疑。在该文中,劳东燕对作为意识形态的实事求是的批判,主要还是说它为社会危害性理论提供了哲学根据。例如,根据社会危害性理论,只要行为具备社会危害性的,就应当受到刑法处罚。刑法有规定的,按照刑法规定处罚;刑法没有规定的,通过类推进行处罚。确实,类推适用是以实事求是为根据的,从实事求是中获得了政治正确。而根据罪刑法定原则,只有刑法有规定的,才能认定为犯罪。就对于具有社会危害性的行为因为刑法没有规定所以不能认定为犯罪而言,是违反建立在社会危害性之上的实事求是的。因此,这种批判是具有一定的现实意义。这些具有较强的思想性并容易引起争议的论文发表在"理论争鸣"栏目中,表明《刑事法评论》对于一切有益于学科发展的学术争辩都持积极肯定的态度。从某种意义上可以说,这种前沿性的思维也正是推动学术向前发展的动力。

在刑法教义学的发展过程中,来自德日刑法学的知识涵养是不可或缺的。《刑事法评论》在翻译介绍德日刑法教义学方面也作出了自己的贡献。刑法教义学发源于德日,在过去相当长的时间内,受到政治因素的影响,这些刑法教义学知识被摒弃于国门之外。只是在改革开放以后,随着国门打开,德日刑法教义学知识才逐渐被引入我国。为了增加对德日刑法教义学知识的了解,《刑事法评论》设立了"域外传译"和"域外视野"这两个常规性栏目。前者以刊登翻译作品为主;后者以刊登中外比较介绍性论文为主。在"域外传译"栏目中,翻译了一大批德日著名学者的论文,例如,德国的罗克辛、许乃曼、魏根特等,日本的西田典之、山口厚等。这些译文比其他出版物更早与读者见面,在我国刑法学界产生了较大的学术影响。例如,罗克辛教授的《刑事政策与刑法体系》一文,就是蔡桂生翻译,最初刊登在《刑事法评论》(第26卷),后来中国人民大学出版社发行了单行本,是对我国刑法教义学研究具有重要参考价值的一部作品。在该卷的主编絮语中,我指出:"罗克辛教授的《刑事政策与刑法体系》一文,着重探讨了如何将刑事政策引入刑法教义学体系的问题,这对于我国建立刑法教义学体系也是具有重要启迪意义的。以往我们对刑事政策与刑法关系的了解,都是一种外在的视角,或者说是一种外在的相关性。而罗克辛教授则开启了一种考察刑事政策与刑法关系的内在视角,使刑事政策能够通过刑法教义学而发生实在的影响,这对于我国的刑事政策研究和教义刑法学的研究都是一种借鉴。"正是在罗克辛教授在该文中提出的思想的影响下,我在《中外法学》2013年第5期发表了《刑法教义学与刑事政策的关系:从李斯特鸿沟到罗克辛贯通——中国语境下的展开》一文。这篇论文强调了在中国目前的刑法教义学研究中,既要以刑事政策作为刑法教义学的引导,更要注重通过刑法教义学对刑事政策的边界加以控制。我的这篇论文是在罗克辛教授的启迪下产生的学术成果,也是学习之作。可以说,在《刑事法评论》上刊登的大量翻译与介绍德日刑法教义学的论文,如同细雨般滋润了我国刑法学术园地,催生了我国刑法教义学的成长壮大。

从《刑事法评论》发表的刑法论文来看,也可以明显地发现教义学的色彩越来越浓这样一个趋势。以对不作为的作为义务这个刑法教义学问题为例,1999 年刊登在《刑事法评论》第 3 卷中的我的《论不作为犯罪之作为义务》一文,与刊登在 2015 年《刑事法评论》第 35 卷中的孙立红的《规范性的事实支配与不真正不作为犯——基于对三种不作为犯理论的批判性思考》一文相比,之间相距了十六年时间,可以清晰地看出在不作为犯的作为义务问题上的理论进展。对于孙立红的论文,在主编絮语中,我指出:"孙立红的《规范性的事实支配与不真正不作为犯——基于对三种不作为犯理论的批判性思考》一文,是近年来我所见到的关于不作为犯分析的一篇力作。作者以三种不作为犯理论为出发点进行思考,这里的三种不作为犯理论是指根据彻底的事实支配标准、单一的义务犯标准以及结合这两者对不作为犯的正犯性所作的分析。作者对这三种理论作了批判性考察,提出了规范性事实支配的观点,并对此进行了深入的论证。从该文可以看出,作者对于罗克辛教授的事实性支配以及义务犯理论都具有较为深刻的理解,并将之运用于对不纯正的不作为犯的分析,表明作者具有较为扎实的理论功底。该文在我国关于不纯正的不作为犯的理论研究中独树一帜,具有鲜明的学术特色,值得嘉许。"确实,这两篇论文真实地展示了我国在不作为犯的作为义务问题上的学术水平从低到高的发展进程,这也正是我国刑法教义学水平提升的一个缩影。可以说,《刑事法评论》二十年来的成果逐渐展现了我国刑法教义学的进程,因而是一部我国刑法教义学的发展史。

从《刑事法评论》创刊之初,我就确立了《刑事法评论》的编辑宗旨,这就是:"竭力倡导与建构一种以现实社会关心与终极人文关怀为底蕴的、以促进学科建设与学术成长为目标的、一体化的刑事法学研究模式。"这里的一体化的刑事法学研究模式,也就是刑事一体化。刑事一体化的思想是储槐植教授倡导的,《刑事法评论》将刑事一体化作为自己的学术追求,竭力践行。当然,对刑事法各学科做贯通性的研究,这是存在难度的。因为,在刑事法各学科之间毕竟存在畛域之分。付立庆教授在《刑事一体化:梳理、评价与展望——一种学科建设意义上的现场叙事》[载《刑事法评论》(第 14 卷)]一文中,曾经将《刑事法评论》称为刑事一体化理念的群体化实践,从而将储槐植教授的刑事一体化这一多少带有口号性质的个体化表述演变为一种群体化的自觉实践。在我看来,刑事一体化更意味着一种方法论,而不是一个人同时研究刑法与刑事诉讼法。整个刑事法是以犯罪为中心的,刑事是与犯罪相同的一个用语,而一体化是指将犯罪的形态(犯罪学)、对策(刑事政策)、程序(刑事诉讼法)、刑法(刑事实体法)和行刑(刑事执行法)贯通地加以把握。《刑事法评论》以刑事法为研究内容,包括刑法、刑事诉讼法、监狱法、刑事政策、犯罪学等相关学科,因而具有较大的理论辐射面。从二十年来《刑事法评论》发表的论文来看,虽然以刑法为主,但还是兼及刑事法的其他学科。即使是在刑事诉讼法等其他学科,也发表了优秀成果。例如,马明亮发表在《刑事法评论》(第17卷)的《协商性司法:一种新型的司法模式》、张庆方发表在《刑事法评论》(第12卷)的《恢复性司法——一种全新的刑事法治模式》,以及汪明亮发表在《刑事法评论》(第19卷)的《论犯罪饱和性生成模式:犯罪宏观生成模式研究》,在各自领域都是前沿性的成果。

《刑事法评论》出版二十周年,见证了二十年来我国学术发表在出版市场的重大变化。二十年前,我国学术界还存在着严重的发表难的问题,这也是当时大量连续出版物问世的主要原因。连续出版物是在我国对公开发行的学术刊物进行数量管制条件下所特有的一种现象,因为在公开发行的刊物上发表论文难,因此出现了所谓以书代刊的连续出版物。可以试想,如果没有刊物的严格管制,也就不需要以书代刊。当然,以书代刊现象的出现还与我国学术出版事业的蓬勃发展有关。对于出版物虽然采取书号管制,但这种管制相对来说宽松一些。因此,当时出现了大量以购买书号形式进行民间出版的所谓书商,成为出版业发展的重要推动力量。书商起初是青睐流行读物,后来又进入学术领域,尤其是法律领域。随着我国立法的发展,对法律的研究不断深入,司法实践对于法学学术的需求愈来愈高,这就推动了法学的学术出版事业。《刑事法评论》正是在这样一种背景下应运而生,为刑法理论研究成果的发表提供了一个园地。将近二十年过去了,在这期间我国的学术发表情况发生了重大变化。随着法学刊物以及虽不是专门法学刊物但设有法学栏目的刊物数量的增加,法学发表条件得到了较大的改善。因此,出现了各种对法学刊物的评价指标或者评价系统,包括核心刊物和权威刊物等的划分,不同的刊物对作者与作品提出了不同的要求。在这种情况下,呈现出了刊物的等级化与阶层化。出于评职称等需要,优秀学者偏向于在核心刊物和权威刊物上发表论文,由此挤压了年轻学者以及在读硕士研究生、博士研究生发表论文的空间。可以对比,我在硕士研究生阶段就在《法学研究》上发表论文(1984年第2期《论教唆犯的未遂》),在博士研究生阶段就在《中国社会科学》上发表论文(1987年第4期,与邱兴隆合著《罪刑关系论》),而现在几乎是不可能的。基于以上原因,连续出版物就成为年轻学者和学生发表论文的主要场所。现在,《刑事法评论》的作者群主要就是年轻学者和学生。可以说,《刑事法评论》最值得骄傲的就是培养了一批年轻学者,这些年轻学者现在已经成为我国刑法学界的中坚学术力量。我期望,《刑事法评论》成为未来著名的刑事法学者发表处女作的场所,真正成为刑事法学者成长的学术摇篮。

从1997年到2017年,是《刑事法评论》的二十年,也是我学术人生从40岁到60岁最为重要的二十年。在1997年之前,我完成了刑法哲学三部曲;从1997年开始,我向刑法教义学转向,开始更为关注实定法,开启了另外一段学术路程。回首往事,我可以自豪地说,我没有辜负时代,没有辜负学术。

本卷是《刑事法评论》(第40卷),也是值得纪念的一卷。本卷的主题,我确定为"教义学的犯罪论",是在法教义学的意义上构造犯罪论体系,这是我国刑法学理论当前面临的一种知识选择。

在"理论前沿"栏目中,发表了三篇论文:第一篇是刘涛的《实质法益观的批判:系统论的视角》,第二篇是杜治晗的《假定的因果关系反思:具体问题与归因思维》,第三篇是蔡仙的《过失犯中结果避免可能性理论的法理展开——以"逾越能力则无义务"原则为解释中心》。这里需要指出,所谓理论前沿,是指采用新方法研究老问题或者采用老方法研究新问题,这种研究具有探讨与探索的性质,因而值得提倡。刘涛的论文采用系统论的方法,对实质法益观进行了批判。该文所说的系统论是指卢曼的社会系统论,这种观点将整个社会视为一个具有自洽性的系统。系统理论指出了现代社会系统的二阶观察建立在系统/环境区分的基础上。一种社会子系统的运作成为另外一个系统的环境,反之亦然。通过系统间的耦合机制,将对方看成自身系统自我指涉的环境,将其他系统产生的沟通看作自身系统符码运作和程式构建的信息,通过对外部指涉进行内部沟通,也就是将外部环境中其他系统的理性和价值判断,转化为系统自身的运作与沟通,是实现系统在二阶观察上延续的途径,也是保持现代社会功能分化条件下人们交往和社会整合的关键所在。从系统理论的角度来看,各种价值的判断问题、社会利益的衡量,都应当在坚持系统二阶观察和自我指涉的层面上得到转化。卢曼的系统论具有方法论的意义,可以用来解释各种社会现象,包括刑法法益。为此,该文对法益采用二阶观察的方法进行了分析,认为法益应当被视为一种社会沟通的媒介(media)。法益将刑法体系外部的信息,也就是将我们通常所称的各种价值判断、政策因素和利益衡量等纳入系统自我指涉的介质。作者站在这种以社会沟通媒介定义的法益观的立场上,对所谓实质法益观进行了批判。该文的话语是较为新颖的,引入的卢曼的社会系统理论也具有一定的启发性。但该文并没有对实质法益观进行严格的界定,反而在文中出现了实体性法益的概念。因此,我认为,与其称为实质法益观,不如称为实体法益观。实质与实体虽然只是一字之差,但其哲学含义是完全不同的,与建立在卢曼的社会系统理论之上的具有社会沟通媒介功能的法益概念相对应的应该是实体法益观,而不是实质法益观。杜治晗的论文对假定的因果关系进行了较为深入的反思,尤其是结合具体问题与归因思维展开的论述,对于深化该问题具有理论意义。蔡仙的论文是对过失犯中结果避免可能性理论的研究。该文以"逾越能力则无义务"为视角,对结果避免可能性的法理依据展开了较为深入的研究。随着德日刑法教义学进入我国,我国刑法学界需要在消化的基础上,结合中国刑法和司法进行本土化的研究。当然,从域外学说的引进到本土化存在一个时间差。只有先进行引进工作,然后才有可能展开自主的学术创新。这是一个过程,对此我们必须要有足够的耐心。

  在"共犯研究"栏目中,发表了四篇论文,这些论文都涉及对共犯理论的探讨。共犯是刑法教义学中的一个几乎是永恒的话题,其中的问题关涉对共犯的规范理解和司法认定,因此需要进行深入研究。马卫军的《超最小从属性说的展开》,是对共犯从属性程度的讨论。关于共犯的从属性程度,自从德国学者麦耶提出四种从属性程度的观点以来,受到刑法理论界的认同,只不过在采用何种从属性程度上存在不同的选择。在该文中,作者提出了超最小从属性程度的观点,具有一定的新意。目前,在刑法理论上的通说是采用限制从属形式,但该文立足于行为无价值论,提倡超最小从属性说,即:共犯的成立,仅仅以正犯具有形式上的"正犯性质的行为"就够了,并不一定要求正犯行为具有刑事违法性。该文认为,超最小从属性说符合共犯的本质之客观主义的行为共同说,能够契合处罚根据之惹起说与行为无价值论的立场,从违法的相对性出发,也应当赞同超最小从属性说。在我国刑法学界,按照四要件的犯罪论体系,相当于采用极端从属形式。但按照三阶层的犯罪论体系,则通常采用限制从属形式,当然也有个别学者采用最小从属形式。而该文所主张的超最小从属形式的观点,具有一定的突破性,作为一家之说,是值得肯定的。姚培培的《承继共犯论的展开》一文,对承继共犯问题进行了较为深入的研究。承继共犯问题讨论的是后行为人是否要对先行为人的行为及其造成的结果承担责任。这个问题涉及责任主义在共犯理论中的贯彻,因而具有重要意义。该文结合司法案例进行的研究,深化了对承继共犯的认识。余秋莉的《过失共同犯罪的"共同性"探究及其应对》一文,对过失共同犯罪中的"共同性"问题进行了讨论。根据我国《刑法》的规定,是不承认过失共同犯罪属于共同犯罪的,对于过失共同犯罪应当按照所犯的罪分别处罚。这里的过失共同犯罪不属于共同犯罪,是指对于过失共同犯罪的定罪量刑不适用共犯的处罚原则,例如部分行为全体责任的原则等。但这并不能否定在现实生活中还是存在过失共同犯罪这种现象,当然在此还需要区分过失的共同犯罪和共同的过失犯罪;而共同的过失犯罪只不过是过失犯罪的竞合,并不是真正意义上的过失共同犯罪。显然,过失共同犯罪不仅具有不同于故意共同犯罪的处罚原则,而且也与共同的过失犯罪的处罚原则有所不同。为此,需要对过失共同犯罪的"共同性"问题进行界定,该文在此问题上下了较大功夫,对于此后进一步研究过失共同犯罪具有参考价值。莫宸屏的《共谋共同正犯理论的演进、审视与本土应对》一文,对共谋共同正犯的问题进行了研究,共谋共同正犯本来是一个日本刑法的问题。在日本刑法理论中,共谋共同正犯,是指二人以上共谋实现一定的犯罪,其中一部分参与共谋者实行了该犯罪,此时包括没有参与实行行为的共谋者在内,全部论以共同正犯的情形。在日本没有设立组织犯的法律语境下,共谋共同正犯有利于对幕后指使者的处罚,因此共谋共同正犯具有弥补立法不足之蕴含。而在我国《刑法》中,设立了组织犯,对于那些在幕后起策划、指挥作用的犯罪分子,即使没有参与犯罪的实行,也可以认定为组织犯,以主犯处以较重之刑。在这个意义上,日本的共谋共同正犯似乎在我国刑法语境中并不合适。但我国司法实践中存在参与共谋而未参与实行犯罪如何处理的问题,因而近年来我国学者也开始对日本的共谋共同正犯问题产生兴趣,进行了较多的研究。该文基于日本的共谋共同正犯概念,对共同犯罪中的共谋问题进行了深入研究,提出了协同型共谋、功能性共谋和支配型共谋三种共谋形式。因此,与其说是对共谋共同正犯的研究,不如说是对共同犯罪中的共谋的研究,这种研究我认为是具有新意的,值得肯定。

在"实证研究"栏目中,发表了何志伟的《政治因素对刑事审判的影响——基于最高人民法院工作报告(1980—2016年)的实证考察》。该文所选取的实证考察的样本是最高人民法院工作报告。这是最高人民法院院长在每年召开的全国人民代表大会上所作的工作报告,该工作报告具有汇报的性质,因此涉及各该年度的法院工作。该文的主题是政治因素对刑事审判的影响,而这个主题通常会在最高人民法院的工作报告中反映出来。该文既有对资料的梳理与归纳,又有对资料的解读与分析,客观地描述了政治因素,这里主要是指刑事政策对刑事审判的影响。卢建平教授曾经说过,刑事政策就是刑事政治。在这个意义上将政治因素对刑事审判的影响转换为刑事政策对刑事审判的影响似乎有一定道理。但刑事政策终究还是属于"刑事"的范畴,完全以刑事政策替代政治因素,在我看来,还是限缩了"政治因素"的范围。当然,该文还从人才强国和法治思维这两个维度进行了考察。该文的资料收集和分析,以及文字描述与论述都是较为规范的,这样的实证研究成果对于刑法理论研究也是极为有益的。

在"认罪认罚从宽制度研究"栏目中,发表了三篇论文。认罪认罚从宽制度是我国司法实践中正在试点的一项司法改革措施,其目的在于简化诉讼程序,加速案件的处理,并且体现宽严相济的刑事政策。王彪的《刑事诉讼中认罪认罚从宽制度争议问题研究》一文,从刑事诉讼的基本原理出发,对认罪认罚从宽制度的价值取向、认罪认罚案件适用何种证明标准、认罪认罚案件的被追诉人如何获得有效的法律帮助以及认罪认罚的从宽幅度等存在争议的问题,进行了较为深入的研究。这些争议问题关涉认罪认罚从宽制度的发展方向,因此对此的探讨是极为必要的。陈苏豪的《完善认罪认罚从宽应当坚持以审判为中心》一文,主要是从以审判为中心的角度对认罪认罚从宽制度的完善进行了研究。内容既涉及证明标准等程序法问题,又涉及从宽处罚等实体法问题,具有一定的参考价值。孔令勇的《认罪认罚辩护的理论反思——基于刑事速裁案件辩护经验的分析》一文,主要从辩护的角度对认罪认罚从宽制度进行了研究。应该说,认罪认罚从宽制度对刑事辩护提出了挑战。如何在认罪认罚从宽的速裁程序中正确行使辩护权,这是一个值得研究的问题。该文提出了在办理刑事速裁案件的司法程序中认罪认罚的辩护方式,并将其归纳为:帮助被告人理解认罪认罚的性质与后果、会同侦查人员与公诉人员进行沟通与协商、全面且实质地行使固有辩护权、围绕特定审判对象参与庭审。这些观点具有合理性与可操作性,值得肯定与推广。

在"中日刑事法论坛"栏目中,发表了四篇来自日本学者主旨发言的论文。2017年9月16日至17日,江南无锡,秋高气爽,"第六届中日刑事法研讨会暨中日刑法总论和分论中的先端课题研讨会",在江南大学文浩馆国际会议中心隆重举行。由西原春夫教授、高铭暄教授一手创办和推动的"中日刑事法研讨会"是中日两国刑事法学交流的最高层次的研讨会。本次研讨会由东南大学法学院主办,江南大学法学院承办,江苏开炫律师事务所、江苏泓远律师事务所协办。来自全国各地高校、科研院所的共160余名专家、学者,以及来自日本东京大学、早稻田大学、京都大学、成蹊大学等学府的著名刑事法学者参加了本次研讨会。在本栏目发表的四篇论文正是日方学者的主旨发言。日本东京大学法学院桥爪隆教授的《当前的日本因果关系理论》一文,主要是对日本因果关系理论新发展的介绍,其中论及了相当因果关系说失去了通说的地位、危险的现实化说正在崛起,并对相当因果关系说与危险的现实化说之间的差异进行了分析,对于中国学者了解日本因果关系理论的最新发展成果具有重要参考价值。日本京都大学法学院盐见淳教授的《打架与正当防卫——以"打架两成败"的法理为线索》一文,对日本刑法如何处理斗殴与正当防卫的关系问题,以所谓"打架两成败"的法理为线索进行了历史梳理,并结合具体案例进行了精当的分析,对于解决我国司法实践中斗殴与正当防卫的关系具有重要的参考价值。日本东京大学法学院佐伯仁志教授的《日本的性犯罪——最近修改的动向》一文,对日本有关性犯罪的立法动向作了介绍。性犯罪与一个社会的性风俗之间具有密切的相关性,而性犯罪的立法变动往往是以性风俗变化为风向标的。日本立法机关对日本刑法典中性犯罪的规定作了较大的修改,其中涉及取消性别差异,将强奸罪这一罪名变更为强制性交等罪。这些法律修改对我国性犯罪的立法完善也同样具有参考价值。例如,如何定义我国刑法中的性交,这就是一个尚未得到解决的问题,而这个问题影响到强奸罪、卖淫嫖娼犯罪。我国刑法中,传统的性交是指性器官的结合,但在现实生活中出现了肛交、口交等形态,对此如何处理?目前在我国公安机关处理卖淫嫖娼违法行为的时候,一般都将肛交、口交等形态认定为性交易,但在刑法中却还是坚守性器官结合的性交概念。在有些国家和地区的刑法中,对于这个问题是采取扩大性交外延的方式解决的,但在日本则将肛交、口交与性交并列,称为性交等,因此强奸罪也就改为了强制性交等罪。例如,修改后的《日本刑法典》第177条(强制性交等)规定:对13周岁以上的人,使用暴力或者胁迫实施性交、肛交或者口交(以下称为"性交等")的,是强制性交等罪,处5年以上有期惩役。对不满13周岁的人实施性交等的,亦同。这些立法例对于我国重新定义性交也是具有启迪性的。日本早稻田大学法学院杉本一敏教授的《围绕诈骗罪的日本争议的现状——以"重要的事项"的问题为中心》一文,对日本刑法中的诈骗罪进行了介绍。应该说,与我国刑法中的诈骗罪相比,日本刑法中的诈骗罪的范围是极为宽泛的,几乎包括了我国刑法中的所有民事欺诈和其他的虚假陈述。而重要的事项是用来限制诈骗罪范围的,只有对重要的事项进行欺骗才能构成诈骗罪,否则不构成诈骗罪。当然,即使作了这种限制以后,日本刑法中的诈骗罪的范围还是大大宽于我国刑法中的诈骗罪。在此,我要感谢日本学者同意在《刑事法评论》上及时发表这四篇论文。同时,还要感谢这四篇论文的译者。最后,我还要感谢东南大学法学院的刘建利博士,在获得日本学者的修改稿以后,刘建利博士不辞辛苦地又对译稿进行了校译。

在"域外传译"栏目中,发表了四篇译文。德国学者卡斯帕教授撰著、陈尔彦翻译的《德国刑法中的保安监禁》一文,对作为保安处分措施的保安监禁作了介绍。德国刑法采取刑罚与保安处分的双轨制,在保安处分中,保安监禁是最为严厉的预防措施,因此饱受争议。保安监禁针对的是那些已经服过自由刑因而本应复归社会的行为人。然而,在自由刑实施完毕时,他们仍被认为具有相当程度的危险性,以至于必须继续监禁,而不应当被释放。保安监禁的唯一目标是为了保护社会公众免受危险行为人的侵害;其目标是预防,而非报复。这种具有剥夺人身自由性质的保安处分的正当性根据,确实是一个需要关注的问题。值得注意的是,《中华人民共和国反恐怖主义法》规定了安置教育的措施,该法第30条规定:"对恐怖活动罪犯和极端主义罪犯被判处徒刑以上刑罚的,监狱、看守所应当在刑满释放前根据其犯罪性质、情节和社会危害程度,服刑期间的表现,释放后对所居住社区的影响等进行社会危险性评估。进行社会危险性评估,应当听取有关基层组织和原办案机关的意见。经评估具有社会危险性的,监狱、看守所应当向罪犯服刑地的中级人民法院提出安置教育建议,并将建议书副本抄送同级人民检察院。罪犯服刑地的中级人民法院对于确有社会危险性的,应当在罪犯刑满释放前作出责令其在刑满释放后接受安置教育的决定。决定书副本应当抄送同级人民检察院。被决定安置教育的人员对决定不服的,可以向上一级人民法院申请复议。安置教育由省级人民政府组织实施。安置教育机构应当每年对被安置教育人员进行评估,对于确有悔改表现,不致再危害社会的,应当及时提出解除安置教育的意见,报决定安置教育的中级人民法院作出决定。被安置教育人员有权申请解除安置教育。人民检察院对安置教育的决定和执行实行监督。"根据上述规定,安置教育是对恐怖主义犯罪分子采取的一种保安处分措施,从字面上看不出安置教育的具体内容,例如,是限制人身自由还是剥夺人身自由等,对此有待于实施细则的制定。因此,除刑罚以外,我们还应当关注保安处分措施,它是对刑罚的必要补充。瑞士的萨宾娜·格莱斯教授、德国的艾米丽·西尔弗曼和托马斯·魏根特教授合撰、陈世伟翻译的《若机器人致害,谁将担责?——自动驾驶汽车与刑事责任》一文,对自动驾驶中涉及的刑事责任问题进行了探讨,而这个问题是具有前瞻性的,因而值得我们关注。德国的汉斯·约阿希姆·鲁道菲著、李波翻译的《过失犯中的可预见性与规范保护目的》一文,讨论的是过失犯的不法问题。正如该文开头所言,过失犯的不法就像刑法教义学的继子一样被忽视。过失问题仅仅被当作责任要素予以考察。该文从可预见性与规范保护目的这两个视角对过失犯的不法作了论述。日本中央大学大学院法务研究科井田良教授著、陈璇翻译的《走向自主与本土化:日本刑法与刑法学的现状》一文,对日本刑法学的发展径路进行了描述,这段学术史对于我国刑法学的发展也是具有启发性的。众所周知,日本近代刑法学是从德国引入的,从德国的刑法教义学到日本的刑法解释学,两者之间明显存在渊源关系。正如该文所述,初期日本刑法学界存在对德国刑法学的生搬硬套的现象,日本学者或多或少不加批判地将德国刑法教义学的讨论移用于日本,并且经常热衷于进行学说代理人之间的论战。当时,离开了德国资料,就无法进行刑法学研究。此后,随着日本刑法理论的自主与本土化,日本刑法学已经脱离了德国刑法学这一母体,完全能够进行自主性的研究,同时也摆脱了对德国刑法理论的依附。今天,我国刑法学还处于吸收德日刑法学的学术成果的阶段,但我相信,随着时间的推移,我国刑法学也同样能够实现自主与本土化。

在"域外视野"栏目中,发表了三篇对域外刑法进行研究的论文。徐久生教授的《德国刑法典的重大变化及其解读》一文,对自2002年以来,《德国刑法典》在过去十五年间的修订情况作了详尽的介绍,对于我国学者了解《德国刑法典》修订情况的最新进展具有参考价值。尹露的《美国中间制裁研究》一文,对美国的所谓中间制裁进行了研究。对于这里的中间制裁,我国学者也许并不熟悉。根据该文介绍,中间制裁在很大程度上是一种总括性的学术概念,是严厉程度居于缓刑和监禁刑之间的一系列制裁措施的总称。中间制裁在传统社区矫正的基础之上发展起来,集合预防犯罪和惩罚、矫治犯罪人的功能,依托社区资源并强调社会力量的参与,主要是为了解决传统监禁对犯罪人的惩罚过于严厉,传统的缓刑和假释对犯罪人惩罚力度又过轻的问题。由此可见,这种中间制裁具有一定的社区矫正的属性,但又不能完全等同于社区矫正,对此的深入研究有利于推动我国刑罚制裁措施的多元化,以更好地适应于不同的犯罪和犯罪人。曹兴华的《逾两百年来美国矫治刑罚观历史嬗变及其启示——自1790年核桃街拘役所改革至2016年Montgomery v. Louisiana案》一文,对美国矫治刑罚观的演变过程进行了历史考察,对于我国学者了解美国刑罚发展史具有一定的意义。

在"专题研究"栏目中,发表了十一篇论文,涉及刑事法各分支学科。徐兴涛的《教义学视野下刑法用语含义的厘定》一文,是对刑法解释方法的教义学分析,其中采用了符号学、接受美学等知识,因而对于我们具有启发性。张志钢的《我国刑法语境中主、客观要件的审查顺位研究——基于方法论角度的考察》一文,指出了主、客观要件审查顺位中的某些误解,例如,将不法与有责的位阶性等同于客观与主观要件的位阶性、优先考察主观要件沦为刑法主观主义、将实体法上的评价问题混同于程序法上的证明问题。在以上三个问题中,除最后一个问题以外,前两个问题属于实体法问题。这些问题的提出确实值得我国学者思考,以往的研究中可能存在简单化的现象。例如不法与责任的关系是否能够对应于客观与主观的关系等。其实,只有在古典派犯罪论体系中才存在这种对应关系,到了目的行为论的犯罪论体系,则完全不存在这种对应关系。优先考察主观要件就会沦为刑法主观主义的命题,也是难以成立的。当然,该文的有些结论也还有待于进一步商榷。例如,作者认为在认定犯罪时,对客观要件优先判断并非必然。在既遂犯中通常先审查客观要件后审查主观要件;在未遂犯中则需要先审查主观要件。这里的关键是:在未遂犯的认定中究竟是先审查主观要件还是先审查客观要件?在我看来,即使是在预备犯的情况下,也必须先审查客观要件后审查主观要件。例如,为杀人而磨刀,只有先认定存在磨刀的客观事实,才有可能进一步考察主观上是否具有杀人的意图。至于未遂犯也是如此,只有实施了致使他人伤害的行为,才能进一步审查主观上是具有杀人故意还是伤害故意。如果是具有杀人故意,则认定为故意杀人罪的未遂犯。因此,在通常情况下,刑法教义学的审查还是要遵循先客观后主观的原则,未遂犯也不例外。储陈城的《意外事件的阶层化判断》一文,论及意外事件判断的阶层性问题。这个问题在我国司法实践中是较为混乱的,对此该文作者举例作了说明。意外事件属于故意的范畴,应当在构成要件该当性,包括因果关系等客观要素之后进行审查,但在我国司法实践中往往与因果关系的判断相混淆。该文对此的研究,我认为是具有理论意义和现实意义的。尹子文的《论量的防卫过当与〈刑法〉第20条第2款的扩展适用》一文,提出了量的防卫过当概念,认为防卫过当可以分为质的防卫过当和量的防卫过当,质的防卫过当是典型的防卫过当,而量的防卫过当则是非典型的防卫过当。该文所称的量的防卫过当包括超越防卫时间限度(量的过当)及对象限度的情形。这些情形是在极度惊恐之下造成的,应当拓展适用《刑法》第20条第2款的规定,予以减免处罚。该文提出的问题是具有现实意义的,当然,这种情形是否可以归属于防卫过当,还是值得推敲的。对于在紧迫情况下,产生防卫时间的提前或者延后,或者导致对象错误等,我认为还是不能归之为量的防卫过当,因为防卫过当对于正当防卫而言,都是量变引起质变,因此正当防卫与防卫过当之间还是存在性质上的区分。对于该文所称的这些所谓量的防卫过当情形,还是应当适用认识错误理论作为过失犯处罚,或者以责任减轻为由予以宽缓处罚等。马天成的《自杀行为之法外空间解释路径的批判》一文,对自杀行为的法外空间解释理论进行了批判。对于自杀行为在刑法上的性质,在学理上存在否定其刑事性质的观点与肯定其刑事性质的观点之争,但目前出现了第三种观点,即法外空间的解释理论。该文作者主要是从否定自杀行为的刑事性质的角度,对法外空间解释理论进行了驳斥,其中观点可供参考。郝艳兵的《产品犯罪归责的困境及出路》一文,以因果关系为视角,对产品犯罪责任进行了考察,对于司法实践正确认定此类犯罪具有借鉴意义。李菲菲的《取得错误汇款的行为性质研究》一文,通过分析 224 份判决文书,对错误汇款案件的类型、定性争议等进行研究。错误汇款是一个财产犯罪中的经典问题,同时具有理论性与实践性。该文作者以一名司法工作者的身份,对错误汇款案例进行梳理与归纳,并且从刑法教义学的理论上进行深入分析,其结论对于司法机关处理此类案件具有参考价值。这是难能可贵的,值得嘉许。马丽亚的《论我国反恐特别程序中律师参与规则的完善》一文,对律师如何参与反恐特别程序的问题进行了较为专业和专门的论述,其选题具有现实意义,其论述具有理论价值。兰跃军的《审判中心视野下的新型侦诉审辩关系》一文,对在审判中心视野下的新型侦诉审辩关系作了具有价值的论述。作者敏锐地捕捉到我国刑事诉讼程序采用以审判为中心原则以后会带来侦查、控诉、辩护和审判这些诉讼角色的变化,并对此进行了深入的分析与论争。周维明的《中国刑法与国际公约的衔接问题研究》一文,论及国内刑法与国际刑法之间的衔接问题,这既是一个国内刑法问题,又是一个国际刑法问题。该文对此问题的研究,对于通过国内刑法的确认而落实与贯彻我国参与的国际公约规定的刑事义务,具有一定的意义。曹晟旻的《论服刑人员的再社会化权利及其保障》一文,在权利的意义上论述服刑人员的再社会化问题,可见作者对于服刑人员的再社会化的认识高度,这对于预防再犯具有重要意义。

《刑事法评论》(第 40 卷)是我主编的最后一卷,从下一卷开始,交由北京大学法学院的江溯副教授主编,由此完成《刑事法评论》主编的首次交接。江溯具有中外刑事法的广阔理论视野和中外刑事法学界的广泛人脉关系,对于刑法教义学、犯罪学、刑罚学、刑事政策等专门领域都有较深的造诣。尤其是,江溯具有担任中国政法大学出版社和武汉大学出版社法学编辑的独特经历。我2006年在武汉大学出版社出版的《死刑备忘录》一书,江溯就是责任编辑之一。因此,我相信江溯能够胜任《刑事法评论》的主编之责,编得比我更好。江溯现在正好是我二十年前《刑事法评论》创刊时的年龄,我二十年编了40卷,江溯再编二十年就是80卷。祝愿《刑事法评论》与我国刑事法理论共同成长,伴随着我国刑事法学人共同老去。

是为本卷的主编絮语。

陈兴良
谨识于北京海淀锦秋知春寓所
2017年10月11日

三、

《刑事法判解》卷首语

1.《刑事法判解》(第 1 卷)[①]卷首语

判解这个概念,目前在我国法学界尚不甚通用。顾名思义,判者,判例也;解者,解释也。因此,将判解界定为判例和解释大体上是准确的。在这个意义上,可以将判解视为判例与解释(尤其是指司法解释)的简称。由此可见,判解无非是指法律适用活动的过程及其结果。刑事法判解,主要是指刑事法[②]的判例和解释以及与此相关的法律适用活动。本论丛以判解为号召,意在于判解的名目下,进行与刑事法的适用相关的理论研究,以应用与操作的形而下的研究为主题,促使刑事法从条文化的法向体现在判例与解释中的法转变,实现刑事法的实践理性,这就是《刑事法判解》的编辑宗旨。

任何一门学科都有理论与应用两个部分,刑事法作为一个部门法,应用性更是它的内在生命与源头活水。因而,强调刑事法的应用性,就是要在操作层面上对刑事法进行深入的研究。在以往的著述中,我一再指出理论之于刑法的重要性,主张在刑法研究中引入哲学思维,从而提高刑法的理论层次,认为学科的应用性不应当成为理论的浅露性的遁词。因此,本人在使刑法学走向哲学的信念的感召下,完成了刑法哲学三部曲(《刑法哲学》《刑法的人性基础》《刑法的价值构造》)。尽管我的理论兴趣主要集中在对刑法的理论探究上,但我丝毫也没有把刑法的适用问题摒弃于研究视野之外。我始终认为,法学研究,尤其是刑法学研究,不仅要有哲学头脑,更应当有法律头脑。这里所谓头脑者,思维方式之谓也。法学确实具有不同于其他学科的思维方式,在这一点上,与伦理学大抵相似。在这两门学科中,规范不仅是一种研究对象,而且成为一种研究方法。当然,由于法律具有比伦理道德更强的规范性,因而规范的研究是法学别具

[①] 陈兴良主编:《刑事法判解》(第 1 卷),法律出版社 1999 年版。
[②] 关于刑事法的理解,请参见陈兴良主编:《刑事法评论》(第 1 卷)卷首语,中国政法大学出版社 1997 年版。

一格的研究方法。规范研究造就了注释法学,并成为传统法学理论的主体部分。在我国,注释法学的名声不好,几近贬义词。因此,为之正名者不乏其人。张明楷教授指出,刑法解释学不是低层次的学问,对刑法的注释也是一种理论,刑法的适用依赖于解释。因此,没有刑法解释学就没有发达的刑法学,一个国家的刑法学如果落后,主要原因就在于没有解释好刑法;一个国家的刑法学如果发达,主要原因就在于对解释刑法下了功夫。就适用刑法而言,刑法解释学比刑法哲学更为重要。① 在我国刑法学界,张明楷教授是倡导纯正的刑法解释学的一位学者,其意殊为可嘉。

确实,刑法理论具有层次上的区分,刑法哲学与刑法解释学是采用不同方法对刑法进行研究,从而形成刑法理论的不同形态。在《刑法哲学》一书的前言中,我曾经提出刑法学要从刑法解释学向刑法哲学转变的命题。现在看来,"转变"一词不尽妥当与贴切,而应当是"提升"。当时,我主要是有感于刑法理论局限于、拘泥于与受制于法条,因此以注释为主的刑法学流于肤浅,急于改变这种状态,因而提出了从刑法解释学向刑法哲学的转变问题。由于转变一词具有"取代"与"否定"之意蕴,因而这一命题就失之偏颇。如果使用"提升"一词,就能够以一种公正的与科学的态度处理刑法哲学与刑法解释学的关系;两者不是互相取代,而是互相促进。刑法解释学应当进一步提升为刑法哲学,刑法哲学又为刑法解释学提供理论指导,两种理论形态形成一种良性的互动关系。从功能上看,刑法哲学与刑法解释学是完全不同的,刑法哲学的功用主要表现在对刑法的存在根基问题的哲学拷问上,从而进一步夯实刑法的理论地基,并从以应然性为主要内容的价值评判上对刑法进行理性审视与批判。尽管刑法解释学与立法活动和司法活动没有直接关联,但对于刑事法治建设具有十分重要的意义。刑法解释学的功用主要表现在对刑法条文的诠释上。在大陆法系国家,刑法典是定罪量刑的主要根据,因而对刑法条文的理解就成为司法活动的前提与根本。在这种情况下,刑法解释学的研究成果对于司法活动就具有了直接的指导意义,它影响到司法工作人员的刑事司法活动。如果我们能够以一种公允的态度对待刑法哲学与刑法解释学,使两种理论各尽所能、各得其所。这对于刑法理论的发展来说,善莫

---

① 参见张明楷:《刑法学》(上),法律出版社1997年版,第2—3页。

大焉。

　　对刑法解释学的重要性的感悟,对于我来说,是一个逐渐形成的过程。尤其是1997年《刑法》修订后,我完成了一部刑法解释学的著作——《刑法疏议》,使我直面法条,体认法条,在法条的解释中获得思想能量的释放。这是一种戴着镣铐跳舞的感觉,在规范的桎梏中追寻理论上的自由。更值得一提的是,学者挂职的契机,使我担任了一个司法职务,从而直接参与到刑事司法活动中去。在这种刑事法的适用活动中,我以一个"内部人"的身份,得以观察与考察刑事案件的运作过程,由此获得了对法条的全新感受。确实,在具体案件的操作中,法条是定罪量刑的准绳,对它的理解就成为关键之所在。由于立法上的粗疏与缺陷,对法条的不同解释就会使案件得到完全不同的处理结果。至于现实中案件的千奇百怪、千姿百态,更增添了刑法适用的复杂性。某些在法律上与理论上本来是十分明确的概念,到了具体案件面前,就会模糊起来。例如,公司、企业的印章是一个定型的法律概念,指公司、企业刻制的以文字、图记表明主体同一性的公章、专用章,它是公司、企业行使管理本单位事务、对外进行活动和承担法律后果的符号和标记。在一般情况下,伪造公司、企业印章罪不难认定。但我们遇到一个案件,行为人私自刻制的是某单位的税号戳记,其外观为长方形,上面刻有单位名称,法定代表人姓名、联系电话和税号。这是税务机构为规范增值税发票的使用,要求各业务单位刻制并加盖在增值税发票上的戳记,其刻制不需经过公安机关特行部门批准。这一戳记是否属于公司、企业印章?对此的理解,直接关系到罪与非罪的界限。其中,出现两种观点分歧:第一种观点认为,只要私刻能够证明是某一单位的印章,无论这种印章的功能如何,是否需经公安机关批准以及是什么形状,都应被视为伪造公司、企业的印章;第二种观点认为,伪造公司、企业印章罪中的印章只能是经过公安机关批准刻制的公章和专用章,因为该罪不仅侵犯了公司、企业的名誉,而且妨害了公安机关对印章的管理活动。由此可见,一个小小的印章,也会引发一场大的争论,使公、检、法各机关对该案产生意见分歧。从这个案例可以看出,法律适用过程在很大程度上就是找法的过程,是对法律的理解过程。一言以蔽之,是一个法律解释过程。

　　刑法解释学是一种对法条的解释,是以规范注释为理论载体的。那么,刑法解释学是否具有科学性呢? 刑法解释学的科学性,确实是一个值得探讨的问题。这里首先涉及对立法原意的理解,即立法原意是主观的还是客观的? 因为,法律解释无非是对立法原意的一种阐释。如果立法原意是主观的,是立法者之所欲——在法条中所想要表达的意图——那么,刑法解释学就成为对立法意图的一种猜测与揣摩,因而对其科学性大可质疑。只有立法原意是客观的,是立法者之所言——体现在法条中的立法意蕴,刑法解释才有可能立足于社会的客观需求,基于某种主体的法律价值观念,揭示法条背后所蕴藏的法理。更为重要的是,某门学科的科学性,在很大程度上取决于其所采用的研究方法是否科学。在刑法解释学中采用的主要是解释的方法,当然解释方法本身又是多种多样的,其中采用最多的是分析的方法,即关注法律规则的内部结构,以经验和逻辑为出发点对法律术语和法律命题进行界定和整理,去除含混不清、自相矛盾的成分。① 由此可见,法律解释是使法律更为便利地适用的科学方法,只要使这种解释能够推动法律适用,就是发挥了其应有的作用。刑法解释学不仅应当而且能够成为一门科学。

本着对刑事法适用有所功用这一实践理性的追求,我主编了《刑事法判解》。在第 1 卷中,我们力图围绕着法条的评释、司法解释的评析、个案的分析这三个视角组织内容。

在"个罪探讨"专栏中,发表了我的新作——《盗窃罪研究》,这是我对刑法个罪的一次系统、全面与深入的探讨。盗窃罪是司法实践中常见、多发、疑难、复杂的犯罪。在该文中,我以立法规定与司法解释为经线,以疑难问题与复杂个案为纬线,展现了盗窃罪的法理分析之全部。个罪研究是一个综合性的重点栏目,我们将继续发表对个罪的有深度、有力度的研究论文。

在"法条评释"专栏中,发表了两篇对法条进行法理探讨的论文。其中何锡海对《刑法》第 205 条第 1 款、第 2 款的评释,敏锐地发现了法条上的疏漏,就此提出了补救方法与司法适用的途径,可以看作在法律疏漏的情况下如何正确地解释法律的一种努力,具有一定的示范性。至于大麻毒品犯罪,是否属于毒品犯罪中的一种,在立法中语焉不详,如何在学理

---

① 参见郑戈:《法学是一门社会科学吗?》,载《北大法律评论》1998 年第 1 卷,第20 页。

上分析大麻毒品犯罪,阿里木采用分析与比较的方法,对此进行了深入探讨,可以说是我国目前对大麻毒品犯罪研究方面颇见功力的一篇论文。

在"司法解释评说"专栏中,主要涉及关于挪用公款罪、死刑复核权等司法解释。其中,挪用公款罪是一种较为复杂的犯罪现象。在《刑法》修订以后,最高人民法院颁布了对挪用公款罪的司法解释,与以往的司法解释相比较,发生了某些重大的变化,例如未对挪用公物行为作出规定,限制了挪用公款给单位使用构成犯罪的范围等,对此,田宏杰、游伟和杨利敏对挪用公款罪的司法解释提出了理论上的评判意见。本栏中还有一篇论文涉及的是刑事诉讼法的司法解释,这就是刘树德对死刑复核权司法解释的再解释,从学理上对司法解释进行了研究。我们相信,对司法解释的理论分析,有助于司法解释的正确理解与适用,同时也有利于司法解释的改进与完善。

在"刑事法适用"专栏中,既有理论上的宏观探讨,又有实务上的微观分析。周光权关于罪刑法定的司法适用的研究,揭示了修订后的刑法实施中的全局性问题。苗生明关于刑法司法解释权配置的构想,评判了集权与分权两种模式,提出了个人见解。林维对交通肇事逃逸行为的研究,冯英菊对寻衅滋事罪的研究,都将刑法中的疑难问题与个案结合起来分析,这种分析是深入细致的,以一定的案例为支撑,因而是具有理论容量与实用价值的,这也是一种以理论去解决实际问题的值得倡导的研究方法。

本卷的"疑案争鸣"专栏,探讨了李某牺牲他人生命保全本人生命案,主要涉及紧急避险的理论基础问题,同时也关乎刑法的基本理论。张家勇从民法角度对紧急避险作了探讨,探讨了自救与自制的关系,自救体现个人对自我的保全,此乃人之常情;自制体现法律加诸个人的义务,要求避险行为的适度,由此建构起制度理性。谢玉童从期待可能与意志自由两个视角论述了紧急避险不负刑事责任的根据。刘为波则从哲理的高度对紧急避险限度条件进行了形而上的追问,对传统社会危险性理论在诠释紧急避险上的合理性提出质疑,力图重建紧急避险限度理论。一个案例往往会有各种各样的见解,不仅在实务处理上存在这种意见纷争,在理论研究中也同样存在这种观点聚讼。分歧不是一种坏事,而是一件好事,它可能使我们开阔视野;而且,解决之道必然蕴含在争论观点之中。在后续各卷中,我们还将组织重点案例的讨论,发表各种不同的见解。

在"案例研究"专栏中,发表了两篇分析文章,尤其值得推荐的是李楣关于婚内强奸的分析,这是一种法律社会学的分析,对于法律工作者具有较大的启发。案例不仅反映某一法律问题,某些案件还具有较大的社会信息量,反映某些重大的社会问题。龙宗智、梅岭对一起贪污案的分析,提出了诉讼证明这种纯正的刑法与刑事诉讼法问题,以点带面地对此进行了探讨。案例只是出发点,分析的归宿在于理论的升华。只有这样,案例研究才不至于停留在头疼治头、脚疼治脚的诊断水平上,更不至于成为一种为满足好奇心的猎奇。

1997年我开始主编《刑事法评论》,1999年又开始主编《刑事法判解》,两者虽然都以刑事法为号召,但在内容取向上有着明显的分工:前者关注刑事法的基本理论问题,以推进刑事法的形而上的哲学研究为使命;后者关注刑事法的实务理论问题,以促进刑事法的形而下的法理研究为基调。对于《刑事法判解》来说,我们力求贴近司法实务,反映司法操作层面上的疑难问题与热点问题,因而欢迎对刑事法适用有研究旨趣的同行来稿,更欢迎司法实务工作者(包括法官、检察官和律师)加入到我们的讨论与研究中来,真正使《刑事法判解》成为一个探讨刑事法实务问题的理论园地。

"有朋自远方来,不亦乐乎",这是孔子对来自远方的朋友的态度,其欢欣之情跃然纸上。其实,在一个社会里生活,个人生活中不能没有朋友的关爱。因此,朋友之情被纳入五伦,并非没有道理。这种"朋"不仅是生活中的同伴,而且还可以是思想上的同道与精神上的同仁,切磋砥砺,共同长进。我们期望《刑事法判解》成为大家的一个朋友,它以诚挚之情关爱每一个人。

陈兴良
谨识于北京海淀稻香园寓所
1998年11月7日

2.《刑事法判解》(第2卷)[①]卷首语

随着建设社会主义法治国家的治国方略的确立,刑事法治秩序的建构成为一个重要问题。罪刑法定原则是刑事法治的题中之意,它所体现的限制机能对司法活动提出了更高的要求。在这种情况下,找法活动[②]就成为贯彻罪刑法定原则、实现刑事法治的关键之所在。法是立法机关创制的,往往以成文法典的形式出现。因而,对于司法机关来说,法是自在地存在着的,并且是司法活动的逻辑前提。那么,法为什么还要找呢?确实,在社会关系简单的情况下,犯罪现象在立法中的规定是明确的,司法活动实际上是案件事实与法律条文机械地对号入座的过程。因而,在这种情况下,法是无需找的。但随着社会生活日趋复杂,犯罪现象在立法中的规定也更为错综。在这种情况下,法就需要找。找法活动就是对法的体认、解释过程,它成为司法活动的必经步骤。正是这种找法的现实需求,对刑事法理论提出了加强解释性研究的任务。

本卷围绕刑事法适用,在理论与实践两个层面展开研究,归根结底还是要完成找法使命。在"个罪探讨"专栏中,发表了多篇个罪研究的论文,论及的大多是新罪,并且以经济犯罪为主。我的《侵占罪研究》是对侵占罪的一次系统、全面与深入的探讨。侵占罪在我国刑法中是新罪,随着侵占罪的设立,传统的财产犯罪,例如盗窃罪、诈骗罪等之间的关系都需要重新构造。因此,侵占罪是一个十分重要的罪名。对于侵占罪的研究,是我继盗窃罪之后的又一篇关于个罪研究的论文,我想这项研究需要长期做下去。周振想对于伪造、变造金融票证罪的研究,为我们展示了该罪的全部理论内容。伪造、变造金融票证罪是金融犯罪中的一个重要罪名,也是司法实践中常见多发的一个罪名。相信周振想的这一论文可以加深我

[①] 陈兴良主编:《刑事法判解》(第2卷),法律出版社2000年版。
[②] 找法是指探寻可得适用之法律规范。参见梁慧星:《民法解释学》,中国政法大学出版社1995年版,第192页。

们对该罪的理解。游伟、张本勇关于侵犯商业秘密罪的研究,不局限于刑法法条的规定,而是以商业秘密的刑法保护为中心展开其论述,内容涉及知识产权法、反不正当竞争法等,理论视野开阔,可以说是对侵犯商业秘密罪的深层次理论挖掘。张国轩关于假冒专利罪的研究,十分深入、细致,基本上涉及了假冒专利罪的全部问题。假冒专利罪在我国刑法中虽然不是一个新罪,但由于该罪在司法实践中运用极少,因而在刑法理论上对它的研究也就极为薄弱。张国轩的这一论文在一定程度上弥补了这一缺憾,也为今后假冒专利罪的立法与司法提供了理论根据。张明楷对于非法行医罪的研究,虽然仅涉及该罪的主体范围、行医特征与承诺效力这三个问题,但也显示了作者在个罪研究上的理论功底。非法行医罪在我国刑法中是一个新罪,处理的个案不多。在这种情况下,对于该罪的理论探讨要想深入是极为困难的,张明楷对此问题的研究达到了相当的理论深度,确实是难能可贵的。个罪探讨是《刑事法判解》的重点栏目,我期望中国刑法学者将来能在深度与广度两个方面推进个罪研究。

在"法律评释"专栏中,发表了黄京平、蒋熙辉关于外汇犯罪的单行刑法及相关司法解释的研究。这一论文对外汇犯罪的立法规定与司法解释作了有深度的理论探讨,尤其是从总结立法与司法解释的经验教训这一高度审视外汇犯罪的立法与司法解释,给人以理论上的俯视感。

刑事法适用是《刑事法判解》的主要内容,由于本卷论文较多,因而分设两个栏目。

在"刑法适用"专栏中,黄祥青对信用卡诈骗犯罪司法认定中的四个问题作了极为详尽的探讨,对实践中出现的新问题给予了充分的关注。杜晓君关于明知的推定的论述,涉及故意犯罪的认定问题。我国刑法中存在一些以"明知"为构成要件的犯罪,对这种"明知"如何认定呢?杜晓君认为,"明知"认定的唯一途径是推定,并对这种推定的条件作了分析,尤其是以洗钱罪、赃物犯罪、奸淫幼女罪与持有型犯罪为范例,使得这种分析更为细致。劳东燕对挪用公款罪司法解释中涉及的主要问题作了分析,其得出的若干结论对于司法实践肯定有一定的参考价值。卢宇蓉关于行贿犯罪中"谋取不正当利益"的理解与适用作了深入探讨,揭示了该类犯罪的认定中最为关键的问题。关福金关于刑法中的国家工作人员概念的研究,围绕着国家工作人员的概念本身,进行了全面的理论探讨。随着我国经济体制改革和干部管理体制改革的推进,传统的国家工作人员的概念已经在很大程度上不适应司法实践的需要。修订后的刑法对国家工作人员作了重新界定,但在司法实践中还是存在一些疑难问题。关福金的这一论文,对于我们正确理解刑法中的国家工作人员会有一定帮助。王宗光关于勒索型绑架罪的司法认定的探讨,结合疑难案件对绑架罪中的问题进行了理论阐述。从疑难案件中提炼出疑难问题,这种研究方法值得提倡。

在"刑事诉讼法适用"专栏中,周光权对提起公诉的证据标准作了反思。我们以前对提起公诉时控方应掌握的证据提出了要达到确实、充分的程度的过高要求,周光权认为应当适当降低证据标准,达到证据足够、合理的程度即可,而且不能简单地将控诉意见被法院否决的案件定性为错案。苗生明关于制定刑事诉讼控方最低证据标准的探讨,则从司法实践的角度提出了更为具体的问题,与周光权的文章相呼应。我国刑事诉讼法规定的得出侦查终结结论、提起公诉、作有罪判决的证据标准都是证据确实、充分,这一标准极为抽象、缺乏可操作性。我在北京市海淀区人民检察院任职期间,切身地感觉到这一问题。现在看来,我国亟待制定证据规则与证据标准。在立法之前,从司法实践中总结最低证据标准,我认为是可行的。苗生明的论文对于控方最低证据标准不仅提出了构想,而且设计了故意伤害罪、诈骗罪、寻衅滋事罪的最低证据标准。我认为,这项工作倘若继续进行下去,必将对司法实践有所裨益。樊守禄关于刑事自诉案件审判实务问题的研究,涉及刑事自诉案件的审理。随着被害人权利意识的加强,在司法实践中,刑事自诉案件越来越多。如何依法审理刑事自诉案件,对于法院的刑事审判工作是一个考验。樊守禄的论文立足于审判实务,对刑事自诉案件审判中的重要问题进行了研究,对于指导审判活动具有一定的现实意义。耿景仪对刑事案件的超审限问题从原因与对策两个方面作了理论上的思考,文中数据翔实、材料充分,对这种实证分析方法应予肯定。张伟选、詹复亮对不起诉制度的司法适用作了较为全面的论述,对于正确地适用不起诉制度具有一定的意义。刘少英、邓中文关于建立不起诉案件听证制度的思考,涉及不起诉案件听证的制度创新,极具启发意义。在刑事诉讼法适用中,证据是一个重要问题。刘广三关于电子证据的探讨,展现了在高科技发展的情况下,证据存在形式的演变。论文重点介绍了计算机犯罪过程中形成的电子证据,对于审理计算机犯罪案件具有指导意义。姜发根在投给我们的稿件中,紧紧结合司法实践详尽地探讨了强制证人出庭作证的一系列问题,其建议对于改革刑事审判方式、促进司法公正有一定的意义。

围绕个案进行理论分析,这是《刑事法判解》坚持的一种学术风格。在本卷中,个案理论探讨仍然占有重要分量。在"问题与争鸣"专栏中,围绕对暴力取证罪中的证人概念的理解,进行了学术上的讨论。这个问题是由一起案件引发的。吉林省东丰县人民检察院贾俊清、李文惠同志于1998年给我寄来一份材料,因为对暴力取证罪中的证人理解上的不同,法院对检察院以暴力取证罪起诉的派出所所长李某在取证时殴打被害人一案作出了无罪判决。在以往的理论著作中,对于暴力取证罪犯罪对象的证人,包括打击报复证人罪中的证人,一般都引用刑事诉讼法关于证人的概念。① 以法律解释法律,是法律解释中常见的一种解释方法。那么,暴力取证罪与打击报复证人罪中的证人是否应适用刑事诉讼法关于证人的解释呢?这是一个典型的找法问题,具有一定的理论意义。为此,我组织了两篇论文对这个问题进行了理论争鸣。刘树德的论文通过对严格解释论与目的解释论两种解释理论的考察,得出结论:在罪刑法定的情况下,应当实行严格解释,因而暴力取证罪中的证人不包括被害人或者其他人。而苗生明、王虚谷则通过对文义解释、法意解释、当然解释的考察,得出结论:暴力取证罪中的证人应当包括被害人,并且对证人的扩大解释并不违反罪刑法定原则。我认为,上述探讨虽然是由对刑法中的证人的理解引发的,但在深层次上涉及在罪刑法定原则中如何对法律进行解释这样一个重大的理论问题,应当加以进一步的研究。

在"案例研究"专栏中,屈学武通过对若干典型案例的评析,对无过当防卫权行使中的正在行凶的界定提出了个人见解。刘艳红通过对一起交通肇事案件的考察对逃逸致人死亡的定罪问题进行了研究。张建对李晓光、董全福擅自设立金融机构案进行了深入、细致的分析,涉及与之相关

---

① 值得注意的是,有个别著作对证人作了扩大解释,认为司法机关对于不知道案件情况的人或者虽然知道案件情况但拒绝作证的人,使用暴力逼取证言的,也应视为"证人"。参见周道鸾、张军主编:《刑法罪名精释——对最高人民法院关于罪名司法解释的理解和适用》,人民法院出版社1998年版,第500页。

的罪与非罪、此罪与彼罪的界限。刘为波、贾建华从张某一案引申出金融票证的伪造、变造及非法出具问题,并对此进行了理论分析。李兰英通过对刘某犯罪一案的分析,对侵占罪的构成特征及其与盗窃罪、不当得利的区别进行了理论探讨,在叙述方法上较为新颖别致,增加了该文的可读性。王殊、杨书文关于诉讼诈骗行为之定性的研究,对诈骗罪中的特殊形式即诉讼诈骗结合个案进行了探讨。邓子滨的论文通过对一个案例的分析,研究了刑事案件二审中公诉权与审判权的关系。随着刑事案件二审从以往的以书面审为主到现在越来越强调开庭审理,这个问题日益显现出其重要性。

司法活动是将抽象的法律规定适用于具体案件的过程,法律规定的概括性与具体案件的复杂性之间的差别,使得司法活动具有很强的专业性,我们的刑事法理论应当面对司法实践,解决司法实践提出的各种疑难问题。唯有如此,刑事法理论才能具有强大的生命力。本卷作者中,既有从事刑事法理论研究的人员,更有在检察机关和审判机关从事刑事司法实务的人员,尤其是某些机关的领导干部,他们在繁重的工作之余仍然保持着理论兴趣,对现实中遇到的问题进行学术研究,这是十分难得的。我期待着有更多的同仁参加到《刑事法判解》的作者队伍中来,使这一出版物能够凸显司法实践中的疑难问题,并从学理上加以解决,从而实现《刑事法判解》为我国刑事法治的建设尽到应有职责这一创办宗旨。

陈兴良
谨识于北京海淀稻香园寓所
2000年元旦

3.《刑事法判解》(第3卷)[①]卷首语

司法活动是一种适用法律的活动,而适用法律绝不是一个机械的对号入座的过程,而是具有一种决疑论的性质。质言之,在司法活动中存在大量的疑难问题。这些疑难问题是否能够得到正确的解决,直接关系到司法活动的质量。在这种情况下,对司法人员,包括法官、检察官、公安人员和律师提出了加强业务素质的重要任务。没有一批具有理论素养的司法工作者,刑事法治是不可能实现的。为此,我们的刑事法理论应当正视刑事司法中提出的问题,予以理论思考,从而为这些问题的解决提供理论上的指导,这是《刑事法判解》努力的方向。换言之,我们力图通过《刑事法判解》在刑事法的理论与实践之间架设一座桥梁。

本卷在"个罪探讨"栏目中,发表了我关于受贿罪研究的论文。受贿罪是一个复杂、疑难、多发的犯罪,需要从刑法理论上加以研究。我一直关注受贿罪,对受贿罪的立法规定与司法适用进行了持续性的研究。这一论文是在过去研究的基础上,结合修订后的刑法与司法解释,对受贿罪的一次系统研究。

在"法律评释"栏目中,孙裕芳对国家工作人员的立法规定与司法解释作了理论上的分析。国家工作人员一直是立法与司法中十分关注的一个问题。在立法上如何界定国家工作人员,这是一个关系到国家工作人员职务犯罪的范围的问题,应当根据我国的实际情况予以合理的界定。蒋熙辉对特别减轻制度进行的法理探讨,也是很有意义的。这里的特别减轻制度是指《刑法》第63条第2款规定的,不具有法定减轻情节的犯罪分子在具备特定情形时经最高人民法院核准,可以在法定刑以下判处刑罚的制度。这个问题涉及罪刑法定与自由裁量等大问题。尤其是作者还从法律漏洞与审判懒惰等视角对特别减轻制度实施中可能会出现的问题进行了分析。这种分析是有一定意义的,尽管在特别减轻制度是否违反

[①] 陈兴良主编:《刑事法判解》(第3卷),法律出版社2001年版。

罪刑法定原则这一点上尚可商榷。罪刑法定原则的内在精神是限制机能,在有利于被告人的情况下的类推是允许的。由此可见,根据立法设置在有利于被告人的情况下允许经严格程序突破法律的规定,并不能认为违反罪刑法定原则。至于这一制度可能由于审判懒惰而造成的法律虚置,实际上这一规定具有一种备而不用的性质,它是为处理极个别涉及政治、外交等情况而设置的,本来就不是为经常适用而预备的。当然,如果未经最高人民法院核准而适用这一制度是违法的。罗勇对死刑复核制度从理论与实践的结合上作了探讨,这对于限制死刑是具有现实意义的。我国本来有严格的死刑复核制度,但部分死刑的复核权下放以后,死刑的二审程序与复核程序合二为一,实际上废弃了对部分死刑案件的复核程序。我认为,死刑关系到对公民生命的剥夺,其复核权应当收回到最高人民法院,唯此才能严格依法控制死刑。程志宏对走私犯罪的立法现状与司法困境的论述也是具有启发意义的。走私犯罪主要是发生在沿海(边)地区的一种犯罪,以往在刑法理论上缺乏有深度的研究,作者从事走私犯罪的侦查工作,对于走私犯罪的立法缺陷有着切身的感受,对此提出的个人见解对于完善走私犯罪的立法规定是有所裨益的。法律规定是司法适用的前提,因此,对法律规定的解释,也是《刑事法判解》的重要内容。

在"刑法适用"栏目中,发表了三篇论文。刘华对票据犯罪从构成要件的角度作了分析。由于票据犯罪是一种新型犯罪,而且与票据制度紧密联系,与传统的刑事犯罪存在一定的差别,也给司法适用带来一定的难度。刘华的论文对票据犯罪的构成要件所作的深入探讨,对于正确地认定票据犯罪是具有参考价值的。莫开勤对于合同诈骗罪的研究,基本涉及了合同诈骗罪的各个构成要件。尤其是对于合同诈骗与合同纠纷的区分,莫开勤提出了个人见解,即行为人有无履行合同的诚意,或者说行为人是否具有通过签订合同非法占有对方当事人财物的目的,论文对此作了充分的论述。肖中华、邓建辉对挪用公款罪适用的问题的研究,提炼出挪用公款罪适用中若干疑难问题,逐个加以分析,具有直接的针对性。刑法适用是本刊的重要栏目,重点在于解决刑法适用中的疑难问题,我希望这方面的研究将会更加深入。

在"刑事诉讼法适用"栏目中,发表了五篇论文。龙宗智对刑事审判程序中的争议问题进行了系统梳理,所涉及的都是当前刑事审判中亟待解决的现实问题,具有重要的现实意义。陈卫东、刘计划对控辩式庭审方式的制度保障进行了研究。这些制度保障措施包括庭前审查法官(我认为就是预审法官——编者注)与庭审法官的分离制度、证据展示制度、辩护制度、作证制度、法官更换制度与庭审更新制度等,这些制度对于控辩式庭审方式的改革具有保障作用。没有这些配套措施,控辩式庭审终将流于形式。我认为,这一探讨是十分重要的,将会引发我们对于如何实现刑事审判方式改革的深层思考。陈永革、李志平对刑事审判与刑事检察运作过程中妨碍司法公正问题进行了探讨,内容切合实际,对于实现刑事司法公正具有重要意义。司法公正是一个社会热点问题,以往的理论探讨往往放在司法应当如何公正上;而该文则转换了视角,重点研究了在刑事审判与刑事检察中,是什么东西妨碍了司法公正的实现,进而提出排除这些障碍的措施,可以说是探讨司法公正的又一种路径。詹复亮、叶云仁的论文涉及司法活动中的一个鲜为人知因而颇为敏感的话题:特情侦查。论文作者长期从事司法活动,对当前特情侦查中存在的问题以及如何从法律上加以规制都发表了个人见解,我认为这是十分重要的。劳东燕对刑事诉讼中视听资料的法律资格问题进行了深入探讨。视听资料是一种新型的证据种类,正在司法实践中推广使用,其中涉及一些法理问题。以往在研究中注重视听资料在刑事诉讼中的价值的肯定性论述,对视听资料如何规范化方面的研究往往不够。该文通过论述视听资料的法律资格问题,将对视听资料的研究引向深入,这是值得充分肯定的。

"司法改革"是本卷新设的一个栏目。以往我们涉及司法改革,往往都是从大处着眼,立足于对司法制度的改革进行宏观的理论探讨。这种宏观探讨当然是必要的;然而,司法改革其实不是建构式的,而是从对一些小的做法上的改革一点一点积累起来的,司法改革也由此而被牵动。这种小的改革各地司法机关都在探索,我想通过本栏目把这种探索的过程反映出来。高羊生、阎志强关于追诉权、检警一体化的论述,涉及检警关系,并从追诉权角度作了分析。我曾经对检警关系作过一些论述,现在看来是极为肤浅的,我希望这种探讨将会深入下去。张磊对主诉检察官制度作了理性思考,这项改革措施是最高人民检察院提出来的,受到社会的普遍好评。张磊在论文中对推行主诉检察官制度当中存在的问题及其对策都作了理论分析,可以加深我们对主诉检察官制度这项改革措施的认识。李玲、董常青、吴祥义关于起诉书制作改革的研究,涉及起诉书制作的问题。前些时候,司法裁判文书改革引起了社会广泛的反响。司法裁判文书从"不讲理"到"讲理",这确实是一个很大的改进。那么,起诉书又应当如何改革呢？李玲等从事检察工作的同志专门成立课题组,对此进行了研究。该文是这个课题的一个初步成果,将会对我们有所启迪。黄京平、王兆峰、赵坤辉关于证据展示制度的研究,同样涉及当前司法实践中的一项重要改革措施。没有庭前充分的证据展示,就不能保证控辩式庭审的效果。该文对证据展示制度从理论与实践的结合上进行了分析,提出了建立证据展示制度的构想,对于建立我国证据展示制度具有现实指导意义。接下来的三篇论文,涉及同一个重要问题,就是普通程序的简易化审理。我国刑事案件的审理程序分为普通程序与简易程序,但对于简易程序作出了严格限制,其适用范围极为有限。当前司法机关面临着繁重的工作压力,在这种情况下,不仅要追求司法公正,而且要追求司法效率。上述三篇论文提出了普通程序简易化审理这样一个重要的命题,并从理论上进行了论证。这里的普通程序简易化审理是指在现有刑事诉讼法律的框架内,对某些适用普通程序的刑事案件,在被告人作有罪答辩的前提下,在事实清楚、证据充分的基础上,采取简化部分审理程序、予以快速审结案件的一种法庭审理方式。普通程序简易化审理方式实质上是对现有庭审方式的一种改革,以实现刑事案件的繁简分流,从而提高司法效率。这项改革是北京市海淀区人民检察院、法院共同尝试的一种做法,并取得了良好的法律效果。上述三篇论文分别从不同角度对这项改革作了理论上的描述与论证,并且还附有实际资料。我曾在北京市海淀区人民检察院兼任副检察长;该院在院党组的领导下,锐意改革进取,展示了新时代检察官的风采。同时,该院还十分注意理论研究,成立了十多个课题组,对司法实践中重大理论问题进行研究,取得了突出的成果。本卷所采用的一些论文,就是各课题组的优秀科研成果。我认为,法学研究绝不是法学家的专利,我期望着更多的司法工作人员参与到法学研究中来,由此可以更大地丰富与深化法学理论,进而推动司法改革的发展,实现刑事法治的宏观理想。

"学术对话"是本卷新设的栏目,该栏目主要选择一些司法实践中的热门话题,采用对话的形式进行讨论。本卷发表的是我和周光权关于提倡"一句话起诉书"的对话。我期望,这种对话将继续下去。

"问题探究"栏目是对某些现实生活中的热点问题的法律分析。卢宇蓉关于刑事法律规避问题对策的研究,涉及刑事法律中法律规避这样一个问题。法律规避现象是广泛存在的,法律规避本身是一个中性词,有善意规避,也有恶意规避。法律规避是以法律存在漏洞为前提的,因此,法律规避问题的最终解决还有待于立法的完善。

"域外判解"也是本卷新设的栏目,目的在于扩大我们的理论视野。邓子滨对于英美法系国家先例的遵循与突破的细致描述,可以使我们看到在判例法制度下,法律是如何生成的。这对于我们成文法国家也会具有借鉴意义。

"案例研究"仍是本卷的重点栏目,发表了五篇以案说法的论文。李兰英的论文通过一起案件,展示了对自杀与杀人如何进行区分的法理问题。尤其值得称道的是论文的叙述方式,不论是对案情的描述还是法理的展开,都采用了一种别具一格的叙述手法,带有一定的文学色彩,文字鲜活,引人入胜。这在以往的法学论文中是不多见的。尽管这种叙述方式突破了法学论文严谨性与严肃性的思维定势,可能会招致非议。但我认为,作为一种尝试,是应当充分肯定的。刘艳红的论文通过一起案例,对正当防卫中涉及的"行凶"应当如何理解进行了一次实证考察。黄祥青的论文则通过案例,对冒用他人借记卡的行为应当如何定罪问题作了研究。这里涉及的是借记卡是否是信用卡这样一个法律解释问题,论文对此作了细致的分析。陈有西的论文从汪红英因犯组织他人卖淫罪被判处死刑,引发了对组织他人卖淫罪的死刑存废的思考。这虽然是一种案外的思考,与本案处理无关,但这种思考确实可以引起我们的共鸣。杨文革的论文从一起案例出发,对刑事隐性程序进行了剖析。这里的刑事隐性程序,是指公安司法机关在办理刑事案件时所遵循但并不向外界公布的非法定的程序和规则。从某种意义上说,隐性程序实际上就是非法程序。在强调程序正义的今天,这种刑事隐性程序的存在确实是发人深思的。从该案的情况来看,实际上司法机关面临的是一个既不能证明有罪也不能证明无罪的疑难案件,司法机关久拖不决、超期羁押。面对这样的案件,司法机关面临的是错判还是错放的两难选择。对此,中国人民大学法学院何家弘教授有一段精辟的论述:错判还是错放的选择,实际上是犯一个错误还是犯两个错误的选择。错放是犯一个错误:使有罪的人未能得到应有的惩罚;而错判是犯两个错误:使无罪的人受到错误的刑事追究,而使真正有罪的人逍遥法外。对这种是犯一个错误还是犯两个错误的选择,只要是一个具有正常理智的人,肯定是宁愿犯一个错误而不愿犯两个错误。结论是:宁愿错放,不能错判。这一论述确是极有说服力的,可谓言之成理。不过,我仔细思考以后发现一个问题:在这种不能证明有罪也不能证明无罪的情况下,放,何错之有?实际上,还是有罪推定的思想在作怪。隐性程序往往涉及司法活动中阴暗的一面,具有一定的"隐私性",对之加以分析要冒一定的风险,因而需要一点胆量。好在这是根据在报纸上公开披露的案件材料进行的剖析,也就没有了这种风险。我对杨文革同志捕捉到刑事隐性程序的理论敏感予以充分的肯定,其分析也颇有力度。当然,我想说明一点,对于司法惯例要作客观分析。某些司法惯例虽无法律根据,但在司法活动中习惯成自然,这种司法惯例,有的要予以尊重,有的要改进。从理论上更应关注这种司法惯例形成的原因和它与法律规定的互动关系,但不可一概否定其存在的合理性。

随着《刑事法判解》一卷卷地推出,影响逐渐扩大,来稿也日益增多。本卷中有几篇就是司法工作人员的来稿,这些来稿为本卷增添了亮色。我期望《刑事法判解》更加贴近司法实践,也欢迎更多的司法工作者加入到作者队伍中来,使《刑事法判解》越办越好。

陈兴良
谨识于北京海淀稻香园寓所
2000年12月

4.《刑事法判解》(第4卷)[①]卷首语

司法活动是以办案为内容的,这里的办案是指将法律运用于具体案件。办案犹如看病,绝大部分"病"都具有典型的症状,是容易诊治的,但也有极少数病因不具有典型的症状而难以诊治。这种不具有典型症状的病,就是我们通常所说的疑难杂症。办案也是如此,绝大部分案件事实与法律规定相吻合因而容易认定,但也有极少数案件事实处于法律规定意义域的边缘,因而难以认定。这种处于法律规定意义域边缘的案件,就是刑法上的疑难案件。此外,从证据上来说,绝大多数案件事实清楚、证据充分足以认定,但也有极少数案件既有有罪证据又有无罪证据,因而难以认定。这种有罪证据与无罪证据兼具的案件,就是刑事诉讼法上的疑难案件。如何正确地解决这些疑难案件,是司法机关面临的一个难题。对这些疑难案件的处理,要求司法人员具有较高的刑事法理论水平以及丰富的司法实践经验。《刑事法判解》每卷都涉及对疑难案件的探讨,希望能为司法机关提供理论上的指导。

本卷在"个罪研究"栏目中,发表了三篇论文。我在《重大责任事故罪研究》一文中,对重大责任事故罪的构成要件、罪与非罪以及此罪与彼罪的界限都作了全面的论述。重大责任事故罪属于企业事故犯罪;企业事故犯罪除重大责任事故罪以外,还包括重大劳动安全事故罪、危险物品肇事罪、工程重大安全事故罪等。在这些企业事故犯罪中,重大责任事故罪是基本犯罪,因而对重大责任事故罪的研究必然涉及其他企业事故犯罪。我想通过对这些基本罪的研究,更全面地把握刑法中的个罪。王丽、林维的《辩护人、诉讼代理人毁灭证据、伪造证据、妨害作证罪研究》一文论述的是通常所说的律师伪证罪。这一罪名在1997年刑法修订中就有争议,现在仍有争议,废除这一罪名的呼声时常见诸报端。该文不是对这一罪名的存废作价值上的探讨,而是从司法运用角度对这一犯罪的构成

[①] 陈兴良主编:《刑事法判解》(第4卷),法律出版社2001年版。

要件及其认定、处罚问题作了梳理分析。我认为,在刑法仍然保留这一罪名的情况下,这种研究态度是务实的,这种探讨是必要的。陈晖的《走私犯罪研究》一文所论述的走私犯罪,在现行刑法中已不属于个罪,而是某一类罪。当然,走私犯罪具有共同特征。该文对走私犯罪作了深入研究,尤其是对新近出台的关于走私罪的司法解释作了评析,具有理论意义与实践意义。

在"刑法适用"栏目中,发表了三篇论文。周玮、陈文全的《电信犯罪探析》一文,对电信盗窃与电信诈骗这两种与电信相关的犯罪作了研究。盗窃和诈骗虽然是一般犯罪,但发生在电信业中的盗窃罪与诈骗罪在定罪处罚上都具有特殊性,该文的探析是有意义的。张健的《受贿罪中共同犯罪问题研究》一文,讨论的是受贿罪中的共同犯罪问题,这些问题在司法实践和刑法理论上素有争论。该文提出了个人的见解。辛劼、王志勇的《伪证罪主体中证人范畴的辨析——金某伪证案的启示》一文,主要研究了伪证罪中的证人是否包括被害人的问题。

在"刑事诉讼法适用"栏目中,王进喜的《论刑事判决的效力》一文,对刑事判决确定前和确定后的效力问题作了分析。樊守禄的《论我国刑事判决制度改革和路径选择》一文,同样对刑事判决制度作了考察,该文所论及的刑事判决制度,既涉及刑事判决书的改革与完善,又涉及刑事判决内容的正确性,这是一个实体刑事法的问题,作者主张引入刑事判例制度。游伟、肖晚祥的《刑事推定原理在我国刑事法律实践中的运用》一文,讨论了推定问题。推定在司法活动中具有重要意义,无论是事实上的推定还是法律上的推定,都是正确地定罪的有效方法。该文采用实体法与程序法相结合的方法,对刑事推定问题,尤其是以刑事证明责任为视角作了深入研究,对于司法实践具有重要意义。邓思清的《刑事诉讼中事实推论规则初探》一文讨论的事实推论,其实也就是推定。该文重点讨论的是这种推论的规则,它对于保证推论的正确性是十分重要的。刘树选、王雄飞的《论刑事证明标准及其对公诉工作之意义》一文,提出了三级证明的标准命题,即确实充分、确信盖然与可信释明,并对三种证明标准的各自适用范围作了界定,具有一定的创新性。李智慧的《论降低刑事起诉标准》一文,提出了降低刑事起诉标准的观点。目前我国的刑事起诉标准与刑事判决标准是相同的,都要求事实清楚,证据确凿、充分。这种制度设置的初衷是为了最大限度地保证办案质量。然而,它具有一定的理想成分,并且使庭审的实质意义降低。我同意作者的观点:刑事起诉标准应当低于刑事判决标准,只有这样才能凸显庭审的意义。姜发根的《刑事再审程序问题研究》一文,对我国刑事再审制度作了探讨,认为应当限制再审程序的启动,以维护裁判的既判力。这是很有道理的主张,我国目前在客观真实观念的指导下,只要出现新的事实或证据,再审程序启动过于容易,也给缠讼留下余地,损害了裁判的既判力,不妥之处显而易见。这是一个制度设置问题,更是一个观念问题,有待于今后逐渐从立法与司法上加以解决。

在"司法改革"栏目中,发表了五篇论文。黄京平、王兆峰、赵坤辉的《建立中国证据展示制度可行性研究(下)》,是对证据展示制度的进一步讨论,尤其是该文还附录了《刑事证据展示规则(理论篇)》,对规范刑事证据展示活动具有一定的意义。杨建民、丁银舟的《对检察办案机制重构的理性思考》一文,对检察侦查机制和公诉机制的价值取向与理性目标作了理论上的分析。李玲、许永俊、王宏伟的《捕诉合一办案机制研究》一文,对目前捕诉分立的办案机制提出改革意见,论证了捕诉合一制度的可行性,意在建立起一种由起诉统帅侦查,侦查服务于起诉的新型办案机制。倪培兴、王玉珏的《捕诉一体化问题研究》一文,讨论的同样是捕诉关系,该文从制度设置上考察了捕诉一体化的基础,并就捕诉关系的各种模式进行了评价,主张建立以主诉检察官为核心的捕诉合一模式。张磊的《批捕权的设置及相关制度思考》一文,对检察机关的批捕权作了研究,一方面论证了检察机关享有批捕权的正当性,另一方面对行使批捕权的方式作了探讨,主张捕诉合一。上述论文主要涉及检察机关的办案机制改革,由于捕诉合一的制度正在各地检察机关试行,这些论文对此的理论探讨都具有积极意义。

在"学术对话"栏目中,发表了我和周光权关于如何获得司法公正、如何处理司法公正与效率之间关系的对话。在刑事法领域,公正与效率的实现是很重要的,但是两者往往有着根本的矛盾,此时,我们宁愿选择公正价值。我们的对话对公正实现的途径、如何在确保公正的前提下加速诉讼进程等作了一些分析。

在"问题探究"栏目中,讨论了当下引人注目的热点问题:婚内强奸。

苏彩霞的《我国关于婚内强奸的刑法理论现状之检讨——以域外关于婚内强奸的立法发展为视角》一文,主张全面承认婚内强奸,并建议对婚内强奸实行不告不理制度。付立庆的《婚内强奸犯罪化应该缓行——在应然与实然的较量之间》一文,认为婚内强奸应当以强奸罪论处,但在当前的现实背景下,将婚内强奸不作犯罪处理可能是一种无奈的但却是理性的选择。上述两文的观点不尽相同,但都是以承认婚内强奸这一概念为前提的。我个人主张婚内"有强无奸",因而婚内强奸本身就是一个矛盾的概念。对于婚内强行性行为不能以强奸罪论处,若要作为犯罪处理,须另立罪名,但是此问题还值得进一步研究。

在"域外判解"栏目中,发表了邓子滨、王晓霞共同翻译的《女王诉达德利和斯蒂芬斯案》,这是英美国家刑法中紧急避险的著名案例,经常被引用。通过该文,我们可以获知该案的全貌。

在"疑案争鸣"栏目中,讨论的是周小波假冒专利案,其中争议的问题是:仿造专利产品的行为是否属于假冒专利行为。刘树德的《假冒专利刑法规制范围的思考——兼论空白罪状的司法解释》一文,对此持肯定的观点;而赵永红的《专利侵权与假冒专利——兼论罪刑法定下的刑法解释》一文,对此持否定的观点。两文涉及法律解释问题,其实也就是找法的问题。两种针锋相对的观点,可以引起我们对于这一问题的进一步思考。

"案例研究"是《刑事法判解》的主要栏目,本栏目发表了七篇论文。李兰英的《亦真亦幻当取舍——论疑罪从无原则的适用》,通过对一起强奸案的分析,讨论了如何贯彻疑罪从无原则的问题。李昌林的《刑事司法如何贯彻罪刑法定原则——綦江虹桥案的实体判决评析》对该案存在的实体问题作了分析,从中引申出在刑事司法中如何贯彻罪刑法定原则的问题,这确实是应当关注的。崔敏的《一起典型案例引发的若干法律问题》一文,讨论的是由张恩举案提出的若干问题,尤其是一些刑事政策问题,的确发人深省。崔敏教授为了解本案作了实地考察,获得了大量的第一手资料,在此基础上加以理论分析,这种精神是十分感人的。马登民、曲新久的《从一起雇凶杀人案看同案被告人口供的审查判断规则及其运用》一文,从一起雇凶杀人案中引申出同案被告人口供的审查判断问题,尤其是对判断规则进行了总结归纳,这种研究方法极为可取。韩强、宫小汀、张波的《非法经营罪疑难案例评析》一文,对一起发生在证券市场上的非法经营案进行了理论分析。李继华的《侵犯著作权犯罪与著作权合同纠纷的界限——对一起不起诉案件的研究》一文,论述的是侵犯著作权罪与非罪的界限问题。韩伟、刘树德的《损害商业信誉、商品声誉罪个案研究——兼与破坏生产经营罪比较》一文,探讨了损害商业信誉、商品声誉罪的认定问题。以上这些论文,虽是从个案出发,探讨的实际上都是这些个案中提出的疑难法律问题。

　　司法实践需要理论指导,理论只有扎根于现实之中才具有生命力。《刑事法判解》就是要在理论与实践之间架设一座桥梁,使理论与实践各得其所。

陈兴良
谨识于北京海淀蓝旗营寓所
2001 年 7 月 26 日

5.《刑事法判解》(第5卷)[①]卷首语

《刑事法判解》(第5卷)已经编就,这一卷的内容涉及刑事司法的各个层面;当前社会上关注的某些司法热点问题与疑难案例也在本卷中得到了反映。

在"个罪研究"栏目中,发表了三篇论文。陈运光的《虚开增值税专用发票、用于骗取出口退税、抵扣税款发票罪研究》一文,对虚开增值税专用发票、用于骗取出口退税、抵扣税款发票罪进行了较为深入的研究。由于本罪涉及对增值税专用发票以及其他可以退税或者抵扣税款发票的管理机理,而且这种犯罪在现实生活中十分复杂,以往在刑法理论上只是拘泥于对法条的解释,不能应对司法实践中的实际需要。该文从实际情况出发,对本罪的研究深度大大超过了一般的刑法教科书,对于司法机关处理本罪具有一定的指导意义。樊守禄的《绑架犯罪研究》一文,从立法与司法两个层面对绑架犯罪作了系统研究,尤其是司法适用部分,涉及绑架罪的罪数形态、未完成罪等一些复杂疑难问题,具有一定的理论意义。苏文革的《受贿罪客观要件之研究》一文结合具体案件,对受贿罪的利用职务上便利、为他人谋取利益以及受贿罪的行为对象等问题进行了深入探讨,这种在文中穿插案例、夹叙夹论的写作方法,对于研究个罪是较为适当的叙述形式,也是我所倡导的。该文在这方面的尝试是较为成功的,值得借鉴。

在"刑法适用"栏目中,发表了七篇论文。张培鸿的《论国家工作人员的界定》一文涉及的国家工作人员身份是刑法中的一个老问题,但该文选择了一个较有特点的视角,即从实然与应然这两个层面加以考察,因而有一定的新意。徐文宗和卢宇蓉的《论我国刑法中的地点加重犯》一文提出了地点加重犯这一概念,它属于加重犯的一种,我国刑法中存在地点加重犯的立法例。在以往刑法理论中,对于地点加重犯的研究十分薄弱,该

[①] 陈兴良主编:《刑事法判解》(第5卷),法律出版社2002年版。

文对此作了较为深入的研究,这是值得肯定的。刘东根的《道路交通事故责任与交通肇事罪》一文,实际上涉及交通事故的违章责任与刑事责任的关系问题。我国刑法中的交通肇事罪是以违章责任为前置条件的,因而研究两者关系对于正确地认定交通肇事罪具有重要意义。该文根据交通肇事罪的司法解释,对这一问题作了探讨。应飞虎的《一元主义抑或二元主义——我国偷税罪评判标准探析》一文,涉及偷税罪的评判标准,所谓二元主义是指数额加上比例相结合的评判标准。目前我国刑法采二元主义,该文作者对此提出了批评,其观点可以作为一种刑法修改时的参考。刘树德的《刑法中伪造及关联行为的处置——兼评法释[2001]22号》一文,结合司法解释的规定,对刑法中的伪造及关联行为进行了法理上的分析,对于正确认定伪造型犯罪具有一定的意义。朱新武、王友明的《对贪污贿赂案件中赃款去向的法律分析》一文,涉及司法实践中一个常见的争议问题:在贪污贿赂案件中,赃款走向是否影响犯罪成立。在这个问题上,检察院、法院往往争议较大。该文作者是检察官,从控方角度提出了其看法,认为贪污贿赂罪赃款赃物的去向,仅是构成犯罪后对款物的处理方法,并不影响贪污贿赂罪的成立。毛国芳的《论挪用公款与挪用资金犯罪构成的区别》一文,通过对公务、公款与资金等概念的分析,论述了在司法实践中易于混淆的挪用公款罪与挪用资金罪的界限,对于司法机关正确处理此类案件具有一定的意义。

在"刑事诉讼法适用"栏目中,发表了十篇论文。方鹏的《看不见的正义——论刑事诉讼审判评议程序与评议规则》一文,形象地将秘密进行的审判评议程序与评议规则称为"看不见的正义",以与被称为"看得见的正义"的公开进行的审判程序与审判规则相对应。以往,我们往往较为关注"看得见的正义",因为它毕竟"看得见",却忽视"看不见的正义",因为它从来就"看不见"。但从某种意义上说,"看不见的正义"比"看得见的正义"还要重要,因为评议结果往往直接决定了一个当事人的命运。方鹏的论文对刑事诉讼审判评议程序与评议规则进行了深入的考察,作者的这种学术敏感性首先就是值得肯定的。徐美君的《论检察机关侦查职能的性质》一文,讨论了检察机关侦查职能的本质。根据《刑事诉讼法》的规定,检察机关具有侦查职能,这是没有疑问的。过去对检察机关的这种侦查职能与检察机关的其他职能有何关系并不十分关注。该文却由此进行了深入的讨论,认为检察机关的侦查职能是其公诉职能的一种派生,换言之,作者倾向于否认侦查职能在检察机关职能中的独立性,这一认识具有一定的新意。蒋熙辉的《论求刑权与求刑制度》、林维、韩子清的《求刑权刍议》两篇论文,论及检察机关的求刑权问题,这里的求刑并不是指一般意义上的公诉,而是指向法院请求具体刑罚的权力。目前,我国某些检察机关正在进行求刑权的尝试,作者对这个问题的探讨,我认为是极为必要的。吴丹红的《诱惑侦查论》一文对诱惑侦查作了探讨,诱惑侦查是一种特殊的侦查手段,这种侦查手段对于侦破某些高度隐蔽的组织性犯罪是十分有效的,但对这种侦查手段如果不加控制,也会带来侵犯人权的消极后果。该文对诱惑侦查的有关问题,尤其是对诱惑侦查的法律规制作了有益的探讨。张品泽的《刑事审判简易程序选择权研究》一文,探讨了简易审判程序中的一个重要问题,即到底由谁来选择简易审判程序的问题,并对此进行了细致的分析。王进喜的《证人证言质证模式比较研究》一文在比较英美法系与大陆法系的证人证言质证方式的基础上,对我国刑事诉讼中的证人证言质证模式进行了研究。李智慧的《证据收集过程的固定问题》一文,对证据的固定问题作了探讨。以往司法人员往往注重证据收集,而忽视证据固定,导致证据流失或者证明力丧失。因此,证据固定是一个值得研究的重要问题。陈和的《刑事庭审的质证问题》对刑事诉讼活动中常见的质证问题作了探讨,这对司法实践具有一定的参考价值。叶良芳的《论被告人承担证明责任的不适用性》一文对证明责任倒置提出了异议,认为在任何情况下,被告方均不承担证明责任。

在"学术对话"栏目中,发表了我和周光权关于口供问题的对话。口供在刑事诉讼中占有一席之地。在以往口供中心主义的刑事诉讼制度下,口供在刑事诉讼中的作用被夸大、扭曲了,因此带来种种弊端。在这篇对话中,作者讨论了如何看待、处理口供的问题。

在"问题探究"栏目中,集中讨论了婚内强奸问题。婚内强奸之所以引起社会的广泛关注,不仅在于它是一个现实的社会问题,更为重要的是,这样一个现实的社会问题在何种意义上对传统法律提出了挑战,以及法律应如何应对。对这些问题的思考都已经超出了这个婚内强奸命题自身的意义,而涉及更为普遍的法理学问题。王勇的《婚内强行性交行为的刑法学思考》、李顺章的《婚内强奸问题新视角》两篇论文从不同角度对婚内强奸问题作了进一步的探讨。

在"域外判解"栏目中，发表了邓子滨译的《弗曼诉佐治亚州案——美国最高法院反对死刑的重要判例》，文中介绍了美国最高法院反对死刑的重要判例，对我们了解美国的死刑存废之争有所帮助。

在"疑案争鸣"栏目中，涉及两个当今社会关注的个案。米传勇的《纠缠于罪与非罪之间——解读湖北体彩假球案》一文，对发生在湖北省的体彩假球案的罪与非罪问题进行了法理分析。付立庆的《死刑犯的生育权——法理、逻辑与存活》一文，对发生在浙江省的死刑犯生育权案进行了理论探究。两文都提出了作者的独到见解，对于我们都具有启发意义。

在"案例研究"栏目中，李兰英的《生命不能承受执法的冷漠》一文，对新闻媒体披露的因僵硬、机械执法而导致严重后果的案例进行了分析，文中涉及义务冲突等刑法理论问题。倪培兴的《对象错误条件下犯罪既遂的认定——对一起故意杀人案的定性分析》一文，通过对一起故意杀人案的定性分析，探讨了对象错误条件下犯罪既遂应当如何认定这样一个具有实践意义的问题。汪明亮的《盗窃彩票行为的定性》一文，对现实生活中发生的盗窃彩票行为应如何定罪作了分析。姜发根的《一起典型案例引发的诉讼程序问题》一文通过对张某故意杀人(中止)案引发的一些诉讼程序问题进行了深入研究，涉及目前刑事诉讼法中的一些重要问题。

陈兴良
谨识于北京海淀蓝旗营寓所
2002年3月28日

6.《刑事法判解》(第6卷)[①]卷首语

随着我国刑事法治的发展,刑事司法越来越受到人们的关注。《刑事法判解》立足于我国的刑事法治建设,力图反映刑事司法的前沿性理论研究成果。

本卷在"个罪研究"栏目中,发表了两篇论文。刘卫东的《信用证诈骗罪问题研究》一文,从犯罪构成的各个要件,对信用证诈骗罪进行了深入研究,尤其是作者是一位从事法律实务的律师,结合其亲身所办案件以及其他疑难案件,对信用证诈骗中的疑难问题,例如非法占有目的,进行了法理探讨,具有一定的理论深度。王越飞、李素英的《集资诈骗罪与非法吸收公众存款罪之比较》一文,根据我国刑法的规定,结合司法实践情况,对集资诈骗罪与非法吸收公众存款罪进行了比较研究,对于处理此类案件具有一定的参考价值。

在"刑法适用"栏目中,发表了四篇论文。周光权的《不作为犯的认定》一文,结合个案,对不作为犯罪认定中的疑难问题进行了理论探讨。徐新励、沈丙友的《金融诈骗犯罪主观目的诉讼证明的困境与对策》一文,对金融诈骗犯罪司法认定中的疑难问题,即非法占有目的这一主观要件的司法证明,进行了颇有新意的探讨。方文军的《"故意伤害"解析》一文,从分析伤害的涵义出发,对故意伤害罪在司法适用中的疑难问题加以具体分析,以消除司法实践中存在的一些误解。南明法、郭宏伟的《以借据为侵害对象的犯罪行为定性研究》一文,对于司法实践中常见的以借据为侵害对象的犯罪进行了理论上的探讨,具有一定的实际意义。

在"刑事诉讼法适用"栏目中,发表了七篇论文。张玉镶、蒋丽华的《论侦查阶段的律师辩护》一文,对侦查阶段辩护律师权利的设置进行了探讨,提出侦查阶段辩护律师的诉讼权利还有进一步扩张之必要的

---

① 陈兴良主编:《刑事法判解》(第6卷),法律出版社2003年版。

观点。杨光、于书峰的《轻微刑事案件诉权研究》一文,对于轻微刑事案件诉权的问题进行了有意义的探讨,法律关于轻微刑事案件可以自诉的规定,意在扩大自诉范围,以弥补公诉之不足。但在司法实践中,这些自诉案件尚十分罕见,由此可见在实际运作上存在一些障碍,需要从理论上加以研究,该文对此的探讨是十分必要的。张继林的《对道路交通肇事刑事案件事故责任认定书的审查与判断》一文,针对交通肇事责任认定书的审查与判断问题进行了较为深入的探讨。以往在司法实践中,对于交通肇事责任认定书之类的鉴定结论是不加审查地适用的,而这些鉴定者又不出庭接受质证,从而使这些隐形的鉴定人成为实际的法官,而法官的审判权在一定程度上旁落。应当说,这是一种极不正常的现象。该文对交通肇事责任认定书审查、为什么能对其进行审查以及如何进行审查都进行了积极探讨,我认为是极有价值的。刘树德的《抗诉理由"适用法律错误"的思考》一文,对作为抗诉理由的"适用法律错误",从刑法角度作了探讨。王莉君的《传闻规则比较研究》一文,对传闻证据的法律规则进行了比较研究。传闻证据在我国尚未见深入研究,该文采用比较方法,对各国的传闻规则加以论述,对于开阔我们的视野是具有一定意义的。谭劲松的《我国口供补强规则研究》一文,对补强证据中的口供补强规则进行了分析。郭有评的《受贿案件证据问题研究》一文,对司法实践中较为疑难的受贿案件的证据认定问题作了较为细致的研究。上述这些论文,涉及刑事诉讼法中的各个方面,题目或大或小,都具有现实针对性。

在"司法改革"栏目中,分为两个专题发表了两组论文。第一个专题是检察引导侦查。检察引导侦查涉及检警关系,也是当前我国司法改革中的一个重要问题。河南省周口市人民检察院在这方面颇有创新之举。2002年5月,在周口市人民检察院召开了一次检察引导侦查的理论研讨会。我作为与会者之一,切身感受到来自司法实践部门同志们的创新精神。这里发表的一组论文以及三个附录文件,就是周口市人民检察院在检察引导侦查方面的理论与实践经验的总结。第二个专题是刑事简易程序,这是法院内部的改革内容之一。北京市海淀区人民法院对此进行了有益的尝试。我曾经两次参与海淀法院关于刑事简易程序的探讨。这里发表的有关论文以及专家研讨实录就反映了对海淀法院刑事简易程序改革方面的经验总结以及理论评判。

在"法理探究"栏目中,发表了韩哲的《丢失枪支不报罪的客观可归责性分析——兼与林维先生商榷》一文,是与林维进行商榷的。就此问题,林维曾经在《刑事法判解》(第2卷)著文表达自己的观点,现在韩哲对此作了进一步探讨,并与林维商榷。这种疑义相与析的治学精神是值得肯定的。

在"问题探究"栏目中,发表了七篇论文,这些论文都涉及刑事法理论中的一些前沿性问题,颇具启发性。樊守禄的《完善人民法院依法独立行使审判权的理论思考和制度设计》一文,对人民法院如何独立行使审判权问题进行了理性思考。张忠斌、黎宏谊的《陪审制的中国命运》一文,对我国目前陪审制的现状进行了考察,并且提出了陪审制在我国发展完善的建言。陈文全的《论我国刑事诉讼审级制度的改革》一文,提出了改目前我国的二审终审为以二审终审为基础、三审终审为必要补充的审级制度。庞良程的《量刑建议制度可行性研究》一文,对量刑建议制度的理论根据作了较为深入的探讨。刘方权的《论刑事法中的两种契约关系:刑事和解与辩诉交易——对两个案件的刑事诉讼命运解读》一文,对司法过程中的刑事和解制度与辩诉交易制度结合两个案件进行了理论上的分析。王超的《警察证人制度:透析与前瞻》一文,对警察作证问题作了探讨。李振奇、朱平的《论赃款赃物没收追缴程序》一文,对追赃程序问题作了颇有深度的分析。

在"疑案研究"栏目中,对三个疑难案件进行了理论分析。黄永的《周某高速公路抛下领导致其死亡案评析——刑法与刑事诉讼法的双重视角》一文,涉及的是一起不作为案件,作者从刑法与刑事诉讼法两个方面进行了较为深入的研究。方鹏的《张承振骗奸案的刑法解说》一文,涉及司法实践中常见的骗奸问题。朱捷、付立庆的《栾某、张某某徇私舞弊发售发票案研究》一文,对一起徇私舞弊发售发票案进行了研究。除对该案本身定性问题的探讨之外,还对如何健全制度,防范此类犯罪的发生进行了反思。

从以上各栏目的介绍来看,本卷的内容是丰富的。尤其是作者大多是来自司法实践部门的法官、检察官和律师,从各自实践经验出发提出问题,并且从法理上予以解答,从而丰富了我国的刑事法理论,对于司法实践也具有一定的指导意义。

陈兴良
谨识于北京海淀蓝旗营寓所
2003 年 2 月 13 日

7.《刑事法判解》(第7卷)[①]卷首语

《刑事法判解》(第7卷)已经编成,即将付印。在总结前6卷编辑经验的基础上,从本卷开始,无论在内容还是形式上,《刑事法判解》都将作一些调整。在内容上,《刑事法判解》将秉承贴近司法实践的一贯风格,吸收更多的司法实务工作者参与讨论与研究;在形式上,拟缩短出版周期,将每卷的篇幅适当减少,并在版式上作出改动。我想,经过上述调整,《刑事法判解》将会为之一变,更具有吸引力。

《刑事法判解》的一个重要使命,就是对法律、司法解释的解释。可以说,法律解释是法律适用的前提。法律解释有两种途径:一是语言的,二是逻辑的,当然这两者之间是存在联系的。中国古代律学,作为一种法律解释学,就是以语言解释为主的。中国主要是语言解释与西方主要是逻辑解释,形成两种完全不同的风格。因此,中国古代的法学方法论也是围绕语言(文字)的解释展开的。中国人具有语言的敏感性,读解也主要是通过语言领会法条之微言大义。

最近,我读清代王明德撰《读律佩觿》[②]一书,颇有感触。王明德在书中提出读律八法,可谓其经验之谈。何谓八法? 一曰扼要,二曰提纲,三曰寻源,四曰互参,五曰知别,六曰衡心,七曰集义,八曰无我。在上述八法之中,扼要与提纲,都是指抓重点。律文数百条、上千条,必有一些是重点条文,真正领会这些条文,可以达到举一反三、事半功倍之效。此外,例如互参,对于领会律文也是极为重要的方法,正如王明德所言:"律义精严,难容冗集复著,故其义意所在,每为互见于各律条中。"因此,互参实际上是对法律进行体系性解释。在书中,王明德还论述了"律母"与"律眼"。王明德云:律有以、准、皆、各、其、及、即、若八字,各为分注,冠于律首,称曰八字之义,相传谓之律母。这八字被称为读律之法,王明德引宋

[①] 陈兴良主编:《刑事法判解》(第7卷),法律出版社2004年版。
[②] 〔清〕王明德:《读律佩觿》,何勤华等点校,法律出版社2001年版。

儒苏子瞻言:"必于八字之义,先为会通融贯,而后可与言读法"。除律母外,还有律眼,以与律母相对应。律眼是指例、杂、但、并、依、从、从重论、累减、听减、得减、罪同、同罪、并赃论罪、折半科罪、坐赃致罪、坐赃论、六赃图、收赎等。这些都是律之关键词,对于领会律文至关重要。王明德对例作了如下阐述:"例者,丽也,明白显著,如日月之丽中天,令人晓然共见,各为共遵共守而莫敢违。又利也,法司奏之,公卿百执事议之、一人令之,亿千万人凛之。一日行之,日就月将,遵循沿习而便之,故曰例。"这里的例,相当于现代刑法的总则,对于整个刑法具有纲领的作用,王明德充分阐述了例的重要性。在上述律眼中,有些律眼所表达的法意至今仍为我们所遵循。例如并赃论罪,王明德云:"併赃论罪者,将所资之赃,合而为一,即赃之轻重,论罪之轻重,人各科以赃所应得之罪,故曰併赃论罪。"由此可见,併赃论罪是中国古代刑法处理赃罪(相当于现代刑法的财产犯罪)的原则,这一原则在我国现行刑法中仍然是通行的。当然,律眼中的有些词的用法与现在也有了一些差别。例如得减一词,王明德云:"得减者,法无可减,为之推情度理,可得而减之。得者,固其不得减而特减之,故曰得减。"这里的得减,非法定减轻,而是法外减轻,相当于我们现在所讲的酌定减轻。我国现在刑法理论中,把减轻分为必减与得减,都是法定减轻:必减是应当减轻,得减是可以减轻。由此可见,现在刑法中的得减已经不同于古代刑法。又如,但字,在现代刑法中也是经常使用的,我们称之为但书,有转折性但书与例外性但书之分,一般仍是在但字的本义上使用。但古代刑法中的但字都与之不同。王明德云:"但者,淡也。不必深入其中,只微有沾涉便是。如色之染物,不必煎染浸渍深厚而明切,只微着其所异之濡,则本来面目已失,不复成其本色矣。故曰但。律义于最大最重处,每用但字以严之。此与文字内,所用虚文,作为转语之义者迥别。如谋反大逆条,内云:凡谋反、谋大逆,但共谋者不分首从,皆凌迟处死。此一条用但字之义,是对已行、未行言。盖凡律,皆以已行、未行分轻重,此则不问已行、未行,但系共谋时在场即坐矣。盖所以重阴谋严反逆也。"

以上我对王明德的律学精华稍作引述。可以窥见中国古代律学所达到的相当高的成就。中国古代律学的精妙在于对律条的文字解释与义理阐述,透过文字的隔膜而得立法之精义。尽管这种对刑法的语言学的研究不同于西方对刑法的逻辑学的研究，但仍然是值得我们继承的。我们现在读外国刑法教科书很多，借鉴的也很多，但读中国古代律学的书少之又少，我本人也是如此。我的藏书中虽然也有若干种中国古代律学的著作，但读的少，借鉴的更少，只不过满足"发思古之幽情"，这是很不应该的。我们现在对刑法条文的注释之粗疏、之混乱、之离题，远远不如古代律学之精细、之不紊、之切义。

本卷在"个罪研究"栏目中，发表了两篇论文。王立的《交通事故罪研究——以交通事故责任认定为视角》一文，从一个全新的角度，对交通事故罪进行了探讨。我国刑法对交通事故罪的规定采用的是空白罪状，构成该罪以违反交通运输管理法规为前提。有关交通管理法规为区分罪与非罪界限，确定以交通事故责任作为构成交通肇事罪的前置条件。在这种情况下，交通肇事行为是否构成犯罪，完全取决于交通事故责任认定。这一司法实践的做法虽然使法院对本罪的认定更为便利，但也带来一些弊端。该文作者王立长期从事交通事故责任的认定工作，对这个问题深有感触，并积累了大量资料。王立在北京大学法学院攻读法律硕士学位，其硕士论文是我指导的，我认为他的这篇论文是具有新意的，并且也受到答辩委员会的好评。吴学斌的《集资诈骗罪研究》一文对集资诈骗罪的罪状及其构成要件作了法理分析，尤其是"以非法占有为目的"的认定问题，有一定的意义。值得一提的是，上述两文的作者都是司法实践工作者，他们具有丰富的司法实践经验，又回到大学继续深造，在理论上都有较大的提高。

在"刑法适用"栏目中，发表了三篇论文。李荣的《论犯罪集团首要分子的刑事责任》一文，涉及的是首要分子承担刑事责任范围的问题，这个问题以往在刑法理论上是不成其为问题的。按照主观与客观相统一的原则，首要分子应对其组织故意范围内的犯罪承担刑事责任。对此，立法者也认为，根据《刑法》第26条第3款的规定，对组织、领导犯罪集团的首要分子，按照集团所犯的全部罪行处罚，即首要分子要对他所组织、领导的犯罪集团进行犯罪活动的全部罪行承担刑事责任。[①] 但在此后的司法实践中，对此产生了疑问，尤其是在对黑社会性质组织犯罪的认定中，其

---

① 参见胡康生、李福成主编：《中华人民共和国刑法释义》，法律出版社1997年版，第37页。

首要分子承担刑事责任的范围如何界定,在司法实践中出现了不同做法,在刑法理论上也存在争议。我曾经听说某地出现这样一个案例:公诉机关指控某一黑社会性质组织的首要分子指使其成员杀害他人,辩护人认为这一证据不足。法院采纳了辩护人的辩护意见,但又认为,首要分子应对黑社会性质组织的全部罪行承担刑事责任,因此,即使没有指使行为也应对之承担刑事责任。在首要分子没有杀人的指使行为也没有杀人故意的情况下,认定其构成故意杀人罪,这些做法都是违反主观与客观相统一的定罪原则的。李荣的论文对这一问题的法理探讨,我认为是值得肯定的。虽然该文未涉及个案,但对于司法实践具有一般的指导意义。

刘德法、王冠的《信用卡犯罪问题研讨》一文结合个案,对信用卡犯罪定罪中的若干疑难问题进行了探讨,尤其是恶意透支问题、盗用信用卡犯罪等,都是罪与非罪、此罪与彼罪的界限不易区分的,该文的深入论述是具有积极意义的。

崔敏教授的《四论慎杀——从一起故意伤害案的判决再谈死刑的适用》一文,从一起故意伤害案的判决切入,对死刑的适用问题进行了十分深入的探讨。崔敏教授是刑事法学界的老前辈,其对现实法治的关切之情令人感动,他对死刑适用问题有着自己的看法。对慎杀这一主题,一而再、再而三地论述,现在又四论之,可见其心之切。该文论及的这个案件,我也参加过专家论证。故意致人死亡一人,而判三人死刑立即执行、一人死刑缓期三年执行,刑罚已经超过了"杀人偿命、一命抵一命"这一报应公正的标准。我记得,关于此案,崔敏教授在最高人民法院特邀咨询员座谈会上,当着最高人民法院肖扬院长的面曾经论及这并不是一个个案问题,而是死刑政策问题。对于死刑之存废、限制的论证,年轻学者更多的是引证西方学者的资料,该文引证了马克思、恩格斯、毛泽东立于少杀的论述,尽管熟悉,但仍有恍若隔世的生疏感。戴有举的《事后抢劫罪三论》一文,对事后抢劫犯罪中的三大疑难问题作了探讨,这些问题在司法实践中经常引起争议,需要从法理上对此作出论证。

在"刑事诉讼法适用"栏目中发表了三篇论文。莫洪宪、王明星的《刑事案件的分类及界定标准》一文,讨论的是刑事案件的类别界定问题,也是我们通常所说的案由,这个问题不仅关乎刑事诉讼,也关乎刑事侦查,并且关乎刑事统计,以往在学理上关注甚少,因而该文的讨论是有价值的。秦宗文的《比较与借鉴:我国刑事重复追诉问题之求解》一文,对刑事诉讼中的重复诉讼问题进行了颇为深入的研究,尤其是对英美法系中的双重危险理论与大陆法系中的一事不再理原则的比较论述,具有较强的学术性以及现实的借鉴意义。不得重复追诉已经载入国际人权公约,是国际公约的刑事司法准则,也是刑事法治的底线。但即便是这样一个刑事司法准则,在我国刑事诉讼法中和司法实践中都未能得到确认。追诉程序反复启动,不利于被告人的再审乃至于判处死刑的再审,往往在实事求是、实体公正的名义下进行。这是令人痛心的。张会峰的《制度是如何实现的——非羁押性刑事强制措施实施问题研究》一文,对拘传、取保候审和监视居住等非羁押性刑事强制措施的实施问题作了实证研究,从研究方式与写作手法上都具有新意。

在"刑事审判资料"栏目中,刊载了《上海市高级人民法院刑法适用问题解答(试行)汇编(总则部分)》。这一材料是上海市高级人民法院刑一庭庭长黄祥青博士寄给我的,是上海市高级人民法院刑一庭、刑二庭为及时总结刑事审判经验,提高刑事司法水平,对刑法适用问题解答(总则部分)的修订、汇编。这一材料不仅对于审判实践具有指导意义,也可以使我们了解司法机关对刑法总则某些争议问题的理解及立场,因而具有重要的理论意义与实践意义。现征得黄祥青博士的同意,刊载在此,供读者参考。

在"问题与争鸣"栏目中,发表了一组论文。这组论文是关于合议庭中的不同意见是否公开、是否在判决书中表述的内容。我是上海市第二中级人民法院专家咨询委员会的委员,上海市第二中级人民法院及时给我寄来各种司法审判资料简报等。这三篇论文发表在上海市第二中级人民法院研究室编的《第二中院审判研究》第37、38、39期,我读后感到讨论的这个问题极有意义,征得同意,刊登在此。我期望《刑事法判解》能够更多地反映司法实践的现实情况。

在"判例研究"栏目中,刊登了我的《轮奸妇女之未完成形态研究——姜涛案与施嘉卫案的对比考察》一文,这是我正在进行的刑法判解研究的一部分。我认为,判例研究不同于案例研究:判例研究是对裁判理由的研究,而案例研究是对如何定罪的研究。我国以往的刑事判解书往往"不讲道理":只有裁判结论,没有裁判理论,因此无从进行判例研究。

近年来,最高人民法院进行司法裁判文书改革。法院刑事诉讼文书改革应当遵循的原则就包括说理原则,理由是判决的灵魂,是将案件事实和判决结果联系在一起的纽带。无论是英美法系国家还是大陆法系国家,都把法院判决书看成一份"论证文",将法院作出判决的理由写得一清二楚,其公正性使人无从怀疑。在司法文书改革中,对实行样式的重点内容作了重要修改和补充,其中包括大力增强判决的说理性。为了增强判决的说理性,按照修订样式的要求,判决理由部分应当写明以下内容。

一是根据庭审查明事实、证据和有关法律规定,运用犯罪构成理论,论证公诉机关指控的犯罪是否成立,被告人的行为是否构成犯罪、犯的什么罪,应否从轻、减轻、免除处罚或者从重处罚,以为判决结果作好铺垫,使判决结果得到法律上、法理上的支持。

二是要针对个案的特点,充分摆事实、讲道理,以理服人,以法服人,使理由具有较强的思想性和说服力。刑事法律是审判刑事案件的准绳。但法律是抽象的、静态的,它只具有概括的意义,而每一个案件都是具体的、动态的。判决书应当根据个案的特点,从法律上、法理上阐明为什么要适用这个法律条文而不适用那个法律条文,以充分的说理来论证判决所适用的法律是正确的。

三是对控辩双方适用法律方面的意见,特别是不同意见,应当有分析地表示是否予以采纳,并阐明理由,改变以往对控辩双方适用法律方面的意见一般不予评判的态度。

四是要准确地援引法律条文,作为判决的法律依据。按照过去最高人民法院的批复,司法解释是不能在司法文书中援引的。但根据1997年6月23日最高人民法院《关于司法解释工作的若干规定》[①],司法解释与有关法律规定一并作为人民法院判决或者裁定的依据时,则应当在司法文书中援引。总之,判决理由要力求做到说理透彻,条理清晰,逻辑严密。这是当前裁判文书改革的又一重要内容。[②] 尽管进行了司法文书改革,强调判决书的说理性,但现在的刑事判决书之说理还是不够的。好在最高人民法院有关业务部门公布的刑事案例,除案情及判决结果以外,还有裁

---

① 载《中华人民共和国最高人民法院公报(一九九七年合订本)》,第96页。
② 参见周道鸾主编:《最新刑事法律文书格式范本》,人民法院出版社2003年版,第486、494页。

判理由或作者评析部分，可以成为研究对象。通过对刑法判例的研究，实现从文本刑法学到判例刑法学的延伸与拓展，这是我的一个想法。该文是在判例刑法学研究上的一种尝试，刊登在此供读者批评。

在"案例研究"栏目中，发表了五篇论文。关于案例研究与判例研究的区别已如上所述，当前我国刑事法理论研究中，案例研究仍然具有其存在的价值。周光权的《被害人使用强力夺回被抢被盗财物的处理》，涉及的是违法阻却事由，主要论述了自救行为与正当防卫的区别。臧德胜的《田某非法行医案——具有行医资格不具有接生资格的人能否构成非法行医罪》讨论了具有行医资格但不具有从事某一特定医疗业务资格的人能否构成非法行医罪的问题。作者的回答是否定的，这里涉及对特殊主体的法律意义之界定。吴继生、唐艳的《不纯正不作为故意杀人罪的个案研究》一文，讨论了一起不纯正不作为故意杀人案，此类案件在现实生活中屡见不鲜，案情大同小异，各地法院处理结果不一，刑法理论上也存在分歧。在《刑事法评论》（第3卷），我曾经组织过对宋福祥间接故意不作为杀人案的讨论。该文再次提出这个问题；作者是从事刑事审判活动的法官，他们对这个问题的看法，值得引起刑法理论界的重视。沈解平、朱铁军的《盗窃罪中电视监控录像的证明力之探讨》一文，涉及证明责任问题，从个案出发对这一问题进行了分析，并进而引申出"被告人提供证据责任"的概念，其研究路径值得提倡。

本卷即将付印之际，传来噩耗，中国青年政治学院副院长、北京大学法学院博士生导师周振想教授昨天因病逝世。周振想是我的同学、同事并同道，有着二十多年的友谊。《刑事法判解》（第2卷）曾经发表过周振想的《伪造、变造金融票证罪研究》一文。斯人已去，重抚旧文，令人不胜唏嘘感慨命运之无常也。在此记载，以示哀悼追思之意。

陈兴良

谨识于北京锦秋知春寓所

2004年3月3日

8.《刑事法判解》(第8卷)① 卷首语

《刑事法判解》第 7 卷的成功改版,为加快本连续出版物的出版进程奠定了基础。《刑事法判解》第 8 卷将继续秉承"反映刑事司法领域的新问题,提出指导刑事司法实务的真见解"的编辑宗旨,以此推动我国刑事法的理论研究。

在《刑事法判解》第 7 卷的"卷首语"中,我曾经论及中国传统法律解释是以语言分析为特征的,而西方的法律解释侧重于逻辑论证。当然,不能说中国古代没有逻辑思想,在《先秦名学史》一书中,胡适就专章论述了中国古代的法治逻辑。② 春秋时期荀子的"有法者以法行,无法者以类举"的论断中,包含的类推思想就是建立在逻辑基础之上的。韩非喜好"刑名之学",这里的"名"学,就是中国古代的逻辑学。及至唐律规定的"入罪,举轻以明重;出罪,举重以明轻"的司法原则,都包含着丰富的逻辑思想。

但从总体上看,中国传统法律思想中的逻辑内容是薄弱的。相比之下,西方法学与古希腊的逻辑思想一脉相承,形成自成一体的法学方法论。例如,在西方法学方法论的著作中,都论及一个重要的概念 Subsumtion。Subsumtion 通常被译为归摄或者涵摄。德国学者卡尔·拉伦茨指出:逻辑学将涵摄推论理解为"将外延较窄的概念划归外延较宽的概念之下,易言之,将前者涵摄于后者之下"的一种推演。从事这种推演首先必须定义这两个概念,然后确定上位概念的全部要素在下位概念中全部重现,下位概念的外延较窄,因为除上位概念具有要素外,它至少还有另一个要素。③

---

① 陈兴良主编:《刑事法判解》(第8卷),法律出版社 2005 年版。
② 参见胡适:《先秦名学史》,《先秦名学史》翻译组译,学林出版社 1983 年版,第 141 页以下。
③ 参见〔德〕卡尔·拉伦茨:《法学方法论》,陈爱娥译,商务印书馆 2003 年版,第 152 页。

(1)作为一种法律方法,涵摄是通过逻辑演绎而展示甚至穷尽上位概念的内涵,将各种各样的下位概念置于其下,这样一个解释过程就是涵摄。正如拉伦茨所言,例如,"马"的概念可以涵摄于"哺乳动物"的概念之下,因为所有定义"哺乳动物"的必要而且充分的要素,在被穷尽定义的"马"的概念中重现。因此,凡法律规定哺乳动物的情形,均可以适用于马,也就是说,马可以解释为哺乳动物,因为哺乳动物与马之间存在一种涵摄关系。反之,两个概念之间如果不存在涵摄关系,即不能把一个概念归置于另一个概念之下,则对一个概念的法律规定并不表明对另一个概念的规定。例如禁止牛马通行的规定,不能适用于骆驼,因为牛马与骆驼是并列的概念,牛马不能涵摄骆驼。在这种情况下,法律对骆驼通过未设禁止性规定。

(2)适用论意义上的涵摄。对此,拉伦茨指出,作为法律适用基础的涵摄推论,并不是将外延较窄的概念涵摄于较宽的概念之下,毋宁是将事实涵摄于概念描述的构成要件之下,至少看起来是如此。然而,如果精确地审视就会发现,不是事实本身被涵摄,被涵摄的毋宁是关于案件事实的陈述。确定法律效果的三段论及涵摄推论中的小前提,作为陈述的案件事实,与作为生活事实的案件事实不同,后者是前者所指涉的对象。涵摄推论的小前提乃是如下陈述:法条构成要件所指涉的要素,其于陈述所指涉的生活事件中完全重现。① 因此,适用论意义上的涵摄,实际上是指将待决事实置于法律规范构成要件之下,以获得待定结论的一种逻辑思维过程。从逻辑上来说,就是法律规定与案件事实之间同一关系的证明过程。② 正因为具有这种同一性,某一案件事实可以被某一法律规定所涵摄,因而获得了以这一法律规定评价该案件的逻辑上的正当性。

应该说,涵摄概念的上述双重含义,对于我们建构起法学方法论是十分重要的。近年来大陆法系与英美法系学者将关于法学方法论的著作不断地介绍到国内来,我们对此应当给予足够的关注,并期待能在司法实践中运用这些法律思维方法。

本卷在"个罪研究"栏目中,推出的是对非法经营罪和销售假冒注册

---

① 参见〔德〕卡尔·拉伦茨:《法学方法论》,陈爱娥译,商务印书馆2003年版,第152页。
② 参见梁慧星:《民法解释学》,中国政法大学出版社1995年版,第191页。

商标的商品罪进行讨论的两篇论文。杨万明、裴显鼎、朱平的《非法经营罪研究》一文,对非法经营罪作了较为系统的论述。非法经营罪是从原投机倒把罪中分离出来的,由于该罪的罪状存在"其他严重扰乱市场秩序的非法经营行为"这样一种堵截性规定,从而形成了一个小口袋,因而在司法实践中,如何在坚持罪刑法定原则的基础上正确地认定"其他严重扰乱市场秩序的非法经营行为"确是一个值得研究的问题。我认为,这里的"其他严重扰乱市场秩序的非法经营行为"应由法律、法规和司法解释作出明确规定,在无明文规定的情况下不能自行认定。此外还应注意,随着市场经济的深入发展以及行政许可制度的改革,我国行政特许范围也在逐渐收缩。例如,根据1983年国务院颁布的《中华人民共和国金银管理条例》(以下简称《金银管理条例》),金银属于特许经营的物品;但2003年2月27日国务院明令取消第二批行政审批项目。随之,中国人民银行[2003]67号文件公布了停止执行的26项行政审批项目,其中包括黄金收购许可和黄金制品生产、加工、批发业务等审批。至此,黄金从特许经营物品名单中剔除。黄金经营不再需要许可,因此也就不存在非法经营黄金而构成非法经营罪的问题。当然,这里也存在一个值得研究的问题,就是《金银管理条例》禁止单位和个人私自买卖金银,但对单位规定在特许的情况下可以经营黄金,对个人则无此特许的规定。那么,在取消特许以后,个人经营黄金是否仍然属于非法经营呢?

某地曾经发生过这样一起案件,被告人于某于2000年9月15日至2002年9月15日承包了某金矿的坑口,共生产黄金约2.3万克,欲运往他地,在高速公路收费站被查获。该案经某地法院审理,认为:被告人于某在无黄金经营许可证的情况下大肆收购、贩卖黄金的行为,严重扰乱了黄金市场秩序,情节严重,已构成非法经营罪。虽然2003年初国务院下发了国发[2003]5号文件取消黄金收购许可证审批制度,但对于国内黄金市场的发展运行,还有行政法规、政策及相关部门的规章加以规范,不许任其无序经营。《金银管理条例》在废止前,该条例的其他内容仍然有效,故于某的行为在当前仍属违法行为,公诉机关指控的事实清楚,证据充分,罪名成立。上述判决的根据是2003年9月9日中国人民银行办公厅关于认定非法经营黄金行为有关问题的复函,该复函指出:国发[2003]5号文件发布后,企业、单位从事黄金收购,黄金制品生产、加工、批发业务,黄金供应,黄金制品零售业务无需再经中国人民银行的批准。《金银管理条例》中与国发[2003]5号文件相冲突的自动失效,但在国务院宣布《金银管理条例》废止前,该条例的其他内容仍然有效。这一复函的意思是:国发[2003]5号文件只是取消了单位经营黄金业务的特许,个人经营黄金业务按照《金银管理条例》仍是非法的。这一推理的逻辑似乎没错:《金银管理条例》只规定了对单位收购黄金的特许,国发[2003]5号文件也只能取消对单位的特许,而不涉及个人。但问题在于:在对单位收购黄金的特许取消以后,黄金就已经不再属于特许物品了,因而也就不存在《刑法》第225条第(一)项规定的"未经许可经营法律、行政法规规定的专营、专卖物品或者其他限制买卖的物品的"行为。这里的"未经许可"是以有许可为前提的,国发[2003]5号文件取消黄金经营的特许以后,黄金经营就不存在需要特许的问题,又如何存在"未经许可"呢?按照这一逻辑推理,于某的行为根本不构成非法经营罪。由此可见,在司法实践中,对于如何认定非法经营罪,确实存在需要研究之处。柏浪涛的《销售假冒注册商标的商品罪研究》对该罪构成和适用中的若干疑难问题进行了较为详尽的探讨,对于司法实务有一定指导意义。

在"刑法适用"栏目中,刊载了三篇论文。夏成福的《论伤害致人死亡犯罪的认定》一文,结合多个具体案例,对故意伤害致人死亡的诸多复杂情形进行了仔细研讨,针对性强,言之有物,能够解决许多争议问题。

胡东飞的《生产、销售不符合标准的医用器材罪疑难问题解析》一文讨论的问题也比较重要。该罪中所涉及的共犯问题,的确是应当引起重视的。

最高人民法院、最高人民检察院《关于办理生产、销售伪劣商品刑事案件具体应用法律若干问题的解释》第6条第4款规定:"医疗机构或者个人,知道或者应当知道是不符合保障人体健康的国家标准、行业标准的医疗器械、医用卫生材料而购买、使用,对人体健康造成严重危害的,以销售不符合标准的医用器材罪定罪处罚。"这是一个容易引起争议的规定。对于这一规定,司法解释的制定者阐述了两点理由:一是从事经营性业务的医疗机构或者个人,其购买、使用医用器材的行为,属于以牟利为目的的经营行为,与销售医用器材的行为无异。如果其明知是不符合标准的医用器材而购买、使用,那么其主观上就具有销售不符合标准的医用器材的故意,在客观上对人体健康造成严重损害时,完全符合《刑法》第145条规定的生产、销售不符合标准的医用器材罪的构成要件,就应当以销售不符合标准的医用器材罪定罪处罚。二是产品质量法有类似规定。《产品质量法》第62条规定:"服务业的经营者将本法第四十九条至第五十二条规定禁止销售的产品用于经营性服务的,责令停止使用;对知道或者应当知道所使用的产品属于本法规定禁止销售的产品的,按照违法使用的产品(包括已使用和尚未使用的产品)的货值金额,依照本法对销售者的处罚规定处罚。"这是一个基本不讲法理的解释。刑法制定的该罪行明明是销售,何以包括购买、使用?这一法理关系难道仅用一句"与销售医用的器材行为无异"就可以了结吗?至于行政处罚的规定不能作为刑事处罚规定的类比,这个道理也是很简单的。要想讲清楚此问题,得从对合犯入手。这里的法理问题是:在刑法未将具有对合关系的对方规定为犯罪的情况下,对其能否以刑法规定的犯罪的共犯论处?对于这个问题,在刑法理论上确实存在争议,对此胡东飞的论文作了介绍。我个人认为,在罪刑法定原则的规制下,对此不能以共犯论处。

高艳东的《票据诈骗罪客观方面探讨》一文,主要对票据诈骗罪客观行为的有关疑难问题作了探讨,对于在司法实践中正确地认定本罪具有参考价值。

在"刑事诉讼法适用"栏目中,发表了两篇论文。周菁的《我国刑事诉讼证人作证制度的思考》一文,对出庭作证制度的有关理论问题作了较为深入的探讨。刘方权、曹文安的《刑事程序法律责任论》一文提出了程序法律责任的概念,并对此作了必要的理论论证。程序法律责任是相对于程序违法而言的,是程序违法的法律后果。在当前重视程序正义的情况下,对程序法律责任的探讨,我认为是具有现实意义的。

在"理论前沿"栏目中,发表了两篇论文。王永茜的《被害人行为影响犯罪成立的实例分析》一文,提出了一个被害人的行为如何影响犯罪成立的问题,值得我们关注。以往我们将被害人的行为之于刑事责任的影响,仅局限于量刑,我认为这是不够的。在某些情况下,还可能影响定罪。那么,被害人的行为影响定罪的理论根据又何在呢?这是很值得研究的,当然这里有极专业的问题。例如德国学者讨论的被害人承诺是阻却构成要件还是阻却违法的问题。① 该文则主要从个罪角度,对被害人的行为在何种程度上影响犯罪成立的问题作了颇有价值的探讨。王琪的《累犯的实证研究》一文,是用实证研究的方法,对累犯问题从判决角度作了研究。由于研究路径的转换,该文的研究结论是富有启发性的。

在"调研报告"栏目中,发表的是北京市高级人民法院刑一庭副庭长刘京华《关于北京市法院减刑假释工作的调研报告》。该报告资料充实,数据丰富,并对有关问题作了有理有据的分析,相信对于我们了解减刑、假释的实际情况是有帮助的,我们欢迎这一方面的来稿。

在"域外观察"栏目中,发表了周长军、宋燕敏编译的《澳大利亚联邦的检控政策》。张琳琳的《日本刑事司法改革的趋势》和张朝霞、冯英菊的《英国刑事司法改革的基本走向》两篇论文,分别对日本和英国的刑事司法改革的最新动向作了介绍。他山之石,可以攻玉,在我国正在进行司法改革的背景下,更多地了解域外的司法改革动向,无疑会拓宽我们的视野。

在"判例研究"栏目中,发表的是本人关于非法占有目的如何认定的判例研究论文。非法占有目的是某些犯罪的主观构成要件之一,但对其如何正确地认定却有一定难度。这篇文章结合一个判例,对此作了解析。

在"案例研究"栏目中,卢希起的《共犯与身份的个案分析》一文,涉及的是共犯理论,并以一起个案为切入点进行了分析。叶良芳的《俞剑波、金肇阳违法发放贷款案——单位犯罪的主体如何认定》一文,涉及的是单位犯罪,同样也以一起个案切入进行了研究。案例研究虽然由个案引起,但最终都须上升到法理层面加以解决。

陈兴良
谨识于北京锦秋知春寓所
2004 年 5 月 8 日

---

① 参见〔德〕汉斯·海因里希·耶赛克、〔德〕托马斯·魏根特:《德国刑法教科书(总论)》,徐久生译,中国法制出版社 2001 年版,第 453 页。

9.《刑事法判解》(第9卷)[①]卷首语

我2005年4月28日晚在北京航空航天大学法学院进行了一场"罪刑法定司法化"的讲演。讲演过后的提问阶段,一位听众向我提了这么一个问题:为什么目前我国法学家都纷纷开始关注司法问题,这里的学术意义何在?我对此作了以下回答:我国法学家从关注立法到关注司法的学术视角的转变,正好反映了我国法治建设的历史进程。我国的法治建设经历了一个以解决无法可依问题为主的立法中心到以解决有法必依问题为主的司法中心的演进。在20世纪80年代,我国开始了法治建设的进程,这个时期我国刚从"十年浩劫"中走出来,社会生活基本上处于一种无法可依的状况;在这种情况下,我国以1979年《刑法》《刑事诉讼法》的颁布为标志,开始了一场大规模的立法运动。在这里,我之所以采用"运动"一词,是想表明这场立法活动中法律制定的数量之多、持续时间之长,都是前所未有的。由于我国处于社会转型时期,社会生活变动剧烈,法律也不得不随之而修改。20世纪80年代第一轮大规模立法以后,20世纪90年代后期又开始了以法律修改为主的第二轮大规模的立法活动。尽管制定出来的法律未必完美无缺,但毕竟基本上解决了无法可依的问题,极大地推动了我国法治建设的发展。但随着立法活动的完成,司法的重要性日益凸显。只有通过卓有成效的司法活动,法律才能被适用于解决各种社会纠纷,在现实生活中发挥其应有的作用。在这种情况下,我国司法体制与法治目标的不适应性逐渐突出,因而我国启动了司法体制改革。尽管司法体制改革尚未完成,但正是通过司法体制改革,学者的关注点开始投向司法领域。可以说,从关注立法到关注司法,这种学术重心的转变,既反映了我国法治建设的进程,也是我国学者理论自觉的真实反映。

《刑事法判解》就是一种以推进我国司法的法治化为目标的学术努力之一,尤其是以刑事法的判例与解释为研究的重心。本卷的内容虽然主

[①] 陈兴良主编:《刑事法判解》(第9卷),法律出版社2005年版。

要涉及刑事司法问题,但作者都能够从法理高度进行探讨,因而具有较强的学术性。

在"个罪研究"栏目中,周光权的《诈骗罪研究》一文对诈骗罪进行了较为细致的分析,对于我们正确理解诈骗罪的本质特征具有重要意义。该文将诈骗行为分解为以下四个环节:一是欺诈行为;二是对方错误;三是处分行为;四是财产损害。在此,对犯罪人来说,实施的是欺诈行为,对方错误是欺诈行为所造成的他人(或者第三人)主观上认识错误这样一种结果。而就受骗人而言,实施的是基于主观认识错误的处分行为,即交付财物,而财产损害只不过是这种处分行为的结果。由此可见,诈骗行为是由诈骗人与受骗人双方的行为构成的。唯有如此,才能对诈骗罪加以正确的把握。

在"刑法适用"栏目中,臧德胜的《罪刑相当原则的司法实现》一文,站在实证与实然的立场上,对罪行相当的司法化问题进行了讨论。由于作者本人在法院工作,对司法实践有着切身的感受,因而该文的视角是独特的,结论也具有启迪性。陈平建、朱铁军的《论同种数罪的并罚》一文,对同种数罪是否并罚的问题作了新探讨。传统观点认为在我国刑法中同种数罪是不并罚的,司法实践中也是这么做的。但同种数罪之不并罚虽有司法便利之利也有司法粗放之弊。尤其是由于它限制了数罪并罚原则的适用,违背了刑法分则对具体犯罪的法定刑是为犯一罪而设置的原理,人为地提高了刑法分则的法定刑。不仅如此,同种数罪不并罚,也使得罪数理论中的诸多概念,例如徐行犯、接续犯、连续犯、惯犯等丧失其存在的基础。因为只有在同种数罪并罚的语境下,这些概念才有存在的意义。该文在对同种数罪并罚问题的探讨中,虽未全盘肯定,但也提出了某些特定情况下,例如同种数罪中存在不同的犯罪形态或者行为人在同种数罪中处于不同地位的情形下应当并罚。这种探讨当然是具有积极意义的,但也会带来问题:例如甲杀害乙、丙既遂,按照一般做法不并罚,但甲杀乙未遂、杀丙既遂则并罚。那么,在上述两种情形下在量刑上如何协调,就是一个值得研究的问题。

崔敏教授的《五论慎杀》,可谓激愤之作。作者从云南省丽江市对一起抢劫、盗窃价值不菲的兰花而对两名被告人判处死刑的案件出发,对慎杀问题再一次作了发聋振聩的大声疾呼。其情蕴含于言辞之中,令人动容。这个案件提出了人的生命价值问题,人命真的不如几盆兰花值钱吗?国人的生命价值观确实有待改善。在《刑事法判解》(第7卷),曾经发表过崔敏教授的《四论慎杀——从一起故意伤害案的判决再谈死刑的适用》一文,表达了崔敏教授对死刑的一些真知灼见。今年2月23日,崔敏教授给我来信曰:"近日看到云南省丽江市中级人民法院对'兰花大盗'判处了死刑。这可真是视人命为草菅,应验了那句'草菅人命'的成语。在'国家尊重和保障人权'已写入宪法的今天,竟然又出现了如此蔑视人权的判决,我感到无以名状的悲哀。遂又提笔写了《五论慎杀》一文,现送你审阅,或可在《刑事法判解》发表。"对于崔敏教授这种对慎杀原则的一如既往的维护精神,作为学者,我们应当给予最大的敬意。杨志斌的《死缓的法律适用问题研究》,也是站在司法角度,对慎杀原则的进一步展开。死缓制度本身就是慎杀的产物,但由于死缓适用条件在刑法上规定得极其概括,因而杀之慎与不慎就完全取决于司法机关。司法权在死刑问题上之大,由此可见一斑。该文对死缓适用中的一些问题作了探讨,我认为是具有积极意义的。王丹的《论盗窃信用卡并使用》一文,对盗窃信用卡并使用的问题结合司法实践进行了法理上的分析。从《刑法》第196条第3款的规定来看,盗窃信用卡后的使用行为,实际上是一种不可罚的事后行为。因此,盗窃信用卡是盗窃罪的表现之一,对此应以盗窃罪论处。当然,由于信用卡本身的特殊性,盗窃信用卡并使用的行为在定罪中存在一些值得研究的疑难问题,该文对此的探讨具有一定的现实意义。

在"刑事诉讼法适用"栏目中,高一飞的《评我国辩诉交易的实践》一文,结合具体案例对辩诉交易制度进行了有益的探讨。辩诉交易是美国广泛采用的一种司法制度,对于实现诉讼效率具有重大意义。我国刑事诉讼法学界对这一制度进行了介绍,在司法实践中也有大胆的尝试,该文对此进行了评述。我认为,辩诉交易制度中体现的协商性、和解性以及刑事诉讼的谦抑性等法律理念都是值得赞许的。当然,在我国推行辩诉交易制度还会受到实事求是等理念的阻碍。张华的《刑事简易程序适用问题研究》一文,对司法机关在刑事简易程序使用中的若干疑难问题作了探讨,对于司法实践中刑事简易程序的适用是有参考价值的。陈珊珊的《论令状搜查》一文,主要对外国的令状搜查制度作了介绍,并对我国刑事诉讼搜查制度进行了考察,这种比较法的方法之引入是十分必要的。

在"问题探究"栏目中,邓英华的《罚金刑执行难的实证研究》一文,针对目前司法实践中广泛存在的罚金刑执行难的问题,采用实证方法进行了分析,尤其作者提出罚金刑的执行和实现不应当是其主要目的,而应是一种手段,一种使犯罪人复归社会的良好手段;我国的罚金刑从立法到执行都应当进一步走向轻缓化和人性化的理念,是值得赞许的。黄河的《交通肇事罪司法解释评析》一文,对有关交通肇事罪的司法解释涉及的疑难问题进行了研究,提出了作者本人的见解,对于正确地理解关于交通肇事罪的司法解释具有一定的帮助。吴波的《票据诈骗罪争议问题探析》一文,对票据诈骗罪认定中的疑难问题进行了探讨,尤其是关于票据的使用与冒用等问题的分析,都是十分可取的。林维的《抢劫罪责任年龄研究》一文根据抢劫罪的不同情形,例如特别物品抢劫罪、转化型抢劫罪和拟制型抢劫罪的刑事责任年龄问题进行了细致研究,对于正确适用《刑法》第17条第2款具有重要意义。

在"疑案争鸣"栏目中,专门探讨了张进强驾车撞人致死案,该案既涉及事实认定问题又涉及法律适用问题,一审法院以过失致人死亡罪判处,而二审法院则改判为故意杀人罪。由此可见,这是一起疑难案件。孙运梁和陈轶的论文分别对该案进行了分析,孙文认为该案应定过失致人死亡罪,陈文认为该案应定故意杀人罪,分别支持了一审与二审的判决。这里主要涉及的是过失与故意的区分问题,我相信这一争鸣式的探讨对读者是会有所启发的。

在"案例研究"栏目中,郏茂林的《擅自在金融机构开立单位存款账户用以担保个人贷款的定性分析》一文,对两起涉及挪用公款的案例进行了研究,主要涉及以公款存款账户担保形式构成的挪用公款罪中的有关法律问题。康伟的《虚拟财产能否成为盗窃罪对象问题研究——对一起网络兵器失窃案的分析》一文,主要探讨了虚拟财产能否成为盗窃罪的对象问题,这种探讨是具有前瞻性的。邓楚开、王绿英的《非医学需要的胎儿性别鉴定行为属于非法行医——陈某非法行医案分析》一文,涉及非医学需要的胎儿性别鉴定行为之定性问题。这是一个当前正在讨论的问题,社会公众对于非医学需要的胎儿性别鉴定行为的犯罪化争议甚大,而该文则认为通过扩大解释可以直接将这种行为涵括在非法行医罪中以该罪论处。这种观点是否可取,值得展开讨论。

本卷是《刑事法判解》的第 9 卷,我相信随着《刑事法判解》的逐卷推出,必将形成其独具特色的实践品格,从而推动我国法治的发展。

陈兴良
谨识于北京海淀锦秋知春寓所
2005 年 5 月 4 日

四、

著作主编跋

1.《经济犯罪疑案探究》[①]代跋
从案例分析到判例研究

一、判例研究在两大法系的地位

在法学理论和司法实务中,判例研究占有十分重要的地位。但在不同的法律制度下,这种重要性并不是等量齐观的,两大法系的差别尤为明显。这是由不同的法律传统和价值观念所决定的。

在英美法系国家,由于历史传统而实行判例法;因此,在法学理论和司法实务中,都十分重视对判例的解析与评释。美国现实主义法学的代表人物弗兰克将实际的法律定义为关于某一具体情况的一个已经作出的判决。弗兰克在《法律和现代精神》一书中指出:"法律全部是由法院作出的各种可变的判决组成的,就任何具体情况而言,法律或者是实际的法律,即关于某一情况的一个过去的判定,或者是大概的法律,即关于一个未来判决的预测。"[②]因此,弗兰克十分强调对判决的研究。在英美法系的法学教育中实行的"判例教学法",也充分说明了英美法系强调判例的特征。19世纪70年代,美国哈佛大学法学院院长兰达尔首创"判例教学法",并以此取代传统的演绎法。兰达尔创立判例教学法的根据是:第一,为了掌握法律的基本原则,必须研究法官的判决。第二,上课时要用苏格拉底式讨论问题的方法来代替传统的系统讲授。这种教学法的具体做法是:先要一套判例法教材,如合同判例法教科书、刑法判例法教科书等,其中收集有关某部门法或某一主题的有代表性的判例。课前由学生根据教员布置认真准备,包括熟悉某些判例,掌握案件事实和判决根据等,通过自己独立思考作好发言摘要。上课时由教员作简单启发发言后即引导学

---

① 陈兴良主编:《经济犯罪疑案探究》,中国社会科学出版社1990年版。
② 张文显:《当代西方法哲学》,吉林大学出版社1987年版,第53页。

生展开讨论,以探讨、分析、评价有关判例。判例教学法具有一些明显的优点,如有助于学生生动、活泼地学习;有助于培养学生独立思考、分析、推理和表达等能力;有助于掌握从事法律专业,特别是执业律师工作的技巧等。当然,这种判例教学法也存在缺陷,它使学生学习的法律知识仅限于判例法,忽视对法的一般原则的领会和掌握。

当我们把目光从英美法系收回,投向大陆法系,就会发现在大陆法系,由于实行成文法,在司法实务中法官严格适用法条,而不是比照判例。意大利著名刑法学家贝卡里亚曾经指出:"对每个犯罪行为法官都应当进行正确的推理。大前提——一般的法律,小前提——行为是违法的还是合法的,结论:无罪还是判刑。"①因此,在大陆法系国家,十分强调法典的完善与研究。因为在大陆法系的法学家看来,当法典中含有应逐字适用的法律条文,而法典赋予法院的唯一职责是查明公民的行为并确定它是否符合成文法的时候;当所有的公民——从最无知识的人一直到哲学家——都应当遵循的关于什么是正义的和不正义的规则是毫无疑义的时候,国民将免受许多人的微小的专制行为。②在这种法律观念的指导下,大陆法系国家的法学理论主要研究法典,并从中引申出法理。反映在法学教育上,强调教员的系统讲授,教育内容和教材也注重对较抽象的概念和原理加以阐释和分类。因为在大陆法系的法学家看来,法律教育不在于提供解决问题的技术,而在于对基本概念和原理的教导。法律教育所要求的内容并不是对实际情况的分析而是对法律组成部分的分析。法律学校并不是职业训练的场所而是将法律当作一门科学来教导的文化机构。这种理论教学法的优点是学生对法的一般原则掌握得较为熟练,因而具有较高的法学理论素质;其不足之处在于用法的一般原则去分析具体案件,还要有一个熟悉适应的过程,不像英美法系国家的学生那样直接掌握法律技能从而很快地适应职业的需要。

当然,随着当今世界两大法系的合流趋势,英美法系在注重判例教学法的同时,作了若干改进。例如教材除判例外又增加了制定法和其他有

---

① 〔意〕切查列·贝加利亚:《论犯罪和刑罚》,西南政法学院刑法教研室1980年翻印,第12页。
② 参见〔意〕切查列·贝加利亚:《论犯罪和刑罚》,西南政法学院刑法教研室1980年翻印,第13—14页。

关资料,增设了许多"专题课程"以补充和代替判例教学法。而在大陆法系国家,也开始重视对判例的研究。例如法国著名比较法专家勒内·达维德在《当代主要法律体系》一书中指出:德国在教程或论著中更多地涉及德国的判例。① 德国有一个著名的判例,即惊马案,亦称癖马案或马车绕缰案,案情如下:

被告系驭者,受雇于以马车为营业之某甲,被告所驾驭的是双辔马车,而双马之中的一匹即是所谓"绕缰之马";该马时常有以马尾绕缰,并用力以尾压低缰绳的习惯。被告深知该马有以上习癖。某日,当被告驾车由子街至丑街街头之际,该马癖性发作,将尾绕缰用力下压,被告虽极力拉缰制御,但均无效,而马遂惊驰。被告当时已失掉控制力,该惊马因继续奔驰,致将路人某乙撞倒,使其骨折断。检察官对上述事实,以过失伤害罪提起公诉,但原审法院却予以宣告无罪。检察官又以原判不当为理由,提起抗诉,案遂送至德意志帝国法院审理。但帝国法院审理后,认定控诉无理,予以驳回。其驳回的理由是:肯定基于违反义务之过失责任(即不注意之责任),如仅凭被告曾认识驾驭有恶癖之马或将伤及行人一点者,则不能谓为得当,更应以被告当时是否得以基于认识而向雇主提出拒绝驾驭此有恶癖之马一点为必要条件。然而,吾人果能期待被告不顾自己职位之得失,而违反雇主之命令拒绝驾驭该有恶癖之劣马乎? 此种期待,恐事实上不可能也。因此本案被告不应负失之责任。

德国著名刑法学家弗朗克在1907年出版的《关于责任概念的构成》一书中,采纳了这一判例,并在此基础上形成了期待可能性理论,该理论的要旨是:期待可能性就是指在行为当时的具体情况下,能期待行为人作出合法行为的可能性。法并不强制行为人作出绝对不可能的事。因此,只有在行为人具备责任能力,并且同时具备故意、过失、违法性意识这种期待可能性时,才有可能对行为人作出责任谴责,如不具备期待可能性,则责任谴责也成为不可能。由于考虑到人的弱点,把刑事责任——谴责可能性——划出界线的理论,就是期待可能性的理论。

以上我们对英美法系和大陆法系关于判例研究的情况作了简单的介绍,从中可以看出,由各自法律制度的特点所决定,判例研究在两大法系

---

① 参见〔法〕勒内·达维德:《当代主要法律体系》,漆竹生译,上海译文出版社1984年版,第140页。

国家的法学理论和司法实务中的地位与作用是有所不同的:在英美法系国家,判例研究是其法学理论的主体内容,学生通过对具体判例的辨析而掌握法律和法理;法学家通过对具体判例的阐发而归纳出法的一般原则。在大陆法系国家,判例研究的作用是有限的,仅作为法学理论的附庸而存在,不是从判例中引申出法理,而是将法理适用于判例,由此对法理进行证真或者证伪。尽管判例研究随着两大法系互相渗透、有所趋同,但在对待判例研究的态度上,这种差别仍然是极为明显的。

二、案例分析在我国的现状

我国实行成文法,因此,没有像英美法系国家那样建立起判例制度。相对来说,在法学理论和司法实务中基本上不存在判例研究,而只存在案例分析。由于案例分析在学习与适用法律中的独特作用,案例分析在我国的法学研究与法学教育中占有一席之地。

在我国的法学教育中,长期以来一直是以教员的系统讲授为主,通过法学理论的传授,使学生理解与掌握相关的法律知识。虽然在教员的课堂讲授过程中,可能会结合法学原理阐述讲解个别案例,或者在一个单元的授课任务完成以后,组织课堂讨论,进行案例分析。但案例分析从来不是法学教育的主要手段,而是一种加深对法学知识理解与熟悉的辅助手段。但是,近年来这种情况有所改观。有的政法院校率先开设了案例分析课程,在学习法律专业课以外,专门进行案例分析训练。通过案例分析的学习,使学生较熟练地掌握案例分析的技巧,收到了良好的效果,受到学生的欢迎。

在法学研究中,案例分析也越来越受到人们的重视,不少报刊专门对一些疑难案例进行讨论。最为有名的是《法学》杂志组织的刘伟通案、刘亨年案、戴振祥案的讨论,引起了众多法学界和司法界的同志争相对这些疑案发表见解。同时,最近几年还出版了相当数量的有关刑事案例分析的著作。例如:1983年法律出版社出版、崔庆森等编著的《刑事案例分析》;1983年甘肃人民出版社出版,中央政法干校刑法刑事诉讼法教研室资料室编的《刑法案例》;1984年广西人民出版社出版、欧阳涛等编著的《疑难刑事案件百例析》;1984年知识出版社出版、钱国耀等编著的《他们犯了什么罪——刑事案例分析》;1985年辽宁人民出版社出版、辽宁省法学学会编的《刑事案例分析》;1985年河南人民出版社出版、林福海等编写的《疑案探究——刑事案例百例选析》;1985年南京大学出版社出版、杨敦先、刘志正编写的《刑事疑案试析》;1985年华中师范大学出版社出版、朱雄伟主编的《难案分析一百例》;1985年辽宁民族出版社出版,李文芳、薛恩勤著的《这些人犯了什么罪?——刑事疑难案例分析》;1985年武汉大学出版社出版、喻伟编著的《疑案辨析》;1985年广东人民出版社出版、广东法制报刊社编的《案例与案例评析》;1986年光明日报出版社出版、最高人民检察院二厅编的《法纪检察案件三百例》;1986年四川人民出版社出版,刘家琛、郑法、青锋编的《刑法知识例解》等。正如我国著名刑法学家高铭暄教授指出的:这些书都收集、整理和分析了不少刑事案例,对于加强理论联系实际,提高运用刑法理论和刑法条文分析及解决实际问题的能力,起到了良好的作用。①

案例分析虽然在我国当前的法学研究中占有一定地位,但我们的案例分析的水平还是比较低的,基本上还是一种以案释法的性质,其更大的意义在于通过生动形象的案例向人民群众进行法制宣传,对于司法实践的指导意义则是十分有限的。并且,由于我国当前的案例分析的水平较低,因此谈不上对案例分析本身的理论与技巧进行独立的研究。

三、从案例分析向判例研究过渡

在上一节,我对我国案例分析的现状进行了叙述。我认为,我国案例分析的发展方向应该是向判例研究过渡。

应该指出:案例和判例是有所区别的。但在我国法学界和司法界,判例又往往称为案例,两者界限不明。在较权威的法学工具书中,一般都称为判例,但在这种情况下,侧重于介绍中国古代或者英美法系的法律制度。而在我国当前的法律制度中,判例一词往往是忌讳使用的,而代之以案例。例如《法学词典》判例条指出判例是:"法院可以援引作为审理同

---

① 参见高铭暄主编:《新中国刑法学研究综述(一九四九——九八五)》,河南人民出版社1986年版,第9—10页。

类案件依据的判决。法的渊源之一,被称为判例法。中国历史上的决事比、例、断例等,都是判例。如清朝同治九年(1870年)修订《大清律例》后,收录的判例增至1892条,作为审理案件的依据,例的效力甚至大于律。英国13世纪形成通行全国的普通法,其内容大多由法院所作的判决编集而成。判例在传统上是英国法的主要渊源之一。仿照英国法而建立的美国和其他国家的法,也都把判例作为法的重要渊源之一。法、德等欧洲大陆的国家,立法、司法在形式上严格分开,判决只是适用法律的结果,不能作为法律本身,不具有普遍约束力。在社会主义国家,判例不作为法的渊源,只具有参考价值。"[1]这一条目没有涉及判例在我国目前法律制度中的意义。一般法学辞典都没有收入案例这一条目,但在法学理论和司法实务中,案例是更为流行的法律术语之一。因此,一般人并没有注意到案例和判例的微妙区别。

值得指出的是,我国著名法学家沈宗灵教授曾经谈到案例和判例的差异,指出:"从字面上讲,判例比案例为确切。判例一词表示以某一判决作为审理同类案件的前例,而案例一词则表示以某个案件作为处理同类案件的前例。作为法学研究的对象来说,人们注意的不仅是案件事实,而是法院的具有典型性的判决,包括作出判决者对案件事实如何陈述和分析,如何在这种事实的基础上适用法律,进行推理,提出什么论据,最终作出什么判决,等等。只有这样的判例才能对同类案件的处理具有参考价值,甚至作为前例。"[2]我们认为,沈宗灵教授的这一论述是颇有道理的。但遗憾的是,上述论述对于案例和判例的区别仍不够明晰。

在英文中,案例和判例都用 case 一词表示。案例指一项独立的法律纠纷,尤其是引起诉讼的纠纷;该词也用来指当事人一方的辩词、论据和提交审判的总称。判例也用来指一项讼,或审判,或诉讼一方所提交的辩词、论据的总称。在法律著述中,判例是对一项诉讼的报告,包括作出判决的法官或法官们的意见,在这里判例被看作对某一问题的法律解释,并

---

[1] 《法学词典》编辑委员会编:《法学词典》(增订版),上海辞书出版社1984年版,第439页。

[2] 沈宗灵:《比较法总论》,北京大学出版社1987年版,第465—466页。

有可能作为以后案件的先前判例。① 该书将 case 第一种含义译为案件,实际上应译为案例,正好与第二种含义判例相对应。否则,判例就应译为判决,以与案件对应。

我们认为,案例是指某一案件的事实(通常称为案情)和证据等材料的总称,它偏重于对案情的陈述。判例则是指法官根据案情和证据,对某一案件所作出的判决,它偏重于对案情的法律评判。由于案例和判例两个词汇之间存在上述区别,案例分析和判例研究也同样不可等同视之。案例分析是指对案件事实进行解析,并提出应如何适用法律的意见。在刑事案例分析中,案例分析往往涉及应当如何划分罪与非罪、此罪与彼罪的界限,以及应如何依法正确适用各种刑罚制度等问题。而判例研究,则是指对于法院判决及其理由进行评价与辨析,看它适用法律是否正确等。显然,两者是有明显区别的:案例分析是以原始案件为对象的,分析如何对其适用法律;判例研究是以法官判决为对象的,评判这一判决适用法律是否正确。

从案例分析向判例研究的过渡,不是无条件的,而是以社会主义的判例制度的建立与完善为前提的。最近几年来,我国法学界对建立判例制度的呼声日益高涨。例如,有人提出建立以成文法为主、以判例法为辅的具有中国特色的法律体系。② 还有人更为具体地提出了借鉴、倡导和逐步推行判例法的建议:第一,授权最高人民法院颁发判例的权力。这些判例必须经过最高人民法院审判委员会审议批准,由最高人民法院公报正式颁布,一旦公布后,即具有普遍的法律约束力。各地人民法院今后再遇到相同或类似的案件,均应比照有关的判例定性处理,而不能作出与其相反或不一致的判决。第二,颁发判例的权力应严格控制,只授权给最高人民法院。这样做的目的是为了防止滥发判例,影响了法律的统一实施。但是应当要求各级人民法院都应注意积累典型案例,总结审判经验。各省(直辖市、区)高级人民法院应将本地区的典型案例和有争议的疑难案例随时报送最高人民法院,以便最高人民法院能够及时掌握全国的审判工

---

① 参见〔英〕戴维·M. 沃克编:《牛津法律大辞典》,邓正来等译,光明日报出版社1988年版,第139—140页。

② 参见武树臣:《论判例在我国法制建设中的地位》,载《法学》1986年第6期,第26页。

作情况,发现问题,并从中有选择地审议和颁发判例。高级人民法院也可选编本辖区内的案例汇集,提供下级法院作参考,但不具有普遍的法律约束力。第三,为了健全社会主义法制,并为推行判例法创造条件,应采取切实有效的措施努力提高办案质量。① 我认为,这些设想和建议都是十分有益的,应当引起我们的重视。

值得注意的是,最近几年来,我国最高司法机关在编发案例方面进行了一些尝试。例如,最高人民法院分别于1983年和1984年,编辑了两册《案例选编》,并要求各地人民法院审判刑事案件时,要根据每个案件的具体情况,考虑当前斗争形势,恰当地运用这些案例,以做到依法准确地定罪处刑。从1985年以来,最高人民法院向国内外出版发行了《中华人民共和国最高人民法院公报》,公报每期都刊载若干典型案例,有的还加了按语,供各级人民法院借鉴。据不完全统计,自《中华人民共和国刑法》颁行以来,最高人民法院发布的各种典型的刑事犯罪案例约有168个。在这些案例中,有些在指导各级人民法院的刑事审判工作中发挥了积极作用,实际上起到了判例的作用,例如李金城等5人投机倒把、受贿案。

被告人李金城原系上海市公安局普陀分局副局长,分管上海华谊综合贸易中心工作。上海华谊综合贸易中心是由上海市公安局普陀分局和上海海关联合经营的集体性质的企业,于1984年7月10日经上海市普陀区工商局批准开业,核准的经营范围有综合百货、家用电器、食品、烟酒、照相冲洗等,由普陀分局、上海海关各抽调的8人和聘用的5名社会闲散人员组成。1984年7月至1985年1月,被告人李金城等5人在经营"华谊"期间,买空卖空,倒卖国家不允许自由买卖的物资,非法经营额达人民币227.3万余元,非法获利人民币26.8万余元。1986年1月21日,上海市中级人民法院一审判决认定,被告人李金城身为上海市公安局普陀分局副局长,在分工主管"华谊"工作期间,同意倒卖国家不允许自由买卖的物资,非法经营数额特别巨大,虽未中饱私囊,但对"华谊"进行投机倒把罪,负有责任,应予惩处,判处有期徒刑5年。1986年3月7日最高人民法院审判委员会第246次会议,依照《中华人民共和国人民法院组织法》第11条第1款的规定,在总结审判经验时,认为上海市高、中级人民法院

---

① 参见崔敏:《"判例法"是完备法制的重要途径》,载《法学》1988年第8期,第12页。

对该案被告人的定罪、量刑是正确的。李金城在该案中虽然没有中饱私囊,但对"华谊"进行投机倒把活动,负有主管责任,必须依法惩处。(参见《中华人民共和国最高人民法院公报》1986年第1号,第23页。)这个案例表明:对于那些在单位参与的经济犯罪案件中,负有领导、主管责任的人,即使没有中饱私囊,也应依法追究其刑事责任。这一案例的示范作用,不失为一个判例。

最高人民法院运用案例指导司法实践最典型的例子是1985年7月18日,最高人民法院印发的关于破坏军人婚姻罪的四个案例。在通知中指出:"近年来,不少人民法院反映,在处理破坏军人婚姻案件时,对如何具体应用刑法第一百八十一条的规定在理解上不够明确,遇到一些困难。现将我院审判委员会第二百二十七次会议讨论通过的关于破坏军人婚姻罪的四个案例印发给你们,供参照办理。"在这四个案例中,虽然对个别案例的处理在刑法学界尚存在争议,但这种以案例指导司法实践的形式是值得充分肯定的。

随着判例制度在我国的逐步建立,判例研究必将引起法学界和司法界的重视。判例研究通过对个别判决理由的评价,进一步阐述和引申其中蕴含的法理,为法律适用提供理论指导,这也是法学理论研究密切结合司法实践的一条途径。

2.《新旧刑法比较研究——废·改·立》[①]后记

本书是在我们编写的《新旧刑法之比较分析》一书的基础上扩充而成的。为了配合我院对修订后的《刑法》的学习、培训工作,我编写了《新旧刑法之比较分析》一书,以作为学习资料。该书从废、改、立三个方面对新旧刑法作了比较分析,为读者较为便利地掌握刑法修改的内容提供一定的帮助。该书内部印行以后,受到本院以及其他单位同志的欢迎。由于该书对有关问题只是作了一个提纲挈领式的交代,具体内容尚付阙如。为此,在项明检察长的指导下,我组织本院干警在较短的时间内完成了本书的写作。本书中的罪名,都是按照最高人民法院审判委员会通过的《关于执行〈中华人民共和国刑法〉确定罪名的规定》确定的。为了方便读者检索,兹将我所编撰的《新旧刑法之比较分析》一书作为本书的附录,以收一目了然之效。

我院近年来从北京大学、中国人民大学、中国政法大学等著名政法院(系)招收了一批干警,他们大多是法学学士,还有的是法学硕士与法学博士。这些年轻同志充实到检察机关,献身检察事业,为检察机关增添了新鲜血液。为了更好地培养他们,我院领导十分重视这些年轻同志的理论调研工作,期望他们能够学以致用,并在司法实践中总结提升自己的理论水平,成为既有理论知识又有实践经验的有用之才。本书的写作,就是他们在理论研究方面的一个成果,也是我院组织编写的刑事司法实务研究系列丛书中的第一本。我期望我们的研究工作还将继续下去,更期望这种研究成果能够为司法实践工作提供一定的理论指导。

[①] 陈兴良主编:《新旧刑法比较研究——废·改·立》,中国人民公安大学出版社1998年版。

最后应当指出,本书是我们对新旧刑法的一种理论分析,若有不妥之处,尚请读者教正,并应以刑法及司法解释的规定为准。

陈兴良
谨识于北京市海淀区人民检察院
1997 年 12 月 20 日

3.《公法》(第5卷)[1]编后小记:撰而优则编

编撰者,编而撰之也。在古代,编本来也是学问之道。孔子虽然"述而不作",但也"韦编三绝",成为大学问家。此后,编与撰逐渐分离。撰指创作,表述个人独到的学术见解。而编则演变成为一种专业,现代称之为编辑者也,专为他人作嫁衣裳。当然,学者在撰之余,也偶尔编书,此乃业余之编辑,是学术活动之一部分。至此,撰贵而编贱或者重撰轻编,对于学者来说尤其如此。我认为,对于编应当重新认识其学术功能。其实,编有其独特的学术贡献。撰只是表达个人观点,而编则兼及选拔、欣赏他人的作品。如欲形成一定的学术影响,甚至学术流派,学者不能不重视编。因此,撰而优则编,在写书的同时还应当编书,编书同样是学问之道,虽然难免会受到江郎才尽之讥。

我的编书生涯始于20世纪90年代初,当时是著作的主编。记得最早主编的是经济犯罪与经济刑法系列研究丛书,共计四本约百万言,时间是在1990年。这套丛书建立起经济犯罪学与经济刑法学(总论与各论)的学科框架,在我国刑法学界产生了一定的影响。在该系列研究丛书的"前言"中,我写道:"随着对经济犯罪与经济刑法研究的日趋深入,形成了经济犯罪学和经济刑法学等一系列新学科。这些新学科的产生,极大地丰富了我国刑法理论,也适应了打击经济犯罪的客观需要。但是,经济犯罪与经济刑法的研究远不是尽如人意的。应该说,无论在学科的框架上还是在内容上,经济犯罪学与经济刑法学都是幼稚的,两门学科都还处于草创阶段。为此,我们一群不甘寂寞的年轻学子集结在一起,对经济犯罪与经济刑法进行了系列研究。"这里的"不甘寂寞"一词是我们当时的真实思想状态。由于年少的无知无畏,我们不仅"不甘寂寞",而且"不畏艰难"。当然,这里的"艰难"是指学术研究上的艰辛与困难。我还清楚地记得丛书的作者赵国强和青锋,当时都还是中国人民大学法学院的博

---

[1] 陈兴良编:《公法》(第5卷),法律出版社2004年版。

士研究生,住在东风二楼,我们一起切磋,共同探讨。现在,赵国强在澳门大学法学院当教授,青锋则在国务院法制办公室当司长,恍如隔世。由于是第一次做主编,尤其是主编建构学科体系框架的著作,而作者都缺乏对此的深入研究,因而难度是可想而知的。从大纲的确定到最后的统稿,前后大约经历了一年多时间。正是因主编这套丛书积累了经验,后来主编其他书的时候就熟能生巧、事半功倍。

从20世纪90年代中期开始,学界兴起编连续出版物之风气,法学界较有影响的并起步较早的是梁慧星教授主编的《民商法论丛》。此后,各个部门法的论丛均有出版,有些论丛还是办得相当出色的。当然,论丛的出版,对法学刊物的稿源是一大影响。在我看来,著作尤其是专著,由于具有内在体系性的要求,以主编的形式出现不尽妥当,会影响著作的学术水平。当然,对于专题性著作,主编是不妨的。至于连续出版物,以主编形式出现更是理所当然。其实,连续出版物是一种不定期的刊物,只不过是"以书代刊"罢了。我是1997年开始主编《刑事法评论》的,至今已由中国政法大学出版社出版到第14卷。从1999年起我又主编了《刑事法判解》,已由法律出版社出版到第7卷。担任这两个连续出版物的主编,使我有机会接触到各种好作品。虽然编的是他人的得意之作,但经自己的手编发,对于我来说也不禁有几分得意,甚至得意之情不亚于本人写出得意之文。因此,尽管编连续出版物也是为他人作嫁衣裳,但还是从中有所收获的。

《公法》是夏勇创办的高层次、学术性的大型连续出版物。自创刊之初,我就忝列特邀编委。眼见前数卷,主题鲜明,内容丰富,为之称好。在法学的各种连续出版物中,《公法》之所以能够别具一格,脱颖而出,我以为与它的定位有关。目前的各种连续出版物,大多局限在某一部门法领域,专业性较强,思想性稍弱。而《公法》公开打出公法的旗帜,横跨宪法、行政法、刑法、刑事诉讼法等诸学科,颇有号召力。我看到在《公法》出版之后,以《私法》为名的连续出版物也已出版,并有两种之多,形成竞争态势。正因为《公法》具有这种跨学科的性质,才能使其内容更具新意。

好几年前,夏勇就邀请我编一卷刑事法内容的《公法》,我欣然允之。因为我手头有大量来自各地年轻学者的好稿,急欲向社会推出。《公法》正好给了我这样一个机会。经过慎重考虑,《公法》第5卷以刑事政策作为探讨的主题。我个人认为,在刑事法中,刑事政策是一个重大理论问题,并正成为刑事法学科的知识增长点。此外,刑事程序也作为一个专题加以讨论。在程序正义得以启蒙的当今中国,刑事程序的建构是极为重要的。这种双重主题研讨的安排,是一种尝试,但愿能够给读者带来更多信息。

邓子滨博士从北大法学院毕业,正好在中国社会科学院法学研究所供职,颇受夏勇所长抬爱,指派其为本卷的学术助理,对本卷的顺利出版贡献良多,特此感谢。

此为编后小记。

陈兴良
谨识于北京锦秋知春寓所
2004 年 2 月 12 日

4.《宽严相济刑事政策研究》[①]代跋
宽严相济的刑事政策:一个学者的解读

刑事政策是刑事立法与刑事司法的灵魂,它对于刑事法治建设具有重要的指导意义。宽严相济的刑事政策是刑事法对构建和谐社会这一政治目标的回应,它的确立表明我国的刑事政策在新的历史条件下的发展完善。本文站在一个刑法学者的立场上,围绕宽严相济的刑事政策进行学理上的解读。

一、什么是宽严相济的刑事政策

宽严相济的刑事政策可以通过对"宽""严"和"济"这三个关键词进行语义学上的分析,从而揭示其基本蕴含。

宽严相济的"宽"是指宽大、宽缓和宽容。宽严相济的"宽"具有以下两层含义:一是该轻而轻,二是该重而轻。该轻而轻,是罪刑均衡原则的题中之意,也合乎刑法公正的要求。对于那些较为轻微的犯罪,本来就应当处以较为轻缓的刑罚。该重而轻,是指所犯罪行较重,但被告人具有坦白、自首或者立功等法定和酌定情节的,法律上予以宽宥,在本应判处较重之刑的情况下判处较轻之刑。该重而轻,体现了刑法对于犯罪人的感化,对于鼓励犯罪分子悔过自新具有重要意义。

宽严相济的"宽",表现为以下三种情形。

一是非犯罪化。非犯罪化是指本来作为犯罪处理的行为,基于某种刑事政策的要求,不作为犯罪处理。非犯罪可以分为立法上的非犯罪化与司法上的非犯罪化。立法上的非犯罪化是指将本来作为犯罪处理的行为通过立法方式将其从犯罪范围中去除。司法上的非犯罪化是指刑法虽

[①] 陈兴良主编:《宽严相济刑事政策研究》,中国人民大学出版社2007年版。

然规定为犯罪,但由于犯罪情节轻微、危害不大,在司法过程中对这种行为不作为犯罪处理。非犯罪化体现了刑法的轻缓化,因而是宽严相济刑事政策的重要内容。

二是非监禁化。非监禁化是指某一行为虽然构成犯罪,但根据犯罪情节和悔罪表现,判处非监禁刑或者采取缓刑、假释等非监禁化的刑事处遇措施。我国刑法中的非监禁刑包括管制、罚金和剥夺政治权利等,这种非监禁刑相对于监禁刑而言,由于其对犯罪分子不予关押,因而是刑法轻缓化的体现。此外,缓刑是对被判处三年以下有期徒刑或者拘役的犯罪分子,由于犯罪情节较轻,具有悔罪表现而适用的一种非监禁化的刑事处遇措施,主要解决轻刑犯的非监禁化问题。假释是对被判处有期徒刑、无期徒刑的犯罪分子,由于其认真遵守监规,接受教育改造,确有悔罪表现而适用的一种非监禁化的刑事处遇措施,主要解决重刑犯的非监禁化问题。缓刑和假释都是附条件地对犯罪分子不予关押,以体现对犯罪分子的宽大处理。

三是非司法化。非司法化是就诉讼程序而言的,在一般情况下,凡是涉嫌犯罪的都应进入刑事诉讼程序。但在某些情况下,犯罪情节较轻或者刑事自诉案件,可以经过刑事和解,不进入刑事诉讼程序,案件便得以了结。非司法化,是对轻微犯罪案件在正式的刑事诉讼程序之外得以结案的一种方式,体现了对轻微犯罪的宽缓处理。

宽严相济的"严",是指严格、严厉和严肃。这里的严格是指法网严密,有罪必罚;严厉是指刑罚苛厉,从重惩处;严肃是指司法活动循法而治,不徇私情。在上述三种"严"的含义中,尤其应当注意的是严格与严厉。储槐植教授曾经指出四种刑罚模式:严而不厉,厉而不严,不严不厉,又严又厉。严而不厉是指法网严密,刑罚却并不苛厉。厉而不严则是指刑罚苛厉,法网却并不严密。显然,我们应当追求的是严而不厉,摈弃厉而不严。在此,存在着严与厉之间的负相关性:严可以降低厉,不严则必然以厉为补偿。例如,十个人犯罪,每个人都受到刑罚处理,只要每人判处五年有期徒刑就足以维持刑罚的威慑力。但如果只有五个人受到刑罚处罚,另五个人逍遥法外,那么为维持同等水平的刑罚威慑力,对五个受到刑罚处罚的犯罪人每人就要判处十年有期徒刑。换言之,逍遥法外的五个犯罪人的刑罚转嫁到了受到刑罚处罚的五个犯罪人身上。这就是意大利刑法学家贝卡里亚所揭示的刑罚不在于严厉而在于使犯罪分子及时受到惩罚的原理。因此,宽严相济的"严"虽然同时包含严格与严厉这两个方面的精神,但我们更应当强调的是严格。即该作为犯罪处理的一定要作为犯罪处理,该受到刑罚处罚的一定要受到刑罚处罚。当然,对于严重犯罪仍然应当坚持"严打",也就是该重而重,发挥刑罚的威慑力。

宽严相济的"济",具有以下三层含义。

一是救济,即所谓以宽济严、以严济宽。刑罚的宽与严是相对而言的,例如死缓相对于死刑立即执行而言是一种宽缓的处理;但死缓相对于无期徒刑而言又是一种严厉的处理。正因为宽严具有相对性,没有宽则没有严,没有严也就没有宽。因此,应以宽济严,也就是通过宽以体现严;以严济宽,也就是通过严以体现宽。

二是协调,即所谓宽严有度、宽严审势。宽严有度是指保持宽严之间的平衡:宽,不能宽大无边;严,不能严厉无比。宽严审势是指宽严的比例、比重不是一成不变的,而应当根据一定的形势及时地进行调整。我认为,宽严审势要做到以下三点:(1)因时而宜。中国古人就有"刑罚世轻世重"的经验之谈,刑罚之轻重取决于一个时期的治安状况与犯罪态势。刑罚该宽时一定要宽,该严时一定要严。当然,对于何时该宽何时该严,我们一定要作出科学判断,否则将宽严皆误。(2)因地而宜。犯罪发生在一个具体的区域,其影响也往往以犯罪地为中心呈现出逐渐减少的趋势。因此,刑事政策的制定应当考虑某一特定地区的治安状况与犯罪态势,刑罚的轻重应当在一定程度上取决于一个地区的犯罪率的高低。在这种情况下,如何将全国统一的刑事政策与各地的具体犯罪态势相结合,这也是宽严相济刑事政策所要考虑的因素。(3)因罪而宜。对于重罪,一般而言应当从重处罚。对于轻罪,一般而言应当从轻处罚。当然,重中有轻,轻中有重,唯有如此才能用刑得当。此外,对于惯犯、累犯以及亡命之徒,应当重刑惩处。对于偶犯、初犯,应当从轻发落。尤其是对于青少年犯罪,应当坚持"教育、感化、挽救"的方针,最大限度地予以宽缓处理。

三是结合,即所谓宽中有严、严中有宽。宽和严虽然是有区别的,并且在不同时期、对不同犯罪和不同犯罪人,应当分别采取宽严不同的刑罚:该宽则宽,该严则严。但这并不意味着宽而无严或者严而无宽。实际上,既无绝对的宽又无绝对的严,应当宽严并用。例如在对严重犯罪实行

"严打"方针,以从严惩治为主,但并不意味着一概不加区别地适用最重之刑。某些犯罪分子,所犯罪虽然极其严重应当受到刑罚的严厉制裁,但如果坦白、自首或者立功的,在从重处罚的同时还要做到严中有宽,使犯罪人在受到严厉惩处的同时感受到刑罚的体恤与法律的公正,从而认罪伏法。

以上是我对宽严相济刑事政策的分析,我认为还应当强调以下三个观点。

第一,宽严相济的刑事政策是轻罪刑事政策与重罪刑事政策的统一。宽严相济的刑事政策包含宽与严两个方面。现在我们提倡宽严相济,当然更多的是强调刑法宽缓的一面,但不能由此认为宽严相济是轻罪刑事政策,只适用于较轻的犯罪以及青少年犯罪。这里涉及宽严相济刑事政策和"严打"的关系。我认为,宽严相济刑事政策不是对"严打"的取代,更不是对"严打"的否定,而应当将"严打"纳入宽严相济刑事政策的框架中以确立其地位。从这个意义上说,"严打"并不是与宽严相济刑事政策并列的另一个刑事政策,而是包含在宽严相济刑事政策之中的体现宽严相济的严厉性的内容。只有在这个意义上,坚持"严打"方针不动摇与宽严相济刑事政策才不矛盾。只有在宽严相济的框架中坚持"严打"方针,才能避免片面追求从严惩处,从而做到严中有宽,更好地在"严打"中体现宽严相济的刑事政策。总之,不仅对轻罪要贯彻宽严相济的刑事政策,而且对重罪也同样应当贯彻宽严相济的刑事政策。

第二,宽严相济的刑事政策是刑事立法政策与刑事司法政策的统一。宽严相济之所以是刑事立法政策,是因为法律是刑事政策的条文化与具体化,在刑事立法中应当体现宽严相济的刑事政策,从而为司法机关贯彻宽严相济的刑事政策提供法律根据。当然,宽严相济不仅是刑事立法政策,更应当是刑事司法政策,不能认为刑法已经体现了宽严相济的政策精神,因而司法机关只要依法办案,不需要另行受宽严相济刑事政策的指导。这里存在一个宽严相济刑事政策与罪刑法定原则的关系问题。我认为,我国实行的是相对的罪刑法定原则,刑法中存在自由裁量的广阔空间,因而在司法活动中贯彻宽严相济刑事政策并不必然与罪刑法定原则相违背。当然,宽严相济的严不能超越刑法的规定,绝不能对刑法没有规定为犯罪的行为以严为名作为犯罪处理,也不能对刑法规定处罚较轻的行为以严为名判处法律没有规定的较重之刑。简言之,不能法外施威。那么,能不能法外施恩呢?对于这个问题我同一些刑法学者存在较大的分歧。我个人倾向于赞同法外施恩,关键是如何界定法内与法外。

第三,宽严相济的刑事政策是刑事策略思想与刑事科学思想的统一。刑事策略是作为与犯罪作斗争的手段而提出来的,更强调刑罚的有效性。宽严相济的刑事政策包含着宽和严的两种手段,正确运用就能够取得与犯罪作斗争的胜利。但我认为,仅从策略角度理解宽严相济刑事政策是不够的,我们更应当看到宽严相济刑事政策中包含的刑事科学思想,它是社会对犯罪的反应理性化的表现。宽严相济刑事政策的刑事科学思想,主要表现在刑罚的谦抑性与人道性。事实已经证明,刑罚不是越重越好,轻重适宜才是最重要的,才能有效地控制犯罪。并且,在如今的法治社会,任何刑罚的适用都受到人道主义的限制,不得为追求惩治犯罪的效果而采用残酷的刑罚,这也已经成为国际刑事司法的基本准则。

二、为什么实行宽严相济的刑事政策

我国在过去相当长一个时期内,都将惩办与宽大相结合作为我国基本的刑事政策,对于刑事立法与刑事司法曾经发生过重要作用。但自从1983年实行"严打"以后,惩办与宽大相结合的刑事政策逐渐被"严打"刑事政策所取代,刑罚也随着"严打"而趋重。当前,建构和谐社会已经成为我国的政治目标,和谐社会要求通过各种方法,包括法律手段,化解各种社会矛盾,疏通各种社会怨愤,由此而获得社会的长治久安。我认为,和谐社会并不是一个没有矛盾和纠纷的社会,更不是一个没有犯罪的社会。和谐社会仅仅是指在一个社会中,矛盾和纠纷能够得到及时的调解,犯罪能够得到有效的控制。而法律就是各种社会关系的调节器,各种社会矛盾的化解器。刑法,则是控制犯罪的一种方式。因此,只有实行宽严相济的刑事政策才能使轻罪与重罪分别得到妥当的处理,获得刑罚效果的最大化。我认为,我国当前之所以要实行宽严相济的刑事政策,主要是基于以下两点认识。

一是基于对犯罪规律的科学认识。任何社会都存在犯罪现象,犯罪不仅是一种法律现象,而且是一种社会现象。犯罪与社会结构形态是紧密相连的,且一定的犯罪态势恰恰取决于一定的社会生活条件。我国当前正处于社会转型时期,社会转型过程中贫富悬殊,利益主体多元化,因而各种社会矛盾与冲突十分激烈。在这种情况下,犯罪也呈现出高发的态势。从某种意义上说,犯罪是社会深层次矛盾激化的产物。在社会关系明晰化、社会结构合理性、社会规范严密化、社会心理顺畅化之前,导致犯罪产生的社会根源没有得到解决,犯罪的高发态势就不可能消失。应当指出,我国目前的犯罪现象已经不同于几十年前的犯罪,犯罪的政治色彩逐渐淡化,更多的犯罪都是由于对财产的过度追求与社会不能提供更多获得财产的合法途径之间的矛盾所引发的;还有些犯罪是由于邻里纠纷、干群矛盾等各种社会因素所导致的。现在,在各种犯罪人中,绝大部分是我们这个社会的弱势群体:诸如下岗职工、失地农民、外来务工人员等。在判处死刑的犯罪人中,百分之九十五以上都是这些人。这些犯罪人是我们这个社会的成员,而且是处于社会最底层的成员。对于这些犯罪人,不能像过去那样简单地采用对敌斗争的方式。事实已经证明,一味地强调严刑重罚是解决不了当前存在的犯罪问题的。我们应当实行宽严相济的刑事政策,对不同的犯罪采取不同的处理措施,才能尽可能地将犯罪控制在社会所能容忍的限度之内。我们过去往往把犯罪看作影响社会稳定的主要因素,在稳定压倒一切的思想指导下,把惩治犯罪作为维护社会稳定的重要手段,因而赋予"严打"以正当性与合理性。但我认为,犯罪虽然在一定程度上会影响社会稳定,但它所影响的只是社会的治安秩序,这是社会表层的稳定。从某种意义上说,犯罪不是也不可能是影响社会稳定,尤其是影响社会深层的稳定的根本因素。从根本上影响社会稳定的恰恰是那些非犯罪的因素:国有企业改制中的不公、农民土地承包中的矛盾以及民族因素与宗教因素引发的群体性事件。犯罪是一个法律问题,可以在法律范围内得到解决。如果没有其他因素介入,犯罪不可能从根本上影响社会稳定。正是基于对社会转型时期犯罪规律的科学认识,我国现阶段应当将宽严相济的刑事政策确立为基本的刑事政策,以此作为追求长治久安的根本途径。

二是基于对刑罚功能的科学认识。我们过去往往把刑罚视为专政工具,看作一个政治问题。实际上,如何用刑是一个科学问题。我们只有将刑罚纳入社会治理体系考虑,才能正确地认识刑罚的功能。从某种意义上可以说,刑罚是对其他社会管理不妥的补偿。也就是说,如果各种社会管理措施得当,对于社会的治理就可以不再依赖于刑罚。因为刑罚是一种代价最为昂贵的社会治理方式,只有不得已才用之,这就是慎刑的思想。这里存在一个刑罚的社会成本问题,这种成本包括物质成本与精神成本。物质成本主要是指监禁成本,因为我国刑法中适用最为广泛的就是自由刑。根据统计,以监狱服刑人员的生活费而言,在经济落后地区每年每人需三千元,在经济发达地区则每年每人需五千元。若将监狱所需的全部费用分摊到每个人身上,则国家每年对一个监狱服刑人员支出的费用约为一万五千元。这一费用甚至超出了国家每年为培养一个大学生支出的费用。因此,少建一座监狱就是多建一所大学,至少在经济上来说这一命题是能够成立的。除物质成本以外,刑罚还有精神成本。尤其是死刑,判处一个人死刑,将招致其数十个亲友的怨恨,久而久之形成某种社会积怨,成为一种对社会的背离力量。更为重要的是,刑罚并非越重越好而是贵在轻重有别,过重的刑罚超过了社会公正底线,使被告人难以接受,社会也难以认同,会对社会产生消极作用,过重的刑罚甚至会制造犯罪,这也已经是被历史与现实反复证明的一条真理。对犯罪分子适用刑罚,当然是为了获得刑罚的威慑犯罪的效果,从而达到预防犯罪的目的。但是刑罚威慑力并不会随着刑罚的加重而无限地增加。社会机体对于刑罚效力具有某种排拒作用,会在一定程度上抵消刑罚的威慑力。这里还存在一个刑罚的边际效力递减的规律。在罪刑均衡的范围内,刑罚威慑力与刑罚轻重是成正比的,一旦刑罚超出公正的限度,刑罚威慑力就呈现出递减的趋势。这里还存在一个刑罚效力的贬值问题。孟德斯鸠曾经指出:两个国家,一个国家死刑是最高刑,另一个国家废除了死刑因而无期徒刑是最高刑,这个国家的无期徒刑和那个国家的死刑的效力是相等的。对于孟德斯鸠的这段话,我们似乎不好理解。按照一般常识,死刑对犯罪的威慑力当然大于无期徒刑对犯罪的威慑力,怎么能说两者的效力是相等的呢?我举一个例子就容易理解了:一个人失眠,要靠安眠药助眠。刚开始只要吃半颗安眠药就很快能够入睡,但久而久之形成了对安眠药物的依赖,最后吃三颗安眠药才能入睡。这三颗安眠药的药效与最开始半颗安眠药的药效难道不是相等的吗?由此可见,这里的相等是有条件的,是指药效贬值以后的相等。同样,在一个刑罚体系中,既有死刑又有无期徒刑,死刑的威慑力当然大于无期徒刑。但当在两个不同国家,一个国家以死刑为最高刑、另一个国家以无期徒刑为最高刑的情况下,死刑与无期徒刑的效力便是相等的。如果我们有了对刑罚功能的科学认识,就会消除对刑罚的迷信心理,不再把刑罚看作治理犯罪的灵丹妙药,而是根据犯罪自身的发生规律,在综合治理上下功夫。对于犯罪采取理性的态度,坚持基本的公正理念,实行宽严相济的刑事政策。

总之,宽严相济的刑事政策是根据刑法自身规律得出的科学结论。尽管在不同时期,针对不同犯罪,可以作出刑罚或轻或重的选择,但我们的刑事政策只有做到宽严相济才能获得最好的法律效果与社会效果。

三、如何实现宽严相济的刑事政策?

宽严相济的刑事政策确立以后,关键在于如何在刑事立法与刑事司法上加以贯彻,不使其虚置。我认为,在实现宽严相济的刑事政策当中,迫切需要解决以下三个问题。

第一是刑罚结构的合理调整。我国目前的刑罚存在着一个结构性缺陷,这就是死刑过重,生刑过轻。由于我国刑法中的死缓虽然属于死刑的执行方法,在逻辑上当然包含在死刑范畴之内,但由于被判处死缓的犯罪除极个别以外都不再执行死刑,因而我将死缓归入生刑而非死刑,这里的死刑专指死刑立即执行。

所谓死刑过重,一是指立法上死刑罪名过多。1979 年《中华人民共和国刑法》中只有 28 个死刑罪名,但 1997 年《中华人民共和国刑法》中死刑罪名增加到 68 个,占全部罪名的 1/7。换言之,在 7 个罪名中就有 1 个死刑罪名。目前世界上已经出现了废除死刑的国际性趋势。根据大赦国际组织 2001 年的统计数据,在 194 个国家中,在法律上废除死刑或在事实上废除死刑(指虽然法律上保留死刑但已经不执行死刑 10 年以上并且承诺不再执行死刑)的国家已经达到了 123 个,占 63%;保留死刑的国家有 71 个,占 37%。也就是说,全世界 2/3 以上的国家已经废除了死刑。二是司法上死刑适用过多。在保留死刑的国家中,执行死刑之人数严格受到控制,日本每年执行死刑 2.5 人左右,美国每年执行死刑 33 人左右,印度每年执行死刑 30 多人,俄罗斯已经停止死刑的执行。根据大赦国际组织的统计,2001年全世界共执行死刑3048人,2004年全世界共执行死刑3796人。中国执行死刑人数虽然是不完全统计,但几乎占到全世界执行死刑人数的90%。

与死刑过重形成鲜明对照的是生刑过轻,死缓相当于有期徒刑14年以上24年以下,平均执行18年。无期徒刑相当于有期徒刑12年以上22年以下,平均执行15年。有期徒刑最高为15年,平均执行10年。有期徒刑的数罪并罚不得超过20年,平均执行13年。我国的生刑与死刑相比过轻,正如人们所讲是"生死两重天"。以犯罪时年龄为30岁计算,一个人犯有极其严重的罪行,除非执行死刑,否则,即使判处死缓,在50岁以前就能获得自由重归社会。生刑过轻导致对死刑的挤压,这也是我国死刑大量适用的一个不得已的原因。

显然,我国目前的刑罚结构是一个过分倚重死刑的刑罚结构。如果将刑罚威慑力标示为100,那么80分定罪是由死刑贡献,生刑只贡献20分。我国刑罚目前所面临的问题,既不是刑罚过重,也不是刑罚过轻,而是刑罚的轻重失调。为此,必须对刑罚进行结构性的调整,根据宽严相济的刑事政策精神,重新配置刑罚资源。

我的基本思路是:限制死刑,加重生刑。通过对死刑的立法限制与司法限制,将死刑适用率大幅度降低。这当然有很大难度,甚至存在某种政治风险,但死刑之减少已经到了刻不容缓的程度。为减轻由于限制死刑带来的治安压力,应当加重生刑。具体而言,死缓原则上关押终身,非经最高人民法院裁定核准不得假释。无期徒刑大部分也应关押终身,少数经高级人民法院裁定核准假释的,实际关押时间不得少于30年。有期徒刑上限从现在的15年提高到20年,有期徒刑数罪并罚的最高年限,从现在的20年提高为30年。经过这样的调整以后,在刑罚威慑力100分不变的前提下,死刑的贡献率从80分降低为20分,生刑的贡献率从20分上升为80分。当然,在社会条件成熟的情况下,可以再考虑逐渐地实现刑罚的轻缓化。我认为,刑罚的轻缓化是一个过程,刑罚由重到轻,不可一蹴而就,应当实现平稳过渡。由于加重生刑,必然带来监禁成本的大幅度攀升,在这种情况下,应当对轻罪实行非监禁化。其中包括:一是缓刑的适用对象由三年以下有期徒刑改为五年以下有期徒刑,扩大缓刑适用范围。尤其是对于偶犯、初犯、青少年犯罪,凡是符合条件的原则上都应当适用缓刑。二是假释的适用经常化,对于犯罪虽重,但经过改造以后人身危险性已经消失的,除判处死缓、无期徒刑的以外,尽可能地予以假释。三是提高管制、罚金、剥夺政治权利等非监禁刑的适用率。通过对轻罪推行非监禁化措施,可以节省大量的监禁成本,将这些监禁成本用于解决由于加重生刑带来的监禁成本提高的问题,两相抵消,不会增加过多的监禁成本。

第二是大力推行社区矫正。社区矫正是与监禁矫正相对的行刑方式,是指将符合社区矫正条件的罪犯置于社区内,由专门的国家机关在相关社会团体和民间组织以及社会志愿者的协助下,在判决、裁定或决定确定的期限内,矫正其犯罪心理和行为恶习,并使其顺利回归社会的非监禁刑罚执行活动。试点经验已经表明:社区矫正是实现轻罪的非监禁化的必由之路,成效也是十分显著的。但社区矫正还面临着重大的问题亟待解决:一是法律根据问题,社区矫正立法势在必行。社区矫正立法涉及行刑权的配置,应当在各个司法机关之间进行协调。二是机构设置问题,专门的社区矫正机构的设置也是当务之急,临时性的社区矫正机构难以担负社区矫正的重要职责。三是人员配置问题,社区矫正需要各种专业人员,包括专职的社区矫正人员、社会志愿工作者等,还要配备一定的警力,以体现行刑的强制性。为使宽严相济的刑事政策得到正确贯彻,社区矫正的制度化、法律化十分重要。

第三是更多地采用刑事和解。刑事和解是指采用调解方式对刑事案件进行结案,是一种在正式的司法程序以外处理刑事案件的方式。相对于经过正式的司法程序,采用法院判刑的方式结案,刑事和解是一种处理轻微犯罪案件的较为经济可行并能为两方当事人所接受的结案方式。刑事和解是司法上的非犯罪化的一种有效措施,它所体现的是恢复性司法的理念。通过刑事和解,使大量轻微的刑事案件得以及时结案,以便集中司法资源解决重大犯罪案件,这是一种刑事司法活动的"抓大放小"。刑事和解能否成功,关键有二:一是被害人的合作。刑事和解制度使被害人直接加入到刑事案件的处理中来,其意愿直接决定着加害人的责任。通过刑事和解,被害人获得加害人的赔礼道歉与赔偿损失,以此作为对加害人谅解的一种条件,使纠纷得以解决,矛盾得以化解,完全符合构建和谐社会的精神。二是法治理念的转变,尤其是司法机关的管理方式也面临挑战。刑事和解所要处理的大多是介乎犯罪边缘的轻微犯罪，推一推成为犯罪，拉一拉成为非罪。但我国目前在司法机关的日常管理中还通行简单化的数字化管理，即以抓人多少（拘留数、逮捕数、判刑数甚至判处死刑数）作为考核指标，因而个别司法机关盲目地追求多拘、多捕、多判甚至多杀，甚至还下达抓人指标。为此，必须改变执法理念。在保持同等社会治安稳定程度的前提下，对于司法机关的工作评价来说，应当是抓人越少越好，而不是抓人越多越好。在这种情况下，对轻微的刑事案件才能积极采用刑事和解方式结案，并不是一抓了之。由此可见，宽严相济刑事政策的实现，有赖于法律理念的重大转换。

陈兴良

5.《刑事法判解》(第 10 卷)[①]后语

《刑事法判解》自 1999 年创办以来,至今已近十年,共计在法律出版社出版了 9 卷。该连续出版物一直由我担任主编、周光权担任副主编。

《刑事法判解》从第 10 卷开始改由北京大学出版社出版。因为我已经主编《刑事法评论》且科研工作繁忙,无暇顾及《刑事法判解》的编务工作;为此,从第 10 卷开始,《刑事法判解》将由林维主编,并由中国青年政治学院法律系主办。

《刑事法判解》自创办以来,秉承"以应用与操作的形而下的研究为主题,促使刑事法从条文化的法向体现在判例与解释中的法转变,实现刑事法的实践理性"的编辑宗旨,发表了有关刑法与刑事诉讼法适用方面的论文,在司法实践中发挥了一定的作用。我相信,《刑事法判解》仍将一如既往地坚守上述编辑宗旨,反映刑事司法领域的新问题,提出指导司法实践的真见解。连续出版物贵在连续,由此经受时间的考验,形成出版物的独特风格。唯有如此,连续出版物才有生命。《刑事法判解》虽出版已近十年,但仍然是一个幼小的生命,需要我们的呵护,尤其需要读者的支持。期待着《刑事法判解》在林维的主持下,越办越好。

陈兴良
谨识于北京海淀锦秋知春寓所
2008 年 9 月 2 日

[①] 陈兴良主编、林维执行主编:《刑事法判解》(第 10 卷),北京大学出版社 2009 年版。